斯嘉丽

上册

[美] 亚历山德拉·里普利 著

张兵一 译

SCARLETT

by Alexandra Ripley

Scarlett by Alexandra Ripley
Copyright © 1991 by Stephens Mitchell Trusts
ALL RIGHTS RESERVED
Simplified Chinese edition copyright © 2022 BEIJING ALPHA BOOKS CO., INC.
版贸核渝字（2020）第 019 号

图书在版编目（CIP）数据

斯嘉丽 /（美）亚历山德拉·里普利著；张兵一译. — 重庆：重庆出版社，2022.10

书名原文：Scarlett

ISBN 978-7-229-15807-1

Ⅰ.①斯… Ⅱ.①亚…②张… Ⅲ.①长篇小说—美国—现代 Ⅳ.①I712.45

中国版本图书馆CIP数据核字（2021）第084991号

斯嘉丽
SIJIALI

［美］亚历山德拉·里普利　著　张兵一　译

出　　品：	华章同人
出版监制：	徐宪江　秦　琥
责任编辑：	王昌凤
特约编辑：	王　靓
营销编辑：	史青苗　刘晓艳
责任印制：	杨　宁　白　珂
书籍设计：	Moeder Lin

重庆出版集团
重庆出版社　出版

（重庆市南岸区南滨路162号1幢）

北京盛通印刷股份有限公司　印刷
重庆出版集团图书发行有限公司　发行
邮购电话：010-85869375
全国新华书店经销

开本：880mm×1230mm　1/32　印张：39.375　字数：811千
2023年1月第1版　2023年1月第1次印刷
定价：188.00元

如有印装质量问题，请致电023-61520678

版权所有，侵权必究

主要人物

斯嘉丽·巴特勒 / Scarlett Butler / 女主人公

瑞特·巴特勒 / Rhett Butler / 男主人公

(以下按照姓氏英文首字母排列)

苏埃伦·本廷 / Suellen Benteen / 斯嘉丽的妹妹

威尔·本廷 / Will Benteen / 斯嘉丽的妹夫

埃莉诺·巴特勒 / Eleanor Butler / 瑞特的母亲

露丝玛丽·巴特勒 / Rosemary Butler / 瑞特的妹妹

芬顿(卢克) / Fenton (Luke) / 斯嘉丽的未婚夫

罗莎琳·菲茨帕特里克 / Rosaleen Fitzpatrick / 斯嘉丽的管家

亨利·汉密尔顿 / Henry Hamilton / 斯嘉丽的叔叔

皮蒂帕特·汉密尔顿 / Pittypat Hamilton / 斯嘉丽的姑妈

夏洛特·蒙塔古 / Charlotte Montague / 斯嘉丽的顾问

约翰·莫兰德(巴特) / John Morland (Bart) / 斯嘉丽的朋友

i

卡琳·奥哈拉 / Carreen O'Hara / 斯嘉丽的妹妹

科勒姆·奥哈拉 / Colum O'Hara / 斯嘉丽的堂兄

埃伦·奥哈拉 / Ellen O'Hara / 斯嘉丽的母亲

杰拉尔德·奥哈拉 / Gerald O'Hara / 斯嘉丽的父亲

凯瑟琳·奥哈拉 / Kathleen O'Hara / 斯嘉丽的堂妹

凯蒂·奥哈拉 / Katie O'Hara / 斯嘉丽的女儿

莫琳·奥哈拉 / Maureen O'Hara / 斯嘉丽的堂嫂

查尔斯·拉格兰 / Charles Ragland / 斯嘉丽的追求者

尤拉莉·罗比拉德 / Eulalie Robillard / 斯嘉丽的姨妈

皮埃尔·罗比拉德 / Pierre Robillard / 斯嘉丽的外公

宝琳·史密斯 / Pauline Smith / 斯嘉丽的姨妈

阿什利·威尔克斯 / Ashley Wilkes / 斯嘉丽的好友

梅兰妮·威尔克斯 / Melanie Wilkes / 斯嘉丽的好友

目 录

第一部　迷失在黑暗中　　　　　1

第 一 章　　　　2
第 二 章　　　　29
第 三 章　　　　45
第 四 章　　　　61
第 五 章　　　　75
第 六 章　　　　91
第 七 章　　　　108
第 八 章　　　　123
第 九 章　　　　147

第二部　孤注一掷　　　　　163

第 十 章　　　　164
第 十 一 章　　　　181

第 十 二 章	203
第 十 三 章	212
第 十 四 章	231
第 十 五 章	236
第 十 六 章	252
第 十 七 章	268
第 十 八 章	287
第 十 九 章	300
第 二 十 章	314
第二十一章	319
第二十二章	339
第二十三章	359
第二十四章	367
第二十五章	380
第二十六章	390
第二十七章	401
第二十八章	417
第二十九章	433
第 三 十 章	442
第三十一章	454
第三十二章	477

第三部　新生活　　493

第三十三章	494
第三十四章	508
第三十五章	518
第三十六章	539
第三十七章	548
第三十八章	560
第三十九章	571
第 四 十 章	581
第四十一章	594
第四十二章	603
第四十三章	614
第四十四章	623
第四十五章	637
第四十六章	651

第四部　　瞭望塔　　　　　　　663

第四十七章　　　　　　　　664
第四十八章　　　　　　　　683
第四十九章　　　　　　　　695
第 五 十 章　　　　　　　　710
第五十一章　　　　　　　　725
第五十二章　　　　　　　　735
第五十三章　　　　　　　　746
第五十四章　　　　　　　　756
第五十五章　　　　　　　　772
第五十六章　　　　　　　　778
第五十七章　　　　　　　　785
第五十八章　　　　　　　　794
第五十九章　　　　　　　　807
第 六 十 章　　　　　　　　818

第六十一章	835
第六十二章	850
第六十三章	867
第六十四章	876
第六十五章	883
第六十六章	907
第六十七章	917
第六十八章	927
第六十九章	942
第 七 十 章	957
第七十一章	968
第七十二章	981
第七十三章	994
第七十四章	1009
第七十五章	1021
第七十六章	1043

第七十七章	1058
第七十八章	1069
第七十九章	1082
第 八 十 章	1096
第八十一章	1113
第八十二章	1125
第八十三章	1138
第八十四章	1155
第八十五章	1166
第八十六章	1175
第八十七章	1184
第八十八章	1196
第八十九章	1210

第一部

迷失在黑暗中

第一章

葬礼很快就会结束,等它一结束我就可以回塔拉老家了。

斯嘉丽·奥哈拉·汉密尔顿·肯尼迪·巴特勒正在参加梅兰妮·威尔克斯的葬礼,她独自站在一旁,离其他人有几步远。天正下着雨,现场的男男女女都穿着黑色丧服,手里举着黑色雨伞。他们依偎在一起,女人们伤心地哭泣着,彼此共享着雨伞也分担着悲伤。

无人与斯嘉丽分享她的雨伞,也无人分担她的悲伤。风夹着雨阵阵吹来,在她脸上留下一道道冰冷的水流,从头上一直流到她的脖子上,可是她却丝毫没有察觉到。失去朋友的痛苦让她麻木,她已经没有了感觉。她想以后再来哀悼梅兰妮,等到自己能够承受这个痛苦时再来。她把一切都撇在了一边——所有的痛苦、感觉和思想,脑子里只是反反复复着这样的话:痛苦总会过去,我会得到活下去的力量,心灵的创伤终究会痊愈。

葬礼马上就要结束了,然后我就可以回到塔拉的家里去。

"……尘归尘，土归土……"

牧师的话语穿透了斯嘉丽麻木的躯壳，敲击着她的心灵。不！她在心中哭喊：这不是梅丽[1]的坟墓，这个墓太大了，她的身躯是那么瘦小，她的骨骼比一只鸟的骨骼大不了多少。不可能！她不可能死了，她不能死。

斯嘉丽把头扭向一旁，不再看着空空的墓穴，任由那具松木棺材被缓缓地放了进去。棺材柔软的松木表面有一些半月形的凹痕，那是盖上棺盖后用榔头敲打钉子封死棺材时留下的印记。正是这个棺盖把梅兰妮那张温柔、充满爱的桃心脸永远掩盖起来了。

不！你们不能这样，绝不能！天正在下雨，你们怎么能把她放在那儿淋雨，她会感到寒冷的。不能把她留在冰冷的雨中。我看不下去了，我忍受不了，我绝不相信她已经离我而去。她爱我，她是我的朋友，而且是我唯一真正的朋友。梅丽爱我，她是不会在我最需要她的时候离我而去的。

斯嘉丽看了看围在墓穴四周的那些人，一股怒气不由得直冲脑门。他们没有哪一个像我这样伤心欲绝，也没有哪一个像我这样痛失良友，更没有哪一个知道我多么爱梅丽。不过，梅丽自己是知道的，是不是？她知道，我必须坚信她知道我对她的爱。

当然，他们绝不会相信我爱她。梅里韦瑟太太不会相信，米德夫妇不会相信，怀廷夫妇和埃尔辛夫妇也不会相信。你看看他

---

[1] 梅丽（Melly）是梅兰妮（Melanie）的昵称。

们，穿着丧服围在茵迪娅·威尔克斯和阿什利身边，活像一群淋湿了羽毛的乌鸦。他们都在安慰皮蒂帕特姑妈。行了吧，谁不知道她就爱小题大做，一点儿小事就能大哭一场，甚至连烤煳了一片吐司也会哭得死去活来。他们根本想不到我可能更需要他们的安慰，因为梅兰妮与我的关系比与他们中任何人的都更加亲密。他们的表现就好像我根本不存在一样，竟然没有一个人注意到我，甚至连阿什利也一样。在梅丽去世后最可怕的那两天里，他需要我帮他处理家中的大小事情，他很清楚我一直在那里。他们都知道，甚至连茵迪娅也知道，因为她就像一头无助的山羊似的一直不停地冲着我咩咩叫："斯嘉丽，葬礼该怎么办？来悼念的人的膳食怎么解决？还有棺材呢？哪些人来护柩？悼念仪式怎么安排？墓碑上写什么字？登报的讣告该怎么写？"现在倒好，他们一个个依靠在一起，只知道哭泣和哀号。哼，他们想看到我无依无靠地独自哭泣，我是不会让他们得逞的。我决不能哭，决不能在这里哭。一旦我哭起来，就再也停不下来了。等我到了塔拉之后就可以哭了。

斯嘉丽昂起下巴，为防止牙齿因寒冷而打战，她咬紧了牙关，强压住不停涌上喉咙的哽咽。这一切马上就要结束了，我很快就能回到塔拉的家中去了。

斯嘉丽破碎生活的残片似乎就散落在亚特兰大的这片奥克兰公墓里。墓园中有一座用花岗岩修筑的尖塔，灰色的雨水早已在塔身的石头上留下了许多灰色的条痕，它忧郁地纪念着已经一去不复返的那个世界,那个内战前她无忧无虑的少女时代所处的世界。这座尖塔叫作"联盟纪念碑",象征着南方自豪而无畏的勇气,正是这种勇气打着鲜艳的旗帜把南方推向了毁灭。它代表着无数失去的生命,其中就包括她童年的朋友——那些曾经乞求她跳一曲华尔兹和得到她一个香吻的勇敢的小伙子。那个时候,她生活中遇到过的最大问题也莫过于该穿哪一件宽边长舞裙。它也代表着她的第一任丈夫查尔斯·汉密尔顿,也就是梅兰妮的哥哥。它还代表着正站在这座即将埋葬梅兰妮的小山丘上被雨水浇透了的所有哀悼者早已失去的儿子、兄弟、丈夫和父亲。

这里还有好多坟墓埋葬着其他的人。有弗兰克·肯尼迪,斯嘉丽的第二任丈夫。还有那个可怜的小坟,墓碑上写着"欧仁妮·维多利亚·巴特勒",第二行写着小名"邦妮",那是她最后的一个孩子,也是她最疼爱的孩子。

虽然活着和死去的人现在都在她的周围,但她仍然只能孤独地站在那里。半个亚特兰大的人似乎都来了,刚才他们挤满了整个教堂,现在他们又都站在即将安葬梅兰妮·威尔克斯遗体的墓穴周围,形成一个不规则的黑色圆圈,眼看着灰蒙蒙的雨水痛苦地抽打着这个在佐治亚州的红土地上挖出来的墓穴。

站在最前面一排的哀悼者都是同梅兰妮最亲近的人。这些人不论是白人还是黑人,个个泪流满面,只有斯嘉丽除外。已经上了年纪的马车夫彼得大叔、黑人女仆迪尔茜和男仆库奇呈三角形站在困惑不解的小男孩儿博的周围,保护着梅兰妮留下的唯一血脉。

亚特兰大老一辈的人都来了,他们寥寥无几的后人也来了,这不免让人感到悲哀。这些人包括米德夫妇、怀廷夫妇、梅里韦瑟夫妇和埃尔辛夫妇,还有后者的女儿、女婿和内战后唯一幸存下来的儿子休·埃尔辛;还有皮蒂帕特·汉密尔顿姑妈和她的哥哥亨利·汉密尔顿叔叔,两人把几十年的恩怨放到一边,来这里共同悼念自己的侄女。茵迪娅·威尔克斯的年龄虽然比这些人都小,但是看上去却已经同样苍老,她把自己隐藏在人群之中,一双充满悲伤和内疚的眼睛盯着她的哥哥阿什利。阿什利和斯嘉丽一样,也独自站在一旁。他光着头站在雨中,对别人递来的雨伞和寒冷的雨水浑然不觉,也无法接受牧师说出来的那些话和那具狭窄的棺材正被放入泥泞的红土墓穴中这一现实。

阿什利身材高挑、瘦削,面色苍白,一头淡金色的头发现在几乎已经全部灰白,苍白而憔悴的脸就像他那双茫然的灰色眼睛一样毫无生气。他直挺挺地站着,那是他对逝者的敬礼,也是他作为从军数年、身着灰色军服的南方联盟军军官所留下来的传统。他就那么一动不动地站着,没有感觉,一脸茫然。

阿什利,他是斯嘉丽已被毁掉的生活的中心和象征,为了爱他她曾经把唾手可得的幸福弃之不顾。她曾经背弃自己的丈夫,既无视他对她的爱也拒不承认她对他的爱,因为她对得到阿什利的渴望始终横亘在他们夫妻之间。现在,瑞特已经离她而去,代表他来到这个葬礼上的只是一束秋日里暖金色的花儿。她也背叛过她唯一的朋友梅兰妮,嘲笑过梅兰妮对阿什利的忠贞爱情。现在，梅兰妮不在了，甚至连斯嘉丽对阿什利的爱也不复存在了，因为她已经意识到长久以来爱他不过是她的一个习惯，代替了爱本身。不过，她意识到这一点时已经为时太晚。

她不爱他了，以后也绝不会再爱他。可是，当她现在不再爱他的时候，阿什利却是她的了，这是梅兰妮留给她的遗赠。她已经答应梅丽要照顾他和他们的孩子博。

她的生活因为阿什利而走向了毁灭，而现在这个业已毁灭的生活又独独把阿什利留给了她。

斯嘉丽站在一旁，孑然一身。在她和她在亚特兰大认识的人之间，隔着一段灰色的距离，过去是梅兰妮填补了这段距离，使得她免遭孤立和排斥。在她举着的雨伞下，本应该还有瑞特，应该有他坚实而宽阔的肩膀和爱保护着她，可是现在却只有冷飕飕的风和雨。

她迎着风高高地昂起自己的下巴，承受着它的抽打却毫不自知。她的全部身心都放在了给予她力量和希望的那句话上：

这一切马上就要结束了，我很快就能回到塔拉的家中了。

"看看她那副德行，"一个蒙着黑色面纱的女士对同她共用一把雨伞的同伴说道，"就是个冷酷无情的人。我听说整个葬礼的大小事情都是她操办的，这些天来她竟然没有流过一滴眼泪。一切都只是生意，这就是斯嘉丽，没心没肺的家伙！"

"你知道别人怎么说的吗？"同伴对女士耳语道，"她对阿什利·威尔克斯可是有心又有肺。你认为他们俩真的……"

她们俩身旁的人推了推她们，阻止了她们的谈话。其实，其他人脑子里现在想的也是这件事情，概莫能外。

一锹锹泥土开始落到棺材上，发出一声声可怕的闷响，斯嘉丽不由得攥紧了两个拳头。她很想用手掌捂住自己的耳朵，想大声尖叫，想怒吼——无论干什么都行，只要能把掩埋梅兰妮坟墓的声音掩盖住就行。她忍痛咬住自己的嘴唇，因为她现在还不能大呼小叫。

这时，阿什利的哭喊声突然打破了现场的肃静："梅丽……梅——丽！"紧接着又是："梅——丽！"这是一个悲痛欲绝的灵魂发出的呼喊，充满了孤独和恐惧。

他跟跟跄跄地朝着深深的泥泞墓穴走去，就像一个刚刚失明的人那样，伸出双手急于摸索到那个给予他力量的瘦小而无声的躯体。然而，他的双手抓不到任何东西，只有寒冷的雨水涓涓流下他的手掌。

斯嘉丽扭头看了看米德大夫、茵迪娅和亨利·汉密尔顿，他们为什么都对阿什利的行动视若无睹？为什么不赶快阻止他？必须马上阻止他！

"梅——丽……"

看在上帝分上！他会摔断脖子的，而他们居然都站在原地袖手旁观，漠然地看着他走向墓穴的边缘。

"阿什利，站住！"她大喊一声，"阿什利！"她拔腿向他跑去，双脚在湿滑的草地上几次差点儿滑倒。雨伞从她手中滑落，又被风吹起飘向别处，最后落在了那些人带来的鲜花上。她迅速伸出双手搂住了阿什利的腰，用力把他从危险的境地中拉了回来。他扭动着身体，想摆脱她的束缚。

"阿什利，不要这样！"斯嘉丽尽力控制住他的反抗，"梅丽现在已经帮不了你了。"她的声音很刺耳，企图以此把充耳不闻的阿什利从绝望的悲伤中解救出来。

他终于站住了，双手落下耷拉在身边。他低声呻吟着，然后整个身体瘫倒在斯嘉丽扶着他的双臂中。她的双手无法承受他身体的重量，就在他即将倒向地面的时候，米德医生和茵迪娅抓住了他的手臂，拉着他站立起来。

"你可以走了，斯嘉丽，"米德医生说道，"再留在这里只会带给他更多的伤害。"

"但是，我——"她看看四周，众人脸上都流露出幸灾乐祸的神情。于是，她扭过头，冒着雨向外走去。人群立刻向后退去，就好像一旦沾上她的衣裙就会玷污了他们自己。

他们并不知道她多么在乎梅丽，所以她决不能让他们看出来他们能够以此来伤害她。斯嘉丽轻蔑地昂起了自己的下巴，任由雨水在她的脸颊和脖子流淌。她挺起胸膛和背脊，一直走到了墓地门口，最后消失在人们的视线里。直到这时，她才伸手抓住围住墓地的铁栏杆，感到精疲力竭，头晕目眩，双脚已经站立不稳。

她的马车夫伊莱亚斯跑上前来，打开手中的雨伞，举到她低垂的头上。斯嘉丽走向她的马车，伊莱亚斯伸出手让她扶住他，她却未予理睬。坐进她的豪华马车车厢后，她立刻蜷缩进一个角落里，拉起一床羊毛毯盖在身上。她怎么能在众目睽睽之下使阿什利蒙羞受辱？而仅仅在几天之前，她刚刚答应了梅兰妮要像她那样自始至终照顾和保护好他。但是，在刚才的情况下她还能做什么呢？难道她还能眼睁睁地看着他跌进墓穴里去吗？她必须阻止他，她是迫不得已的。

马车左右颠簸，高高的车轮不时陷进深深的泥坑里。斯嘉丽差一点儿摔倒在车厢的地板上，一只手肘撞到了车窗的窗框上，一阵剧痛贯穿了整个手臂。

这只是肉体的疼痛，她能够忍受，而另一种疼痛——那种她故意推迟和延后、拒绝现在承受的隐形的疼痛——却是她难以忍受的。现在还不行，这里也不行，只有当她独自一人的时候才行。她必须先抵达塔拉，不得不这样。嬷嬷就在塔拉，嬷嬷会伸出棕色的双臂搂着她；嬷嬷会紧紧地搂着她，让她的头靠在嬷嬷的胸脯上。在她的整个童年时期，她都是在嬷嬷的胸脯上哭去了她的伤心事。她要在嬷嬷的双臂中哭泣，把心中的痛苦统统哭个干净；她要把头靠在嬷嬷的胸脯上，让嬷嬷的爱抚慰她受伤的心灵。嬷嬷一定会搂着她、爱抚她，一定会分担她的痛苦，帮助她承受住这个打击。

"快一点儿，伊莱亚斯，"斯嘉丽说道，"再快一点儿。"

"帮我脱掉这些湿透了的东西，潘西。"斯嘉丽对她的女仆命令道，"快点儿！"她的脸像厉鬼一样苍白，一双绿眼睛显得更绿、更明亮，也更可怕。年轻的黑人女仆心里越紧张手脚就越笨拙。"我说过了,快一点儿。如果你害得我赶不上这趟火车,我就用皮带抽你。"

潘西心里很清楚,斯嘉丽是不会拿皮带抽她的。奴隶制的时代已经结束,她现在并不是斯嘉丽小姐的私有财产,她只要想离开随时可以辞职不干。但是,斯嘉丽绿眼睛里散发出的那种绝望而火辣辣的目光却让潘西不知所措,看她那样子分明是什么事情都能干得出来的。

"把那件黑色的美利奴羊毛[1]衫放进行李箱里,天气就要冷了。"斯嘉丽说。她两眼紧盯着打开的衣柜——黑色羊毛、黑色丝绸、黑色棉布、黑色斜纹布和黑色天鹅绒,即使她整个下半辈子都要服丧,这些黑衣服也够她穿的。她对邦妮的哀悼还没有结束,现在又接着哀悼梅兰妮。我应该找到某种比黑色更加深沉的东西,用它来好好哀悼我自己。

我不想这些事了,现在不能想,如果继续想下去我肯定会发疯的。等我到达塔拉之后再去想,在那里我能忍受一切。

"穿好你的衣服,潘西,伊莱亚斯已经等着我们了。你可千万不能忘了戴上黑纱,这个家的所有人都在服丧。"

---

[1] 美利奴细毛羊(merino)所产的羊毛。世界上的细羊毛品种都产自美利奴绵羊或以美利奴血统为主的绵羊。美利奴羊最早约在15—17世纪育成于西班牙,在各地区不同的自然环境和饲养管理条件下,衍生而形成美利奴羊的各个族系,如西班牙美利奴、法国朗布依埃美利奴、德国萨克森美利奴、澳大利亚美利奴、美国美利奴、南美美利奴和苏联美利奴等。

汇集在五点路口[1]的几条街几乎都变成了沼泽地，运货马车、轻便马车、四轮马车纷纷陷进了烂泥里。马车夫们不停地咒骂着该死的雨、泥泞的街道、不听使唤的马以及挡道的其他马车夫，叫喊声、马鞭声和人们的喧闹声此起彼伏。五点路口始终是一个川流不息的地方，有匆匆赶路的人，也有大声争吵的、不停抱怨的和开怀大笑的人。这里就是一个充满生机、动力和活力之地，是斯嘉丽热爱亚特兰大的原因所在。

　　但是，今天它却偏偏令她生气，因为五点路口挡住了她的路，亚特兰大拖了她的后腿。我必须赶上那趟火车，要是赶不上我会气死的；我必须见到嬷嬷，必须赶到塔拉去，否则我会崩溃的。"伊莱亚斯，"她厉声叫道，"你哪怕用鞭子抽死这几匹马我也不管，哪怕从街上的所有人身上碾压过去我也不在乎，只要你能及时赶到火车站就行！"她的马是最强壮的，马车夫是技术最棒的，马车更是钱所能买到的极品，任何事情都不能阻挡她回家的路，休想！

　　她最终还是赶上了那趟火车，而且时间还有富余。

　　火车头响亮地喷出了一股蒸汽，斯嘉丽屏住呼吸，等待着车轮转动发出的第一下哐当声，那将意味着火车开动了。第一下哐

1　在白人定居者到来之前，五点路口（Five Points）是克里克印第安人使用的两条小径的交汇处，即"杉树小径"（后改造成"桃树小径"）和"沙敦小径"。1845年，乔治·华盛顿·科利尔在现在的五点路口开了一家杂货店，后来这家店在1846年成为亚特兰大的第一家邮局。1848年，亚特兰大市民在五点路口举行了第一次市长选举。

当声很快传来了，接着是第二下、第三下，火车隆隆前行，车厢轻轻震动。她终于踏上了回家的路。

一切即将好起来了，她就要回到塔拉的家中。她的脑海里已经浮现出了塔拉的画面：明媚的阳光，白色的房子闪闪发亮，栀子花丛浓密的绿叶在阳光下反射出晶莹的亮点，其间点缀着绝美而柔软的白色花朵。

火车驶离了车站，浑浊的雨水从她身边的车窗玻璃外倾泻而下，不过这已经无关紧要。在塔拉的家里，客厅里一定会生起火来，扔进火里的松果会发出噼噼啪啪的响声，窗帘全都会拉上，把雨、黑暗和整个世界隔绝在外。她可以把头放在嬷嬷柔软而宽大的胸脯上，把发生在自己身上的所有可怕的事情一件一件地告诉嬷嬷，然后她就能够认真地思考，找出解决所有问题的办法……

火车头突然喷出蒸汽，发出了嘶嘶的声响，车厢猛地一抖，车轮摩擦着铁轨发出刺耳的声音，斯嘉丽的头不由自主地扬起。

已经到琼斯博罗了？她刚才肯定是打瞌睡了，这不奇怪，她实在是太累了。她已经连续两个晚上无法入睡，甚至喝了白兰地也起不到丝毫安神的作用。不对，这只是一个简陋的小站，离琼斯博罗还有一个小时。好在至少雨已经停了，前方甚至出现了一块蓝色的天空，塔拉说不定已经是艳阳高照了。她想象着通向塔拉的那条车道，车道两旁挺拔的雪松，接着是一大片绿茵茵的草坪，最后是坐落在小山顶上可爱的家。

斯嘉丽心情沉重地叹了一口气。现在，塔拉那所房子的女主人已经是她的妹妹苏埃伦了。哼！什么女主人，她就是个爱发牢骚的小女人而已。苏埃伦除了整天抱怨还干过什么？从她们俩还是孩子的时候起，她就只会怨天尤人。她现在也有了自己的孩子，几个小姑娘长得就跟过去的她一个模样。

斯嘉丽的两个孩子韦德和埃拉也在塔拉。当她得到消息说梅兰妮已经不久于人世的时候，她就让保姆普利茜带着孩子们回到了塔拉。也许，她应该把他们留在身边并带他们一起参加梅兰妮的葬礼，因为她把孩子们送走这件事现在成了亚特兰大那帮老太婆嚼舌头的又一个话题——她是个多么不近人情的母亲！她们想说什么就说什么吧。在梅丽死后的那些可怕的日子里，如果她还要照顾韦德和埃拉，她是无论如何也撑不过来的。

不想他们的事了，就这样。她现在正在回家的路上，就要回到塔拉，回到嬷嬷身边，她不能因为这些烦心事而毁了自己的好心情。上帝知道，即使不把他们牵扯进来，我的麻烦也已经够多的了。而且，我也太累了……她的头慢慢垂下来，眼睛也闭上了。

"琼斯博罗到了，太太。"列车员对她说道。斯嘉丽眨了眨眼睛，坐直了身体。

"谢谢你！"她环顾车厢四周寻找潘西的身影和她的行李箱。如果她又晃荡到其他车厢去了，我非活剥了她的皮不可。天哪，要是女士们不必每次出门都带一个陪伴那该多好！我自己照顾自己肯定要好得多。她在那儿。"潘西！赶快把我的行李箱从行李架上拿下来，我们到站了！"

现在,离塔拉只有五英里的距离,很快我就要到家了。甜蜜的家!

苏埃伦的丈夫威尔·本廷正站在月台上迎接斯嘉丽的到来。

斯嘉丽一看到威尔就感到震惊,每次见到他的最初几秒钟总会让她感到震惊。她对威尔是真心实意地喜爱并尊重,如果她能有一个兄弟——她原来一直就有这个愿望——她希望这个兄弟就像威尔。当然,她的兄弟不会有一条木头假腿,也不可能是一个穷白佬。只不过,威尔很明显就是一个下等人,所以没有人会把他误认为一个上等人。每当她不在他身边的时候,她就会忘记他是下等人,而且每当她见到他一分钟之后,同样也会忘记他是下等人。因为他真的是一个善良而优秀的人,甚至连嬷嬷也对他另眼相看。在这个世界上,对于谁是淑女、谁是绅士的判定,嬷嬷的标准是最为严格的。

"威尔!"他迈着略带摇摆的独特步伐向她走来。她张开双臂搂住了他的脖子,热烈地拥抱了他。

"天哪,威尔,见到你太让我高兴了,我都高兴得哭了。"

威尔冷静地接受了她的拥抱:"见到你我也很高兴。好久不见了。"

"是太久了,真不应该啊,快一年不见了。"

"恐怕有两年了吧。"

斯嘉丽一下子愣住了:有那么长时间了吗?难怪她的生活搞得一团糟。过去,每当她遇到麻烦的时候,塔拉总能为她提供新的生活，赋予她新的力量，这一次她怎么会在如此长的时间里缺失了塔拉的力量呢？

威尔向潘西做了个手势，然后向停在车站外的马车走去。"我们最好马上出发，否则天黑之前就到不了家了。"他说道，"既然要来镇上，我寻思还是顺便买些补给回去。所以，斯嘉丽，这马车可能坐起来不太舒服，希望你不要介意。"马车上确实堆满了鼓鼓囊囊的麻袋和大包小包的物品。

"我一点儿也不在乎。"斯嘉丽真心回答说。她就要到家了，只要能把她带回家，任何事情都不是问题。"潘西，爬上去，坐到那堆装满饲料的麻袋上去。"

在马车驶往塔拉的途中，她像威尔一样沉默不语，一边回想着记忆中乡间的宁静，一边让现实中的宁静使自己的精神振作起来。空气清新如洗，下午的太阳暖暖地照在她的肩上。回家来是对的，塔拉能为她提供亟需的庇护，她能同嬷嬷一起找到修复自己那破损世界的办法。当马车驶上塔拉门前那条她十分熟悉的车道时，斯嘉丽不觉向前挺直了身体，脸上浮现出期待的微笑。

然而，当塔拉终于出现在她眼前的时候，她却禁不住发出一声失望的叫喊："威尔，这是怎么回事？"塔拉的正面已完全被藤蔓所覆盖，吊着枯叶的丑陋藤条悬挂在墙框上；四扇窗户上的百叶窗歪斜下垂，另有两扇窗户干脆连百叶窗也没有了。

"什么事也没有，只是夏天的缘故，斯嘉丽。我通常在冬天农闲时修理房子，因为那时无须照料地里的庄稼。再过几个星期我就会开始修理那些百叶窗，现在还不到十月呢。"

"噢，威尔，你为什么不叫我给你寄些钱呢？有了钱你就可以雇几个帮手。你看看，墙皮剥落，墙砖都露出来了，整个房子看上去破败不堪。"

威尔耐心地回答道："不管你有爱还是有钱，都雇不来帮手。想工作的人都有干不完的活，不想工作的人对我又毫无用处。我和大个子山姆现在干得还不错，不需要你的钱。"

斯嘉丽咬住嘴唇，把刚要说出口的话又咽了回去。她以前经常伤害威尔的自尊心，她知道他是个相当倔强的男人。他说得不错，庄稼和家畜必须始终放在首位，它们的事不能耽误，而粉刷房子的外墙却是可以推迟的。她现在已经可以看到他们的土地，它一直延伸到房子后面很远的地方。地里没有杂草，刚耙过，隐隐散发出浓郁的粪肥气味，显然已经为下一季的播种作好了准备。红色的土壤看起来温暖而肥沃，她放心了。土地就是塔拉的心脏，就是塔拉的灵魂。

"你说得对。"她对威尔说。

这时，前门突然打开了，门廊里一下子站满了人。苏埃伦站在最前面，不仅手里抱着她最小的孩子，还挺着个大肚子，褪色的棉衣裙已经快被撑破了，她的披肩已经从肩膀上滑落，耷拉在一只手臂上。斯嘉丽不由自主地挤出了一丝微笑，说道："我的天哪，威尔，苏埃伦又要生孩子了吗？你得赶紧再建几个房间才行啊。"

威尔咯咯笑道："我们正努力生一个男孩儿。"他冲着妻子和他的三个女儿挥挥手。

斯嘉丽也冲他们挥了挥手,后悔自己竟然没有想到为孩子们买一些玩具。噢,天哪,看看这些个孩子吧。苏埃伦一脸阴沉地看着她。斯嘉丽的目光在人群中搜索,她希望看到那个黑色的脸庞……她看到了普利茜,看到了躲在普利茜衣裙后面的儿子韦德和女儿埃拉……还有大个子山姆的妻子黛利拉,她手里拿着一个勺子,刚才可能正在锅里搅着……还有一个——她叫什么名字来着?——哦,对了,卢蒂,她是这些孩子们的嬷嬷。但是,我的嬷嬷在哪儿?斯嘉丽向自己的两个孩子喊道:"嗨,宝贝们,妈妈在这儿。"然后,她转向威尔,伸出手碰了碰他的手臂。

"嬷嬷在哪儿,威尔?她还没有老得不能出来迎接我吧。"斯嘉丽突然害怕得说不出话来了。

"她病了,正躺在床上休息,斯嘉丽。"

听到这话,斯嘉丽立刻从还在移动的马车上跳了下去,跟跄了几步又稳稳地站住了,然后拔腿向房子跑过去。她顾不上孩子们激动地欢迎她的叫喊声,对苏埃伦问道:"嬷嬷在哪儿?"

"这个问候不错嘛,斯嘉丽,不过倒是没有我想象的那么糟。你明明知道我已经忙得不可开交了,还把普利茜和你的两个孩子送到这儿来,连一声'抱歉'都不说,你这是想干什么?"

斯嘉丽举起一只手,作好了扇她妹妹一耳光的准备:"苏埃伦,如果你不告诉我嬷嬷在哪里,我可就要大叫了。"

普利茜拉了拉斯嘉丽的衣袖,对她说:"我知道嬷嬷在哪里,斯嘉丽小姐，我知道的。她病得厉害，所以我们把厨房隔壁那个小房间整理出来让她住，就是原来火腿多的时候用来挂火腿的那个房间。那里紧挨着烟囱，很温暖，很不错。我回来的时候她就住在那里了，所以我刚才说我们把它整理出来不太准确，但是我确实搬了一张椅子进去。这样，如果她想从床上起来或者有客人来，房间里就有地方坐了……"

普利茜后面的话都白说了，斯嘉丽已经跑到了嬷嬷的病房前，扶着门框支撑着自己的身体。

床……床……上那个人不是她的嬷嬷。嬷嬷是一个身材高大的女人，身体健壮而丰满，棕色的皮肤十分温暖。嬷嬷离开亚特兰大还不到六个月，她不可能在这么短的时间里就消瘦成这个样子。那不是嬷嬷，说什么斯嘉丽也不相信她就是嬷嬷。这个家伙一头灰白的头发，形容枯槁，身体干瘪，身上盖着一床褪色的拼布被子，想抬起身子却又力不从心；她的手指已经扭曲，颤颤巍巍地在被子上无力地移动。斯嘉丽感到头皮一阵发麻。

这时，她听到了嬷嬷的声音。虽然声音微弱且断断续续，但那就是嬷嬷温柔而暖心的声音："唉，小姐，我不是告诉过你无数次了吗，不戴上帽子、不拿遮阳伞是不能出门的……早就跟你说过无数……"

"嬷嬷！"斯嘉丽在床边跪了下来，"嬷嬷，我是斯嘉丽，你的斯嘉丽啊。你千万不要生病啊，我会受不了的。你不能生病。"她低下头靠在嬷嬷瘦削的肩膀旁边，像一个孩子似的号啕大哭起来。

一只软弱无力的手抚摸着她低垂的头:"孩子,不哭,没有什么解决不了的问题。"

"全都是问题,"斯嘉丽哭诉道,"一切都乱套了,嬷嬷。"

"嘘,好了,只不过摔碎了一个杯子,你还有整整一套茶具呢,而且同这个杯子一样漂亮。嬷嬷答应过你,你照样可以搞你的茶会。"

斯嘉丽抬起头来,她感到了恐惧。她盯着嬷嬷的脸看,从那双凹陷的眼睛里她看到了闪烁着爱的目光,但是那双眼睛看不见她。

"不!"她低语道,她不能忍受这一切。先是梅兰妮,再是瑞特,现在又是嬷嬷,她爱的所有人都离开了她。这太残酷无情了,不能这样!

"嬷嬷!"她大声说道,"嬷嬷,你听我说,我是斯嘉丽。"她双手抓住床垫的边沿,想要用力摇晃它。"看着我,"她抽泣道,"是我,这是我的脸。你必须明白是我,嬷嬷。是我啊,我是斯嘉丽。"

威尔伸出一双大手搂住了她的腰,说道:"别这样。"他的声音很温和,但是那双手像钢铁般坚定:"斯嘉丽,嬷嬷现在这个样子正是她最幸福的时候,因为她又回到了萨凡纳。那时她还是一个小姑娘,整天照顾你的母亲。那是她最开心的日子——年轻、强壮,无忧无虑。不要打扰她。"

斯嘉丽挣脱威尔的双手,回答说:"可是,威尔,我要她知道是我回来了。我从来没有告诉过她她对我很重要,所以我必须告诉她。"

"你会有机会告诉她的。大多数时候她都不是现在这个样子,所有人都能认得出来。她也知道自己已经时日不多,这些日子身体还好些了。你现在跟我来吧,大家都在等着你。黛利拉在厨房里,她会一直注意听着嬷嬷的动静。"

斯嘉丽在威尔的搀扶下站起身来,她感到全身麻木,甚至连心脏也麻木了。她默默地跟着威尔来到了客厅,苏埃伦一看到她就又开始数落,接着刚才在门廊里的话继续抱怨。好在威尔及时制止了苏埃伦,告诉她说:"苏,斯嘉丽受到的打击已经很沉重,你就别烦她了。"他倒上一杯威士忌,然后把杯子递到斯嘉丽手里。

威士忌确实管用。一口下去,她立刻感到一股灼热感在全身弥漫开来,心中的痛苦开始消退。她把空杯子递给威尔,他又为她斟上一杯。

"你们好,亲爱的,"她对自己的两个孩子说,"过来给妈妈一个拥抱。"斯嘉丽听着自己的声音,就好像听着别人在说话,不过好在这至少是她该说的话。

她尽可能把自己的全部时间用来陪伴嬷嬷,时刻守候在她的身旁。她本来把自己的全部希望都寄托在嬷嬷身上,指望嬷嬷会搂着她带给她安慰,但是现在,却是她自己用年轻有力的臂膀搂着这位垂死的黑人老妇人。斯嘉丽抱着软弱无力的嬷嬷,为她擦洗身子和换床单,帮她舒缓呼吸困难,哄她勉强喝下几勺肉汤，把儿时嬷嬷经常为她唱的催眠曲唱给嬷嬷听。当嬷嬷神志不清、把斯嘉丽当作她已故的母亲同她说话时，斯嘉丽就按照自己的理解以母亲的口吻同嬷嬷对话。

有时候嬷嬷满是眼屎的眼睛会认出她来，一看到她最喜爱的人，老妇人开裂的嘴唇就会露出微笑。紧接着，她就会用颤抖的声音训斥斯嘉丽。从斯嘉丽还是个幼儿的时候起，嬷嬷就一直喜欢训斥她："斯嘉丽小姐，你的头发看上去一团糟，马上去梳理一百下，要像嬷嬷教你的那样梳。"要不就说："你不能穿这么一件皱巴巴的连衣裙，去换一条整洁的裙子穿上，省得别人看见了笑话。"或者说："你的脸苍白得就像一个饿鬼，斯嘉丽小姐，你是不是搽粉了？马上去给我洗掉！"

不论现在嬷嬷对她下达什么命令，斯嘉丽都会满口答应去做。然而，每次命令还来不及执行，嬷嬷就又陷入了迷糊，再次沉浸在过去那个还没有斯嘉丽的时代之中。

在白天和晚上，苏埃伦或卢蒂甚至威尔都会来到嬷嬷的病房守候一会儿，这时斯嘉丽就可以蜷缩在那把已经下陷的摇椅里睡上半个小时。但是，夜里总是斯嘉丽一人独自守候在嬷嬷身边。她会把油灯的火苗调到最小，然后把嬷嬷干瘦的一只手握在自己手里。当整座房子的人和嬷嬷都入睡之后，她才终于可以痛快地哭一场，释放出自己伤心的泪水，稍稍减缓一点儿心中的痛楚。

一天凌晨时分，嬷嬷突然在万籁俱寂中醒来了。"你在这里哭什么呢，亲爱的？"她轻声问道，"老嬷嬷已经准备好放下肩上的担子，在上帝的臂膀里休息了，你这么小题大做没有必要。"她的手在斯嘉丽的手里微微动了一下，然后她把手抽出来开始抚摸斯嘉丽低垂的头，说道："嘘……好了，好了，事情没你想的那么糟糕。"

"对不起，"斯嘉丽抽泣道，"我就是控制不住。"

嬷嬷伸出弯曲的手指，把垂在斯嘉丽脸上的散乱头发拨开，对她说："告诉嬷嬷，我的小羊羔遇到什么烦心事了？"

斯嘉丽注视着那双衰老、睿智而充满怜爱的眼睛，心中感到了从未有过的深切悲痛。她回答说："嬷嬷，我把一切都搞砸了。我想不明白自己怎么会犯了那么多的错误，我就是想不通。"

"斯嘉丽小姐，你只是做了你必须做的事情，没人能比你做得更好了。上帝交给了你一副重担，你把它挑起来了。至于他为什么要把这副重担压到你的身上以及你为此付出了多么沉重的代价，都是一些毫无意义的问题。凡事做了就做了，现在就不要再自寻烦恼。"嬷嬷闭上了沉重的眼帘，几滴泪珠在微弱的灯光下闪闪发亮，急促的呼吸舒缓下来，她再次进入了梦乡。

我不烦恼行吗？斯嘉丽真想大叫几声。我的生活毁了，而我又束手无策。我需要瑞特，他却离我而去；我需要你，你也要离开我了。

斯嘉丽抬起头，用衣袖擦去脸上的泪水，挺了挺酸痛的肩膀。大肚炉子里的煤就要燃尽了，煤桶也空了，她必须先把煤桶装满，然后再给炉子添上煤。屋里已经开始有了冷意，她必须让嬷嬷保持温暖。她把褪色的拼布被子往上拉了拉，把嬷嬷虚弱的身子盖好，然后拎起煤桶走到了寒冷而漆黑的后院里。她急急忙忙向煤箱方向走去，突然想到她应该披上一件披肩再出来。

天上没有月亮，先前的一弯新月已经消失在黑沉沉的乌云里。空气中充满夜晚带来的潮气，几颗没被乌云遮住的星星闪烁着冰冷的微光，显得那么遥远。斯嘉丽不禁打了一个寒噤，她的四周都笼罩在一片无形而无边的黑暗之中。她盲目地走到了后院的中间，可是怎么也看不见应该近在咫尺的熏制房和谷仓熟悉的轮廓。她突然感到一阵恐惧，急忙回头搜寻她刚刚离开的白色大房子。但是，眼前所见也是一片漆黑，无形、无边、无际，周围看不到一丝光亮，她好像已经落入了一个荒凉、未知而无声的世界之中。寂静的夜没有任何动静，无论是树上的树叶还是鸟儿翅膀上的羽毛，都纹丝不动。恐惧抓住了她紧绷的神经，她想逃跑，但是往哪里逃呢？四周都是陌生而无边的黑暗。

斯嘉丽咬紧了牙关。我怎么会突然变得这么愚蠢？我在家里啊，在塔拉，一旦太阳升起，黑暗和寒冷都会立刻消失得无影无踪。她强迫自己笑了笑，那刺耳且反常的笑声反而把她自己吓了一跳。

她心里想，人们总说黎明前最黑暗，这就是证明。我只是有些忧郁，仅此而已。我不能向忧郁屈服，我没有时间忧郁，大肚炉子需要添煤。她把一只手伸进面前的黑暗之中，迈步向煤箱所在的地方走去，它应该就在柴堆的旁边。她一脚踩进了地面的一个坑里，一个踉跄跌倒在地，煤桶脱手摔到地上发出响亮的"哐当哐当"的声响，随即消失在了黑暗中。

她身体的每一部分都已经精疲力竭并被恐惧所笼罩，都在迫使她放弃努力，劝说她就地躺下不动，去拥抱身体下看不见的坚实的大地给予她的安全，静静地等待黎明到来，那时她就能重新看见这个世界。但是，嬷嬷需要温暖，需要从炉子的云母观火窗中透出来的愉悦的橘黄色火光。

斯嘉丽慢慢抬起身体，用双膝跪坐在地上，两只手前后摸寻着丢掉的煤桶。这个世界上以前一定从来没有出现过如此伸手不见五指的黑暗，也没有出现过如此潮湿、阴冷的空气，她感到喘不过气来。煤桶在哪儿？黎明又在哪儿？

她摸索的手指突然从一个冰冷的金属表面划过，于是她挪动双膝向那个东西移动身体，接着双手同时抓住了丢掉的锡皮煤桶的两端。她向后坐在自己的脚跟上，双手把煤桶紧紧抱在胸前。

噢，上帝啊，我现在已经彻底晕头转向了，甚至连房子在哪个方向都不知道，更不用说煤箱了。我已经完全迷失在了黑暗之中。她猛地抬起头，瞪大眼睛搜寻着四周哪怕最微弱的光亮，然而整个天空都是漆黑一片，甚至连先前看到过的那几颗遥远而冰冷的星星也消失了。

一时间，她想放声大哭，想厉声尖叫，直到把房子里的某个人吵醒，他就会点上灯出来找到她，把她带回房子里去。

然而，她的自尊心又不允许她这样做。她竟然迷失在了自己家的后院里，迷失在了离厨房门口几步之遥的地方！这样的奇耻大辱让她今后如何还能活下去。

她把煤桶挂在肩上，四肢着地笨拙地向前爬去。就这样一直往前爬吧，总会碰上什么东西——房子、柴堆、谷仓、墙壁，那时她就能找到方向了。如果站起来往前走，她就能更快地找到方向，就不至于像个傻瓜似的在地上爬来爬去。但是，那样的话她很可能再摔一跤，这一跤就可能扭伤她的脚踝甚至更糟，那么她就再也无能为力，只能等待天亮后别人来发现她。只要不迷失在这里，不孤单无助地躺在地上，她做点儿什么都行。

墙在哪儿啊？这里总得有一堵墙才对。她觉得自己好像已经爬到了去琼斯博罗的半路上，一阵恐惧掠过心头。如果这黑暗永不消失怎么办？如果她一直往前爬呀爬，却什么东西也没碰上怎么办？

停下来！她告诉自己：必须马上停下来。她的喉咙发出呼吸困难而急促的声音。

她挣扎着站起来，让自己慢慢地呼吸，让大脑控制住自己疯狂的心跳。她对自己说：我是斯嘉丽·奥哈拉，我现在在塔拉，我熟悉这里的每一寸土地，甚至胜过熟悉自己的双手。但是，如果她连眼前四英寸以外的地方都看不见，熟悉又有何用？她知道周围都有些什么，她现在要做的就是找到它们。

那么，她要走着找到它们，而不是像个婴儿或小狗那样爬来爬去。她昂起下巴，挺起了瘦弱的双肩。她要感谢上帝，没有人看见她刚才匍匐在泥地上，也没有人看见她盲目地在地上爬行，连站起来的勇气都没有。在她的一生中，她还从来没有被别人或任何事情打败过，老谢尔曼的军队没有，外来投机商最阴险的手段也没有。要是她不退缩,任何人和事都休想打败她;要是她退缩了,那么她活该。看看我自己,竟然像一个胆怯好哭的孩子一样害怕黑暗!

我想,一个又一个沉重的打击已经使我的意志消沉到了极点。她对自己感到厌恶,而自责又使她冰冷的心感到了温暖。我再也不会这样消沉了,决不!无论发生什么也不再消沉。一旦滑下去,人生的路就只会越来越陡峭。如果我把自己的生活搞得一团糟,我就必须自己把这个烂摊子收拾干净,而决不能在这个烂摊子前倒下。

斯嘉丽把煤桶举到胸前,迈开坚定的步伐向前走去。几乎就在这同时,手中的煤桶"哐"的一声撞到了什么东西,她立刻就闻到了新砍下的松木散发出来的刺鼻的松脂气味,禁不住笑出声来。她正站在柴堆前面,煤箱就在柴堆边上,这里正是她要去的地方。

炉膛里新添的煤已经燃起了熊熊火苗,斯嘉丽砰的一声关上炉门,惊得睡梦中的嬷嬷在床上动弹了一下。斯嘉丽马上走上前,再次把被子往上拉好。房间里依然很冷。

嬷嬷斜着眼忍痛看着斯嘉丽,用微弱的声音嘟囔道:"你的脸很脏……手也不干净。"

"我知道,"斯嘉丽回答道,"我马上就去洗干净。"说着她弯下腰在嬷嬷的额头上深情地吻了一下。她要在嬷嬷还没有再次迷糊之前表达她的爱:"我爱你,嬷嬷。"

"这我知道,你不必告诉我。"嬷嬷又昏睡过去了,又摆脱了痛苦的折磨。

"不,很有必要。"斯嘉丽告诉她说。她知道嬷嬷听不见她的话,但她还是大声说了出来,因为她也需要对自己说出来:"很多时候这句话都是必须说出来的。我一直没有对梅兰妮说出来,也一直没有对瑞特说出来,结果悔之晚矣。我从来没有花时间好好想一想,我是爱他们的,也是爱你的。现在,我至少不会对你再犯我对他们犯下的错误了。"

斯嘉丽低头久久地看着不久于人世的嬷嬷那张骷髅般瘦削的脸,对她耳语道:"我爱你,嬷嬷。要是哪一天没有了你的爱,我会变成什么样子?"

第二章

普利茜从病房微开的门缝里伸进头来，说道："斯嘉丽小姐，威尔先生说让我来坐在嬷嬷身边，你好去吃早饭。黛利拉说一个人照顾嬷嬷会把你累垮的，她专门为你准备了一大片火腿和肉汁，让你就着它们吃玉米碴子粥[1]。"

"嬷嬷的牛肉汤呢？"斯嘉丽急切地问道，"黛利拉应该知道，早上她要做的第一件事情就是把热牛肉汤给嬷嬷送来。"

"我正端在手里呢。"普利茜用胳膊推开门，双手端着一个托盘走进来，"但是，嬷嬷正在睡觉，斯嘉丽小姐，你想让我把她摇醒来喝牛肉汤吗？"

"就让汤这么盖着，把托盘放到炉子旁边，等我回来再喂她喝。"斯嘉丽感到饿极了，热腾腾的牛肉汤香气扑鼻，害得她空荡荡的胃一阵痉挛。

她急忙跑到厨房里洗干净了脸和双手。她的衣裙也很脏了，

---

[1] 玉米碴子粥（grits）又译为"葛子粥""玉米粥"等，是美国南方最常见的食物之一，是用磨成1毫米至2毫米粒径的玉米煮成的黏稠粥，通常还要加入奶油和糖再食用。

但是只能将就一下，等吃完早饭再换一件干净的。

斯嘉丽走进餐室时，威尔正好从餐桌前站起来。农民不能浪费光阴，尤其是当窗外早早升起的金色太阳预示着一个明亮而温暖的日子的时候。

"需要我帮忙吗，威尔叔叔？"韦德立刻跳起来满怀希望地问道，差一点儿撞翻了他的椅子。这时他看见了他的母亲，脸上的渴望表情立即消失了，因为他必须规规矩矩地坐在餐桌前吃饭，不然她会发火的。于是，韦德慢慢地走到另一把椅子前，为斯嘉丽扶住了椅子。

"韦德，你真是个懂礼貌的孩子。"苏埃伦轻声说道，"早上好，斯嘉丽！你难道不为你的这位年轻的绅士感到骄傲吗？"

斯嘉丽面无表情地看看苏埃伦，然后看看韦德。天哪，他还只是个孩子，苏埃伦如此假意恭维他到底想干什么？看看她装腔作势的模样，你会以为韦德是一个可以供她调情的舞伴。

斯嘉丽突然惊讶地发现，韦德竟然已经出落成一个漂亮的男孩子，不仅身材比实际年龄大，看上去也更像一个十三岁而不是十二岁不到的少年了。但是，既然他长得这么快，衣服很快就小了，苏埃伦就不得不不断给他买新衣服，她是不可能因此感到开心的。

天哪！我该如何解决韦德衣服的问题？瑞特总能及时地把该做的事情都做了，而我根本不知道男孩子该穿什么衣服，甚至不知道该到哪里去买这样的衣服。他的双手已经露出衣袖外好大一截，他里里外外的所有衣服都需要换成大一号的。这件事还得尽快办，因为学校肯定很快就要开学了。就算学校还没有开学，我也根本不知道今天是几月几号。

斯嘉丽一屁股坐到了韦德扶着的椅子上，她希望他能主动把她急于知道的那些情况告诉她。但是，她必须先吃早饭。我已经饿得直流口水，就好像在漱口一样。"谢谢你，韦德·汉普顿。"她心不在焉地对他说道。火腿看上去棒极了，粉红而多汁，外面是酥脆的棕色油脂。她拿起餐巾直接扔到腿上，甚至懒得把它展开，然后拿起了刀叉。

"妈妈？"韦德小心翼翼地问道。

"嗯？"斯嘉丽把火腿切成小块。

"我可不可以到地里帮威尔叔叔干活？"

这一回斯嘉丽自己违背了餐桌礼仪中的一条基本原则，含着满嘴的食物说起话来："行，行，去吧。"火腿的味道真好，她的双手忙不迭地切下了又一块火腿肉。

"我也要去！"埃拉突然冒出一句。

"我也要去！"苏埃伦的女儿苏西也叫道。

"没人请你们去，"韦德说，"地里的事是男人的活儿，女孩子都待在屋里。"

这时，苏西突然哭了起来。

"看看你干的好事！"苏埃伦冲斯嘉丽叫道。

"怪我吗？又不是我的孩子在哭。"斯嘉丽每次回到塔拉都下定决心避免同苏埃伦争吵，但还是积习难改。她们俩从孩提时代起就争斗不休，至今也没有真正停止过。

斯嘉丽默默地对自己说：我不能让她毁了我的第一顿早餐，天知道我已经饿了多长时间了。她把注意力放到她的早餐上，拿起勺子把黄油均匀地搅拌到她盘子里热气腾腾的玉米碴子粥里。韦德跟着威尔走出了门，埃拉跟着苏西哭号起来，但是斯嘉丽连眼皮也没有抬一下。

"你们俩，都不许哭了。"苏埃伦大声说。

斯嘉丽把火腿肉汁倒在玉米碴子粥上，再把一勺玉米碴子粥倒在一片火腿上，然后用叉子把它们叉起来。

"瑞特叔叔也会让我去的。"埃拉抽泣道。

斯嘉丽默默告诫自己：我不听，我要闭上耳朵，专心享用我的早餐。她用叉子把火腿、玉米碴子粥和肉汁一起送进嘴里。

"妈妈……妈妈，瑞特叔叔什么时候才能到塔拉来？"埃拉的声音让斯嘉丽觉得很刺耳，尽管她不想听，但还是听见了，结果嘴里的美味食物立刻变成了难以下咽的锯末。她能说什么呢？她该怎么回答埃拉的问题？"他再也不来了。"就这么回答她吗？她不能这样说，她自己也不愿意这样去想。她厌恶地看着哭红了脸的埃拉。女儿把一切都毁了，她难道就不能让我消停一会儿，等我把早饭吃完再说吗？

埃拉的头发长得随她的父亲弗兰克·肯尼迪，一头姜黄色的卷发。无论普利茜把埃拉的发辫编得多么紧，也无论她用多少水把她的头发抒得平平的，那些个卷毛总会挣脱出来，像生锈的铁丝一样在她泪痕满面的小脸周围支棱着。埃拉的身子也像铁丝一样，瘦得有棱有角。她比苏西大，已经快七岁了，后者只有六岁半,但是苏西比埃拉高出半个头,而且还要结实得多,可以肆无忌惮地欺负埃拉。

斯嘉丽心想,难怪埃拉希望瑞特到塔拉来,因为他真的爱她,而我不爱。她跟弗兰克一样,总是让我心烦,无论我怎么努力都很难爱上她。

"瑞特叔叔什么时候来呀,妈妈?"埃拉又一次问道。斯嘉丽把自己的椅子从餐桌前推开,站起身来。

"那是大人的事情,"她回答说,"我要去照顾嬷嬷了。"她现在不能想瑞特的问题,受不了,等她心情好起来以后再去想吧。现在重要的是——更重要的是——哄着嬷嬷把肉汤喝下去。

* * *

"再喝一小勺,亲爱的嬷嬷,你喝下去我就会开心。"

老女人躲开勺子,把头扭到一旁,叹道:"我累了。"

"我知道,"斯嘉丽说,"我知道。那么,睡吧,我不再烦你了。"她低头看了看手里的碗,几乎还是满满的,嬷嬷吃下去的东西已经一天比一天少了。

"埃伦小姐……"嬷嬷微弱地呼喊道。

"我在,嬷嬷。"斯嘉丽回答道。每当嬷嬷认不出她来的时候,每当斯嘉丽爱抚嬷嬷的手被当作母亲埃伦的手的时候,斯嘉丽就会感到一阵伤心。她每次都要告诫自己:我不应该为这件事烦恼,毕竟过去照顾病人的人都是母亲而不是我。母亲对每一个人都很好,她就是一个天使,是一个完美无缺的女士。嬷嬷错把我当成她,我应该把它看作是对我的赞扬。嬷嬷最爱的是母亲,我如果因此而心生妒忌,怕是将来要下地狱的……只不过,我已经不太相信地狱那一套……连天堂我也不信了。

"埃伦小姐……"

"我在呢,嬷嬷。"

嬷嬷那双昏花的眼睛睁开了一条缝,嘟囔道:"你不是埃伦小姐。"

"我是斯嘉丽,嬷嬷,我是你的斯嘉丽啊。"

"斯嘉丽小姐……我想见瑞特先生,有事跟他说……"

斯嘉丽紧紧咬住自己的嘴唇。我也想见他,很想。她无声地哭泣着。可是,他走了,嬷嬷,我没法给你想要的东西。

她发现嬷嬷已经再次陷入了近乎昏迷的状态之中,这反而使她感到大大地松了一口气。至少嬷嬷已经感受不到痛苦,而她自己却感到万箭穿心似的悲伤。她多么需要瑞特,尤其是现在当嬷嬷越来越快地滑向死亡深渊的时候,她更需要他。如果他能和我一起待在这里,感受到我所感受的痛苦,那该多好。瑞特说过,他这一辈子,除了嬷嬷之外还从来没有为赢得哪个人的好感而竭尽全力,也没有如此在乎过别人对他的看法。当他得知嬷嬷离开人世的消息时,一定会伤心欲绝,他肯定会因为没能跟她道别而感到痛惜……

斯嘉丽猛然抬起头,睁大了眼睛。对呀,我真是个大傻瓜!她低头看了看床上那个干瘪的老人,躺在被子下的嬷嬷显得那么瘦小和轻飘飘的。"噢，亲爱的嬷嬷，谢谢你！"她轻声道，"我来寻求你的帮助，因为任何麻烦事到了你的手里都会变得一帆风顺。这一次还是你帮助了我，就像你过去一次次帮助了我一样。"

她在马厩里找到了正在刷马的威尔。

"噢，找到你太让我高兴了，威尔。"斯嘉丽说道。她的两眼发出兴奋的光芒，脸颊虽然没有像往日那样抹上胭脂，却仍然透出自然的粉红色。"我能用一用这匹马和那辆双轮轻便马车吗？我要去一趟琼斯博罗。除非——你不会恰好要去琼斯博罗买什么东西吧？"她屏住呼吸等待着他的答复。

威尔不动声色地看了看她。他太了解她了，只是她自己并不知道。"有什么事需要我做吗？我是说，如果我正好要去琼斯博罗的话。"

"噢，威尔，你真是个大大可爱的家伙。我希望守在嬷嬷身边，但是我又真的必须马上把嬷嬷的情况告诉瑞特。她一直说想见他，而他也一直非常喜欢她，绝不愿意做出任何让她失望的事情来。"她抚摸着那匹马的鬃毛，继续道，"他现在在查尔斯顿处理他家里的事情，他母亲离开他就什么事情也干不了。"

斯嘉丽抬眼看了看威尔毫无表情的脸，然后扭头看着别处。她的两只手正把马的鬃毛编成一根根的小辫子，眼睛则盯着两只手，就好像她正在做一件顶顶重要的事情。"是这样，如果你能帮我发一封电报，我就把地址给你。不过，你最好以你的名义发给他，威尔。瑞特知道我多么崇拜嬷嬷，所以他会以为我夸大了她的病情。"她抬起头，露出灿烂的微笑，"他认为我就像一只金甲虫，根本没有脑子。"

威尔心里很清楚，这不过是一个弥天大谎。"我看你说得对，"他慢慢说道，"瑞特应该尽快赶过来。我立刻骑马过去，那样比赶马车要快得多。"

斯嘉丽的双手终于放松下来。"谢谢你，"她说，"他的地址就在我的口袋里。"

"我会及时赶回来吃晚饭。"威尔说道。他从架子上拿起马鞍，斯嘉丽也伸出手帮助他。她觉得自己现在充满了活力，也很肯定瑞特一定会来。他一接到电报就会立刻出发，不出两天就会到达塔拉。

然而，两天过去了，瑞特并没有出现。三天、四天、五天都过去了，斯嘉丽不再留意屋外的车道上是否传来了马车车轮或马蹄的声音。那几天她一直故意穿着破旧的衣服，时时刻刻倾听着车道上的动静，但是现在另一种声音抓住了她的全部注意力，那就是嬷嬷艰难呼吸时发出的可怕噪声。那个孱弱、消瘦的身体似乎已经不可能有足够的力量把空气吸进她的肺里再把它呼出体外，但她竟然一次又一次地做到了，布满皱纹的脖子上青筋凸起、不停地颤抖。

这时，苏埃伦走了进来，同斯嘉丽一起守在嬷嬷身边："她也是我的嬷嬷，斯嘉丽。"她们两人之间一辈子的猜忌和争斗被放到了一边，共同为帮助这个黑人老女人而努力。她们把这座房子里的所有枕头都拿到了这里，用它们支撑着嬷嬷坐起来，熏壶也时刻保持着喷出蒸汽的状态。她们把黄油涂抹在她开裂的嘴唇上，用勺子把水一点一点地送进她的嘴里。

但是，什么也无法缓解嬷嬷的病情。她怜爱地看着姐妹俩，喘着气说："不要把你们自己累垮了，你们无能为力。"

斯嘉丽把手指放到嬷嬷的嘴唇上。"嘘，"她央求道，"不要说话，你要保存体力。"为什么，这都是为什么？她在心中埋怨上帝。你为什么就不能让她轻松地死去，让她迷失在过去中的时候死去？为什么偏偏要让她苏醒过来，让她遭受如此痛苦？她做了一辈子的好人，始终为他人操劳，从来没有为自己做过任何事。她应该得到善终，而不是得到现在的折磨。只要我活着，我就再也不会对你顶礼膜拜！

然而，她还是拿起床头柜上那本破旧的《圣经》大声读给嬷嬷听。当她朗读《旧约》里的诗篇时，没人能够听得出她埋藏在心底对上帝的不恭和愤怒。入夜之后，苏埃伦走进来点上灯，接替斯嘉丽继续往下读。书页不停地翻动，朗读声持续不断。接着，斯嘉丽换上来，然后又是苏埃伦，直到威尔走进来，告诉斯嘉丽去休息一下。"你也去休息，斯嘉丽，"他对她说，"我来坐在嬷嬷身边。我虽然不会朗读，但是《圣经》里的很多内容都记在我的脑子里。"

"你就背给她听。但是，我不会离开嬷嬷，我做不到。"她在地板上坐下来，把疲倦的身体靠在墙上，聆听着死亡的可怕声音。

当黎明的第一丝微弱的光亮透过窗户照进来的时候，嬷嬷呼吸的声音突然变了，每一次呼吸的声音都更大，而呼吸与呼吸之间沉寂的时间也越来越长。斯嘉丽急忙站起身来，威尔也从椅子上站了起来。他说："我去叫苏埃伦。"

斯嘉丽接替威尔站到了嬷嬷的病床前："嬷嬷，要不要我握住你的手？让我握着你的双手吧。"

嬷嬷的额头费力地皱了起来，嘟囔道："太……累了。"

"我知道，我知道。不要说话，一说话就累。"

"本想……等到……瑞特先生来。"

斯嘉丽强忍着喉头的哽咽，她现在不能哭："你不必等他，嬷嬷，你可以好好休息。他来不了。"就在这个时候，她听到了从厨房里传来的急促的脚步声："苏埃伦来了，还有威尔先生，我们都陪着你，亲爱的。我们都爱你。"

这时，一个人的身影突然落到了病床上，嬷嬷微笑起来。

"她想见我。"瑞特说道。斯嘉丽抬头看着他，简直无法相信自己的眼睛。"另外，"他温柔地接着又说，"让我站到离嬷嬷近一些的地方。"

斯嘉丽呆呆地站在原地，她感受到了他近在咫尺的魁梧身躯，也感受到了他的力量和男性魅力，她感到自己的膝盖发软。瑞特从她身边挤过，跪在嬷嬷床前。

他终于来了，一切都会好起来。斯嘉丽向前一步，在他身边跪下来，她的肩膀紧挨着他的臂膀，虽然嬷嬷的病况让她心碎，但是此刻她感到高兴。瑞特终于来了，他就在这儿。我真是一个傻瓜，竟然那么轻易地就放弃了希望。

"我想请你为我做一件事情。"嬷嬷对瑞特说。她的声音听起来很奇怪,就好像她身体中所仅存下来的那一点点力量就是为了用在现在这一刻。她的呼吸短浅而急促,几乎就是在喘息。

"什么事都行,嬷嬷,"瑞特说,"你要我做任何事我都会做的。"

"让我穿着你送给我的那件红色丝绸衬裙入土,你务必为我做到。我知道,卢蒂正盯着那件衬裙呢。"

瑞特哈哈笑起来。斯嘉丽很吃惊,他怎么能在一个将死之人的床前大笑呢!但是,她紧接着却发现嬷嬷也在笑,只是没有笑出声。

他把右手放到自己的胸前,回答说:"我对你发誓,嬷嬷,卢蒂连看一眼那条衬裙都别想。我保证它会跟着你一起到天堂里去。"

嬷嬷向他伸出一只手,示意他把耳朵凑到她嘴边上。"你要照顾好斯嘉丽小姐,"她耳语道,"她需要疼爱,而我再也做不到了。"

斯嘉丽屏住了呼吸。

"我会的,嬷嬷。"瑞特说。

"你得起誓。"这道命令虽然声音微弱,却非常严厉。

"我发誓。"瑞特回答道。嬷嬷默默地叹了一口气。

斯嘉丽抽泣着长舒一口气。"哦,亲爱的嬷嬷,谢谢你!"她哭叫道,"嬷嬷——"

"她听不见你的话,斯嘉丽,她已经走了。"瑞特的大手温柔地抹过嬷嬷的脸,合上了她的眼睛。"一个世界消亡了,一个时代结束了。"他轻轻说道,"愿她安息。"

"阿门。"威尔站在门口应声道。

瑞特站起来,转过身说:"威尔,苏埃伦,你们好!"

"她到最后还在为你着想,斯嘉丽,"苏埃伦哭着说,"你一直都是她的心肝宝贝。"她开始号啕大哭。威尔把妻子搂抱在自己胸前,轻轻拍着她的后背,让她靠在自己的胸膛上哭泣。

斯嘉丽跑上前,伸出双臂要拥抱瑞特。"我太想念你了。"她说。

瑞特伸手抓住斯嘉丽两只手的手腕,把它们压下来,放回到她身体两侧。"别这样,斯嘉丽,"他对她说,"一切并没有改变。"他的声音很平静。

斯嘉丽简直无法克制住自己,她大吼道:"你这是什么意思?"

瑞特的脸抽动了一下,回答道:"不要强迫我再说一遍,斯嘉丽,你很清楚我是什么意思。"

"我不清楚,我也不相信你。你不能扔下我不管,不能这么做;你不能在我如此爱你和需要你的时候离我而去。噢,瑞特,请不要用那种眼神看着我。你就不能伸出手臂拥抱我、安慰我一下吗?你可是答应过嬷嬷的。"

瑞特摇摇头,嘴唇露出一丝微笑:"你真是太幼稚了,斯嘉丽。这些年来你对我已经很了解,可是需要的时候你却把你学到的东西都忘得一干二净。我刚才说的是谎话,是为了让一位可爱的老太太开心地度过她最后的时刻。请记住,我的小心肝儿,我就是个无赖,不是什么绅士。"

他向门口走去。

"别走,瑞特,求你了。"斯嘉丽抽泣道。但是,紧接着她用双手捂住了自己的嘴巴,不让自己再说下去。如果她再向他求情,她自己也不会原谅自己的。她猛地扭过头,不忍心看着他离去,她看到苏埃伦的眼睛里露出了胜利的目光,而威尔的眼睛里却流露出同情。

"他会回来的,"她昂起头说,"他每次都会回来的。"她想,如果我反复这么说,我自己恐怕也会相信的,说不定他真的就回来了。

"总会回来的。"她深深地吸了一口气接着说道,"苏埃伦,嬷嬷的那件衬裙在哪里?我要确保她穿着那件衬裙入土。"

嬷嬷死后,斯嘉丽还能控制住自己的情绪,一直坚持到了为嬷嬷净完身并穿上了寿衣。但是,当威尔把棺材抬进屋里时,她开始全身颤抖,一言不发地逃了出去。

她来到饭厅里,拿起酒瓶给自己倒上半杯威士忌,三大口喝了下去,喉咙里立刻感受到了一阵火辣辣的感觉。威士忌带来的温暖迅速传遍她的全身,颤抖停止了。

她心想:我需要新鲜空气,我必须走出这所房子,远远离开这里的所有人。她的神经已经绷得太紧,厨房里却传来了孩子们惊恐的声音,她感到浑身针扎似的难受,于是抓起裙摆,拔腿向屋外跑去。

　　清晨，室外的空气新鲜而凉爽。斯嘉丽深深吸了一口气，感受着它的清新。一阵微风吹来，拂起了粘在汗津津的脖子上的头发。她上一次用梳子梳一百次头发是什么时候？她记不起来了，嬷嬷肯定又会生气的。噢！她一口咬住右手的指关节，强压住心中的悲恸，跌跌撞撞地穿过长着浓密青草的草地，向山坡下河边的树林走去。高高挺拔的松树散发出浓烈的芳香气息，树荫下的地面上铺满了厚厚一层褪色的针叶，它们都是过去数百年来从这些松树上飘落下来的。斯嘉丽独自一人站在林荫里，这里已经看不到他们的房子。她疲惫地瘫倒在松软的松针上，蜷缩起身子，紧接着又坐起身来，背靠着一棵松树。她必须好好想一想，一定有什么办法可以挽救她支离破碎的生活，她决不能束手待毙。

　　但是，她的脑子里始终乱哄哄的，她感到很困惑，感到精疲力竭。

　　她以前也感到过精疲力竭，甚至比现在有过之而无不及。内战期间她曾经不得不从亚特兰大逃回塔拉，当时四面八方都是北方佬的军队，但精疲力竭没能阻止她前行的步伐。内战刚结束那会儿，她不得不在乡野里到处寻找食物，双腿和双臂累得像灌了铅一样沉重，精疲力竭也没能迫使她放弃。为了自救，她自己下地摘棉花，弄得双手是伤；她把自己当成骡子，拉着犁耕地。无论面临多大的困境，她都不得不鼓起勇气顽强抗争下去。凡此种种，精疲力竭都没能让她绝望和放弃，现在她也决不放弃！她生来就不知道放弃。

她抬头向前方望去,她要直面生活中的所有妖魔鬼怪。梅兰妮死了……嬷嬷死了……瑞特离她而去,还说他们的婚姻已经完蛋了。

这才是最糟糕的事情。瑞特正离她越来越远,这就是她不得不面对的现实。她脑子里又响起了他说的那句话:"一切并没有改变。"

这怎么可能!然而,这就是事实。

她必须想办法把他弄回来。她总是能得到她想要的男人,瑞特同样是一个男人,同其他男人没什么两样,难道不是吗?

不对,他就是有别于其他男人,也正因此她才想要他。她不禁打了个寒噤,心中突然感到害怕。如果这一次她赢不了怎么办?过去她无论如何总能赢,想要得到什么也总能得到,现在却不尽然了。

一只蓝冠鸦在她头上方沙哑地叫了一声。斯嘉丽抬头看了看,又听到它叫了第二声,那叫声就仿佛是在嘲笑她。她大叫一声:"滚开,别烦我!"蓝冠鸦飞走了,有如一股炫目的蓝色旋风。

她必须好好想一想,把瑞特说过的话都想起来。不是他今天早上说的话,也不是昨天晚上或者嬷嬷去世后他说的话,而是他在我们自己家里说的那些话,也就是在他离开亚特兰大那天晚上他都说了些什么话。他不停地说啊、说啊,把很多事情解释给她听。他当时的态度是那么冷静,那么可怕地有耐心,就好像他面对的是一个根本不值得他生气的人。

突然,她脑子里想起了他说过的一句话,这句话几乎已经被她忘在了脑后,她的疲劳感顿时一扫而空。她已经找到了她需要的东西。是的,是的,她现在清楚地记起来了:瑞特提出要跟她离婚,当她愤怒地一口拒绝之后,他就说出了那句话。斯嘉丽闭上眼睛,在脑子里再一次倾听着他的声音:"我会经常回来,免得别人说闲话。"她微笑了。她现在还没有获胜,但是她还有一个机会,一个值得为之努力的机会。她站了起来,从衣裙上、头发上捡去粘在上面的松针,她现在看上去肯定一团糟。

浑浊的黄色弗林特河在长满松树的岩壁下慢慢地流淌。斯嘉丽低头看一眼河水,将一把松针撒进河里,眼见着它们旋转着跟着流水而去。"去吧,去吧,"她低声自语,"像我一样,别回头。覆水难收,木已成舟。一直走下去!"她歪着头看看明亮的天空,一条耀眼的白色云带正从空中掠过,看得出来一股劲风刮得正紧。她不由得想到:马上就要降温了,下午要参加嬷嬷的葬礼,我必须找一件暖和的衣服穿上。她转身向家走去,长满青草的山坡看起来比她印象中显得更加陡峭。不管它了,她必须马上回到房子里去,把自己收拾干净。她必须打扮得端庄而整洁,这是她欠嬷嬷的。过去,每当她仪容不整的时候,嬷嬷就会对她大呼小叫。

第三章

斯嘉丽的身体不由自主地晃动着,她过去肯定也有过如此疲惫的时候,只是记不起来了,她实在是累得什么也记不起来了。

我已经厌倦了葬礼,厌倦了死亡,也厌倦了我支离破碎的生活。一次又一次不是这里破了就是那里碎了,留下我孤零零的一个人。

塔拉的墓地不算大,斯嘉丽心神不宁地想,嬷嬷的坟看上去却好大,比梅丽的坟大多了。其实嬷嬷走之前整个身体已经枯萎,恐怕比梅丽的躯体也大不了多少,她其实不需要那么大的一座坟。

虽然天空蔚蓝、阳光明媚,但是寒风刮在身上像刀割一般。枯黄的树叶在寒风的吹动下从墓地地面上滚过。她想,秋天就要来了,不日即将到达。我过去一直喜欢乡间的秋色,当我骑马在树林里奔驰的时候,脚下的大地就像铺满了金灿灿的黄金,空气就像苹果酒一样香醇。那都是很久以前的事了,自从父亲去世之后，塔拉甚至连一匹适合骑乘的马都没有了。

她看着墓地里那些墓碑：杰拉尔德·奥哈拉，生于爱尔兰的米斯郡；埃伦·罗比拉德，生于佐治亚州的萨凡纳；小杰拉尔德·奥哈拉——三块同样的小墓碑，他们是三个不幸夭折的兄弟，她都没有见过。嬷嬷至少埋在了这里，挨着她最爱的"埃伦小姐"，而没有埋在奴隶的墓地里。虽然苏埃伦对此大喊大叫，但是随着威尔站到了我这边，还是我赢了。威尔一旦确定了自己的立场，就不会动摇。遗憾的是，他在开口向我要钱的问题上也同样顽固不化，这房子已经破旧不堪了。

说起来，这个墓地的状况也好不到哪里去，杂草遍地，一幅衰败景象。整个葬礼都是一幅衰败景象，嬷嬷不会喜欢的。那个黑人牧师不停地讲啊讲，可是我敢打赌，他根本就不认识她。嬷嬷是不会同他这种人打交道的，她同罗比拉德家的所有人一样是罗马天主教徒，只有外公是个例外，不过据嬷嬷讲，他在家里说了不算。我们本来应该请一个神父来，但是离我们最近的神父也远在亚特兰大，要好几天才能把他请到塔拉来。嬷嬷真可怜，母亲也很可怜，她们去世和下葬的时候，都没有神父在场。父亲也一样，不过就像外公一样，这种事对他无所谓。当年母亲每晚带领全家人祈祷的时候，他常常自己坐在那里打瞌睡。

斯嘉丽看了看乱糟糟的墓地，又抬头看了看房子破旧的正面，一股强烈的愤怒和痛苦涌上心头。她想，好在母亲已经看不到这一切了，不然她会感到伤心的。一时间，母亲埃伦·奥哈拉高大、优雅的身姿清晰地出现在了斯嘉丽的眼前，仿佛她就站在那里，站在他们中间。母亲总是把自己打扮得无可挑剔，那双白净的手不是忙着做针线活，就是戴着白手套出门去做善事。她说话的声音总是那么温柔，她要做的事情也总是没完没了，正是她做的这些事情使得这个家始终井然有序甚至近乎完美，这就是在她操持下的塔拉的生活。无论发生什么事，母亲都能应付自如。我多么希望她仍然活在我们身边！她会紧紧搂着我，所有的烦心事都会消失得无影无踪。

不，不行，我不能让她来这里，看到塔拉和我现在的状况她会感到悲伤的。她会对我感到失望，而我却不能忍受这一点。其他任何事都可以忍受，唯独这件事不行。不要再想下去了，决不想它了。我该想想其他的事情——黛利拉有没有想到要为参加葬礼的人准备一些食物？苏埃伦是不会想到的，她这个人太小气，无论如何是不愿意为葬礼食品花钱的。

参加葬礼的人本来就不多，也花不了她多少钱。不过，那个黑人牧师看起来顶得上二十个人的饭量。他还在喋喋不休地说，什么"在亚伯拉罕的怀里安息"，什么"渡过了约旦河"[1]，他要是再不停止我就要尖叫了！他称之为唱诗班的那三个骨瘦如柴的女人，一看就是些不知羞耻的人。什么唱诗班啊！什么手鼓啊、黑人圣歌啊！嬷嬷应该得到的是更加庄重的拉丁语祷文，而不是唱什么《攀登雅各的天梯》[2]。噢，太俗气了！好在这里几乎没

---

[1] 这两种说法都是对"死"的委婉表达。

[2]《攀登雅各的天梯》(Climbing Jacob's Ladder) 又叫《我们正攀登雅各的天梯》，是一首美国黑人奴隶圣歌，形成于1825年之前，后逐渐成为白人基督徒广泛吟唱的圣歌之一。

有外人，只有苏埃伦、威尔、我、孩子和仆人们，至少我们都是真心爱嬷嬷、痛惜她的离去的。大个子山姆已经哭红了双眼；再看可怜的老波克，眼睛都快哭瞎了。这是怎么啦，他的头发几乎全白了，我还根本没有想到他已经老了。迪尔茜看上去显然跟她的年龄不符，不管那是什么原因，反正从她来到塔拉的那一天起就一直没有丝毫的改变……

突然，斯嘉丽疲惫而纷乱的脑子变得清晰了：波克和迪尔茜在这里干什么？自从波克成为瑞特的贴身男仆，波克的妻子迪尔茜到梅兰妮家里给博当保姆之后，他们就已经多年不在塔拉工作了。他们是不可能知道嬷嬷去世的消息的，除非是瑞特告诉了他们。

斯嘉丽扭头看看身后，瑞特回来了吗？她没有看到他的身影。

葬礼一结束，她就直接走到了波克身旁，让威尔和苏埃伦去应付那个絮絮叨叨的牧师。

"多么悲伤的一天，斯嘉丽小姐。"波克眼睛里仍然噙满了泪水。

"是啊，波克。"她说。她知道，她不能马上追问他，否则她就永远得不到她想知道的那些事情。

斯嘉丽慢慢地走在这位年老的黑人仆人身旁，耐心地倾听他对杰拉尔德先生、嬷嬷以及早年塔拉的回忆。她都忘了波克同她父亲相处了那么多年。当年他跟着杰拉尔德来到塔拉的时候，这里除了一幢早已焚毁的老房子和长满灌木的荒地之外，什么也没有。是啊,波克肯定已经超过七十岁了。

她终于一点一点地从他那里套出了她想知道的一切。瑞特早就回到了查尔斯顿,并在那里住了下来。波克已经把瑞特的衣服全部收拾打包,送到了运输公司的仓库里,那也是他作为瑞特的贴身男仆所做的最后一件事情。现在他已经退休了,临走前瑞特给了他一笔丰厚的离职金,这笔钱足够他在自己喜欢的任何地方购置一所自己的房子。波克不无自豪地告诉她说:"我也完全养得起我的家了。"迪尔茜再也不必工作了,只要哪个男人愿意娶普利茜,她也可以拿出一笔不错的嫁妆来。"斯嘉丽小姐,普利茜长得不漂亮,而且很快就要满二十五岁了,不过有一笔遗产撑腰,她也完全可以像那些虽然贫穷但是年轻漂亮的姑娘那样,轻而易举地给自己找到一个丈夫。"

斯嘉丽脸上一直保持着微笑,嘴上也附和着波克关于瑞特先生是一位不错的绅士的观点,但是她的心里已经怒不可遏。那个不错的绅士如此慷慨大方,却把她的生活给毁了。普利茜一走,谁来照顾韦德和埃拉?还有,她如何才能给博找到一个放心的保姆?这孩子刚刚失去了母亲,父亲又因为伤心过度而一蹶不振,而现在那个家里唯一一个脑子清楚的人也要离开了。她真想自己也拍拍屁股一走了之,把所有的麻烦事和所有人都甩在身后不管。上帝啊,我是到塔拉来休养生息、重振我不幸的生活的,哪里知道却要面对更多棘手的问题,我就永远得不到一点点安宁吗?

威尔默默而又坚定地为斯嘉丽提供了她亟需的喘息时间:

他把她送进了卧室,还吩咐所有人不得打扰她。她一觉睡了几乎十八个小时,等她醒来的时候,心中已经有了一个明确的下一步行动计划。

当斯嘉丽走下楼来吃早饭的时候,苏埃伦主动说道:"希望你睡了个好觉。"她的声音甜蜜得让人作呕:"经历了那么多的事,你肯定是累坏了。"现在嬷嬷已经死了,休战也结束了。

斯嘉丽的眼睛里立刻流露出了危险的光芒。她很清楚,苏埃伦现在心里想的肯定是斯嘉丽央求瑞特不要离开自己的那丢人的一幕,不过当她回答苏埃伦时,她的话听起来也同样的甜蜜:"我肯定是一倒在床上就立刻睡着了。乡下的空气真是清新怡人。"她在心里又加上了一句:你这个混球!斯嘉丽现在仍然认为是苏埃伦的大女儿苏西占据了原本属于自己的那个房间,从而使她觉得自己变成了一个陌生人,而且她还可以肯定苏埃伦对此是心知肚明的。但是,这无所谓,因为她要实施她的计划就必须同苏埃伦维持一个良好的关系。于是,她冲妹妹笑了笑。

"有什么好笑的,斯嘉丽?我鼻子上有个黑点还是怎么啦?"

苏埃伦的话让她窝火,但是她还是保持住了微笑,回答说:"对不起,苏,我只是正好想起了昨晚做的一个可笑的梦。我又梦到了我们小的时候,嬷嬷拿着一根桃树枝抽打我的腿。你还记得吧,那东西抽打起来像针扎一样的刺疼?"

苏埃伦笑笑说:"我当然记得。卢蒂也用树枝管教我那几个姑娘。每次她抽打她们的时候,我都会感到我的腿上一阵阵刺痛。"

斯嘉丽观察着妹妹脸上的表情。"我感到很奇怪,我腿上居然没有留下一道道疤痕。"她继续道,"我当时真是个相当顽皮的小姑娘,真不知道你和卡琳怎么容忍得了我。"她仔细地把黄油抹在一块饼干上,装作心无旁骛的样子。

苏埃伦的脸上露出了警惕的神情:"你就喜欢折磨我们,斯嘉丽,而且每次你都会想方设法嫁祸于我们。"

"我知道,我确实让人无法忍受,甚至长大后依然如此。北方佬把我们洗劫一空后的那些日子,我们不得不自己下地摘棉花,我逼着你和卡琳像骡子一样干活。"

"你差点儿就要了我们的命。我们得了伤寒,病得奄奄一息,你还把我们从病床上拽起来,逼着我们在烈日下干活。"苏埃伦述说着多年来窝在心里的委屈,情绪变得越来越激动,言辞也越来越激烈。

斯嘉丽不时点点头,鼓励苏埃伦继续说下去,自己却一言不发。她心里想,苏埃伦真是个喜欢抱怨的家伙,抱怨起来就像吃喝玩乐一样兴趣盎然。她耐心等待着,直到苏埃伦抱怨得差不多了,她才开口道:"我觉得自己太卑鄙了。我让你受了那么多罪,也没有什么好办法可以补偿你。不过,我确实认为威尔不让我给你们钱也不对,因为毕竟这是为了塔拉好。"

"我也这么跟他说了无数遍了。"苏埃伦说。

斯嘉丽心想,我就知道你会这么说的。"男人就是死心眼儿,"她接着道,"噢,苏埃伦,我刚刚突然想到了一个主意,要不我把埃拉和韦德留在你们这里,我把他们的生活费付给你们怎么样?城里的生活害得他们体弱多病,乡下的空气对他们肯定大有好处。你一定要答应,那样我会感到宽慰的,威尔也不可能挑什么理。"

"我不知道,斯嘉丽。我肚子里这个孩子一生下来,这里就会拥挤不堪了。"苏埃伦已经露出了贪婪的表情,但是仍然不失谨慎。

"我理解,"斯嘉丽不无同情地低声说道,"韦德·汉普顿的饭量又那么大。这些城市里的可怜孩子,要是能待在乡下对他们该有多好。我估计,光是把他们喂饱,让他们有鞋穿,一个月就得花去差不多一百美元。"

她估计,威尔在塔拉辛辛苦苦地劳作一年,恐怕也挣不到一百美元的现金。她满意地发现,这时苏埃伦不说话了。她很肯定,她这个妹妹很快就会开口接受这个提议的。她告诉自己,早饭后我就马上开一张大额银行汇票准备着。"这是我吃过的最好的饼干了,"斯嘉丽又说,"我再吃一块行吗?"

现在,睡了一个好觉,吃了一顿丰盛的早餐,孩子们的事也敲定了,她的情绪自然也好了很多。她知道,自己就要回亚特兰大去了——她还必须安排好博的生活,还有阿什利的生活,这是她答应过梅兰妮的事情。不过,这些事不必现在去想,因为她到塔拉来是为了得到乡间的安宁,她已经下定决心一定要享受一下这里的安宁再离开。

早饭后,苏埃伦去了厨房。斯嘉丽不怀好意地想,她大概又去抱怨什么事情了。管她呢？这不正好让我落得安宁……

房间里非常安静，孩子们肯定正在厨房里吃早饭，威尔当然早就下地了，韦德亦步亦趋地跟在他的身后。当年威尔刚刚来到塔拉的时候，韦德就总是跟在他屁股后面转。韦德在这里远比在亚特兰大开心得多，尤其是瑞特走了之后，情况更是如此——不、不，现在不能想这个问题，再想我会发疯的。我只需要专心享受这里的安宁，这才是我来塔拉的目的。

她给自己又倒上一杯咖啡，并不在乎咖啡已经变得不冷不热。阳光从她身后的窗户照射进来，照亮了挂在对面墙上、餐具柜上方的那幅油画。那些被北方佬士兵打坏的家具，威尔都修复得很好，但是即便是他也无法把他们用战刀凿刻出的深深凹痕去掉，更不用说刺刀在罗比拉德外婆的画像上戳出来的那个大口子。

斯嘉丽觉得，用刺刀戳外婆的那个士兵当时肯定是喝醉了，因为他既没有戳到外婆那张长着一个细长鼻子、带着傲慢甚至讥讽表情的脸，也没有戳到她那件低胸礼服上凸起的丰满胸脯，而只是戳穿了她左耳上的耳环，结果只戴着一只耳环的老太太现在看上去越发有趣了。

在祖辈人中，斯嘉丽真正感兴趣的只有母亲的这位母亲，但是没有人能够详细告诉她外婆的身世，这让她很懊恼。外婆结过三次婚，这就是她从母亲那里得到的全部情况，详细内容一直不得而知，因为每当讲到当年在萨凡纳生活的精彩之处的时候，嬷嬷就会打断讲故事的人的话。为了争风吃醋，男人们还有好几次为了外婆进行过决斗。斯嘉丽还听说外婆那个时代的社会风尚相当暧昧，女士们都故意把她们身上薄薄的棉礼服弄湿，使它紧贴在自己的大腿上。除此之外，其他的所有情况就都来自于这幅肖像画上能看到的那些东西……

我脑子里怎么能想这些东西，我应该感到羞耻，斯嘉丽不禁在心里责备自己。但是，当她离开饭厅的时候，还是忍不住又回头看了看那幅画像。我很想知道，生活中真实的她到底是个什么样的人。

客厅已经显露出了贫困的迹象，也看得出这里住着一个年轻的家庭。斯嘉丽几乎认不出那张铺着天鹅绒的长椅了。当年她常常摆出漂亮的姿势坐在那张长椅上，接受公子哥儿们的甜言蜜语和阿谀奉承。这里的一切也已经重新摆放过，她不得不承认苏埃伦有权按照自己的喜好布置这所房子，但这还是让她耿耿于怀，因为真正的塔拉根本不是这个样子。

她从一个房间走到另一个房间，心情也变得越来越沮丧——一切都不一样了。她每次回到这个家，总会发现新的变化，而且总是变得越来越衰败。噢，威尔为什么非要如此顽固不化！这里所有的家具都需要翻新，窗帘已经成了破布，地板上的地毯已经到处是破洞。只要威尔同意，她完全可以为塔拉弃旧换新，那样她也不至于因为目睹记忆中的一切变得如此破旧不堪而感到寒心。

塔拉本应该属于我！我会把它照顾得更好。爸总是说要把塔拉留给我，但是又始终没有立下遗嘱。爸就是这么个人，从来不为明天操心。斯嘉丽皱了皱眉头,她始终没办法真正生父亲的气,也没有人会一直生杰拉尔德·奥哈拉的气,因为他即使在年过六旬之后,也仍然像是一个顽皮的孩子。

到现在为止,我只生一个人的气,那就是卡琳。不管她是不是我的小妹妹,她的所作所为都是错误的,为此我永远都不会原谅她。决不!她就像一头倔驴,下定决心要进修道院当修女。那好,我最后也接受了,但是她根本没有告诉过我,她要把她塔拉的三分之一财产当作"陪嫁"白白送给修道院。

她应该事先告诉我!我无论如何也能想办法为她提供这笔钱,而我也就拥有了塔拉三分之二的所有权。虽然还是得不到百分之百的所有权——本来应该都是我的,但是我至少掌握了无可置疑的控制权,也就有了话语权。结果事与愿违,我现在只能忍气吞声,眼睁睁地看着塔拉衰败下去,还要任由苏埃伦对我颐指气使。这不公平!是我从北方佬和外来投机商人手中挽救了塔拉,无论法律怎么规定,塔拉都是我的,将来它是韦德的。不管付出多大的代价,我一定要把塔拉夺回来。

在当年埃伦·奥哈拉不动声色地统治着塔拉种植园的那个小房间里,斯嘉丽在老沙发上坐下来,把头靠在已经裂开的皮面上。虽然这么多年过去了,这里的空气中似乎仍然萦绕着一丝母亲使用的柠檬马鞭草花露水的味道,这就是她回到塔拉要寻找的安宁。不管这里有什么变化,也无论这里变得如何衰败,塔拉仍然是塔拉,也仍然是她的家。这个家的中心就在这里,在埃伦的房间里。

砰的一声关门的声响打破了宁静。

斯嘉丽听到埃拉和苏西争吵着穿过客厅。她不得不离开这里了，她无法忍受喧闹和冲突。她急忙走到屋外，反正她也想看看塔拉的土地。它们已经恢复了生机，又呈现出往日肥沃的红土地的样子。

她快步穿过长着茂密青草的草地，走过牛棚。她永远也克服不了对奶牛的厌恶感，哪怕活到一百岁恐怕也克服不了。看看那些长着尖角的肮脏东西！她来到第一块土地前，把身体靠在围栏上，深深地吸入新翻泥土的气息和粪肥中浓郁的氨的气味。真奇怪，在城市里粪便怎么那么臭气熏天、肮脏不堪，而在乡间却不啻为农民的香水。

威尔无疑是一个出色的庄稼汉，这是塔拉遇到的最大的幸事。无论我有多大的能耐，如果当初不是他在回佛罗里达的途中路过塔拉并决定留下来，我们根本不可能保住这个种植园。他像其他男人爱上一个女人那样，爱上了这片土地，而他竟然根本不是一个爱土地如命的爱尔兰人！在威尔来到塔拉之前，我一直认为只有像爸那样一口土腔的爱尔兰人才会对土地如此难以割舍。

在这片庄稼地的远远一端，韦德正帮着威尔和大个子山姆修补一段倒伏的围栏。她想，这对他有好处，也是他得到的遗传。她静静地看着这小子同两个男人一起干活，一直观察了好几分钟。然后，她提醒自己：我该马上回到屋子里去了，刚才竟然忘了开出来要给苏埃伦的那张银行汇票。

斯嘉丽在汇票上的签名可谓字如其人——干净利落、毫无雕饰，不像那些犹豫不定的人总是留下斑斑点点和摇摆的线条，这才是公事公办的签名，直截了当。她拿起汇票看了看自己的签名，用吸水纸把字迹吸干，又拿起来看了看：

斯嘉丽·奥哈拉·巴特勒。

每当斯嘉丽写私人信函或请柬的时候，她都会按照当时的时尚在每个大写字母的上下各添上一些复杂的环圈，最后还要在自己的名字下面画上一个带螺旋的抛物线。现在，她也是这样在一张棕色的包装纸上签上了自己的名字。写完后，她又扭头看了看刚刚写好的那张银行汇票，汇票上填写着开票日期——一八七三年十月十一日——那是刚才她从苏埃伦那里问来的，而听到苏埃伦的回答她着实大吃了一惊：从梅丽去世至今，已经过去三个多星期了，她在塔拉照顾嬷嬷以来也已经是第二十二天了。

然而，这个日期对她还有别的意义。六个月前的那天，她的小女儿邦妮夭折了。她现在终于可以脱下令人沮丧的黑色丧服，可以接受社会邀请，也可以邀请别人到她家里做客。总之，她可以重新进入这个世界了。

她想：我要回到亚特兰大去，我要找乐子，我经历了太多的死亡和悲伤，我需要真正的生活。

她把给苏埃伦的汇票折起来。我也想我的杂货店了，账本十之八九已经乱得一塌糊涂。

再说，瑞特为了"免得别人说闲话"会去亚特兰大，所以我必须在那儿等着他。

现在,屋子里一片寂静,她唯一能听到的声音是客厅里的那只钟透过紧闭的房门传来的慢悠悠的嘀嗒声。她那么渴望的宁静现在却突然让她感到发疯,她立刻站起身来。

午饭后我就把汇票交给苏埃伦,等威尔一回到地里就给她。然后,我就驾着那辆单人马车快速地拜访一下塔尔顿家的丽山种植园和方丹家的合欢种植园。我要是不去问候他们一下,那帮家伙是绝不会饶恕我的。接下来,我今天晚上就要把东西收拾好,明天坐上午的火车回亚特兰大去。

亚特兰大是我的家,无论我多么热爱塔拉,它都已经不再是我的家了。我该离开塔拉了。

通往丽山种植园的路长满了杂草,路面布满深深的车辙。斯嘉丽还记得,当年人们每周都要对这条路进行平整,还要洒上水防止尘土飞扬。她感到很悲哀,那个时候这一带至少有十个种植园,大家相隔不远,彼此经常走动。现在只剩下了塔拉、塔尔顿家和方丹家,其他的种植园都只剩下了烧毁的烟囱或断垣残壁。我确实不得不回亚特兰大去了。克莱顿县的一切都让我伤心,这匹慢吞吞的老马和这辆单人马车的弹簧几乎也像这条路一样老朽和破烂。她想起了她自己那辆铺着软垫的豪华马车和与之匹配的马匹,由伊莱亚斯驾驶着它。她需要回到亚特兰大自己的家中。

丽山种植园喧闹的欢笑声打断了她的忧思。比阿特丽丝·塔尔顿仍像往日那样喋喋不休地谈论着她的那些马,对其他事情一律不感兴趣。斯嘉丽注意到,马厩的屋顶已经更换过,房屋的屋顶也刚刚修补过。吉姆·塔尔顿已经显出老态,头发也白了,不过在他女儿贝琪的独臂丈夫的帮助下,他今年的棉花刚刚获得了好收成。其他三个女儿呢,坦白地说都已经成了老姑娘。"那还用说吗?我们日日夜夜都为这事感到痛苦和沮丧呢。"米兰达说道,逗得她们都哄堂大笑起来。斯嘉丽很难理解塔尔顿家的这些人,他们什么事情都可以用来自嘲,这大概跟他们都长着红头发多少有点关系吧。

一种痛苦的嫉妒感油然而生,而她已经不是第一次有这种感觉了。她一直希望自己能够成为像塔尔顿家这样充满亲情和戏谑的家庭中的一员,但她还是克制住了这种羡慕的心情,因为这对她母亲未免有些不恭。她在丽山种植园待得太久了——同他们在一起确实让人开心,她只好明天再去拜访方丹家。等她回到塔拉的时候,天几乎已经黑了。她还没有打开门,就听到了苏埃伦的小女儿因为什么东西而号啕大哭的声音。绝对是时候回到亚特兰大了。

但是,一个消息让她立刻改变了主意。当她走进房门的时候,苏埃伦正一把操起哭闹的孩子,准备哄孩子安静下来。尽管苏埃伦的头发脏兮兮的,身材也早已变形,但是她现在竟然比她做小姑娘的时候要漂亮一些了。

"噢,斯嘉丽,"她激动地说道,"太让人激动了,你根本就猜不到……嘘,不哭了,亲爱的,吃晚饭的时候我一定给你找一块好骨头，你用它嚼一嚼就可以把那颗坏了的老牙咬掉，你就再也不会感到痛了。"

斯嘉丽很想说，如果你说的让人激动的事情就是长了颗新牙，那我根本懒得去猜。但是，苏埃伦没有给她说话的机会，继续道："托尼回家了！是萨莉·方丹亲自骑马过来告诉我们的，你刚刚跟她错过了。托尼回来了，人好好的！明天晚上威尔喂完牛我们就去方丹家吃晚饭。噢，斯嘉丽，真是太好了，不是吗？"苏埃伦的脸上浮现出灿烂的微笑："克莱顿县的人又慢慢回来了。"

斯嘉丽很想走上前给妹妹一个拥抱，她以前从来没有过这样的冲动。苏埃伦说得不错，托尼回来真是太好了，她还一直担心人们再也见不到他了。现在，她最后一次见到他的可怕记忆也可以永远弃之脑后了。那时他又累又害怕——浑身湿透，整个人不停地颤抖。人要是处在他的境地，还能不感到寒冷和恐惧吗？他不仅杀了那个打伤他嫂子萨莉的黑人，还杀了怂恿那个黑人傻瓜追逐白人妇女的无赖。北方佬就在他身后紧追不舍，他只能慌忙逃命。

托尼回家了！她简直无法等到明天下午了。

第四章

　　方丹家的种植园之所以取名为"合欢",是因为他们家那幢褪色的黄色灰泥房子四周长满了合欢树。每到夏末,这种树粉红色的羽状花朵就会落得满地都是,但是树枝上颇似蕨类植物的叶子依然青翠欲滴。它们像舞者一样在微风中摇摆,在房子斑驳的奶油色墙面上投下变幻莫测、光怪陆离的树影。在低斜的阳光下,整个庄园显得那么温暖而好客。

　　噢,但愿托尼没有太大的变化,斯嘉丽有些紧张地想。七年是多么漫长的时间啊。当威尔把她从马车上抱下来时,她竟然紧张得迈不开脚步了。如果托尼已经变得又老又虚弱,并且——就像阿什利一样——萎靡不振,她会于心不忍的。她跟在威尔和苏埃伦的身后,忐忑不安地向门口走去。

　　就在这个时候,门被砰的一声打开了,她心中的恐惧也随之消失得无影无踪。"那几个慢悠悠地走着,像是去上教堂一样的家伙是谁啊?你们难道不知道应该冲进门来,热烈欢迎一位英雄的归来吗?"托尼笑呵呵地说道,就像原来一样,头发和眼睛还是那么乌黑发亮,笑起来还是那么灿烂而顽皮。

"托尼!"斯嘉丽喊道,"你看起来还是老样子。"

"是你吗,斯嘉丽?快过来亲我一下。还有你,苏埃伦。过去你可不像斯嘉丽那么大方,难得亲我一下。不过,你结婚之后,威尔肯定教会了你不少东西。我现在回来了,我要把整个佐治亚州六岁以上的女人统统亲一遍。"

苏埃伦神经质地傻笑起来,扭头看着丈夫威尔。威尔温和的长脸上露出淡淡的微笑,显然已经首肯她亲一下托尼。但是,托尼没有耐心等待威尔的同意,他伸手一把搂住她膨胀的腰,在她嘴唇上响亮地吻了一下。等他放开她时,她已经因困惑和开心而涨红了脸。在内战之前男欢女爱的岁月里,方丹家的几兄弟对苏埃伦可是毫不在乎的。威尔伸出自己温暖而坚定的手臂,搂住了苏埃伦的肩膀。

"亲爱的斯嘉丽!"托尼大大地张开双臂叫道。斯嘉丽上前走进他的怀抱,双手紧紧地搂住了他的脖子。

"你到得克萨斯以后倒是长高了不少。"她对他说道。托尼一边亲吻着她送上前来的嘴唇一边一个劲儿地笑,然后他提起裤腿把脚上的高跟皮靴亮给他们看,告诉他们所有人到了得克萨斯都会长高。要是得克萨斯州的法律规定男人必须穿高跟鞋的话,他一点儿也不会感到奇怪。

亚历克斯·方丹的笑脸出现在托尼身后。"等托尼把你们请进屋里,"他不紧不慢地说道,"你们会听到更多关于得克萨斯的事,而且都是正派人不应该知道的事情。他已经忘记要把客人请进屋里,因为得克萨斯人就没见过墙壁和屋顶,他们都生活在星空下的篝火旁。"斯嘉丽心里想,亚历克斯兴奋得满面红光,看那样子他自己也想拥抱和亲吻托尼。为什么不呢?他们俩在整个成长过程中都一直亲密得像一只手上的两根手指,亚历克斯肯定非常想念他。突然,她的眼睛里不禁盈满了泪水。托尼兴高采烈地回到了家里,这是自从谢尔曼的军队毁掉了这里的土地和土地上人们的生活以来,克莱顿县发生的第一件令人欢欣的事儿。面对这突如其来的欣喜,她已经不知道该如何应对。

她走进那间简陋的客厅后,亚历克斯的妻子萨莉走过来牵起了她的一只手。"斯嘉丽,我知道你现在的感受,"萨莉对她耳语道,"我们基本上已经忘记了什么叫快乐。今天这间屋子里的欢笑声之多,已经远远超出了过去十年里所有笑声之和。今晚我们要把这里闹翻天。"萨莉的眼睛里也噙满了泪水。

紧接着,喧闹声四起,塔尔顿家的人到了。"小子,感谢上苍,你毫发无损地回来了。"比阿特丽丝·塔尔顿欢迎托尼归来,"我有三个女儿,你可以随便挑一个。我现在还只有一个孙子,而我自己已经青春不再了。"

"噢,妈妈!"海蒂、卡米拉和米兰达·塔尔顿齐声抱怨道。可是紧接着,她们又哈哈大笑起来。在克莱顿县,她们的母亲以善于繁育马和生儿育女闻名遐迩,所以她们也不必假装害羞。但是,这时托尼却已经羞得面红耳赤。

斯嘉丽和萨莉一起大声起哄。

在天黑之前,比阿特丽丝一再坚持要看看托尼从得克萨斯带回来的那几匹马，然后又同其他人热烈地争论起东部纯种马和西部野马各自的优劣，直到其他所有人都听腻了请求他们休战时为止。"我们喝一杯吧，"亚历克斯提议说，"我居然找到了几瓶真正的威士忌来庆祝这个欢乐的时刻。"

斯嘉丽想——早已不是第一次这样想了——不应该把女人排除在喝酒的乐趣之外，她就很想喝一杯。不仅如此，她更喜欢同男人们谈天论地，而不愿被驱逐到专供女人谈论孩子和家务的房间的另一边去。她从来都不理解也不接受这种把男人和女人分隔开来的传统。但是，这个世界上的事就是这样，而且历来如此，她也只能逆来顺受。好在她至少还可以从塔尔顿家的姑娘们身上找点乐趣：看她们如何假装自己不同于她们的母亲，好像她们并不急切地盼望着托尼朝她们看上一眼。但愿他不要如此津津乐道于男人们谈论的那些话题！

"小乔看到叔叔回来肯定乐坏了。"贝琪·塔尔顿对萨莉说。她当然可以对男人们没兴趣，因为她那胖乎乎的独臂丈夫不就是一个男人嘛。

说到自己的儿子，萨莉就事无巨细滔滔不绝地说起来，这让斯嘉丽觉得非常无聊。她想知道他们什么时候才会吃晚饭。应该不会太晚吧，毕竟这里的男人们都是农民，明天黎明时分还得下地干活。也就是说，晚上的欢庆活动应该结束得比较早。

她只想对了一半——晚饭很快就开始了。男人们只喝了一杯酒，就宣布他们准备吃晚饭了。但是，她对聚会应该早早结束的判断却错了，所有人都乐在其中，不愿过早离开。托尼的冒险故事更是让他们听得如痴如醉。"还不到一个星期的时间,我就跟那帮得克萨斯游骑兵混到一起了,"他大笑着说道,"这个州同南方其他各州一样,都在北方佬的军事统治之下,但是他妈的——抱歉,女士们——那帮蓝衫军根本不知道如何对付印第安人,所以同印第安人作战的一直是当地的游骑兵,牧场主们唯一的希望就是游骑兵能够继续为他们提供保护。他们也正是这么做的。我同他们完全是臭味相投、一见如故,所以立刻就加入了他们的行列。那可真是太风光了!不用穿制服,不用饿着肚子跟着某个愚蠢的将军东奔西跑,不用天天训练,也不用喊'长官'。你只管跳上马背,同那帮家伙一起呼啸而出,自己去寻找战斗。"

托尼越讲越来劲,两只黑眼睛发出激动的光芒,亚历克斯的眼睛也同样炯炯有神。方丹家这两兄弟历来喜欢打架斗殴,讨厌纪律的束缚。

"印第安人到底是什么样的人?"塔尔顿家的某个姑娘问道,"他们真的以折磨他人为乐?"

"你还是不知道为好。"托尼回答说,笑眯眯的双眼突然暗淡下来。接着,他又微笑道:"要说打仗,他们真的是绝顶聪明的人。得克萨斯游骑兵早就懂得了一点:要想打败那些红番,就必须以其人之道还治其人之身。你看,我们能够在光溜溜的岩石上甚至在水面上追踪到一个人或者一头野兽,比任何猎犬都厉害多了。在极端环境下,就靠嘴里的唾液和几根放得发白的骨头,我们也能生存下去。没人能打败一个得克萨斯游骑兵,也没人能摆脱一个得克萨斯游骑兵。"

"托尼，把你那几把六发左轮手枪拿给大家看看。"亚历克斯怂恿道。

"哦，现在不行，也许明天，或者后天。萨莉不想让我把她的墙壁打得到处是窟窿。"

"我没叫你用它们射击，我是说拿给大家看看。"亚历克斯冲朋友们笑笑说。"那些手枪的枪把都是用象牙雕刻而成的。"他帮托尼吹嘘道，"你们就等着瞧吧，说不定哪天我弟弟会坐上他那副西部老式大马鞍，骑马去看望你们的。他那副马鞍用了不少纯银来打造，银光闪闪，你们非得看花了眼不可。"

斯嘉丽会心地笑了笑，她早该料到这一切。托尼和亚历克斯是整个北佐治亚州最著名的花花公子，很显然托尼至今也还是没有一丝一毫的改变。花哨的高跟靴子也好，镶银的马鞍也罢，我敢打赌他这次回家来口袋里连一个子儿都没有，就像七年前他侥幸从刽子手手里逃脱时一样。在合欢庄园亟须换一个新屋顶却心有余而钱不足的情况下，做一个银马鞍简直是愚蠢至极。尽管如此，亚历克斯仍然为他弟弟感到骄傲，就好像托尼是带着满满一车黄金回来的一样。她多么喜爱他们，两个都那么可爱！现在，他们很可能除了这个种植园已经一无所有，并且他们自己还必须亲自下地干活，但是北方佬根本就没有打败过方丹兄弟，甚至没有在他们身上留下遭受打击的痕迹。

"上帝啊，难道男孩子们都是一个德行，喜欢趾高气扬地炫耀自己，还喜欢用屁股擦亮他们的银马鞍吗？"比阿特丽丝·塔尔顿说道,"我又看见我的双胞胎儿子了,他们要是还在,也会沉溺其中的。"

斯嘉丽不禁屏住了呼吸。塔尔顿太太为什么非要搅了大家的好事不可?为什么一定要提醒人们,他们的大多数朋友都已经死去,从而毁了这个欢乐的时刻呢?

然而,她并没有扫了他们的兴。"比阿特丽丝小姐,这你是知道的,他们的那些马鞍连一个星期都保不住,"亚历克斯对她说,"要不是打牌输掉了,就是卖了钱去买香槟酒,为断了酒的聚会救急。你还记得布伦特的那件事吧,他把自己大学宿舍里的全部家具都卖了,为所有没抽过烟的男孩子每人买了一根一美元的雪茄。"

"还有斯图尔特,那次在舞会上打牌输掉了身上的礼服,不得不裹着一块小地毯偷偷溜走。"托尼接着说。

"比阿特丽丝,还记得他们俩把博伊德的法学书籍拿去典当了吗?"吉姆·塔尔顿也说道,"当时我就想,你肯定要活剥了这两兄弟的皮。"

"剥了他们的皮有什么用,过不了两天还不是又都长回来了?"塔尔顿太太接着道,"那次他们俩玩火把我的冰窖点着了,我恨不得打断他们的腿,可是他们跑得太快,我根本逮不着他们。"

"就是那次他们逃到洛夫乔伊来了,两人躲在我们的谷仓里。"萨莉说,"这对双胞胎兄弟足足挤了一大桶牛奶来喝,害得我家的牛那个星期再也挤不出一滴奶。"

每个人都能讲出一个塔尔顿双胞胎兄弟的故事,这些故事又会牵扯出他们的朋友和哥哥的更多故事,这些人包括莱夫·门罗、卡尔弗特兄弟凯德和雷福德、塔尔顿兄弟汤姆和博伊德、乔·方丹——这些男孩子都再也没能回来。这些故事是人们共同的记忆和爱的财富,当人们讲起这些故事的时候,那些逝去的年轻人的一张张洋溢着青春气息的笑脸就会从房间各个角落的阴影里浮现出来,现在他们终于不再是"逝去的人",因为人们可以用欢声笑语而不是绝望和忧伤去缅怀他们。

人们也没有忘记老一辈的人。围坐在餐桌旁的所有人都清楚地记得亚历克斯和托尼的祖母——那位言语尖刻却心地温柔的老方丹小姐,也记得他们的母亲——直到她六十岁生日那天去世时大家仍然称她为"小方丹小姐"。斯嘉丽的父亲有一个独特的习惯,按他自己的话说,每当"喝了那么一两滴酒"之后,就会大唱爱尔兰的造反歌曲。斯嘉丽发现,每当人们说起父亲的这个怪癖并忍不住哈哈大笑时,她自己也会露出会心的微笑。过去,当有人提到埃伦·奥哈拉的名字时,她总会悲痛欲绝,而现在她已能够平静地倾听人们谈及她母亲的种种善举。

几个小时过去了,桌上的饭菜早已只剩下几个空餐盘,壁炉里的火也只剩下了一点点余烬,但是交谈仍在继续,依然坐在桌旁的十来个人还在生动地讲述着那些再也不能来这里欢迎托尼归来的亲友们的故事。这是个开心的时刻,也是个疗愈的时刻。在餐桌中间那盏油灯暗淡而摇曳的灯光下,被谢尔曼士兵的炮火熏黑的墙上留下的痕迹以及修补过的旧家具都已经消失不见;

围在餐桌旁的一张张笑脸上都没有了皱纹,衣服上也没有了补丁。在这个梦幻般的甜蜜时刻,合欢庄园已经蝶变为一片时空永恒之地,这里没有痛苦,也根本没有经历过内战。

许多年之前,斯嘉丽曾经对自己发过誓:决不回头张望。回忆内战前宁静的田园生活,怀念并渴望再次得到它,都只能伤害她和削弱她的意志,她需要全部的力量和决心生存下去并保护自己的家人。但是,在合欢庄园的饭厅里与朋友们分享那些记忆丝毫没有削弱她的勇气,相反他们给了她勇气,他们证明了好人即便遭受种种各样的损失,也仍然有能力去爱和开怀大笑。她为自己能够加入他们的行列感到自豪,为自己能把他们称作朋友而感到自豪,也为他们之为他们而感到自豪。

在返回塔拉的路上,威尔徒步走在马车前面,一手举着一个松脂火把,另一只手牵着马的缰绳。那天夜里天很黑,已经夜深了,头顶上的天空没有一丝云彩,群星格外璀璨,就连高挂在天空中的一轮弦月也显得那么通透和苍白,只有马蹄悠悠的嗒嗒声在耳畔回响。

苏埃伦开始打瞌睡,但是斯嘉丽竭力抵挡着不断袭来的睡意。她不想结束这个幸福的夜晚,希望温暖舒适和欢乐的感觉永远持续下去。托尼看上去真够强壮的!他是那么充满活力,对自己那双可笑的靴子、对他自己以及对这世间的一切都感到那么心满意足。塔尔顿家姑娘们的表现,就像一群紧盯着一碗奶油的红发斑纹猫。我不知道她们中的哪一个会最终得到他。在这件事情上,比阿特丽丝·塔尔顿肯定会紧抓不放,确保她的三个女儿中的一个会得到!

一只猫头鹰在路边的树林里咕咕地叫着,斯嘉丽不由得咯咯笑起来。

当他们走到离塔拉不到一半路程的时候,斯嘉丽突然意识到她已经有好几个小时没有想到过瑞特的问题了。紧接着,悲哀和忧虑就像一盆冷水从头浇到脚,当晚她也第一次感觉到了夜晚空气的寒意,她的全身立刻就冷透了。她把披肩拉上来紧紧裹住脖子,默默地催促威尔加快步伐。

我现在任何事情都不要想,今晚不行,我不想破坏今晚的好时光。快一点儿,威尔,天很冷,还很黑。

第二天上午,斯嘉丽和苏埃伦带着孩子们驾着马车又来到了合欢庄园。当托尼拿出几把六发左轮手枪向他们炫耀时,韦德的眼睛里充满了对英雄的崇拜之情。然而,接下来托尼又用手指旋转起左轮手枪,并把它们旋转着扔到空中,再接住它们,顺势插进挂在花哨的银边皮带上、贴着臀部的枪套里。至此,就连斯嘉丽也已经看得目瞪口呆了。

"这些枪能打吗?"韦德问道。

"能啊,先生,它们都能打。等你再长大一点点,我就教你怎么使用它们。"

"像你那样在手指上旋转吗?"

"是啊,没问题。如果你不学会玩左轮手枪的那些把戏,带着它们还有什么意思?"托尼以男人对男人的架势用手撸了撸韦德的头发,"我还会让你学会骑西部野马,韦德·汉普顿。我估计,你会成为这一带唯一一个见过真正的马鞍的男孩子。不过,这些事今天还做不了,我哥哥正等着教我如何种地呢。明白吗?我们每个人都必须不断学习新东西。"

托尼很快在苏埃伦和斯嘉丽脸颊上吻了一下——也吻了所有小姑娘的头顶——然后说了再见。"亚历克斯正在小溪边等着我,你们干吗不去找萨莉?我想她现在正在屋后晾衣服。"

萨莉见到她们显然很高兴,但是苏埃伦拒绝了进屋喝一杯咖啡的邀请:"我得回家去,萨莉,就像你一样去洗衣服。我们不能留在这里,但是不能不跟你打声招呼就回去。"然后,她催促斯嘉丽回到了马车上。

"苏埃伦,我不懂你为什么对萨莉这么粗鲁?洗衣服的事完全可以放一放,等我们喝杯咖啡、聊聊聚会的事情再说。"

"斯嘉丽,你对经营农场的事情一窍不通。如果萨莉洗衣服的事被耽误了,那么她这一天的其他所有事情都要被耽误。这里和你的亚特兰大不一样,我们不可能找到一帮仆人来干活,这里的许多事情都要靠我们自己去做。"

斯嘉丽对妹妹说话的口气很不以为然。她气呼呼地说:"我也最好坐今天下午的火车回亚特兰大去。"

"要是那样的话,对我们来说一切就都简单多了。"苏埃伦回敬道,"你给我们添了不少麻烦,再说我还需要那张床给苏西和埃拉睡呢。"

斯嘉丽正要张嘴反击,又把嘴闭上了。她不是正想回亚特兰大吗？要不是托尼突然回家来了，她现在已经在亚特兰大了，那里的人看到她回去同样也会很开心的。她在那里有许多朋友，他们都有时间喝咖啡、玩惠斯特纸牌游戏[1]或者搞聚会。于是，她不再搭理苏埃伦，扭头对孩子们微微一笑。

"韦德·汉普顿，埃拉，妈妈今天午饭后就要回亚特兰大去了。我要你们向我保证，不给苏埃伦姨妈惹麻烦。"

斯嘉丽作好了面对孩子们的抗议和眼泪的准备，但是孩子们正热烈谈论着托尼闪闪发亮的六发左轮手枪，根本没有听到她的话。他们回到塔拉后，斯嘉丽立刻吩咐潘西把她的小提箱装好。就在这个时候，埃拉开始哭起来。"普利茜也走了，我不知道谁来给我编辫子。"她抽泣道。

斯嘉丽真想给她这个小女儿一巴掌，但还是压制住了自己的冲动情绪。她现在再也不能在塔拉待下去了，她已经铁了心要离开这里，再像这样无所事事、连个说话的人都没有，她会发疯的。但是，她不能不带潘西走，一位女士独自旅行可是闻所未闻的事情。她该如何是好？埃拉想要潘西留下来陪她。如果让苏西的嬷嬷卢蒂来照料埃拉，孩子恐怕一时还很难适应。如果埃拉没日没夜地闹腾，苏埃伦很可能一气之下改变主意，不再让斯嘉丽把孩子们留在塔拉。

"那么，好吧！"斯嘉丽厉声说道，"不许再号了，埃拉。这周剩下的几天我就把潘西留在这里，让她教会卢蒂怎么给你编

---

[1] 一种由四个人组成两对搭档在方桌上进行比赛的纸牌游戏，为桥牌的前身。

辫子。"我必须在琼斯博罗火车站跟某个女人搭个伴,那里肯定会有某个受尊敬的女士也要去亚特兰大,我可以和她坐在一起。

我今天下午就要坐火车回家了,就这样。威尔可以先把我送过去,回来后也还有充足的时间给那几头肮脏的老牛挤奶。

去琼斯博罗的半路上,斯嘉丽突然不再兴奋地谈论托尼·方丹的归来,她沉默了一会儿后终于忍不住把一直困扰着她的担忧说了出来:"威尔……关于瑞特的事情……他就那么急急忙忙地离开了,我是说……希望苏埃伦不要把这件事到处去说,弄得全县无人不知。"

威尔的淡蓝色眼睛看着她说:"斯嘉丽,你应该懂得比我多,家丑不可外扬。我始终觉得很遗憾,你好像很难看到苏埃伦的长处。她还是有她的长处的,只是不知为何你一来她的长处就再也表现不出来了。你应该相信我的话,不管她在你面前如何表现,别去介意。苏埃伦绝不会把你个人的问题到处宣扬的,她也不希望别人对奥哈拉家的人说三道四,比起你来,她在这个问题上恐怕是有过之而无不及。"

斯嘉丽悬着的心总算多少放下来了一点儿。她完全相信威尔,他说的话比存在银行里的钱还靠得住。不仅如此,他还是一个非常聪明的人,除了对苏埃伦的看法外,斯嘉丽没有发现威尔犯过任何错误。

"威尔,你真的相信他会回来,是吗?"

威尔不必问也知道她说的"他"是谁。他听得出她话语中的焦虑心情,所以他默默地嚼着含在嘴角的稻草,思考着该如何回答这个问题。最后,他慢条斯理地说道:"我不敢这么说,斯嘉丽。再说,我也不是那个应该知道答案的人。到现在为止,我也只见过他四五次而已。"

她感觉他这是给了她当头一棒,很快愤怒代替了痛苦。她冲他怒道:"你什么也不明白,威尔·本廷!瑞特现在只是心烦意乱而已,但是他会恢复过来的。他以前可从来没有做过拍拍屁股就走、让自己的老婆陷入困境这种缺德的事情。"

威尔点了点头。斯嘉丽要是认为这表示他赞同她的观点,那就随她去。然而,威尔并没有忘记瑞特对他自己的讥讽描述:他就是一个无赖。而且,按照人们的普遍说法,他历来就是一个无赖,并且将来也永远是一个无赖。

斯嘉丽两眼紧紧地盯着前方熟悉的红土路,咬紧了牙关,心中久久不能平静。瑞特会回来的,他必须回来,因为她想要他回来,而她总是能得到她想要的东西。她什么也不必做,只需要坚信这一点就行。

第五章

五点路口的喧闹声和熙熙攘攘的人群立刻让斯嘉丽低落的情绪为之一振,家里杂乱无章的书桌对她也产生了异曲同工之妙。在连续经历了死亡的痛苦折磨之后,她麻木的神经迫切需要生活和行动的刺激,需要有事情可做。

现在,她有一大堆报纸要读,一大沓五点路口中心地带的那个杂货店送来的业务账目要看,一摞账单要付,还有许多小广告要撕了扔掉。斯嘉丽开心地叹了一口气,拉过椅子让自己靠近书桌坐下来。

她先看了看墨水瓶里是否还有墨水,又检查了蘸水笔的笔尖是否够用,然后再把油灯点上。不等她干完眼前的工作,天肯定已经黑了,也许她可以让厨子用盘子把她的晚饭端到书房里来,那样她就可以一边吃一边工作。

她首先急切地把手伸向那一叠杂货店的销售报表,但是就在这时她突然看见了放在那堆报纸上面的一个大大的方信封,她的手立刻停在了空中。信封上只写了"斯嘉丽"三个字,而那笔迹显然是瑞特的。

她对自己说：我现在不看，只要一看，这些不得不干的工作肯定就会受到影响。我才不操心信里说了些什么——一点儿也不，我只不过现在不想看而已。她告诉自己：我要把它当成甜点，留到最后吃。于是，她抓起了一把杂货店的报表。

然而，她的注意力怎么也无法集中到账目中的各种数字上，于是她干脆把账目扔到一边。她抓起那封信，撕开了信封。

瑞特在信的开头就写道：

> 请相信我，我对你痛失亲人感到最深切的同情。嬷嬷的死是一个巨大损失。你能及时通知我，使我能够在她走之前最后见她一面，让我非常激。

斯嘉丽怒不可遏地抬起头来，不想再看到那些又粗又黑的笔迹，大叫道："'非常感激'，少来这一套！这样你就可以对她和我说谎吗？你这个流氓！"她恨不得烧了这封信，把纸灰扔到瑞特脸上，再把他骂个狗血淋头。噢，他竟然当着苏埃伦和威尔的面让她蒙羞受辱，她一定要报这一箭之仇，不管她要等多久，策划多久，她一定要找到一个雪耻的办法。他没有权利那样对待她，也没有权利那样对待嬷嬷，更没有权利那样欺骗嬷嬷的遗愿。

我现在就把它烧掉，后面的内容我根本不想看了，全都是谎言，不看也罢！她的手开始在桌上摸索那盒火柴，但是当她摸到之后，又立刻把它扔掉了。她心里不得不承认，让她无休止地猜测这封信的内容,她会急死的。于是,她还是低下头,把那封信继续读下去。

瑞特在信中说,她会发现她的生活并没有改变。几年前他就为她做了妥善的安排,他的律师会按时支付她所有的生活账单,同时斯嘉丽银行账户上所有用支票支取的钱都会如数自动补充到她的账户里。她如果到任何一家新的商店购物,都可以告诉店员按照她在其他商店的做法办理:把账单直接送到瑞特的律师那里,或者她也可以直接用支票支付,支出的钱都会自动得到全额补充。

信里的这些话简直让斯嘉丽着了迷。自从北方联邦军队迫使她认识到什么是贫穷以来,任何与钱有关的东西都始终让她深感兴趣。她相信,钱就意味着安全。她把自己挣的钱都存了起来,现在看到瑞特如此慷慨大方,她感到惊讶。

他怎么那么蠢啊!我要是有这个心完全可以把他抢劫一空。他的律师这些年来说不定一直都在做假账偷他的钱。

不过,既然瑞特可以毫不顾忌自己的钱花到哪儿去了,那么他肯定是富可敌国。我一直知道他有钱,却不知道他有这么多钱。他到底有多少钱呢?

那么……这就证明他现在肯定还是爱我的。瑞特这么多年来一直宠着我,没有哪个男人会像他那样宠着一个女人,除非他爱她爱得发狂。他会继续给我一切,我要什么他就会给什么。他肯定一如既往地爱着我,否则他早就不管我了。噢,我就知道他爱我!早就知道。他说的那些话并不是他的心里话。当我告诉他，我现在已经明白过来，知道自己确实爱他，他只是不敢相信而已。

斯嘉丽把瑞特的信紧贴在自己的脸颊上，就好像她握着的是写这封信的那只手。她要证明给他看，证明自己是全心全意地爱他的，这样一来他们就会很幸福——成为世界上最幸福的人！

她把信送到嘴边亲吻了好几下，然后小心翼翼地把它放进了一个抽屉里。接下来，她便情绪高昂地重新开始审阅杂货店的分类账目，做生意总是使她精神振奋。当一个女仆敲敲门、胆怯地问她是否现在吃晚饭的时候，她连头也没有抬一下。"用托盘给我端到这里来，"她说，"再把壁炉里的火点上。"随着夜幕降临，屋里开始变得寒冷，而她也已经饿得饥肠辘辘了。

那一晚她睡得格外好：一是因为她离开亚特兰大这段时间杂货店的生意做得很好；二是因为当晚的晚饭吃得很好，胃里很舒服；三是因为回家的感觉很好；尤其是第四——因为瑞特的来信妥妥地放在了枕头下面。

她醒来了，心满意足地伸了个懒腰，枕头下传来信纸簌簌的声音，她会心地微笑起来。她拉铃让女仆把早饭端到卧室里，然后开始筹划今天的活动。首先到杂货店看看，许多物品的存货肯定不多了。克肖这个人记账没得说，但是脑子笨得还不如一只雌孔雀。每次面粉和糖卖完了他也想不到要及时补货，再说天气正一天天冷起来，他很可能还没有订购煤油和引火棒。

她昨天晚上没能抽出时间看报纸，去一趟杂货店也就不必再读那些无聊的报纸了，从克肖和其他店员那里她能得到亚特兰大所有有价值的新闻。要想知道你身边正在发生的事情，去一趟杂货店无疑是最好的办法，因为人们在等待店员把他们买的东西包起来的时候，总喜欢闲聊几句。在大多数情况下，报纸还没有印刷出来她就已经得知了头版即将刊登的新闻，她甚至可以把书桌上的一堆报纸全部扔掉，也不会漏掉任何一则重要的消息。

突然，斯嘉丽脸上的微笑消失了。不行，她不能把报纸都扔掉，因为报纸上肯定有关于梅兰妮葬礼的报道，她想看看那条新闻。

梅兰妮……

阿什利……

杂货店的事只能再等等，她还有其他事情必须先处理。

我怎么会鬼使神差地答应了梅丽要照顾阿什利和博呢？

但是，我毕竟是答应了她的。我最好先去他们那儿，而且最好带上潘西，那就没有什么不妥的了。墓地里发生的那一幕肯定已经让全城的人议论纷纷，我要是一个人去见阿什利只会给他们的闲话添油加醋，对我毫无益处。斯嘉丽急忙走过厚厚的地毯，来到绣花拉铃绳前，抓住铃绳猛拉了几次。她的早饭在哪里？

噢，不对，潘西还留在塔拉，她只能带其他仆人去。带那个新来的叫丽贝卡的姑娘吧，她就行。她希望丽贝卡能顺利帮助她穿好衣服，而不要把她弄得一团糟。她现在只想快一点儿，赶紧出门,去尽到她的责任。

她的马车来到常春藤街,在阿什利和梅兰妮的那所小房子前停了下来。斯嘉丽发现挂在门上的花圈已经撤掉,所有百叶窗都紧闭着。

她立刻想到了茵迪娅,当然是她。她肯定带着阿什利和博住到皮蒂帕特姑妈家去了,而且还为此自鸣得意。

阿什利的妹妹茵迪娅一直都是斯嘉丽不可调和的宿敌,斯嘉丽咬住嘴唇,思考着她该如何解决这个难题。她可以肯定,阿什利已经带着博搬到了皮蒂姑妈家,这对他来说也是合乎情理之举。梅兰妮去世了,现在迪尔茜又离开了他们,在阿什利的家中已经没有一个能够操持家务和照顾博的女人,而皮蒂帕特家却要舒适得多,不仅家里管理得井井有条,博也能从一直爱着他的那些女人那里得到持续的关爱。

斯嘉丽不无鄙视地想,那就是两个老女人。她们崇拜所有穿裤子的男人,就算是穿短裤的男孩子也一样。要是茵迪娅不住在皮蒂姑妈家就好了,斯嘉丽完全可以应付皮蒂姑妈,因为那个胆小如鼠的老太太就是面对一只小猫也不敢顶嘴,更不用说斯嘉丽了。

但是,阿什利的妹妹茵迪娅则要另当别论。这个女人就是一个泼妇,喜欢干仗,喜欢冷酷无情、唾沫星子横飞地骂人,还喜欢把斯嘉丽赶出家门。

她当初如果没有答应梅兰妮该有多好——可是,她却答应了。"送我到皮蒂帕特·汉密尔顿小姐家去。"她吩咐伊莱亚斯说。"丽贝卡,你回家去,自己走回去。"

皮蒂家有的是女性陪伴,丽贝卡不必去了。

* * *

应声前来开门的正是茵迪娅。她上下打量了一下斯嘉丽那身时髦的镶毛皮边的丧服,嘴角露出一丝谨慎而满意的微笑。

斯嘉丽心想:尽管笑吧,你这只老乌鸦。茵迪娅身上穿着一件单调的黑色丧袍,上面连一颗装饰性的扣子也没有。"我来看看阿什利怎么样了。"斯嘉丽说。

"这里不欢迎你。"茵迪娅回答说,接着就要关门。

斯嘉丽伸手挡住门,厉声道:"茵迪娅·威尔克斯,你竟敢摔我的门。我向梅丽保证过,哪怕宰了你我也要说到做到。"

茵迪娅的回答是用肩膀抵住门,顶住斯嘉丽两只手的压力。这场有失体面的争斗仅仅持续了几秒钟,紧接着斯嘉丽就听到了阿什利的声音。

"是斯嘉丽来了吗,茵迪娅?我要和她说说话。"

门甩开了,斯嘉丽昂首挺胸地走了进去,她很得意地注意到茵迪娅的脸已经气得白一块红一块的了。

当阿什利出现在门廊里来迎接斯嘉丽时,她果敢的脚步立刻变得蹒跚起来。他看起来病得很厉害,苍白的眼睛围着黑黑的眼圈,鼻孔和下巴之间出现了深深的皱纹;他的衣服已经显得太大,外套松松垮垮地挂在下垂的肩膀上,就像一只乌黑的大鸟折断的翅膀。

斯嘉丽的心里翻江倒海似的难受,虽然她已经不再像过去那些年那样爱阿什利,但是他仍然是她生活的一部分。在过去那漫长的岁月里,他们有着那么多难忘的共同记忆,她不忍心看到他在如此痛苦之中生活。"亲爱的阿什利,"她轻声说道,"快来这里坐下,你看起来疲惫不堪。"

他们在皮蒂姑妈那间凌乱的小客厅的一张长椅上坐了一个多小时。斯嘉丽几乎没有说话,只是静静地听着阿什利颠三倒四地回忆他的过去,讲述他已故妻子善良、无私、高尚的故事,以及她有多爱斯嘉丽、博和他自己。他的声音低沉,面无表情,脸色因悲伤和绝望而变得苍白。他茫然地抓住了斯嘉丽的一只手,然后就紧紧抓住不放,以致斯嘉丽痛得仿佛手指骨被挤压在一起。她咬紧牙关,任由他一直抓着她的手。

茵迪娅一言不发地站在拱形门道里看着他俩,像一尊一动不动的黑色雕像。

最后,阿什利自己打断了自己的话,像一个失明和迷失的人那样左顾右盼。"斯嘉丽,没有她我活不下去,"他嘟囔道,"活不下去了。"

斯嘉丽使劲抽出自己的手。她可以肯定,如果她不去打破束缚着他的绝望情绪,他真的会抑郁而死。她站起身来,低头看着他。"阿什利·威尔克斯,你现在听我说。"她对他说道,"你说了那么多你的伤心事,我一直听着,现在我要你听听我的伤心事。你以为只有你一个人爱着梅丽、依赖她吗？不对，还有我。我自己以前都没有意识到这一点，其他人也没有意识到这一点。我认为，很多人也跟我一样爱着她、依赖她。但是，我们不能因此就蜷缩成一团一死了之，而你正在做这样的事情，我为你感到害臊。

"梅丽在天堂看着你，她也会替你害臊的。你知不知道她生博的时候遭受了多大的罪？你不知道，可是我知道。我告诉你吧，她遭受的痛苦就连上帝创造出的最坚强的人也受不了。现在，你就是博的一切。难道这就是你希望梅丽看到的吗？让她看到她孩子的父亲因为悲痛而不顾孩子，使博变成了一个实际上的孤儿，过着孤苦伶仃的生活？你难道想伤她的心吗，阿什利·威尔克斯？你现在这个样子就是在伤她的心。"她抓住他的下巴，迫使他抬起头看着她。

"你必须振作起来，听见了吗，阿什利？你现在自己到厨房里去，告诉厨子给你做一顿热饭，然后你把这顿饭吃下去。如果你刚吃下去就吐出来了，那就接着再吃。吃完饭就去找到你的儿子，把他搂在怀里，告诉他不要害怕，爸爸会照顾他。就这么做，不要只想着你自己，想一想其他人。"

斯嘉丽在自己的裙子上擦了擦手，好像刚才阿什利的手弄脏了她的手似的，然后她转身走出客厅，一把推开了站在走廊里的茵迪娅。

当她打开门走到门廊上的时候，从她身后传来了茵迪娅的话："我可怜的、亲爱的阿什利！你不要在乎斯嘉丽说的那些可怕的话，她就是个恶魔。"

斯嘉丽停下脚步，转过身，从钱包拿出一张名片扔到身边的一张桌子上。"皮蒂姑妈，"她朝屋里大声叫道，"既然你害怕见到我，我把我的名片给你留在这里了。"

她砰的一声关上了身后的门。

"伊莱亚斯，走吧，"她告诉车夫说，"去哪儿都行。"再在这个家里多待一分钟她都无法忍受了。她现在又该做什么？她已经让阿什利醒悟了吗？她刚才对他那么恶毒——怎么说她也是不得已而为之，因为他正在同情与怜悯的泥沼里越陷越深，但是她那么做有用吗？阿什利爱他的儿子，为了博他也许能够振作起来。不过，"也许"不够啊，他必须振作起来，她必须迫使他振作起来。

"送我到亨利·汉密尔顿先生的律师事务所去。"她对伊莱亚斯吩咐道。

"亨利叔叔"对大多数女人而言都是个可怕的人物，但是对斯嘉丽则不然。与皮蒂帕特姑妈在同一个屋檐下长大，这使他成了一个厌恶女人的人，对此斯嘉丽很理解。而且，她还知道他是相当喜欢自己的，他曾经说过，她不像绝大多数女人那样愚蠢。他是她的律师，深知她在生意上是多么精明强干的一个人。

她不等通报便径直走进了他的办公室。他放下手中正在看的一封信，轻声笑了笑。"快进来，斯嘉丽。"他一边说一边站起身来，"你这么急匆匆地是不是要控告谁啊？"

她在他面前来回踱步，好像根本没看见书桌旁就放着一把椅子。"我想冲某个人开一枪，"她回答说，"只是不知道是否管用。查尔斯死的时候，是不是把他所有的财产都留给了我？"

"你明明知道他的财产都留给了你。别那么烦躁，坐下来。车站旁被北方佬烧掉的仓库留给了你，城外的一些地也留给了你，按照亚特兰大的发展速度看，这些地很快就会变成城市的一部分了。"

斯嘉丽坐到椅子边上，两眼紧盯着他的眼睛。"还有皮蒂姑妈位于桃树街上的那幢房子的一半，"她非常明确地问道，"他是不是也留给了我？"

"上帝啊，斯嘉丽，难道你想告诉我你要搬进那所房子里去住？"

"当然不会。但是，我想让阿什利从那里搬出来。茵迪娅和皮蒂姑妈只知道可怜他，会把他可怜死的。他可以回到他自己的房子里去住，我帮他找一个管家就是。"

亨利·汉密尔顿面无表情，用探究的目光看着她，问道："这就是你要他回到自己房子里去住的真正原因，因为他正在过分的同情中遭受折磨？"

斯嘉丽愤怒地昂起头。"上帝啊，亨利叔叔！"她说，"你都这把年纪了还要变成一个搬弄是非的小人吗？"

"不要冲着我发火，年轻的女士。你在那张椅子里坐下来，听我给你讲一些残酷的现实。你很可能是我碰到过的最精明的商人，但是除了经商之外，你在其他方面就跟一个乡下的白痴一样愚蠢。"

斯嘉丽怒目而视，但还是按照亨利的吩咐坐了下来。

"现在，我说说阿什利的房子的事。"这位老律师慢条斯理地说道。"那房子已经卖了，昨天我就准备好了相关的法律文件。"他举起一只手示意斯嘉丽别说话，"是我建议他搬到皮蒂家去住并且把房子卖了的。不是因为那所房子会给他带来痛苦的联想和回忆，也不是因为我担心他和那孩子没有人照顾——其实这两个问题都是应该考虑的，我之所以建议他搬家，是因为他需要用卖房子的钱来挽救他行将破产的木材生意。"

"你这是什么意思？阿什利是对赚钱一窍不通，但是他也不可能破产呀，建筑商总是需要木材的。"

"前提是他们要建房子。斯嘉丽，你还是放下架子听我说，哪怕就一分钟。我知道，这个世界上发生的事情只要跟你无关，你就毫无兴趣，但是两三个星期之前纽约发生了一起重大的金融丑闻，一个名叫杰伊·库克的纽约投机商人因为判断失误而破产了。他一破产他的铁路项目也完蛋了，就是那家叫'北太平洋铁路'的公司，他还连累了一大帮其他的投机商人，也就是那些参与他的铁路交易和其他交易的家伙。而当这一大帮人跟着他破产之后，又拖垮了另外一大批与库克无关的交易。当涉及这一大批交易的投机商破产后，又会毁掉更多的交易和更多的人。这一切就像一座瞬间崩塌的纸牌屋。在纽约，人们已经开始称之为'大恐慌'，并且这场大恐慌正在迅速蔓延开来。我估计，这场风波很快就会席卷整个美国。"

斯嘉丽顿时感到一阵恐惧袭来。"那我的店怎么办？"她脱口而出，"还有我的钱呢？银行还安全吗？"

"你存钱的那家银行还是安全的，我的钱也存在那里，所以我已经确认过了。事实上，亚特兰大看来不会遭受太严重的伤害，因为我们的规模还太小，够不上任何重大交易，而遭受重创的都是大买卖。但是，各地的生意都已处于停滞状态，人们已经不敢对任何一个行业进行投资，也就是说，建筑业也没有人投资。既然已经没有人投资建房，那么也就没有人需要木材了。"

斯嘉丽皱起了眉头："这么说，阿什利的锯木厂就无钱可赚了，这个我明白。但是，既然已经没有人敢投资了，他那幢房子为什么这么快就卖出去了？在我看来，在大恐慌的形势下，首当其冲的就是房地产，它的价格会首先下跌。"

亨利叔叔禁不住笑起来。"像掉下去的石头一样一落千丈。你真是个精明人，斯嘉丽。亚特兰大现在还没有感受到大恐慌，但是它很快就会波及这里。所以我才告诉阿什利，趁还能卖得出去的时候赶快出手。过去八年来，我们的经济一直持续繁荣——该死！现在这里的人口都超过二十万了——但是一旦没了钱，繁荣也将不再。"他为自己的机智得意地哈哈大笑起来。

斯嘉丽虽然也附和着笑了笑，但是内心里并没有觉得经济崩溃有什么好笑。她很清楚，男人就是喜欢得到别人的赞赏。

这时亨利叔叔的笑声戛然而止，就像关掉了水龙头的水流："所以，现在阿什利和他妹妹、姑妈住在一起，理由充分，行为得当，这都是听从了我的建议。当然，你可能觉得不合适。"

"是的,先生,那根本就不合适。他现在一副失魂落魄的样子,而她们却让他雪上加霜。他就像一个活死人。我已经狠狠地责骂了他一番,希望一顿臭骂能让他幡然醒悟,但是我不知道那是不是有效,我只知道即使有效也难以持久,除非他立刻搬出那所房子。"

她看着亨利叔叔怀疑的表情,一股怒气冲上心头:"我不管你听到了什么或者你怎么想,亨利叔叔,我不是要追求阿什利,而是我在梅兰妮临死前向她保证过要替她照顾他和博。我恨不得自己没有作过这样的承诺,但是我确实作了。"

斯嘉丽的愤怒让亨利叔叔很不自在,他不喜欢人们发脾气,尤其不喜欢女人发脾气。他对她说道:"如果你要哭,斯嘉丽,我就让人把你轰出去。"

"我才不哭呢,我要发疯了。我不得不做点儿什么,而你却拒不帮忙。"

亨利·汉密尔顿身体向后靠在椅背上,双臂放在扶手上,双手指尖对着指尖。这是他典型的律师做派,几乎就像一个即将作出宣判的法官。

"斯嘉丽,现在你恰恰是最不能帮助阿什利的那个人。我刚才说了,我要告诉你几个残酷的现实,这就是现实之一。人们一度对你和阿什利的关系有过很多怀疑,我根本不想知道他们的怀疑是对是错。梅丽站出来为你正名,所以绝大多数人也就相信了她的话。请注意,这是因为他们爱她,而不是因为他们特别喜欢你。

"茵迪娅对这件事的判断最为恶劣，而且还到处宣扬。她已经建立起了一个小圈子，都是些相信她的判断的人。形成这种局面很不好，但是有些人就是喜欢人云亦云，历来如此。这件事很可能就这样一直持续下去，哪怕梅兰妮已经死了，闲话也不会停止。人都不喜欢被别人打扰，也不喜欢生活中出现改变。而你呢，偏偏不能一个人好好地待着，非要到梅兰妮的葬礼上弄出点儿事儿来不可——居然双手抱住她的丈夫，把他从自己死去的妻子身边拽到一旁，而很多人都认为他妻子几乎就是一个圣人。"

他举起一只手。"我知道你想说什么，斯嘉丽，但你还是不说为好。"他又把双手的指尖对着指尖，"阿什利差一点儿就摔进那个墓穴里了，很可能还会折断自己的脖子。我在现场，这一切我都看到了，但这并不是问题所在。你这么精明的姑娘，怎么就如此不懂得人情世故。

"如果阿什利自己跳到了梅兰妮的棺材上，所有人都会说他的行为'令人感动'。如果他因此而丢了命，他们确实会感到难过，但是处理悲伤是有规矩的。斯嘉丽，这个社会离不开规矩，要靠规矩来维系正常运转，而你做的事情恰恰是破坏了规矩。你在大庭广众之下惹是生非，把你的手放到一个并非你丈夫的男人的身上——而且是在众目睽睽之下；你制造的混乱使葬礼不得不中断，而人所共知葬礼也是有规矩的。你把一个圣人最后的仪式给搅了。

"现在，这个城市里的所有女人都站到茵迪娅那边去了，也就是说站到了你的对立面。斯嘉丽，你已经没有一个自己的朋友了。如果你继续与阿什利不明不白地纠缠下去，结果只有一个：他也会落得个像你一样孤家寡人的下场。

"女士们都反对你，斯嘉丽，愿上帝保佑你吧，因为我帮不了你。当基督教的女教徒都反对你的时候，你就别指望还能得到基督教徒的仁慈和宽恕。她们生性如此，也不允许其他任何人对你发慈悲，尤其不允许她们的男人这样做。男人是属于她们的，无论身体还是灵魂都是。正因为如此，我才一直对人们错误地称之为'温柔的女性'的人敬而远之。

"我祝你好运，斯嘉丽。你也知道我一直喜欢你，我能给你的也只有良好的祝愿了。你把事情搞得一团糟，我都不知道你怎么才能摆脱这个困境。"

老律师从书桌前站起来："离阿什利远一点儿。总有一天会有某个甜言蜜语的小女人来到他的身边，把他据为己有。你也离皮蒂帕特的房子远一点儿，包括属于你的那一半。但是，你还是要像以往那样，通过我支付你那一半房子的维修费，那样你就实现了你对梅兰妮的承诺了。

"来吧，我送你到马车上。"

斯嘉丽挽起他的胳膊，顺从地走在他身旁，但是她的内心很不平静。她事先就应该料到，亨利叔叔不会给她任何帮助。

她必须亲自去证实亨利叔叔的那些话是否属实，是否确实发生了金融大恐慌，最重要的是她的钱是否真的安全。

第六章

亨利·汉密尔顿称之为"大恐慌"的金融危机始于纽约的华尔街,现在正向整个美国蔓延。斯嘉丽感到恐惧的是,她辛苦挣来的钱可能瞬间化为乌有。她离开老律师的事务所后,立刻来到了她存钱的那家银行。当她走进银行经理的办公室的时候,内心已经战栗不已。

"谢谢你的关心,巴特勒夫人。"经理说。但是,斯嘉丽看得出来他并不是真心感谢她,而是为她对这家银行的安全性提出的质疑感到愤怒,尤其是对质疑他管理下的这家银行的安全性感到愤怒。然而,他说得越多、越赌咒发誓地想要安慰她,她就越无法相信他。

可是,他接下来不经意的一句话却打消了她心中的全部恐惧。"我们不仅要向我们的股东支付通常的股息,"他说,"实际上支付的数额还要比平常高一点儿。"他斜眼瞟了她一下。"这个消息我也是今天上午刚刚得到的。"他气恼地继续道,"我倒很想知道,你丈夫一个月之前增购了我们的股票,那是为什么?"

斯嘉丽立刻感到如释重负，高兴得想从椅子上跳起来。如果瑞特购买了这家银行的股票，这家银行肯定就是美国最安全的银行，他总是能在别人纷纷破产的时候赚到大钱。她虽然并不知道他是如何得知这家银行的安全性的，但是她不在乎，对她来说只要瑞特对此有信心就足够了。

"他有一个可爱的小水晶球呗。"她回答道，说着还轻佻地笑起来，让经理十分恼火，而她自己却感到飘飘然。

但是，她还没有忘乎所以，仍然把银行保险箱里的现金全部换成了黄金。她现在依然清楚地记得她父亲生前那么倚重的南方联盟债券，印刷精致却一夜之间都变成了废纸。因此，她对所有用纸做出来的东西都缺乏信心。

她走出银行，在台阶上停下脚步，享受一下秋日阳光的温暖，欣赏一下商业区大街上熙来攘往的人群。看看那些步履匆匆的家伙——他们之所以如此着急，都是因为有钱可赚，而不是因为感到了恐慌。亨利叔叔就是一个老傻瓜，无病呻吟，其实根本就没有什么"大恐慌"。

她接着来到了自己的杂货店里。房子正面墙上挂着一块写有"肯尼迪商行"的金字招牌。这是她同弗兰克·肯尼迪的短暂婚姻留给她的遗产，当然埃拉也有份。这个商店给她带来的欢乐足以抵消这个孩子带给她的失望。杂货店窗明几净，充足的商品琳琅满目；这里应有尽有，从锃亮的新斧头到裁缝用的大头针，一切都让人感到满意。不过，她必须把那一堆印花布从那里搬走，否则用不了几天就会被太阳晒褪了色，变得深一条浅一条的，她就不得不降价处理了。斯嘉丽大步闯进店门里，准备把杂货店的总管威利·克肖狠狠地训斥一顿。

但是，最后她发现克肖的表现竟然无可指摘。那一堆印花布在运输过程中遭浸水而受损，已经标明降价处理。生产这批印花布的工厂已经同意根据受损情况降价三分之二。不等斯嘉丽吩咐，克肖也已经重新下了新订单。不仅如此，在后面房间里沉重的方形保险箱里，整整齐齐地码放着一袋袋硬币和一沓沓美钞，还有每天的收据。"其他店员的工资我都付过了，巴特勒夫人，"克肖紧张地报告说，"但愿我没有做错。明细都记在周六的账页上了。伙计们都说每周拿不到薪水就过不下去。我没有拿我的工资，因为我不知道你要我怎么做。但是，如果你能尽快把我的薪水付给我，那真是感激不……"

"当然会的，威利。"斯嘉丽和蔼地对他说，"等我把钱和账核对完毕后，马上就付给你。"克肖的表现远比她预料的好得多，但是这并不等于说她就会容忍他把她当傻瓜。一旦现金一分一厘也不差，她就会把他三个星期的薪水十二美元七十五美分付给他。她还决定，明天给钱的时候还要额外多给他一美元，以奖励他这一周的工作。在她离开的这段时间里，克肖把杂货店管理得如此之好，这个奖励是他应得的。

与此同时，她也在考虑增加他的职责范围。"威利，"她悄悄对他说，"我要你在店里设立一个信用账户。"

克肖的一双大眼睛越发鼓了出来。自从斯嘉丽接手以来，这家杂货店就再也没有干过赊欠货款的买卖。他仔细地听着她的吩咐，她要他起誓决不把这件事告诉任何人，于是他把手放到胸脯上发了誓。他在心里告诫自己，一定要遵守这个誓言，否则巴特勒夫人肯定会发现的，他相信斯嘉丽的后脑勺上长有一双看不见的眼睛，她能看穿人们的心思。

斯嘉丽离开杂货店后，就回家吃午饭。她先洗了脸和手，然后开始读那一大摞报纸。不出她所料，有关梅兰妮葬礼的报道只有寥寥数语，写着梅兰妮的名字、出生地和死亡时间。在一个女人的一生中，她的名字只应该出现在新闻里三次：出生、结婚和去世的时候，并且，即便是这三次也绝不能有更多的细节。那个讣告是斯嘉丽亲自写的，她当时还加上了自认为恰当而庄重的一行字，表示梅兰妮英年早逝的不幸和她悲痛的家人及亚特兰大的朋友的哀悼之情。斯嘉丽愤愤不平地想，肯定是茵迪娅把那句话给删掉了。除了这个茵迪娅，阿什利的家掌握在任何人手里都可以，那样的生活会容易得多。

而报纸上的下一条消息却吓得斯嘉丽的手掌直冒冷汗。再看下一条，再下一条、再下一条——她飞快地翻动报纸，心中的惊恐也变得越来越巨大。当女仆通知她吃饭的时候，她只说了一句话："放在桌子上吧。"等她终于来到餐桌前的时候，盘子里的鸡胸脯肉已经凝在肉汁里了。不过，这无所谓，因为她早已心烦意乱得吃不下任何东西了。亨利叔叔说的是对的，已经出现了大恐慌，他没有说错。自从被记者们称之为"黑色星期五"的那天之后，纽约股市已经关闭了十天之久，因为人们都在抛售而没有人买入，股价一落千丈。在美国各大城市里，银行纷纷倒闭，因为它们的客户想要回他们的钱，而那些钱却没了——银行把钱投资到了所谓"安全"的股票上，现在这些股票几乎已经一文不值。工业区里的工厂正以差不多每天一家的速度倒闭，成千上万的工人已经失业且身无分文。

斯嘉丽一遍又一遍地告诉自己：亨利叔叔说过危机不会波及亚特兰大。但是，她不得不抑制住自己的冲动，没有马上去银行取回保险箱中的黄金。要不是因为瑞特增购了那家银行的股票，她早就把它取回家里来了。

她想了想准备下午做的那件事，真是希望自己脑子里没有出现过这种想法，但是最终还是认为那件事应该做，就算整个国家已经陷入了大恐慌，也该做。实际上，正是因为如此，这件事情才更应该做。

也许，她应该喝一小杯白兰地稳定一下不停搅动的胃。雕花玻璃酒瓶就放在一旁的餐具柜里，白兰地还可以使她紧张的神经得到舒缓……不行，人们会闻到她呼出的酒气，就算是酒后嚼几口欧芹或薄荷叶也没用。她深吸了一口气，从餐桌前站起来。"马上跑到车房去，告诉伊莱亚斯我要出门。"她向应铃声而来的女仆吩咐道。

斯嘉丽站在皮蒂帕特姑妈的房门前按了门铃，但是没有人来开门。她可以肯定，她刚才明明看见客厅的一个窗户的花边窗帘被人拉动了一下。她又使劲按了按门铃，听见了从门后的客厅里传来的铃声和一阵低沉的脚步声。斯嘉丽第三次按了门铃。

铃声过后,一切又归于寂静。她等在那里,准备默默地数到二十下。这时,一匹马拉着一辆单座马车从她身后沿街驶过。

她心想,如果继续站在这里,被人看到我被拒之门外,今后除了羞愧而死还有何面目见人。她感到脸颊发烫,知道自己已经羞红了脸。亨利叔叔说得完全对,已经没有人会接纳她了。她这一生中早就听说过那些无耻之徒被人们拒之门外的故事,但是她怎么也不会想到这种事情竟然发生在了她的身上。她可是斯嘉丽·奥哈拉,是来自萨凡纳的罗比拉德家的埃伦·罗比拉德的女儿,这种事是不应该发生在她身上的。

我到这里来也是为了做好事——斯嘉丽内心里感到痛苦和迷惑。她感到双眼发热,眼泪就要流出来了。然而,就像以往多次发生过的那样,她马上又被难以压抑的愤怒所控制了。这该死的世道,这所房子的一半都是属于她的!有谁竟敢把她锁在门外?

她握紧拳头开始擂门并不停地摇动门把手,但是门仍然关得紧紧的。"茵迪娅·威尔克斯,我知道你在里面。"斯嘉丽把嘴凑到钥匙孔上大吼一声。等着瞧吧!希望你正好贴着钥匙孔偷听呢,我让你变成聋子。

"我是来找你谈事的,茵迪娅,见不到你我就不走。我就坐在门廊前的阶梯上,一直坐到你打开那扇门或者阿什利带着钥匙回家来,你看着办。"

斯嘉丽转过身,双手抓起裙摆,正要迈步时却听到身后传来了门闩的咔嗒声,紧接着又传来了门铰链的吱吱声。

"看在上帝的分上，进来吧。"茵迪娅嘶哑地小声说道，"你这样做会让我们都成为邻居们的笑柄。"

斯嘉丽扭头向后冷冷地打量了一下茵迪娅，说："恐怕还是你出来好，茵迪娅。来吧，和我一起坐在阶梯上，说不定某个瞎了眼的流浪汉正好从你门前走过，为了有口饭吃、有张床睡，愿意娶你为妻呢。"

这些话刚一出口，她就后悔自己没有管住这张嘴。她今天不是来同茵迪娅斗气的，但是阿什利的这个妹妹一直就像她的一根眼中钉、肉中刺，而且刚才被拒之门外的羞辱又涌上了心头。

茵迪娅立刻就要把门推上。斯嘉丽迅速转过身，向前一步伸手抵住了门。"我道歉。"斯嘉丽咬牙切齿地说。她愤怒的目光逼视着茵迪娅的眼睛，茵迪娅终于后退了一步。

瑞特要是知道了这件事，肯定会开心的！斯嘉丽突然这样想。在他们婚后的那一段好日子里，她总喜欢把自己在生意上和在亚特兰大那个小社会圈子里取得的战绩告诉他，他也总会不停地开怀大笑，把她称作他"无尽的欢乐源泉"。有朝一日，她把今天茵迪娅像一只斗败的公鸡一样不得不退让的事告诉瑞特，他肯定还会开怀大笑的。

"你要干吗？"茵迪娅虽然气得浑身发抖，但是声音冷若冰霜。

"非常感谢你邀请我坐下来喝杯茶。"斯嘉丽满不在乎地回答说，"不过，我刚刚吃完饭。"其实，她现在很饿，刚才对战斗的渴望驱散了心中的恐慌，她的胃就像一口枯井那样空空如也，千万不要饿得咕咕叫啊。

茵迪娅靠在客厅的门框上。"皮蒂姑妈在休息。"她说。

斯嘉丽心里说,恐怕是情绪低落吧,但是这一次她管住了自己的嘴。她并没有生皮蒂帕特姑妈的气,再说,还是先把来这里要办的事办妥才好。她希望能在阿什利回家之前离开。

"茵迪娅,我不知道你是否知晓这事,但是梅丽临死前曾要求我承诺照顾博和阿什利。"

茵迪娅像是中了一枪似的身体痉挛了一下。

"什么也别说,"斯嘉丽警告她说,"不管你说什么都没有梅丽的临终遗言更重要。"

"你毁了你自己的名声,还会毁了阿什利的名声。我不会容忍你到这里对他胡搅蛮缠,让我们所有人蒙羞受辱。"

"我告诉你——茵迪娅·威尔克斯,在这个世界上我最讨厌的事情就是在这所房子里多待哪怕一分钟。我来只是告诉你,我已经在我的店里安排好了,你可以去拿任何你需要的东西。"

"威尔克斯家的人不接受施舍,斯嘉丽。"

"你这个蠢货,我说的不是施舍,是我对梅兰妮的承诺。像博那种年龄的男孩子身体发育快,衣服、鞋子很快就小了,你对此毫无概念。恐怕你也不知道它们要花掉多少钱。阿什利心力交瘁,大事都管不过来,你难道还要让他为这些小事操心吗?再说了,你难道希望博成为他同学们的笑柄吗?

"我知道皮蒂姑妈有多少收入,因为我曾经在这里住过,还记得吗?她那点儿钱也就只够皮特大叔和马车的开销,加上那点儿可怜的饭菜和她自己经常要用的嗅盐的开销。另外，现在还出现了一件人们叫作'大恐慌'的大事，这个国家半数以上的企业正在倒闭，阿什利能够挣到的钱肯定会越来越少。

"既然我都能够放下我的自尊、像一个疯女人一样来敲你的门，你也可以放下你的自尊，接受我提供的物品。再说，你也没有这个权利拒绝，因为如果是为了你，我会看着你饿死而眼睛都不眨一下。我这是为了博和阿什利，当然还有梅丽，因为我答应了她的请求。

"她的原话是：'照顾阿什利，但是不要让他知道。'茵迪娅，如果你拒绝帮忙，我就没有办法不让他知道我在帮他。"

"我怎么知道梅兰妮说过这种话？"

"因为这是我告诉你的，我的话就像黄金一样靠得住。不管你对我怎么看，茵迪娅，你都找不出任何一个人证明说，我曾经不守信用，说话不算话。"

茵迪娅犹豫了，斯嘉丽知道自己就要赢了。"你不用亲自去店里，"她接着又说，"找别人送一个清单过去就行。"

茵迪娅深吸了一口气，勉强说道："那就只要博上学的衣服。"

斯嘉丽忍住没有笑。她可以肯定：一旦茵迪娅感受到白拿东西的快感，她要"买"的东西就远远不止博的衣服了。

"那就日安了，茵迪娅。杂货店的主管克肖先生是唯一知道此事的人，他是个守口如瓶的人。你把他的名字写在清单的外面，剩下的事他自会处理。"

当斯嘉丽回到马车上坐下来之后，胃里终于发出了明明白白的咕咕声响。她开心地笑得合不拢嘴,谢天谢地它刚才一直没闹出声来。

回到家里,她吩咐厨子把午饭热一下重新端上来。等待女仆叫她吃饭的这段时间里,她又翻阅了剩下没看的报纸,但是有意避开了有关大恐慌的所有消息。以前报纸上有一个专栏她从来不看,但是现在格外使她着迷。这个专栏里不仅有有关查尔斯顿的各种消息,还有各种小道传闻,瑞特或他母亲、妹妹、兄弟,都可能出现在这个专栏里。

虽然她并没有看到他们的名字,不过她也并没有期待着看到任何特别的消息。要是查尔斯顿真的发生了什么令人激动的大事,瑞特下次回家来的时候她也会知道的。对他的亲友和他长大的地方保持着关注,就是她爱他的证明,他相不相信她爱他都没有关系。她禁不住又想,他说过"我会经常回来,免得别人说闲话",他所说的"经常"到底是多长时间?

当晚,斯嘉丽翻来覆去地睡不着觉,她只要一闭上眼睛,就会看见皮蒂姑妈家那扇宽大的前门紧闭着挡在她的面前。她反复告诉自己,那都是茵迪娅捣的鬼,亨利叔叔说亚特兰大所有的家门都已经不再对她敞开,这不可能是真的。

但是,她之前也没有想过亨利叔叔关于大恐慌的话是千真万确的,直到她自己读到了报纸上的新闻,她才发现大恐慌已经远远超出了他所描述的程度。

失眠对她来说并不陌生,几年前她就经历过,只要喝上两三杯白兰地，她的心就会平静下来，很快就能进入梦乡。于是，她轻手轻脚走下楼梯，来到饭厅里的餐具柜前。在她手中端着的油灯的照耀下，雕花玻璃的醒酒器反射出彩虹般的光亮。

第二天早上，她起得比平时都晚。这并不是因为白兰地让她睡过了头，而是因为尽管喝了白兰地她也一直折腾到黎明前才昏昏入睡。亨利叔叔说的那番让人忧虑的话一直萦绕在她的心头，怎么也挥之不去。

在去杂货店的途中，她停下马车走进梅里韦瑟太太的面包店。站在柜台后面的店员抬头朝她的方向看了一眼，一副视而不见的神情，而当斯嘉丽开口说话时，更是充耳不闻。

斯嘉丽已经意识到了，店员对她的态度就好像她根本不存在一样，这让她感到恐惧。当她离开面包店横过人行道走向马车的时候，她看见埃尔辛夫人和她女儿正向她这个方向走来。斯嘉丽停下脚步，正准备微笑着向她们问好的时候，两个埃尔辛家的女人一看到她却立刻停下了脚步，紧接着转过身向别处走去，不仅一言不发而且再也没有向她看上第二眼。斯嘉丽一时不知所措地愣在那里，然后紧走几步爬上自己的马车，把脸深深地藏进车厢角落的阴影里。就在这可怕的一瞬间，她觉得自己就要呕吐了。

伊莱亚斯在杂货店门口停下马车后，斯嘉丽仍然躲在马车车厢里。她让伊莱亚斯替自己把装着工资的信封拿进店里，因为她害怕走出马车会碰到熟人，而这个人又会对她不理不睬，这种事情想起来就让人无法忍受。

这一切肯定都是茵迪娅·威尔克斯在背后搞的鬼,而且还是在我对她如此慷慨大方之后!我不会让她就这么得逞的,决不会!任何人都不可能这么对待我而不受惩罚。

"去锯木厂。"伊莱亚斯一回来,她就吩咐道。她要把这一切都告诉阿什利,他会采取措施阻止茵迪娅的恶行。阿什利是不会容忍她这么干的,他会迫使茵迪娅守规矩,也会让她那些狐朋狗友守规矩。

当锯木厂进入她的眼帘的时候,她沉重的心情却变得更加沉重了。秋日的阳光照射在一堆又一堆金黄色的松木板上,空气中充满了甜甜的松脂香味。整个厂区已经被木材堆得满满当当,但是她看不到一辆拉货的马车,也看不到一个装卸工人。没有人来买木材。

斯嘉丽真想大哭一场。亨利叔叔说过事情会变成这样,但是我绝没有料到情况会变得这么糟糕。如此漂亮、干净的木材,人们怎么会不要呢?她深深地吸了一口气。在她看来,刚刚砍伐下来的松木散发出来的是世界上最甜美的香味。天哪,她多么怀念木材生意这一行。她始终也想不明白为什么自己会上了瑞特的当,把这个买卖让给了阿什利。如果还是她掌管着锯木厂,这样衰败的景象是绝不可能发生的,她肯定有办法把这些木材卖给某个人。她把脑子里刚刚萌芽的恐惧心情抛到一边。虽然大家的日子都不好过,但她不能责怪阿什利,再说她是来求他给予帮助的。

"整个院子棒极了!"她满脸笑容地对他说道,"阿什利,你的锯木厂肯定是日夜不停地运转，否则怎么能保持如此充足的备货。"

他正坐在桌前查看账本，听到她说话才抬起头来。斯嘉丽心里很清楚，这个世界上已经没有任何欢乐之事可以打动他那颗枯萎的心。自从上次她责骂他以来，他的精神状态一点儿也没有改善。

他站起来，想对她微笑一下。虽然根深蒂固的绅士风范占了疲惫的上风，但是绝望比这两者都更加强大。

斯嘉丽心里想，我不能告诉他茵迪娅的事情，也不能讨论生意的事情，他现在能做的唯一一件事就是勉强还能喘气。看他那副样子，要不是有那身衣服裹着，他的身体恐怕都要支离破碎了。

"斯嘉丽，亲爱的，你来看我真是太好了。不坐一坐吗？"

"太好了"，是吗？上帝啊！阿什利的话就像是从一个上了发条的礼貌用语音乐盒里发出来的声音。不对，还不像，他好像根本不知道自己在说什么，这才是事实。我不带女伴来到这里，无异于拿自己已经所剩无几的名誉冒险。不过，他为什么要在乎呢？他对自己的事情都毫不在乎——任何一个笨蛋都看得出来——又为什么要在乎我的事情呢？我不能坐下来，一本正经地同他谈事情，我受不了。可是，我不谈又不行。

"谢谢，阿什利。"她一边说一边在他扶着的椅子上坐下来。她要强迫自己在这里待上十五分钟，说一些关于天气的既空洞又生动的话，也可以说说她回塔拉碰到的有趣事。她不能把嬷嬷去世的消息告诉他，他会更加心烦意乱。不过，托尼回家来了，这件事不一样，是好消息。于是，斯嘉丽开始说道：

"我刚回了一趟塔拉……"

"你为什么要阻止我，斯嘉丽？"阿什利突然打断她的话问道。他的声音平淡而毫无生气，不像是认认真真地提出了一个问题，斯嘉丽想不出该如何回答他。

"你为什么要阻止我？"他再次问道，而这一次他的话音里显然充满了情感——愤怒、背叛和痛苦。"我想把自己埋进那个坟墓里，不管是不是梅兰妮的坟墓，哪个坟墓都行。这是我唯一配做的事情……不，不要把那些话说出来，斯嘉丽，我已经被无数好心人安慰、激励够了，那些话都听了上百遍了。我原指望你不会说那些陈词滥调，如果你把你的真实想法说出来，我会感激不尽的。你想的是我毁了木材生意，你呕心沥血开创的木材生意！斯嘉丽，我就是一个可悲的败家子，你知道，我也知道，全世界都知道。我们为什么非要假装出另外的样子？你为什么不责怪我？你不可能'伤我的心'的，因为你根本找不到比我自己骂自己的话更加恶毒的语言了。天哪，我真讨厌这个说法，好像我现在还有一颗可以伤害的心似的，好像我现在还能感觉到什么似的。"

阿什利缓慢而沉重地摇着头，就好像一只已经被一群捕食猛兽扑倒在地、遍体鳞伤且濒临死亡的弱小动物一样。他扭过头去，喉咙里发出一声撕心裂肺的抽泣："饶了我吧，斯嘉丽，我求你了，我没有权利把我自己的麻烦变成你的负担。今天我大发脾气,又给自己增添了新的耻辱。行行好吧,亲爱的,离开我。你现在就走,我会感激不尽的。"

斯嘉丽一言不发地逃走了。

稍后,她坐在家里的书桌前,桌子上整齐地堆放着一沓她的财产法律文件。她当初完全没有料到,要实现自己对梅丽的承诺竟然会这么难,仅仅提供衣物和生活用品是远远不够的。

阿什利不会拯救自己,哪怕只动一根手指也不会,但是不论他合作与否,她都要迫使他获得成功,这是她对梅兰妮作出的承诺。

再说,她也不忍心眼看着自己一手创办起来的木材生意走向破产。

斯嘉丽把自己名下的资产列了一个清单。

杂货店、房产和贸易每月可挣将近一百美元的利润,但是等到大恐慌波及亚特兰大、人们再也无钱可花的时候,这个利润额肯定会减少。她做了一个记录,要多订购一些便宜的商品,宽天鹅绒缎带一类的奢侈品就不再添货了。

她在火车站附近的那块地上有一家酒吧,酒吧并不是她的,但是那块地和那所房子是她租给酒吧老板的,每月租金有三十美元。每当世道变得艰难的时候,人们就会喝更多的酒,所以她也许可以把租金涨一点儿。不过,每月多几个美元还不足以让阿什利解困,她需要一大笔钱。

银行保险箱里存放着她的黄金,她另外还有一大笔现金,总数超过两万五千美元。按照大多数人的观点,她已经是一个富有的女人，但是她自己并不满意，她现在仍然没有安全感。

她想，我可以把锯木厂从阿什利手上再买回来，一时间她感到热血沸腾和无限的可能性。不一会儿，她又叹了一口气。这个办法解决不了任何问题，因为阿什利就是一个傻瓜蛋，他只会接受公开的市场价格，而现在的市价却没有几个钱。再说，等她重振生意再次取得成功之后，他就会更加觉得自己是一个失败者。不行，无论她多么想自己经营那个锯木厂，她都必须让阿什利获得成功。

我就是不相信木材会没有市场，无论有没有大恐慌，人们总是要盖一些建筑的，哪怕只是为一头牛或一匹马修一间棚屋。

斯嘉丽快速翻看了一下面前的一大摞证书和文件，突然计上心来。

那里还有查尔斯·汉密尔顿留给她的一块庄稼地，但是种庄稼基本没有收入可言，收获几篮子玉米和一包籽棉对她又有什么用？除非你有一千英亩土地和十来个种庄稼的好手，否则把这么好一块地租给佃农就是莫大的浪费。但是按照目前的发展情况看，她那百十来英亩土地正好处在亚特兰大城市的边缘上，如果她能够找到一个不错的建筑商——那帮人正迫切需要有活儿干，她就可以在那里建起一百栋廉价的房屋，也许可以建两百栋。那些在金融危机中赔了钱的家伙都不得不勒紧裤腰带过日子，第一步就是卖掉他们的大房子，接下来他们必须找到一个他们住得起的新房子。

我不会赚到钱，但是至少也不会亏很多。我要确保建筑商只购买阿什利的木材，并且还要买他手中最好的木材。这样一来，他就一定能赚钱——不会一夜暴富，但是收入安全稳定，而他永远也不会知道这一切都是我安排的。我肯定能安排好这件事，我所需要的就是找到一个能够守口如瓶的建筑商而已。当然，他也不能把我坑得太狠。

第二天，斯嘉丽驾车来到她城外的那块土地上，通知佃农们马上搬走。

第七章

"是的,女士,巴特勒夫人,我确实迫切需要有活儿干。"乔·科尔顿回答道。这位建筑商四十多岁,身材瘦小,因为一头浓密的头发已经全部雪白且常年日晒雨淋皮肤粗糙,所以看上去比他的实际年龄要大得多。他皱起眉头,前额上深深的皱纹在他乌黑眼睛的上方凸起。"我是需要工作,不过还没有迫切到不得不为你工作的分儿上。"

斯嘉丽差一点儿就要转身离去,她不想对一个妄自尊大的穷白佬的侮辱忍气吞声,但是她需要科尔顿,因为他是亚特兰大唯一一个诚实到极点的建筑商。在内战结束后重建的繁荣岁月里,她从买她木材的那些建筑商那里早就听说了这一点。她气得直想跺脚,这都要怪梅丽不好,要不是那个不让阿什利知道她在帮助他的愚蠢条件,她完全可以雇佣任何一个建筑商,因为她会像一只鹰一样监视着他并且紧盯着工程的每一个细节,这也正是她非常乐意去干的事情。

但是,她不能让别人看见她参与了此事,而除了科尔顿她又信不过其他任何一个人。他必须同意接受这份工作，她不得不强迫他同意。于是，她伸出一只纤细的小手放到他的臂膀上，这只戴着紧致小山羊皮手套的手显得十分精巧。"科尔顿先生，你要是拒绝会很伤我的心。我需要一个非常特别的人来帮助我。"她看着他，眼睛里流露出恳求和无助的神情。遗憾的是他的身材不能再高点儿，站在一个同你一样身高的男人面前是很难扮演弱小女子的。然而，通常这些矮脚公鸡似的男人最愿意保护女人。"如果你拒绝我，我真不知该如何是好了。"

科尔顿的臂膀立刻变得僵硬了："巴特勒夫人，你曾经告诉我你的木材都是风干了的，但是卖给我的是湿木材。凡是欺骗过我的人，我绝不同他做第二次生意。"

"那件事情肯定是一个错误，科尔顿先生。我当时还是一个新手，刚刚学做木材生意。你肯定还记得那时候的情形，北方佬无时无刻不在盯着我们，我时时刻刻都惊恐万状。"她的眼睛噙满了泪水，紧闭的红嘴唇轻轻地颤抖，那模样分明就是一个孤苦伶仃的小女人，"我丈夫肯尼迪先生在参加三K党会议时被前来偷袭的北方佬杀死了。"

科尔顿明察秋毫的逼人目光让她感到不安，他平视着她的眼睛，眼神像大理石一样坚定。斯嘉丽把手从他的手臂上抽了回来，她还能怎么办呢？她不能失败，尤其是在这件事情上，他必须接下这个工作。

"威尔克斯夫人是我最好的朋友。在她临死前我向她作过一个承诺，科尔顿先生，"她的眼泪情不自禁地流了下来，"威尔克斯夫人求我帮助她,而现在我又求你帮助我。"至此,整个故事都原原本本地讲了出来——梅兰妮一生如何护着阿什利……阿什利拙劣的经商能力……他企图为妻子殉情……锯木厂堆积如山的木材……梅丽提出的保密条件……

科尔顿突然举起一只手,不让她继续说下去:"好吧,巴特勒夫人,看在威尔克斯夫人的面上,我接受这份工作。"他放下手,又把它伸向斯嘉丽,说道:"我以握手保证,你会得到用最好的材料建造起来的最好的房子。"

斯嘉丽握住他的手说道:"谢谢你!"她觉得,这简直就是她一生中取得的最大胜利。

直到几个小时之后她才突然想起来,她并不想所有材料都用最好的,只想用最好的木材。这可恶的房子将要花去她一大笔钱,而这些钱都是她自己辛辛苦苦赚来的。她帮助阿什利也得不到任何人的赞赏,所有人还是照样会当着她的面把家门砰然关上。

其实,也不真的是所有人,我还有许多自己的朋友,他们可比那帮衣着丑陋的亚特兰大土鳖有趣多了。

斯嘉丽把手中的房屋草图放到一边,那是乔·科尔顿画在一个纸袋子上让她研究和批准的。其实,她更感兴趣的东西是他的预算。一幢房子外观如何、楼梯放在哪儿又有什么关系?

她从抽屉里拿出她那本天鹅绒封面的访客登记簿,开始按照上面的名字拟定一个名单。她要举办一次聚会,一次大规模的聚会,要有乐队演奏,要提供喝不完的香槟酒和大量最高档、最昂贵的食物。现在,她的服丧期已经结束,是时候让朋友们知道她可以接受邀请去参加他们的聚会了,而要达到这个目的,最好的办法莫过于邀请他们参加她自己举办的聚会。

她的目光迅速地从亚特兰大那些古老家族的人名上掠过。他们都认为我应该继续为梅丽服丧,邀请他们毫无意义。还有,黑纱也不用再戴了,她又不是我的姐妹,只是小姑子而已。再说,查尔斯·汉密尔顿是我的第一任丈夫,在他之后我又有两个丈夫,不知道这样的姑嫂关系还算不算。

斯嘉丽的肩膀耷拉下来,查尔斯·汉密尔顿跟这件事毫无关系,跟戴黑纱同样毫无关系。她对梅兰妮的哀悼是出自真心,梅兰妮也是她心中永远无法抹去的重负和忧虑。她很怀念这位温柔而富有爱心的朋友,她以前根本没有意识到梅兰妮对自己竟然如此重要。没有了梅兰妮,这个世界也变得更加冷酷和黑暗,只有无边无际的孤独。斯嘉丽从乡下回来才两天,但是过去的两个夜晚已经让她感受到了强烈的孤独,这让她从心底里感到深深的恐惧。

她本来是可以把瑞特离开自己的事告诉梅兰妮的,因为梅兰妮是唯一一个她可以把这种丑事如实相告的人。梅丽会说出她想听到的话:"他当然会回来的,亲爱的。"她会告诉斯嘉丽:"他那么爱你。"她临死前那句话的原话是:"对巴特勒船长好一点儿,他那么爱你。"

仅仅是想到梅兰妮的这句话就让斯嘉丽感觉好多了。既然梅丽说瑞特爱她,那他就肯定爱她,而不只是她一厢情愿。斯嘉丽摇摇头,像是要甩掉心中的忧郁,接着她挺直了腰板。她现在不必再孤独下去了,就算亚特兰大那帮因循守旧的家伙从此再也不同她说一句话,那又有什么了不起,她的朋友多的是。哇,聚会的名单已经写了满满两页了,而她才刚刚看到登记簿上的字母"L"。

斯嘉丽打算招待的这帮人都是在美国重建时期来到佐治亚州的最张扬、最成功的拾荒者。一八七一年,重建政府被赶走的时候,最初来到这里的拾荒者大多数也跟着离开了,但是仍然有许多人留了下来,继续享用他们的大房子,同时享用他们靠捡拾南方联盟的尸骨而聚敛起来的巨大财富。他们不仅根本没有回"家"的愿望,甚至连他们来自哪里都希望彻底忘掉。

瑞特一直都非常鄙视他们,把他们定性为"社会渣滓"。每当斯嘉丽在家里举办豪华聚会的时候,他就会躲到外面去。斯嘉丽认为他很傻,并且也这样直言不讳地告诉过他:"有钱人比穷人有趣多了。他们的衣服、马车和珠宝都要好得多,而且你到他们家里做客,他们总是给你提供更好的饮食。"

但是,她那些朋友家里的任何东西,都比不上她在自己的聚会上提供的茶点那么精美和讲究。她下定决心,这一次聚会一定要办成方方面面都首屈一指的招待会。她开始拟定第二个清单,标题是"待办事项",其中还专门注明要订购几个摆在生冷食品中间的冰雕天鹅和十箱香槟酒。她还需要一件新礼服,所以她决定先到印刷厂定制请柬,然后马上到裁缝那儿做礼服。

斯嘉丽歪着头,欣赏着自己头上那顶玛丽·斯图尔特[1]风

---

[1] 玛丽·斯图尔特(1542—1587),又称"玛丽一世",苏格兰女王、法国王后,以美貌著称。

格的帽子上那些松脆的白色褶边，额头处的设计真是恰到好处，凸显出她那两道弯弯的黑眉毛和两只明亮的绿眼睛。她的头发就像黑色的丝绸，打着卷儿从两侧的褶边下露出来。谁能想到，丧服还能做得如此讨人喜欢。

她转身向左又转身向右，扭头向后看着穿衣镜里自己的形象：黑色长袍上的珠饰和流苏闪闪发光，令人十分满意。

"一般"丧服不像重孝丧服那么糟糕，如果你有着木兰白的皮肤，穿上一件黑色的低胸礼服，要展示美还是有很大的回旋余地的。

她快步走到自己的梳妆镜前，在双肩和脖子上点上一点儿香水。她必须赶快，因为客人们随时都会到。她听见乐师们正在楼下调试各自的乐器。她的眼睛贪婪地掠过随便扔在银背发刷和手镜之间的一堆白色厚卡片：当朋友们得知她要重新进入社交圈的消息后，请柬便被立刻源源不断地送到了她的手里。在接下来的许多个星期里，她的社交活动都将十分繁忙。接下来，她还会收到更多的请柬，然后她会再次举办一场招待会，或者在圣诞节期间组织一场舞会。是的，一切都会好起来的，她现在就像一个从未参加过聚会的小姑娘一样激动不已。其实，这也不奇怪，她已经七个多月没有参加过任何聚会了。

当然，托尼·方丹回家那次除外。想起那次的欢乐情景，她自己也禁不住笑起来。可爱的托尼，穿着他那双高跟靴子骑在镶银的马鞍上。她多么希望他能参加今天晚上的聚会啊。如果他能在这里耍出用手指旋转六发左轮手枪的把戏的话，她的客人们个个会看得目瞪口呆的!

她必须下去了——乐师们已经开始演奏乐曲，时间肯定不早了。

斯嘉丽匆匆走下铺着红地毯的楼梯，马上满意地闻到了插在每个房间的大花瓶里的温室鲜花。她从一个房间走到另一个房间，审视着早已准备好的一切，眼睛里流露出欢乐的目光。多亏潘西从塔拉赶了回来，她非常善于管理其他仆人，让他们恪尽职守，比斯嘉丽刚刚雇来接替波克的新管家强多了。斯嘉丽从这位新管家递过来的托盘上拿起一杯香槟酒，心想这个人至少侍候人还是一把好手，应该说他的举止还相当的时髦，而斯嘉丽就喜欢时髦的东西。

就在这个时候，门铃响了，她立刻开心地笑起来，让男管家吃了一惊。紧接着，她走向门厅迎接朋友们的到来。

客人们一个接一个地到来，整整持续了快一个小时。斯嘉丽的房子里充满了喧闹的人声、浓郁的香水和香粉味，满目都是丝绸和锦缎、红宝石和蓝宝石亮丽的色彩。

斯嘉丽微笑着在人群中穿行，不时发出朗朗的笑声。她有意无意地同男人们调情，又礼貌地接受女人们无聊的恭维。他们都非常想念她，能够再次见到她都感到很高兴，因为没有任何人的聚会能像她的聚会这么激动人心，没有任何人的家能像她的家这样漂亮，没有任何人的礼服能像她的礼服这么时髦，没有任何人的头发能像她的头发这么富有光泽，没有任何人的身姿能像她的身姿这么充满活力，也没有任何人的肤色能像她的肤色这样完美而细腻。

我真是快乐死了！真是个棒极了的聚会！

她抬头看向远处锃亮长桌上的银盘子和银托盘，发现仆人们正不断地把它们重新装满。在她看来，充足的食物——哪怕过多的食物——是非常重要的，因为她永远也忘不了内战结束时近乎饥荒的艰难日子。她注意到了朋友玛米·巴特，脸上露出了微笑。玛米手里正拿着一块吃了一半的牡蛎肉饼，一大滴黄油酱从肉饼上滴下来，落到了她那肥胖的脖子上挂着的钻石项链上。斯嘉丽厌恶地转过身去，总有一天玛米会胖得像一头大象一样。谢天谢地，我可以随便吃，从来也不会多长一磅肉。

她对朋友西尔维娅的丈夫哈利·康宁顿迷人地笑了笑，说道："你肯定是找到什么灵丹妙药了，哈利，看起来比我上次见到你时年轻了十岁。"她幸灾乐祸地看着哈利赶紧收紧他的肚子，脸憋得绯红，甚至开始变得微微发紫，最后他终于坚持不住，放弃了收紧肚子的努力。斯嘉丽开怀大笑起来，接着向别处走去。

一阵笑声吸引了她的注意力，她向发出笑声的三个男人走去。她很想听到一些有趣的事情，哪怕是一个女士不得不假装听不懂的笑话也好。

"……所以我就对自己说：'比尔，一个人的大恐慌就是另一个人的赚钱机会，我很清楚我老比尔会成为其中的哪一个。'"

斯嘉丽转过身准备走开，她今晚不想听到什么大恐慌的话题，只想玩得开心。不过，她也许能从中学到什么东西。同比尔·韦勒相比，就算她处在睡梦中也比他处在最佳状态下要精明得多，对此她坚信不疑。如果他能从大恐慌中挣钱，她倒是真想知道他是怎么做的。于是，她不声不响地走到了他们身边。

"……这些愚蠢的南方人，我从北方来到这里后他们就老是让我头疼。"比尔坦白说，"同那些连天生的贪婪之心都没有的人在一起，你什么事情也干不成。我向他们推销可稳赚三倍的债券交易和金矿所有权证书，结果竟然卖不出去。他们干起活来比黑鬼还卖力，并且把挣来的每一个铜板都存起来以备不时之需。结果我发现，原来他们中的很多人都还保留着一大盒南方联盟政府发行的债券和类似的东西，这些现在都成了废纸了。"比尔粗犷的笑声引发了其他男人的哄堂大笑。

斯嘉丽感到愤怒，难怪人家要说"愚蠢的南方人"！她自己亲爱的父亲就曾经拥有整整一盒子联盟债券，克莱顿县所有善良的人民概莫能外。她想走开，却被身后的人挡住了，这些人也是被比尔·韦勒那几个人的笑声吸引过来的。"过了一段时间我才明白，"韦勒继续说道，"他们信不过纸做的东西，也信不过我尝试过的任何东西。我办过医疗展览、推销过避雷针和所有稳赚不赔的好东西，但是没有一样能够引起他们的兴趣。要我说，伙计们，这真是伤我的自尊心啊。"他做出一个凄惨的表情，然后又哈哈大笑起来，露出了嘴里三颗硕大的金牙。

"我不说你们也知道，就算我想不出什么好办法，我和露拉也不至于穷困潦倒。在共和党人控制佐治亚州的好日子里，我靠买卖铁路合同挣了不少钱，所以即使我真的傻到跑去修铁路，我们也可以生活得很富裕。但是，我这个人喜欢见好就收，结果露拉见我整天待在家里无所事事，就开始担心了。结果——天哪——大恐慌来了，于是造反的约翰尼们[1]都把银行里的存款取出来，藏到了自家的床垫里。每一栋房子——甚至包括关牲口的棚屋——都变成了我绝不能错过的黄金商机。"

"不要瞎吹了，比尔，你到底想到了什么好主意？不要在那里自我吹嘘，把话说到点子上，我都等得不耐烦了。"阿莫斯·巴特一边说一边瞄准不远处的痰盂吐了一口痰，但是他这个熟练的技能没能让他把那口痰吐进目标。

斯嘉丽也不耐烦了，她只想赶快离开这些人。

"冷静，阿莫斯，我马上就要说到要点了。那么，有什么办法才能把手伸进那些床垫里去呢？我可不是什么'大觉醒运动'[2]的传教士一类的人物，我就喜欢坐在我的书桌前，让我的雇员去忙，我就是这么做的。那天我正坐在我那张真皮转椅上，抬头往窗外一看，正好看到一队送葬的人从窗前走过，我就像被一道闪电击中了。可不是吗，在佐治亚州的土地上，哪个家庭没有在内战中失去过几个亲人。"

比尔·韦勒继续讲述他如何靠欺诈聚敛起了自己的财富，斯嘉丽惊恐不已地看着他。"那些失去儿子的母亲和失去丈夫的寡妇是最容易得手的目标，她们也是这里最大的一个群体。我

---

[1] 原文为"the Rebs"。美国内战时，为北方而战的将士通称"洋基比利"（Billy Yanks），而为南方而战的人通称"造反的约翰尼"（Johnny Rebs或Johnny Rebels）。

[2] 大觉醒运动（Great Awakening）是18世纪中期北美殖民地的新教复兴运动，它是一次争取宗教自由和复兴宗教的运动。

的人只要告诉他们南方联盟退伍军人联合会准备在当年的所有战场上修建纪念碑,她们就会立刻把藏在床垫里的钱全部拿出来,让我们把他们的儿子或丈夫的名字刻在纪念碑上。那速度比你说'亚伯·林肯'这几个字的速度还要快。"如此恶劣的行径已经远远超出了斯嘉丽的想象。

"比尔,你这个狡猾的老狐狸,真不愧是个天才!"阿莫斯吹捧道,其他几个男人也笑得更加疯狂了。斯嘉丽觉得一阵恶心,子虚乌有的铁路项目和金矿跟她毫无关系,但是比尔·韦勒欺骗的那些母亲和寡妇都是她自己的人民,他完全有可能现在就正把他手下的骗子派到比阿特丽丝·塔尔顿、凯思琳·卡尔弗特、迪米蒂·门罗或克莱顿县其他任何一个女人的家里,那些在内战中失去儿子、兄弟或丈夫的女人们的家里。

她的声音像一把利刃一样猛然打断了男人们的笑声:"这是我这辈子听到过的最卑鄙、最龌龊的故事。比尔·韦勒,你让我恶心,你们这些人都让我恶心。你们对南方人——对这个世界上的正派人了解多少?你们这辈子,就从来没有过一个正派的念头,更没有做过一件正派的事情!"她伸出双手推开围在韦勒身旁目瞪口呆的男人和女人,向外跑去,一边跑一边在自己的裙子上擦手,仿佛要擦干净刚才碰到他们的身体时沾上的污垢。

她跑到了饭厅和装满精美食物的闪亮银盘子跟前,一股浓郁的油腻酱汁混合着肮脏痰盂发出的气味让她备感恶心。她的脑海中出现了方丹家油灯照亮的餐桌,桌上摆放着简单的饭菜,有自制的火腿、自制的玉米面包和自家种的绿叶蔬菜。她属于他们，他们才是她的人，而不是这些粗俗不堪、金玉其外败絮其中的狗男女。

斯嘉丽转过身面对韦勒和他那几个朋友，厉声喊道："人渣！你们这帮人渣，给我滚出我的家门，不要让我再看到你们，你们让我恶心！"

这时，玛米·巴特犯了一个错误，她竟然想要安慰斯嘉丽。"好了，亲爱的……"她说，同时还向斯嘉丽伸出了一只戴满各种首饰的手。

斯嘉丽不等她的手碰到自己就远远地躲开了："尤其是你，你这头膘肥皮厚的母猪。"

"哇，我还从来……"玛米·巴特的声音已经开始颤抖，"我决不能忍受别人这样对我说话。斯嘉丽·巴特勒，你就是跪在地上求我，我也决不留下来。"

人们立刻你推我搡乱哄哄地朝门外挤去，不到十分钟所有房间已经空无一人，只留下了满地狼藉。斯嘉丽从打翻的食物和香槟酒以及打碎的杯盘中间走过，没有低头往地下看。她必须高高地抬起头，就像母亲教过她的那样。她想象着自己又回到了塔拉，头上顶着一部厚重的"威弗利小说"[1]，后背挺得笔直，下巴

---

1 "威弗利小说"（Waverley Novels）是苏格兰著名历史小说家及诗人沃尔特·司各特爵士（Walter Scott, 1771—1832）的多部长篇小说。在近一百年的时间里，"威弗利小说"一直在欧洲受到读者欢迎。由于司各特直到1827年才公开承认自己是该系列小说的作者，所以在此之前人们都用1814年出版的该系列第一部小说《威弗利》之名称其为"威弗利小说"，后来几本书的书名页上都写着"《威弗利》作者著"。

与双肩保持着完美的垂直,一步步走上楼梯的情景。

要像一个淑女,像母亲教她的那样去做。她的头开始感到眩晕,两腿也开始打战,但她还是一步不停地爬上了楼梯。一个淑女再累再心烦也不能显露出来。

"她早该这么做了。"小号手说。这个八人的乐队曾经多次为斯嘉丽的招待会演奏华尔兹,每次他们都是躲在那些棕榈树的后面。

小提琴手之一准确地将一口痰吐到了一棵棕榈树的盆里:"要我说,已经太晚了。只要同狗躺在一起过一次,就肯定会惹上一身的虱子。"

在他们头顶上方的房间里,斯嘉丽正趴在铺着丝绸床单的床上哭泣,她的心都要碎了,她原以为今晚会玩得很开心。

* * *

当晚晚些时候,整幢房子都陷入了寂静无声的黑暗之中,斯嘉丽走下楼梯,想要喝一杯酒帮助自己入睡。聚会用的所有东西都已经收走了,只剩下了精心布置的鲜花和饭厅空荡荡的餐桌上那只六臂烛台上剩下来的几根半截蜡烛。

斯嘉丽把蜡烛点燃,吹灭了手中的油灯。她怎么会像一个贼似的在黑暗中偷偷摸摸地潜行?这是她的房子,她的白兰地,她想做什么就可以做什么。

她挑选了一个酒杯,把它和酒瓶一起拿到餐桌上,在桌子一头的扶手椅上坐下来。这桌子也是她的。

白兰地把一股舒服的暖流送到她的全身,斯嘉丽叹了一口气。感谢上帝!再喝一杯吧,不然我的神经老是突突地跳个不停。她把手中精致的小高脚酒杯重新斟满,然后手腕熟练地一抖,把白兰地全部送进了喉咙里。她心里想,不能喝得太急,接着再次把酒杯斟满。太急就不像淑女了。

她一小口一小口地喝完了第三杯白兰地。金黄色的烛光反射在光滑的桌面上,就连空酒杯也显得那么漂亮。她用手指转动着它,欣赏着杯体棱线折射出的彩虹。

房间里像墓地一样寂静无声。当她再一次给自己倒上白兰地的时候,酒瓶碰到酒杯发出的叮当声竟然把她吓了一跳。她想,这说明她还喝得不够,难道不是吗?她现在还是太兴奋,哪里可能睡得着。

蜡烛燃烧得只剩下一小截,酒瓶也渐渐空了,斯嘉丽平时控制思维和记忆的能力也大大下降。就是在这个房间里,他们的故事开始了。那天这张餐桌也是像今天这样空荡荡的,只摆着几支蜡烛以及放有白兰地酒瓶和酒杯的银盘。瑞特喝得酩酊大醉,她还是第一次看见他醉成那个样子,因为他的酒量通常是很大的。但是,他那天晚上确实醉了,而且变得很冷酷,对她说了那么多可怕的伤心话,还拧她的手臂,使她痛得叫出声来。

但是后来……后来他把她抱到她的卧室里,强行和她行云雨之事。但实际上,不用他强迫,她也会接受他。只要他一开始抚摸她,亲吻她的嘴唇、脖子和身体,她就会兴奋起来。他的触摸总是让她欲火中烧,她每次都要叫出声来,弓起身子不遗余力地迎合着他一次又一次的冲击。

她怎么会想这些事情,肯定是在做梦。但是,她过去从来都没有梦到过这种事情,现在怎么会梦到了呢?

没有哪个淑女会有她这样狂野的欲望,也没有哪个淑女会做出她曾做出来的那些事情。斯嘉丽努力把思绪重新塞进她脑子里那个拥挤的黑暗角落,那里保存着她无法忍受和无法想象的所有东西。但是,她确实喝得太多了。

她在心里对自己大叫道,我没有做梦,我就是在想这些事情,那些事并不是我想象出来的。

她虽然接受过母亲的悉心教导,明知淑女不能有动物的冲动,但她还是无法控制她身体的强烈需求,渴望销魂的那一刻和再次屈服的快感。

斯嘉丽双手捧起自己发胀的乳房,却发现她的身体渴望的并不是她的这双手。她沮丧地把手臂放到眼前的桌上,再把头靠在胳膊上。在这间空无一人、寂静无声而烛光闪烁的房间里,她任凭自己在欲望和痛苦的波涛中挣扎,不停扭动着身体,发出时断时续的叫喊。

第八章

冬天快到了,斯嘉丽也变得一天比一天烦躁。乔·科尔顿本来已经为第一幢房子的地下室挖了一个坑,但是持续的降雨使他无法继续浇筑水泥。"如果房子的地基还没有打好就开始买木料,威尔克斯先生会起疑心的。"他如实相告。斯嘉丽也知道他是对的,但是这丝毫不能减轻延期给她带来的烦恼。

也许整个建房计划就是一个错误。日复一日,报纸上连篇累牍地报道着商界出现的越来越多的灾难。随着公司一个接一个地倒闭,每周都有成千上万的人丢掉饭碗,美国许多大城市里都出现了施舍饭食的流动厨房和等待领取救济品的长队。她为什么要在现在这个最糟糕的时刻拿自己的钱去冒险?她为什么要对梅丽作出那个愚蠢的承诺?要是这冰冷的雨能够停下来就好了……

要是白天不要变得越来越短就好了,因为在白天她可以让自己忙这忙那而无暇他顾,但是一旦黑暗将她笼罩在那幢空无一人的大房子里,需要陪伴的渴望就会死死地纠缠住她的心灵。

因为所有问题都找不到答案,所以她也不愿意再想下去了。诸如,她到底是怎么陷进这个泥潭的?她从来没有有意去做任何让人反感的事情,他们为什么却那么恨她?瑞特为什么这么长时间还不回家来?她怎样才能让一切好起来?一定可以找到解决办法的。她总不能像一颗在空空的洗菜槽里来回滚动的豌豆一样,在这幢大房子里无休止地从一个房间走到另一个房间。

她很乐意把韦德和埃拉接回家里与自己相伴,但是苏埃伦刚来信说孩子们都被隔离了,因为他们一个接一个都开始发水痘,不得不忍受漫长的瘙痒折磨。

她本可以重新同巴特夫妇和他们那帮朋友交往,她骂玛米是一头猪并没什么大不了,因为玛米的脸皮一直就像砖墙那么厚。斯嘉丽把那帮"人渣"当成朋友的原因之一就是只要她愿意,她就可以随时用粗话对付他们,而他们总会再次爬回来乞求她再骂。感谢上帝,我还没有下贱到他们那个程度,既然我已经知道了他们多么下贱,我是决不会爬回到他们那里去的。

只是天黑得太早,夜又那么长,我却睡不着觉。等雨停下来情况就会好转……当冬天过去之后……当瑞特回家之后……

天气终于转晴,寒冷而阳光明媚,蔚蓝的天空中飘浮着朵朵白云。科尔顿从他挖好的土坑中抽出积水,凛冽的寒风很快吹干了佐治亚州的红土地,使其变得像砖头一样坚硬。接着,他订购了水泥和木材,准备制作浇筑地基的模板。

斯嘉丽则开始了一连串的购物活动。圣诞节就要到了,她给埃拉和苏埃伦的三个女儿买的都是布娃娃:两个小一点儿的女孩的布娃娃是用锯木填充身体，用陶瓷做成胖胖的脸、小手和小脚的婴儿娃娃；苏西和埃拉的则是几乎相同的淑女娃娃——穿着迷人的皮短裤和漂亮的衣服。韦德却是一个难题，斯嘉丽从来就不知道该拿他怎么办。接着，她想起了托尼·方丹答应过要教他用两只手的手指同时旋转两把六发左轮手枪，于是她给韦德买了两把枪，还把他名字的首字母刻在了镶嵌着象牙的枪把上。苏埃伦就好办了——一个在乡下用显得有些过于花哨的串珠丝质手包，里面再放一枚价值二十美元、哪儿都能用的金币。威尔则很难办，斯嘉丽四处搜寻了半天还是不得不放弃，只能照着去年和前年那样又给他买了一件羊皮夹克衫。她坚定地对自己说，能想到他们才是最重要的。

经过长时间的思想斗争，她还是决定不给博买礼物了，她担心茵迪娅会原封不动地把它退回来。她愤愤不平地想，反正博现在也不会缺少任何东西，因为杂货店里威尔克斯的信用账户里的账款每周都在增加。

她为瑞特买了一个黄金雪茄剪，但是又没有勇气寄给他。相比之下，她给查尔斯顿的两位姨妈的礼物却比往年漂亮多了，她们可能会告诉瑞特的母亲她有多么体贴入微，而巴特勒太太又可能会把这句话告诉瑞特。

不知道他会不会给我寄什么东西？或者给我带来什么东西？也许为了避免人家说闲话，他会回家来过圣诞节。

一想到这种可能性确实存在，斯嘉丽立刻开始发疯似的装饰房子。她翻出来一个用松枝、冬青和常春藤做成的圣诞花环，并把这个往年留下来的旧花环拿到了杂货店里。

"巴特勒夫人,我们的橱窗里一直都挂着金丝花环,这个就不需要了。"威利·克肖对她说。

"不用你告诉我要什么不要什么。我要你把这些松枝绑在柜台边上,中间的冬青花环挂在门上,这会让人们感受到圣诞节的气氛,他们就会拿出更多的钱买礼物。店里已经没有足够的漂亮小礼物了,那一大箱子油纸扇在哪儿?"

"是你吩咐我把它摆到一边去了,说是我们不能把没用的东西摆在这么好的货架位置上,人们需要的是钉子和搓衣板。"

"你真蠢,此一时彼一时。去把它拿出来。"

"唉,我还真记不起我把它放哪儿啦,都过去那么久了。"

"圣母啊!去看看那个男人需要什么东西,我自己肯定能把它找出来。"斯嘉丽冲进了销售区后面的储藏室。

她正站在一把梯子上查看顶层货架上一堆堆尘封的货物,突然听到了梅里韦瑟太太和她女儿梅贝尔熟悉的声音。

"妈妈,我记得你说过再也不会跨进斯嘉丽杂货店的门槛一步了。"

"嘘,店员会听见的。我们在城里都已经找遍了,根本连一小段黑色天鹅绒都买不到。没有黑天鹅绒,我的衣服岂不是做不成了。谁听说过维多利亚女王穿一件彩色的披风?"

斯嘉丽皱起了眉头,她们到底在说什么?她悄无声息地爬下梯子,踮着脚尖把耳朵贴到墙上。

"没有,太太。"她听见店员说,"到我们这里来买天鹅绒的顾客很少。"

"我早该料到的。走吧,梅贝尔。"

"既然已经来了,说不定我可以找到装扮成宝嘉康蒂公主[1]需要的羽毛。"

"胡说,快走。我们根本就不应该到这里来。别人会看见我们的。"墙那边传来了梅里韦瑟太太沉重而急促的脚步声,接着她使劲把店门从身后关上了。

斯嘉丽又爬上梯子,她所有的圣诞情结都烟消云散了。有人正准备举办一场化装舞会,而她并没有受到邀请。她真希望当初自己真让阿什利在梅兰妮的墓穴里摔断了脖子!她找到了装着油纸扇的箱子,生气地把它扔到了地上,纸箱破裂开来,色彩鲜艳的扇子呈扇形撒落一地。

"现在,你把它们都捡起来,每一把都要把灰尘掸干净。"她吩咐一个店员说,"我要回家了。"她宁愿死也不愿意在她的店员面前哇哇大哭。

---

[1] 宝嘉康蒂(Pocahontas,约1595—1617)又译"波卡洪塔斯",她是英属弗吉尼亚低洼海岸地区印第安部落波瓦坦族的酋长波瓦坦的女儿。根据历史上著名的传闻,她救了一个被印第安人俘虏的英国上尉约翰·史密斯的命。为了促进波瓦坦人及英国殖民者之间的交往与和平,她甚至改信基督教并嫁给了詹姆士镇的英国移民约翰·罗尔夫。

1616年,罗尔夫夫妇前往伦敦,宝嘉康蒂作为开化的野蛮人出现在英国的社交界,参加各种上流社会的晚会,包括在怀特霍尔宫的假面舞会。1617年罗尔夫夫妇返回新大陆后,宝嘉康蒂不幸在格雷夫森德病死,年仅22岁。

在美国有许多地名、地标、产品都以宝嘉康蒂来命名。几百年来,她的事迹也变得越来越富于传奇色彩,许多艺术、文学、电影作品都是以她为原型创作出来的,其中就包括迪士尼动画电影《风中奇缘》。

当天的报纸就放在她马车的座位上,她今天一直在忙圣诞节的装饰,还没有来得及看报。其实,她现在也并不想看报,但是报纸可以挡住自己的脸,不让那些好管闲事的人看见她。斯嘉丽拿起报纸,把上面的折痕抚平,翻到中间写着"查尔斯顿来信"那一页。上面都是有关查尔斯顿刚刚重新开张的华盛顿赛马场和一月份的赛马日的消息,斯嘉丽匆匆浏览了几篇回忆内战前的精彩赛马周的文章。查尔斯顿人就是喜欢自吹自擂,总是宣称他们的一切都是最好、最精致的。还有一些对即将到来的比赛的预测,声称其精彩程度绝不会低于以往的赛事。根据报道,在长达数周的时间里每天都会有聚会,每晚都会有舞会。

"我敢打赌,瑞特·巴特勒肯定会参加这上面的每个社交活动。"斯嘉丽自言自语道。她一甩手把报纸扔到了地板上。

这时,报纸头版上的一个大标题却引起了她的注意:"狂欢节将以化装舞会结束"。她想,这肯定就是那个老混蛋和梅贝尔所说的事情了。全世界的人都要参加这些美好的聚会,只有我一个人除外。她又一把把报纸抓起来,仔细阅读那篇报道:

> 现在可以宣布了:策划和准备工作业已完成,明年一月六日亚特兰大将举办一次盛大的狂欢节,其精彩程度足以与闻名遐迩的新奥尔良狂欢节媲美。"第十二夜狂欢者"[1]是最近由我市社会和商界领军人物组成的团体,也是这一

---

1 每年12月25日圣诞节至来年1月6日主显节为圣诞季,共12天。第12天晚上为狂欢节,既是圣诞季的结束又是从主显节至四旬节前一天的忏悔星期二的"狂欢季"的开始,但是这同西方每年二三月的狂欢节不是一回事。

精彩活动的发起者。这一天,"狂欢节国王"将统治亚特兰大,"贵族院"全程陪同。"狂欢节国王"将率先入城,乘坐皇家花车带领游行队伍一起穿过全城,据估计整个游行队伍的长度将超过一英里。"狂欢节国王"邀请他的臣民——所有市民——观看并欣赏游行盛况。本报将在晚些时候另行公布活动的具体时间表和游行路线。当天的狂欢活动将以一场盛大的化装舞会作为结束,届时德吉夫斯歌剧院将装扮成一处真正的人间仙境。"第十二夜狂欢者"已经向亚特兰大最高贵的骑士和最美丽的女士们发出了将近三百份邀请函。

"可恶!"斯嘉丽骂道。

紧接着,她感到了无尽的悲哀,并且像个孩子似的哭了起来。瑞特在查尔斯顿跳舞、欢笑,她在亚特兰大的敌人也个个欢天喜地,而她却被孤独地困在这栋寂静的大房子里。她从来没有做过任何伤天害理的事情,不应该受到这样的惩罚。

她愤怒地对自己说,你从来没有如此胆怯过,更从没有被他们气得直哭过。

斯嘉丽用手背抹去眼泪,告诉自己再也不能沉湎于痛苦之中,她要去追求自己想要的东西。她一定要参加这个化装舞会,肯定能找到参加这个舞会的办法的。

搞到一份舞会的邀请函完全是可能的,甚至并不困难。斯嘉丽了解到,这次盛大游行的游行队伍将主要由带有商品和商店广告的华丽花车组成。当然了,参加花车游行是要付费的,装饰花车也要花钱,但是所有参加花车游行的企业都能得到两张化装舞会的邀请函。于是,她吩咐威利·克肖带着钱去报名,肯尼迪商行将参加花车游行。

这件事再一次增强了她固有的信念:钱能买到一切,有钱能使鬼推磨。

"你想怎么装饰你的花车,巴特勒夫人?"克肖问道。

这个问题带来了上百种可能性。

"我想想,威利。"是啊,她可以花上很多时间——填满好多个无聊的夜晚——好好地想一想,怎么才能让其他花车在她的花车面前相形见绌。

她还必须好好想想该穿什么服装参加这个舞会,这又会花去多少时间啊!她不得不把她的时装杂志全部再看一遍,找出当下服装时尚,然后还要挑选面料,确定试装时间,决定发型……

噢,不行!她还处在一般服丧期中。当然,这并不是说她必须穿着黑色的衣服参加化装舞会。她还从来没有参加过化装舞会,所以也不知道有什么规矩。不过,化装舞会不就是为了戏弄人吗?要让人们看起来不同于平日,要把他们统统伪装起来。既然如此,那么她就绝对不用穿黑色的衣服了。她觉得这个舞会越来越有意思了。

斯嘉丽匆匆处理完杂货店里的日常事务,立刻赶到了她的裁缝玛丽太太那里。

体态臃肿、气喘吁吁的玛丽太太从嘴里取下一把裁缝用的大头针,开始向斯嘉丽报告其他女士订购了什么样的服装,比如妙龄少女装——缀有丝绸玫瑰的粉红色舞会礼服，雪片装——镶有硬边和亮片的白色蕾丝边的白色舞会礼服，晚礼服——绣有银星的深蓝色丝绒装，晨装——粉红色配深粉红色的丝裙，牧羊女装——带白色花边围裙的条纹礼服……

"行了，行了，"斯嘉丽不耐烦地说，"我知道她们都穿什么了，我明天告诉你我要做什么样的。"

玛丽太太举起双手回答道："但是，巴特勒夫人，我没有时间再做你的礼服了。为了赶手上的活，我已经又雇了两个女裁缝，但还是不知道这些活怎么能按时交货……我接下的活太多，哪怕只再多一件礼服我也做不出来了。"

斯嘉丽挥挥手，对这个女人的拒绝不屑一顾，她知道她完全可以强迫玛丽把她想做的衣服做出来，问题是她到底想做什么样的衣服。

那天晚上，当她一边独自玩扑克牌接龙一边等待晚饭的时候，她的问题突然有了答案。她朝摆在前面的一副牌里瞥了一眼，想看看她能否得到需要的那张"国王"填入空位。看来不行，在下一张"国王"出现之前会先出现两个"王后"，这一盘接龙很难顺利完成了。

扮成王后！这就对了，她可以穿一件饰有白色毛皮的漂亮长裙，再配上她喜欢的所有首饰。

她把手中的牌随便扔到桌上，跑上楼查看她的首饰盒。唉，瑞特在给她买首饰的事情上为什么那么吝啬呢？她想要的其他所有东西他都买了，而他看得上眼的首饰却只有珍珠。她把一串又一串的首饰全部拿出来堆在桌子上。那儿！她的钻石耳坠，这是肯定要戴的。她还可以在头发、脖子和手腕上戴上珍珠链。只可惜她不能戴她的祖母绿配钻石的订婚戒指，因为认识它的人太多了，一旦他们知道她是谁，就可能会伤害她。她全指望她的衣服和面具能够迷惑住人们的眼睛，使她不再受到梅里韦瑟太太、茵迪娅·威尔克斯和其他女人的侮辱。她准备痛痛快快地玩一下，每支舞曲都要跳舞，要真正融入那个舞会之中。

到一月五日，也就是狂欢节的前一天，整个亚特兰大都沉浸在节日筹备的欢乐气氛之中。市长办公室已经下令，所有商店都要在六日这天关门歇业，游行路线两旁的所有建筑都要用红色和白色装饰起来，这也是今年的"狂欢节国王"雷克斯的颜色。

斯嘉丽认为，这一天大街上肯定会挤满从全国各地来参加节日庆典的人，商店却要在这一天关门，这无疑是一种可怕的浪费。但是，她还是在杂货店的橱窗里和她家房子前面的铁栅栏上挂上了几个硕大的缎带花结，并且和其他人一样兴趣盎然地关注着怀特霍尔街和玛丽埃塔街上的种种变化。每一根灯柱和每一座房子的正面都挂满了横幅和旗帜，把雷克斯登上"王位"前的最后一段路装点成一条灯火通明、彩旗飘扬的红白色通道。

她又想到，我应该把韦德和埃拉从塔拉带回来观看狂欢节大游行，但是转念一想，又觉得他们刚刚经受了水痘的折磨，身体很可能还很虚弱。再说，我也没有让苏埃伦和威尔参加舞会的邀请函。不管怎么说，我已经给他们送去了一大堆圣诞节礼物了。

狂欢节当日一直下着雨,这进一步消减了她对孩子们不能来这里观看游行的遗憾。不管怎么说,他们都不可能站在寒冷的雨里观看游行啊。

不过,她是可以的。她把自己裹在一条温暖的披肩里,站在一把大雨伞下的石头长凳上。她的目光越过站在外面人行道上的观众那密密麻麻的人头和雨伞,可以清楚地看到游行队伍。

同预计的一样,游行队伍的长度超过了一英里,那景象可谓既壮观又遗憾。雨水毁了中世纪宫廷风格的服装,红色染料掉色了,鸵鸟羽毛颓丧地耷拉着,曾经时髦的天鹅绒帽子像打蔫的生菜一样覆盖在人们脸上。行进中的"纹章官"和"青年侍从"个个看上去都像冰冷的落汤鸡,不过脸上都挂着坚毅的表情;骑着高头大马的"骑士们"脸色铁青,艰难地控制着马在湿滑的泥泞中前行。当"典礼大臣"出现在人们面前时,斯嘉丽和众人一道为他鼓掌欢呼。扮成"典礼大臣"的人是亨利·汉密尔顿叔叔,他好像也是今天唯一一个玩得很开心的人。他赤着脚嘎吱嘎吱地走在泥水里,一只手拎着自己的鞋子,另一只手抓着满是泥水的帽子,不断地咧嘴笑着,两只手交替举起向人群挥手致意。

当"宫廷贵妇"们乘坐的敞篷花车缓缓驶过斯嘉丽面前时,她自己也忍不住笑了起来。亚特兰大的社会精英们虽然都戴着面具,但是脸上仍然明显看得出强忍着的痛苦表情。梅贝尔·梅里韦瑟装扮的宝嘉康蒂顶着一头东倒西歪的羽毛,雨水顺着脸颊和脖子不停地往下流。扮成贝琪·罗斯女士[1]和弗洛伦斯·南丁格尔的埃尔辛太太和怀廷太太一眼就能认出来,两人也都浑身湿透,瑟瑟发抖。米德太太穿着带裙环的湿淋淋的塔夫绸长裙,不断打着喷嚏,她的形象代表着过去的美好时光。只有梅里韦瑟太太没有受到雨水的影响。扮成维多利亚女王的她撑着一把宽大的黑色雨伞,为她那颗帝王脑袋遮住了雨水。她身上的天鹅绒斗篷也没有沾上一个泥点。

女士们的花车驶过之后,游行队伍出现了很长一段间隔,观众们开始离去。但是就在这个时候,从远处传来了《迪克西》[2]的歌曲声。不到一分钟,人们就激动起来,个个声嘶力竭地欢呼叫喊,直到乐队来到他们面前才安静下来。

这是一个小乐队,只有两个鼓手、两个锡哨[3]手和一个吹着甜美高音短号的号手。但是,他们都穿着带有金色绶带和闪亮铜纽扣的灰色制服。走在乐队前面的是一位独臂人,他唯一的一只

1　贝琪·罗斯(Betsy Ross)是一名美国裁缝,也是美国独立战争期间的爱国志士。她设计并且缝制了第一面美国国旗,这面有十三条红白相间条纹和围成环状的十三颗星星的国旗也因此被称为"贝琪·罗斯旗"。

2　迪克西(Dixie)指美国南部各州及南方人,与美国北部及北方人被称为"洋基"(Yankee)相对。美国内战时期南方联盟的非正式国歌叫《我希望成为迪克西》(*I wish I was in Dixie*),也称《迪克西》。《迪克西》的作者是美国北方人丹·艾美特(Dan Emmett),内容主要歌颂南方乡土。该歌曲演唱后深受美国南北两方人民的喜爱。1861年2月18日,在杰弗逊·戴维斯的总统就职仪式上该曲曾被当作国歌演奏。据说林肯也很喜欢这首歌,罗伯特·李投降时也演奏了这首歌曲。

3　爱尔兰锡哨或哨笛(Irish Whistle)又称便士哨(Penny Whistle)或锡口哨(Tin Whistle),是锡哨笛类的一种,长度较短,音调较高,多为银白色、黑色、黄铜色。

手里举着一面南方联盟的旗帜。这面光荣的星条旗已经破烂不堪，这是人们第二次举着它走过桃树街。人们激动得喉咙哽咽，再也欢呼不出来。

斯嘉丽也感到了自己脸颊上的泪水，但这不是失败的泪水而是骄傲的泪水。谢尔曼的军队烧毁了亚特兰大，北方佬把佐治亚州掠夺一空，但是他们无法摧毁南方。她在站在她前面的女人和男人的脸上也看到了像她一样的泪水，每个人都放下了举着的雨伞，冒雨肃立着向这面旗帜致敬。

他们就这样冒雨骄傲地挺立了很长的时间。乐队后面跟着一队邦联老兵，他们身上都穿着当年回家来时穿的那一身破烂的灰色土布军装。他们踩着《迪克西》的节奏迈步前行，仿佛又变成了当年的那帮年轻人，旁观的南方人虽然已经被雨水浇透，但是他们再一次开始欢呼和吹口哨，并迸发出令人不寒而栗而又激动人心的叫喊，这就是"反叛者的呐喊"[1]。

欢呼声一直持续到老兵们走出了人们的视线才停息下来，人们又纷纷举起雨伞并开始离去。他们已经把"狂欢节国王"雷克斯和"第十二夜狂欢者"忘得一干二净。游行的高潮已经来了又过去了，观众们也已经浑身又湿又冷，却情绪高昂。几十人从斯嘉丽大门前经过，她看到了他们的笑脸，听到了他们"太棒了！"的赞叹。

---

[1] "反叛者的呐喊"（Rebel Yell）是美国内战期间南部联盟士兵使用的战斗呐喊，士兵们在冲锋时用这种呐喊来恐吓敌人和提高自己的士气。

"游行还没完呢。"她对一些人提醒道。

"再有也超不过《迪克西》了,对吧?"他们回答说。

她摇摇头。虽然她为装饰自己的花车费了不少心血,但是就连她自己也对观看后面的花车没有多大兴趣了。那辆花车还花掉了她一大笔钱,现在那些漂亮的皱纹纸和金银丝织品肯定也已经被雨水毁掉了。不过,至少她现在可以坐下来观看了,这很重要,因为今天晚上有化装舞会,她可不想现在就把自己累坏了。

漫长的十分钟过去了,第一辆花车才终于出现。等它驶近了,斯嘉丽立刻明白了其中的原因:四轮马车的轮子不断地陷入街上的红色泥浆中。她叹一口气,把披巾裹得更紧一些,看来还要等很长时间。

结果,用了一个多小时全部花车才从她的面前驶过,而她早已冷得牙齿打战。不过,好在她那辆车是最漂亮的花车,那些拴在马车四周鲜艳的皱纹纸花虽然已经浸透了雨水,但是颜色依然艳丽。用银质和镀金金属丝做成的"肯尼迪商行"几个大字,透过雨滴格外显眼。车上的几个大桶上分别写着"面粉""糖""玉米粉""糖浆""咖啡""食盐"等,她知道那些桶都是空的,所以不会造成货物损失,而锡洗衣盆和搓衣板都不会生锈。铁壶本来就有些损伤,她把一些纸花粘在铁壶上,遮住了凹陷处。唯一无法弥补的损失是那些木制工具,就连她巧妙地搭在一根细铁丝上做装饰的布料,也可以放进廉价商品箱里贱价卖掉。

只要有人留下来看到了她的花车,它一定会给他们留下深刻的印象。

最后一辆花车出现在他们面前时，她耸了耸肩，对着它做了个鬼脸。花车周围围着几十个欢呼雀跃的孩子，一个身穿杂色精灵服的男人正向左右扔糖果。斯嘉丽眯着眼看了看男子头上方的标牌字"里奇商行"。威利一直在说五点路口新开的这家杂货店，因为价格低廉造成肯尼迪商行失去了一些客户，他为此很担心。斯嘉丽轻蔑地想，这简直是胡说八道，里奇商行的生意不会做得太久，不可能对我造成任何伤害。靠降价和扔糖果是不可能生意兴隆的，我很高兴能看到他们的这个把戏。我现在就可以告诉威利·克肖，千万不要成为这样的傻瓜。

里奇商行后面就是整个游行队伍的压轴车——雷克斯的"王座"。雷克斯上方的红白条纹的华盖有个漏洞，雨水正源源不断地流到米德大夫戴着镀金王冠的脑袋和缀着貂皮的棉坎肩上，他看上去真是糟透了。

"我希望你得双侧肺炎而死。"斯嘉丽咬牙切齿地说道。然后，她跑回屋里，准备洗一个热水澡。

斯嘉丽把自己装扮成了红心皇后。她本来更想扮成方块皇后，戴上一顶闪闪发亮的纸板皇冠、一个白色硬圆领和一枚胸针。但是，那样就不能戴她的珍珠了，而按照珠宝商的说法，这些珍珠"就是戴在女王身上也绝不逊色"。除此之外，她还找到了一些大颗的仿红宝石，准备把它们缝到她那件红色天鹅绒礼服低胸的领口上。能再次穿上有色彩的衣服真是太棒了！

她礼服的下摆上围着一圈白色的狐狸皮，不等舞会结束这毛皮就毁了，还不如搭在手臂上，跳起舞来也显得很优雅。她准备了一个神秘的红色缎子假面具，它可以遮住她脸的鼻尖以上的部分，她的双唇也涂上了与之相匹配的红色。她觉得自己这身装扮大胆而又相当安全，今晚她可以尽兴地把舞跳个够，而且没有人能够认出并侮辱她。举办化装舞会真是一个绝妙的主意！

尽管戴着假面具，没有陪同独自走进舞会会场还是让斯嘉丽感到紧张。其实她根本不必紧张，当她走出马车时，一大群戴着假面具的狂欢者正涌入剧院大厅，她很自然地加入到他们之中，并没有任何人表示异议。她一进入会场就不无惊奇地四处看，德吉夫斯歌剧院已经被改造得面目全非，这座漂亮的剧院现在真正变成了一座名副其实的国王的宫殿。

剧院观众席的下半部分被临时改造成了一个舞池，舞池同宽大的舞台连成一片形成一个巨大的舞厅。在舞厅一端的尽头，充当雷克斯的米德医生坐在他的"王位"上，两旁站着身穿制服的"侍从"人员，其中还包括一名"皇室司酒"。在二楼前厅的中央，是斯嘉丽所见过的最大的管弦乐队。舞厅里有许多人正在跳舞，也有不少旁观者和四处走动的人。在戴着面具、乔装打扮的匿名人群中，洋溢着一股实实在在的欢乐气氛和抑制不住的躁动情绪。她刚刚走进舞厅，一个身着长衫、梳着长辫子的中国"清朝官吏"模样的男人便立刻伸出一只丝绸般细腻的手臂搂住了她的腰，几个旋转就把她带进了舞池中。他很可能就是一个完完全全的陌生人，真是让人感到既危机四伏又激动不已。

这是一曲华尔兹，她舞伴的舞姿让她有些眼花缭乱。在他们旋转的过程中，斯嘉丽瞥见了人们戴着面具装扮成的各式各样的人物，有印度教徒、小丑、喜剧演员、女丑角、修女、熊、海盗、仙女和红衣主教等，每个人无不像她一样疯狂地跳着舞。当音乐停止时，她已经累得气喘吁吁。"太棒了！"她上气不接下气地说道，"真是棒极了。竟然有这么多人，整个佐治亚州的人肯定都到这里跳舞来了。"

"不全是，"她的舞伴说，"有些人并没有得到邀请函。"他用大拇指向上方指了指。斯嘉丽抬头望去，看到楼上的观众席里坐满了穿着普通服装的人，而其中一些人并不普通。玛米·巴特在那儿，戴着她的全部钻石，周围都是其他的人渣。不同那帮家伙往来真是好事情，这些人渣根本就不配得到邀请。斯嘉丽竟然忘记了她的邀请函是怎么得来的。

有了观众，这个舞会就更加令人着迷了。她甩一下头，开怀大笑起来，钻石耳坠随之闪烁不停，透过这个"清朝官吏"面具上的两个孔，她看到了他眼睛里反射出的钻石闪光。

接着，一个"修道士"把"清朝官吏"推到一旁，后者很快消失在人群中。"修道士"把斗篷拉得很低，遮住了戴着面具的脸。他一言不发抓住她的手，当乐队演奏起一曲欢乐的波尔卡时，他立刻用手臂搂住了她的腰。

她像多年没有跳舞一样尽情地跳着。现在，她有些头晕目眩，已经被化装舞会令人兴奋的疯狂所感染，被这里新奇的一切、被身穿锦缎制服的侍者用银托盘送上的香槟酒、被再次参加聚会的喜悦以及她自己毋庸置疑的成功所深深陶醉。她确实很成功,她相信她在这里是不为人知的,因此也是不会受到伤害的。

她认出了那帮冥顽不化的上流社会的贵妇人,她们都穿着白天游行时穿的衣服。虽然阿什利也戴着面具,但是她还是一眼就认出了他,因为他在那件黑白相间的喜剧演员服的一个衣袖上戴着黑纱。斯嘉丽想,他肯定是被茵迪娅拽来的,让他给她当陪同,真是个卑鄙的家伙。当然,她并不在乎这是否卑鄙,只要这是正当的,而且一个服丧的男人本来就不必像服丧的女人那样放弃社交活动。他可以穿上最漂亮的西装,当他妻子在坟墓里尸骨未寒的时候就开始追求下一段爱情,只需要在衣袖上套上一个黑纱。但是,任何人都看得出来,可怜的阿什利讨厌来到这里,看看他穿着那身花哨衣服萎靡不振的样子就知道了。唉,别在意,亲爱的,乔·科尔顿正在修建的那种房子还会有很多,等到明年开春的时候光是把木材送到建筑工地上就够你忙的,哪里还有时间感到悲伤。

随着夜愈深,化装舞会的气氛也变得更加热烈。一些倾慕她的人开始打听她的名字,有个男人甚至想掀起她的面具一看究竟,她游刃有余地把他们都应付了过去。她微笑着心想:我还没有忘记如何对付冒失的男孩儿。男孩子就是那副德行,无论他们长多大都本性难改。他们甚至会悄悄地溜到某个阴暗的角落里,偷偷摸摸地喝一点儿比香槟更烈的酒,下一刻你再看到他们的时候,他们可能就在喊"反叛者的呐喊"了。

"你在对谁微笑呢,我亲爱的神秘女王?"和她跳舞的肥胖"骑士"问她,这个舞伴最擅长的事情似乎就是踩她的脚。

"怎么啦,当然是对你啦。"斯嘉丽微笑着回答说。是的,她丝毫没有忘记那些老把戏。

当"骑士"放开她的时候,已经是第三次回到她身边的"清朝官吏"急忙抓起她的手。斯嘉丽优雅地请求他给她弄一把椅子和一杯香槟酒,刚才那位"骑士"把她的一根脚指头严重踩伤了。

但是,当她的舞伴把她领到了舞池外的休息区时,她又突然说现在乐队演奏的正是她最喜欢的歌曲,所以这一曲她不能不跳。

她出来的时候在路上看到了皮蒂帕特姑妈和埃尔辛太太。她们认出她来了吗?

气恼和害怕使她兴奋的心情大打折扣,她明显地感觉到了脚趾的疼痛并且闻到了"清朝官吏"呼出的威士忌的臭气。

我现在不想这个,埃尔辛太太也好、肿胀的脚指头也好,都不想。我不能让任何事情毁了我的快乐时光。她努力摒弃杂念,让自己专注于享受欢乐。

但是,事与愿违,她的眼睛总是忍不住往舞池外的走廊上看,往或坐或站的男男女女的身上看。

她的目光从一个高大的大胡子"海盗"身上掠过,这个倚在门柱上的男人冲着她鞠了一躬。斯嘉丽一下子屏住了呼吸。她扭头又看了"海盗"一眼,他身上好像有什么东西……那种傲慢无礼的样子……

这个"海盗"穿着一件白色的礼服衬衫和一条黑色的晚礼服裤子,除了腰间系着的一块宽大的红色丝绸腰带和插在腰带里的两支手枪外,他根本没有其他任何装扮。浓密的胡须下系着一个蓝色的蝴蝶结。戴在脸上的假面具也只是一个简单的黑色眼罩。他应该不是她认识的任何人,对吧?现在已经没有人留大胡子了。但是,他站立的姿势还有他似乎正透过面具盯着她看的样子……

当斯嘉丽第三次把目光投向"海盗"的时候,他笑了,在一大把黑胡子和黝黑皮肤的映衬下,他的牙齿显得非常白。斯嘉丽感到眩晕。那是瑞特。

不可能啊……肯定是她的想象……不对,这不是她的想象。如果是其他任何一个人,她都不会有这样的感觉。出现在一个大多数人都不被邀请的舞会上……这不正是他的典型风格吗?瑞特什么事情都干得出来!

"对不起,我必须离开。不,是真的,我就是这个意思。"她把"清朝官吏"推到一边,向她的丈夫跑去。

瑞特又向她鞠了一躬,并说道:"爱德华·蒂奇愿为你效劳,女士。"

"谁?"难道他以为她没有认出他来?

"爱德华·蒂奇,通常被人们称为'黑胡子',是有史以来航行在大西洋上的最大的恶棍。"瑞特捻着一绺扎着丝带的胡子说道。

斯嘉丽的心跳加快了。她想,他又在开那些明知我听不懂的玩笑,并以此为乐。这正是他过去的一贯风格……在我们俩的关系变得紧张之前他就喜欢这样。我现在可不能出错,决不能。在我变得如此爱他之前,我通常会怎么说?

"我很惊讶你竟然会跑到亚特兰大来参加舞会,你心爱的查尔斯顿不是也有很多重大社交活动吗?"她对他说道。

你看,恰到好处,既不十分刻薄又没有爱意泛滥。

瑞特露在面具上方的眉毛一扬,像两道黑色的月牙儿,斯嘉丽顿时屏住了呼吸。他开心的时候就会这样,这说明她刚才的反应恰到好处。

"你怎么对查尔斯顿的社交生活如此消息灵通,斯嘉丽?"

"报纸上看来的,有个蠢女人总在没完没了地介绍什么赛马的事情。"

该死的大胡子。她觉得他应该在笑,但是她看不到他的嘴唇。

"我也看报纸。"瑞特回答说,"即使是在查尔斯顿,当亚特兰大这样的新兴乡村小镇准备假装自己是新奥尔良时,它也会成为新闻。"

新奥尔良,他曾经带她去那里度蜜月。她很想对他说:再带我去那儿吧,我们可以重新开始,一切都会改变的。但是,她现在绝不能说,还不是时候。她脑海里迅速出现了一段又一段记忆:狭窄的鹅卵石街道,高挑而阴暗的房间,房间里摆放着镶在暗金色木框中的巨大镜子,奇特而美妙的食物……

"要我说,新奥尔良的茶点算不上精致。"她必须挑一点儿毛病。

瑞特咯咯笑起来,说:"这评价相当轻描淡写。"

我让他笑了。我已经很长时间没有听到他的笑声了……太久了。他刚才肯定看到那些男人争着和我跳舞了。

"你怎么知道是我?"她问他,"我戴着假面具的。"

"斯嘉丽,我只需要找到那个穿着打扮最招摇的女人就行了。那肯定就是你。"

"噢,你……你这个卑鄙的家伙。"她突然忘记了她正在讨好他,"你留着那把愚蠢的大胡子,看上去可算不上英俊。瑞特·巴特勒,你还不如拿一块熊皮贴在脸上。"

"这是我能想到的最完美的伪装。我可不想让亚特兰大的一些人轻而易举地就认出我来。"

"那么,你来这里干什么?我估计,不光是为了羞辱我吧。"

"斯嘉丽,我答应过你会经常过来露露面,免得别人说闲话。这个舞会就是个绝好的机会。"

"一个假面舞会又有什么用?大家彼此谁也不认识。"

"午夜一到,假面具就会拿下来,从现在起还有四分钟。我们要当着众人的面跳一曲华尔兹,然后就离开。"瑞特把她搂进了怀里,而斯嘉丽忘记了愤怒,忘记了在她那些敌人面前摘掉面具会有多危险,也忘记了整个世界。只要他在这里并把她搂在怀里,其他的都不重要。

斯嘉丽躺在床上几乎一夜没有合眼,她一直想弄明白到底发生了什么。本来一切进展得都很顺利……当十二点到来时,米德医生宣布所有人摘下面具，瑞特也笑着一把扯下了脸上的大胡子。我可以发誓他当时真的很开心。他好像向医生敬了一个礼，又向米德太太鞠了一躬，然后带着我迅速离开了那里。他甚至都没有注意到那些人都对我不理不睬，就算他注意到了也丝毫没有表现出来，他的脸上一直洋溢着灿烂的笑容。

在坐着马车回家的路上，光线很暗，我看不清他的脸，但是他的声音听起来很开心。我不知道该说些什么，不过我也不必担心无话可说，因为他一直在问我塔拉的事情，还问他的律师是否按时支付了我的账单，所以等我回答完他的问题，我们也到家了。事情就是在这个时候发生的。他当时就站在楼下的走廊里，然后他只对我道了晚安并说他累了，接着便上楼走进了他自己的房间。

他没有表现出仇恨和冷淡，只是说了"晚安"便上楼去了。这是什么意思啊？他为什么要大老远跑来一趟？查尔斯顿正是社交旺季，所以他不可能只是来参加一个聚会的，也不可能是冲着化装舞会来的。他要是愿意，可以直接去参加新奥尔良的狂欢节，毕竟那儿有很多他的朋友。

他说过要"避免别人说闲话"，这怎么可能呢？要说他那么张扬地把大胡子一把扯下来，才恰恰会引起别人的闲话。

当时的情景反复出现在她的脑子里，她一遍又一遍地重温昨天晚上的事情，直到感到头疼。当她终于睡着以后，又睡得短暂而不安稳。尽管如此，第二天早上她还是及时醒过来，穿着她最漂亮的衬衣下楼吃早餐。她今天不准备在床上吃早餐，因为瑞特总是在餐厅里吃早餐的。

"这么早就起来了,亲爱的?"他说,"你想得真周到,这样我就不用给你写什么告别信了。"他把餐巾扔到桌上,接着道:"我把波克漏掉的一些东西打了一个包,等我去火车站的时候再来拿。"

不要离开我,斯嘉丽在心里央求道。她把头转到一边,以免他看到她眼中恳求的目光。"看在上帝的分上,把你的咖啡喝完,瑞特。"她对他说道,"我不会大吵大闹的。"她走到餐具柜前,为自己倒上一杯咖啡,偷偷从镜子里观察他的表情。她必须保持镇静,只有这样他也许还会留下来。

他站在那儿,看了看手里打开的怀表。"没有时间了,"他说,"我必须趁我还在亚特兰大的时候见一些人。从现在到今年夏天我都会很忙,所以我会留下话,告诉人们我去南美洲做生意去了,这样就没有人因为这么长时间见不到我而说三道四。大多数亚特兰大人根本就不知道南美洲在哪儿。你看,亲爱的,我说话算话,要保护好你纯洁的名声。"瑞特不怀好意地笑笑,合上怀表,再把它放进口袋里。"再见,斯嘉丽。"

"你干吗不真去南美洲,就在那里失踪,永远也别回来!"

当瑞特关上身后的房门之后,斯嘉丽立刻把手伸向了白兰地酒瓶。她怎么会如此大发雷霆?那并不是她真实的感受。他总爱戏弄她,刺激她说出一些言不由衷的话,她早该料到这又是他的鬼把戏,而不该情绪失控。但是,他也不该拿她的名声说风凉话。他是怎么发现我被人们孤立的?

她这一辈子,还从来没有感到过如此不开心。

第九章

事后,斯嘉丽感到很羞愧。早上喝酒!只有低贱的醉鬼才会一大早喝酒。她告诉自己,其实事情并没有那么糟糕,至少她现在知道瑞特什么时候会再回来。虽然到那个时候还早得很,却很确切,现在她再也不需要浪费时间去猜测他是今天回来,明天回来,还是后天回来。

刚刚进入二月,一股热浪就令人惊讶地席卷而来,树木匆匆长出了早熟的叶子,空气中洋溢着大地苏醒的气息。"把窗户都打开,"斯嘉丽吩咐仆人们,"让霉气散出去。"和风拂起她两鬓松散的发卷,十分惬意。突然,一股对塔拉的眷念之情油然而起,在那里她可以在春风吹拂下入眠,呼吸着吹入卧室里的温暖的泥土气息。

但是,我现在不能离开。一旦温暖的天气把土地解冻,科尔顿至少还能再开始三座房子的建造工作,但是如果没有我不停地唠叨,他是绝不会开始的。我这辈子还从来没有见过如此吹毛求疵的人,什么事情都必须这样或者那样。要是依着他,他会等到整个地球都热起来，从美国挖下去一直挖到中国也找不到一块冻土时才开始建房。

假如她只离开几天呢？几天的时间不会造成多大的不同，对吧？斯嘉丽想起了阿什利在狂欢节舞会上那张苍白的脸和萎靡不振的样子，失望地轻声叹了口气。

就算她真的去塔拉，也不可能真正放松心情。

她吩咐潘西给伊莱亚斯传话，让他把马车驶到前门来。她必须去找乔·科尔顿谈一谈。

那天晚上，仿佛是要奖励她的尽职尽责似的，天刚黑门铃就响了。"斯嘉丽，亲爱的，"男管家刚打开门，托尼·方丹便走进来大声叫道，"一个老朋友需要一个过夜的房间，你能发发慈悲吗？"

"托尼！"她跑出客厅，同他热情拥抱。

他扔下行李，把她搂进自己怀里。"仁慈的上帝啊，斯嘉丽，你真是混得不错啊。"他说道，"刚才我看到这幢大房子时，还以为那个傻瓜给我指了一条到旅馆的路。"他看看枝形吊灯，看看天鹅绒墙纸，又看看门厅里巨大的镀金镜子，然后笑着对她说："难怪你不愿意等我，非要嫁给那个查尔斯顿人不可。瑞特在哪儿？我倒想见见那个把我的姑娘抢走的男人。"

斯嘉丽只感到脊背一阵发凉，是不是苏埃伦告诉了方丹家什么事情了？"瑞特跑到南美洲去了，"她欢快地说，"你能想象得出这种事情吗？天哪，我还以为只有传教士才会去那种蛮荒之地！"

托尼笑笑道："我也这样想。这次见不到他真是遗憾，不过也算我运气好啊，你就完全是我一个人的了。跟我这个口渴难耐的男人喝一杯怎么样？"

她现在可以肯定，他并不知道瑞特离开她了。"既然是你来了，我认为应该喝香槟啊。"

托尼说，他想过一会儿再喝香槟，现在他想先喝一杯陈年波本威士忌并且洗个澡，因为他敢肯定他现在还是一身牛粪味。

斯嘉丽亲自为他倒了一杯威士忌，然后送他上楼，由男管家把他带到一间专门为客人准备的卧室去。谢天谢地！家里住着仆人，无论托尼想住多久都不会爆出什么丑闻来，并且她也有了一个可以说话的好朋友。

他们喝着香槟共进晚餐，斯嘉丽特地戴上了她的珍珠首饰。厨子匆匆赶做了一个巧克力蛋糕作为饭后甜点，托尼吃了四大块。

"告诉他们把剩下的给我包起来带走。"他求她说，"我唯一喜欢吃的就是这种有一层厚厚糖霜的蛋糕，我向来就喜欢吃甜食。"

斯嘉丽笑着让人把托尼的要求传达到厨房里，然后说："你这不是说萨莉的坏话吗，托尼？难道她还不会做一些精美的食品吗？"

"萨莉嫂子吗？你怎么会有这种想法？她每天晚上都要做一个非常好吃的甜点，都是专门为我做的。亚历克斯没有我这个毛病,所以现在她也不用再为我费心了。"

斯嘉丽脸上露出疑惑的神情。

"你难道还不知道?"托尼问她,"我以为苏埃伦肯定早就在信里告诉你了。斯嘉丽,我打算回到得克萨斯去,我是在圣诞节前后下定这个决心的。"

他们一直交谈了几个小时。一开始她一直求他留在家里,到后来尴尬的托尼终于变成了人们熟悉的火爆的方丹:"该死,斯嘉丽,闭上你的嘴!我试过留下来,上帝作证我试过了,但是坚持不下去。所以,你还是不要对我絮絮叨叨的了。"

他的大嗓门震得枝形吊灯下的菱形吊饰来回摇晃,发出叮叮当当的声响。

"你应该为亚历克斯想想。"她还是坚持说道。

这时托尼脸上的表情让她不得不闭嘴了。

他平静地回答说:"我真的试过了。"

"抱歉,托尼。"

"我也很抱歉,亲爱的。你干吗不叫你那位高级男管家再开一瓶酒,让我们再谈谈别的事情。"

"跟我说说得克萨斯吧。"

托尼的黑眼睛一下子明亮起来。"那是一个走一百英里也看不到一排栅栏的地方。"他笑着说道,"因为那里根本没有任何值得你围起来的东西,除非你酷爱尘土和枯萎的灌木。但是,当你一个人置身于那片空寂的旷野之中时,你才会明白你是谁。在那里你没有过去,也没有你赖以苟延残喘的残羹剩饭;任何事情都只有现在或者明天,根本就没有什么昨天。"

他冲她举起酒杯道:"你看起来还是像一幅画那么漂亮,斯嘉丽,瑞特恐怕有些愚钝吧,不然怎么会把你留在身后。要是我自认为可以侥幸逃脱,我就会向你发起攻势了。"

斯嘉丽像一个卖弄风骚的女人那样把头一扬,又玩起当年那一套老把戏可真让她开心:"要是这世界上只有我祖母一个女人,托尼·方丹,你也会发起攻势的。当你闪动着那双黑眼睛、露出天真无邪的微笑时,没有哪个和你在同一个房间里的女人是安全的。"

"好啦,亲爱的,你知道我不是那样的人,我其实是这个世界上最有君子风度的男人了……只要那个女人不是太漂亮,不要把我弄得心旌荡漾。"

他们彼此善意地挑逗,并且为自己娴熟的技艺感到得意,直到管家端来一瓶香槟酒。于是,他们又彼此敬酒。斯嘉丽已经高兴得有些目眩,她很高兴托尼独自喝完了酒瓶里剩下的酒。他一边喝一边把一些有关得克萨斯的荒诞故事讲给她听,逗得她大笑不止,笑得肚子疼。

"托尼,我真的希望你能在这里多待一阵子。"当托尼说他快要在她的餐桌上睡着了时,她对他说道,"我很久没有这么快乐过了。"

"我也想多待一阵子啊。好吃好喝不说,身边还有一个笑口常开的美女。但是,我必须趁天气好赶路。我准备坐明天西去的火车,不然事情就要吹了。那班火车发车的时间相当早,我走之前你能陪我喝一杯咖啡吗?"

"你不喝都不行。"

在黎明前灰蒙蒙的晨曦中,伊莱亚斯驾车把他们送到了火车站。托尼走进火车车厢的时候,斯嘉丽挥舞着手绢向他告别。他带着一个小皮背包和一个巨大的帆布口袋,里面装着他的马鞍。他把它们扔到火车车厢里,然后转过身拿起他那顶带有响尾蛇皮帽带的得州大帽子向她挥舞,挥动的手臂拉开了他的上衣,她看到了他腰间的枪带和六发左轮手枪。

她心想,至少他在家里待的时候已经教会了韦德如何旋转左轮枪,但愿这孩子不要把自己的脚给打掉。她给托尼送去一个飞吻,他像捧着一个碗那样用帽子接住她的飞吻,把手伸进帽子里,抓住它,然后郑重其事地将它放进背心上的表袋里。直到火车启动,斯嘉丽都一直在笑。

"去我那块地,科尔顿先生工作的现场。"她吩咐伊莱亚斯说。在他们到达那里之前,太阳应该已经升起,工人们也应该已经在挖坑了,否则她就得跟科尔顿说道说道。托尼说得对,我们必须利用这样的好天气。

乔·科尔顿毫不妥协:"我说到做到,巴特勒夫人。但是正如我预料的那样,土地解冻还不够深,挖不了地下室,还得等一个月我才能开工。"

斯嘉丽先是甜言蜜语地哄他,然后又大发雷霆,但是这一切都不管用。一个月后,当科尔顿带来口信让她去工地时,她仍然窝着一肚子火。

当她在工地上突然看到阿什利的时候，已经来不及躲避了。我该如何向他解释呢？我没有任何理由到这里来。对于阿什利这么聪明的人，我编造的任何谎言都会被他看穿的。她相信她脸上匆匆挤出的笑容肯定和她内心的感觉一样糟糕。

即便情况的确如此，阿什利似乎也并没有注意到。他像往常一样带着根深蒂固的绅士风度扶着她走下马车。"我很高兴没有跟你擦肩而过，见到你真好。科尔顿先生告诉我你要来，所以我就尽量磨蹭一会儿等着你。"他悲戚地微笑道，"你我都知道我不是一块做生意的料，亲爱的，所以我的建议无关紧要。但是我还是想说，如果你确实要在这里再建一个杂货店，肯定是不会错的。"

他说的是什么呀？噢……当然了，我明白了。乔·科尔顿不愧是聪明人，他已经为我出现在这里找到了借口。她把注意力重新放回到阿什利身上。

"……而且我还听说，这座城市很可能要开设一条无轨电车线经过这里到达城市的边缘。亚特兰大扩张的速度很惊人，不是吗？"

阿什利看起来强壮一些了。生活的努力让他筋疲力尽，但是也让他更有能力了。斯嘉丽急切地希望这意味着木材生意正变得越来越好，否则一旦锯木厂倒闭，她将难以忍受，也将永远不会原谅阿什利。

他握住她的手，低头看着她，憔悴的脸上露出担忧的神情：

"你看起来很累,亲爱的,一切都还好吗?"

她很想把头靠在他的胸脯上,号啕大哭着告诉他一切都糟透了,但是她微笑道:"哦,胡扯,阿什利,别犯傻了。我只是昨晚参加了一个聚会,熬得太晚了而已。你不应该对一个女士暗示说她看上去不太好,这你是知道的。"斯嘉丽在心里却暗暗地想,让他把这个消息带给茵迪娅和她那些卑贱的朋友。

阿什利毫不怀疑地接受了她的解释,开始向她介绍乔·科尔顿建造的那些房子,就好像她对他的一切毫不知情似的,连每栋房子需要多少钉子都讲给她听。"这都是高质量的房子。"阿什利继续道,"这一次,那些不那么幸运的人也将得到与富人同等的待遇。在这个机会主义甚嚣尘上的时代,我真没有想到还能看到这样的事情,就好像旧有的价值观还没有完全丧失。我能参与其中让我感到很荣幸。你看,斯嘉丽,科尔顿先生希望由我为他提供木材。"

她立即做出很惊讶的表情,说道:"是吗,阿什利?简直太好了!"

确实如此。她帮助阿什利的计划进行得如此顺利让她由衷地感到高兴。但是,在同科尔顿先生私下交谈之后,斯嘉丽觉得事情虽好却不应该沉迷其中。科尔顿先生告诉她,阿什利准备每天都要拿出时间到工地上转一转,看一看。看在上帝的分上,她的初衷是为阿什利提供一个收入来源,而不是一个业余爱好!这样一来,她就再也不能到这里来了。

只有星期天除外,因为这一天工人们不工作。就这样,每周日到工地上巡视一次便成了她雷打不动的习惯。每当她看到那些房子渐渐拔地而起，看到由干净而坚固的木材搭建的房屋框架和椽子以及接着出现的墙壁和地板，她就不再去想阿什利的烦恼。她总是怀着渴望和期待的心情，在一堆堆整齐码放的建筑材料和建筑垃圾中穿行。她多么希望自己也能参与其中，亲耳听到锤子敲打的声音，亲眼看到刨花打着卷儿从刨子中蹦出来，见证工程每天的进展，让自己无暇他顾。

我只要坚持到夏天——这句话已经成为她的老生常谈和生命线，到那时瑞特就回来了。我可以告诉他我的痛苦，因为他是唯一一个我能如实相告的人，也是唯一一个真正在乎我的人。一旦他知道一切变得多么糟糕，他是不会眼睁睁地看着我过着这种被遗弃的痛苦不堪的生活的。到底是哪里出了错？我以前一直坚信只要我能挣到足够多的钱，我就会感到安全。现在我确实有钱了，可是我感受到的却是这一生中从未有过的恐惧。

然而，夏天到了，斯嘉丽依然没有见到瑞特的身影，也没有收到他的只字片纸。她每天上午都会匆匆从杂货店赶回家里，因为如果他乘坐中午到达的那班火车，她就能在家里迎接他。每天晚上，她总要穿上她最漂亮的长裙、戴上她的珍珠首饰吃晚饭，以防他乘坐其他交通工具回到家里。那张长餐桌在她面前伸展开来，闪着银光，餐桌上厚实的锦缎浆洗得发亮。就是从这个时候起，她开始每天喝酒———边注意聆听他归来的脚步声，一边喝酒打发寂寞。

当她开始每天下午都喝雪莉酒的时候，她根本没有想过这会带来任何问题，毕竟喝一两杯雪莉酒也是淑女优雅的体现之一。接下来，她竟全然没有发现自己已经把雪莉酒换成了威士忌……没有发现当生意大幅下滑令她沮丧时，自己开始需要喝一杯酒才能打理清楚杂货店的账目……没有发现自己经常把饭菜留在盘子里，而把酒精当成了填饱肚子的最佳食物……没有发现自己现在每天一早起来就会开始喝白兰地……

她也没有发现夏天已经悄然离去，秋天已经到了。

潘西用托盘把下午来的邮件送到她的卧室里。最近一段时间，斯嘉丽都尽量在中午的正餐后小睡一会儿，这样不仅可以占去下午的部分空闲时间，也能让她休息一下，弥补晚上睡眠的不足。

"你要我给你拿一杯咖啡或别的什么吗，斯嘉丽小姐？"

"不要。做你自己的事情，潘西。"斯嘉丽拿起最上面一封信，打开来。她偷偷地迅速瞥了潘西一眼，看到她正在收拾自己扔在地板上的衣服。这个蠢丫头为什么还不离开我的房间呢？

信是苏埃伦写来的。斯嘉丽看了看信封里折叠着的几页纸，懒得把它们拿出来，因为她知道信里都说了些什么，不外乎又是抱怨埃拉如何调皮捣蛋，就好像苏埃伦自己的那几个女儿都是圣人似的。最可气的是，苏埃伦总要给斯嘉丽一些不大不小的暗示，告诉她物价有多高，塔拉赚到的钱多么少以及斯嘉丽自己又多么有钱。她把苏埃伦的信扔到地板上，现在读这封信让她难以忍受，她可以明天再读……啊，谢天谢地，潘西终于离开了。

我需要喝一杯。天已经快黑了，晚上喝一杯酒没什么不对。我只是一边把信读完一边慢慢地抿一点儿白兰地。

她发现，藏在帽盒后面的那瓶白兰地已经所剩无几，这令她大为光火。该死的潘西！要不是她做头发是一把好手，我明天就解雇她。肯定是潘西喝了我的酒，要不就是其他某个女仆，我是不可能喝掉那么多的。几天前我才把那瓶酒藏在那里。不管它了，我还是把信拿到楼下的餐室里看吧，就算仆人们看到了酒瓶里有多少酒又有什么关系呢？这是我的房子，我的酒瓶和我的白兰地，我想干什么就干什么。我的宽松外套呢？在那儿。这些扣子怎么这么紧？要费好大劲才能把它们都扣上。

斯嘉丽匆匆走下楼梯，来到餐室里，随手把一大把信件扔到餐桌上。她把白兰地倒进杯子里，站在餐具柜旁先喝了一大口，然后才拿着杯子走到餐桌前，在自己的椅子上坐下来。现在，她要安安静静地一边读信，一边抿白兰地。

一张新来的牙医的传单。呸！她的牙齿好着呢，谢谢你。另一封是关于送牛奶的事情，第三封是德吉夫斯歌剧院即将上映一部新歌剧的通知。斯嘉丽不耐烦地把信分门别类，难道就没有一封正经八百的信吗？这时她的手碰到了一个薄薄的脆皮光泽纸信封，上面的字迹又细又长，斯嘉丽停下了手。尤拉莉姨妈。她一口把杯中剩下的白兰地喝下肚，然后撕开了信封。斯嘉丽一向讨厌她已故母亲的姐姐写来的信，因为信里不是说教就是挑她的毛病，但是尤拉莉姨妈住在查尔斯顿，她的来信有可能提到瑞特，因为她和他母亲是最亲密的朋友。

斯嘉丽的目光在信纸上迅速地移动，她眯缝起眼睛努力看清信中的每一个词。尤拉莉姨妈总是在很薄的信纸两面写字，一面写满后把纸翻过来并转动九十度，然后继续写，结果形成信纸两面的文字纵横交错的奇怪现象。不仅如此，哪怕是一点儿小事她也要写上一大堆废话。

这个不合时令的温暖的秋天……每年她都会这么说……宝琳姨妈的膝盖出了问题……斯嘉丽记得她的膝盖始终就有问题……去看望了玛丽·约瑟夫修女……斯嘉丽做了个鬼脸。虽然卡琳进入查尔斯顿的那所女修道院已经八年了，但是斯嘉丽还是很难把她的教名同自己的小妹妹联系起来……由于没有收到捐款，为大教堂建筑基金筹款的烘焙食品义卖的收入又远远落后于原定计划，所以斯嘉丽能不能——天哪！她一直资助几个姨妈，难道她还要资助大教堂不成？她把信纸翻过来，皱起了眉头。

在那些前后交错、乱成一团的文字中，瑞特的名字还真的跳了出来。

看到埃莉诺·巴特勒这样的知心朋友在经历了这么多的痛苦之后终于找到了幸福，这对一个人的心灵是有好处的。瑞特真不愧是他母亲的勇敢骑士，虽然他年轻时生活放荡不羁，很多人感到惋惜，但是他对母亲的奉献在很大程度上挽回了他的名声。让我和你宝琳姨妈百思不得其解的是，你本来完全没有必要留着那个杂货店，为什么非要顽固地坚守着那桩莫名其妙的买卖不可？过去在这个问题上我就多次劝过你放弃这个生意，因为这不是一个淑女应有的做法，但是你始终置若罔闻，所以几年前我就不再提及此事。但是，现在这个杂货店已经让你远离了你自己的丈夫——你应该待在自己丈夫的身边，我觉得有责任再次向你提起这件不愉快的事情。

斯嘉丽把信扔到了桌上。原来这就是瑞特编造的故事！她之所以不愿意跟他到查尔斯顿去，是因为她离不开那个杂货店。真是一个没良心的骗子！他走的时候，我曾经恳求他带我一起去，他怎么能这样对我进行造谣中伤呢？瑞特·巴特勒先生，等你回家来时，我会有几句刻薄话等着你的。

她大步走到餐具柜前，猛地将白兰地倒进一个杯子里，把酒溅得到处都是。有些酒溅到了光洁的木头桌面上，她抬起手用衣袖把它抹干净。他肯定会一口否认的，这个骗子！那好，她就把尤拉莉姨妈的信拿到他眼前晃几下，看他是否敢说他母亲最好的朋友是个骗子！

突然之间，她的怒气消失了，而且感到全身发冷。她知道他会说什么："你是不是希望我把真相说出来，告诉她们我之所以离开你是因为和你一起生活让我无法忍受？"

真是丢人，其他任何理由都比这个好啊！她甚至宁愿忍受苦苦等待着他回家来的孤独。她端起酒杯送到嘴唇边，然后大大地喝了一口。

这个动作反映在餐具柜上方的镜子里，引起了她的注意。斯嘉丽慢慢放下手，把酒杯放到餐具柜上，凝视着镜子里自己的双眼。她在那一双睁得大大的眼睛里看到了惊恐。她已经几个月没有好好看看自己的模样了,很难相信镜子里那个脸色苍白、身体干瘦、两眼深陷的女人竟然是她自己。怎么啦,她的头发看上去就好像几个星期没有梳洗过!

她这是怎么啦?

她的手不由自主地伸向了酒瓶,这让她得到了答案。她立刻把手收了回来,却发现自己的手正在不停地颤抖。

"噢,上帝啊!"她悄声道。她抓住餐具柜的边缘支撑住身体,仔细看了看镜子里的自己。"蠢货!"她一边说一边闭上了眼睛,泪水慢慢流下她的脸颊,但是她立刻用颤抖的手指抹去了。

她真想喝一杯,这辈子她还从来没有对酒有过如此迫切的渴望。她用舌头舔着嘴唇,右手不由自主地伸出去,抓住了切成钻石状的亮晶晶的玻璃酒瓶的瓶颈。斯嘉丽看看自己的手,那就好像是一个陌生人的手,又看看沉重的水晶雕花酒瓶以及装在那里面能让她逃避一切烦恼的液体。接着,她抬头看着镜子里的她,抓起酒瓶向后退去,慢慢地远离了那个可怕的自己。

然后,她长长地吸了一口气,用尽全力扬起手臂把酒瓶扔了出去。酒瓶撞到巨大的镜子上,在阳光下碎裂成无数蓝色、红色和紫色的光点。在那一瞬间,斯嘉丽看到自己的脸变得支离破碎,也看到那扭曲的胜利微笑。紧接着,亮闪闪的玻璃碎片纷纷落到了餐具柜上,镜子的上部从镜框里向外倾斜,几块参差不齐的大玻璃块一起落到餐具柜上和地板上摔得粉碎,发出一声犹如大炮开火的声音。

斯嘉丽一会儿哭一会儿笑,一会儿又冲着自己破碎的形象大喊大叫："胆小鬼！胆小鬼！胆小鬼！"

她丝毫没有感觉到飞溅的玻璃碎片割伤了她的手臂、脖子和脸。她的舌头尝到了一股淡淡的咸味，她伸手摸摸脸颊上的血滴，看到了被鲜血染红的手指，觉得很诧异。

她又看了看刚才看到自己的那个地方，但是那个身影已经消失得无影无踪。她咧着嘴笑了笑，终于解脱了。

仆人们听到声音纷纷跑到了餐室门口，彼此挤在一起，谁也不敢贸然走进去，只是面有惧色地看着斯嘉丽僵硬的身体。她突然扭过头看着他们，潘西看到她满脸是血不禁发出一声尖叫。

"走开，"斯嘉丽平静地说道，"我没事，都走开。我只想一个人待着。"他们默默地走开了。

不管她愿意不愿意，她还是形只影单，再喝多少白兰地都无济于事。瑞特不回家，这所房子已经不再是他的家了。她很早以前就已经意识到了这一点，但是她一直拒绝面对。她就是一个胆小鬼和傻瓜。难怪她不认识镜子里的那个女人，那个胆小如鼠的傻瓜根本不是斯嘉丽·奥哈拉，因为斯嘉丽·奥哈拉不会——他们是怎么说的？——借酒消愁；斯嘉丽·奥哈拉不会躲起来痴心妄想，她敢于面对世界上最严峻的挑战，她敢于冒着危险去争取她想要得到的一切。

斯嘉丽突然打了一个寒噤。她差一点就毁掉了自己。

不喝了！是时候把生活掌握在自己手里了，早就该如此。再也不喝白兰地了，她刚才已经扔掉了那根消愁的拐杖。

她的整个身体都在渴望着喝一杯，但是她拒不顺从。这辈子她做过比这更加艰难的事情,所以这件事她也能做到,她也必须做到。

她冲着破碎的镜子挥一挥拳头,叫道:"带给我七年的厄运吧[1],你这该死的东西!"她挑衅的笑声很刺耳。

她在桌子上靠了一会儿,重新积聚起力量——她有很多事情要做。

接着,她从满地玻璃碎片中走过,鞋跟把镜子碎片踩得更碎。"潘西!"她在门口大叫道,"我要你帮我洗头发。"

斯嘉丽从头到脚颤抖不已,但她还是强迫自己抬起腿,爬上了长长的楼梯。"我的皮肤就像是灯芯绒一样。"她大声自言自语,以此转移身体对白兰地的渴望,"我要用几夸脱玫瑰水和甘油好好洗一洗,还要做很多新衣服。玛丽太太可以再雇几个缝纫帮手。"

应该用不了几周的时间她就能克服自己的弱点,恢复到最佳状态。她一定要做到。

她必须重新变得坚强和美丽。她已经没有时间浪费了,因为她已经失去了太多的宝贵时间。

瑞特还没有回到她的身边,所以她必须去找他。

到查尔斯顿去找他。

---

[1] 打碎镜子会遭厄运,这一说法有多种起源。其中古罗马人认为,照镜子时镜子中呈现的影像代表着你的灵魂。如果你打碎了镜子,你的灵魂也破碎了,它就再也不能保护你免遭厄运。另外,数字7在古罗马是一个十分特殊的数字,被认为"生命每7年为一个轮回"。所以,打碎镜子后你会遭遇7年的厄运,7年之后你的运气才会改变。

第二部　孤注一擲

第十章

斯嘉丽一旦下定了决心，她的生活立刻就发生了巨大的变化。她现在有了一个明确的目标，并把全部身心都投入到了达成这个目标的努力之中。等她到达查尔斯顿之后，她会仔细想想怎样才能重新得到瑞特，就目前而言，她必须先作好去查尔斯顿的准备。

玛丽太太听了斯嘉丽的话无奈地举起双手，声称只给她几星期的时间就要做出整整一衣柜的新衣服是根本不可能的；亨利·汉密尔顿叔叔听完她的要求又把双手的指尖对着指尖，明确表示不同意。他们的反对反而让斯嘉丽的眼睛里充满了战斗的快乐，结果还是她最终获得了胜利。从十一月初开始，亨利叔叔开始接管杂货店和酒吧的财务管理，并且要确保它们的收入用于支付乔·科尔顿的开销。此外，斯嘉丽的卧室里也到处堆满了花花绿绿的衣服和花边——这些新衣服都是为她即将开始的旅行准备的。

她还是很消瘦，眼睛下面也出现了淡淡的瘀青一样的阴影，因为她每天晚上都要忍受失眠的折磨，还要经受意志力的考验——抵挡住白兰地对她的巨大诱惑。但是，她已经赢得了这场战斗，也恢复了对食物的正常胃口。她的脸已经变得丰满，微笑起来会出现一个小酒窝，胸部也变得丰满迷人。她很肯定，在嘴唇和脸颊上熟练地涂上胭脂后，她看上去几乎又像个年轻姑娘了。

出发的时间到了。

* * *

火车徐徐驶离亚特兰大，斯嘉丽在心中默默地说道：再见了，亚特兰大，你想打败我，但我不会让你得逞。无论你喜欢我也好讨厌我也罢，我都不在乎了。

她突然打了个冷战。她在心里对自己说，肯定是从车窗吹进来的风让她打战。她并不感到害怕，一点儿也不，她在查尔斯顿一定会玩得很开心。人们不是总说查尔斯顿是整个南方聚会最多的城市吗？到时候她肯定会收到来自四面八方的邀请，因为宝琳姨妈和尤拉莉姨妈认识那里的所有人，她们也知道瑞特的一切，他的住址和他的工作。她要做的只是……

现在想这些事情毫无意义，等她到了那里一切也都明了了。虽然她已经下定决心一定要到查尔斯顿去，但是如果她现在就想着这些事情，可能会紧张得不敢去了。

天哪！就算这种紧张情绪只是我想象出来的，那也是很愚蠢的事情。查尔斯顿又不是世界的尽头,看看人家托尼·方丹,跑到一百万英里之外的得克萨斯州就像骑上马去一趟邻近的迪凯特一样轻松。她以前也去过查尔斯顿,所以她很清楚自己要去哪儿……

这并不是说她以前讨厌这座城市。那时毕竟她还很年轻,只有十七岁,不仅刚刚守寡而且还带着一个婴儿。韦德·汉普顿甚至还没有长牙呢。那都是十二多年以前的事情,到现在一切都已经完全不同了。船到桥头自然直,她一定会心想事成。

"潘西,去告诉乘务员帮我们搬行李,我要坐到炉子边上去,这个窗口有风。"

火车到达奥古斯塔[1]站后,斯嘉丽先给姨妈们发去了一封电报,然后转乘南卡罗来纳铁路线的火车。电报全文如下:

火车下午四点到。一仆。爱。斯嘉丽。

这个电文是她早就想好了的,整十三个字。因为她已经上路了,所以就避免了姨妈们给她回电报、找理由不让她去的风险。这并不是说她们会拒绝她的到访,尤拉莉姨妈一直在求她去看望她们,并且在南方这片土地上好客仍然是一条不成文的法律。但是,做事情就必须有把握,没有冒险的必要,再说她也确实需

---

[1] 奥古斯塔(Augusta)是佐治亚州的一座城市,坐落在萨瓦纳河附近,位于亚特兰大和查尔斯顿之间。

要姨妈们为她提供住宿和保护。因为查尔斯顿是一个相当傲慢的地方，而瑞特显然也会挑起人们对她的不满。

不，她不想这些事情了，这一次她要爱上查尔斯顿，她决心已定。一切都将有所改观，她的整个生活也将有所改观。她始终告诫自己不要往回看，现在她也确实是这样想的。随着火车轮子的每一次转动，她过去的生活都将离她更远。她已经把生意上的事情全部委托给了亨利叔叔，她对梅兰妮的诺言也已经兑现，她的孩子们也都妥善地被安顿在了塔拉。自从她成年以来，这还是她第一次可以自由自在地去做她想做的事情，而且她也很清楚自己在做什么。她要向瑞特证明他错了，他不应该拒不相信她对他的爱。她要向他展示她的爱，他很快就会看到的。然后，他会为离开她感到后悔，他会伸出双臂拥抱她、亲吻她，他们俩将过上永远幸福的生活……如果他坚持，她甚至可以从此住在查尔斯顿。

斯嘉丽沉浸在想入非非之中，没有注意到一个男人在里奇维尔上了火车，直到他跟跟跄跄地靠在了她座位的扶手上。她的身体下意识地往后退缩了一点儿，就好像他撞到了她一样。这个人穿着联邦军的蓝色制服。

一个北方佬！他在这里干什么？内战的岁月已经过去，她想永远忘记他们，但是一看见这身蓝色军服她眼前就出现了无数北方军士兵的身影。亚特兰大被围困时的恐惧，北方军士兵把塔拉仅剩的一点儿可怜食物抢劫一空并放火焚烧房屋的残忍暴行，以及那个流浪的北方士兵企图强奸她，却被她一枪击中脑袋鲜血四溅的情景……斯嘉丽再一次感到心脏因恐惧而怦怦乱跳，差一点儿就要大叫起来。该死的北方士兵，他们毁了南方；最可恨的是，他们让她感到无助和恐惧。她讨厌这种感觉，她恨他们！

我不能让它影响我的情绪，不能！现在我不能让任何事情影响我的情绪，尤其是在我要以最好的状态到达查尔斯顿并见到瑞特的时候。我不要再看这个北方佬一眼，也不要再想过去的事情，现在只有未来是重要的。斯嘉丽毅然决然地望向窗外的一片丘陵，这里同亚特兰大一带的地貌很相似，红色的黏土路穿过成片的黑松林和霜冻后变黑的庄稼茬儿。她已经在路上奔波了一天多，却好像根本没有离开家一样。她在心里催促着火车：快点儿，一定要再快点儿！

"查尔斯顿什么样，斯嘉丽小姐？"当车窗外的光线开始暗淡下来的时候，潘西第一百次问道。

"很漂亮，你会喜欢的。"斯嘉丽也第一百次这样回答她。"看那儿！"斯嘉丽指着窗外的景色说道，"看到那棵树上挂着的那些东西了吗？那就是我告诉过你的西班牙苔藓[1]。"

潘西把鼻子紧贴在乌黑的窗格上。"哇哦！"她低声道，"看起来就像鬼魂在移动。我怕鬼，斯嘉丽小姐。"

"别犯傻了！"话虽这么说，斯嘉丽自己也不禁打了一个寒

---

[1] 西班牙苔藓（Spanish moss）通常为附生的凤梨科铁兰属植物，主要生长于美洲的热带或副热带地区的大柏树、胶树、橡树、榆树、山核桃树的树枝上。

战。在灰暗的日光下，长长的灰色苔藓不停地摇曳，显得那么阴森可怕，她也不喜欢它的样子。这就意味着她们已经进入了南卡罗来纳州的"低地"[1]地区，靠近大海和查尔斯顿。斯嘉丽看了看她的翻领表[2]：五点三十分。火车已经晚点两个小时。她可以肯定，姨妈们已经在等着她了。尽管如此，她还是希望火车不要在天黑以后到达查尔斯顿，因为黑暗中总是潜藏着非常可怕的东西。

查尔斯顿空荡荡的火车站灯光昏暗，斯嘉丽伸长了脖子搜寻着姨妈们的身影或某个可能是她们的仆人的马车夫。然而，她只看到了六七个身穿蓝色军装的北方士兵，他们肩上都挎着步枪。

"斯嘉丽小姐——"潘西一把抓住了她的袖子，"到处都是士兵。"这个年轻女仆的声音在颤抖。

潘西的恐惧迫使斯嘉丽表现出勇敢。"你就当这里没有他们好了，潘西。他们不可能伤害你，内战已经结束十多年了。振作起来！"她向为她们拉行李的搬运工做了个手势，摆出一副高傲

---

[1] "低地"是美国南卡罗来纳海岸的一个地理和文化区域，包括海洋岛屿。由于温和的亚热带气候，这片"低地"曾经以丰富的农业资源闻名，如今它以其历史悠久的城市和社区、自然美景、文化遗产和旅游业而闻名。

[2] 翻领表（lapel watch）是把表和珠宝饰物融合在一起的一种装饰表，上部通常是一个领夹，用以夹在衣服胸口的翻领上。中间多为珠宝链子，下部为珠宝和表盘，表盘通常隐藏在珠宝之下。翻领表具有计时和装饰双重功效。

的架势问道,"我怎么才能找到来接我们的马车?"

他带着她们向车站外走去,但是那里只有一辆摇摇欲坠的四轮马车,车后拴着一匹摇摇晃晃的马,车上坐着一个衣冠不整的黑人车夫。斯嘉丽的心一下子沉了下去,要是两个姨妈都出城了怎么办呢?比如,她们都去萨凡纳看望她们的父亲去了,而她的那封电报现在正静静地躺在那所空荡荡的黑屋子门前的阶梯上。

她长长地吸了一口气,无论到底发生了什么情况,她都必须马上离开火车站和那些北方士兵。如果不得已就破窗而入,难道不可以这么做吗?她既然一直出钱帮她们修理屋顶和做其他那么多事情,她也可以出钱找个人把敲碎的窗户修好。两个姨妈在内战中失去了她们的全部财产,从那以后斯嘉丽就一直出钱维持着两个姨妈的生活。

"把我的行李放到那辆马车上,"她吩咐搬运工,"叫车夫下来帮你。我要去炮台一带[1]。"

"炮台一带"真是个神奇的词组,它立刻就带来了她期望的效果。马车夫和搬运工马上都变得恭敬有礼并乐于为她服务。斯嘉丽放心了,看来炮台一带仍然是查尔斯顿最时髦的地区。谢天谢地!要是瑞特听说我住在一个贫民窟里可就太糟了。

---

[1] 炮台(the Battery)又译"巴特里",得名于该地内战时期的海防炮台。炮台一带包括查尔斯顿港、防御性海堤和海滨步道。内战前后这里曾经是查尔斯顿的繁华高档生活区,至今仍然保留着许多当年的名人豪宅。

马车刚一停下来,宝琳和尤拉莉姨妈就砰地打开了房门,昏黄的灯光从屋里照射到通向人行道的小道上。斯嘉丽跑上小道,向灯光预示着的庇护所跑去。

但是,当她走近两个姨妈时,却突然发现她们看上去竟然那么苍老。在我的记忆里,宝琳姨妈可不是一个瘦骨嶙峋、满脸皱纹的人。尤拉莉姨妈什么时候变得这么肥胖了?她看上去就像一个顶着一片灰色头发的气球。

"看看!"尤拉莉说,"你变了很多,斯嘉丽,我都快要认不出你来了。"

斯嘉丽心头一紧。但是她敢肯定自己并不老,不是吗?她与两个姨妈一一拥抱,脸上勉强保持着微笑。

"姐姐,你看看斯嘉丽,"尤拉莉说,"她长得越来越像埃伦了。"

宝琳嗤之以鼻,说:"埃伦从来没有像她这样瘦过,妹妹,这你是知道的。"她抓住斯嘉丽的手,把她从尤拉莉跟前拉到自己身边:"不过,我得说她们俩长得确实很像。"

斯嘉丽笑了,这一次是开心的笑。世界上没有比这更好的恭维了。

两个姨妈忙前忙后,还为要不要把潘西安排在仆人的房间里,或要不要把斯嘉丽的箱子和提包搬到她楼上的卧室里去,争论不休。"亲爱的,你一根手指头都不要动,"尤拉莉对斯嘉丽说,"经过这一趟长途旅行,你肯定累坏了。"斯嘉丽感激地在客厅里的一张长椅上坐下来,远离了喧嚣。现在,她终于到这里了,前段时间准备此行的疯狂劲头似乎已经消失殆尽,她意识到姨妈说得对,她确实累坏了。

吃晚饭的时候,她几乎要睡着了。两个姨妈说起话来声音都很柔和,也都带着"低地"人说话时元音长、辅音模糊的特点。虽然她们谈话的内容大多是礼貌地表达对各种事情的不同观点,但是那种柔和的声音很容易让人昏昏欲睡。再说,她们谈论的那些事情没有一件是她感兴趣的。几乎就在她跨进姨妈家门的同时,她就打听到了她想知道的事情:瑞特住在他母亲的房子里,但是现在他出城了。

"去北边了。"宝琳姨妈带着不悦的表情说。

"不过他有很好的理由,姐姐。"尤拉莉提醒她说,"他是去费城赎回北方佬偷去的传家宝。"

宝琳说:"看到他为母亲的幸福付出了那么多,找到了她失去的所有东西,真让人高兴。"

这一次,尤拉莉又有意见了:"要让我说,他本应该早一点儿表现出他对母亲的爱。"

斯嘉丽没有插嘴,她只关心自己的事情,急于知道什么时候才能上楼去睡觉。她可以肯定,今晚她不会遭受失眠的折磨。

她的决定是对的。现在,她已经把生活掌握在了自己手里,即将得到她想要的东西,所以她可以像一个婴儿一样放心地睡了。第二天早晨她一觉醒来,感觉心中有一种多年没有感受过的幸福感。她在姨妈家受到了欢迎,不像在亚特兰大那样被人嫌弃和孤立,她现在甚至没有去想见到瑞特时该说什么话。在等待他从费城回来的这段时间里,她可以放松一下,享受姨妈们对她的溺爱。

吃早饭的时候,不等她喝完第一杯咖啡,尤拉莉姨妈就打断了她的思绪:"亲爱的,我知道你急于见到卡琳,但是她每周只有星期二和星期六才能见客人,所以我们今天安排了其他事情。"

卡琳!斯嘉丽抿紧了嘴唇,我才不想见她呢,那个叛徒。卡琳居然把其拥有的塔拉那份财产拱手送给了别人,就好像那东西对她毫无意义一样……但是,她又该怎么对姨妈们说呢?她们永远也不会明白姐姐并不渴望见到妹妹的心情。你看她俩是那么亲密,甚至还一直住在一起。我只能假装很想见到卡琳,等到要去的时候再假装头痛。

这时,她突然意识到宝琳姨妈一直在对她说话,而她确实感到太阳穴开始传来一阵阵疼痛。

"……所以我们就让女仆苏西给埃莉诺·巴特勒送去了一张便条。我们今天上午就去拜访她。"她伸手去拿桌上装着黄油的碗,同时说道,"斯嘉丽,请把糖浆递给我好吗?"

斯嘉丽机械地伸出手去,结果碰倒了罐子,糖浆流了一桌。瑞特的母亲!她还没有作好去见瑞特母亲的准备。她以前只见过埃莉诺·巴特勒一次,那还是在邦妮的葬礼上。她对瑞特的母亲几乎没有什么印象,只记得巴特勒夫人个子很高,仪容高贵且庄严沉默。斯嘉丽心想,我知道我必须要见她,但不是现在,现在还不是时候,我还没有准备好。她的心突突地跳,双手笨拙地用餐巾擦着桌布上流淌开来的黏黏的糖浆。

"斯嘉丽,亲爱的,不要那样擦,你会把污渍都擦到桌布里去的。"宝琳伸手按住了斯嘉丽的手腕,斯嘉丽猛地把手抽了回来。眼下这个时候,谁还顾得上这该死的桌布啊?

"对不起,姨妈。"她勉强说道。

"没事的,亲爱的。只是你那样擦,会在桌布上擦出一个洞来的。我们手上的好东西已经所剩无几了……"尤拉莉幽幽地哀叹道。

斯嘉丽咬紧了牙关,想尖叫。我不得不面对被瑞特奉若神明的母亲,那才是最重要的事情,一张桌布又有什么大不了的?要是他早已把他离开亚特兰大的真相告诉了他母亲,说他已经放弃了这场婚姻,那该如何是好?"我还是去看看我的衣服吧,"斯嘉丽有些哽咽地说,"不管穿哪件衣服,潘西总得先把它熨出来。"她必须离开宝琳和尤拉莉姨妈,必须让自己振作起来。

"我去叫苏西把熨斗烧上。"尤拉莉主动说。她拿起放在盘子旁边的银铃摇了摇。

"她最好先把这张桌布洗干净再干别的事情,"宝琳说,"否则污渍就洗不掉了……"

"姐姐,你应该看见了,我的早饭还没吃完呢。你肯定不希望我把它放在这儿变冷,好让苏西清理桌子吧。"

斯嘉丽逃回到了自己的房间里。

"斯嘉丽,你不用穿那么厚实的毛皮斗篷。"宝琳说。

"确实不用,"尤拉莉接着道,"今天是典型的查尔斯顿冬日。你看,要不是我得了感冒,我甚至连这个披巾都不用。"

斯嘉丽解开斗篷,把它取下来递给了潘西。如果尤拉莉姨妈希望其他人也得感冒,她倒是乐于遵命。她的姨妈们肯定是把她当成了一个傻瓜。她知道她们不想让她穿那个斗篷,她们就跟亚特兰大那帮上流社会的人一样冥顽不化,认为一个人必须穿得跟她们一样寒酸才会得到他人的尊敬。她注意到尤拉莉姨妈看着她头上那顶时髦的羽毛边饰帽子时的眼神,她的下巴挑衅地绷紧。既然她不得不面见瑞特的母亲,那么至少她也要打扮得足够时髦才行。

"那我们出发吧。"尤拉莉姨妈说,还是让步了。苏西把大门拉开,斯嘉丽跟着两个姨妈走进了阳光明媚的冬日里。她刚走下门前的阶梯就禁不住深吸了一口气。这里就像五月的天气,哪里是十一月。阳光反射在开裂的白色路面上,像一条没有重量的毯子落在她的肩上。她歪着头抬起下巴,用脸感受着温暖的阳光,闭着眼睛享受着身体的舒适感觉。"噢,姨妈们,这感觉太好了!"她说,"但愿你们马车的车篷可以放下来。"

两个姨妈都笑起来。"亲爱的孩子,"尤拉莉说,"在我们查尔斯顿,除了萨莉之外,所有活着的人都不再使用马车了。我们走路去,所有人都走路。"

"还有其他一些人有马车,妹妹。"宝琳纠正道,"那些外来投机商也有马车。"

"你能把外来投机商称为'活着的人'吗,姐姐?他们是没有灵魂的行尸走肉，否则他们就不是外来投机商了。"

"贪婪的秃鹫。"宝琳轻蔑地说。

"卑鄙的小人。"尤拉莉说。两姐妹一起笑起来，斯嘉丽也和她们一起笑。美好的天气使她的心情几乎又变得愉悦了。在这样好的一天里，做什么事都错不了。突然之间，她竟然觉得自己非常喜爱两个姨妈，就连她们无足轻重的争吵也变得十分可爱。她跟着她们俩穿过一座房子前面宽阔而空旷的街道，又走上了一小段石阶。当她走到石阶顶上时，一阵微风吹来，拂动着的帽子上的羽毛碰到了她的嘴唇，她随即感到了一股咸咸的味道。

"噢，天哪！"她叹道。她正站在高架海滨步道上，在步道的外侧，查尔斯顿港里绿褐色的海水从她面前一直延伸到远方的地平线。在她右面，一个长条形的低矮岛屿上长满了翠绿的植被。阳光在轻柔的浪尖上跳动，好像散落在海面的无数钻石。三只洁白的鸟儿冲上无云的蓝色天空，然后又一起俯冲到海面的波涛之上。它们好像在玩一种游戏，一种轻盈而又无忧无虑的学样游戏[1]。略带咸味的海风温柔地吹拂着她的脖子。

她现在可以肯定，这一次她来对了。她转向两个姨妈，说道："多么美好的一天！"海滨步道很宽阔，她们三人一起并排往前走。她们两次遇到了其他人，第一次是一位穿着老式双排扣长礼服、戴着獭皮帽的老先生，第二次是一位带着一个腼腆小男孩的女士。每次姨妈们都会停下脚步，把斯嘉丽介绍给他们：

---

[1] 学样游戏是一种参加者模仿领头人动作的儿童游戏。

"……我们的侄女,从亚特兰大来,她母亲是我们的妹妹埃伦。她嫁给了埃莉诺·巴特勒的儿子瑞特。"老先生鞠一个躬,吻了斯嘉丽的手;女士则把她的孙子介绍给她们,那孩子就像被闪电击中似的死死地盯着斯嘉丽。斯嘉丽觉得,今天的每一分钟都过得越来越惬意。这时,她看到迎面走来了一群穿着蓝色军服的人。

她的脚步踌躇了,立刻伸手抓住了宝琳姨妈的手臂。

"姨妈,"她对宝琳姨妈耳语道,"前面有几个北方佬士兵冲我们走过来了。"

"继续往前走,"宝琳明确地告诉她,"他们一会儿就得给我们让路。"

斯嘉丽十分震惊地看了宝琳姨妈一眼,谁会想到她这位骨瘦如柴的姨妈竟然有如此胆魄?她自己的心已经跳得通通直响,她觉得那些北方佬士兵肯定都能听得见,但是她还是硬着头皮继续往前走。

当双方走到彼此只有三步远的时候,士兵们闪到了一旁,身体紧贴着海滨步道边沿的金属管道栏杆,让她们过去。宝琳和尤拉莉姨妈从他们身边走过,仿佛他们根本不存在一样。斯嘉丽像两个姨妈那样昂起头,同她们步调一致向前走。

一支乐队在她们前方某处开始演奏《噢,苏珊娜》,欢快的曲调就像阳光明媚的冬日一样暖心。尤拉莉和宝琳姨妈跟着音乐加快了脚步,但是斯嘉丽感到举步维艰。懦夫!她一边骂自己,一边内心里还是禁不住不停地颤抖。

"查尔斯顿怎么会有这么多该死的北方佬?"她气呼呼地问

道,"我在火车站也看到他们了。"

"上帝啊,斯嘉丽,"尤拉莉姨妈说,"你难道还不知道吗?查尔斯顿至今仍然处在军事占领之下。看来,他们是永远也不会离开了。因为我们曾经把他们赶出过萨姆特堡[1]并且据此同他们的整个舰队对抗,所以他们恨我们。"

"只有上天知道他们动用了多少个团的兵力。"宝琳说。两姐妹的脸上露出骄傲的表情。

"我的天哪!"斯嘉丽低声道。她刚才都干了什么啊?直愣愣地走进敌人的怀抱。她知道军政府意味着什么:无助、愤怒和担惊受怕,不知哪天他们就会没收你的房子,把你关进监狱,或者因为违反了他们的某一条法律而抓起来被枪毙。军政府的权力是无限的。她曾经在军政府反复无常的统治下艰难生活了五年时间,她怎么会这么傻,竟然再一次把自己置于军政府的统治之下?

"他们确实有一支讨人喜欢的乐队。"宝琳姨妈说,"跟我来,斯嘉丽,我们就在这里过街。那幢刚刚油漆过的房子就是巴特勒家。"

---

[1] 萨姆特堡(Fort Sumter)又译"萨姆特要塞"或"萨姆特炮台",是位于查尔斯顿港的一处石制防御要塞,始建于1827年,以美国独立战争英雄托马斯·萨姆特将军的姓命名。萨姆特堡因美国内战中的两场战役而知名。第一次萨姆特堡战役始于1861年4月12日,南方联盟军队炮轰驻扎在萨姆特堡中的北方联邦政府驻军,打响了南北战争的第一枪。因为要塞的补给线被切断,北方联邦驻军于第二天投降。第二次萨姆特堡战役发生于1863年6月8日,是北方联邦军队夺回要塞的一次失败的尝试。虽然要塞被夷为平地,但是一直被控制在南方联盟军队手中。直到1865年2月谢尔曼将军进军南卡罗来纳时,南方联盟军队才从要塞撤离。

"埃莉诺真是好福气,有这么个贴心的儿子。"尤拉莉姨妈说,"瑞特对他母亲很崇拜。"

斯嘉丽盯着那幢房子看了看。这哪里是一所普通的房子,明明是一座大宅邸。这是一座高大雄伟的砖房,支撑着屋顶的闪闪发光的白色柱子足有一百英尺高,屋顶下是一道深深的门廊。斯嘉丽只觉得膝盖发软,她不能走进那幢房子,她做不到。她还从来没有见过如此宏伟而令人震撼的房子。面对住在如此豪华房子里的那个女人,斯嘉丽该跟她说什么?只要这个女人跟瑞特说一句话,斯嘉丽的全部希望就可能灰飞烟灭。

宝琳姨妈抓起她的手臂,催促着她快速走到了街的对面。"……带上心爱的五弦琴。"她一直在低声哼唱,有些跑调。斯嘉丽像一个梦游者似的被人领着往前走。很快,她发现自己已经走进了一扇门,眼前站着一个高挑优雅的女人,满头闪亮的银丝,可爱的脸上布满皱纹。

"亲爱的埃莉诺。"尤拉莉说。

"你们把斯嘉丽带来了。"巴特勒夫人说。"我亲爱的孩子,"她对斯嘉丽说道,"你的脸色那么苍白。"她把双手轻轻放到斯嘉丽的肩上,低下头吻了斯嘉丽的脸颊。

斯嘉丽闭上了眼睛。一股淡淡的柠檬马鞭草的香味从埃莉诺·巴特勒的丝绸长袍和柔软的头发上散发出来,轻柔地萦绕在斯嘉丽身旁。这香味正是记忆中的埃伦·奥哈拉的一部分,对斯嘉丽而言那就是舒心的气味、安全的气味、爱的气味和内战前生活的气味。

斯嘉丽的泪水禁不住夺眶而出。

"好了，好了，"瑞特的母亲说道，"没事了，亲爱的。不管发生了什么事，现在都没事了。你终于到家了，我一直都在盼着你的到来。"她伸出双臂把自己的儿媳妇紧紧搂在怀里。

第十一章

埃莉诺·巴特勒是一个典型的南方女人。在她低沉柔和的嗓音和优雅而有条不紊的动作里，潜藏着巨大的能量和效率。南方女人从出生那天起就接受严格的训练：要会打扮，做一个富有同情心的迷人倾听者，要楚楚可怜、天真无邪，又要会赞赏他人。同时，她们在管理大宅邸和一大群经常发生矛盾冲突的雇工、仆人方面也同样训练有素，总能让旁人觉得她们的房子、花园、厨房和仆人都能自行运转得井井有条，女主人的一门心思都放到了那些精美的刺绣上，成天专注于各种颜色的丝绸如何更好搭配。

战争带来的巨大损失把她们的雇工和仆人的人数从三十或四十人减少到了一两个人，这样一来生活对女人们的要求就急剧提高了，但是人们对她们原有的期望依然不减。破损的房屋不仅要继续为家人遮风挡雨，还要依旧窗明几净，随时欢迎亲朋好友来做客，而且客厅里也还依旧要有一个衣着得体、举止端庄、多才多艺的女主人。南方的女人们还真做到了，天知道那是怎么回事。

埃莉诺用温柔的语言和芳香的茶水抚慰了斯嘉丽忧虑的心；她通过征求宝琳对客厅里新添置的一张书桌的意见，满足了后者的虚荣心；她恳求尤拉莉品尝她做的那个一磅重的蛋糕并鉴定一下其中香草的用量是否足够，以此转移了后者的注意力。她还跟她的男仆马尼戈低语几句，让他在她的女仆西莉的帮助下和斯嘉丽的女仆一起把斯嘉丽的行李从两位姨妈家搬过来，送到瑞特先生睡觉的那间俯瞰后花园的大卧室里去。

不到十分钟的时间，让斯嘉丽搬过来住的一应事情都已经安排妥当，没有人反对也没有伤害任何人，甚至也没有扰乱埃莉诺·巴特勒家平静的生活节奏。斯嘉丽再一次感觉自己回到了姑娘时代，无忧无虑，在母亲无所不能的爱的庇护下过着安然无恙的生活。

她注视着埃莉诺，目光里流露出迷茫而崇拜的神情。这就是她想成为的那种女人，就是她心中始终不变的渴望，即成为像她母亲、像埃莉诺·巴特勒那样的女人。埃伦·奥哈拉曾经教导、设计并殷切希望她成为一个淑女，斯嘉丽告诉自己：我现在可以做到了，可以弥补自己犯过的所有错误，可以使母亲为我感到骄傲。

当她还是一个孩子的时候，嬷嬷曾经向她讲述过天堂里的情形：一片由云彩构成的大地，就像一张硕大无比的羽毛床垫；天使们都在那里休息，不时透过天空中的裂缝向下窥视人间发生的事情并以此为乐。自从母亲去世之后,斯嘉丽就始终有一种不安的孩子气的感觉,认为埃伦正懊恼地从天上看着她。

她向母亲保证:从现在起,我要让一切都变得好起来。就眼下而言,埃莉诺热情的欢迎已经彻底消除了她见到北方佬士兵时心中的恐惧和可怕记忆,甚至也消除了她作出跟随瑞特去查尔斯顿生活的决定时所产生的那种不愿承认的忧虑。她感到了安全、爱和万事如意;她可以做任何事,可以为所欲为。她会这么做的,会再次赢得瑞特的爱,会成为埃伦始终希望她成为的那种人,成为人人羡慕、尊敬和崇拜的人。从现在起,她将再也不会感到孤独。

当宝琳关上紫檀木书桌上最后一个镶着象牙的小抽屉时,尤拉莉匆匆吞下了最后一块蛋糕。埃莉诺·巴特勒拉着斯嘉丽站了起来。"我今天上午还要去一趟鞋店,把我的一双靴子取回来。"她说,"所以,我就顺便带斯嘉丽去认一认金街。女人要是不知道商店在哪里,心里总是不踏实。你们俩也和我们一起去?"

两个姨妈都谢绝了,这让斯嘉丽大大松了一口气,她希望巴特勒夫人属于她一个人。

在明媚温暖的冬日阳光下步行去查尔斯顿的商店是相当令人愉悦的。金街的每一个街区全是琳琅满目的商店,这让斯嘉丽感到惊喜和欢乐。这里有干货店、五金店、靴子店、烟草雪茄店、瓷器店、种子店、药店、酒店、书店、手套店、糖果店——看起来,在金街就没有你买不到的东西。此外,这里还有成群的购物者、几十辆漂亮的四轮马车和敞篷马车,马车上坐着身穿制服的马车夫和衣着时髦的乘车人。她之前的记忆和她担心的都是查尔斯顿的枯燥乏味,但是实际上这座城市丝毫也不乏味。同亚特兰大相比,查尔斯顿要大得多、也要繁忙得多,并且这里完全看不到大恐慌的迹象。

遗憾的是,瑞特的母亲却不为所动,好像这里斑斓的色彩、激动和繁忙的景象都不存在似的。她从摆满鸵鸟羽毛和彩扇的橱窗前走过,却对它们不屑一顾;横过马路时,一辆马车向她驶来,马车上的女人不得不拉住马以免撞上埃莉诺,可她竟然连一声"谢谢"也没有说。斯嘉丽想起了两位姨妈说过的话:除了北方佬、外来投机商和无赖,查尔斯顿人是不用马车的。她立刻感到一阵难以遏制的愤怒:那些贪婪的秃鹫就是通过对战败的南方敲骨吸髓而自肥的。她跟着巴特勒夫人走进一家鞋店,店主正同一个衣着华贵的顾客交谈,看到她们进来后便立即把客人交给一名年轻助理照顾,自己急忙向瑞特的母亲迎上来。看到这里,斯嘉丽心里舒服多了。在查尔斯顿,同一位传统的上流社会女士在一起是一种快乐,她真希望梅里韦瑟太太或埃尔辛太太能在这里亲眼看看她受到的礼遇。

"我觉得一些鞋该换底了,"埃莉诺对店主说,"我还想让我的儿媳妇知道在哪里可以买到最好的鞋子和得到最称心的服务。斯嘉丽,亲爱的,布拉克斯顿先生这些年一直非常照顾我,他也会同样照顾你的。"

"这是我的荣幸,夫人。"布拉克斯顿先生优雅地鞠了一个躬。

"你好，布拉克斯顿先生，谢谢你。"斯嘉丽回答说，极力表现出她的教养。"我想今天我就要买一双鞋。"她把裙子向上拉起几英寸，露出脚上那一双不结实的薄皮鞋。"我需要一双更适合在城里走路穿的鞋。"她不无骄傲地说。她可不想有人把她当成一个坐马车的无赖。

布拉克斯顿先生从衣服口袋里拿出一张洁净的白手绢，掸了掸两张椅子上一尘不染的坐垫，然后说："女士们请……"

当他消失在鞋店后面的布帘之后，埃莉诺向斯嘉丽探过身耳语道："一会儿他跪下为你试鞋的时候，注意看他的头发，他是用鞋油给自己染的发。"

很快，事实就证明了巴特勒夫人所言不虚。当斯嘉丽看到埃莉诺正带着得意的目光对她眨眼睛的时候，她费了好大劲才没有笑出来。两人刚一离开鞋店，就都忍不住咯咯地笑起来。"埃莉诺小姐，你可不该告诉我那个秘密，我刚才差一点儿就笑出声来，那就有失体统了。"

巴特勒夫人安详地微微一笑。"以后你就很容易认出他来了。"她说，"现在，我们去昂斯洛冷饮店吃冰激凌。那里有一个侍者能做出整个南卡罗来纳州最好的私酿酒，我要订购几夸脱[1]用来做水果蛋糕。那里的冰激凌也很好吃。"

"埃莉诺小姐！"

"亲爱的，白兰地既不会带来爱情也不会创造财富，我们只

---

1 美制湿量1夸脱等于0.946升，即0.000946立方米。

是尽可能把小日子过得好一点儿，对吧？再说，买点儿黑市商品总是让人心情激动，你说是吧？"

斯嘉丽心里想，难怪瑞特如此崇拜他的母亲。

埃莉诺·巴特勒带着斯嘉丽又去了一家有好多花哨布料的布店，买了一卷白棉布（柜台后面那个女人曾经谋杀了自己的丈夫，她用一根磨尖了的编织针刺入了丈夫的心脏。但是法官裁定是她丈夫喝醉了酒，自己摔倒在那根编织针上死的，因为多年来人们总是看到这个女人的手臂和脸上伤痕累累）。她们还去药店买了一瓶金缕梅酊剂[1]（可怜的药店老板眼睛近视得厉害，有一次竟然把别人保存在酒精里的一条奇特的热带鱼当成了小美人鱼，花了一大笔钱买了下来。埃莉诺告诉她，要想买到货真价实的好药，一定要去布劳德街的那家店，我会带你去的）。就这样，巴特勒夫人不断把斯嘉丽介绍给了查尔斯顿生活的圈内人。

当埃莉诺说该回家的时候，斯嘉丽立刻感到非常失望。在她的记忆中，还是头一次玩得这么开心，她差一点儿就要央求巴特勒夫人带她再多走几家店。不过，"我想也许我们可以坐有轨马车[2]回到闹市区，"巴特勒夫人说，"我觉得有点儿累了。"斯嘉丽立刻有些担心起来：难道埃莉诺苍白的脸色不是女士们羡慕的白皙肤色而是生病的征兆？当她们登上漆成明亮的绿色和黄色

---

[1] 金缕梅（witch hazel）是一种天然药物，由金缕梅属植物的树皮和叶子制成。金缕梅在传统医学中有很长的使用历史，主要用于局部治疗某些皮肤疾病。

[2] 有轨马车（horsecar）是指靠马匹牵引车辆、车轮在钢制轨道上滚动行驶的交通运输工具，可搭载双倍于普通马车的乘客和货物，由英国人约翰·乌特兰于1775年发明。

的有轨马车时，斯嘉丽立刻搀住了婆婆的手肘，并一直扶着她直到她在一把柳条面的椅子上坐下来。如果瑞特的母亲发生了任何可怕的事情，他是绝不会原谅斯嘉丽的，斯嘉丽自己也绝不会原谅自己。

当有轨马车沿着铁轨缓缓行驶的时候，她从眼角偷偷地看了看巴特勒夫人，但是她并没有看到任何生病的迹象。埃莉诺仍然谈笑风生，说她们俩还要再去购物："我们明天去市场，在那里你能见到所有你应该结识的人。那里也是获得消息的传统场所，报纸上是从来看不到真正有趣的新闻的。"

有轨马车抖动着向左转弯，继续行驶一个街区之后，在一个交叉路口处停了下来。斯嘉丽突然屏住了呼吸：就在埃莉诺挨着的那个窗口外，一个身穿蓝军服、肩扛步枪的北方佬士兵正在一根高大柱廊的阴影下踱步。"北方佬！"她对婆婆耳语道。

巴特勒夫人的目光循着斯嘉丽的眼光看去，然后说："没错。佐治亚州已经摆脱他们好久了，是不是？我们被占领的时间太长，到二月就整整十年了，现在我们几乎已经注意不到他们的存在了。十年的时间足以让人们对任何事情都习以为常。"

"我始终也适应不了，"斯嘉丽低语道，"永远不可能。"

这时，一个突如其来的响声吓了她一跳，但是她立刻就意识到那是在她们头顶上方某处的一只大钟的响声。有轨马车驶过交叉路口，转弯向右驶去。

"一点了，"巴特勒夫人说，"难怪我觉得累，整整一个上午都过去了。"在她们身后，四小节的钟曲¹结束了，报时的钟声敲响了一次。"钟声就是所有查尔斯顿人的计时工具。"巴特勒夫人告诉斯嘉丽说，"那些钟都挂在圣迈克尔教堂的尖塔上，它们记录着我们的生与死。"

斯嘉丽看着车窗外往后移动的一幢幢高大建筑和带有围墙的花园，它们都无一例外地带着战争的伤疤，每一堵墙的墙面上都布满了弹痕，贫困也随处可见：油漆剥落，破碎的窗户因为无法更换而不得不钉上木板，精致的铁艺阳台和大铁门上到处是裂缝和斑斑锈迹。

街道旁的行道树的树干都很纤细，它们都是原来的大树被大炮炸掉之后重新栽种的树苗。该死的北方佬！

尽管如此，大门上锃亮的黄铜把手仍然在明媚的阳光下闪闪发光，从围墙后的花园里不时传来阵阵芬芳的花香。她心想，查尔斯顿人很有进取心，他们是不屈服的。

有轨马车来到了最后一站——米廷街的街尾，斯嘉丽再次扶起巴特勒夫人走下马车。在她们面前是一个公园，修剪整齐的草坪和闪闪发光的白色小路汇聚在一起，环绕着一个刚刚粉刷一新的圆形舞台，舞台的屋顶像一座宝塔，在阳光下闪闪发亮。

---

1 钟曲（亦称"报时曲"）是国际通行的一种报时音乐，最常见的是威斯敏斯特钟曲（Westminster chimes），又名西敏寺钟曲，是英国伦敦威斯敏斯特宫大本钟报时用的乐曲。其最初源于1793年剑桥圣玛利亚大教堂，后来作为威斯敏斯特大教堂的钟曲而闻名遐迩。美国最早采用这段钟声作为报时旋律的教堂是宾夕法尼亚州威廉斯波特的圣公会三一教堂（1875年）。我国上海、广州、武汉等地的海关大楼都曾使用此曲。整点报时时在播完威斯敏斯特钟曲后进行，钟声敲响一次表示1点整，敲响两次表示2点整，依此类推。

公园后面就是查尔斯顿港,她可以闻到海水和咸咸的味道。微风吹动公园里棕榈树的剑形叶子发出沙沙的声响,摇曳着挂在槲树疤痕累累枝干上的长长的西班牙苔藓。在公园里的草坪上,孩子们奔跑,滚铁环,扔皮球,戴着头巾的黑人保姆坐在一旁的长凳上关注着他们的一举一动。

"斯嘉丽,希望你原谅我。我知道不该问,但我还是不得不问。"巴特勒夫人的双颊上出现了几朵红晕。

"什么事,埃莉诺小姐?感觉不舒服吗?要不要我跑去为你取什么东西?来这里坐下。"

"不、不,我很好,我只是不能忍受一无所知……你和瑞特是否想过再生一个孩子?我很理解你害怕再次经历邦妮去世带来的悲伤……"

"一个孩子……"斯嘉丽的声音越来越小。巴特勒夫人是不是看透了她的心思?她正指望着能够尽快怀孕呢,因为要是她怀孕了,瑞特就再也不能把她送走。他想孩子都想疯了,要是她能给他生个孩子,他就会一辈子爱着她。等她终于开口时,她的话说得非常真诚。

"埃莉诺小姐,我最大的愿望就是再生一个孩子。"

"谢天谢地!"巴特勒夫人高兴道,"我想再次做祖母已经好长时间了。当瑞特带着邦妮来看我的时候,我就忍不住要抱着她,害得她差点儿透不过气来。你看,玛格丽特——我另一个儿子的妻子,你今天会见到她——可怜的玛格丽特不能生育,而露丝玛丽呢……瑞特的妹妹……恐怕这辈子也嫁不出去了。"

斯嘉丽的脑子正疯狂地运转,她要拼出一张瑞特家的全貌图,并且要看清楚他们对她都意味着什么。露丝玛丽可能是个问题,老姑娘都不好对付。不过瑞特的兄弟——他叫什么来着?哦,对了,他的名字叫罗斯。罗斯是个男人,她总能轻而易举地迷住男人。至于不能生育的玛格丽特,斯嘉丽根本不用为她操心,她也不太可能对瑞特有什么影响力。真是荒唐,他们这些人跟她能有多大关系呢?瑞特最爱的是他的母亲,而他母亲希望他们俩生活在一起,而且希望他们俩再生一个、两个甚至一打孩子。要是那样,瑞特就不得不再次接纳她。

她很快在巴特勒夫人的脸颊上吻了一下:"我太想生一个孩子了,埃莉诺小姐。我们要说服瑞特,我们俩一起说服他。"

"你让我非常开心,斯嘉丽。现在我们回家吧,就在前面拐角处。接下来,我想午饭前我得先休息一下。我那个委员会下午要开会,我需要保持头脑清醒。我希望你也能参加,哪怕只是喝杯茶也行。玛格丽特也要来。我不想强迫你工作,不过要是你自己感兴趣就另当别论,我也会很高兴。我们通过售卖蛋糕和手工艺品等,为南方联盟遗孀遗孤之家筹款。"

我的天!这些南方女人难道都是一样的吗?她们同亚特兰大的女人别无二致,说来说去都是南方联盟这个、南方联盟那个,她们难道就不能接受内战已经结束的事实并开始她们的新生活吗?斯嘉丽感到头疼,脚下犹豫了一下,然后又恢复了平稳的步伐,跟上了巴特勒太太的步伐。不行,她还是要参加那个委员会的会议。如果她们向她发出邀请,她甚至可以为委员会工作。她决不会在这里犯下她曾经在亚特兰大犯过的错误,决不能再次被人们拒之门外,落得孤家寡人的下场。即便得把星条旗缝在胸衣上穿出去也不能再让自己被孤立起来。

"听起来不错。"她对埃莉诺说,"在亚特兰大时,我就是因为始终抽不出时间,无法多干一些事情,所以常常感到有些难过。我前夫弗兰克·肯尼迪为我们的小女儿留下了一桩不错的生意,我觉得我有责任为女儿把它经营好。"

这样一来就可以解释瑞特所说的关于她的问题了。

埃莉诺·巴特勒点点头表示理解。斯嘉丽闭上眼睛,以此掩饰她得意的目光。

斯嘉丽利用巴特勒夫人休息的时间在房子各处转了转,然后急忙走下楼梯,想去看个明白瑞特为他母亲从北方佬手里赎回来的东西到底是什么。

在斯嘉丽看来,这个地方太空了。她受过的教育有限,还不足以欣赏他完美的做事风格。在二楼,华丽的双客厅里摆放着精致的沙发、桌子和椅子,每一件家具都具有欣赏和实用价值。斯嘉丽很喜欢那些高档的丝绸装饰和木质家具表面油漆的光亮,但是她丝毫看不到家具四周留出的巨大空间所呈现出的美。她更喜欢那一间小棋牌室,桌子和椅子几乎把整个房间占满。她就是喜欢玩牌。

在她看来,一楼的餐厅也仅仅是一个餐厅而已,因为她还没有听说过什么"赫波怀特式家具"[1],而书房不过是一个摆满了书本的地方,很无聊。最让她开心的地方是二楼那个长长的露台,因为这天天气很暖和,站在那里可以看到海港的景色,看到盘旋的海鸥和星星点点的帆船,那些帆船看起来也像随时可能腾空翱翔的海鸥一样。斯嘉丽一直都生活在内陆,因此她觉得这片广阔的水域有着难以置信的异国情调。这里的空气闻起来那么清新,美景还给了她食欲,等埃莉诺小姐小憩后起来,她将十分高兴地和埃莉诺小姐共进午餐。

* * *

"你想不想到露台上喝杯咖啡,斯嘉丽?"两人就要吃完甜点的时候,埃莉诺·巴特勒问斯嘉丽,"今天可能是未来一段时间里到那里喝咖啡的最后机会,因为看样子要降温了。"

"噢,好啊,我非常愿意。"午饭吃得很好,但是她还是觉得余兴不减,不想关在房间里,在露天里更惬意。

她跟着巴特勒夫人来到二楼的露台上。我的天哪!她首先感到的是天已经转冷了,午饭前还相当温暖。现在喝一杯热咖啡一定很舒服。

---

[1] 乔治·赫波怀特(Hepplewhite,1727—1786),是18世纪英国三大家具制造商之一,与托马斯·喜来登(Thomas Sheraton)和托马斯·奇彭德尔(Thomas Chippendale)齐名。所谓"赫波怀特式家具"通常指的是它那种独特的轻便而优雅的家具风格,这种风格在1775年至1800年之间很时尚,并一直延续到后来的几个世纪。

她很快喝完了第一杯咖啡，当她正准备要第二杯时，埃莉诺·巴特勒笑起来并用手指了指街道的方向。"我的委员会来了，"她告诉斯嘉丽，"不管到哪里我都认得出那个声音。"

斯嘉丽也听到了，那是一串小铃铛发出的叮当叮当之声。她立刻跑到栏杆处往下面的街道上看。

两匹马拉着一辆漂亮的有黄色辐条轮子的深绿色有篷四轮马车，正向她的方向跑来。滚动的车轮发出银色的闪光，同时发出欢快的铃声。马车渐渐减慢速度，最后在房子前停下来。这时，斯嘉丽终于看到了那些铃铛——一串雪橇铃，它们被固定在一条皮带上，皮带又缠绕在车轮的黄色辐条上。斯嘉丽从来没有见过这样的东西，更没有见过像这位高高地坐在马车车厢前部座椅上的车夫一样的人。那是一个女人，穿着深棕色的骑马服，戴着黄色的手套，半站在马车上，用尽全力拉着缰绳，一张扭曲的丑脸上露出坚毅的神情，看起来就像一只盛装打扮的猴子。

马车的门打开了，一个笑容满面的年轻男人从车厢里走出来，站到房子前面的上车台上[1]。他转身向车厢里伸出手，一个胖女人握住他的手，走出车厢，脸上也挂满笑容。年轻男人扶着她从马车踏板上下到地面，然后又从车厢里扶下来一个同样满脸笑容的更年轻的女人。"快进来，亲爱的，"巴特勒夫人说，"帮我准备一下茶具。"斯嘉丽急切地跟着她回到室内，心里充满了好

---

[1] 上车台（mounting block）也称"上马台"，与中国旧时的上马石类似，是一种帮助人们上下马或马车的工具。

奇。真是一些很特别的人，埃莉诺小姐的委员会成员显然不同于亚特兰大那帮把持一切的老顽固。他们从哪里找来了这么一个猴子模样的女车夫？那个男人又是谁？男人不会为慈善做蛋糕，他看上去还相当英俊。斯嘉丽在一面镜子前匆匆捋了捋被风吹乱的头发。

"你看起来有些发抖，艾玛。"巴特勒夫人说。她和胖女人互致贴面礼，先碰碰左边的脸颊又碰碰右边的脸颊："喝杯茶休息一下，不过首先请允许我给你介绍瑞特的妻子斯嘉丽。"

"一杯茶还不足以修复刚才那一小段旅程中受损的神经，埃莉诺。"胖女人说着向斯嘉丽伸出手来，"你好，斯嘉丽，我是艾玛·安森，或者说是苟延残喘的艾玛·安森。"

埃莉诺拥抱了那个年轻的女人，然后把她带到斯嘉丽面前。"亲爱的，这是玛格丽特，罗斯的妻子。玛格丽特，认识一下斯嘉丽。"

玛格丽特·巴特勒是一个脸色苍白、浅色头发的年轻女人，瘦削而没有血色的脸上十分显眼地长着一双美丽的宝石蓝眼睛，可是一旦微笑起来，这双眼睛周围就会出现一串深深的早衰的皱纹。"终于见到你了，我真高兴。"说着，她拉起斯嘉丽的双手并轻吻了她的脸颊，"我一直想有一个姐姐，能有一个嫂子也一样。我希望你和瑞特能尽早来我们家做客，和我们共进晚餐。罗斯也一直希望能见到你。"

"我很愿意，玛格丽特，我敢肯定瑞特也很愿意的。"斯嘉丽回答道。她微笑着，但愿她的话没有说错。谁说得准瑞特会不会带她到他弟弟家里或别的什么地方去呢？但是，对于自己的家人发出的邀请他总不好拒绝吧。现在，埃莉诺小姐和玛格丽特两个人都站在她这一边。斯嘉丽也回吻了玛格丽特。

"斯嘉丽，"巴特勒夫人对她说道，"快过来见见萨莉·布鲁顿。"

"还有爱德华·库珀。"一个男人的声音接着说，"埃莉诺，不要剥夺我亲吻巴特勒太太手的机会，我已经为她倾倒了。"

"还没轮到你呢，爱德华。"巴特勒夫人说，"你们年轻人就是不讲礼数。"

斯嘉丽根本没有朝爱德华·库珀看一眼，也没有听到他对她的奉承话，她虽然不想盯着萨莉·布鲁顿看，但还是忍不住目不转睛地看着这位猴子脸的"马车夫"。

萨莉·布鲁顿是一个四十多岁的小个子女人，身体酷似一个瘦削而活泼的小男孩儿，而她的脸则长得跟猴子别无二致。斯嘉丽粗鲁地盯着她看，她也丝毫不生气。萨莉对人们的类似反应早就习以为常；她那引人注目的丑陋——她很久很久以前对此就已经适应了——和她那异于常人的行为常常使不认识她的人感到惊讶。这时，她向斯嘉丽走过来，她的长裙像一条褐色的河流拖在身后。"亲爱的巴特勒夫人，你肯定认为我们像三月里的兔子一样疯狂。虽然这么说可能有些无聊，但是实际上我们之所以以这种戏剧性的方式到来是有充分理由的。我是这个城市里硕果仅存的仍然拥有马车的人，可是我发现我的马车夫一个也留不住。他们都拒绝驾着马车接送我这帮穷光蛋朋友，而我又坚持非这么做不可。所以，每次雇来的马车夫没多久就辞职了，我也就放弃了,不再雇佣马车夫。还有,每当我丈夫走不开的时候,我可以自己驾驶这辆马车。"她伸出一只小手放到斯嘉丽的胳膊上,抬头看着斯嘉丽的脸,"现在我问你,这个解释合理吗?"

斯嘉丽回过神来,连忙回答:"很合理。"

"萨莉,你可不能那么捉弄可怜的斯嘉丽,"埃莉诺·巴特勒说,"她还能说什么?把其余的事情都告诉她。"

萨莉耸耸肩,咧嘴笑道:"我估计你婆婆指的是那些铃铛的事,她是要揭我的短啊。实际上我驾车的技术非常糟糕,所以我那位充满爱心的丈夫就要求我用这些铃铛把马车装饰起来,目的是提前警告人们给我让路。"

"就像躲避麻风病人那样。"安森夫人说。

"这话我没听见。"萨莉说,显然她觉得自尊心受到了伤害。她微笑着看着斯嘉丽,那微笑是那么真诚,让斯嘉丽感到温暖。"我希望,"她接着道,"不管你今天看到了什么,只要你需要用马车就一定来找我。"

"谢谢你,布鲁顿夫人,你真是个好心人。"

"不用谢啦。实际上,我就喜欢驾着马车歪斜着冲过街道,把那些无赖和外来投机商吓得屁滚尿流,四处逃窜。不过,我不能独霸你,我还是把你让给爱德华·库珀吧,不然他就活不下去……"

斯嘉丽自然而然地对爱德华·库珀的殷勤作出了反应,她微笑着露出了嘴角上迷人的酒窝,假装对他的恭维感到难堪,却同时用眼神鼓励他继续说下去。"怎么啦,库珀先生,"她对他说道,"看你都说了些什么啊。我有言在先,我要是得意忘形你是要负责任的。我只不过是一个从佐治亚州克莱顿县来的乡下姑娘,不懂得应该如何应付一个像你这样老到的查尔斯顿绅士。"

"埃莉诺小姐,请原谅。"一个陌生的声音传来。斯嘉丽转过身一看,不禁深吸了一口气。门口走进来一个年轻姑娘,她长着一头光滑的棕色头发和一双温柔的棕色眼睛,眼睛上方的发际线上长有明显的"寡妇尖"[1]。"对不起,我来晚了。"年轻姑娘接着说。她的声音非常柔和,说话略显急促。她身上穿着一件带有白色亚麻衣领和袖口的棕色裙子,头上戴着一顶棕色丝绸面的老式帽子。

斯嘉丽心想:我第一次认识梅兰妮的时候,她看上去就和这个女人一模一样,好像一只温柔的棕色小鸟。她会不会是梅丽的表亲?但我从来没有听说过汉密尔顿家在查尔斯顿有亲戚。

"你来得一点儿都不晚,安妮。"埃莉诺·巴特勒说,"过来喝杯茶,看来你冻得够呛。"

安妮感激地笑笑,说:"起风了,天上的云正越积越多,我估计再晚几步我就该淋雨……下午好!艾玛小姐,萨莉小姐,玛格丽特,库珀先生——"她突然停住了,张着嘴,两眼盯着斯嘉丽,说:"下午好!我想我们俩还不认识。我叫安妮·汉普顿。"

---

[1] 西方人说的"寡妇尖"(widow's peak)即中国人说的"美人尖",亦称"美人髻"或"三棱髻",指的是人体额头正中的头发往下或往前超出发际线一点,形成一个V字形。中国古代曾把美人尖作为评选美女和美男的标准:有美人尖者为上品,无美人尖者为中品或下品。"寡妇尖"这一迷信说法最早出现在19世纪30年代,认为长有"寡妇尖"的女人会比丈夫活得久,必然成为寡妇。

埃莉诺·巴特勒立刻赶到斯嘉丽身边，手里还端着一个热气腾腾的杯子。"我真失礼，"她抱歉地对安妮说，"我只顾着泡茶，竟然忘记了你当然不认识她，她是我的儿媳妇斯嘉丽。给，安妮，马上喝了它。你脸色这么苍白……斯嘉丽，安妮是我们联盟之家[1]的专家，去年刚从学校毕业，现在在联盟之家教书。安妮·汉普顿——斯嘉丽·巴特勒。"

"你好！巴特勒夫人。"安妮伸出一只冰凉的小手，斯嘉丽和她握手时感到她正冷得发抖。

"请叫我斯嘉丽。"斯嘉丽回答。

"谢谢，斯嘉丽。叫我安妮。"

"喝茶吗，斯嘉丽？"

"谢谢，埃莉诺小姐。"斯嘉丽急忙接过茶杯，庆幸能够摆脱看着安妮·汉普顿带给她的困惑。我已经看出来了，她就是一个活脱脱的梅丽，同样的弱不禁风，同样的胆小如鼠，也同样的甜蜜亲切。如果她在那个什么之家工作，那么她肯定是一个孤儿，梅兰妮也是一个孤儿。噢，梅丽，我真想你。

窗外的天色正变得越来越昏暗。埃莉诺·巴特勒叫斯嘉丽喝完这杯茶之后把窗帘都拉上。

当她拉上最后一扇窗户的窗帘时，远处传来了低沉的隆隆

---

[1] 联盟之家（Confederate Home）位于南卡罗来纳州查尔斯顿布劳德街60号19世纪早期的一栋建筑内，原来是一所退休之家。1867年，玛丽·阿马里西亚·斯诺登和伊莎贝尔·斯诺登姐妹在这里成立了"联盟士兵的母亲、寡妇和女儿之家"（Home for the Mothers, Widows, and Daughters of Confederate Soldiers），简称"邦联之家"。

雷声，雨点开始噼噼啪啪地打到窗户玻璃上。

"我们言归正传吧，"埃莉诺小姐说，"我们要做的事情不少，大家都坐好。玛格丽特，你负责传递茶点和三明治好吗？我希望大家都不要因为肚子空了而分心。艾玛，你继续给大家倒水，行吗？我马上拉铃让人再送些热水上来。"

"让我来吧，埃莉诺小姐。"安妮说。

"不用，亲爱的，这里需要你。斯嘉丽，亲爱的，请你拉一拉铃绳。好了，女士们、先生们，今天的第一项议程就很激动人心，我收到了波士顿的一位女士寄来的一张大额支票。我们怎么处理？"

"撕了它，然后把碎片给她寄回去。"

"艾玛！你是不是脑子出问题了？我们需要能得到的每一分钱。另外，这位捐赠人叫裴欣丝·贝德福德。你们应该还记得她，过去我们差不多每年都会在萨拉托加见到她和她的丈夫。"

"北方军里是不是有一个贝德福德将军？"

"没有。我们的军队里倒有一个名叫南森·贝德福德·福利斯特的将军。"

"他曾经是我们最好的骑兵。"爱德华说。

"爱德华，我觉得罗斯不会同意你的观点，"玛格丽特·巴特勒砰的一声放下一盘面包和黄油，"他毕竟属于李将军麾下的骑兵部队。"

斯嘉丽又拉了一次铃绳。好极了！南方人每次见面都要为内战的事争吵吗？就算这钱是尤利西斯·格兰特总统送来的又有什么不同？钱就是钱，不管你在哪儿发现的，你都得拿。

"停战！"萨莉·布鲁顿挥舞着一张白色餐巾说，"请给安妮一个机会，她有话要说。"

安妮的眼睛激动得闪闪发光："我正在教九个小女孩认字，但是我们只有一本课本。哪怕是亚伯·林肯的鬼魂来找我，愿意帮我们买课本，我也会——也会亲吻他的！"

好样的！斯嘉丽在心里默默为她欢呼。斯嘉丽看到了其他女人脸上的惊讶表情，爱德华·库珀的表情同她们完全不同。斯嘉丽想：呃，他是爱上她了，只要看看他看她的样子就明白了。不过，她竟然完全没有注意到，根本不知道他正像一个白痴似的思念着她。也许我该告诉她：要是你喜欢这个类型——身材瘦削、眼神里带点迷茫的人，他还是颇有魅力的人选。想想看，他同阿什利没有多大不同。

斯嘉丽发现，萨莉·布鲁顿也在观察爱德华。萨莉看到了斯嘉丽的目光，两人对视了一下，彼此会心地微微一笑。

"大家都同意了，是吗？"埃莉诺问道，"艾玛？"

"我们都同意，书比仇恨重要。我刚才太情绪化了。肯定是缺水了，难道没有人去取点热水来吗？"

斯嘉丽再一次拉了拉铃绳。铃大概是坏了，她是不是应该走到楼下的厨房去告诉仆人们一声？她从角落里站了起来，就在这个时候她看见门开了。

"你刚才拉铃要茶水了吗，巴特勒夫人？"瑞特用脚把门推开一点儿，双手端着一个巨大的银托盘，上面摆放着亮闪闪的茶壶、茶缸、茶碗、糖罐、奶罐、过滤器和三罐茶叶。"想喝印度茶、中国茶还是甘菊茶？"他微笑着，显然为自己的突然袭击感到得意。

是瑞特！斯嘉丽感到呼吸困难。他真英俊，肯定在什么地方晒了不少太阳，棕色的皮肤就像一个印度人那样。噢，上帝啊，我太爱他了！我的心怦怦直跳，这屋里的人一定都听到我的心跳了。

"瑞特！哦，亲爱的，我简直要高兴得失态了。"巴特勒夫人抓起一张餐巾擦拭着眼睛，"你只是说在费城的'某些银器'，我完全不知道是这套茶具，居然完好无损，真是个奇迹。"

"还很沉呢。艾玛小姐，请你把那些凑合用的瓷器推到一边去，好吗？我刚才好像听到你说口渴了，如果一杯茶能够满足你的心愿，我会感到荣幸……萨莉，亲爱的，你什么时候才能同意我为得到你同你丈夫殊死决斗一场啊？"瑞特说着把托盘放到桌子上，然后倾身向前，依次吻了坐在桌子后面长椅上的三个女人。然后，他又四下看了看。

看我这里，坐在角落里的斯嘉丽暗自央求道，吻我。

但是，他没有看斯嘉丽。"玛格丽特，你穿那件礼服好可爱，罗斯配不上你。你好，安妮，见到你很高兴。爱德华，我可不能对你说这句话。当我坐着一辆最破烂的出租马车在北美的大雨中颠簸，把我家这套银茶具紧紧抱在胸前，唯恐它们被外来投机商抢走的时候，你却在我家里给你自己组织了这么个女性聚会，我不能赞同。"瑞特对母亲笑笑。"好了，别哭了，亲爱的妈妈，"

他说道,"不然我还以为你不喜欢我带给你的惊喜呢。"

埃莉诺抬起头看着他,脸上流露出爱的光彩:"上帝保佑你,儿子。你让我非常幸福。"

斯嘉丽一分钟也不能忍耐下去了,她跑上前:"瑞特,亲爱的——"

他扭过头看着她,她立刻停在了原地。他的脸僵硬而毫无表情,所有的情感都被钢铁般的意志力所控制着,但他的眼睛是明亮的,两人无声地对视了一会儿。然后,他的嘴角向下一撇,露出了她非常熟悉又非常害怕的讥讽的微笑。"给人惊喜却得到更大的惊喜,"他缓慢而清楚地说,"那就是个幸运之人。"他向她伸出双手,斯嘉丽伸出颤抖的手指放到他的手掌中,她意识到他伸出的双手同时也防止他们之间的距离变得过近。他的胡子从她的右脸颊上擦过,然后又从左脸颊上擦过。

她想,他肯定恨不能杀了我。一想到这样的危险,竟让她感到一种莫名其妙的兴奋。瑞特用手臂搂住她的肩膀,还用手像钳子一样紧紧抓住了她的上臂。

"女士们,还有爱德华,我们离开一会儿,你们能原谅我们吧。"他恳求道,声音里既带有孩子气又带有调皮捣蛋的意味,"我已经很长时间没有机会和我妻子说说话了。我们到楼上去,你们就留在这里继续解决联盟之家的问题吧。"

他带着斯嘉丽走出了门,就连说声再见的机会也没有给她。

第十二章

瑞特拉着她匆匆上楼，走进他的卧室里，一直没有说话。他关上门，背靠在门上，质问道："你到底跑到这里来干什么，斯嘉丽？"

她很想向他伸出双臂，但是他怒不可遏的眼神阻止了她的冲动。斯嘉丽睁大双眼，装出一副疑惑不解的神情，开口说话时声音也很急促，那一喘不过气来的模样煞是可爱。

"瑞特，尤拉莉姨妈给我写信，把你的话告诉了我——说你很想我到这里和你在一起，但是我不愿意离开我的杂货店。噢，亲爱的，你为什么不直接告诉我呢？我才不在乎那个杂货店呢，跟你相比杂货店什么都不是。"她仔细地观察着他的眼睛。

"这没用，斯嘉丽。"

"你这是什么意思？"

"什么招数都没有用：煞费苦心的解释没用，假装不明白也没用。你心里很清楚，跟我说假话还想蒙混过关，根本不可能。"

不错，她确实知道这一点，她必须诚实。

"我想和你在一起,所以我来了。"她平静的表白并不缺少应有的尊严。

瑞特毫不回避地看着她的眼睛,高傲地昂着头,但是他的声音缓和下来了。"我亲爱的斯嘉丽,"他对她说,"当痛苦的记忆软化为苦乐参半的怀旧情绪时,我们本来还可以成为朋友。如果我们俩都能表现出宽恕之心和耐心,也许还能实现这个目标。但是,仅此而已。"他不耐烦地在卧室里大步走来走去:"我要怎么做你才能明白?我不想伤害你,但是你又要逼我。我不想你到这里来,回到亚特兰大去,斯嘉丽,不要管我的事。我已经不爱你了,我已经不可能说得更明白了。"

斯嘉丽的脸上立刻失去了血色,两只绿眼睛在惨白皮肤的映衬下闪闪发亮:"我也可以明明白白地告诉你,瑞特,我是你的妻子,你是我的丈夫。"

"我早就提出过改善这个不幸状况的办法。"他的话像鞭子抽打在她的身上,使她忘记了她必须控制住自己的情绪。

"同你离婚?决不!决不!决不!我也决不会给你同我离婚的理由。我是你的妻子,而且像一个守本分的好妻子那样来到了你的身边,放弃了我所钟爱的一切。"她脸上露出了胜利的微笑,嘴角翘了起来,然后打出了她手里的王牌,"你母亲看到我来到这里真是喜出望外,你把我撵出去以后又怎么对她说?因为我会告诉她真相,她会伤心的。"

瑞特迈着沉重的脚步从这个大房间的一头走到另一头,不停地低声咕哝着斯嘉丽从未听过的咒骂、脏话和粗话。这就是那个她过去只是听说过的瑞特，那个追着淘金热去加利福尼亚并且用一把刀和沉重的靴子捍卫自己的采矿地的瑞特，那个混迹于哈瓦那最低级酒馆走私酒类的瑞特，也就是那个与离经叛道者为伍、为友的无法无天的冒险家的瑞特。尽管他恶狠狠地威胁她，她还是继续观察他，为他感到震惊、陶醉和激动不已。突然，他那动物似的来回踱步停止了，他转过身来面对着她，一双黑眼睛闪闪发亮，但已经没有了愤怒，而是充满了幽默、阴郁、苦涩和谨慎。他还是瑞特·巴特勒，那个查尔斯顿绅士。

"将我一军！"他带着苦涩的微笑说道，"我忽视了皇后难以预料的机动性。但你还没有将死我，斯嘉丽。"他伸出两个手掌表示暂时投降。

她虽然听不懂他说的那些国际象棋术语，但是他的手势和语气告诉她，她赢得了……部分胜利。

"那么，我可以留下来了？"

"你可以留下来，直到你想走的时候为止，我估计那也不会有多长的时间。"

"但是你错了，瑞特！我喜欢这里。"

他脸上掠过一丝她熟悉的表情，他被她逗乐了，却又满腹狐疑，无所不知："你到查尔斯顿多久了，斯嘉丽？"

"昨天晚上到的。"

"而你已经喜欢上这里了，真是神速啊，我祝贺你的敏捷能力。你被赶出了亚特兰大——居然神奇地毫发无损，而在这里你受到了女士们的礼遇，因为这些女士只知道热情待客。所以，你以为你在这里找到了一个避难所。"看着她脸上的表情,他笑了笑,"哦,对了,我同亚特兰大还有着密切的联系,所以我知道你在那儿被人们排斥的所有事情,甚至知道连你以前过从甚密的那帮人渣也都和你断绝了往来。"

"不对!"她叫道,"是我把他们赶走了。"

瑞特耸了耸肩:"这个问题不必再讨论了,现在重要的问题是你来到了这里,住在我母亲的家里,躲到了她的羽翼下。因为我极为在乎她的幸福,所以目前我对你束手无策。不过,实际上我也完全不必做任何事情;不用我动手,你自己就会把所有该做的事情都做了。你会暴露出你的真实面目,然后所有人都会为我感到遗憾并同情我的母亲。到那个时候,我就会让你打包走人,让你在整个社交圈子文雅而无声的欢呼声中回到亚特兰大去。你以为你可以在这里冒充一个淑女吗?你恐怕连一个又瞎又聋又哑的人都骗不了。"

"我就是一个淑女,你这个该死的,你连怎么做一个正派人都一无所知。我要感谢你还记得我母亲来自萨凡纳的罗比拉德家族,而奥哈拉家都是爱尔兰国王的后裔!"

瑞特咧嘴笑笑作为回答,那种宽容的态度简直令她发疯。"到此为止,斯嘉丽。让我看看你都带了些什么衣服。"他在最近的一把椅子上坐下来,向外伸出两条长腿。

斯嘉丽盯着他看。他突然之间变得如此平静,不再唾沫四溅地吼叫,让她感到非常懊恼。瑞特从衣服口袋里摸出一根雪茄,在两根手指间转动着。"我在自己的房间里抽烟,希望你不要介意。"他说。

"当然不介意。"

"谢谢。现在让我看看你的衣服,我可以肯定它们都是新衣服。如果没有一大堆衬裙和丝绸连衣裙,你是绝不会跑到这里来企图赢回我的欢心的,但是那些衣服肯定都俗不可耐,因为那就是你的鲜明特点。我不能让你害得我母亲成为别人的笑柄,所以都拿出来吧,斯嘉丽,让我看看有没有可以将就穿的。"说着,他从口袋里掏出一把雪茄剪。

斯嘉丽一边怒视着他,一边昂首阔步地走进化妆室取她的衣服。这也许是一件好事,瑞特过去就一直监管着她的衣橱,他喜欢看到她穿着他挑选的衣服,并且一直自豪地认为她那样既时髦又漂亮。既然他想再次插手她的外表问题,想再次为此感到自豪,那么她愿意合作。她要全部都穿出来让他看看,这样他就会看到她穿着衬衣的样子。斯嘉丽的手指迅速解开身上的衣服和支撑着裙撑的带衬垫的笼形架,从脱下来的那堆厚厚的衣物中走出来,再把新衣服抱在怀里,赤裸着两只手臂,半露着酥胸,迈着穿着丝袜的双腿慢慢地走进卧室。

"把它们扔到床上,"瑞特说,"把罩衫穿上,不然你会冻僵的。一下雨天就变得更冷了,你难道没发现吗?"他往左边吹出一缕烟雾,扭头不再看着她,说:"斯嘉丽,不要只想着诱惑人,结果落得个伤风感冒。你这是浪费时间。"斯嘉丽怒形于色,两只眼睛就像绿色的火焰。但是,瑞特并没有看她一眼,而是专注于查看床上的衣服。"把花边都扯掉,"他看着手里的第一件长礼服说,"腰下面这一串蝴蝶结只留一个,这样还不至于太难看……这一件给你的女仆,难看死了……去掉这一件长礼服的边饰,把金纽扣换成普通的黑纽扣,再把裙摆剪短一点儿就可以穿了……"仅仅几分钟他就把所有的衣服都审查了一遍。

"你还需要几双结实的鞋子,纯黑色。"检查完衣服后他又说。

"我上午已经买了几双,"斯嘉丽冷冰冰地回答道。"你母亲和我一起去购物时买的。"她又补充了一句,而且强调了每一个字,"我不明白,既然你这么爱她,为什么不给她买一辆马车呢?上午一路走下来,她感到很累。"

"你不了解查尔斯顿,所以我说你过不了多久就要感到难受了。我可以为她买这所房子,因为我们的房子被北方佬毁了,并且她认识的所有人都住着同样气派的房子。至于房子里的家具,我可以布置得比她朋友们的更舒适,因为这里面的每一件东西都是北方佬抢走的,或者是她曾经拥有的东西的复制品,而她的朋友们也保留着很多他们自己的东西。但是,我不能给她买她朋友们买不起的奢侈品,那样会使她疏远自己的朋友。"

"萨莉·布鲁顿就有一辆马车。"

"萨莉·布鲁顿同别人不一样,从来如此。萨莉是一个喜欢标新立异的人,查尔斯顿尊重——甚至喜欢——有怪癖的人,却不能忍受卖弄的人。而你,亲爱的斯嘉丽,却从来都挡不住卖弄的诱惑。"

"你就是以侮辱我为乐,瑞特·巴特勒!"

瑞特笑起来："实际上，我确实以此为乐。好了，你可以先挑出一件礼服把它改造好，今晚要穿。我要驾车把委员会的人送回家，这样的暴风雨天气萨莉是不能驾车的。"

他走后，斯嘉丽穿上了瑞特的便袍。他这件便袍比她那件暖和，而且他说得对——天已经变得冷多了，她的身体已经开始发抖。她把便袍的衣领拉起来围住两个耳朵，走过去坐在他刚才坐过的那把椅子上。对她而言他就像还在这个房间里一样，她把自己裹在他的怀抱中。她用手指抚摸着裹着她身体的柔软便袍，想到瑞特这么结实强壮的人却选用了一件这么轻柔而根本不结实的便袍，她感到很奇怪。其实，他的许多事情都是一个谜；她不了解他，从来都不了解。一时间斯嘉丽感到非常绝望。她甩掉身上的便袍，急忙站起来，她必须在瑞特回来之前穿戴好。我的天哪！我在那张椅子里胡思乱想了多长时间啊？天都快黑了。她使劲拉铃呼叫潘西。那件粉红色礼服上的蝴蝶结和花边必须赶快去掉，今晚就要穿的，卷发钳也要马上加热。为了瑞特，她今晚一定要打扮得格外漂亮和有女人味……斯嘉丽看了看那张大床上宽大的床单，脑子里的想法不禁让她脸红起来。

负责点燃街灯的灯夫还没有走到艾玛·安森居住的查尔斯顿的上半城，所以瑞特不得不缓慢驾车前行，俯身向前，努力透过大雨看清黑暗的街道。在他身后的车厢里，只剩下了安森夫人和萨莉·布鲁顿两个人。罗斯夫妇住在沃特街的一幢小房子里，瑞特首先把玛格丽特·巴特勒送回了他们的家。然后，他又驾车到了布劳德街，由爱德华·库珀撑着一把大伞把安妮·汉普顿送回了联盟之家。"剩下这段路我自己走回去,"爱德华站在人行道上向瑞特喊道,"省得带着这把流水的雨伞同女士们挤在车里。"他住在教堂街,只有一个街区之遥。瑞特碰了碰头上宽边帽的帽檐向他致敬,然后驾着马车继续前行。

"你觉得瑞特能听见我们说话吗?"艾玛·安森低语道。

"艾玛,我离你不过一英尺,几乎都听不到你说的话。"萨莉回答说,"看在上帝的分上,大声点儿。这样的倾盆大雨让人什么也听不见。"雨让她心烦,害得她不能自己驾车回家。

"你对他妻子怎么看?"艾玛问,"她跟我想象的完全不同。你见过像她那样过度装饰的怪异服装吗?"

"噢,衣服的问题很容易补救,但是很多女人的品位确实不敢恭维。不对,有趣的是在她身上存在着多种可能性,"萨莉回答说,"唯一的问题是她会不会把可能变为现实?天生丽质和曾经是美人都可能成为人们的一大障碍,许多女人都被自己的美貌所害。"

"她同爱德华打情骂俏的样子实在是荒唐可笑。"

"我认为她是不由自主,不完全是荒唐可笑,很多男人也都好这一口。也许他们现在比过去更需要调情,因为他们已经失去了让他们感觉像个男人的一切,包括财富、土地和权力。"

两个女人沉默了一会儿,想到了骄傲的南方男人在军事占领的铁蹄下不得不忍气吞声的诸多事情。

萨莉清了清嗓子,打破了阴郁的气氛。"有一件事情倒是好事,"她肯定地说,"瑞特的妻子非常爱他。你看到了吗?当他出现在门口的时候,她的脸一下变得那么容光焕发,就好像初升的太阳一样。"

"没有,我没有看到。"艾玛回答说,"我要是看到就好了,但是我也确实看到了另一副同样容光焕发的表情——不过,那是在安妮的脸上。"

第十三章

斯嘉丽不断把目光投向门的方向：瑞特怎么去了这么长时间？埃莉诺·巴特勒假装没有注意到斯嘉丽的眼光，但是嘴角上却挂着一个浅浅的微笑。她的手指快速地来回移动着一根闪闪发光的象牙梭子，一张精致的环状网就要织成了。这本来应该是一个非常温馨的时刻：客厅里的窗帘把暴风雨和黑暗关在了屋外，相连的两个漂亮房间的几张桌子上都摆放着点亮的油灯，噼啪作响的火苗赶走了寒冷和潮湿。然而，斯嘉丽的神经却绷得紧紧的，家里的温馨环境并没有使她感到宽慰。瑞特在哪儿？他回来时会不会还在生气？

她想把注意力放到瑞特母亲说的话上，但是怎么也做不到，因为她对联盟之家丝毫不感兴趣。她把手伸到长礼服的上身部分，却发现那里已经没有花边供她摆弄了。当然，如果他真的不再爱她了，他对她的衣服也就不会在意了，对吗？

"……因为孤儿们没有其他地方可去，所以学校就自己发展起来了，"巴特勒夫人继续说，"比我们开始期望的成功得多。去年六月，有六个学生毕业了，他们现在自己都当上了老师。其中两个姑娘到沃尔特伯勒教书去了，有一个当时有两个地方可以选择，要么去耶马西要么去卡姆登。还有一个是位非常可爱的姑娘，她还给我们写过信，我会把她的信拿给你看……"

噢，他到底在哪儿？什么事耽误了他这么长时间？再这样一动不动地坐下去，我就要大喊大叫了。

壁炉台上方的铜钟响了，斯嘉丽吓了一跳。

两下……三下……"不知道瑞特是不是被什么事耽误了？"他母亲说。五下……六下。"他知道我们七点吃晚饭，而且每晚他都要先喝一杯托迪酒。他肯定浑身都湿透了，回来就得换衣服。"巴特勒夫人把手中的织品放在身边的桌子上。"我去看看雨停了没有。"她说。

斯嘉丽立刻跳起来说："我去吧。"大步向一扇窗户走去，感觉轻松多了。她掀起厚实的丝绸窗帘的一角往外看去，一层厚厚的浓雾在海滨步道上翻滚，旋转着弥漫到街道上，接着又向上卷起，像一个活物一样。一盏街灯在移动的茫茫白雾中时明时暗地闪烁。她从窗前缩回身子，不再去看那个无形的怪兽，随即放下了丝绸窗帘。"外面雾茫茫一片，"她说，"但是并没有下雨。瑞特不会有事吧？"

埃莉诺·巴特勒微笑道："他经历过比这小雨小雾更糟糕的情况，斯嘉丽，这你是知道的。他当然没事。现在你随时都可能听到他开门的声音。"

好像她的话灵验了，从那扇高大的前门处传来了开门的声音，斯嘉丽随即听到了瑞特的笑声和他的男仆马尼戈低沉的声音。

"你最好把那些湿东西都交给我，瑞特先生，还有鞋。我已经给你拿了家里穿的便鞋。"马尼戈说。

"谢谢你，马尼戈，我马上上楼去换衣服。告诉巴特勒夫人我马上就去她那儿。她在客厅里吗？"

"她在，先生。她和瑞特太太都在。"

斯嘉丽聆听着瑞特接下来的反应，但是她只听到了他快速而毫不犹豫地走上楼梯的脚步声。好像过了一个世纪他才走下楼来，壁炉架上的钟肯定坏了，每一分钟都要走一个小时。

"你看起来很累，亲爱的。"当瑞特走进客厅的时候，埃莉诺·巴特勒说。

瑞特拉起母亲的手亲吻了一下，说："不要唠叨了，妈妈，我不累，但是很饿了。马上就吃晚饭吧？"

巴特勒夫人站起身："我告诉厨房马上开饭。"瑞特轻轻地碰了碰她的肩头，示意她等一等。

"不着急，我想先喝一杯。"他端起饮料托盘走到桌前。当他把威士忌倒进一个杯子里的时候，才第一次看了斯嘉丽一眼。"要不要一起喝一杯，斯嘉丽？"他扬起眉毛奚落道，就连威士忌的气味也像是在嘲弄她。她转过身去，仿佛受到了侮辱。看来，瑞特是在跟她玩猫和老鼠的把戏，是不是？他想迫使她或者引诱她做出不该做的事情，好让他母亲转变态度，也站到她的对立面。好吧，他必须表现得非常高明才可能让她犯错。她噘着嘴，两眼开始发光。要想蒙骗过他，她自己也必须表现得非常高明才行。她感到心里一阵激动，竞争总是让她兴奋不已。

"埃莉诺小姐，瑞特是不是总让人感到吃惊？"她笑一笑，"以前也是一个坏小子吧？"她立刻感觉到站在她身后的瑞特有些躁动了。哈哈！击中他的要害了。他小时候的越轨行为曾导致父亲断绝了同他的父子关系，这件事给他母亲带来的巨大痛苦让他内疚了好多年。

"晚饭准备好了，巴特勒小姐。"马尼戈站在客厅门口说。

瑞特向母亲伸出手臂，斯嘉丽感到很妒忌，但是她又立即提醒自己，正是因为他对母亲的爱她才得以留下来，于是她把怒气咽进了肚子里。"我饿坏了，简直能吃下半头牛。"她嗓音明快地说，"瑞特也饿坏了，是吗，亲爱的？"现在是她占了上风，至少这一点他也是承认的。这次要不是她赢了，她就会全盘皆输，永远也别想再得到他。

其实，斯嘉丽的担心完全是多余的，他们刚刚在餐桌前坐下来，瑞特就控制了整个谈话。他讲述了他在费城寻找那套茶具的经过，他如何把它变成了一次冒险；他还绘声绘色地描述了他如何同那里的许多人交流，惟妙惟肖地模仿了他们的口音和特点，让他母亲和斯嘉丽都笑得肚子疼。

"我跟着那套茶具的新主人的踪迹寻找了好长时间才终于找到了他，"瑞特以一个夸张的失望手势最后说，"结果他却毫无诚意，连我开出的相当于实际价值二十倍的价格也不卖。你们想一想我心里有多懊恼。一时间，我觉得我只有把它偷回来这一条路了。不过，好在他最终还是接受了我的建议，愿意和我友好地赌一把扑克牌作为消遣。"

埃莉诺·巴特勒想表示出不赞同的态度。"我一直希望你不要做任何不诚实的事情，瑞特。"她对他说，但她的话里充满了欢笑。

"妈妈！你吓着我了。我只在同专业人士打牌时才出老千。这位可怜的人曾经是谢尔曼将军手下的一个上校，完全是一个业余牌手，为了减轻他的痛苦，我不得不作弊让他赢了几百美元。他跟埃林顿家的人简直就是天壤之别。"

巴特勒夫人笑道："噢，可怜的家伙！还有他妻子——我很同情她。"瑞特的母亲朝斯嘉丽俯过身去。"这是我家族里的丑闻。"埃莉诺·巴特勒自嘲地低语道。她又笑了笑，然后开始了回忆。

斯嘉丽得知，埃林顿家族的弱点在整个东海岸都出了名：他们什么都赌。第一个定居美洲殖民地的埃林顿家人之所以登上了前往新大陆的船，只是因为他和一个地主打赌，看谁啤酒喝得多还不醉。结果他赢了，得到了美国政府出让的一块地。"他赢得那块地的时候，"巴特勒夫人说，"已经醉得一塌糊涂，觉得应该亲自去看看他的战利品。据人们说，他直到抵达美国之后才知道了自己去了什么地方，因为他在船上也一直同船员们掷骰子，把他们大多数人的朗姆酒配给都赢到了自己手里。"

"等他清醒过来后他做了什么？"斯嘉丽想知道结果。

"噢，亲爱的，他从来就没有清醒过，他在船靠岸后的第十天就死了。但是，就在这期间他还是在同其他赌徒掷骰子，并且赢了一个姑娘——她是那艘船上的一个契约仆人——并且后来她发现自己怀上了他的孩子,结果还在他的坟前补办了一个婚礼。她生下的这个儿子就是我的曾曾祖父。"

"他也是一个赌徒,是吗?"瑞特问。

"噢,当然了,这就是家族遗传。"于是,巴特勒夫人继续介绍她的家谱。

斯嘉丽不时看一眼瑞特。

这个她并不了解的男人到底还有多少事情会让她感到意外?她还从来没有见到他如此放松、开心和享受在家的感觉。她这才意识到,她从来没有给过他一个真正的家,他甚至都没有喜欢过他们那所房子。那是她的房子,按照她的喜好布置和装修的,是他送给她的礼物,根本就不属于他。斯嘉丽想打断埃莉诺小姐正在讲述的故事,告诉瑞特她为过去的事情感到抱歉,她会弥补她所有的错误。但是,她一直保持着沉默,因为他显得很满足,不仅他自己过得很快活而且很享受母亲的闲言碎语。她不能打破这里的美好气氛。

高高的银烛台里的蜡烛火光映照在红木桌子光洁的桌面上,也映照在瑞特的一双炯炯有神的黑眼睛里。火光令桌子和他们三人都沐浴在温暖而宁静的光线中,在长客厅的阴影里形成一座柔和而明亮的小岛。外面的世界已经被窗户上厚实的窗帘和烛光小岛的亲密氛围隔绝开来。埃莉诺·巴特勒的声音温柔而体贴,瑞特的笑声平静而鼓舞人。深厚的爱在母子之间织就了一张轻盈而牢不可破的网,斯嘉丽突然之间产生了一种强烈的渴望,希望自己也被包围在这张网之中。

接着,瑞特说道:"妈妈,你把汤森德表弟的故事讲给斯嘉丽听吧。"她现在安宁地沐浴着温暖的烛光,分享着萦绕在桌子旁的幸福之中。她希望这种状况能够持续下去,所以她恳求埃莉诺小姐把汤森德表弟的故事讲给她听。

"汤森德并不是我真正的表兄弟,你知道,他只是我的一个远房表亲的第三代,但他是曾曾祖父埃林顿的直系后裔,是长子的长子的独生子。所以,他继承了最初的那份土地许可证,同时也继承了埃林顿赌徒的狂热和好运。埃林顿家的人一直很走运,只在一件事情上是个例外——这也是埃林顿家族的另一个特征,家中的男孩子都是斗鸡眼。汤森德娶了费城一个大家族的一个非常漂亮的姑娘——费城人都把这事称为美女与野兽的婚礼。但是,姑娘的父亲是一个律师,对财产非常看重,而汤森德正好富可敌国。婚后汤森德和妻子在巴尔的摩住了下来,后来,当然啦,内战爆发了。当汤森德一离开家加入了李将军的部队之后,他妻子就立刻跑回了娘家。她毕竟是一个北方佬,而且汤森德命丧战场的可能性也极大。因为是斗鸡眼,所以他打枪连一个谷仓大的目标也打不中,更不用说打中谷仓的门了。然而,他仍然拥有埃林顿家的好运气。虽然他在军队里一直服役到了阿波马托克斯战役[1],但是他所受到的最严重的"伤"不过是冻疮。而在这

---

[1] 阿波马托克斯战役(Appomattox Campaign)是美国内战著名战役之一,包括一系列战斗,发生在1865年3月29日至4月9日,地点为弗吉尼亚州。此役以南方罗伯特·李将军率领的北弗吉尼亚联盟军队向尤利西斯·格兰特中将领导的联邦军队投降而结束,这也标志着美国内战的结束。

期间，他妻子的父亲和她的三个兄弟都参加了联邦军队并且全部战死沙场。结果，她继承了她那位细心的父亲和他同样细心的先辈们精心积累起来的全部财富。这样一来，汤森德竟然在费城过起了国王一样奢侈的生活，以至于对他在萨凡纳的全部财产被谢尔曼没收也毫不在意。你这回见到他了吗，瑞特？他还好吗？"

"斗鸡眼越来越严重了，还生了两个长着斗鸡眼的儿子和一个女儿。不过谢天谢地，女儿的长相随了她母亲。"

斯嘉丽几乎没有听见瑞特的回答。"你刚才是不是说埃林顿一家人都出自萨凡纳，埃莉诺小姐？我母亲就来自萨凡纳。"她急切地问道。纵横交错的人际关系一直是南方生活中的重要内容，但是在她自己的生活中，亲属关系简单得令人沮丧。她所认识的每一个人都有一张由堂表兄妹、伯伯叔叔和姑妈姨妈构成的复杂亲属网，前后延续几代人，散布在数百英里的范围之内。但是，她什么都没有，宝琳和尤拉莉都没有孩子；杰拉尔德·奥哈拉在萨凡纳的兄弟们也没有后代。当然，奥哈拉家族在爱尔兰肯定还有不少人，但是他们对于她毫无用处，而在罗比拉德家族这边，除了外公一人仍在萨凡纳，其他人都已离开了那里。

现在，她来到了这里，又听到了别人家族的故事。瑞特在费城有亲戚，毫无疑问他同半个查尔斯顿也有亲属关系。这不公平！但是，也许这些埃林顿家族的人同罗比拉德家族的人也有着某种关系，那么她就成了瑞特的那张亲属网的一部分。也许，她还能找到自己同巴特勒家族和查尔斯顿之间的某种联系，也就是与她决心要进入的瑞特所在的世界之间的某种联系。

"我还清楚地记得埃伦·罗比拉德,"巴特勒夫人说,"还记得她的母亲。斯嘉丽,你的外婆很可能是整个佐治亚州和南卡罗来纳州最迷人的女人。"

斯嘉丽感到了莫大的兴趣,立刻俯身向前。关于外婆的故事,她只听说过一些零星的片段。"她的名声真的不好吗,埃莉诺小姐?"

"她是一个不同寻常的人。但是,当我完全了解她以后,才发现她的名声很好。她一直忙着生孩子,首先是你宝琳姨妈,然后是尤拉莉,再往后是你母亲。实际上,你母亲出生的时候我也在萨凡纳,我还记得那天空中的美丽烟火。每次你外婆为你外公生一个孩子,他就会把那个著名的意大利人从纽约雇来,搞一场壮观的烟火秀。瑞特,你肯定不记得了,我觉得你也不想我总是提起这件事,因为你当时吓坏了。我专门把你抱到屋外去看烟火,你却号啕大哭,害得我很难堪。其他孩子都在拍手,欢呼跳跃,当然他们都比你大一些。你当时还在襁褓中,连一岁都不到。"

斯嘉丽睁大了眼睛盯着巴特勒夫人,然后又看看瑞特。这怎么可能!瑞特不可能比她母亲年龄还大,她母亲是——就是她母亲。她总是想当然地认为她的母亲已经很老了,早就过了激情澎湃的年龄。瑞特怎么可能比她的母亲年龄还大?他要是真的那么老,她又怎么可能如此疯狂地爱着他?

紧接着,瑞特让她更加感到震惊。他把餐巾扔到餐桌上,站起身，走到斯嘉丽身边，吻了一下她的头顶，然后走过去拉起母亲的手吻了一下，说道："我走了，妈妈。"

噢，瑞特，不！斯嘉丽想大声叫喊，却震惊得张口结舌，甚至都没有问一问他要去哪里。

"我劝你还是不要在漆黑的夜里到外面去淋雨，瑞特，"他母亲说，"再说斯嘉丽也在这里，你几乎连同她打个招呼的机会都还没有。"

"雨已经停了，一轮满月也出来了，"瑞特回答说，"现在正是乘着涨潮往上游走的好时机，我不能错过了。我要在退潮之前赶上它，现在时间刚好。斯嘉丽是一个女生意人，她懂得离开工人们之后必须不时回去查看一下。对吧，我的宝贝？"他看看她，烛光映照在他的眼睛里炯炯发亮。然后，他走出了餐厅。

她一推桌子站了起来，差一点儿打翻了她的椅子。然后，她顾不得跟巴特勒夫人说一句话就疯狂地追了出去。

他已经走到了门廊里，正扣上衣服的扣子，一只手里拿着帽子。"瑞特，瑞特，等等！"斯嘉丽喊道。她不顾他转过身来时眼睛里警告的目光，对他说道："吃晚饭时一切都很好，你为什么要走啊？"

瑞特从她身边走过，伸手推了一下前厅通往门廊的门。随着铰链沉闷的咔嗒声，门关上了，把他们同整个房子的其他部分隔开来。"斯嘉丽，不要闹事，你这是白费功夫。"

他好像可以看透她的心思，最后说道："也不要妄想和我同床，斯嘉丽。"

他打开通向街道的大门，不等她说出一句话便消失在夜色中，大门在他身后慢慢地关上了。

斯嘉丽使劲一跺脚，愤怒和失望仍没有全部发泄出去。他为什么要这么刻薄？她一脸苦相——半是愤怒半是不情愿的笑——不得不承认瑞特非常聪明，他早就轻而易举地看透了她那点儿心思。那么，她就必须更加聪明才行，不过如此。她必须放弃立即怀上一个孩子的想法，想出其他的招数。她眉头紧蹙，回到了瑞特母亲身边。

"好了，亲爱的，不要担心了。"埃莉诺·巴特勒劝道，"瑞特不会有事的，他对那条河的情况了如指掌。"她刚才一直站在壁炉架旁边，不想贸然走进前厅打扰了瑞特同妻子告别。"我们去书房吧，那里很舒适，这里让仆人们来收拾。"

斯嘉丽在一张高背椅里坐下来，让椅背挡住室内的凉气儿。她对自己说：不，我不会跪下来求他，我没事，谢谢。"让我给你盖上点儿吧，埃莉诺小姐。"她一边说一边把自己的山羊绒披肩拿下来，"你坐下，只管放松。"她迫使巴特勒夫人舒舒服服地坐在那里。

"真是个可爱的姑娘，斯嘉丽，就像你亲爱的母亲。我记得她一直是一个很体贴的人，非常讲礼貌。当然，罗比拉德家的女孩子都极有教养，但是埃伦很特别……"

斯嘉丽闭上眼睛，深深地吸了一口淡淡的柠檬马鞭草的芬芳。一切都会好起来的，埃莉诺小姐爱她，她会迫使瑞特回到家里来，以后他们就会永远幸福地生活在一起。

斯嘉丽坐在椅子柔软的衬垫上迷迷糊糊地打着盹，又梦见了过去的好时光。当一阵喧闹声从门后的前厅里传来时，她猛然醒过来，只觉得脑子里的意识还很混乱。她一时不知道自己身在哪里，也不知道自己怎么会在这里，她眨一眨惺忪的眼睛，看到门口站着一个男人。是瑞特吗？不会，不可能是瑞特，除非他把大胡子刮掉了。

那个并不是瑞特的大个子男人步履蹒跚地迈过门槛。"我来见见我的嫂子。"他口齿不清地说。

玛格丽特·巴特勒向埃莉诺跑去。"我想阻止他，"她哭诉道，"但是他又喝得醉醺醺的了，我怎么说他都不听，埃莉诺小姐。"

巴特勒夫人站起身来。"安静，玛格丽特。"她不慌不忙地说道。接着，她提高嗓门一字一句非常清晰地对那个男人说："罗斯，我在等你礼貌的问候呢。"

斯嘉丽现在完全清醒过来了。那么，这就是瑞特的兄弟了，看样子他醉得不轻。她也站起身来，对罗斯微微一笑，脸上又隐约出现了那个小酒窝："埃莉诺小姐，一个女人怎么会如此幸运地有两个儿子，而且一个比一个英俊？瑞特从来没有告诉过我他弟弟长得这么精神！"

罗斯摇摇晃晃地向她走来，两眼斜视着她的身体，然后又盯着她乱蓬蓬的卷发和涂了胭脂的脸，脸上露出色眯眯的表情。"原来这就是斯嘉丽啊，"他粗声粗气地说道，"我早就应该知道瑞特最后会搞到一个她这样的花哨娘们儿。来吧，斯嘉丽，给你刚认识的兄弟一个友好的吻。我敢说,取悦男人的事你肯定很精通。"他那双大手像蜘蛛一样沿着她的手臂往上爬,最后抓住了她赤裸的脖子。紧接着他张开嘴压到她的嘴上,一股酸臭的气味直冲她的鼻孔,他的舌头强行伸进了她的口中。斯嘉丽想举起手把他推开,但是罗斯太强壮了,他的身体也紧紧地压在她的身上。

她听得见埃莉诺·巴特勒和玛格丽特说话的声音,但是听不清她们说的什么,她的全部注意力都集中在如何摆脱罗斯令人反感的拥抱和对她的侮辱上。他刚才把她叫作娼妇!而且现在正像对待一个娼妇那样对待她。

突然,罗斯一把把她推开,使得她跟跟跄跄地向后倒在了她的椅子上,对她吼叫道:"我敢说,你对我亲爱的哥哥绝不会这么冷淡。"

玛格丽特·巴特勒趴在埃莉诺的肩膀上哭泣。

"罗斯!"巴特勒夫人像扔出一把刀子似的大喝一声。罗斯歪斜着身子转过来,把一张小桌子打翻在地。

"罗斯!"他母亲再次喊道,"我已经打铃叫马尼戈来,他会帮助你回到家里,也是为了护送玛格丽特。等你清醒过来之后,你要给瑞特的妻子和我写信道歉。你使你自己,也使玛格丽特和我蒙羞受辱,在我原谅你带给我的耻辱之前,这个家不再欢迎你来。"

"我很抱歉,埃莉诺小姐。"玛格丽特哭着说。

巴特勒夫人把双手放到玛格丽特的肩上,说道:"我为你感到难过，玛格丽特。"然后，她把玛格丽特推开："现在回家吧。当然，这个家始终是欢迎你的。"

马尼戈那双明察秋毫的老练眼睛马上就看明白了一切，拉着罗斯就往外走，罗斯竟然令人意外地一句不满的话也没有说。玛格丽特亦步亦趋地跟在他们身后，连声说着"对不起"，直到前门关上再也听不到她的声音。

"我亲爱的孩子，"埃莉诺转身对斯嘉丽说，"我没有任何理由为罗斯辩护，他喝醉了，根本不知道他在说什么。但是，即便如此也不能成为他如此无礼的理由。"

斯嘉丽全身不停颤抖，感到恶心，感到耻辱，感到愤怒。她怎么能容忍这种事发生在了她的身上？怎么能容忍瑞特的弟弟辱骂她，把他那双手和那张臭嘴贴到她的身上？我应该吐他一脸口水，抓瞎他的眼睛，用拳头狠狠砸他那张恶心的臭嘴。但是，我什么也没做，竟然默默地忍受了这一切——就好像我活该被他羞辱，就好像我就是一个娼妇。斯嘉丽从来没有感到过如此巨大的耻辱，罗斯的话让她感到耻辱，她自己的软弱也让她感到耻辱，她感到自己被玷污、被羞辱，变得肮脏而恶心。哪怕罗斯对她拳打脚踢、刀劈斧砍也比这个强，因为身体上的瘀青和伤口都是可以愈合的，但是她的自尊永远无法从她感受到的侮辱中恢复过来。

埃莉诺俯在斯嘉丽的身上，想用双手搂着她，但是她缩回身体不让埃莉诺碰她。"让我一个人静一静！"她本想大声叫出来，但只是轻声叹道。

"我不会离开你的,"巴特勒夫人回答说,"除非你能听我说,斯嘉丽。你必须明白,必须听明白我要说的话,有很多事情你还不知道。你在听吗?"她拉过一把椅子放在斯嘉丽旁边,坐下来,离她只有几英寸距离。

"不!走开!"斯嘉丽举起双手捂住两只耳朵。

"我不会离开你,"埃莉诺继续道,"而且我还要把该说的话全部说给你听——一遍又一遍地说,如果需要就说一千遍——直到你听明白为止……"她不停地说啊说啊,声音轻柔却很坚定,同时她的一只手一直抚摸着斯嘉丽低垂的头——安慰呵护着斯嘉丽。不论斯嘉丽如何拒绝听她讲,她还是要把她的善良和爱传递给斯嘉丽。"罗斯的行为是不可原谅的,"她说,"我不会求你原谅他,但是我又必须请你原谅他,因为他是我儿子。我知道是他心中的痛苦导致了今天的行为,他并不想伤害你,亲爱的,而是想通过你伤害瑞特。你看,他心里很清楚瑞特太强大,他在任何事情上都不是瑞特的对手。瑞特只要一出手就能得到他想要的东西,做什么事情都能做成并且做好,而可怜的罗斯却无论做什么都毫无建树。

"玛格丽特今天下午私下告诉我说,罗斯今天上午去上班,却被告知他被解雇了,因为他酗酒。你看看,他总爱喝酒,男人都爱喝酒,但是自从瑞特一年前回到查尔斯顿以后,罗斯就开始嗜酒如命。内战结束后,罗斯想把种植园经营下去,回来后就拼死拼活地干,但事与愿违,他的稻谷一直没有好收成。为了交税,他几乎把能卖的都卖了。所以,当瑞特提出要买下他的种植园时，罗斯只能卖给瑞特。那个种植园本来就是瑞特的，只是罗斯和他父亲——算了，那是另一码事。

"罗斯在一家银行里找到了一份出纳员的差事，但是我估计他认为管钱是一件很低俗的事情。在过去，绅士们总是在账单上签个字，或者仅仅做个口头承诺就行，他们的信用就能解决所有问题。总而言之，罗斯像一头困在笼子里的野兽，不断地犯错误，他的账就从来没有对过。终于有一天，他犯下了一个大错误，结果丢掉了工作。更糟糕的是，那家银行还要诉诸法律，要他赔偿因错误支付造成的损失。还是瑞特出面为他把这事摆平了，结果这件事从此就像插在罗斯心口上的一把匕首。他就是从那个时候开始酗酒的，结果又害得他丢掉了另一份工作。最气人的是，某个傻瓜——或者混蛋——还说漏了嘴，说从一开始那份工作就是瑞特为他安排的。他听说后立刻跑回家里喝得烂醉如泥，连路也走不了了，不停地发酒疯。

"我最爱瑞特，上帝原谅我，我一直最爱他。他是我的第一个孩子，从第一次抱起他的那一刻起，我就把我的心交到了他的小手里。我也爱罗斯和露丝玛丽，但是不像我爱瑞特那样深厚，而且恐怕他们也知道。露丝玛丽认为，这是因为瑞特离开我的时间太长，后来又像一个从瓶子里钻出来的精灵那样突然回来了，接着就给我买了这屋子里的所有东西，还给她买了她渴望得到的连衣裙。她不记得他离开之前的事情，因为那时候她还是个婴儿，所以她不知道在我眼里他历来都是第一位的。罗斯知道，他一直都知道，但他是他父亲眼里的第一位，所以他对此并不太在乎。史蒂文把瑞特赶出了家门，把罗斯确定为他的继承人。史蒂文爱罗斯，为他感到骄傲。可是，史蒂文死了，到这个月就已经七年了。而瑞特回来了，我的生活也重新充满了欢乐，对此罗斯是不可能视而不见的。"

巴特勒夫人的声音有些嘶哑了，讲述心中沉重的秘密让她感到心力交瘁。她终于忍不住，痛苦地哭了起来："我可怜的孩子，可怜又痛苦的罗斯。"

斯嘉丽想，我应该说点儿什么，让她感觉好一点儿，但是她做不到，她自己也很痛苦。

"埃莉诺小姐，不要哭。"她无能为力地说，"不要难过。求你了，我有事要问你。"

巴特勒夫人深吸了一口气，擦干了眼泪，恢复了平静的表情："什么事，亲爱的？"

"我必须知道，"斯嘉丽急切地说道，"你必须告诉我。说实话，我是不是看起来就像——他说的那个样子？"她需要安慰，她也必须得到这位充满爱心、身上散发出柠檬香味的女人的认可。

"可爱的孩子，"埃莉诺回答说，"你长什么样不重要。瑞特爱你，所以我也爱你。"

我的天哪！她的意思是我看上去就像一个娼妇，但是这不重要。她疯了吗？这当然重要，这比世界上其他的任何事情都重要。我要做一个淑女，我注定要成为一个淑女！

她一把抓住巴特勒夫人的双手，绝望地把它们紧紧握在自己手里,根本没有意识到她已经把巴特勒夫人的手捏疼了。"噢,埃莉诺小姐,帮帮我!求你了,我需要你的帮助。"

"当然了,亲爱的,告诉我你需要什么。"巴特勒夫人的脸上流露出平静和慈爱的表情。很多年之前,她就已经学会了藏匿自己的痛苦。

"我想知道我哪里做错了,为什么我看起来就不像一个淑女。我是一个淑女,埃莉诺小姐,确实是。你认识我的母亲,你肯定知道这是事实。"

"你当然是淑女,斯嘉丽,我当然也知道这一点。一个人的外表常常具有欺骗性,这确实不公平。但是不管出现什么问题,我们都能毫不费力地把它们处理好。"巴特勒夫人把自己已经肿胀抽痛的手指从斯嘉丽的手中轻轻抽了出来,"你充满活力,亲爱的孩子,你是在一个充满活力的世界里长大的,对于生活在古老而陈旧的'低地'地区的人来说,这种活力很容易被他们误解。但是,你绝不能丧失活力,这太弥足珍贵了。我们要做的是想办法让你变得不那么显眼,变得更像我们一些,那样你就会感到自在多了。"

埃莉诺·巴特勒暗自想,那样我也会更自在。她相信瑞特爱着这个女人,所以她至死也要保护斯嘉丽,但是如果斯嘉丽能够不再涂脂抹粉,也不再穿那些昂贵而欠妥当的衣服,事情就会好办得多。埃莉诺很高兴自己能有机会按照查尔斯顿的模式重新塑造斯嘉丽。

斯嘉丽不无感激地接受了巴特勒夫人对她的问题的含糊其

辞的评价,但她太精明了,不会完全相信巴特勒夫人的话——她之前已经看见过巴特勒夫人对待尤拉莉和宝琳的方式。但是,瑞特的母亲会帮助她,这才是最重要的,至少目前这是最重要的。

第十四章

查尔斯顿是一座老城，也是美国最古老的城市之一，它不仅造就了埃莉诺·巴特勒，也吸引在外冒险几十年的瑞特重新回到了自己身边。整座城市挤在一个狭窄的三角形半岛上，两条宽阔的潮汐河自两边流过，汇合于一座连接着大西洋的广阔的海港。一六八二年人们首次在这里定居，从它刚形成起，这里就有一种浪漫的慵懒和肉欲，与新英格兰殖民地轻快的生活节奏和清教徒式的自我否定观念格格不入。棕榈树和紫藤在略带咸味的海风中轻轻摇曳，鲜花一年四季盛开不败。这里的黑色土壤十分肥沃，没有阻碍犁铧的石头；水里生活着许多的鱼、螃蟹、虾、水龟和牡蛎；森林里则住满了野生动物。这是一片富饶的土地，也是一片注定要供人享乐的土地。

来自世界各地的船只停泊在查尔斯顿港，运走查尔斯顿人在沿河各大种植园里种出来的稻谷，同时也为这里为数不多的居民提供了用于享乐和装饰的各种奢侈品。它是美国最富有的城市。

查尔斯顿在理性时代[1]就进入了成熟期,所以它得以利用自己的财富来追求美和知识;由于受到气候和大自然的偏爱,它也利用财富来追求感官享受。每家人都有自己的大厨和舞厅,每个女人都有法国的锦缎和印度的珍珠。这里既有学术社团和音乐舞蹈社团,也有科学院和击剑学院。文明和享乐主义之间的平衡创造出了一种精致而优雅的文化,在这种文化中,无与伦比的奢侈必须接受智力和教育的约束。查尔斯顿人把他们的房子漆成各种颜色,并在房子上修一个带有遮阳篷的露台,让微风带着玫瑰的香气从游廊上吹过。在每一幢房子里,都有一间书房,里面摆放着地球仪、望远镜和装满各种语言图书的书架。每天中午他们都要坐下来吃一顿六道菜的午餐。每道菜各不相同,而且都是用几代人用过的闪闪发光的银质餐具盛放着端到餐桌上来的。交谈是每顿饭的酱汁,智慧则是人们最喜爱的调味品。

这就是斯嘉丽·奥哈拉所要征服的世界。她从前不过是佐治亚北部原始红色边陲的一个乡村美人,现在她手中的武器也只有旺盛的精力、顽强的毅力和一种可怕的欲求。她来得很不是时候。

在长达一个多世纪的时间里,查尔斯顿人一直以热情好客闻名遐迩。招待一百个客人,结果来的半数以上都是拿着一纸介绍信而男女主人不认识的人,这种情况并不少见。为了观看赛马

---

1 理性时代(Age of Reason)即启蒙运动,又称"启蒙时代",指17世纪及18世纪发生在欧洲的哲学及文化运动。这场运动相信理性发展知识可以解决人类实存的基本问题,人类历史从此展开在思潮、知识及媒体上的"启蒙",开启了现代化和现代性的发展历程。

周的比赛——这一周也是这座城市社交季的高潮——来自英格兰、法国、爱尔兰和西班牙的养马人常常提前数月把他们的马带到查尔斯顿来适应这里的气候和水。这些养马人在查尔斯顿都住在他们的竞争对手家里，他们的马也与那些即将同场竞技的马关在同一个马厩里。这是一座慷慨而心胸开阔的城市。

但内战的爆发改变了一切。内战的第一枪就是在查尔斯顿港的萨姆特堡打响的，这并不奇怪。对世界上大多数人来说，查尔斯顿就代表着那个既神秘又神奇、树上挂着苔藓、到处弥漫着木兰花香的美国南方。对查尔斯顿人来说，也一样。

对北方人来说更是没有什么不同，纽约和波士顿的报纸都把它称作"自负而傲慢的查尔斯顿"。联邦军队的军官们决心要摧毁这座鲜花遍地、色彩斑斓的古老城市。他们首先封锁了港口的入口，然后又用部署在附近小岛上的大炮不断轰击城中狭窄的街道和房屋，围困该城长达六百天。最后，谢尔曼的军队带着火把来了，把沿河两岸的种植园全部付之一炬。当联邦军队冲进城里、夺取他们的战利品时，出现在他们眼前的却是荒凉的废墟：街道上长满了野草，房子没了窗户，墙壁上弹痕累累，屋顶坍塌，花园里杂草丛生。除此之外，他们还面对着人口骤减的查尔斯顿人，而这时他们确实已变得"自负而傲慢"，正符合他们在北方的名声。

查尔斯顿不再欢迎外来者。

人们尽其所能修复了他们的屋顶和窗户，紧锁起了房门。他们在自己人中间恢复了追求欢乐的习惯，在被抢劫一空的客厅里跳舞,用开裂和修补过的杯子装满水为南方祝酒。他们把这种欢聚称作"饥饿聚会",并因此开怀大笑。高擎水晶杯狂饮法国香槟酒的日子可能已经一去不复返,但是他们仍然是不折不扣的查尔斯顿人。他们失去了财产,但分享着近两个世纪培育起来的传统和风骨,而这些是任何人也无法剥夺的。内战结束了,但是他们没有被打败;无论该死的北方佬做出什么来,查尔斯顿人也永远不会被打败。只要他们能团结一心,把其他人阻挡在他们紧密的圈子之外。

军事占领和"美国重建"[1]期间的暴行考验了他们的勇气,但他们坚持了下来。南部联盟的其他各州一个接一个地重新加入了联邦,各州政府也全部恢复了职能,但是南卡罗来纳州没有,尤其是查尔斯顿。内战结束九年多了,全副武装的士兵仍然在这里的老街上巡逻,宵禁还在继续,不断变化的各种条例涉及从纸张价格到婚姻及丧葬许可证等日常生活的方方面面。从表面上看,查尔斯顿越来越被这个世界所遗弃,但它维护旧生活方式的决心越来越坚定。"单身汉俱乐部"重生了,新一代人填补了奔牛河战役、安蒂特姆河战役和钱斯勒斯维尔战役[2]等大屠杀造成的空缺。原来的种植园园主现在变成了职员或劳工,他们下班后乘坐有轨电车或步行来到城市郊外,重新建起了两英里长的椭圆形查尔斯顿赛马场,并用寡妇们捐献的钱买来草籽,播撒在赛

---

[1] 美国重建时期(Reconstruction)指的是1863—1877年,美国试图解决南北战争遗留问题的时期,但重建的结果并不理想。

[2] 此三个战役均为美国内战期间的重大战役。

道四周浸满鲜血的被践踏过的土地上。

　　渐渐地，查尔斯顿人重新找回了他们失去的那个世界的精髓，但这个精髓容不得任何外来人来分享。

第十五章

在巴特勒家的第一个夜晚,斯嘉丽一边解开衣带准备睡觉,一边吩咐潘西说:"把我今天上午穿的那件绿色外衣拿出来,仔细刷一遍,然后把所有的装饰都去掉,包括金色的纽扣也去掉,再换上一些普通的黑色纽扣。"听到这个命令,潘西不禁大吃一惊。

"我到哪里才能找到黑色纽扣,斯嘉丽小姐?"

"不要拿这么愚蠢的问题来烦我,去问问巴特勒夫人的女仆——她叫什么来着?西莉。明天早上五点叫醒我。"

"五点?"

"你聋了吗?你明明听见了。快去,我明天起床要穿那件绿色衣服。"

斯嘉丽心情愉快地躺倒在大床的羽绒床垫和羽绒枕头上。今天这一天过得太充实也太情绪化了:先是见到了埃莉诺小姐,然后是购物,接下来是那个愚蠢的联盟之家会议,后来瑞特又端着那套银茶具从天而降……她伸出一只手摸了摸身边空空的位置,多么希望他此时就躺在这里。不过,也许多等几天并不是坏事，到那时候查尔斯顿就真正接纳她了。那个卑鄙的罗斯！她现在不想去想他和她说过的那些话，对她做过的那些可怕的事。埃莉诺小姐已经禁止他走进这幢房子，她也不会再见到他，但愿永远也不再见到他。她要想想其他事情，想想埃莉诺小姐，她爱她并且会帮助她把瑞特争取回来，虽然埃莉诺小姐自己并不知道她是在帮她。

埃莉诺小姐说过，市场是见得到所有人、听得到所有新闻的地方，所以市场就是她要去的地方——明天就去。斯嘉丽觉得，要是不必一大早六点钟就出发，那就更让人高兴了。但是，形势所迫，不得不为之。斯嘉丽睡意蒙眬地想，我得说查尔斯顿是一个热闹的城市，我就喜欢热闹。她连一个哈欠都还没有打完，就已经进入了梦乡。

市场确实是斯嘉丽在查尔斯顿开始她的淑女生活最理想的地方，也是查尔斯顿精髓的集中体现。从这个城市建立之初，这里就是查尔斯顿人购买食物的地方。家庭主妇——偶尔也会有男人——在这里挑选食物并付钱，女仆或马车夫接过食物放进挎在肩上的篮子里。内战之前，都是奴隶们把食物从主人的种植园里运到这里来卖，现在许多商贩仍在他们过去的摊位上做买卖，只是他们已经是自由之身，挎篮子的人也变成了拿薪水的仆人；同商贩一样，他们中的许多人还是原来那些，也还挎着同原来一模一样的篮子。对查尔斯顿人来说，重要的是旧有的生活方式并没有改变。

传统是社会的基石，是查尔斯顿人民与生俱来的权利，这是任何外来投机商或士兵都无法夺走的无价遗产，这一点在市场里表现得很充分。外来人可以在市场里购物，这里毕竟是公共财产，但这购物经历总不太愉快。不知怎么的，无论是卖菜的女人还是卖螃蟹的男人，永远都不会正眼看他们。查尔斯顿的黑人公民同白人公民一样傲慢，当外来人离开之后，整个市场都会爆发出欢笑声。这个市场只属于查尔斯顿人民。

斯嘉丽耸起双肩，把衣领又往上拉了拉。尽管如此，一股寒风还是钻进了她的衣服里，她禁不住浑身发抖。她感到眼睛里满是煤灰，靴子像灌了铅一样沉重。五个街区的距离能有几英里？她什么也看不见，在黎明前半明半暗的灰蒙蒙光线中，街灯只是迷雾中一圈明亮的雾。

埃莉诺小姐怎么能如此开心？她一路谈笑风生，就好像四周不是刺骨的寒冷，也不是漆黑一片。前方出现了一道光亮——前方很远的地方，斯嘉丽跌跌撞撞地向它走去，只希望可怕的寒风能够停下来。那是什么？随风飘来了什么气味，她嗅了嗅空气。没错，是咖啡的气味，也许我还能活下去。斯嘉丽加快脚步，急切地跟上了巴特勒夫人的步伐。

市场就像一个大巴扎，在无形的灰色迷雾中，这里是一个充满光亮和温暖、色彩和生命的绿洲。砖柱支撑起通向周围街道的高大宽阔的拱门，柱子上的火把正熊熊燃烧，照亮了面带微笑的黑人妇女鲜艳的围裙和头巾，也照亮了她们的商品。这些商品陈列在各种尺寸和形状的篮子里,摆放在漆成绿色的长木桌上。市场里挤满了人,大多数都正从一个木桌走到另一个木桌并不停地说着话——同其他购物者交流或同商贩讨价还价,很显然这正是这里人人喜爱的一种富有挑战性和充满欢声笑语的仪式。

"先喝杯咖啡吧,斯嘉丽?"

"哦,好的,请。"

埃莉诺·巴特勒带着斯嘉丽走向不远处的一群妇女。她们用戴着手套的手端着冒着热气的杯子,一边彼此欢快地交谈,一边抿着杯子里的咖啡,对周围喧闹的环境毫不在意。

"早上好,埃莉诺……埃莉诺……你好吗?……挤过来点,米尔德里德,让埃莉诺过来……噢,埃莉诺,你听说克里森商店货真价实的羊毛袜正在打折了吗?明天报纸广告才会登出来。你要不要同爱丽丝和我一起去?我们准备今天吃了午饭就去……噢,埃莉诺,我们刚才正说到拉维妮娅的女儿,她昨天晚上流产了。拉维妮娅很伤心。你能不能让你那个厨子做一点儿她拿手的葡萄酒果冻?她的做法同其他人都不同。玛丽有一瓶红葡萄酒,我提供糖……"

"早上好,巴特勒小姐。我看到你来了,你的咖啡已经准备好了。"

"再给我儿媳妇来一杯,苏姬。女士们,请认识一下瑞特的妻子斯嘉丽。"

说话的声音戛然而止,人们都扭头看着斯嘉丽。

斯嘉丽微微一笑,略微低下头,心怀忐忑地看着这群女人,心想罗斯的话肯定早已传遍了全城。我真不该来,我受不了了。她绷紧了下巴,好斗的脾气悄然涌上心头。她作好了迎接最坏情况的准备,过去对查尔斯顿上流社会贵族派头的敌意一瞬间又回来了。

但她还是保持着微笑,对埃莉诺介绍给她的每一位女士点头致意……是啊,我太喜欢查尔斯顿了……是的,夫人,我是宝琳·史密斯的外甥女……没有,夫人,我还没有参观过美术馆,我前天晚上刚到这……是的,夫人,我确实觉得这个市场棒极了……亚特兰大——实际上是克莱顿县,我家里有人在那里经营一个棉花种植园……噢,是的,夫人,这里的天气真是太好了,这么温暖的冬日……没有,夫人,我没有见过你在瓦尔多斯塔的侄子,那儿离亚特兰大还挺远……是的,夫人,我喜欢玩惠斯特牌……噢,太感谢你了,我真是太想喝一杯咖啡了……

斯嘉丽埋头喝着咖啡,心想她的任务终于完成了。她大不敬地想,埃莉诺小姐就像一只雌孔雀一样没有头脑,怎么能把我推销给那么大一帮人?她肯定是觉得我的记性比大象还好。那么多的名字全都搅在一起了。她们一个个都那么盯着我,就好像真是在动物园里看一头大象或其他什么动物,她们都知道罗斯说的那些话,她们瞒不了我。埃莉诺小姐很可能被她们的笑脸迷惑了,但是我没有。一群三姑六婆!她的牙齿紧紧咬住了杯口。

我不会失态的,就算憋瞎了眼睛也不能哭。但是她的脸颊早已经涨得通红。

等她喝完咖啡之后,巴特勒夫人从她手里接过杯子,然后同自己的杯子一起递给了忙碌着的咖啡摊老板,同时说:"我只能请你找零钱了,苏姬。"她递过去一张五美元的钞票。苏姬没有任何多余的动作,只见她把杯子浸入一大桶褐色水里涮了几下,马上拿起来摆放到手边的桌子上,在围裙上擦了擦手,接过钞票并把它塞进挂在腰上的一个已经裂口的皮袋子里,同时看也没看一眼就从中取出了一张一美元的钞票:"找你的零钱,巴特勒夫人。希望你喝得开心。"

斯嘉丽惊呆了。一杯咖啡竟然要两美元!天哪,要是在金街,两美元可以买到一双最好的鞋子。

"我总是喝得很开心的,苏姬。可是我只能光喝咖啡,什么吃的都再也买不起了。你这是明抢,有没有感到内疚啊?"

苏姬的白牙在棕色皮肤的衬托下闪闪发亮。"没有啊,夫人,我一点都不感到内疚!"她开心地嘟囔道,"我敢拿《圣经》发誓,没有什么事让我睡不着觉。"

其他喝咖啡的女人都一起笑起来,她们每个人都无数次像这样同苏姬调侃过。

埃莉诺·巴特勒四处看看,终于找到了西莉和她的篮子。"来吧,亲爱的,"她对斯嘉丽说,"我们今天要买的东西很多,不抓紧时间这里就要撤摊了。"

斯嘉丽跟着巴特勒夫人走到市场的尽头,那里一排排的桌子上摆满了布满凹痕的镀锌洗衣盆,盆里装满了海鲜,散发出一股强烈的刺鼻气味。一闻到那股臭气斯嘉丽就皱起了鼻子,眼睛鄙视地看着那些盆子。她自认为对鱼很了解。在从塔拉边上流过的那条河里，就有很多长相丑陋、长着鳃须、浑身是刺的鲇鱼。在那一段没有食物的日子里，他们不得已才吃那些鲇鱼。她想不通为什么有人竟然会花钱买这种肮脏的小东西，而且还有好多女士竟然脱下了一只手套，用手在盆里戳来戳去。噢，天哪！埃莉诺小姐又要把我介绍给她们每一个人了，斯嘉丽准备好了微笑。

一个小个子白发女人从她面前的海鲜盆里抓起了一条可怕的银色的鱼，说："埃莉诺，我很愿意认识她。你认为这条比目鱼怎么样？我本来想买红鲈鱼的，但是还没有运进来，我又等不了了。我不懂，为什么渔船就不能更准时一些呢，我可不想听什么没有风、帆鼓不起来之类的鬼话，今天早上我头上戴的软帽差一点儿都被风刮跑了。"

"明妮，我个人倒更喜欢比目鱼，浇上酱汁更入味。请让我给你介绍瑞特的妻子斯嘉丽……这是温特沃斯太太，斯嘉丽。"

"你好，斯嘉丽。告诉我，你看这条比目鱼还好吗？"

斯嘉丽觉得那条鱼太恶心了，但她还是勉强回答说："我一直挺喜欢比目鱼的。"她希望埃莉诺小姐的其他朋友再也不要询问她的意见了。天知道，她甚至连什么是比目鱼都一无所知，哪里还谈得上好不好。

在接下来的一个小时里，斯嘉丽被介绍给了二十多个女士，还见到了十多种不同的鱼，她这是在接受一次全面的海鲜教育。巴特勒夫人走了五个摊位，终于买够了八只螃蟹。"你是不是觉得我这个人过于挑剔了？"她心满意足地买下最后一只螃蟹后问斯嘉丽,"但是,如果买的是公螃蟹,那做出来的汤就完全是另一个味,只有蟹黄才有那种特殊的鲜味。每年这个时候都很难买到母蟹,但我认为费这么多的工夫很值得。"

斯嘉丽对螃蟹的性别毫无兴趣,她感到可怕的是那些螃蟹都还活着,一个个张牙舞爪地在盆子里爬来爬去,都想爬到其他螃蟹的背上然后翻过盆沿逃之夭夭。它们弄出的窸窸窣窣的声音让人神经十分紧张。现在,它们都被放进了西莉挎着的篮子里,斯嘉丽还能听到它们在纸袋子里抓来挠去的声音。

虾虽然都是死的,但模样更可怕。它们尖尖的脑袋上长着两个恐怖的黑色眼球,还长着长长的胡须和触角,整个身体又长又尖。她简直不敢相信,她居然吃过这种东西并且还吃得津津有味。

牡蛎并不让她反感,它们看上去不过像一堆肮脏的小石头罢了。但是,当巴特勒夫人从木桌上拿起一把弯刀撬开一只牡蛎时,斯嘉丽却感到胃里一阵翻腾。她觉得,那东西看上去就像漂浮在放了很久的洗碗水上的一口痰。

走过海鲜摊位之后,她们来到了卖各种肉类的摊位前。肉下面垫着的报纸浸透了血,上面爬满了成群的苍蝇,她虽然同样觉得恶心,却也感到了一种熟悉的安心感。她勉强对一个黑人小男孩笑了笑,这个孩子正挥舞着一把用类似干草的东西编织成的心形大扇子驱赶苍蝇。直到她们走到一排耷拉着脖子的禽类面前时,她才彻底恢复了正常状态,突然想起她需要用羽毛装饰帽子的事情。

"你要哪种羽毛,亲爱的?"巴特勒夫人问道,"野鸡的羽毛?你完全可以买一些。"她迅速地同卖野鸡的黑得像炭一样的胖女人讨价还价,最后只花了一便士,自己动手拔了一大把野鸡毛。

"埃莉诺到底在干什么?"站在斯嘉丽身边的一个人问道。她扭头一看,看到了萨莉·布鲁顿的那张猴子脸。

"早上好,布鲁顿夫人。"

"早上好,斯嘉丽。埃莉诺为什么要那只野鸡身上不能吃的东西?是不是有人发明了一种烹调羽毛的方法?我那儿有好几个羽毛床垫,现在都没有用了。"

斯嘉丽赶紧向萨莉解释这是怎么回事。她已经感觉到自己脸红了,可能在查尔斯顿只有花哨娘们儿才会戴用羽毛装饰的帽子。

"这主意不错!"萨莉真诚而热情地说,"我有一顶旧的骑士礼帽,可以在上面用缎带扎一个花结,再插几根羽毛在花结上。我得找找看,已经很长时间没有戴那顶帽子了。你骑马吗,斯嘉丽?"

"好些年没骑了,自从……"她试着回想那是什么时候。

"自从内战开始吧,我知道,我也是。我真想骑骑马。"

"你真想干什么,萨莉?"巴特勒夫人加入了她们的谈话,把羽毛递给西莉。"拿一根带子把它们扎起来,两头都要扎,注意千万不要压坏了。"然后,她喘了一口气。"对不起,"她笑笑说,"我要错过布鲁顿做的香肠了。谢天谢地我突然看到了你,萨莉,要不然这件事就被我忘得一干二净了。"她急匆匆地走开了,西莉紧随她而去。

萨莉看到斯嘉丽迷惑不解的表情,微笑道:"别担心,她没有发疯。全世界最好的香肠只在每周六才有销售,通常很快就会被人们一抢而空。做这个香肠的人是我们以前的一个奴隶,名叫卢库鲁斯。成为自由人之后,他把布鲁顿作为了自己的姓。大多数奴隶都这样做的——要是仅看姓氏的话,在这个市场里你就能找到查尔斯顿所有上流社会的人。当然啦,这里也有不少人姓了林肯。来吧,跟我一起走,斯嘉丽,我还要买蔬菜,埃莉诺会找到我们的。"

萨莉走到一个卖洋葱的摊位前停下来:"莱拉到底跑哪儿去了?哦,你在那儿呢。斯嘉丽,你能相信吗?这个小不点儿女孩就像恐怖的伊凡[1]一样,统治着我全家的家务。莱拉,这是巴特勒太太,瑞特先生的夫人。"

这个漂亮的年轻女仆急忙行了个屈膝礼。"我们需要好多洋葱,萨莉小姐,"她说,"我做洋蓟泡菜要用。"

"你听见了吗,斯嘉丽?她以为我已经老糊涂了,我当然知道我们需要好多洋葱。"萨莉从木桌上抓起一个棕色纸袋,开始往里装洋葱。

斯嘉丽惊愕地看着她,一冲动就伸出手捂住了纸袋的袋口。

---

[1] 恐怖的伊凡(Ivan the Terrible,1530—1584)即伊凡四世·瓦西里耶维奇,史称"伊凡四世",别称"伊凡雷帝""恐怖的伊凡",俄罗斯留里克王朝首位沙皇(1547—1584年在位),以性情暴戾、残暴统治和嗜杀成性闻名。

"对不起,布鲁顿夫人,这些洋葱不好。"

"不好?洋葱还有什么好不好吗?它们既没有腐烂又没有发芽。"

"这些洋葱挖得太早了,"斯嘉丽解释说,"看上去很好,但是一点儿洋葱味也没有。我之所以知道,是因为我就犯过这样的错误。那个时候,我不得不自己管理我家的种植园,种的就是洋葱。因为我当时对种庄稼一无所知,一看到洋葱植株的叶子开始变成褐色,就担心它们要死、要烂,于是赶紧把它们都挖了出来。它们看起来都很好,我觉得很得意,因为我种的其他东西大多长得不好。洋葱主要用来给松鼠肉和浣熊肉提味,我们尝试过煮着吃、炖着吃和炒肉末吃,但是一点鲜香味都没有。后来,我重新翻土准备种别的菜的时候,又挖出了一个当时漏掉的洋葱,这个洋葱就非常有洋葱味了。其实,洋葱需要一定的时间才能长出它独特的鲜味来。我来告诉你什么样的洋葱才是好洋葱。"斯嘉丽在桌上的几个篮子里翻来翻去,熟练地通过看、摸和闻挑选出一些洋葱,放进另外一个篮子里。"这些才是好洋葱。"最后她指着那个篮子,紧绷着下巴摆出一副挑战的架势说。她心想:你要是认为我是个乡巴佬,随你便,在不得已的情况下我确实曾经变成了一个泥腿子,但我并不为此感到丢人。你们这些趾高气扬的查尔斯顿人自以为很了不起,其实不是。

"谢谢你,"萨莉对她说,眼睛里流露出若有所思的神情,"真是谢谢你。我看错你了,斯嘉丽,我原以为像你这么漂亮的女人是没有多少理智的。你还种过什么?我很想知道一些芹菜的知识。"

斯嘉丽看看萨莉的脸,她看到了真诚和兴趣,于是回答说:"芹菜对我来说过于精致了,那时候我要养活十多口人。不过,我对山药、胡萝卜、白薯和白萝卜都很了解,还有棉花。"她也不在乎自己是不是在吹牛。她敢打赌没有一个查尔斯顿的淑女曾经在烈日下汗流浃背地摘过棉花!

"你肯定吃了不少苦。"萨莉·布鲁顿的眼睛里清清楚楚地流露出了对斯嘉丽的敬意。

"我们不能饿死啊。"她耸耸肩,像是要把过去扔到脑后。"谢天谢地那样的日子已经过去了。"说着,她笑了笑,萨莉·布鲁顿让她感觉很好,"不过,那也使我对根茎作物格外挑剔。有一次瑞特对我说,他知道很多人会把不满意的酒退回去,但我是唯一一个把胡萝卜退回去的人。当时我们正在新奥尔良最高档的那家餐厅里吃饭,这事还引起了不小的骚动呢!"

萨莉哈哈大笑,说:"我知道你说的那家餐厅。快告诉我,那个服务生是不是整理了一下挂在手臂上的餐巾,然后不以为然地斜眼看着你?"

斯嘉丽咯咯笑道:"他的餐巾从手臂上掉下来了,而且正好掉进了他们用来做甜点的一个煎锅里。"

"还着火了?"萨莉不怀好意地笑起来。

斯嘉丽点点头。

"噢,天哪!"萨莉叫道,"早知道的话,我会不顾一切地赶去那里看热闹的。"

这时,埃莉诺·巴特勒来到她们身边,插话道:"你们俩在说什么呢?也让我开心一下。布鲁顿只剩下两磅香肠了,而且已经答应了给明妮·温特沃斯留着。"

"让斯嘉丽告诉你吧,"萨莉说,仍然笑个不停,"你家这个姑娘是个能人啊,埃莉诺。不过我得走了。"她把手放到装着斯嘉丽挑出来的洋葱的那个篮子上。"这些我买了,"她对商贩说,"是的,莉娜,这一篮子全要。把它们全部倒进一个麻布口袋里,然后交给莱拉。你儿子怎么样了,还在咳嗽吗?"她没有继续讨论咳嗽药等问题,而是转身看着斯嘉丽的眼睛说道:"我希望你叫我'萨莉'并且到我家来串门,斯嘉丽。我每个月的第一个星期三的下午都在家。"

斯嘉丽并不知道,她刚刚进入了查尔斯顿组织严密、阶层分明的社会中的最高阶层。身为埃莉诺·巴特勒的儿媳妇,人们本来会礼貌地为她打开一条缝的那些门,现在却因为萨莉·布鲁顿收下了她这个女门徒而彻底敞开了。

埃莉诺·巴特勒十分乐意地接受了斯嘉丽对土豆和胡萝卜的判断,之后她又买了燕麦片、玉米糁儿、面粉和大米。最后,她买了黄油、乳酪、奶油、牛奶和鸡蛋。西莉的篮子已经装不下了。巴特勒夫人苦恼地说:"我们只好把东西全部拿出来重新打包。"

"我来拿一些吧。"斯嘉丽自告奋勇地说道。她只想赶快离开这里,免得再碰到巴特勒夫人的其他朋友。她们停留的地方太多了,从蔬菜和奶制品区走过来就花了一个多小时的时间。

其实，她并不介意认识一下这里卖东西的女人——她想把她们一一清楚地记在心里，因为她相信她将来肯定会同她们打交道的。埃莉诺夫人心肠太软，斯嘉丽确信自己一定能以更便宜的价格买到同样的东西，那会很有趣。等她掌握了那些窍门，她就会主动要求承担部分购物的工作，不过海鲜一类的东西除外，鱼让她恶心。

但是，很快她就发现这些海鲜吃起来毫不恶心。午餐让她大开眼界。用母螃蟹做出的蟹肉汤醇柔可口，美味纷呈，吃得她惊讶地睁大了眼睛。除了那一次在新奥尔良之外，她还从来没有尝到过如此精致的美味。对了！现在她回想起来了，那次瑞特为他们俩点的那些菜里，就有不同的海鲜。

斯嘉丽又喝下了第二碗蟹肉汤，每一滴都品尝得很仔细。这顿丰盛的午餐让她很享受，包括甜点——那是一种上面抹了搅奶油、带有坚果脆皮和水果蜜饯的糕点，巴特勒太太说那是胡格诺式蛋糕。

当天下午，她有生以来第一次感到了消化不良，但不是因为午饭吃得太多，而是因为尤拉莉和宝琳姨妈让她心烦。"我们现在去看望卡琳，"她们刚进门宝琳姨妈就对埃莉诺说，"我们觉得斯嘉丽一定很想和我们一起去。抱歉打扰了，我不知道你们刚刚吃完午饭。"她显然不赞成一顿饭吃这么久，所以嘴唇抿得紧紧的，尤拉莉则发出了一声羡慕的叹息。

卡琳！她根本不想去看望卡琳，但是又不能说出来，因为两个姨妈会生气的。

"姨妈,我是想去啊,"她说,"但是我确实感觉不舒服。我要去拿一条冷毛巾搭在额头上,然后赶紧躺下休息,"她垂下眼帘,"你们知道是怎么回事。"就这样,让她们以为我犯了女人的那些毛病,她们生性谨小慎微,不好意思追问下去的。

她估计得很对,两个姨妈立刻就告辞离开了。斯嘉丽把她们送到门口,还故意装出腹部疼痛的样子,尤拉莉姨妈同她吻别时,还怜悯地拍了拍她的肩膀。"你现在需要好好地多休息一下,"她说,斯嘉丽温顺地点点头,"明天早上九点三十分到我们家来,我们走半个小时去圣玛丽教堂参加弥撒。"

斯嘉丽立刻瞪大了双眼,惊恐得张大了嘴。她可从来没有想过要参加什么弥撒。

这时,她突然真正地感到腹部一阵剧痛,不得不立刻弯下腰来。

整个下午她都蜷缩在床上,解开了胸衣,腹部放着一个装着热水的玻璃瓶。消化不良带来的不适和不舒服使斯嘉丽感到恐惧,但更令她感到害怕的是自己对上帝的极端惧怕。

埃伦·奥哈拉是一个虔诚的天主教徒,她尽全力让宗教成为塔拉生活中的重要内容之一。家里每天都要做晚祷,要念祈祷文,持念珠,她还不断温柔地提醒她的女儿们要尽到基督徒的责任和义务。塔拉庄园相对偏僻的位置使埃伦感到悲哀,因为她很难到教堂去亲身感受教会对她心灵的抚慰,于是她就以自己的方式把上帝的抚慰默默地带给她的家人。等到斯嘉丽和她两个妹妹先后长到十二岁的时候,母亲耐心的教导已经把教义问答中的要义深深植根于她们的心中。

现在，因为多年来一直忽视了宗教活动，斯嘉丽心怀愧疚，在床上辗转反侧。母亲肯定在天堂里哭泣。噢，她母亲的两个妹妹为什么非要住在查尔斯顿不可呢？在亚特兰大，没有人会要求她去参加弥撒。巴特勒夫人是不会因为这种事对她吹毛求疵的，就算往最坏的方面想，也许就是希望和她一起去圣公会教堂。这样不算太糟。斯嘉丽模模糊糊地觉得，上帝对新教教堂里发生的任何事情都不关心。但是，只要她一跨进圣玛丽教堂的门槛，上帝就会知道她是个可怕的罪人，已经很久没有忏悔过⋯⋯自从——她已经记不起上次参加弥撒是什么时候了。她不能领受圣餐，并且所有人都会知道原因是什么。她想象着她还是个孩子时埃伦告诉过她的那些看不见的守护天使，他们一个一个都皱着眉头看着她。斯嘉丽拉起被子蒙住了头。

她不知道她的宗教观念和石器时代的人一样迷信和病态，只知道她陷入了困境，因而感到恐惧、不开心和愤怒。她该怎么办？

她想起了烛光下母亲平静的脸和母亲对家人及仆人们说过的话：上帝最爱迷途的羔羊。但是，这并不能使斯嘉丽得到安慰，她实在想不出任何不去参加弥撒的办法。

这不公平！就在事情刚刚变得如此顺利的时候，偏偏又遇到了这个问题。巴特勒夫人告诉过她，萨莉·布鲁顿家的惠斯特牌聚会是非常让人兴奋的，而且她肯定会受到邀请。

第十六章

当然,斯嘉丽还是去参加了弥撒。结果她惊奇地发现,这个古老的仪式和人们的反应都意外地让人感到宽慰,就好像她在刚刚开始的新生活里碰到了老朋友。当她的嘴唇轻声说出"我们的天父",手指感受到念珠熟悉的润滑时,她就想起了母亲。埃伦看到她跪在那里一定会感到高兴,她对此深信不疑并因此感到舒心。

由于已经无法逃避,所以她也做了忏悔并且去看望了卡琳,结果那所修道院和她这个小妹妹都让她感到惊讶。在她的想象中,修道院都像堡垒一样,大门紧锁,修女们从早到晚都在刷洗石头地板。在查尔斯顿,慈善修女会的修女们却住在一幢华丽的大砖房里,在砖房里的华丽舞厅里教书。

履行着天职的卡琳也非常快乐,已经同斯嘉丽记忆中那个沉默寡言的姑娘判若两人。既然如此,她怎么可能再对一个陌生人生气呢?尤其是这个陌生人似乎并不是她的小妹妹,而更像是比她年长的姐姐。卡琳——玛丽·约瑟夫修女——见到她格外高兴,斯嘉丽也为卡琳直率表达出的爱和赞美感到温暖。

她想，哪怕苏埃伦有卡琳一半那么好，她在塔拉也不会感到那么孤独。虽然卡琳没完没了地讲述她的算术班上的那些小姑娘的事，让斯嘉丽感到昏昏欲睡，但是看望卡琳并在修道院那个可爱的规则式花园里喝茶让她感到很快乐。

忽然之间，参加周日弥撒，然后在两个姨妈家吃早餐以及每周二下午同卡琳一起喝茶，成了斯嘉丽繁忙日程中十分期待的宁静时刻。

因为她实在是太忙了。

就在斯嘉丽给萨莉·布鲁顿讲述了洋葱知识后的那一周里，埃莉诺·巴特勒收到了一大堆名片。埃莉诺对萨莉很感激，至少她自己是这样认为的。因为深谙查尔斯顿的生活方式，所以她很为斯嘉丽担心。即使在战后十分清贫的生活条件下，社会仍然是一个危险的陷阱，其中充满了各种心照不宣的行为准则，就像是一个经过精心设计的雅致而错综复杂的迷宫，正虎视眈眈地等待着那些粗心大意和缺乏经验的人。

她尽力为斯嘉丽提供指导。"你不必拜访每一个留下名片的人，"她说，"你只需要把你名片的一个角折叠起来，然后把它送到对方家里就可以了。这样做有几个意思：一是确认你收到了对方的名片，二是表明你愿意同对方交往，三是告诉对方你并不会亲自登门拜访。"

"难怪这么多名片的一个角都折叠起来了，这就是原因？我还以为这些名片只是用的时间太长而磨损了。好吧，我还是会去拜访他们每个人，我很高兴大家都想成为我的朋友，我也同样想成为他们的朋友。"

埃莉诺不再继续说下去。实际上,大多数名片确实是"用的时间太长而磨损了",因为没人有钱做新名片——几乎没人。即便有人有这个钱也不会去定做新名片,因为那样会使没有钱的人难堪。现在人们都把收到的名片统统放在门厅里的一个托盘里,让名片的主人顺手把它们悄悄拿回去。埃莉诺决定暂时不把这个特别的细节告诉斯嘉丽,免得她觉得事情过于复杂。这个可爱的孩子已经向她展示过她从亚特兰大带来的一盒名片,一百多张都崭新雪白,甚至连放在名片之间的隔墨纸片都还没有去掉,够用相当长一段时间了。她看着斯嘉丽兴致勃勃而义无反顾地出发了,那感觉就跟瑞特三岁时爬上了一棵高大的橡树,然后得意扬扬地从树顶上叫她看看他时一样。

埃莉诺·巴特勒的担忧完全是多余的。萨莉·布鲁顿一针见血地指出:"这姑娘缺乏教养,品位之低犹如一个野蛮人。但是,她充满活力和力量,具有不屈不挠的精神。我们南方需要她这样的人,甚至连查尔斯顿也需要这样的人,也许查尔斯顿尤其需要她这样的人。我支持她,我希望我所有的朋友都能让她感到宾至如归。"

很快,斯嘉丽的日子就变成了一股社交活动的旋风。每天早晨花一两个小时到市场里购物,然后在家里吃一顿丰盛的早餐——通常都有布鲁顿的香肠,上午十点穿戴得整整齐齐地出门,潘西一路小跑跟在她身后,带着斯嘉丽的名片盒和她准备的糖——在配给制的时代,这是所有客人必带的物品。在回家吃午饭之前，她有充足的时间拜访五位朋友。下午的时间通常用来拜访那些在家的女士们，或者参加惠斯特牌聚会，或者和新朋友一起到金街去逛逛，或者和埃莉诺小姐一起接待来访的客人。

斯嘉丽喜欢繁忙的社交活动，更喜欢人们对她的关注，最喜欢的则是听见所有人提到瑞特的名字。也有几个老女人公开表示对瑞特的不满。他年轻的时候，她们就不喜欢他做的那些事情，而且在这一点上她们绝不会让步。但是，她们中的大多数人都原谅了他早年的罪过，因为现在他长大了，也悔过了。他非常爱他的母亲，所以那些在内战中失去了儿子和孙子的老妇人都非常理解埃莉诺·巴特勒喜形于色的幸福感。

年轻女人们则难以掩饰她们对斯嘉丽的嫉妒。她们津津有味地谈论着瑞特不作任何解释便离开了查尔斯顿之后究竟在做什么，有的则是事实，也有的则完全是谣言。有些人说她们的丈夫知道得很清楚，瑞特正在资助一个企图推翻本州外来投机商政府的政治运动；其他人则交头接耳地讲述着他如何冒着被枪指着脑袋的风险，重新夺回了巴特勒家族的画像和家具。所有人都能讲出一些关于他在内战中的英勇故事，都能绘声绘色地讲述他那艘光滑的黑船如何像一道致命的阴影一样穿过联邦舰队的海上封锁线。每当她们谈论起他的时候，脸上都会浮现出一种特别的表情，其中包含着好奇和浪漫的想象。与其说瑞特是一个男人，倒不如说他是一个神话。再说，他还是斯嘉丽的丈夫，她们怎么能够不嫉妒她呢？

斯嘉丽最繁忙的时候也总是她状态最佳的时候，眼下这些天就是她的好日子。经过了亚特兰大可怕的孤独之后,这里的社交活动正是她所迫切需要的,所以她很快就忘记了心中的绝望感受。亚特兰大肯定错了,这就是结论。她从来就没有做过任何值得那些人如此残酷对待她的事情,否则查尔斯顿人是不会那么喜欢她的。他们确实喜欢她,不然为什么每场活动都会邀请她呢?

这个想法让她感到莫大的宽慰,所以她常会反复想到它。每当她外出拜访朋友,或同巴特勒夫人一起接待客人,或到联盟之家看望她特别亲近的朋友安妮·汉普顿,或在市场上端着咖啡说长道短的时候,斯嘉丽总是希望瑞特能够亲眼看到她。有时候她甚至会突然扭头看看四周,想象着他就站在那儿。她实在是太想念他了。噢,他要是回家来了多好!

每天晚饭后,斯嘉丽都会同瑞特的母亲坐在书房里,着迷地听她讲述瑞特的故事。埃莉诺小姐总会津津有味地回忆起瑞特还是个孩子时所做的事情或说过的话,斯嘉丽觉得瑞特在这个宁静的时刻离她最近。

斯嘉丽也喜欢埃莉诺小姐讲述的其他故事,这些故事有时候会非常滑稽可笑。埃莉诺·巴特勒同她在查尔斯顿的大多数同龄人一样,是通过女家庭教师和旅行接受教育的。她虽然博览群书,但并不是一个知识分子;她的罗曼斯语族[1]语言虽然讲

---

1 罗曼斯语族(Romance languages)又称为"拉丁语族",属于印欧语系,是从意大利语族衍生出来的现代语族,主要包括从拉丁语演化而来的现代诸语言。操罗曼斯语言的人主要包括传统意义上的欧洲拉丁人。罗马帝国瓦解之后,原本统一的拉丁语也随地域的不同而逐渐演变为各类方言,这些方言就是现在的罗曼斯语言的雏形。

得很好，却带有很重的口音；她虽然熟悉伦敦、巴黎、罗马和佛罗伦萨，却仅限于那里的著名历史文化景点和奢侈品商店；她忠实于她那个时代和阶级，从来没有质疑过父母或丈夫的权威，在方方面面都尽职尽责，而且毫无怨言。

她与大多数她那类女人的不同之处，就在于她具有一种难以压抑的、平静的幽默感。她享受生活带给她的一切，觉得人类的状况从根本上讲是令人愉快的。她还是一个讲故事的天才，她的故事从她自己生活中的趣闻轶事到这个地区每个家庭里不可告人的秘密，无所不包。

斯嘉丽如果知道《天方夜谭》里那个苏丹新娘的故事，她完全可以准确地把埃莉诺称作她个人的谢赫拉莎德[1]。她根本没有意识到，巴特勒夫人是在间接地扩展她的思想和心灵。埃莉诺能够看出她心爱的儿子是被斯嘉丽身上所具备的脆弱和勇敢气质所吸引，她也能够看得出来，他们的婚姻出现了严重的问题，以至于瑞特已经不再留恋这段感情。不用说她也知道，斯嘉丽已经下定决心一定要把他夺回来，而出于埃莉诺自己的原因，她比斯嘉丽更愿意看到他们两人重归于好。她不能判定斯嘉丽是否能

---

[1] 谢赫拉莎德（Scheherazade）是《天方夜谭》中的人物。国王沙赫里亚尔发现王后不忠，于是杀了她。他从此不再相信任何女人，每天都娶一位处女为妻，第二天便处死她。就这样一直持续杀死了1000个新娘。就在国王再也找不到新的新娘的时候，宰相的女儿谢赫拉莎德（Scheherazade）自愿去做国王的一夜新娘，聪明的她已经想出了保全自己的办法。她每天晚上都给国王讲故事，但不会讲完，却会答应国王第二天晚上把它讲完。这些精彩的故事强烈地吸引了国王，他每天都迫切地想要知道昨天故事的结局，只好一天又一天地推迟新娘的死刑。第1000个故事讲完后，谢赫拉莎德对国王说她已经没有故事可讲了，但这时国王已经爱上了她，不仅免除了她的死刑，还让她成了自己的王后。

使瑞特幸福，但是她全心全意地认为再生一个孩子就能使这段婚姻变得美满。瑞特曾经带着邦妮来看望过她，那一次带给她的欢乐让她终生难忘。她爱那个小姑娘，更乐于见到自己的儿子生活幸福，她希望这样的幸福再次降临到他的身上，也希望自己再一次享受那种快乐。为了实现这个愿望，她情愿做任何力所能及的事情。

因为每天都很忙，所以斯嘉丽直到来到查尔斯顿一个多月之后，才第一次感到了无聊。这件事发生在萨莉·布鲁顿的家里，按说那里是这座城里最不可能让人感到无聊的地方。她们当时正谈论时装的事，这是斯嘉丽以前非常喜欢的话题之一。一开始，当萨莉和她的朋友们提起巴黎时，斯嘉丽还很感兴趣，因为瑞特曾经从巴黎给她带回来过一顶软帽，那是她收到过的最漂亮和最激动人心的礼物。软帽是绿色的——他说正好和她的眼睛相配——带有系在下巴上用的华丽的宽丝带。她强迫自己去听艾丽西亚·萨维奇所说的那些话——但天知道一个像她那样瘦骨嶙峋的老女人又能懂得多少时装的事情，就连萨莉也未必懂得。她长着那样一张脸和平坦的胸部，无论穿什么都是白搭。

"你们记得沃斯时装屋[1]试衣间里的情景吗？"萨维奇太太说，"站在试衣平台上那么长的时间，我几乎要崩溃了。"

五六个人立即同时说起话来，都在抱怨巴黎的裁缝太残酷

---

[1] 沃斯时装屋（The House of Worth）是一家专营高级时装、成衣制作以及香水的法国高级时装工作室。这家史上颇具影响力的时装屋是由设计师查尔斯·费尔德里克·沃斯在1858年成立，于1956年关门歇业，此前一直由费尔德里克先生的后代持续运营。1999年，沃斯时装屋品牌恢复运营。

无情。也有人不同意他们的观点，争辩说为了得到只有巴黎才能提供的高质量时装，这样的不便不过是值得付出的一个小小的代价而已。几个人还回忆起了巴黎的手套、鞋子、扇子和香水，并发出几声轻轻的叹息。

斯嘉丽听见谁说话就把目光投向谁，脸上挂着很感兴趣的表情；听到有人笑，她也跟着笑，但是她心里在想着其他的事情——午餐上的馅饼那么好吃，晚餐上是否还有……她那件蓝色连衣裙可以换一个新的衣领……瑞特……她看了看萨莉脑袋后面的那只钟，至少还要再过八分钟才能离开。萨莉已经发现斯嘉丽在看钟了，所以她必须集中注意力。

这八分钟就像八个小时一样漫长。

"所有人谈论的都是衣服，埃莉诺小姐，我觉得无聊透了，简直要把我逼疯了！"斯嘉丽说着在巴特勒夫人对面的一张椅子上瘫坐下来。她现在只有四件"可穿"的单色连衣裙，还是前不久瑞特的母亲帮着她在这里的裁缝店里刚刚定做的，从那时起她对衣服就完全失去了兴趣。她甚至对裁缝正在为她做的舞会礼服也感到兴味索然。在接下来的六个星期里将有一系列的舞会，几乎每晚一个，但她定制的礼服只有两套，并且这两套礼服都很沉闷：不仅颜色沉闷，一件是蓝色的丝绸礼服，另一件是深红色的天鹅绒礼服；设计也很沉闷，几乎没有任何装饰。但是，即便是最沉闷的舞会也会有音乐——还有跳舞——而她最喜欢跳舞。不仅如此，埃莉诺小姐还向她保证说，瑞特肯定就要从种植园回来了。要是社交季能够早一些到来就好了,三个星期的时间突然之间变得非常无聊,简直让人无法忍受,除了同其他女人坐在一起聊天,什么也做不了。

噢,她多么希望能够碰上一些让人激动的事情啊!

斯嘉丽的心愿很快就得到了满足,不过并不是以她希望的那种方式,相反,这件让人激动的事情令她感到很恐怖。

一开始人们以为只是一些不怀好意的人散布的流言蜚语,全城的人也都一笑了之。玛丽·伊丽莎白·皮特是一个四十多岁的老处女,她声称有一天半夜里醒来,突然看到一个男人站在她的卧室里。"我看得非常清楚,"她说,"他脸上蒙着头巾,就像强盗杰西·詹姆斯一样。"

"知道什么叫自作多情吗?这就是。"有人不怀好意地说,"玛丽·伊丽莎白肯定比杰西·詹姆斯老二十岁。"在此之前,一家报纸刚刚刊登了一系列文章,用极其浪漫的笔调讲述了詹姆斯兄弟及其团伙胆大妄为的故事。

但是,第二天情况急转直下,变成了真正的恶性事件。艾丽西亚·萨维奇也是四十多岁,结过两次婚,所有人都知道她是一个性情温和而又非常理性的女人。她半夜里醒来时,也看到自己的卧室里有一个男人,就站在她的床边,在月光下默默地看着她。窗帘是被这个男人拉开的,所以月光照了进来。他眼睛以下的脸都遮盖在一张头巾下,头巾以上的脸则笼罩在帽檐的阴影里。

他穿着联邦士兵的军装。

萨维奇太太尖叫起来，随手抓起床边小桌上的一本书向他砸过去。等她丈夫闻声赶来时，那个人已经掠过窗帘逃到了窗外的广场上。

一个北方佬！突然之间，查尔斯顿变得人人自危。单身女人为自己的安全担惊受怕，有丈夫的女人也为自己的安全担惊受怕，她们甚至更担心自己丈夫的安全，因为如果一个男人伤害了联邦士兵，他就会被关进监狱甚至被绞死。

在接下来的两天夜里，继续有联邦士兵出现在某个女人卧室的情况。随后某天夜里，情况则变得更为糟糕。这一次，惊醒西奥多西娅·哈丁的并不是月光，而是隔着被单在她胸脯上乱摸的一只热乎乎的手。她睁开眼，只看到眼前漆黑一片，但是她清楚地听到了一个男人压抑着的喘息声，也感觉到了有人正蜷缩在她的床边。她大声叫喊，随即吓得晕了过去。没有人知道接下来还会发生怎样可怕的事情，西奥多西娅被家人送到了萨默维尔的表妹家里，人们都说她已经陷入了崩溃，幸灾乐祸的人甚至说她已经快疯了。

查尔斯顿的男人们组成了一个代表团前往陆军总部交涉，年长的律师约西亚·安森担任他们的发言人。他们要自己组建一支夜间巡逻队，对老城区进行巡逻，如果碰到了非法闯入者，他们就要自行处置他。

司令官同意实行夜间巡逻，但是他警告说，如果联邦士兵受到伤害，实施伤害的人将被枪决。决不允许打着保护查尔斯顿妇女的幌子，非法攻击和处置北方军。

斯嘉丽的恐惧——多年的恐惧——突然又像潮水一样向她袭来。她对占领军的态度本来已经变得不屑一顾了，也像查尔斯顿的其他人一样对他们置之不理，就好像他们根本不存在一样。每当她在访友或购物时轻快地走在人行道上，他们总会谦恭地为她让道。但是现在，她一见到蓝军装就感到恐惧，他们中的任何一个人都有可能就是那个夜闯民宅的魔鬼。她完全可以想象出他出现的情景：一个身影从黑暗处一跃而出。

她每天晚上都会被噩梦惊醒——其实都是那些可怕的记忆。她总是一次又一次地看到那个闯进塔拉的掉队的北方佬士兵，闻到他身上的臭味，看见他那双肮脏的、多毛的手在母亲的针线盒里拨弄着那些小饰品。他盯着她，布满血丝的眼睛被情欲烧得通红，断了牙齿的嘴巴口水滴答，扭曲成一个充满期待的淫笑。她抬手给了他一枪，那张嘴和那双眼睛立刻消失了，她眼前只留下了迸溅的血、骨头碎片和被鲜血染红的黏稠脑浆。

她永远也忘不了她打出的那一枪，尤其是那久久回荡的枪声、那红色的飞溅物和那狂暴而惨烈的胜利。

噢，要是她有一把手枪该多好，她就可以保护她自己和埃莉诺小姐不受北方佬的伤害！

但是，这所房子里根本没有武器。她翻遍了所有橱柜、箱子、衣柜和梳妆台的抽屉，甚至书房里书后面的架子也仔细搜了一遍，仍然一无所获。她现在毫无防备也毫无办法，人生中第一次感到了软弱无能，无力面对和克服前进路上的障碍，这几乎使她变成了一个废人。她央求埃莉诺·巴特勒立即给瑞特带个话。

埃莉诺却一直拖延。好的，好的，她马上就带话给他。是的，她会把艾丽西亚的话告诉他，那个男人个头很大，月光在他那双非人的黑眼睛里闪烁。是的，她会提醒他，每天夜里这幢大房子里就剩下她和斯嘉丽两个女人，晚饭后仆人们都回家去了，只留下了年老的马尼戈和瘦弱的潘西。

是的，她要给瑞特送去一封紧急信，这封信要立刻发出——就等从种植园运野味来的下一趟船了。

"可是，那是什么时候啊，埃莉诺小姐？瑞特必须现在就回来！那棵木兰树就是一架现成的梯子，从地面一直延伸到我们房间外面的阳台上！"斯嘉丽抓住巴特勒夫人的手臂，使劲摇晃着。

埃莉诺拍拍她的手，说："很快，亲爱的，肯定很快就要到了。我们已经一个月都没有鸭子吃了，而烤鸭是我特别喜爱的食物，瑞特知道这一点。此外，现在情况已经得到了改善，罗斯和他的朋友们每天晚上都会四处巡逻。"

罗斯！斯嘉丽暗暗叫苦。一个罗斯·巴特勒那样的醉鬼能干什么？查尔斯顿的那些男人又能干什么？他们不是老人就是伤残人员，要不就是孩子，如果他们管用，就不会在那场愚蠢的内战中打败仗了。现在，人们为什么还要相信他们能够与北方佬抗衡？

在她的请求同埃莉诺·巴特勒不可理喻的乐观主义的对抗中，最终是她一败涂地。

有一段时间，巡逻似乎收到了很好的效果，再也没有听到有人夜闯民宅的消息，人们的心情渐渐平静下来。斯嘉丽举办了一个家庭日聚会，来了很多朋友，尤拉莉姨妈甚至抱怨蛋糕不够吃。埃莉诺·巴特勒也把她写给瑞特的紧急信撕掉了。人们照常去教堂，去购物，去玩惠斯特牌，趁着社交季到来前的日子晾晒和修补他们的晚礼服。

斯嘉丽上午访友归来，因为一路走得太快，脸颊红扑扑的。"巴特勒夫人在哪儿？"她问马尼戈。他回答说夫人在厨房里，斯嘉丽立刻向房子后面跑去。

埃莉诺·巴特勒抬起头看着匆匆跑进来的斯嘉丽："好消息，斯嘉丽！今天上午我收到了露丝玛丽的信，她后天就要回家了。"

"最好发电报让她留在原地。"斯嘉丽急忙说。她的声音很刺耳，不带任何感情。"那个北方佬又闯进了哈莉特·麦迪逊的卧室，我刚刚听说。"她看了一眼巴特勒夫人旁边的桌子，"鸭子？你在给鸭子拔毛？种植园的船到了！我可以坐船跟他们回到种植园去告诉瑞特。"

"那船上有四个男人，斯嘉丽，你不能一个人坐船去。"

"我可以带上潘西，她愿不愿意都得去。快，给我一个袋子，再装一些饼干。我饿了，可以在路上吃。"

"斯嘉丽，但是——"

"没有'但是',埃莉诺小姐,只管把饼干给我就是。我要去。"

我这是在干什么呀?斯嘉丽心想,她已经近乎恐慌了。我不应该像这样匆匆冲出家门,瑞特肯定会对我发火的。我现在的模样肯定也很难看。突然出现在一个不属于我的地方是很糟糕的一件事情,至少我应该打扮得漂亮一些。这根本不是我原来的计划。

关于再次见到瑞特时的情景,她已经在脑海里想象过一千次了。有时候她这样想象:一天深夜里他突然回到家里,她穿着那件抽带领的睡衣——松松垮垮地——正在梳头,准备睡觉了。瑞特一直很喜欢她的头发,他说过她的头发很可爱。在最初的那些日子里,他有时还会为她梳头,说是为了看梳头时发出的噼啪作响的蓝色静电。

她也常常想象自己坐在茶几前,手指优雅地拿着一个银钳,正把一块糖放进咖啡杯里。她正十分享受地同萨莉·布鲁顿聊天,瑞特就会看到她在这里过得很自在,颇受查尔斯顿最有趣的人们的欢迎。他会拿起她的手亲吻它,她手里的银钳会落到地上,不过那又有什么关系呢……

她还想象过晚饭后她和埃莉诺小姐两人坐在炉火通明的壁炉前,两个人显得那么舒适、亲密,她们身旁还特意为他留着一个位置。她只有一次想象过她去种植园找他的情景,因为她根本不知道那地方是什么样子,只知道谢尔曼的士兵曾经放火焚烧过那里。不过,这个白日梦的开头还是很不错的——她和埃莉诺小姐带着装满蛋糕和香槟酒的篮子坐在一艘漂亮的绿色船里,身体靠在一堆丝绸靠垫上,手里拿着装饰着鲜花的阳伞。她们对他喊道:"野餐了!"瑞特大笑着,张开双臂向她们跑来。但是,后来的情形却模糊不清,渐渐变成了一片空白。瑞特讨厌野餐,这是原因之一。他曾经说过,如果你像一个动物一样坐在地上吃东西,而不像一个文明人那样坐在餐桌前的椅子上吃饭,那还不如直接住到山洞里去。

她从来没有想象过她会像今天这样出现在瑞特面前:坐在一条臭气熏天的破船上,挤在一大堆天知道装着什么的箱子和木桶之间。

现在,她已经远离了城市,所以她不再担心那个在黑暗中潜行的北方佬,而是更担心瑞特的怒气。要是我让船夫掉头,把我送回查尔斯顿呢?

船夫们把着桨,操控着船在棕绿色的河水里前进,无形而强大的潮水带着他们缓缓向上游驶去。斯嘉丽不耐烦地看着宽阔河流的两岸,只觉得他们的船似乎根本没有移动,她看到的景象始终没有一点儿变化:一片接着一片高大的棕色水草在河流中慢慢地——那么慢慢地——摇摆着,水草后面是茂密的树林,上面一动不动地挂着大片灰色的西班牙苔藓,树下是彼此纠缠在一起的疯长的常绿灌木。万籁俱寂。看在老天的分上,为什么连一只鸣叫的鸟儿也没有?为什么天也变得如此昏暗?

开始下雨了。

早在船夫们划着桨驶近左岸之前，斯嘉丽已经全身被雨淋湿，瑟瑟发抖，身心俱疲。船头撞在码头上发出的响声使蜷缩成一团的她从凄冷中猛然抬起头来。她透过脸上的雨水往上看，只见一支燃烧的火把照出了一个身着黑色油布衣服的人影。那个人戴着厚厚的兜帽，脸被遮住了。

"扔一根缆绳给我。"瑞特身体前倾，伸出一只手臂说道，"航程顺利吗，小伙子们？"

斯嘉丽扶着身边的板条箱站起身来，她的两条腿挤在一起，根本站不稳，身体向后倒去，砰的一声打翻了最上面的一个板条箱。

"怎么回事儿？"瑞特抓住了船夫扔给他的缆绳，把绳环套在一根系船柱上。"再把尾缆扔给我。"他吩咐道，"刚才怎么乱哄哄的？你们都喝醉了吗？"

"没有啊，瑞特先生。"船夫们齐声回答。自从离开查尔斯顿码头以来，这还是他们第一次开口说话。其中一人抬手指了指船尾的两个女人。

"我的上帝啊！"瑞特叫道。

第十七章

"你感觉好点儿了吗?"瑞特小心控制着自己的声音。

斯嘉丽默默地点点头。她裹着一条毯子,里面穿着瑞特的一件粗布衬衣,坐在火炉边的凳子上,双脚泡在一桶热水里。

"你怎么样,潘西?"斯嘉丽的女仆也裹着一条毯子坐在另一个凳子上。她笑着说她很好,只是饿得慌。

瑞特咯咯笑道:"我也一样。等你们都干透了,我们就吃饭。"

斯嘉丽拉一拉毯子,把自己裹得更紧。他的态度好得过分了。我以前见过他这个模样,笑容满面,温暖如阳光,但过一会儿你就会发现,他其实早已怒火中烧。今天只是因为有潘西在这里,他不便发火。等她一走,他就会冲我来了。要不,我就说需要她陪着我,但是原因呢?我的衣服已经脱光了,不可能再把湿衣服都穿上,只有上帝才知道它们什么时候才干得了。外面下着雨,屋里又那么潮湿。瑞特怎么能够忍受住在这样的地方?太可怕了!

他们所在的这个房间只有火光照明。这是一个很大的正方形房间,大约有二十英尺宽,地面是夯实的土,污渍斑斑的墙上灰泥已掉得差不多了。房间里有一股廉价威士忌和烟液的味道,还有烧焦的木头和织物的味道。房间里唯一的家具是一些粗糙的小凳和长凳,再加上几个凹损的金属痰盂。宽大的壁炉上的壁炉台、门的门框和窗户看起来都像是装错了地方,它们都是用松木做成的,上面雕刻有精美的花纹图案,油漆成金黄的颜色。在房间的一角,有一个十分粗糙的楼梯,楼梯上的木踏板已经有了裂缝,扶手也摇摇晃晃,很不安全。斯嘉丽和潘西的衣服都晾在楼梯扶手上,当房间里有气流通过时,白色的衬裙不时被掀起,像潜伏在阴影深处的幽灵。

"你为什么不待在查尔斯顿,斯嘉丽?"晚饭后,瑞特把潘西安排到了为他做饭的黑人老妇人那里睡觉。斯嘉丽耸了耸肩膀。

"你母亲不想打扰你在这里天堂般的生活,"她轻蔑地看看四周,"但是我相信你应该知道城里发生了什么事。有一个北方佬士兵经常半夜里潜入别人的卧室——女士的卧室——并骚扰她们。一个女孩已经因此精神失常,被送到外地去了。"她想看看他脸上的表情,但是瑞特的脸上毫无表情,只是看着她不说话,好像在等待着什么。

"怎么啦?你难道不担心你母亲和我可能被人杀死在床上,或者发生其他更恐怖的事情?"

瑞特撇着嘴,露出嘲讽的微笑:"我没听错吧?当年那个独自驾驶马车穿过挡住她去路的整个北方佬军队的女人,也会害怕？行了，斯嘉丽，大家都知道你是讲真话的人。你到底为什么冒着雨大老远地跑到这里来？你是不是以为你可以抓到我和某个花心的女人在一起？是不是亨利·汉密尔顿给你出的主意，好以此逼迫我继续为你付账单？"

"你这到底说的是什么，瑞特·巴特勒？亨利叔叔跟这件事有什么关系？"

"装得倒是挺像，佩服。但是，我已经不再寄钱到亚特兰大，你那个狡猾的老律师难道没有通知你吗？你不要以为我会相信有这种事。我太喜欢亨利·汉密尔顿了，不想说他做事会如此疏忽。"

"不再寄钱了？你不能这样做！"斯嘉丽感到双膝发软。瑞特说的不可能是真的。她将怎么办？桃树街的房子——冬天的暖气就得花几吨煤，做清洁、做饭、洗衣服、维护花园、打理马匹和保养马车，还有所有这些人的饮食——那可需要一大笔钱，亨利叔叔拿什么去付账单？他只能动用她自己的钱！不行，不能这样。她曾经经历过食不果腹的日子，穿过破烂的鞋子，为了不挨饿甚至亲自下地干活，累得腰酸背痛、双手流血；她曾经抛弃了自尊，抛弃了她接受过的全部教诲，与那些她耻与为伍的卑鄙小人做生意，搞阴谋，搞欺骗，为了钱夜以继日地工作。她不会放弃她的钱，她也不能放弃，因为那是她的钱，是她拥有的唯一的东西。

"你不能拿走我的钱！"她对瑞特大叫道，但是她的话嘶哑而无力。

他笑了起来："我没有拿走你任何东西，亲爱的，我只是不再往里加钱。只要你还住在查尔斯顿我提供的房子里，我就没有任何理由继续在亚特兰大维护一幢空房子。当然啦，如果你回去住，那就不是空房子了，那我就有必要继续为它付钱了。"瑞特走到壁炉前，从那里他就可以看到火光映照下的她的脸。他脸上挑战性的微笑消失了，前额因担心而皱了起来。

"你真的不知道，是吗？等等，斯嘉丽，我给你拿一杯白兰地，你那样子就像马上要昏倒似的。"

他不得不扶着她的手把酒杯递到她的嘴唇边，因为她已经控制不住全身的颤抖。等她喝完了白兰地，他把酒杯扔到地上，然后用手摩擦她的双手，直到她双手发热、身体不再颤抖才停下来。

"好了，现在告诉我实情，是不是真有一个士兵半夜里闯进别人的卧室里？"

"瑞特，你不是当真的吧？你不会真的不再往亚特兰大寄钱了吧？"

"让钱见鬼去吧，斯嘉丽，我在问你问题。"

"你见鬼去吧，"她回答说，"我也在问你问题。"

"我早该知道，只要一提到钱的事，你就不会再想其他任何事情了。好吧，我会给亨利再寄一些钱过去。现在，你能回答我的问题了吗？"

"你发誓？"

"我发誓。"

"明天就寄?"

"是的!好吧,该死的,明天就寄。现在,最后问你一句,那个北方佬士兵到底是怎么回事?"

斯嘉丽长长地舒了一口气,接着她又深吸一口气,这才把她知道的有关那个闯入者的事情和盘托出。

"你说艾丽西亚·萨维奇看到他身上的军服了?"

"是的,"斯嘉丽回答说,接着,她又恶狠狠地补充道,"他才不在乎她们有多大年纪,也许这一刻他就正在强奸你的母亲。"

瑞特的双手紧握成了拳头:"我应该勒死你,斯嘉丽,这个世界没有你会好得多。"

他详细询问了她近一个小时,直到她说出了她知道的一切。

"很好,"他说道,"我们明天等一退潮就出发。"他走到门口,猛地把门推开:"不错,天已经放晴了,回去很容易。"

越过他的背影,斯嘉丽可以看到夜空,天上挂着大半个月亮。她懒洋洋地站起身来,看到河上的迷雾已经蔓延到屋外的地面上。月光下,四处白茫茫的一片,一时之间她有些迷惑了,不知道外面是不是下雪了。

一股浓雾笼罩住了瑞特的双脚和脚踝,接着又消散在了房间里。他关上门,转过身来。房间里没有了月光显得很黑暗,直到一根火柴被点燃,从下方照亮了瑞特的下巴和鼻子。他用火柴轻触一盏油灯的灯芯,斯嘉丽现在清楚地看到了他的整个脸,心中涌起一股痛苦的渴望。他把灯罩罩在油灯上,然后把它高高地举起,说:"跟我来。楼上有一间卧室,你可以睡在那里。"

这间卧室并不像楼下的房间那样简陋。房间里的床带有四根高高的立柱，床上铺着厚厚的褥子和浆洗过的亚麻布床单，床单上摆着两个蓬松的枕头和一张浅色的毛毯。斯嘉丽没有去看其他家具，她让裹在身上的毯子从肩上滑落，爬上床边的几级台阶，钻到毛毯下面。

他在床边站了一会儿，然后离开了这间卧室。她听着他离去的脚步声，不对，他并没有走到楼下去，他就在附近。斯嘉丽微微一笑，很快进入了梦乡。

那天夜里，斯嘉丽做噩梦了。这个噩梦像很久以前她做过的那些噩梦一样，一开始她身处一片茫茫迷雾之中。虽然她已经多年没有做过这个噩梦了，但是在下意识里她仍然记得它，所以刚一梦到这个情景，她的喉咙深处就开始扭动、翻腾和呜咽，心中对将要发生的事情感到了恐惧。接下来，她又开始了狂奔，耳朵里充斥着自己心脏怦怦直跳的声响。她跑啊，跌跌撞撞地跑啊，一直在一团浓密的白雾中穿行，冰冷的雾气打着旋儿，紧紧地缠绕着她的喉咙、腿和胳膊。她感到全身冰冷，像死亡一样的冷，并且又饿又恐惧。还是那个同样的噩梦，一直都没有改变，只是一次比一次变得更加可怕，仿佛恐惧、饥饿和寒冷都在不断地积聚，越发变得强大了。

然而，这个噩梦也有不同之处。在过去的噩梦里，她一直在奔跑，在寻找某种无名且不可知的东西，而现在她可以透过阵阵雾气瞥见前方瑞特渐行渐远的宽阔脊背。并且，她现在也很清楚他就是她追寻的目标,一旦她追上了他,这个梦就将失去动力,渐渐消散,再也不会重演。她跑啊跑,但就是追不上他,始终只能远远地瞥见他的背影。然后,迷雾变得越来越浓,他渐渐消失在其中,于是她朝他大声喊着:"瑞特……瑞特……瑞特……瑞特……"

"嘘,嘘,好了。你在做梦,那都不是真的。"

"瑞特……"

"是我,我在这儿。现在安静下来,你没事的。"一双有力的臂膀把她抱起来,抱在了怀里,她终于感到了温暖和安全。

斯嘉丽突然惊醒过来,脑子还很迷糊。她没有看到雾,却看到桌上一盏油灯发出明亮的光芒,同时也看见瑞特的脸凑近了她的脸。"噢,瑞特,"她叫道,"太可怕了。"

"还是那个噩梦?"

"是的,是的——大部分是的。但是,也有一些不同的地方,我记不起来了……但是,我感到又冷又饿,雾又大,什么也看不见。我吓坏了,瑞特,太可怕了。"

他把她紧紧抱在怀里,他的声音在她紧贴着他的结实胸膛里不停地震荡。"你肯定又冷又饿,刚才的晚餐不太可口,你又把毛毯踢到一边去了。我帮你盖上,这回你就能睡好了。"他把她放下,让她的头靠到枕头上。

"不要离开我,噩梦会再来的。"

瑞特拉起毛毯盖在她身上,说:"早餐会有饼干、玉米粥和充足的黄油。想想这个吧——还有乡村火腿和新鲜鸡蛋——你就会睡得很香了。你一直都是个好吃的家伙,斯嘉丽。"听得出来他很开心,也疲倦了。她闭上了沉重的眼睑。

"瑞特?"她的声音模糊不清,昏昏欲睡。

他在门口停下脚步,用一只手遮住眼前的灯光。

"什么事,斯嘉丽?"

"谢谢你赶来叫醒我。你怎么知道的?"

"你刚才一直在大喊大叫,窗户玻璃都快被你震碎了。"她听到的最后声音是他温暖而轻柔的笑声,那声音就像一首摇篮曲。

* * *

不出瑞特所料,斯嘉丽先吃了一顿丰盛的早餐,然后才去找他。厨娘告诉她,他黎明前就起床了——他总是在太阳出来之前起床的。说完,她带着毫不掩饰的好奇目光盯着斯嘉丽看。

斯嘉丽心想,这个人真是没礼貌,我该臭骂她一顿,但是斯嘉丽心里这时感到很舒坦,所以并没有真生气。瑞特昨晚抱着她、安慰她,甚至嘲笑她,就跟他们的关系出现问题之前一样。她到种植园来的决定是非常正确的,早就该来了,而不该把她的时间花在无休止的茶会上。

一走出房门,明晃晃的阳光就照得她眯缝起了眼睛。虽然时间还早,但是阳光已经很强烈,照在头上暖暖的。她手搭凉棚向四周看了看。

她禁不住发出一声轻轻的叹息。她所站的地方是一个砖砌的平台,向左一直延伸出去长达一百码。平台已经损毁,到处是烧焦的痕迹,上面长满了杂草,整个平台就是一个被焚毁的巨大废墟的底座。这里本是一座富丽堂皇的大宅邸,现在只剩下了断壁残垣和兀自矗立的烟囱。断墙间是一堆堆被烟火熏黑的砖块,这就是谢尔曼的军队留给人们的心惊肉跳的纪念品。

斯嘉丽感到很悲伤,因为这里曾经是瑞特的家,但等他内战后回到这里准备恢复他旧日的生活的时候,那种生活已经一去不复返了。

她在自己坎坷的一生中,也没有遭受过如此惨痛的打击。现在,当他目睹自己家的这片废墟时,每天肯定都会上百次地感到揪心的痛苦,那种深入骨髓的痛楚是她永远也难以真正体会到的。难怪他下定决心要重建自己的家园,要找回并重新获得他过去曾经拥有的一切。

她可以帮助他!难道她没有亲自在塔拉犁过地、耕种和收获过庄稼吗?她敢打赌,瑞特根本分辨不出玉米种子的好坏。她很乐意帮忙,因为她知道这意味着什么。当这片土地重新长出嫩绿的庄稼而获得新生的时候,那将是对掠夺过它的那些人的巨大胜利。她不无得意地想:我全明白,我能感觉到他的感受,我可以和他一起干活,我们共同重建这个家园。只要同瑞特在一起,住在泥地上我也不在乎。他在哪里?我必须把这些想法都告诉他!

斯嘉丽转过身,她的目光一离开房子废墟就立刻落到了前方一个平生从未见过的景象上。她发现，脚下的这个铺着砖的平台通向一个长满草的泥土花坛，平台下有一长串长满草的梯田，这些梯田像完美的波浪一样展开，向下一直延伸到一对巨大的蝴蝶翅膀般的两片人造湖泊边上。一条宽阔的长满绿草的道路从两片湖泊之间穿过，通向河边停船的码头。如此宏大的规模却有着完美的比例，距离虽远却显得很近，整个景象就像一个铺着地毯的户外房间。茂密的绿草遮住了战争的疤痕，仿佛这里从来就没有发生过战争一样。这是一幅洒满阳光的宁静景象，也是自然与人和谐相处的景象。远处传来一只鸟儿悠长而欢快的叫声，恰似对这一美景的大声叫好。她不禁叹道："噢，多美啊！"

就在这时，最下面一层梯田左边的动静引起了斯嘉丽的注意，那肯定是瑞特。她拔腿向那里跑去。她跑下一层层梯田——波浪形的地面加快了她的速度，让她感到一种眩晕、陶醉和快乐的自由；她大笑着张开了双臂，好像一只鸟儿或蝴蝶就要展翅飞向蔚蓝的天空。

当她跑到瑞特站着的地方时，早已是上气不接下气。他不动声色地看着她。斯嘉丽一只手捂住胸口，大口地喘着气，过了一会儿呼吸总算恢复了正常。"我从来没有这么开心过！"她说着又轻轻地喘了一口气，"这地方多么奇妙啊，瑞特，难怪你这么喜爱这里。你小时候是不是也从那片草地上跑下来过？你是不是感觉你能飞起来？噢，亲爱的，那些焚烧后的废墟太可怕了！我为你感到伤心，我真想杀死世上所有的北方佬！哦，瑞特，我有好多事情要告诉你。我一直在想，好日子会回来的，亲爱的，就像这些青草。我明白,真真切切地明白你在做什么。"

瑞特带着莫名其妙而又谨慎的目光看着她:"你都'明白'什么了,斯嘉丽?"

"你为什么不留在城里而要到这里来,你为什么一定要让这个种植园恢复生机。告诉我,你都干了什么以及你准备干什么,这太令人激动了!"

瑞特显得容光焕发。他指着身后一排排的植物说:"它们全被火烧了,但是并没有被烧死。现在看来,那一把火甚至可能使它们更健壮了,灰烬很可能给它们提供了某种必需的养分。我要把它搞清楚,要学习的东西还多着呢。"

斯嘉丽看了看那些低矮粗壮的残株,不知道这种长着有光泽的墨绿色叶子的植物是什么:"这是什么树?你在这里种桃树吗?"

"斯嘉丽,这不是树,它们属于灌木,叫山茶花。第一批被带到美国的山茶花就种在了我们的丹漠兰丁种植园。这些都是分出来的植株,总共有三百多株。"

"你是说这些都是花?"

"那当然。山茶花是世界上最接近于完美的花,中国人都崇拜山茶花。"

"但是,花又不能吃。你种的农作物是什么呢?"

"我不考虑农作物的问题,我有一百英亩的花园要去抢救呢。"

"你真是个疯子,瑞特。一个长满鲜花的花园有什么用?你该种一些能卖钱的东西。我知道这一带不长棉花,但是肯定有其他不错的经济作物可种。在塔拉，我们会把每一英尺的土地都利用起来。在这里，你可以一直种到房子的围墙外。看看那些草，长得多么翠绿和茂密，说明这里的土地非常肥沃。你只需要把地犁一犁，撒下种子，不等你走开它们可能就破土而出了。"她急切地看着他，希望同他分享她通过艰苦劳作得来的知识。

"你真是个没开化的野蛮人，斯嘉丽。"瑞特忧郁地说，"快回到房子里去，告诉潘西作好准备，我们在码头见。"

她哪里做错了吗？前一分钟他还充满活力，兴致勃勃，后一分钟一切就烟消云散了，他又变成了一个冷漠的陌生人。就算活到一百岁，她也永远搞不懂这个人。她大步走过绿草茵茵的梯田，眼睛里再也看不到它们的美，怒气冲冲地走进了房子。

停泊在码头上的船与把斯嘉丽和潘西带到种植园来的那艘粗糙的驳船大不相同，是一艘光滑的棕色单桅帆船，带有明亮的黄铜配件和镀金的旋涡纹饰。在它后面的河里还停着另一艘船，斯嘉丽气恼地想，那艘船才是她想坐的船。那是一艘比他们的单桅帆船大五倍的船，有两层甲板，还有着华而不实的白色和蓝色旋涡纹饰和一个鲜红色的后明轮，烟囱上挂着色彩斑斓的彩旗，两层甲板上都挤满了衣着鲜艳的男男女女，整艘船看起来喜庆而有趣。

斯嘉丽心想，这就是瑞特一贯的做法，宁愿坐着他的小船去城里也不愿招呼一艘汽船来接我们。她刚走到码头上，就看见瑞特脱下帽子一挥手，向坐在明轮船上的人们夸张地鞠了个躬。

"你认识船上那些人?"她问。也许是她想错了,他可能是在给那艘船发什么信号。

瑞特从河边转过身来,重新戴上帽子:"确实认识,不是其中的某个人,而是整个群体。那是一艘从查尔斯顿沿着这条河来回行驶的游览船,每周一班。对我们城里的某个外来投机商来说,这可是一项非常有利可图的生意。北方佬需要提前很长时间预订船票,才能享受到亲眼看见这条河两岸被他们焚毁的种植园房子的乐趣。我每次都会向他们打招呼,看到他们疑惑不解的样子我就觉得很有趣。"听到他的话,斯嘉丽惊骇得说不出一句话来。一帮北方佬秃鹫欢天喜地地欣赏着他们对瑞特的家园做出的伤天害理的事情,他怎么还能拿他们来开玩笑呢?

她顺从地坐在小船舱里一张铺着软垫的长凳上,可是瑞特一走上甲板,她就立刻跳起来,假装仔细察看那些精心设置的橱柜、架子、生活用品和设备。很显然这里的每样东西都有一个专门为其设计的存放点。在她忙着满足好奇心的时候,他们的单桅帆船已经沿着河岸缓慢航行了一段不远的距离,然后再次靠岸停泊下来。只听见瑞特干脆利落地大声下着命令:"把那些包都递过来绑在船头上。"斯嘉丽把头伸出舱口,想看看他们在干什么。

我的天哪,这都是些什么东西?几十个黑人男子正倚着镐和铁锹站在岸上的不远处,看着一个又一个沉重的麻袋被扔给了单桅帆船上的一名船员。那到底是什么东西?这地方看上去就像月球的背面一样荒凉。树林中有一大片空地,空地中间被人挖出了一个大坑,在大坑的一旁堆放着一大堆灰白色石块一样的东西。空气中弥漫着的浓浓的粉尘很快也进入到了她的鼻孔里,她开始打喷嚏。紧接着,从后甲板上也传来了潘西打喷嚏的声音,这引起了她的注意。她想,潘西在甲板上什么都看得见,这不公平。"我上来了。"斯嘉丽大声喊道。

与此同时,瑞特喊道:"解缆!"

在湍急河水的推动下,单桅帆船立刻移动起来,把斯嘉丽从短梯子上摔了下来,四脚朝天地躺在了船舱里:"你这个该死的,瑞特·巴特勒,我差点摔断了脖子。"

"你并没有摔断脖子。待在那儿,我马上下来。"

斯嘉丽听见系着船帆的绳索发出嘎吱嘎吱的声音,单桅帆船正加速前进。她爬到一把长凳旁,站了起来。瑞特几乎一转眼就轻松地从梯子上下到了船舱里,他低下头避开了舱口,然后直起身子,头顶擦过锃亮的木质舱顶。斯嘉丽瞪眼看着他。

"你刚才是故意那么做的。"她抱怨道。

"做什么?"他打开一个小舷窗,关上了舱门。"很好,"他接着道,"我们今天顺风顺水,要创下到城里最短时间的新纪录了。"他一屁股坐到斯嘉丽对面的长凳上,懒洋洋地靠在舱壁上,活像一只光滑而柔软的猫。"我想你不会反对我抽烟吧。"他长长的手指伸进外衣里面的口袋里,摸出了一支方头雪茄烟。

"我很反对。为什么要把我关在下面这间黑屋子里?我要到楼上去晒太阳。"

"是到甲板上去。"瑞特纠正她的说法,"这艘船很小,船员都是黑人,潘西也是黑人,而你是白人而且还是个女人。他们占据驾驶舱,你占据船舱。潘西可以对那两个男人翻白眼,嘲笑他们对女人粗俗的殷勤,三个人都会玩得很愉快。你要是在那儿岂不是坏了人家的好事吗?

"所以,在那些社会底层的人开心享受这段旅程之时,属于特权精英阶层的你和我只能痛苦不堪地以彼此为伴,并且我还得继续看着你噘嘴,听着你发牢骚。"

"我没有噘嘴,也没有发牢骚!麻烦你说话时不要把我当成一个孩子!"斯嘉丽咬住了自己的下嘴唇,她讨厌瑞特总是让她感到自己很愚蠢,"我们刚才停船的那个采石场是干什么的?"

"那个嘛,亲爱的,是查尔斯顿的救赎,也是我回到我的人民心中的通行证。那是一个磷酸盐矿,也就是磷矿,我们这里的两条河沿岸分布着几十个这样的矿。"他慢慢地、津津有味地点燃了雪茄烟,烟雾缭绕上升,然后从舷窗散了出去,"我看你眼睛都亮了,斯嘉丽。这种矿同金矿完全是两码事,用磷酸盐是做不出钱币或首饰的。但是,它经过研磨、水洗和某些化学物质的处理之后,就会变成世界上最好的速效肥料。客户正等着要货,我们生产多少就能卖多少。"

"这么说,你马上就会变得比以前更有钱了。"

"是的,没错。不过,更重要的是我从磷矿赚的是受人尊敬的查尔斯顿的钱,所以我现在可以随心所欲地花掉我那些不义之财和投机所得,而不会遭到任何人的非议,因为大家都会说这些钱是我卖磷酸盐挣来的,其实那个矿的产量小得可怜。"

"你不能扩大产量吗？"

"没有那个必要，它现在的状况已经完全能够满足我的需要。我在那里雇了一个不会欺骗我的工头和几十个基本对得起他们的报酬和值得尊敬的工人，这样一来，我就可以把我的时间、金钱和汗水都用在我看重的事情上——目前而言就是恢复那些花园。"

斯嘉丽几乎气得无法忍受了。这不是明摆着瑞特完全可以大发一笔横财吗？为什么要浪费这样的机会？无论他多么有钱，他都可以变得更加富有，这个世界上从来没有人嫌钱太多。如果他自己亲自当工头，督促那帮工人每天老实干活，他可以把产量提高两倍。如果再增加几十个工人，他就能让产量再翻一番……

"对不起，请允许我打断一下你的宏伟计划，斯嘉丽，我有一个很严肃的问题要问你。我怎么才能说服你回到亚特兰大去而不再来烦我呢？"

斯嘉丽目瞪口呆地看着他，她确实感到非常吃惊。他怎么可能说出这样的话来，昨天晚上他还那样温柔地抱着她。于是她说："你开什么玩笑！"

"不，我没有开玩笑。我这辈子还从来没有像现在这样认真过，所以我希望你也认真地对待我。我其实从来没有向别人解释我在做什么或者想什么的习惯，我也不觉得你能听懂我要告诉你的事情，不过我还是要试一试。

"在我这一生中，现在是我工作最努力的时候，斯嘉丽。年轻时，我在查尔斯顿彻底而且公开地毁掉了自己的前程，直到现在城里的每一个人对此都还记忆犹新。这件事的影响力比谢尔曼所做的最坏事情的影响力还要大得多，因为我是他们的自己人之一，而我却蔑视他们赖以生存的一切。要重新赢得他们的认可就好像在黑暗中爬上一座冰雪覆盖的高山，只要一步踩空，我就必死无疑。到目前为止，我一直处处小心，缓慢前行，还算取得了一些小小的进展。我不能冒险让你毁了我所做的一切，我要你离开，你出个价吧。"

斯嘉丽如释重负地笑道："这就是全部原因？如果你担心的是这个，那么你大可放心。查尔斯顿的人个个都喜欢我，各家发来的邀请让我忙得不可开交。在市场上，没有哪一天人们不来找我，让我为她们买东西的事出谋划策。"

瑞特吸了一口雪茄，然后看着燃着的那头冷却成灰。"我刚才就担心我这是白费力气，"他终于说，"看来确实是。我承认你比我想象中坚持得更久也更克制——我在种植园也听说了城里传来的一些消息，但是你就像我爬那座冰山时拴在我背上的一个火药桶。斯嘉丽，你是个大麻烦——不识字，不开化，信奉天主教，并且已经被亚特兰大的体面社会所抛弃。你随时都有可能在我面前爆炸，所以我希望你从我眼前消失。告诉我，要我付出多大的代价？"

斯嘉丽只有一点可以为自己辩护，她反驳道："请你告诉我，我信奉天主教有什么错，瑞特·巴特勒！早在人们听说你们这些圣公会教徒之前，我们就开始敬畏上帝了。"

瑞特突然笑起来，让她感到莫名其妙。他接着说："休战吧,亨利·都铎[1]。"这句话还是让她不知所以,但他接下来的话毫不含糊地击中了她:"我们不要浪费时间争论宗教学,斯嘉丽,实际上——你和我知道得一样清楚——虽然并没有任何站得住脚的理由,但是罗马天主教徒在南方社会里就是被人看不起。在今天的查尔斯顿,你可以去圣菲利普教堂、圣迈克尔教堂、胡格诺派教堂或苏格兰长老教会,甚至去其他圣公会和长老会教会的教堂也无妨,其他任何新教教派也都被认为各具特色,唯独罗马天主教不被接受。这确实不合理,上帝知道这不符合基督教精神,但这就是事实。"

斯嘉丽沉默不语了,她知道他说得对。瑞特利用她一时的挫败再次提出了他原来的问题:"你到底要什么,斯嘉丽?你可以直言不讳。我了解你性格的阴暗面,你要什么我都不会感到吃惊的。"

她绝望地想,他确实是认真的。我参加了那么多的茶会,穿了那么多死板乏味的衣服,还在每个寒冷而黑暗的早晨跌跌撞撞地去市场买食品——这一切都白做了。她是为了把瑞特争取回来才来到查尔斯顿的,现在她失败了。

"我要你。"斯嘉丽直白地回答说。

这一次轮到瑞特沉默不语了。她只能看到他的轮廓和从他的雪茄烟冒出来的白色烟雾。他离她这么近,她的脚只要移动几

---

[1] 亨利·都铎(Henry Tudor, 1457—1509)即亨利七世,是英国都铎王朝的创建者。他结束了"蔷薇战争",开创了英国君主专制历史上的黄金时期。他奖励工商业发展,创造了英国资本主义发展的条件,在英国有贤王之称。

英寸就能碰到他的脚。她是如此迫切地想要他,甚至开始感到了肉体上的疼痛。她想弯下腰来减轻疼痛,把它压在心里,不让它继续蔓延。但是,她还是坚持直直地坐在那里,等待着他的答复。

第十八章

斯嘉丽听见头顶上方传来一阵模糊的说话声,其中夹杂着潘西尖利的傻笑声,这就使得船舱中的沉默显得更加沉重。

"价值五十万美元的黄金。"

"你说什么?"我肯定是听错了,我把心里话都告诉了他,他却答非所问。

"我说,只要你愿意离开这里,我就给你五十万美元的黄金。不管你在查尔斯顿找得到多大的乐趣,它对你来说都不值这个钱。我给你的可是一笔非常可观的贿赂,斯嘉丽,你那贪婪的小脑袋不可能宁愿徒劳地挽救我们的婚姻,而不要这一笔你连想都不敢想的巨大财富。只要你同意,我还会继续支付桃树街那个怪房子的费用,作为对你的奖励。"

"你昨天晚上已经答应今天给亨利叔叔汇钱。"她脱口而出道。她希望他现在能安静一会儿,她需要一点时间思考。她的努力真是"徒劳"的吗?她不愿意接受这一点。

"承诺就是用来打破的。"瑞特不动声色地说,"你觉得我的提议怎么样,斯嘉丽?"

"我得想想。"

"那就想想吧,我先抽完这支雪茄,然后我要你给我一个答复。想想吧,你对桃树街那所房子喜欢得要命,但是对它的巨大开销毫无概念,要是你不得不用你自己的钱养它会是什么结果。然后再想一想,我给你的这笔相当于你这些年积攒起来的全部钱财的一千倍——这笔钱甚至可以赎回一个国王的命。斯嘉丽,转眼之间这笔横财就可以归你了。这些钱会多得你花都花不完,更不用说还要加上我为你的房子承担的费用,我甚至会把房子的所有权也送给你。"他手中雪茄的一头发出明亮的火光。

斯嘉丽开始拼命集中精神思考对策。她必须找到一个让她留下来的办法,她不能离开,即使把全世界所有的钱都给她也不能离开。

瑞特站起身,走到舷窗前。他把雪茄烟蒂扔出窗外,然后透过舷窗静静地看着河岸。一个航标从舷窗外划过,阳光明晃晃地照在他脸上。斯嘉丽心想,自从他离开亚特兰大以来,他发生了多大的变化啊!那个时候他嗜酒如命,仿佛一心只想忘掉这个世界,但是现在他又恢复了瑞特的本来面目:被太阳晒黑的皮肤紧紧地绷在他精致而轮廓分明的脸上,一双清澈的眼睛黑得像一潭深水。在他剪裁考究的外套和亚麻布衣服下,结实的肌肉不时随着他的走动而凸显出来。他具备男人应有的一切,她想要他回来,无论如何她也要得到他。斯嘉丽深吸了一口气。当他转过身来面对着她的时候,她已经准备好了。他扬起一道眉毛问道:

"考虑得如何了,斯嘉丽?"

"你不是要跟我做交易吗,瑞特?"斯嘉丽摆出谈生意的架势,"可是,你又不讨价还价,只是像扔石头一样不停地威胁我。此外,我知道你说要切断你寄到亚特兰大的钱,不过是虚张声势。你最关心的是你在查尔斯顿能不能受到人们的欢迎,但是一个连自己的妻子都撒手不管的男人是得不到人们的赞赏的。一旦真实情况传开,就连你母亲也很难在别人面前抬起头来。

"其二——一大笔钱的问题——你说得不错,我确实很想得到它。但是,如果以我马上返回亚特兰大为条件,那我宁愿不要。我也可以给你交个底,反正你也已经知道了。我做过一些愚蠢的事情,已经是覆水难收了,眼下我在整个佐治亚州已经没有一个朋友。

"不过,我正在查尔斯顿交朋友。你可能不相信我的话,但这是真的,而且我也学到了不少东西。假以时日,等亚特兰大人忘记一些事情,我想我就可以弥补我的错误了。

"所以,我要跟你做一个交易。你不要再对我那么仇视,好好表现,帮助我玩得开心。我们像一对忠诚、幸福的夫妻一样度过这个社交季。然后,等春天到来时,我就回家,从头开始。"

她屏住了呼吸。他不得不答应,他必须答应。社交季会持续几乎八个星期,这期间他们会天天在一起。任何一个两条腿的男人同她在一起待上那么长时间,都会顺从她的。瑞特虽然同其他男人有所不同,但也没有本质上的不同。还没有哪个男人是她斯嘉丽得不到的。

"你的意思是钱还得照样给?"

"当然得照样给,你难道以为我是个傻瓜吗?"

"斯嘉丽,这可不是我想做的交易,你这个交易对我没有一点儿好处。你愿意拿钱走人,我就愿意付钱,但是如果你不离开,我能得到什么?"

"我不会永远赖着不走,而且我也不会告诉你母亲你是个卑鄙小人。"她几乎可以肯定他露出微笑了。

"你知道我们现在航行的这条河叫什么名字吗,斯嘉丽?"

多么愚蠢的问题,他还没有同意社交季的条件呢,这是怎么回事儿?

"它叫阿什利河。"瑞特故意把河的名字念得格外清楚,"这使我想起那位受人尊敬的绅士威尔克斯先生,你曾经觊觎过他的爱情。我见证过你执着的奉献精神,你一意孤行的做法是让人很难接受的。你最近如此和蔼可亲,竟然要把我提升到从前由阿什利占据的那个高位上去,这让我对自己的前景充满了恐惧。"

斯嘉丽打断了他的话,她不得不这样做,因为她看得出来他马上就要拒绝她提出的交易了:"噢,胡说八道,瑞特。我知道追着你毫无意义,你也不会忍受下去。再说,你对我也太了解了。"

瑞特笑了,但笑声中不带任何情绪。"如果你真认识到你说得多么正确,那么我们就能达成交易了。"他回答说。

斯嘉丽很谨慎,没有露出一丝微笑。"我愿意谈条件,"她说,"你的条件是什么?"

这一次瑞特真心地笑了。"看来那个真正的奥哈拉小姐回来了。"他说道,"我的条件是:你去对我母亲说我晚上打呼噜,所以我们一直分房睡觉。在圣塞西莉亚舞会之后,社交季也就结束了,那时你就要表现出渴望回到亚特兰大去的愿望。当你回到那儿以后,你要立刻指定一个律师——亨利·汉密尔顿或其他任何律师,同我的律师会面,协商一个和解协议和一个有约束力的分居协议。不仅如此,从那以后你再也不能踏入查尔斯顿一步,也不能给我或我母亲写信或通过其他方式传递消息。"

斯嘉丽的脑子飞快地转动着,她觉得自己基本上已经赢了,只有分房睡是个问题。也许她应该要求给她更多时间。不对,不是要求,她本来就该同他讨价还价。

"我可以同意你的条件,瑞特,但是你说的时间不行。如果社交季的各种聚会刚刚结束,第二天我就打包走人,人们都会注意到有问题。舞会结束之后你回到种植园去了,然后我才想回亚特兰大去,这样合理多了。我们干吗不把我走的时间定到四月中旬呢?"

"我同意我回到乡下之后,你在城里再逗留一段时间。不过,你四月一日走更合适。"

这比她希望的结果好多了!社交季结束后还可以再待上一个多月。再说,她刚才可没有说他去种植园之后她就待在城里。她可以跟着他到乡下去。

"我不想深究我们俩到底谁是你说的那个愚人[1],瑞特·巴特

---

[1] 四月一号是愚人节。

勒，但是如果你发誓在我离开之前这段时间里你会和和气气地对我，那么这个交易你赚了。如果你又变得尖酸刻薄，那就是你破坏了我们的交易，而不是我，那我就不会离开查尔斯顿。"

"巴特勒太太，你丈夫对你的关爱会让查尔斯顿的每个女人羡慕不已的。"

他又在嘲弄她了，不过斯嘉丽不在乎，反正她已经赢了。

瑞特打开了舱口，带着咸味的空气、阳光和异常强劲的河风立刻涌进船舱里。"你晕船吗，斯嘉丽？"

"我不知道。昨天是我第一次乘船。"

"你很快就会知道了。海港就在正前方，不过还有很长一段路要走。为了保险，你先从你身后的储物柜里拿一个水桶出来。"他很快爬到了甲板上。"把三角帆拉起来，让船抢风行驶。我们的速度慢了。"他迎风喊道。

一分钟后，长凳倾斜的角度已经很可怕了，斯嘉丽发现自己正不由自主地滑向一边。头一天乘坐那条宽大的驳船逆水缓慢上行，丝毫无助于现在她适应一艘急速行驶的帆船。现在帆船顺流而下，和风微微鼓起主帆，速度越来越快，但是仍然和驳船一样平稳。她匆匆爬到舱里那一小截梯子上，挺直了身体，把头伸到了甲板之上。风吹得她喘不过气来，把她头上插着羽毛的帽子也掀走了。她抬头看到帽子在空中飞舞，一只海鸥惊叫着扇动翅膀从这个鸟状物体旁飞走。斯嘉丽开心地笑了。船倾斜得更厉害了，水漫过船舷，留下一片泡沫。真是激动人心！斯嘉丽在风声中隐约听到了潘西惊恐的尖叫声，那姑娘真是个笨蛋！

斯嘉丽把身体稳住，然后继续往梯子上爬，瑞特一声大吼吓得她立刻停住了。只见他迅速转动舵轮，单桅帆船的甲板又恢复到上下轻微颠簸的状态，船帆发出啪啪的声响。瑞特做了个手势，一个船员从他手中接过舵轮，另一个船员正扶着在船尾呕吐的潘西。瑞特两大步走到了梯子上方，怒气冲冲地盯着斯嘉丽："你这个小傻瓜，你的头很可能会被帆桁撞掉。下去，待在你该待的地方。"

"噢，瑞特，不要这样！让我上去，甲板上什么都能看得见，多有意思啊。我想感受风吹在脸上和水沫吹到嘴里的感觉。"

"你不晕船？也不害怕？"

她轻蔑地看了他一眼，算是给他的回答。

"噢，埃莉诺小姐，这真是我这一生中度过的最美好的时光了！我不明白，为什么世界上的男人没有个个都成为水手。"

"我很高兴你过得那么开心，亲爱的，但是瑞特让你暴露在那么强烈的阳光下任由风吹浪打，真是太不像话了。你的脸都红得像一个印第安人了。"巴特勒夫人命令斯嘉丽到她的房间里去，在脸上抹上一些甘油和玫瑰水，然后她开始骂她那个哈哈大笑的高个子儿子，直到他假装羞愧地低下了头。

"如果我把我给你带来的圣诞树装扮起来，晚饭后你会让我吃甜点吗？还是我必须在角落里罚站？"他假装谦卑地问道。

埃莉诺·巴特勒张开双臂以示让步。"我不知道该拿你怎么办，瑞特。"她虽然这样说，却忍不住笑了。她爱她的儿子，不需要任何理由。

那天下午,斯嘉丽正在接受晒伤的药膏治疗时,瑞特给艾丽西亚·萨维奇送去了他从种植园带回来的一个冬青花环,那是他母亲送给她的礼物。

"埃莉诺真好,你也真好。瑞特,谢谢你。你要不要来一杯托迪酒?"

瑞特快乐地接受了这杯酒。两人随意地谈起了反常的天气,三十年前的冬天这里还下过雪,还有一年曾经连续三十八天不停地下雨。他们俩从孩提时代起就认识,两家的花园共用一堵围墙并且共享一株枝叶低垂到围墙两边的桑树。树上每年都会长出甜甜的桑葚,摸一摸手指都会被染成紫色。

"斯嘉丽被那个夜闯女人卧室的北方佬吓得魂不附体,"瑞特和艾丽西亚回忆完往事后说,"我希望你不会介意和一个在你五岁时就看到过你裙底的老朋友谈谈这件事。"

萨维奇夫人开心地笑道:"如果你能忘掉我小时候不爱穿内裙的那段历史,我就可以畅所欲言了。我那时让全家人都感到很绝望,那种状况持续了至少有一年的时间,现在想起来真是可笑……不过,这个北方佬的事情可不是闹着玩的,有人可能会开枪打死这个士兵,并为此付出惨痛的代价。"

"告诉我这个人长什么样,艾丽西亚,我对他有一些自己的想法。"

"我只看到了他一眼,瑞特……"

"那就足够了。高个儿还是矮个儿?"

"高个儿，个子确实很高。他的头只比窗帘上沿儿低一英尺左右，而窗户的高度是七英尺四英寸。"

瑞特咧嘴笑了："我就知道你靠得住。你是我认识的唯一一个能在生日聚会上从房间的一头看出另一头哪个冰激凌球最大的人。我们在背后都叫你'鹰眼'。"

"我好像记得，你们当着我的面还说过其他一些让人不愉快的话。你当时是一个很讨厌的小男孩儿。"

"而你是一个很可恶的小女孩儿。哪怕你穿了内裙，我也会爱上你的。"

"如果你当时没穿，我没准会爱上你。我也看过你的裙底好多回，但是什么也没有看到。"

"行行好吧，艾丽西亚，至少你叫它苏格兰裙。"

他们友好地相视一笑。接着，瑞特继续询问，而艾丽西亚一旦开始回忆，就记起来了很多的细节。那个年轻士兵——非常年轻——动作有些笨拙，就好像他还没有适应自己快速成长的身体。他也很瘦，军装松松垮垮地穿在身上，手腕也明显地露在袖口以外，那套军装很可能根本就不是他本人的。他长着黑头发——"没有你头发那么乌黑，瑞特。顺便一提，你的那绺白头发看起来不错。不对，他的头发肯定是棕色的，只是在阴影里颜色显得更暗。"是的，头发剪得很整齐，几乎没有用发油，不然她肯定会闻到马卡发油的气味。艾丽西亚一点点地拼凑起了她的全部记忆，然后她的声音开始颤抖起来。

"你知道那个人是谁，是吗，艾丽西亚？"

"我肯定想错了。"

"你肯定想对了。你有一个儿子,年龄与这个人相仿——十四或十五岁——你肯定也认识他的那些朋友。当我一听说这件事情,我就认为这肯定是一个查尔斯顿男孩儿干出来的事情。你难道真的以为一个北方佬士兵半夜闯进一个女人的卧室,只是为了看一眼她盖着被子的轮廓?这不是什么恐怖事件,艾丽西亚,这只是一个可怜的男孩儿对自己迅速发育的身体感到困惑而已。他想知道一个没穿紧身内衣和裙撑的女人的身体是什么样子,他想知道的东西太多,以至于只能去偷看睡梦中的女人。很可能当他看到一个穿戴整齐并且醒着的女人时,他还会为自己的想法感到羞愧。可怜的小魔鬼。我估计他的父亲死于内战,所以身边没有一个可以与他交流的男人。"

"他有一个哥哥……"

"哦?那么也许我错了,或者你想到的那个男孩儿并不是他。"

"恐怕我没想错。他叫汤米·库珀,是他们那帮孩子中长得最高也是最爱干净的一个。还有,我卧室那件事发生两天之后,我在大街上碰上了他,当我向他打招呼的时候,他差一点儿把自己给噎住了。他父亲在奔牛河战役中被打死了,汤米从来没有见过他父亲,他哥哥比他大十岁或十一岁。"

"你说的这个人的哥哥就是爱德华·库珀,那个律师吗?"

艾丽西亚点点头。

"那就不奇怪了。库珀是我母亲联盟之家委员会的成员,我在我家里见过他。他的性格就像一个阉人,所以汤米也不可能从他那里得到任何帮助。"

"他才不是个阉人呢,他只是完全陷入了对安妮·汉普顿的迷恋,顾不上他弟弟的需要罢了。"

"这么说也行,艾丽西亚。不过,我要去会会这个汤米了。"

"瑞特,你不能去,你会把这个可怜的孩子吓死的。"

"这个'可怜的孩子'把查尔斯顿的女人都吓死了。谢天谢地,没有发生真正可怕的事情。下一次他很可能会失去控制,或者被人开枪打死。他住在哪儿,艾丽西亚?"

"教堂街,就在布劳德街的拐角处,圣迈克尔胡同南侧那排砖房的中间那一间。但是,瑞特,你怎么跟他说呢?你不能就这么走进去,抓住汤米的衣领就把他拖到街上来。"

"相信我吧,艾丽西亚。"

艾丽西亚举起两只手捂住瑞特的脸颊,轻轻地在他嘴唇上吻了一下:"你能回家来真是太好了,邻居。愿汤米好运。"

当汤米回到家时,瑞特正和他妈妈坐在库珀家的阳台上喝茶。库珀太太让孩子进屋把课本放下,再把手和脸洗干净。"巴特勒先生要带你到他的裁缝那里去,汤米。他有个侄子住在艾肯,跟你一样长得太快了,他要你帮他试一试几件衣服,好给他侄子挑一件合身的作为圣诞礼物。"

一走出大人的视线,汤米就做了个可怕的鬼脸。接着,他想起了他听说过的有关瑞特年轻时放荡不羁的那些事情,于是他觉得跟瑞特走一趟、给瑞特帮个忙是件开心事,说不定他还可以大着胆子问巴特勒先生几个正在困扰他的问题。

其实,汤米根本不必问。当他们刚走到离他家一定距离之外的时候,瑞特就伸出一只手臂搂住了男孩儿的肩头。"汤姆[1],"瑞特对汤米说,"我想给你上几堂非常有价值的课。第一堂课就是教你如何对一位母亲说谎,还要让她信服。一会儿坐有轨电车的时候,我们就详细说一说有关我的裁缝、他的裁缝店和他的习惯等等问题。你要在我的帮助下好好练习,直到你能顺利地讲完这个故事。因为我根本没有一个侄子在艾肯,而且我们现在也不是去裁缝店,而是坐车去拉特利奇大道的尽头,然后为了健康走上一段路,最后到一所房子里去,我想让你见一见我的几个朋友。"

汤米·库珀同意了,没有提出任何异议。他早已习惯了按照大人们的吩咐去做事,而且他喜欢巴特勒先生称他为"汤姆"。在这个下午结束、汤姆被送回他母亲身边之前,这个男孩儿一直以看英雄的崇拜目光看着瑞特。瑞特知道在接下来的几年里,汤姆·库珀将成为他的累赘。

他也相信汤姆永远也不会忘记他即将见到的那几个朋友。查尔斯顿在历史上创造过很多"第一",其中一个是第一家有记录的"只为绅士服务"的妓院。在这家妓院存续的前两个世纪里,它的地址几经变换,虽历经战争、时疫和飓风,它的业务却一天也没有停止。这所妓院的特色之一,就是温和而谨慎地把成年的

---

[1] 汤姆(Tom)是汤米(Tommy)的昵称。

乐趣介绍给懵懵懂懂的年轻男孩儿。瑞特有时候会忍不住想，他自己的父亲身为查尔斯顿的一名绅士，对各种事情都非常重视，唯独对这一传统不以为然，要不然瑞特的生活肯定会同现在截然不同……但是，过去的事情已经过去了，他咧着嘴唇露出一个苦笑。不过，至少他现在可以充当起汤米已故父亲的角色。那位父亲要是仍然活着也一定会这么做的。传统确实有它们的价值所在，其一就是从现在起再也不会有北方佬半夜闯入女人卧室的事情发生了。瑞特回到家，喝了一杯酒以示自我庆祝后，去火车站接他妹妹的时间正好也到了。

第十九章

"要是火车提前到了呢,瑞特?"埃莉诺·巴特勒在两分钟内已经第十次看钟了,"我总是担心天黑了露丝玛丽一个人待在火车站里,她那个女仆还没有训练好,这你是知道的。而且我认为,那个女人的脑子也不太聪明,我不明白露丝玛丽为什么还能忍受得了她。"

"那趟火车历来都要晚点四十分钟以上,妈妈。即使它今天正点到,也还有半个小时的时间呢。"

"我就是要你留出到那里的充足时间。我应该自己去接她,我开始不知道你会回来,本来都已经计划好了。"

"不要担心,妈妈。"瑞特再次向母亲解释了刚才说过的问题,"我已经雇好了一辆出租马车,用不了十分钟就到了。到火车站只需要五分钟,所以我会提前十五分钟到达那里,火车还会晚点一个多小时,等露丝玛丽挽着我的胳膊回到家时,正好赶上吃晚饭。"

"我可以和你一起去吗,瑞特?我想呼吸一下新鲜空气。"

斯嘉丽脑海里出现了她和瑞特两人整整一个小时一起待在马车狭小车厢里的情景，她会问他很多关于他妹妹的事情，这是他喜欢的话题。他非常疼爱露丝玛丽，只要他多说几句，斯嘉丽也许就能知道露丝玛丽是个什么样的人。她很担心露丝玛丽不喜欢她，那样露丝玛丽就会成为第二个罗斯。虽然她这个小叔子给她写了一封言辞华丽的道歉信，但这并没有减少她对他的厌恶之情。

"不行，亲爱的，你不能和我一起去。我要你就像现在这样好好地坐在这张沙发上，继续用敷布治疗你晒伤的眼睛，它们都还肿着呢。"

"你要我陪你去吗，亲爱的？"巴特勒夫人把手中的编织物团成一团，放到一边，"我担心你等的时间会很长。"

"那有什么关系，我不在乎等多久，妈妈。我正在准备明年开春时种植园的种植计划，等待的时候正好可以想一想。"

斯嘉丽把身子向后靠在靠垫上，心里并不希望瑞特的妹妹回到家里来。她并不清楚露丝玛丽到底是一个什么样的人，她觉得还是不知道为好。从她听到人们关于露丝玛丽的只言片语和闲话中，她只知道露丝玛丽出生时埃莉诺·巴特勒已经年过四旬，所以有人怀疑这个孩子是"换来"的，背地里一直耻笑露丝玛丽。不仅如此，她现在还是一个老姑娘，是内战的家庭牺牲品之一：战争开始之前她还太年轻，没到结婚的年龄；战争结束后，她不仅相貌平平而且人又太穷，很难引起战后为数不多的男人的兴趣。瑞特回到查尔斯顿以及他惊人的财富使人们议论纷纷。现在的露丝玛丽终于有一份丰厚的嫁妆了,但是她始终在外地游荡,不是在这个城市看望某个亲戚就是在那个城市拜访某个朋友。难道她想在那些地方找一个丈夫吗?难道查尔斯顿的男人都配不上她了吗?所有人都在等待她宣布订婚的消息,结果等了一年多却连一点儿模糊的迹象都没看到,更不用说订婚了。艾玛·安森把这种情况称为"待价而沽"。

斯嘉丽心里一直在琢磨:露丝玛丽要能嫁出去她才高兴呢,至于瑞特会为此付出什么代价她都无所谓。斯嘉丽也不希望露丝玛丽住在家里,就算露丝玛丽难看得像一堵泥巴墙,她还是比斯嘉丽年轻,而且又是瑞特的妹妹,肯定会抢走她哥哥的很大一部分注意力。这时,斯嘉丽听到了外面门打开的声音,不觉紧张起来,此时离晚饭时间还差几分钟。露丝玛丽到了。

瑞特走进书房,朝母亲微微一笑。

"你那个到处流浪的女儿终于回来了,"他说,"她身体很好,脑子也没有问题,现在就像一头饿得发疯的狮子。等她洗好手,大概就会上这里来,直接把你给吃了。"

斯嘉丽忧虑地看着书房的门,没过多久那位年轻的女人就走进门来,脸上挂着愉快的微笑。她看上去并没有一点儿野性,但是斯嘉丽还是大吃一惊,就好像她真是一头长着鬃毛、大声咆哮的狮子。她同瑞特长得太像了!不对,不仅仅是像而已,她长着同他一样的黑眼睛、黑头发和白牙齿,但那都不是真正的相同之处,更像的是她的神态举止——她似乎就这么掌控了局面,和他如出一辙。我不喜欢,一点儿都不喜欢。

她眯缝起绿眼睛仔细打量着露丝玛丽。露丝玛丽的相貌并非人们所说的那么难看，但是她丝毫没为自己打扮一下。看看她，把头发扎成一个大大的结吊在后颈上，甚至连耳坠也不戴，白长了一双不错的耳朵。脸色暗黄，我估计如果瑞特不是成天在太阳下晒着，他的皮肤也会是这个样子。但是，她只要穿上一件鲜艳的连衣裙就能掩饰这个不足，而她却挑了一件阴暗的棕绿色连衣裙，真是糟糕透顶。也许，我可以多少帮助她一下。

"看来，这就是斯嘉丽了。"露丝玛丽四大步就穿过房间向她走了过来。噢，天哪，斯嘉丽想，我一定要教教她怎么走路，男人可不喜欢大步流星的女人。斯嘉丽在露丝玛丽走到自己跟前之前站了起来，脸上露出姐姐般的微笑，并且仰起头准备接受小姑子的社交之吻。

露丝玛丽并没有按时兴的方式送上自己的脸颊，而是直率地盯着斯嘉丽的脸看。"瑞特说你像一只猫，"她说，"我现在明白他说的意思了，尤其你还长着一双绿眼睛。我真诚地希望你对我温柔地喵喵叫，而不是嫌弃我，斯嘉丽。我希望我们成为朋友。"

斯嘉丽无声地张大了嘴，她已经震惊得说不出话来了。

"妈妈，晚饭肯定准备好了吧。"露丝玛丽转过身去说道，"我对瑞特说，他就是一个欠考虑的莽汉，也不知道带点儿吃的到火车站来。"

斯嘉丽扭头看着瑞特，不禁怒上心来。瑞特懒洋洋地靠在门框上，咧着嘴露出讥讽的笑容。她心想，真是个莽汉！是你让她这么说的吧。"像一只猫",我像吗?我倒真想让你看看猫像什么样子,一爪子把你的嘲笑从眼珠子里挠出来。斯嘉丽迅速瞥了露丝玛丽一眼,她也在笑吗?没有,她正拥抱着埃莉诺·巴特勒。

"晚饭好了,"瑞特说,"我看见马尼戈来通知我们吃饭了。"

斯嘉丽把盘子里的食物扒过来又扒过去,她不仅感到脸上的晒伤隐隐作痛,露丝玛丽的傲慢态度也让她感到头疼。瑞特的这个妹妹是一个易于激动、性格张扬且固执己见的家伙,而且还喜欢争吵。她声称,她刚刚在里士满看望过的那些个表亲兄弟姐妹都是些不可救药的笨蛋,在那里度过的每一分钟都让她感到心烦。她绝对肯定那帮人中间没有一个读过一本书——至少没有读过一本值得一读的书。

"噢,亲爱的。"埃莉诺·巴特勒温柔地说道,恳求的目光却望着瑞特。

"表亲兄弟姐妹们都不好处,露丝玛丽。"他微笑着对她说,"让我告诉你汤森德·埃林顿表弟的最新情况吧。我最近在费城见过他,那次会面害得我一个星期眼睛都模糊不清,因为我一直想直视他那双斗鸡眼,结果当然是我自己被弄得头晕目眩。"

"我宁愿头晕目眩也不愿无聊得要死!"他妹妹打断了他的话,"你能想象那有多烦吗?晚饭后我们居然要坐在一起听米兰达表妹朗读威弗利小说。简直都是些多愁善感的废话!"

"我一直都很喜欢司各特的作品,亲爱的,我觉得你以前也很喜欢他的。"埃莉诺息事宁人地说道。

露丝玛丽却不买账:"妈妈,我当时还不知道有更好的作家,那都是多年前的事了。"

斯嘉丽十分渴望地想到了每天晚饭后她和埃莉诺小姐一起享受过的宁静时光,现在露丝玛丽回来了,那样的好时光显然也就不复存在了。瑞特怎么可能如此喜欢露丝玛丽呢?她现在的样子简直像是要和他打起来了一样。

"如果我是个男人,你就会让我去了。"露丝玛丽对瑞特大叫道,"我一直在看亨利·詹姆斯[1]先生写的那些有关罗马的文章,我觉得如果我不能亲身到罗马看看,我会因为无知而死。"

"但你不是男人,亲爱的。"瑞特平静地回答说,"你到底是从哪里得到的那些《民族》[2]杂志的?看那种自由派的破杂志,你可能会被吊死的。"

斯嘉丽一直竖起耳朵听着,这时她插话道:"你为什么不让露丝玛丽去呢,瑞特?罗马又没多远,而且我肯定我们认识的人里一定有人在那儿有亲戚。那里并不比阿森斯远,塔尔顿家的人在阿森斯就有一大堆表亲兄弟姐妹。"

露丝玛丽目瞪口呆地看着她。"塔尔顿家的人是谁,阿森斯同罗马又有什么关系?"她问道。

瑞特假装咳嗽几下,以掩饰他的笑声。然后他清了清嗓子。

---

[1] 亨利·詹姆斯(Henry James,1843—1916),美国小说家、文学批评家、剧作家。他的代表作有《一位女士的画像》《一个美国人》。
[2] 《民族》杂志,英文名 *The Nation*,是美国舆论杂志中历史较久的期刊,于1865年出版,主要内容有文化、风俗、艺术、社会、科学等。

"她说的阿森斯和罗马都是佐治亚州的乡村小镇的名字,露丝玛丽。"他不紧不慢地解释说,"你想去看看吗?"

露丝玛丽两手捂住脑袋,用这种戏剧性的动作表示她的绝望:"我简直不敢相信自己的耳朵。行行好吧,谁想去佐治亚州?我想去的是罗马,真正的罗马,那座在意大利的永恒之城!"

斯嘉丽感到自己的脸颊发烫,我应该想到她说的是意大利的罗马。

但是,不等她像露丝玛丽那样大吵大闹起来,餐厅的门砰的一声被人撞开了,所有人都震惊得安静下来。只见气喘吁吁的罗斯跌跌撞撞地走进烛光照亮的餐厅。

"救救我,"他喘息道,"卫兵在追我。我刚刚枪杀了那个闯进女人卧室的北方佬。"

仅仅几秒钟的时间,瑞特已经大步走到了弟弟的身旁,抓住了他的胳膊。"我的单桅帆船就停在码头上,今晚正好没有月亮,我们俩可以驾驶这艘帆船逃走。"他冷静而不容置疑地说。离开餐厅前,他又扭头轻声对她们说道:"就说我一把露丝玛丽送到家就走了,为了赶潮水回到上游的种植园去。你们今天谁也没有见过罗斯,也不知道他的任何事情。我会给你们带话回来的。"

埃莉诺·巴特勒十分从容地从椅子上站起来,就好像这只是一个再平常不过的夜晚,而她刚刚吃完晚饭一样。她走到斯嘉丽身边,伸出一只手臂搂住她的肩膀。斯嘉丽全身不住地颤抖。北方佬就要来了,他们要绞死罗斯,因为他枪杀了一个北方佬;他们还要绞死瑞特,因为他企图帮助罗斯逃跑。他为什么不让罗斯自己去呢？在北方佬就要到来的危急关头，他没有权利扔下他家里这些毫无保护的女人。

这时，埃莉诺说话了，尽管她的声音依然像往常一样轻柔和慢条斯理，但是字字句句都透露出钢铁般的坚毅："我把瑞特的餐盘和银器都拿到厨房里去，还要告诉仆人们该说些什么，绝不能暴露出他在这里的任何迹象。你和露丝玛丽把餐桌重新摆成三个人吃饭的样子，好吗？"

"我们该怎么办，埃莉诺小姐？北方佬就要来了。"斯嘉丽心里很清楚她必须保持冷静，心中的恐惧让她对自己也感到鄙视，但她就是控制不住这种恐惧心理。她也想过北方佬并非青面獠牙的魔鬼，他们不过是一些荒唐可笑和总给人找麻烦的家伙，但是一想到占领军可以以法律之名为所欲为，她又禁不住浑身颤抖。

"我们继续把晚饭吃完。"巴特勒夫人说，眼睛里开始露出了笑意，"然后，我想我要为你们朗读《艾凡赫》[1]。"

"你们难道就没有更好的办法打发时间，只知道欺负良家妇女吗？"露丝玛丽攥紧的双拳藏在身后，冲着联邦军队的一名上尉吼道。

"你坐下，别说话，露丝玛丽。"巴特勒夫人说，"我为我女

---

1 《艾凡赫》(*Ivanhoe*)又译作《艾芬豪》《劫后英雄传》等，是英国作家沃尔特·司各特的长篇历史小说。

儿的无礼行为道歉,上尉。"

上尉并不为埃莉诺息事宁人的礼貌道歉所动,他命令手下的士兵道:"快去,搜查整座房子。"

斯嘉丽仰卧在躺椅上,脸和浮肿的眼睛上盖着治疗晒伤的甘菊敷布。她很庆幸有这些敷布保护着她,使她不必去看那些北方佬。埃莉诺小姐的头脑是多么冷静啊,竟然把书房布置成了病房的样子。尽管如此,好奇心还是让她感到坐卧不安。因为现在只能用耳朵听,所以她不知道周围发生了什么。她先是听到了杂乱的脚步声,后来又听到了关门的声音,接下来就是一片寂静。那个上尉已经走了吗?埃莉诺小姐和露丝玛丽也走了吗?她再也无法忍受了,慢慢抬起一只手,轻轻揭开了盖在眼睛上的敷布的一角。

她看见露丝玛丽坐在离书桌不远处的一张椅子上,正从容地阅读一本书。

"嘘!"斯嘉丽压低声音说道。

露丝玛丽立刻合上书并用一只手遮住了书名。"怎么啦?"她也压低声音回答道,"你听见什么了吗?"

"没有,什么也没听见啊。你在干什么?埃莉诺小姐在哪儿?他们把她抓起来了吗?"

"看在上帝的分上,斯嘉丽,你为什么要压低声音悄悄地说话?"露丝玛丽恢复了正常说话的声音,但是斯嘉丽觉得她的声音大得可怕,"那些当兵的正在房子里搜查武器,查尔斯顿的所有武器都被他们没收了。妈妈正跟着他们呢,以防他们把别的东西也没收走了。"

仅此而已吗？斯嘉丽悬着的心终于放了下来。这所房子里根本没有武器，她之所以知道是因为她曾经想找一件来防身，却一无所获。她闭上眼睛，很快就进入了似睡非睡的状态。这真是漫长的一天。她想起了疾驶的单桅帆船在河面激起的浪花，一时间她心里很羡慕瑞特能够在星光下驾船航行。如果是她而不是罗斯现在陪着瑞特，那该多好啊。她并不担心瑞特被北方佬抓走，她从来都不为他担心，因为他是不可战胜的。

埃莉诺·巴特勒送走联邦军队的士兵后，回到了书房里。她把身上的羊毛披肩裹到了熟睡中的斯嘉丽身上。"不必叫醒她了，"巴特勒夫人轻声说道，"她在这里睡得也很舒服。我们也去睡吧，露丝玛丽。你经历了长途旅行，我也累了一天，明天肯定又有好多事情要做。"她看到了那本《艾凡赫》，书签已经插到了不少页之后，不禁微微一笑。露丝玛丽读起书来速度很快，而她的思想却并不像她自以为的那样时髦。

第二天早晨，整个市场上都是乱哄哄的一片。有的人在愤怒地咒骂，也有的人想策划一些报复行动。斯嘉丽轻蔑地听着周围人激动的谈话。这些查尔斯顿人到底在想什么？难道北方佬会允许人们随便枪杀他们的人而袖手旁观吗？如果他们想争辩或者抗议，只会把事情搞得更糟。当年在阿波马托克斯镇，李将军说服格兰特将军允许南方联盟的军官们在投降后保留他们的随身武器。这么长时间过去了，有没有那些武器又有什么不同吗？

南方从那时起就已经彻底失败了。你们现在穷得连子弹都买不起,留着你们的左轮手枪又有何用?至于决斗用的手枪,除了男人们拿来炫耀他们的勇敢精神并把自己愚蠢的脑袋打爆之外,它们毫无用处!谁还会留着它们?

她一直闭口不言,专心买自己的食物,要不然这点儿事永远也干不完。甚至连埃莉诺小姐也像一只无头苍蝇似的到处乱窜,逢人便急不可待地同她们窃窃私语。

"她们都在说,男人们想把罗斯所做的事情做到底,"在回家的路上,她告诉斯嘉丽,"他们无法忍受北方佬的军队把自己的家园洗劫一空。现在男人们都已经气晕了,我们女人就不得不站出来管事。"

斯嘉丽感到了一丝恐惧的寒意,她原以为人们只是口头上嚷嚷而已。她决不允许任何人把事情弄得更糟!"我们不能管这件事!"她坚定地说,"我们唯一能做的就是低调行事,静待这场风波自己平息下去。瑞特肯定已经带着罗斯逃到了安全的地方,要不然我们早就听到坏消息了。"

巴特勒夫人惊讶不已地看着斯嘉丽:"我们决不能让联邦军队逃脱惩罚,斯嘉丽,他们干的那些事情你肯定都看到了。他们已经搜查过我们的房子,已经宣布即将实行宵禁,并且他们正在逮捕所有在黑市上贩卖限制商品的商人。如果任由他们这样为所欲为,我们很快就会再次回到一八六四年的艰难处境中去,被他们踩在脚下,连呼吸的自由都没有。那是绝对不行的。"

斯嘉丽心想,难道全世界都疯了?这帮只会喝喝茶、绣绣花边的查尔斯顿淑女在想什么呢，难道她们还能反抗一支军队？

两天之后的那个晚上，她得到了答案。

露辛达·雷格的婚礼本来早就定在了一月二十三日，请柬已经写好，准备一月二日送出去，但最后根本没有使用。露丝玛丽·巴特勒将露辛达的母亲、她自己的母亲和查尔斯顿的所有女士一起合谋的这个行动，评价为"可怕的高效率"。十二月十九日晚上九点，露辛达的婚礼突然提前在圣迈克尔教堂举行。就在宵禁开始的那一刻，从挤得水泄不通且装饰得格外漂亮的教堂的每一扇敞开的门和窗户里传出了庄严的婚礼进行曲，驻扎在圣迈克尔教堂街对面的警备队也清楚地听到这首乐曲。后来某个军官当着他家厨子的面对自己的老婆说，他还从来没见过手下的士兵如此紧张不安，甚至在他们进军蛮荒之地之前也没有如此紧张过。第二天，全城的人都听说了这个故事，个个都开怀大笑，但是没有一个人感到惊讶。

到晚上九点半，老查尔斯顿的所有人都从圣迈克尔教堂里鱼贯而出，徒步沿着米廷街前往南卡罗来纳大厅参加招待宴。男女老少，下至五岁的孩子，上至九十七岁的老人，都在温暖的夜风中缓缓而行，一路欢声笑语，就这样公然违抗了宵禁令。联邦军队司令官根本不可能谎称不知道发生了这件事情，因为这件事就发生在他们的眼皮子底下。他们也不可能把这些违法的人都抓起来，警备队里只有二十六间牢房，即使把所有办公室和走廊都用上，也关不下这么多人。连圣迈克尔教堂也得事先就把所有的椅子搬到平静的墓地里，才能腾出空间让那么多人挤进去，肩并肩地站在教堂里。

在招待宴上,人们也不得不轮流走到拥挤的舞厅外的圆柱门廊上,呼吸一下新鲜空气,同时看看纪律严明而又无可奈何的北方军士兵在空荡荡的街道上徒劳地巡逻。

瑞特当天下午就回到了城里,他带来消息说罗斯已经安全地抵达了威尔明顿。斯嘉丽在门廊上向他坦白说,即便有他陪着她,她也不敢去参加露辛达的婚礼:"我不相信一帮只知道喝茶聊天的女人能够同北方佬的军队抗衡。我必须坦白地说出来,瑞特,这些查尔斯顿人真的是胆大妄为。"

他微笑道:"我热爱这些傲慢的笨蛋,每一个都爱,甚至连可怜的罗斯也爱。他向那个北方佬打的那一枪偏了十万八千里,但愿他永远也不要知道这个真相,不然他会羞死的。"

"他根本就没有枪杀他?我估计他当时又醉得不轻。"她的声音里充满了轻蔑,但是紧接着她的脑子里又充满了恐惧,"这么说,那个夜闯女人卧室的混蛋仍然逍遥法外!"

瑞特拍了拍她的肩膀:"不,你就放宽心好了,亲爱的,你再也不会听到这个家伙的消息了。我兄弟的事以及露辛达仓促的婚礼已经让北方佬懂得敬畏上帝了。"他自鸣得意地咯咯笑起来。

"你笑什么?"斯嘉丽怀疑地问道。她最讨厌别人大笑时她却不知道他们为何要笑。

"这个你理解不了。"瑞特回答说,"我是庆祝自己孤身一人就解决了一个问题,不过我那个笨手笨脚的兄弟却更胜一筹:他不经意间竟然给了整座城市一个寻开心和自以为傲的机会。你看看他们,斯嘉丽。"

门厅已经越来越拥挤了。露辛达·雷格,现在成了露辛达·格里姆波尔,正把手里的花束扔向街上的北方佬士兵。

"哼!要是我就向他们扔砖头!"

"我肯定你会的,你总是喜欢肤浅的东西。露辛达的做法可是需要想象力的。"他刚才愉悦而懒洋洋的语调突然又变得尖酸刻薄了。

斯嘉丽一扬头,说道:"我进去了。我宁愿在里面闷死也比在这里受侮辱强。"

露丝玛丽正好站在旁边一根柱子的阴影里,对瑞特话里的残忍以及斯嘉丽话里的愤怒和痛苦感到痛心。当天夜里大家都入睡之后,她来到瑞特正待着看书的书房敲了敲门,然后走进去并关上了身后的门。

她的脸上明显留着哭泣的泪痕。"瑞特,我一直以为我了解你,"她脱口而出,"但是我其实根本不了解你。我听到了今晚你在南卡罗来纳大厅的门廊里对斯嘉丽说的那些话,你怎么能对自己的妻子如此刻薄?下一个遭殃的人又是谁?"

第二十章

瑞特立即站起来，张开双臂向妹妹走去。但是，露丝玛丽伸出双手，手掌向外挡住了他，并且向后退去。他痛苦地阴沉着脸，双臂垂在身体两侧，一动不动地站在那里。他一直想保护露丝玛丽不受到伤害——这是最重要的，但是现在他恰恰成了她痛苦的根源。

他脑海里再次出现了露丝玛丽短暂的悲惨遭遇和他在其中所扮演的角色。瑞特从来没有后悔或解释过自己年轻时干过的那些狂放不羁的事情，他并不为任何事情感到羞耻，然而唯有自己给这个小妹妹带来的影响让他感到愧疚。

因为他对家庭和社会的反叛和蔑视，他父亲同他断绝了父子关系，所以当露丝玛丽出生后做记录时，瑞特的名字在巴特勒家族的家用《圣经》上仅仅是被墨水抹掉的一行字[1]。她比他小了二十多岁，当他第一次见到她时她已经十三岁，是一个长腿、大

---

[1] 家用《圣经》通常是一个家庭中使用多年甚至代代相传的一本《圣经》。人们常在这本《圣经》的空白处记载家庭成员的出生、死亡、婚嫁、受洗等重大事件。

脚、胸部刚刚开始发育的笨拙女孩儿。他们的母亲一生中违抗丈夫的命令只有为数不多的几次，其中一次就是在瑞特开始穿越封锁线的危险生活、在联邦舰队的鼻子底下把物资偷偷运进查尔斯顿港的时候。那天，她带着露丝玛丽来到了他那艘船停泊的码头上。瑞特虽然表面不动声色，但是这个小妹妹的困惑和需要触动了他内心深处的爱和柔情，他以他们的父亲从未给过他们的温暖从心底里欢迎她的到来。而露丝玛丽则用他们的父亲从未在他们身上激发出的信任和忠诚回报他。尽管从兄妹俩第一次见面直到十一年后瑞特重新回到查尔斯顿时为止，两人见面的次数也只有十多次，但是他们之间紧密相连的纽带从来没有断裂过。父亲去世之后，瑞特慷慨资助母女俩生活的钱也就再也没有人加以阻止或退回了。母亲也曾经向他保证说，露丝玛丽身体健康，生活幸福，他也就相信了。这件事让他永远不能原谅自己。他后来责备自己，他本应该更警惕、更留心她们的生活，要是那样的话，他妹妹长大后也许就不会对所有男人一概不信任，也许就会恋爱、嫁人并有了自己的孩子。

而事实却是，当他回到家里的时候，他看到的是一个二十四岁的老姑娘，并且依然同他们第一次见面时一样笨拙。除了他，她同任何其他男人都无法相处；她用小说中的虚构生活来替代现实世界中的不确定生活，拒绝接受这个社会对女人相貌、思想和行为举止的所有规范。露丝玛丽是一个直率得令人沮丧而又完全没有女性的诡计和虚荣心的人。

瑞特爱她，也尊重她桀骜不驯的独立性。他无法弥补他不在她身边那些年的缺憾，但是他可以给予她一个最为珍贵的礼物——他内心的自我。他对露丝玛丽绝对诚实，平等地同她谈话，偶尔甚至还会向她袒露内心的秘密，这是他对任何其他人都从来没有做过的事情。她也意识到他具有极大的天赋，所以她崇拜他。在瑞特回家之后的十四个月里，这个个子过高、爱紧张、不谙世事的老姑娘和这个精于世故、看破红尘的冒险家成了最亲密的朋友。

现在，露丝玛丽感到自己被欺骗了，她在这个她以为始终善良和慈爱的哥哥身上看到了残忍，这是她以前所不知道的瑞特的另一面。她困惑了，不再信任他了。

"你还没有回答我的问题，瑞特。"露丝玛丽发红的眼睛里流露出指责的目光。

"对不起，露丝玛丽，"他小心翼翼地回答说，"真遗憾你恰好听到了我说的那些话。那是不得已而为之的事情，因为我想让她离开我，离开我们大家。"

"可是，她是你的妻子！"

"我已经离开她了，露丝玛丽。我提出过离婚，她不干，但是她心里又明白这段婚姻已经走到了尽头。"

"那么，她为什么要跑到这里来？"

瑞特耸耸肩："也许我们应该坐下来说，这可是一个又长又无聊的故事。"

瑞特不紧不慢、有条不紊且毫无感情地把斯嘉丽之前的两次婚姻，他如何向她求婚以及斯嘉丽为了他的钱而答应嫁给他的事一五一十地告诉了他的妹妹。他还告诉露丝玛丽,在他认识斯嘉丽之后的这些年里,她一直近乎痴迷地爱着阿什利·威尔克斯。

"但是,既然你知道这一切,为什么还要娶她?"露丝玛丽问道。

"为什么?"瑞特咧着嘴笑了笑,"因为她是那样激情似火、生性莽撞并且倔强勇敢;因为不论她如何装腔作势,她仍然还是个孩子;因为她同我认识的所有女人都截然不同。她让我着迷,让我愤怒,让我发疯。我爱她之强烈就像她爱阿什利。我第一眼看到她时就爱上了她。这是一种病。"他的话里有着沉重的悲哀。

他垂下头用双手捂着脸,全身颤抖着笑起来。他的声音从捂着脸的指间传出来,有些模糊不清:"生活就是一出荒诞滑稽的恶作剧。现在,阿什利·威尔克斯已经是自由之身,随时都可以同斯嘉丽结婚,而我正想摆脱她,这反而促使她下定决心要得到我,因为她只想要那些她不可能得到的东西。"

瑞特抬起头。"我担心,"他平静地说,"担心一切又会从头开始。我知道她无情而绝对自私,就好像一个孩子,哭着闹着要某个玩具,但是一旦得到它了,就会把它打碎。但是,当她从某个角度歪着头,或者她开怀大笑,或者她突然看起来迷茫无助的时候,我又会忘记我明知道的一切。"

"我可怜的瑞特。"露丝玛丽伸出一只手放到他的胳膊上。

他也伸出一只手放到她的手背上。然后,他冲她微微一笑,又恢复了常态。"亲爱的,你眼前看到的这个男人曾经是密西比河上的传奇人物。我一辈子都在赌,从来还没有输过。这一把我也同样会赢。斯嘉丽和我已经达成了一个交易,我不能冒险让她在这幢房子里住得太久,否则我要么会再次爱上她,要么就会杀了她。所以我用黄金引诱她,在金钱和她对我所说的永恒的爱情之间,她对前者的贪婪还是占了上风。等到社交季结束之后,她就会永远离开这里了。在那之前,我要做的就是同她保持距离,比她更能坚持,以智取胜。我迫不及待地盼望着这一天的到来。她讨厌输,并且对此毫不隐讳。要是我打败的只是一个从来没有赢得过胜利的笨蛋,那就毫无乐趣可言了。"他充满笑意的眼睛看着他的妹妹,然后两个人的表情都变得严肃起来,"要是妈妈知道我的婚姻那么痛苦,肯定会崩溃的,但要是她知道我已经抛弃了这段婚姻,那么不论它多么不幸,她都会感到耻辱。这件事真让我左右为难。只有这样斯嘉丽才会离开,我才会成为受到伤害但能够勇敢面对的那一方,并且也不会有任何人因此蒙羞受辱。"

"你不后悔?"

"只后悔曾经当了一次傻瓜——几年前当的。绝不再当傻瓜将是对我最大的安慰,也会极大地减轻第一次带给我的耻辱。"

露丝玛丽瞪大眼睛,毫不掩饰她的好奇心:"要是斯嘉丽改变了呢?她也可能变得成熟起来的。"

瑞特大笑:"让我引用这位女士自己说过的一句话吧:'那得等到猪会飞的时候。'"

第二十一章

"走开!"斯嘉丽把头埋进枕头里。

"今天是星期天,斯嘉丽小姐,你不能睡懒觉,宝琳小姐和尤拉莉小姐正等着你去呢。"

斯嘉丽无奈地嘟囔了一声。就这一条足以让人变为圣公会教徒,他们至少可以多睡一会儿懒觉,圣迈克尔教堂的礼拜活动要到上午十一点才开始。她叹了一口气,下了床。

一见到她,两个姨妈就迫不及待地向她介绍即将到来的社交季。她耐着性子听着尤拉莉和宝琳给她讲懂礼节、保持低调、尊重长辈和举止淑女的重要性。省省吧!她对这些规矩可是再熟悉不过了。从她学会走路时开始,母亲和嬷嬷就一直给她灌输这些东西。当她们朝圣玛丽教堂走去的时候,斯嘉丽一直叛逆地咬紧牙关,两眼盯着自己的脚。她偏偏不听她们那一套,就是这样。

但是,当她们回到姨妈家里吃早饭时,宝琳的话却让她不得不认真对待。

"你不要气呼呼地看着我,斯嘉丽,我是为了你好才把别人的话告诉你。有传言说,你有两套全新的舞会礼服。当所有人都很知足地穿着已经穿了好几年的旧衣服的时候,你这样做简直就是一桩丑闻。你初来乍到,必须小心翼翼地维护你的名声,还要维护瑞特的名声。你应该知道,人们对他的看法仍然持保留态度。"

斯嘉丽不由得心里一沉。如果她坏了他的事,他肯定不会饶过她。"这跟瑞特有什么关系?请告诉我,宝琳姨妈。"

宝琳向斯嘉丽娓娓道来。其实都是些陈谷子烂芝麻的事情:他被西点军校开除,他父亲因为他放荡不羁的行为断绝了同他的父子关系,人人都知道他是靠卑鄙的手段发了财,先是在密西西比河的船上做职业赌徒,然后在加利福尼亚为争夺金矿打架,而最恶劣的就是同流氓无赖和外来投机商打得火热。当然,他也是一个南方联盟的勇敢士兵,一个穿越封锁线的人和李将军麾下的一名炮手,并且他已经把他那些脏钱的绝大部分都贡献给了南方联盟事业。

哼!斯嘉丽心想,瑞特确实是个善于自我吹嘘的家伙。

但是,他的过去肯定是不光彩的。他能够回到家里来照顾自己的母亲和妹妹固然很好,但是在此之前相当长的时间里,他一直在外面鬼混。幸亏他父亲当年忍饥挨饿给自己买了一份大额人寿保险,否则他母亲和妹妹很可能早就因为无人照料、穷困潦倒而撒手人寰了。

斯嘉丽紧咬着牙关,才没有冲宝琳姨妈大声喊叫。根本没有保险这么回事!瑞特对母亲的关爱一分钟也没有中断过,但是他父亲不允许他母亲接受瑞特的任何帮助！直到巴特勒老先生去世之后，瑞特才能为埃莉诺小姐买下那所房子并拿钱资助她的生活。而巴特勒夫人只是为了掩饰自己的突然暴富，才不得不拿这个人寿保险的故事为幌子，因为人们都认为瑞特的钱是不干净的。钱就是钱，这些顽固的查尔斯顿人难道就看不明白吗？只要这个钱能让他们有房子住并且填饱肚子，它是从哪里赚来的又有什么关系？

宝琳为什么就不能停止对她的说教呢？她现在到底在说什么？那个愚蠢的肥料生意，简直就是又一个笑话。世界上就是有再多的肥料，也抵不上瑞特浪费在那些愚蠢事情上的钱，比如天南地北地寻找并高价买回他母亲用过的旧家具、银器和曾祖父母的照片，以及花钱雇一帮身强力壮的男人来悉心照料他珍贵的山茶花，而不知道种上值钱的经济作物。

"……有不少查尔斯顿人都靠磷酸盐赚了钱，但是他们丝毫也没有炫耀。你必须防止这种铺张浪费和卖弄炫耀的倾向。他是你的丈夫，你有责任提醒他。埃莉诺·巴特勒认为凡是他做的事都不会错，她从来都是这么宠着他，但是为了她好，也为了你和瑞特好，你必须确保巴特勒家的人不要搞得那么引人注目。"

"我曾经劝过埃莉诺，"尤拉莉说，"但是她一点儿也听不进去，我很清楚这一点。"

斯嘉丽眯起的眼睛里露出了危险的目光。"我难以表达我对你们的感激之情，"她夸张而温柔地说，"我会留心每一句话的。好了，我必须赶快走了。谢谢你们，早餐真好吃。"她站起身，飞快地在两个姨妈脸上轻轻地一吻,然后朝门口走去。她现在如果不马上离开,她就会开始咆哮了。不过,她还是应该把姨妈们的那些话说给瑞特听。

"你明白了吧,瑞特,为什么我觉得最好把这件事告诉你?因为人们在指责你的母亲。我知道我的两个姨妈都是讨厌的爱管闲事的人,但似乎正是这些讨厌的爱管闲事的人制造了所有的麻烦。你还记得梅里韦瑟太太、米德太太和埃尔辛太太吧?"

斯嘉丽原以为瑞特会感谢她,所以他的笑声让她猝不及防。"愿上帝保佑她们那颗爱管闲事的心吧!"他咯咯笑道,"跟我来,斯嘉丽,你得跟妈妈说说这事儿。"

"噢,瑞特,我不能说,她会心烦意乱的。"

"你必须说,这是很严肃的事情。这件事很荒唐,但是最严肃的事情往往都很荒唐。快走。把你脸上女儿一样的关心表情收起来吧,只要聚会请柬源源不断地给你送来,你才不在乎我妈妈的事呢,你我都明白这一点。"

"这不公平!我爱你的母亲。"

瑞特已经往门口走了一半,这时却转过身大步走回来面对着她。他抓住她的肩膀一阵摇晃,让她抬起头看着他。他冷峻的目光注视着她的脸,就好像在审视一个站在法庭上的被告:"不要在我母亲的事情上撒谎,斯嘉丽,我警告你,那样很危险。"

他现在离她很近,挨着她的身体。斯嘉丽张开双唇,她知道自己的眼睛肯定在告诉他她是多么渴望他的亲吻。他只需要把头低下一点点,她就能用自己的双唇迎接他的双唇。她屏住呼吸等待着。

瑞特的手抓得更紧了,她感觉到了,他就要把她拉向自己——她的身体禁不住一阵微微地颤抖。

"你这个该死的!"瑞特低声咆哮着一把把她推开,"下楼来,妈妈在书房里。"

埃莉诺·巴特勒把手中正在编织的花边放到大腿上,然后又把双手放到花边上,左手放在右手上。这是一个明显的信号,表示她会认真听斯嘉丽说话,而且是全神贯注地听。斯嘉丽说完之后,紧张地等待着巴特勒夫人的反应。"你们俩都坐下,"埃莉诺平静地说,"尤拉莉说的完全不对。当她跟我说我们花钱太铺张的时候,我一直听得很认真。"斯嘉丽瞪大了眼睛。"事后我也认真地思考过这个问题,"埃莉诺继续道,"尤其是这一次把壮游[1]作为圣诞礼物送给露丝玛丽的事。瑞特,当初你要不是那么个刺儿头,你父亲就不会把你送进军事学院,你早就到欧洲壮游去了,从那以后查尔斯顿已经很多年没有人有能力这么做了。

"总而言之,我还是认为露丝玛丽的壮游不会遭到人们的非议。查尔斯顿人是非常务实的,古老的文明总是这样。我们承认我们渴望财富并且厌恶贫穷,所以如果一个人自己很穷,有几个富有的朋友总能有所帮助。如果我买得起香槟酒,却用家酿的斯

---

1 壮游(Grand Tour)指文艺复兴时期以后,欧洲贵族子弟进行的一种环游欧洲的教育旅行,后来这个风尚也扩展到中欧、意大利、西班牙、美国等富有的平民阶层。"Grand Tour"译为"壮游",则来自杜甫的《壮游》一诗。

卡佩农葡萄酒[1]招待客人,人们会认为这是不可原谅的,而不仅仅是可耻的。"

斯嘉丽的眉毛拧到了一起,她有些听不明白了。没有什么大不了的问题——巴特勒夫人平静而祥和的声音已经告诉她一切都很好。"也许,我们多少有一点儿引人注目。"埃莉诺继续道,"但是,现在查尔斯顿没有人会反对巴特勒家的人,因为露丝玛丽可能会决定他们家庭的儿子、兄弟或表亲的求婚结果,而她只要嫁过去就可以解决任何困境。"

"妈妈,你真是一个玩世不恭的人。"瑞特笑道。

埃莉诺·巴特勒只是微微一笑。

"你们在笑什么?"露丝玛丽开门走进来问道。她的目光迅速从瑞特身上转到斯嘉丽身上,然后又回到瑞特身上:"我在大厅里就听到你在笑,瑞特。是什么笑话,快告诉我。"

"妈妈也变得世俗味十足了。"他回答说。他和露丝玛丽早就达成了共识,要保护母亲免受现实世界的伤害,所以两个人像阴谋家似的彼此会心一笑。斯嘉丽觉得自己被他们排斥在外,于是转身背对着他们。

"埃莉诺小姐,我可以和你一起坐一会儿吗?我想听听你的建议,舞会我该穿什么衣服。"瑞特·巴特勒,你想像侍奉"五

---

[1] 斯卡佩农葡萄酒(scuppernong wine)是美国一种用圆叶葡萄酿制的淡金色甜酒。

月王后"[1]那样宠着你那个老姑娘妹妹,我才不在乎呢。如果你以为这样做就能让我心烦意乱或心生妒忌,那你就大错特错了!

突然之间,斯嘉丽半张着嘴,满脸露出惊讶的神情,眼睛里闪烁着兴奋的光芒。看到她这个样子,埃莉诺·巴特勒感到迷惑不解。她回头看了看身后,想知道斯嘉丽到底看到了什么。

其实,虽然斯嘉丽貌似目不转睛地盯着什么,她却什么也没有看见,是她脑子里刚刚闪过的一个想法让她恍然大悟。

妒忌!我真是个大傻瓜!毫无疑问,这才是原因所在。这样一来,一切问题都解释清楚了。为什么这么长时间我都没有意识到这个问题?瑞特煞费苦心地提起阿什利河,实际上就是在揭我的伤疤。是因为阿什利,他还在妒忌阿什利;他一直都对阿什利妒忌得要命,所以当初他才那么想得到我。我只需要做一件事情,那就是让他再一次感到妒忌。这一次不是让他妒忌阿什利——天知道根本不用妒忌阿什利,我只要冲他微笑一下,他就会可怜巴巴地看着我,求我嫁给他。不,这次我要找另一个人让他妒忌,一个查尔斯顿人。这件事不难,再过六天社交季就要开始了,到时候会有数不清的聚会和舞会,人们跳舞,坐在外面吃

---

[1] 每年5月1日是欧洲传统民间节日五朔节,用以祭祀树神、谷物神、庆祝农业收获及春天的来临。该节日最早起源于东方,后传至欧洲。五朔节前夕,在英国、法国、瑞典的一些地区人们通常会在家门前插上一根青树枝或栽一棵幼树,并用花冠、花束装饰起来。少女们手持树枝花环,挨家挨户去唱五朔节赞歌,祝福主人。选出象征春天的"五月王后"也是五朔节重要的活动之一。当选的王后头戴花环,由游行队伍簇拥着穿过街道。

蛋糕,喝潘趣酒[1]。查尔斯顿虽然古老而势利,但是男人是不会因为地理位置不同而不同的,不等第一次聚会结束,就会有一大串男人跟在我身后。我都等不及了。

星期天午饭之后,全家人带着从种植园里摘来的几篮绿树枝和埃莉诺小姐用威士忌浇制的两个水果蛋糕,出发去联盟之家。一路上斯嘉丽几乎是跳着舞在人行道上往前走,摇着手里的篮子,唱着圣诞歌。她的欢乐情绪感染了其他人,很快四个人就沿路挨家挨户地给人家唱圣诞歌。"进来吧。"每所房子的主人都会对他们这么说,而巴特勒夫人总是回答说:"和我们一起来吧,我们去把联盟之家装饰起来。"等她们最终抵达布劳德街上的那座可爱而破旧的老房子的时候,她们已经邀请到了十多个热情的帮手。

蛋糕一拿出来,满怀期待的孤儿们就尖叫起来,但是埃莉诺断然宣布:"这是大人们吃的,不过……"说着她把专门给孩子们带的糖饼干拿了出来。两个住在联盟之家的寡妇立即拿来了一杯杯牛奶,让孩子们围坐在阳台上的一张矮桌子旁慢慢吃。"好了,现在我们可以安安静静地把绿树枝挂起来了。"巴特勒夫人说,"瑞特,高的地方由你爬梯子去挂。"

斯嘉丽坐在安妮·汉普顿身边,因为安妮实在是太像梅兰妮了,所以她对这个害羞女孩儿总是很好。这样做使斯嘉丽感

---

[1] 潘趣酒(punch),一种用酒、果汁、香料等调和的鸡尾酒。

到在某种程度上弥补了自己的错误,因为多年来梅丽始终对她忠心耿耿,而她却以小人之心误解了梅丽。此外,安妮毫不掩饰自己对斯嘉丽的欣赏,有她做伴也让斯嘉丽感到快乐。当安妮称赞斯嘉丽的头发时,她温柔的声音几乎也变得激动起来。"长着这么乌黑闪亮的头发真是漂亮极了,"她说,"看起来就好像深黑色的丝绸,又像我见过的一幅画中的那头漂亮光滑的黑豹。"安妮脸上流露出天真的崇拜表情,但她立刻又因为自己这句有些冒失的话而羞红了脸。

斯嘉丽亲切地拍拍她的手。安妮就像一只温顺、胆小的棕色田鼠,说出那样的话只不过是情不自禁而已。稍后,装饰完成了,整个高大的房间里弥漫着松脂的香甜气息。安妮要领孩子们唱圣诞颂歌,于是先走一步。斯嘉丽心想,梅丽肯定会喜欢这一切的。接着,安妮搂着两个腼腆的孩子回到了他们面前,开始表演二重唱,看着这一幕斯嘉丽不禁哽咽了,梅丽也非常喜欢孩子。一时间,斯嘉丽感到很愧疚,自己没有给韦德和埃拉送去更多的礼物。这时二重唱结束了,接下来该大家一起合唱《第一个圣诞》了,她必须赶快回想一下歌词。

"真是太有趣了!"他们离开联盟之家后她说,"我真是喜欢圣诞节这段时间。"

"我也是。"埃莉诺说,"这是社交季开始之前一个很好的缓冲期,只是今年恐怕不会像往年那样平安无事。那些可怜的北方佬士兵会把我们看得很紧,这是肯定的。他们那个上校也绝不会让我们破坏宵禁的事不了了之。"她像一个姑娘似的傻笑起来,

"真是太有趣了!"

"老实说,妈妈!你怎么能说那些穿蓝军装的家伙是'可怜的'北方佬呢?"

"因为他们其实都宁愿回去同家人一起过节,根本不愿意在这里同我们纠缠不休。我认为他们内心里都感到很难堪。"

瑞特笑道:"我敢打赌,你和你那些密友肯定又在图谋不轨了。"

"只要他们不欺人太甚。"巴特勒夫人又傻笑了一下,"我们估计今天之所以这么平静只是因为他们的上校是一个笃信《圣经》的教徒,他不会在安息日下令采取行动。明天就会有结果了。过去,他们经常在我们离开市场时翻看我们的菜篮子,说是寻找违禁品,其实就是故意骚扰我们。如果他们胆敢再这样干,他们就会在萝卜秧和大米下面摸到一些有趣的东西了。"

"动物内脏?"露丝玛丽猜测道。

"臭鸡蛋?"斯嘉丽问。

"痒粉?"瑞特猜道。

埃莉诺小姐发出了第三次傻笑。"除此之外还有好几样好东西呢。"她得意地回答说,"很早以前我们就发明了好几种有趣的反击手段,现在的这些士兵过去都不在这里,所以对他们来说还都是新鲜玩意儿。我打赌他们这帮家伙里有很多人根本就没有听说过毒漆树[1],我也不想在圣诞节期间如此无情,但是他们

---

[1] 毒漆树(poison sumac)是一种有毒植物,高2~6米,树干无毛,主要分布于北美东南部沼泽地区。人体皮肤与毒漆树接触,会受到严重刺激,引发皮疹。

必须要认识到我们很久之前就不再怕他们了。

"我真希望罗斯现在能在这里。"她突然说,所有人的笑声戛然而止。"瑞特,你觉得你弟弟什么时候才能安全地回到家里来?"

"妈妈,这取决于你和你的朋友多久才能把北方佬收拾得服服帖帖。他肯定赶得上圣塞西莉亚舞会的。"

"那就行了,只要能参加这个舞会就好,其他的错过了也没关系。"斯嘉丽听得出来,埃莉诺小姐特别强调了"舞会"一词。

斯嘉丽本来认为,二十六日社交季开始之前的这段日子会很难挨。但是,让她感到意外的是时间竟然过得很快,甚至有些让她应接不暇,其中最有意思的事情就是同北方佬的斗智斗勇。上校的确下达了命令,对宵禁事件带来的耻辱进行报复。结果,星期一一大早,查尔斯顿的女人们便把各自看中的武器藏在篮子里带到市场购物,使得现场不断爆发出胜利的笑声。

第二天,士兵们学乖了,都谨慎地戴上了手套。他们可不愿意重蹈前一天的覆辙——把一只手伸进某种令人恶心的东西里,或者突然感到剧烈的瘙痒和肿痛。

当天下午,斯嘉丽在惠斯特牌聚会上对萨莉·布鲁顿说:"那帮蠢货终于明白了,我们正巴不得他们把手伸进我们的篮子里。"一说起这件事,萨莉也笑得很开心。

"我去买菜的时候在篮子里放的是一盒煤灰,盖子没全盖上。"她说,"你用的是什么?"

"我用的是辣椒粉。我当时怕得要命,生怕我会打喷嚏,把事情给暴露了……要说整人的招数,我想我就这点本事了。"前一天,当局颁布了新的配给规定,于是查尔斯顿的女人们现在打牌不再赌钱了,而是开始用咖啡做赌注。由于黑市暂时被关闭,所以用咖啡做赌注就成为斯嘉丽玩过的赌注最高的纸牌游戏。她喜欢。

她也喜欢戏弄北方佬。查尔斯顿的大街上也仍然有巡逻队,但是他们都被当地人戏弄过,而且还会被一次又一次地戏弄,直到他们承认失败时为止。她也是戏弄他们的人之一。

"发牌吧,"她说,"我感觉手气正好。"只要再过几天,她就能参加舞会了,同瑞特一起跳舞。他现在一直躲着她,并且尽量避免他们俩单独在一起,但是在舞池里他们俩就必须在一起——身体还得挨着,无论舞池里有多少跳舞的人,他们俩都会待在一起。

斯嘉丽把瑞特带给她的白色山茶花插进颈后的一簇卷发里,然后扭过头看着镜子里的自己。"它看起来就像放在一捆香肠上的一团肥肉。"她厌恶地说,"潘西,你得把我的头发做成别的样子,把它盘在头顶上吧。"她可以把花插在头发的波浪之间,那样也不错。噢,瑞特说他那个老种植园里的这些珍贵的鲜花是她唯一能戴的首饰。他为什么这么吝啬啊?她那套邋遢的舞会礼服已经够糟糕的了,现在全身上下除了这束花之外什么饰物都没有。早知道只能这样打扮,还不如找一个面粉口袋,在上面挖个脑袋能钻过去的洞,把它套在身上当礼服算了。她本来还想戴上她的珍珠项链和钻石耳坠。

"你非要在我头皮上梳出来一个洞吗!"她对潘西嘟囔道。

"不会的,夫人。"潘西依然我行我素,继续用力梳理斯嘉丽那一头又长又黑的头发,把她花了很长时间才做出来的发卷一一梳掉。

斯嘉丽看着镜子里的自己,渐渐满意了。就这样,这就好多了。她的脖子那么漂亮,被头发遮住岂不可惜了。把头发盘在头顶上要好得多,而且她的耳坠也都亮出来了。她决定了,不管瑞特说过什么,她都要把耳坠戴上。她必须打扮得光彩照人,必须赢得舞会上每一个男人的赞赏,并至少赢得几个男人的心。那样的话,瑞特就会坐不住了,就会心生妒忌。

她把钻石放到耳坠上固定好。看看吧!她左右摇摇头,对现在的效果非常满意。

"这样喜欢吗,斯嘉丽小姐?"潘西指了指她的杰作。

"不行,耳朵以上要做得丰满一些。"谢天谢地,露丝玛丽谢绝了自己今晚把潘西借给她的提议。露丝玛丽为什么没有抓住这个送上门的好机会,这还是一个谜。其实她确实需要得到别人的帮助,不然她很可能还是会一成不变地把自己的头发梳成老姑娘的那种发髻。想到这里斯嘉丽微笑起来,同瑞特的妹妹一起进入舞厅只会更加衬托出自己的美貌。

"这样就行了,潘西。"她说,好心情又回来了。她的头发像乌鸦的翅膀一样闪闪发光,插上几朵白色的山茶花一定非常漂亮。"递给我几个发卡。"

半小时之后,斯嘉丽准备好了。她在高高的穿衣镜里最后看了自己一眼:舞会礼服上的深蓝色波纹绸在灯光下闪闪发光,把她裸露的肩膀和胸部衬托得格外雪白光洁;耳坠上的钻石像她那双绿眼睛一样熠熠生辉;礼服的裙摆上镶着一圈黑丝绒缎带,一个宽大的黑丝绒蝴蝶结搭配淡蓝色的丝绸固定在礼服的裙撑上,很好地凸显出了她纤细的腰身。脚上的舞鞋是用蓝色天鹅绒做的,上面系着黑色的鞋带,脖子和手腕上也都系着黑色的丝带。肩上别着用黑色天鹅绒蝴蝶结系着的白色山茶花,手中的银丝边花束中也插满了山茶花。她自己都认为,她从来没有像今天这样可爱过。兴奋之情使她的脸颊变得自然红润。

斯嘉丽在查尔斯顿参加的第一个舞会出现了许多意外,几乎所有事情都同她的想象大相径庭。首先,她被告知她必须穿普通的鞋子,不能穿舞鞋,因为他们要走路去舞场。她要是早知如此,肯定会预订一辆出租马车,真不敢相信瑞特竟然没有事先做好这件事情。按照这里的做法,她的舞鞋应该装在查尔斯顿人发明的一个叫作"舞鞋袋"的精巧袋子里,由潘西拎着去,但是这对斯嘉丽不适用,因为她根本没有舞鞋袋。结果,埃莉诺小姐的女仆花了十五分钟才找来了一个篮子,将就用来装了斯嘉丽的舞鞋。为什么事先没有人告诉她需要这些东西?"我们没想到会出现这个问题,"露丝玛丽说,"因为这里人人都有舞鞋袋。"

斯嘉丽心想,在查尔斯顿也许是这样,但是在亚特兰大就不是。我们那里没有人会走着去参加舞会，大家都坐马车去。这时，她对在查尔斯顿的第一次舞会的美好期待开始变得忐忑不安，还会有其他不同的事情吗？

她很快就发现，所有的事情都截然不同。查尔斯顿在其漫长的历史中形成了各种各样的形式和仪式，而在充满活力的北佐治亚州半边疆地区，人们对这些形式和仪式却一无所知。虽然南部联盟的覆灭断绝了舞会形式继续发展所需要的大量财富，但是舞会的仪式得以保留下来，因为这是过去留下来的唯一的东西，所以格外受到人们的珍视，不容改变。

从温特沃斯家顶楼舞厅的门内起，来宾们排起了一条长长的队伍。新来的人都只能站在楼梯上排队等候，等待着一一进入舞厅同明妮·温特沃斯握手并在她耳畔低语几句，然后依次是同明妮的丈夫，他们的儿子、儿媳、女婿、已出嫁的女儿和未出嫁的女儿。与此同时，在欢快的舞曲声中，早到的人已经翩翩起舞，这让还在排队的斯嘉丽感到心急火燎。

她不耐烦地想：在佐治亚州，舞会的主人会走上前来迎接自己的客人，绝不会让客人们像锁在铁链上的囚犯那样排队等候。那样的待客方式远比这里的这些愚蠢的仪式更加热情。

就在她即将跟着巴特勒夫人走进舞厅的时候，一个举止高雅的男仆把一个托盘递到了她的面前。托盘上放着许多小册子，这些小册子都是用一根细细的蓝线串起来的，上面还挂着一支细小的铅笔。跳舞卡[1]？这肯定就是跳舞卡了。斯嘉丽曾经听嬷嬷讲过埃伦·奥哈拉还是一个姑娘的时候在萨凡纳参加舞会的故事，但是她从来都不相信舞会还能如此平静，以至于一个女孩还要先看看手里的小册子才知道下一曲她应该和谁跳舞。想想看，要是有人告诉塔尔顿双胞胎兄弟和方丹家的男孩子们，要想跳舞就必须先用一支真正的男人一用就会折断的小铅笔在一张小纸片上写上自己的名字，他们肯定会笑破肚皮的！她甚至不知道自己是否愿意和那些想在她的小册子上写下名字的娘娘腔男人跳舞。

不对，她愿意！她很肯定，即便是魔鬼来了她也愿意同它共舞，管它是三头六臂还是长着犄角或尾巴，只要能跳舞就行。距离亚特兰大的那场化装舞会，过去的似乎不是一年，而是十年。

"我很高兴能到这里来参加舞会。"斯嘉丽对明妮·温特沃斯说，她的声音真诚得有些颤抖。她对其他温特沃斯家的人逐一微笑致意，最后终于离开了等待的队伍。她转身面对舞池，双脚情不自禁地随着音乐移动，然后深深地吸了一口气。哦，真是太漂亮了——这里是那么的陌生而熟悉，好像一个记忆模糊的梦境。在音乐和婆娑衣裙的斑斓色彩和沙沙声中，烛光照

---

[1] 跳舞卡（dance card）亦称"舞卡""邀舞卡""舞会卡"等。跳舞卡多是一个装饰精美的小册子（也可以是扇子、卡片等），上面按先后顺序列出了每支舞曲的名字并在其后留有一个空白处。舞会开始之前，想同某位女士跳舞的绅士会主动前来邀舞，受邀的女士则把这位绅士的名字写在相应舞曲名后面的空白处，这支舞就留给这位绅士了。同时，女士们也可把跳舞卡作为纪念品保留下来，作为对某场舞会和其舞伴的记忆。

亮的舞厅是那么富有生气。上了年纪的寡妇们一如既往地坐在墙根下不结实的漆金椅子上，用扇子遮住嘴彼此窃窃私语，唠叨的还是过去的那一套：年轻人跳舞时身体靠得太近，最近某人的女儿遭遇了可怕的难产，或者他们最亲近的朋友最近陷入了丑闻，等等。身穿制服的侍者托着银托盘在没有跳舞的一群群男女中穿梭，托盘里摆满了装着饮料的玻璃杯和装着冰镇薄荷酒的酒杯。舞厅里有一种混杂的嗡嗡声，其间夹杂着时高时低的笑声，那是一种古老而招人喜爱的声音，是那些无忧无虑的人自得其乐时发出的声音。那个旧世界，那个她年轻时无忧无虑的美丽世界，仿佛依然存在，什么也没有改变，也从来没有发生过战争。

她那双敏锐的眼睛完全能够看得见墙上斑驳的油漆，也看得见蜡层下面地板上马刺划出的深深的凹痕，但是她不愿去注意它们。幻觉比现实更好，可以让她忘掉战争，忘掉外面大街上巡逻的北方佬士兵。舞厅里回响着美妙的音乐，有翩翩起舞的男男女女，瑞特也答应过要好好地待她，其他的一切她都不需要了。

瑞特今天不仅温柔体贴，而且很迷人。其实只要他愿意，世界上就没有人能比他更有魅力。不幸的是，他不仅对她有魅力，对其他所有人也同样有魅力。她一会儿很得意，因为每个女人都羡慕她；一会儿又妒火中烧，因为瑞特对其他那么多的女人都同样周到。他对她很体贴，所以她不能指责他怠慢了她，但是他对他的母亲、对露丝玛丽以及对其他几十个斯嘉丽认为枯燥乏味的老女人也同样体贴和周到。

她告诉自己不要在乎这些事,结果没过多久她就真的不在乎了。每支舞一结束,她都会立即被一群男人包围,他们坚持要她上一支舞的舞伴把他们介绍给她,这样他们就可以央求她跳下一支舞了。

这并不仅仅因为她是刚刚来到这个城市的新人,是相互认识的一群人中的一张新面孔,还因为她实在是太迷人了。她要让瑞特吃醋的决心使得她那双迷人而与众不同的绿眼睛变得更加大胆和光彩夺目,她激动得通红的面颊就像一面发送着危险信号的红旗。

许多竞相求她跳舞的男人都是她新交的那些朋友的丈夫,也就是她拜访过的那些女人、在惠斯特牌桌上的搭档,以及在市场上一边喝咖啡一边闲聊过的女人们的丈夫。但是她管不了那么多了。等瑞特重新属于她以后,她会有足够的时间弥补她今天对她们的伤害。再说,她现在正得到人们的爱慕、恭维和调情,正是她如鱼得水的时候。其实,这世界什么都没有真正改变,男人们仍然以同样的方式回应她闪动的睫毛、忽隐忽现的酒窝和夸大其词的奉承。只要你能让他们觉得自己是个英雄,你说的任何谎言他们都会信以为真,想到这里她脸上露出了邪恶的喜悦微笑,使得她的舞伴乱了舞步。她从他脚下抽出自己的脚,央求道:"噢,请你千万要原谅我!肯定是我的鞋跟挂住裙边了。这样的错误真可怕,尤其是当我正同一位你这样优秀的舞伴跳舞的时候。"

她的眼睛具有很强的欺骗性,她带着歉意的懊悔噘起嘴,看上去就像是已经准备好接受一个吻。对女孩子而言,有些把戏是永远也不会忘记或生疏的。

"多么美好的一次聚会!"在走回家的路上她开心地说道。

"你过得愉快我就高兴,"埃莉诺·巴特勒说,"而且,露丝玛丽,我也非常为你感到高兴,你看来玩得也很开心。"

"哈!妈妈,我讨厌舞会,你应该知道的。不过,我很高兴我就要去欧洲了,我再也不用担心那个愚蠢的圣塞西莉亚舞会了。"

瑞特笑了,他正走在斯嘉丽和露丝玛丽的后面,母亲的手挽着他的左臂。在十二月寒冷的夜里,他的笑声让斯嘉丽感到温暖。她想起了他温暖的身体,想象着她的后背感受到了他身体的温暖。她为什么不去挽着他的手臂,让自己靠近他的温暖呢?她知道为什么:巴特勒夫人老了,让儿子扶着她是理所当然的事情。但是,这个理由并不能减轻斯嘉丽内心的渴望。

"你就尽情地笑吧,亲爱的哥哥。"露丝玛丽说,"但是,我并不觉得好笑。"她一边说一边向后退着走,脚跟踩到了礼服的裙边。"就是因为不得不同那些滑稽的男人跳舞,害得我同茱莉娅·阿什利连两句话都没有说上。"

"茱莉娅·阿什利小姐是谁?"斯嘉丽问,这个姓引起了她的兴趣。

"她是露丝玛丽的偶像,"瑞特回答说,"也是我成年以后害怕过的唯一一个人。斯嘉丽,你只要一看见她,就肯定能认出她来,因为她总是穿着黑色的衣裙,而且看上去就好像她一直在喝醋[1]一样。"

"噢，你——"露丝玛丽气急败坏地叫道。她冲向瑞特，抡起拳头在他胸部一阵捶打。

"别闹了！"他一边说一边用右臂搂住她，把她拉到自己身边。

斯嘉丽感到了一股从河上吹来的冷风。她抬起下巴迎着风，然后转过身独自走完了剩下的几步路。

---

[1] 这里英文中的"醋"（vinegar）指"性情乖戾、脾气暴躁"的意思，不同于中文"吃醋"所比喻的男女关系中的"妒忌"之意。下同。

第二十二章

又一个星期天到了，斯嘉丽心里很清楚，这意味着她又要接受尤拉莉和宝琳姨妈的教训了。实际上，她对自己在舞会上的表现也感到害怕，也许她确实表现得有一点儿过分——太活跃了，仅此而已。但是，她已经好长时间没有玩得这么开心了。她比那些神经质的查尔斯顿女人赢得了更多的关注，这并不是她的错，对吧？此外，她这么做真的只是为了瑞特而已，只有这样他才会不再对她那么冷淡和疏远。一个做妻子的努力维持住自己的婚姻，无可指摘。

在去圣玛丽教堂和从那里回来的路上，她默默忍受着同样沉默不语的姨妈们对她显而易见的强烈不满。尤拉莉在做弥撒时悲伤的抽泣，使她心里很烦，但是她尽量把它排斥在注意力之外，努力幻想着瑞特抛弃他顽固的傲慢态度、承认他仍然爱她的那一天。他确实还爱着她，不是吗？每当他搂着她跳舞的时候，她都感觉到双膝发软。当他们身体接触时，如果他不能感觉到激情，那么她肯定也不能感觉到。对吧？

她很快就会得到答案的。当新年前夜到来的时候,他要做的就不仅仅是跳舞时把戴着手套的手搭在她的腰间了,他必须在午夜时分亲吻她。只剩下五天的时间,届时他们的嘴唇就会碰到一起,他就不得不相信她是真心实意地爱着他。她的吻比语言更有说服力……

斯嘉丽完全沉浸在美梦成真的遐想之中,对弥撒在她面前展现出来的古老的美和神秘完全视而不见。而每当她反应迟钝的时候,宝琳姨妈总会用尖尖的胳膊肘捅她一下。

当她们回到家坐下来吃早饭的时候,三个人仍然保持着沉默。斯嘉丽感到自己的每一根神经都绷得紧紧的,一直经受着宝琳姨妈的冰冷目光和尤拉莉抽鼻子声音的反复刺激。她再也无法忍受了,在她们还没有发起对她的攻击之前,她首先对她们发难了。

"你们都跟我说,查尔斯顿人无论到哪里都是走路去的,于是我就按你们说的做了,结果走得我满脚起泡。但是,昨晚温特沃斯舞会门前的大街上居然停满了马车!"

宝琳扬起眉毛,紧闭着嘴唇。"你现在明白我的意思了吧,妹妹?"她对尤拉莉说道,"斯嘉丽决心对查尔斯顿所代表的一切置之不理。"

"同我们说好要跟她谈的事情相比起来,马车的问题并不重要,姐姐。"

"这也是一个证明啊。"宝琳坚持认为,"这个例子很好地说明了她对其他事情抱有同样的态度。"

斯嘉丽一口喝完了宝琳给她倒的一杯灰白色的淡咖啡，然后砰的一声把它放回到了杯碟上："请你们不要把我当作聋哑人一样当面议论我的事情，我会感谢你们的恩惠。你们要是想对我说教，尽管说，说得脸青面黑也无妨。不过，你们先得告诉我那些马车是谁的！"

两个姨妈瞪大眼睛看着她。"怎么啦，当然是北方佬的呀。"尤拉莉回答说。

"也就是那些外来投机商的。"宝琳准确地补充道。

姐妹俩对她们说的每句话都要相互纠正和补充，总之她们告诉斯嘉丽的是：虽然那些马车夫现在为富人区的新贵们干活，但是他们仍然忠于自己内战前的旧主人。每当社交季到来之后，他们就会用各种聪明的手段操纵现在的雇主，以便在距离太远或天气太恶劣而无法步行的情况下，用马车送"他们的白人家伙"去参加舞会和招待会。

"而在圣塞西莉亚舞会那天晚上，这些马车夫都会坚决要求晚上休息，留着马车自用。"尤拉莉补充说。

"他们都是训练有素、心高气傲的马车夫，"宝琳继续道，"所以外来投机商们也不敢得罪他们。"她几乎就要笑出声了。"这些外来投机商也知道这些马车夫鄙视他们，家仆历来就是世界上最势利的人。"

"不管怎么说，"尤拉莉得意地说，"这些家仆当然和我们一样都是土生土长的查尔斯顿人，这就是他们对社交季如此看重的原因。北方佬把能抢走的东西都抢走了，但是我们依然拥有我们的社交季。"

"还有我们的自尊!"宝琳又补充道。

斯嘉丽酸溜溜地想,凭他们的自尊和兜里仅有的一个便士,他们无论去哪儿也只能坐有轨电车。不过,她还是很庆幸她们总算转移了话题,谈起了那些忠诚家仆的故事,并且一直谈到了早饭结束。她甚至还小心翼翼地留下了一半的早餐,这样等她一离开,尤拉莉姨妈就能把剩下的一半吃掉。宝琳姨妈的持家之道就是格外吝啬。

等她回到巴特勒家时,却发现安妮·汉普顿来了,这让她既高兴又意外。在刚刚经受了姨妈们几个小时的冰冷责骂之后,能得到来自安妮的赞赏不啻为一件令人愉快的事。

但是,安妮和同她一起来的那位寡妇的注意力几乎完全被种植园送来的一盆盆山茶花所占据了。

瑞特也一样:"虽然被大火烧得只剩下了根,但是一旦清除了杂草,它们竟然长得比以前更强壮了。"

"哦,你们看!"安妮惊呼道,"这是花后(茶花)哇!"

"还有一株红碧(茶花)!"

那位清瘦的老寡妇用苍白的双手捧着那朵鲜艳的红花:"我以前总爱把一枝红碧(茶花)插在一个水晶花瓶里放在钢琴上。"

安妮不停地眨着眼睛说:"我们也是,哈莉特小姐,还把白碧(茶花)放在茶几上。"

"我的白碧(茶花)长得没有我期望的那么好,"瑞特说,"花苞都发育不足。"

寡妇和安妮都笑起来。"一月份你才能看到花呢，巴特勒先生，"安妮解释说，"白碧（茶花）开花的时间比较晚。"

瑞特咧嘴苦笑道："看来，在园艺方面我这朵花一时半会儿也开不了。"

斯嘉丽想，真要了命了！我估计接下来他们该讨论肥料问题了，到底是牛粪好还是马粪好。瑞特这样的人要是谈论这样的事情，岂不是太娘娘腔了！她转身背对着他们，见埃莉诺·巴特勒坐在一张长椅上做编织，于是她走到那张长椅附近的一张椅子上坐下来。

"这块编织花边的长度正好，可以镶在你那件紫红色礼服的领子上。那件礼服也该变换一点花样了，"她微笑着对斯嘉丽说，"等整个社交季过半的时候，变点花样总是不错的。到那个时候我差不多正好可以做完。"

"噢，埃莉诺小姐，你总是那么温柔体贴，我觉得我的坏心情一下子就烟消云散了。说实话，我很惊讶你竟然会和我的尤拉莉姨妈成为那么要好的朋友。她跟你完全不一样，总是在抽鼻子和怨天尤人，还同宝琳姨妈吵个不停。"

埃莉诺放下手中的象牙编织梭，说："斯嘉丽，你真让我吃惊，尤拉莉当然是我的朋友，我几乎一直把她当成妹妹看待。你不知道吗？她差一点儿就嫁给了我的弟弟。"

斯嘉丽惊讶得张大了嘴。"简直难以想象还有人愿意娶尤拉莉姨妈。"她坦白地说。

"但是,亲爱的,她过去可是一个可爱的姑娘,真的很可爱。宝琳嫁给凯利·史密斯之后,他们在查尔斯顿定居下来,尤拉莉就来这里看望他们。他们住的那所房子就是史密斯联排屋,他们的种植园就在温都河边上。我弟弟肯珀立刻就迷上她了。就在大家都期待着他们结婚的消息的时候,他从马上摔下来丢了性命。从那以后,尤拉莉就一直把自己看成一个寡妇。"

尤拉莉姨妈也会恋爱!斯嘉丽简直不敢相信。

"我还以为你肯定知道这件事,"巴特勒夫人说,"她可是你的家人。"

斯嘉丽想,但是我没有家,没有埃莉诺小姐所说的那种家,那种彼此亲近、关心并且了解每个人秘密的那种家。我的家人只有那个可恶的老苏埃伦和戴着修女面纱、发誓献身修道院的卡琳。突然之间,虽然周围都是笑脸和欢声笑语,她却又一次感到了孤独。她想:我一定是饿了,我好想大哭一场;我早上还是应该把早饭吃完。

当她正认真吃午饭的时候,马尼戈突然走进餐厅,悄悄对瑞特说了几句话。

"对不起,"瑞特对大家说,"看来门口来了一个北方佬的军官。"

"你估计他们现在来这里想干什么?"斯嘉丽急切地问道。

过了一会儿,瑞特大笑着回来了。"没别的事,就是打着白旗投降来了。"他进门就说,"你们赢了,妈妈,他们现在邀请所有男人到警备队去,把他们收缴的武器都领回去。"

露丝玛丽鼓掌庆祝。

埃莉诺小姐立刻制止了她："我们不能贪天之功为己有,这只是因为他们害怕黑奴解放日那天白人家庭没有安全保障,所以才会放还我们的武器。"接着,她看到了斯嘉丽疑惑的表情,便解释说:"现在的新年也已经有别于从前。以前这一天很安静,人们都在这天缓解新年前夜狂欢狂饮带来的头痛。但自从林肯先生在一月一日这一天宣布《解放黑人奴隶宣言》[1]之后,它就成了那些曾经的奴隶们的重大庆祝日。他们会占据炮台尽头的公园,整天整宿地放鞭炮,乱开手枪,一个个喝得酩酊大醉。当然,我们都把自己锁在屋里,还要关上所有的百叶窗,就像对付飓风一样。不过,如果家里能有个有武器的男人当然更好。"

斯嘉丽皱起了眉头:"可是,这所房子里根本没有枪啊。"

"会有的,"瑞特说,"还要再加上两个男人。他们正从兰丁种植园赶来,保护我们安全地度过新年这一天。"

"你哪天走?"埃莉诺问瑞特。

"三十日。我和茱莉娅·阿什利约好了三十一日见面,我们要计划联合阵线的战略问题。"

瑞特要走了!又要去那个破烂而臭气熏天的种植园!他根

---

[1] 《解放黑人奴隶宣言》(*The Emancipation Proclamation*)是美国总统亚伯拉罕·林肯公布的解放奴隶的宣言。1862年9月22日公布了一份准备宣言,正式宣言于1863年1月1日颁布。宣言主张所有美利坚联盟叛乱下的领土中的黑奴应享有自由,然而未脱离联邦的边境州以及联邦掌控下的各州依然可以使用奴隶。此宣言虽然仅仅立即解放了少部分奴隶,但实质上强化了联邦军队掌控联盟的领土后黑奴们获得自由的权威性,并为最终全面废除奴隶制铺平了道路。

本不可能在新年前夜的午夜里亲吻她了。现在，斯嘉丽感觉自己真的要哭了。

"我和你一起去兰丁种植园，"露丝玛丽说，"我已经好几个月没有去那里了。"

"你不能去兰丁，露丝玛丽。"瑞特小心翼翼地保持着耐心。

"我想瑞特说得对，亲爱的，"巴特勒夫人说，"他不可能一直陪在你身边，有好多事等着他做呢。你又不可能一直待在屋子里，也不可能只同你那个孩子一样的女仆待在其他任何地方。那里来来往往的人太多，而且都是一些粗人。"

"那我就带你的西莉去，斯嘉丽会把潘西借给你服侍你穿衣服。对吧，斯嘉丽？"

斯嘉丽微笑起来，现在没必要哭了。"我和你一起去，露丝玛丽。"她甜甜地说，"潘西也去。"种植园也会迎来新年前夜，她不需要挤满人的舞厅，只需要她和瑞特的二人世界。

"你真太好了，斯嘉丽。"埃莉诺小姐说道，"我知道，这样你会牺牲掉下周的所有舞会。露丝玛丽，你的运气也真是太好了，竟然得到了这么一个体贴入微的嫂子。"

"我认为他们俩谁也不能去，妈妈，我不能让她们去。"瑞特说。

露丝玛丽张开嘴刚想抗议，她母亲便微微举起手阻止了她的话。巴特勒夫人平静地说："瑞特，你也太不体谅别人了，露丝玛丽和你一样热爱兰丁，而她又不像你那样来去自由。我认为你应该带上她，尤其是你还要去见茉莉娅·阿什利，而她非常喜爱你的妹妹。"

斯嘉丽的心怦怦直跳,要是能单独同瑞特待在一起,牺牲几场舞会有什么可在乎的?我总有办法甩开露丝玛丽的——那位阿什利小姐说不定会邀请露丝玛丽住到她家里去,那就只剩下了瑞特……和斯嘉丽了。

她回忆起了上次在兰丁的情景:他来到她的房间里,抱着她、安慰她,说了那么多温情脉脉的话……

"斯嘉丽,你就等着看茱莉娅的种植园吧,"露丝玛丽大声说道,"那才是一个真正的种植园。"瑞特骑着马走在她们前面,不时拨开或扯断蔓延到松林小径上的忍冬藤蔓。斯嘉丽跟在露丝玛丽后面,她这时的心思并不在瑞特身上,而是在想着其他的事情。我已经很久没有骑马了,好在这匹老马又肥又懒,任何一匹稍微有点儿精神的马肯定都会把我摔下去。我以前很爱骑马的……那是很久以前的事了……那时塔拉的马厩里全是马。爸为他的马感到骄傲,也为我感到骄傲。苏埃伦的两只手壮得就像铁砧,就算是鳄鱼的嘴也会被她扯烂的;而卡琳是个胆小鬼,甚至连那匹矮种马也让她怕得要死。但是,我过去常常和爸比赛骑马,在大路上拼命地跑,有时候只差一点点就能赢了他。"凯蒂·斯嘉丽,"他总是说,"你有着一双天使的手和魔鬼的胆量,你身上流着奥哈拉家的血,马总是能认出爱尔兰人并且为他把它的能力发挥到极致。"亲爱的父亲……塔拉的树林就像这里的松树,闻起来很刺鼻。还有小鸟的鸣啭、脚下枯叶沙沙的声音以及四周的宁静。不知道瑞特的种植园有多大？我可以问问露丝玛丽，她很可能知道得一清二楚。但愿这位阿什利小姐不像瑞特形容的那么恐怖。他是怎么说的？她看起来就像是喝了好多醋。只要说的不是我，他犯浑的时候总是很滑稽。

"斯嘉丽！快点跟上来，我们马上就要到了。"露丝玛丽的声音从前方传来。斯嘉丽用鞭子轻轻抽打了一下马的脖子，它走得稍微快了些。等她赶上瑞特和露丝玛丽的时候，他们俩已经走出了树林。一开始，她只看到了瑞特，在明亮的阳光下，他显得更加棱角分明。他多么英俊啊，马也骑得那么好。他的马不像我的这匹半死不活的老马，而是一匹真正的马，全身充满了活力。看看它的肌肉在皮肤下面抽动的样子！要不是瑞特的膝盖不时夹一下马肚和抖一下手中的缰绳，它看上去就像一尊漂亮的雕像。瑞特的手……

露丝玛丽挥挥手，吸引斯嘉丽的目光朝前方看去，眼前的景色让她惊呆了。她从来不关心建筑，所以以前也从来没有注意过它们，即使是那些使查尔斯顿的炮台一带闻名于世的富丽堂皇的房子，对她来说也仅仅是房子而已。然而，位于阿什利男爵领地内的茱莉娅·阿什利庄园，却有一种质朴的美。在她看来，这种美有别于她知道的其他的美，以一种她难以描述的方式展现出了它的宏大。它孤零零地坐落在一大片没有花园点缀的草地上，草坪的四周长着一些古老的巨大橡树，像一个个默默肃立的哨兵。这座用砖砌成的方形房子带有白色的门框和窗框。斯嘉丽禁不住低语道："别致！"难怪在这条河上的所有种植园中，只有它幸免于谢尔曼军队的焚毁,就连北方佬也不敢冒犯她面前的这幢宏伟建筑。

这时,斯嘉丽听到了人们的笑声,紧接着又听到了歌声。她扭头寻声望去,越过那所使她敬畏的大房子,在她左边很远的地方看到了一大片浓郁的绿色土地,这种绿色完全不同于她所熟悉的青草的深绿色,数十个黑人男女正在那片奇特的绿色中一边劳作一边唱歌。看来,这些人都是在地里干活的仆人,不管那是什么作物,反正他们正在照料庄稼。她脑子里立即浮现出了当年塔拉的棉花地,那里曾经也是一望无际,就像这一大片沿河铺展出去的无边无际的浓绿。噢,露丝玛丽说得不错,这才是真正的种植园。种植园就应该是这个样子,没有被焚烧,没有被改变,没有一丝一毫的变化。阿什利男爵的威严受到了时间的尊重。

* * *

"谢谢你接待我们,阿什利小姐。"瑞特说着冲茱莉娅·阿什利向他伸出来的手鞠了一躬,然后他用没有戴手套的那只手的手背恭恭敬敬地托着她的手,嘴唇在比规定位置高出一英寸的地方停了下来。因为不管一个未婚女子的年龄有多大,任何一个绅士都不会鲁莽地亲吻她的手。

"这对我们俩都有好处,巴特勒先生。"茱莉娅回答说,"露丝玛丽,你还是像往常一样不善于打扮,但是见到你我还是很高兴。请把你的嫂子介绍给我。"

斯嘉丽心里紧张地想：我的天哪，她真是个厉害的女人。不知道她是不是认为我该对她行屈膝礼？

"这是斯嘉丽，茱莉娅小姐。"露丝玛丽微笑着介绍道，她好像对老妇人的批评毫不在意。

"你好，巴特勒太太。"

斯嘉丽心里很肯定，茱莉娅·阿什利根本不在乎她的好坏。"你好。"她同样回答说。接着，她微微鞠了一躬，弯腰的程度和阿什利小姐冷冰冰的礼貌一分不差。这个老女人自以为她是谁？

"客厅里有一个茶盘，"茱莉娅说，"露丝玛丽，你可以为巴特勒太太倒一杯水，如果还需要热水，就拉铃。我们在我的书房里谈工作，巴特勒先生，谈完正事再喝茶。"

"噢，茱莉娅小姐，你和瑞特谈工作时我能听听吗？"露丝玛丽央求说。

"不行，露丝玛丽，你不能听。"

斯嘉丽对自己说，看来这事就到此为止了。茱莉娅·阿什利走开了，瑞特顺从地跟在她身后。

"来吧，斯嘉丽，从这里进去就是客厅。"露丝玛丽打开了一扇高大的门，用手向斯嘉丽示意。

走进屋里，眼前看到的这个房间让斯嘉丽大吃一惊。里面的陈设丝毫没有主人那种冷漠的气息，看上去让人感到很舒心。客厅很大，比明妮·温特沃斯家的舞厅还要大，但是地板上铺着一条褪色的红色波斯地毯，高高的窗户上挂着温暖柔和的玫瑰红帷幔；宽大的壁炉里燃烧着的柴火发出明亮的火光；阳光透过洁净的窗玻璃照到亮闪闪的银质茶具上，照到宽大舒适的长椅和翼状靠背椅上的金色、蓝色和玫瑰色天鹅绒坐垫上。一只巨大的黄色虎斑猫正躺在壁炉边的地面上呼呼大睡。

斯嘉丽不无惊讶地轻轻摇摇头，很难相信这样一个愉悦而舒适的房间与她刚才在门外见到的那个穿着黑衣服、神情高傲的女人有什么关系。她在一张长椅上坐下来，紧挨在露丝玛丽身边。"跟我说说这位阿什利小姐的事。"她渴望而好奇地说道。

"茱莉娅小姐可是个了不起的人！"露丝玛丽说。"她自己管理阿什利男爵领地，因为她说她从来没有遇到过一个不需要监督的监工。内战结束后，她的稻田还是同内战前一样多。她本可以像瑞特那样开采磷矿，但是她不愿意涉足那一行，按她的话说，种植园就是搞种植的，而不能——"露丝玛丽压低嗓子，带着震惊而又欣喜的语气低声道，"'强奸土地来得到地下的东西'。所以，她就原封不动地留着那些矿。这里种着甘蔗，可以自己做糖蜜，有铁匠给骡子钉蹄铁和给马车做车轮，有桶匠做存放稻谷和糖蜜的木桶，有木匠修理各种物件，有制革匠做马具。她把稻谷拿到城里去碾成米，在城里买面粉、咖啡和茶，但其他东西都是这个种植园自产的。她养着牛、羊、家禽和猪，有一间乳品作坊、一间泉水冷藏屋[1]、一间熏肉房和几间用来储存蔬菜罐头、干

---

1 泉水冷藏屋（spring house）通常是建在泉水和小溪上的单间房屋。由于泉水的温度较低，可以使封闭的泉水冷藏屋保持凉爽的温度，从而保持肉类、水果或乳制品等食物的新鲜，延缓腐烂。同时，存放在这里的食物也不会受到动物的偷食。

玉米和水果果脯的储藏室。她还自己酿酒。瑞特说,她在松林里甚至还有一个蒸馏器,自己生产松节油。"

"她还蓄有奴隶吗?"斯嘉丽的语气尖刻而讽刺。大种植园的时代已经结束,谁也不能使它们死灰复燃。

"噢,斯嘉丽,你有时候说起话来就像瑞特。我让你们俩开开眼吧。茱莉娅小姐同别人一样,也是给工人付工资的。但是,她是靠种植园赚的钱来给他们付工资的。如果让我管理兰丁的话,我也会像她那么做。瑞特根本不愿意尝试一下,这太可悲了。"

露丝玛丽开始叮叮当当地摆弄起茶盘上的茶具。

"我不记得了,你是喜欢放奶还是放柠檬,斯嘉丽?"

"你说什么?哦——放奶,谢谢。"斯嘉丽对喝茶根本没有兴趣,她正在重温她过去的梦想:让塔拉恢复生机,让地里长满一望无际的白色棉花,让谷仓里装满丰收的成果,让房子恢复她母亲在世时的模样。确实,这个房间里有一些早已遗忘的气味,那就是柠檬油、黄铜上光剂和地板蜡的气味。虽然那些气味很清淡,并且壁炉中燃烧的松木还散发出强烈的树脂味,但是她很肯定她能够闻到它们。

她毫无意识地伸手接过露丝玛丽递给她的一杯茶,愣愣地端在手里,一边继续她的白日梦,一边任由茶水渐渐变凉。为什么不让塔拉恢复它原来的模样呢?既然这个老太太都能管理好这个种植园,我也能管理好塔拉。威尔并不了解塔拉,不了解那个真正的塔拉,那个曾经在克莱顿县数一数二的种植园。他现在把塔拉称作"两头骡子的农场",这是不对的。我以所有圣徒的名义起誓,塔拉远远不止于此!我也完全可以重振塔拉,我敢打赌!爸不是无数次说过我是一个真正的奥哈拉家的人吗?既然如此,他能做到的事情我也能做到,我一定能把塔拉恢复到他创造出来的那个样子,说不定还会比他那时更好。我懂得如何记账,如何在其他人认为不可能的地方获取利润。看看吧,塔拉周围的土地几乎到处都长满了灌木和荒草,我敢打赌我几乎不花什么钱就能买到大片的土地。

她脑海里闪过一个个美好的画面:肥沃的土地和壮硕的牛,带着茉莉花香味的春风吹动着她过去住的那间卧室的白色窗帘,骑着马穿过树林——林下的灌木丛已经清除,几英里长的栗色围栏不仅标示出了属于她的土地,并且还在广袤的红土地上不断向前延伸……好吧,她现在不得不把幻想先放到一边,极不情愿地把注意力集中到露丝玛丽没完没了的谈话上。

稻谷、稻谷,全是稻谷!露丝玛丽·巴特勒就不能不谈稻谷,谈点别的事情吗?瑞特有什么话跟那个讨厌的老阿什利小姐谈这么久呢?斯嘉丽在长椅上又换了个姿势。瑞特的妹妹有个习惯,当她对自己说的事情感到兴奋的时候,就会把自己的身体向听她说话的人倾斜过去。现在,露丝玛丽已经差不多把斯嘉丽挤到长椅一头的角落里了。这时门打开了,斯嘉丽急切地转身向门口看去。该死的瑞特!他和茱莉娅·阿什利在笑什么?他可能觉得把她晾在一边那么久很有意思,但她可不这么认为。

"你历来就是个捣蛋鬼,瑞特·巴特勒,"茱莉娅对他说,"不过,我记得你的罪状里还没有加上没规矩这一条。"

"阿什利小姐,据我所知没规矩指的是仆人对主人或年轻人对长辈的不恭行为。尽管我一直都是你忠实的仆人,你肯定不会说你是我的长辈。做同辈我很愿意,做长辈是不可能的。"

天哪,他竟然同那个老东西调起情来了。他这么作践自己,一定是非常渴望从她那里得到什么东西。

茱莉娅·阿什利颇有些威严地哼了一声。

"那很好,"她说,"只要你不再说这些荒唐话,我就同意你的意见。现在坐下来,停止说傻话。"

瑞特把一张椅子挪到靠近茶几的地方,当茱莉娅坐进去时,他煞有介事地朝她鞠了一躬:"茱莉娅小姐,谢谢你屈尊纡贵。"

"别犯傻了,瑞特。"

斯嘉丽对他们两人皱起了眉头。就这些了?说来说去不过是把"阿什利小姐"和"巴特勒先生"改成了"瑞特"和"茱莉娅小姐"而已。那老女人说得没错,瑞特就是在犯傻。但是,"茱莉娅小姐"自己的言行跟犯傻也别无二致,她竟然冲着瑞特傻笑。他把女人玩弄于股掌之上的样子真让人恶心!

一个女仆匆匆走进房间,从长椅前的茶几上拿起装着茶具的托盘,另一个女仆紧随其后,悄无声息地把茶几挪到了茱莉娅·阿什利前面。紧接着,一个男仆走了进来,手里托着一个更大的银托盘,上面放着不同而且更大的银餐具,以及新鲜的三明治和蛋糕。斯嘉丽不得不承认,不论茱莉娅·阿什利这个人多么难处,这个老女人做起事来却别具风格!

"瑞特告诉我你要去壮游,露丝玛丽。"茱莉娅问道。

"是的,女士!我激动得快死了。"

"要真死了就有点麻烦了。告诉我,你开始制定行程了吗?"

"还没有,茱莉娅小姐,我刚知道这件事才几天。现在只有一件事情很确定,那就是我想在罗马尽量多待些日子。"

"你一定要把壮游的时间选好,因为即使是对查尔斯顿人而言,那里的夏天也热得无法忍受。罗马人那时都会离开城市,到山区或海边避暑。我仍然同那里的一些讨人喜欢的人保持着联系,你也会喜欢他们的。当然,我会给你写几封介绍信。我想建议你——"

"噢,茱莉娅小姐,求求你都告诉我吧,好多事情我都不知道呢。"

斯嘉丽终于轻轻地松了一口气。她刚才很担心瑞特会把她闹出的笑话讲给阿什利小姐听,她以前确实以为只有佐治亚州才有个罗马。不过,看来他已经错过讲这个故事的机会了。现在,他正喋喋不休地同那个老女人谈论一些奇怪的名字,露丝玛丽则听得如痴如醉。

斯嘉丽对他们的谈话毫无兴趣,但是她并不感到无聊,她一直在观察,对茱莉娅·阿什利在茶几前的每一个动作都感到着迷。茱莉娅一边谈论罗马的文物——其间只问了问斯嘉丽茶里放牛奶还是柠檬以及加几块糖——一边给茶杯倒满茶水,然后逐一端起来至略低于她右肩的高度,再由女仆从她手里接过去。她端着茶杯等待的时间不超过三秒钟,然后就会放手。

她甚至连看也不看一眼!斯嘉丽感到很惊讶,要是女仆恰好不在那儿,或者女仆的动作不够快,那么连杯子带茶水都会掉到地板上。但是,那里总会有一个女仆,装满茶水的杯子也总会悄无声息地送到该送到的那个人手中,一滴也不会洒出来。

这时,一个男仆突然出现在斯嘉丽身旁,把她吓了一跳。这个人是从哪儿冒出来的?他把一张折叠好的餐巾轻轻抖开后递给她,然后又拿出一个上下共三层的点心架,上面放满了三明治。她正准备伸手去拿一个三明治的时候,男仆又拿出来一个盘子,直接递到了她的手边。

哦,我明白了,先由一个女仆把东西递给他,然后再由他递给我!不就是一块只有一口大小的鱼酱三明治吗,这一套也未免太复杂了。

但是,这一套程序的优雅感给她留下了深刻的印象。而当那个男仆戴着白手套,用一个精致的银钳子把点心架上的各种三明治一一夹到她盘子里的时候,这种印象就变得更加深刻。就在她一只手拿着带茶碟的杯子,另一只手拿着盘子,正不知该如何是好的时候,第二个女仆立即把一张铺着花边桌布的小茶几轻轻放到了她的膝盖旁边——这真是最后的点睛之笔。

虽然斯嘉丽已经饿了并且对那些三明治又很好奇——什么样的珍奇美味才配得上如此精彩的餐饮服务呢?——但是她更感兴趣的还是仆人们沉默而高效的服务程序,于是她继续看着他们先后为露丝玛丽和瑞特送上了盘子、三明治和小茶几。唯独阿什利小姐没有得到这项特别的服务,男仆只是把装有三明治的点心架放回到了她面前的茶几上。真是荒唐!甚至连餐巾都是她自己打开的!她咬了第一口三明治,失望地发现它不过是面包和黄油,不过这种黄油里加有其他东西,她觉得应该是欧芹。不对,是比欧芹的气味更浓烈的东西,可能是香葱。她吃得很享受,各种三明治都很好吃,而放在另一个点心架上的蛋糕看上去甚至比这还要美味。

我的天哪!他们还在谈论罗马。斯嘉丽朝仆人们看去,他们一个个像柱子一样笔直地沿墙站在阿什利小姐的身后。很显然,蛋糕不会马上递给大家吃。看在上帝的分上,露丝玛丽居然只吃了半个三明治。

"……不过,我们只顾自己说话了。"茱莉娅·阿什利说,"巴特勒太太,你想去哪个城市看看?或者你也和露丝玛丽一样,坚信条条大路通罗马?"

斯嘉丽露出了最甜蜜的微笑说:"我已经被查尔斯顿彻底迷住了,根本就没有想过还要去别的地方,阿什利小姐。"

"优雅的回答,"茱莉娅说,"不过也意味着谈话已经结束了。我为你倒一杯茶好吗?"

不等斯嘉丽接受,瑞特就说道:"我们恐怕得走了,茱莉娅小姐,我还没有把树林里的小径完全清理出来,所以晚上骑着马穿过树林还不方便,而现在天也黑得早了。"

"你本来不必走小径,完全可以走大道的。你只需要把你的工人从那个可耻的磷矿抽回来,让他们在土地上劳动。"

"你看,茉莉娅小姐,我们可是达成了停战协议的。"

"确实是。那好,我遵守协议。再说,我必须承认你们确实应该在天黑之前回到家里。我只顾回忆罗马留给我的快乐经历了,没有注意到时间已经不早了。也许露丝玛丽今晚可以留下来陪我,明天上午我亲自把她送回兰丁。"

噢,好啊!斯嘉丽心想。

"很遗憾,不行。"瑞特回答说,"我今晚可能要出去,我可不想把斯嘉丽和她那个佐治亚州的女仆单独留在房子里。"

"我无所谓,瑞特,"斯嘉丽大声说,"我真的无所谓。你莫非还以为我是一个怕黑的胆小鬼?"

"你说得很对,瑞特。"茉莉娅·阿什利说,"而你,巴特勒太太,确实应该小心谨慎为好。现在这个世道可说不好。"

茉莉娅的语气果断,她接下来的动作也是如此。她站起身,走到了门口,说:"那么,我送你们出去。赫克托会叫人把你们的马牵过来。"

第二十三章

在兰丁种植园房子后面的马蹄形草地上,有几大群愤怒的黑人男子和一小群黑人妇女。瑞特把斯嘉丽和露丝玛丽从临时马厩旁边的上马墩上扶下来,抓住两人的胳膊肘。马童走过来收拢缰绳,牵着马走了。当马童走到听力范围之外后,瑞特压低声音催促道:"我陪你们走到房子前门,然后你们立刻进屋,到楼上的一间卧室里去,关上门待在里面,直到我来叫你们为止。我会叫潘西也上去,让她和你们待在一起。"

"发生什么事了,瑞特?"斯嘉丽的声音有些颤抖。

"过一会儿再告诉你,现在没时间说这个。照我的话做就行了。"他一直抓着她们,拉着她们跟上他坚定而从容不迫的步伐,眼看着就要绕过房子侧面走到前门了。"巴特勒先生!"其中一名男子一边对瑞特喊一边朝他走过来,七八个人紧跟在他身后。斯嘉丽心想,情况不妙,他们喊的是"巴特勒先生"而不是"瑞特先生",语气里充满了敌意,而那帮人差不多有五十人。

"你们在原地等着,"瑞特大声回答,"我把女士们安顿好就来。"露丝玛丽踢到路上一块松动的石头绊了一下,瑞特立刻抓住她,扶着她继续往前走。"你就是把腿摔断了我也不管,"他低声道,"继续走。"

"我没事。"露丝玛丽回答说。斯嘉丽觉得小姑子的声音非常冷静,她为自己内心的紧张感到惭愧。感谢上帝,他们马上就要走到房前了,再走几步就能绕过房子侧面。她丝毫没有意识到,在他们走近房子的前门之前,她紧张得屏住了呼吸。直到看到伸展到蝴蝶形湖以及河边的绿色梯田时,她才如释重负地呼出了一大口气。

但接着她又倒抽了一口凉气。当他们转过房角走上最上一层砖砌的梯田时,她看到十来个白人男子靠着房子的墙坐在地上。他们都是些又瘦又高的白人,苍白的脚踝露在笨重的鞋子和褪了色的工装裤的下摆之间。他们的腿上横放着步枪或霰弹枪,双手轻松而老练地抓着枪身。压低在前额上的破旧宽边帽遮住了他们的眼睛,但是斯嘉丽知道他们都正看着瑞特和他的两个女人。其中一个白人猛地吐出了一口棕色的烟液,烟液越过草坪落到了瑞特那双漂亮的马靴前。

"你得感谢上帝你没有吐到我妹妹的身上,克林奇·道金斯,"瑞特说,"否则我就得宰了你。你们稍微等我几分钟,我现在有其他事情要处理。"虽然他的话说得很轻松、随意,但是斯嘉丽能够感觉到他抓着她手臂的手很紧张。她昂起头,迈着坚定的步伐跟着瑞特往前走,任何可怜的白人人渣都不可能把瑞特或她的气势压倒。

一走进房子,突然的黑暗让她什么也看不见,她赶紧眨了眨眼睛。怎么这么臭!斯嘉丽的眼睛很快就适应了屋内昏暗的光线,她发现臭味来自楼下这个主房间里坐在那些长凳上的人和地上的痰盂。长凳上坐满了饱经风霜、饥肠辘辘的穷白人,他们几乎把整个房间都挤得满满的。这些人也都拿着武器,头上的宽边帽同样遮住了他们的眼睛,地上到处是他们吐出来的痰,痰盂周围布满了一摊摊的烟液。斯嘉丽把手臂从瑞特手中抽出来,把裙子提到脚踝的高度,径直朝楼梯走去。走上两级台阶后,她又把裙子放了下来,让骑装的裙摆在布满尘土的楼梯上拖着走。她才不会让这群乌合之众看到她这样一位女士的脚踝。她一口气爬上了摇摇晃晃的楼梯,好像根本不在乎眼前这一切似的。

"发生什么事了,斯嘉丽小姐?谁也不告诉我这是怎么回事!"潘西走进卧室,一关上身后的门就开始哭号。

"闭嘴!"斯嘉丽命令道,"你难道想让整个南卡罗来纳州的人都听到你的号叫吗?"

"我不想同南卡罗来纳州的任何人有任何关系,斯嘉丽小姐,我只想回亚特兰大去,回到我自己的人身边去。我不喜欢这个地方。"

"你喜不喜欢没人在乎,所以你给我坐到角落里的那个凳子上去,然后闭上嘴。如果我再听到你哼一声,我就……我就不客气了。"

她看了看露丝玛丽。如果瑞特的妹妹也崩溃了,她就真的不知道该怎么办了。露丝玛丽的脸色很苍白,但是神情显得很自若,坐在床沿上,看着床单上的图案,就好像以前从来没有见过那些图案一样。

斯嘉丽走到可以俯瞰房子后面那片草地的窗前。如果她从窗户的一侧向外看,下面的人就看不到她在向外张望。她小心翼翼地把棉布窗帘掀开一道缝,然后向外看去。瑞特在那儿吗?天哪,他真的在那儿!她在一大群黑脑袋和挥动的黑手臂中间勉强辨认出了他的帽顶。刚才分散的几群黑人现在已经聚集在一起,形成了危险的一大群人。

她想:他们只需要半分钟就可以把他踩死,而我却根本无法阻止他们。她对自己的无能为力感到恼怒,一只手紧紧攥住了薄薄的窗帘。

"你还是离开那扇窗户为好,斯嘉丽。"露丝玛丽对她说,"如果瑞特不得不为你和我担心,他就很难专心处理他眼前的那些事情。"

斯嘉丽立刻转过身来冲她喊道:"你难道不关心发生了什么事情吗?"

"我当然关心,但是我不知道发生了什么,你也不知道。"

"我只知道瑞特要被一群愤怒的黑人淹没了。那些坐在那儿到处吐烟液的人渣为什么不把他们身边的枪用起来呢?"

"那样的话,我们就真的陷入困境了。我认识其中的一些黑人,他们是磷矿的工人,他们是不会让瑞特遭遇不测的,因为那样他们就会失去工作。不仅如此,他们中的很多人都是巴特勒家的人,他们属于这个地方。我害怕的是那些白人,我估计瑞特害怕的也是他们。"

"瑞特什么也不害怕!"

"他当然害怕。他要是不害怕,他就是一个傻瓜。我吓得要命,你也一样。"

"我才不怕呢!"

"那么,你就是傻瓜。"

斯嘉丽惊呆了。露丝玛丽的语气比侮辱更使她震惊,说起话来就像茱莉娅·阿什利一样目空一切。刚刚同那个母恶龙一起待了半小时,露丝玛丽就变成了一个女魔头。

她急忙转过身再次走到窗前。天就要黑了,外面的事情怎么样了?

她什么也看不清,只见到黑暗的地面上有一些黑暗的人影。瑞特还在那里吗?她无法判断。她把耳朵贴到窗户玻璃上,仔细地听,结果只听到了潘西低沉的呜咽声。

她想:我要是再不做点什么,我就要发疯了。她开始在那间不大的卧室里来回踱步。"这么大的一个种植园为什么卧室这么狭小?"她心里抱怨道,"这里的两间卧室也没有塔拉的任何一个房间大。"

"你真的想知道吗?那就坐下来。另一扇窗户旁边有一把摇椅,你可以坐在那里不停地摇而不用走来走去。等我把灯点上,如果你真想听,我就给你讲一讲丹漠兰丁种植园的来龙去脉。"

"这么傻坐着我忍受不了!我要到楼下去,看看到底发生了什么事。"斯嘉丽在黑暗中摸索着门把手。

"你要是下去了,他永远也不会原谅你。"露丝玛丽说。

斯嘉丽的手无可奈何地垂了下来。

露丝玛丽划火柴的声音就像手枪射击发出的巨大声响,斯嘉丽只觉得全身的神经都绷得紧紧的。她转过身,惊讶地发现露丝玛丽的神情居然还像平常一样,仍然坐在刚才那个地方,也就是床沿上,煤油灯的灯光把床单上的花纹照得格外明亮。斯嘉丽犹豫了一下,然后走到摇椅跟前,扑通一声坐了下去。

"好吧,把丹漠兰丁的来龙去脉讲给我听吧。"她怒气冲冲地用脚使劲蹬着地,让摇椅摇起来。在摇椅发出的嘎吱声中,露丝玛丽讲起了她十分钟爱的这个种植园的故事,斯嘉丽则带着一种邪恶的快感不停地摇晃着自己。

露丝玛丽说,她们所在的这所房子之所以每间卧室都这么狭小,是因为这里当初只是为单身汉建造的宿舍。在她们所在的这层楼上还有一层,也都是小房间,是为来宾的男仆准备的。楼下现在用做瑞特的办公室和饭厅的房间原来是客房,同时也是半夜里喝托迪酒、玩牌和社交的地方。"所有椅子都是红色的皮椅,"露丝玛丽轻声说,"我过去经常在男人们出去打猎的时候跑到那里去,闻一闻皮革、威士忌和雪茄烟的味道。

"'兰丁'这个名字来自我们的曾曾祖父离开英国去巴巴多斯之前巴特勒一家所住的那个地方的名字。大约在一百五十年前,我们的曾祖父从巴巴多斯来到了查尔斯顿。他建起了兰丁,并在四周建起了花园。曾祖父的妻子出嫁前的闺名叫索菲亚·露丝玛丽·罗斯,这也是罗斯和我的名字的由来。"

"瑞特的名字是怎么来的?"

"他的名字来自我们的祖父。"

"瑞特告诉我说,你祖父是一个海盗。"

"是吗?"露丝玛丽笑道,"像他会说的话。祖父在独立战争时期闯英国人的封锁线,就像瑞特在我们内战时期闯北方佬的封锁线一样。他下决心要把自己的稻谷卖出去,没人能够阻止他。我估计他当年做过一些相当精明的交易,但是从本质上讲他还是一个种稻谷的农民。丹漠兰丁一直都是一个稻谷种植园,这也是我对瑞特有气的原因……"

斯嘉丽摇得更快了。如果她又要继续讲稻谷的事,我就尖叫。

就在这时,一把霰弹枪发出的两声枪响打破了夜晚的宁静。斯嘉丽确实尖叫起来,立刻从摇椅上跳起来,向门口跑去。露丝玛丽也跳起来,紧随其后追了上去,伸出两只强壮的胳膊拦腰抱住斯嘉丽,硬生生地把她拖了回来。

"放开我,瑞特可能——"斯嘉丽声音沙哑地说。露丝玛丽的双手压得她喘不过气来了。

露丝玛丽的双臂勒得越来越紧,斯嘉丽拼命挣扎也无法脱身。她的耳中可以听到自己被勒住的喉咙发出的喘息声,而且嘎吱嘎吱摇晃着的摇椅正在慢下来。斯嘉丽的呼吸也变慢了,屋里的灯光仿佛变暗了。

斯嘉丽的手无力地胡乱拍打着,被卡住的喉咙发出微弱刺耳的杂音。露丝玛丽终于放开了手。斯嘉丽似乎听到露丝玛丽对她说了声"抱歉",不过那都不重要了,现在唯一重要的是赶快大口大口地把空气吸进她的肺里。她瘫软地跪倒在了地上,不过就连这个也不重要了,这个姿势呼吸起来反倒更容易些。

过了好一会儿她才又能说话了。她抬起头看了看,只见露丝玛丽背靠着门站在那里。斯嘉丽对她说道:"你刚才差点要了我的命。"

"我很抱歉,我并不想伤害你,我只是不得不阻止你。"

"为什么?我要去看看瑞特,我必须到他那里去。"对斯嘉丽而言,他比整个世界都重要。这个愚蠢的姑娘难道就不理解吗?是的,露丝玛丽就是理解不了,因为她从来没有爱过任何人,也没有任何人爱过她。

斯嘉丽想挣扎着爬起来。噢,圣母玛利亚啊,我怎么这么软弱无力。她伸手抓住一根床柱,拉着自己慢慢地站了起来。她的脸上像鬼脸一样苍白,一双绿眼睛像冰冷的火焰。

"我要去找瑞特。"她说。

就在这一刻,露丝玛丽毫不留情地对她进行了打击,并没有用手或者拳头,而恰恰肉体上的打击才是斯嘉丽能够承受的。

"他不要你了,"露丝玛丽平静地说,"他已经告诉我了。"

第二十四章

瑞特的话说到一半突然停了下来。他看看斯嘉丽,然后问道:"这是怎么回事儿?没胃口吗?他们都说乡间的空气会增加人的食欲。你真让我吃惊,亲爱的,我相信这还是我第一次看到你对食物这么挑剔。"

她的目光从还没有碰过的一盘食物上抬起来,冷冷地看着他。他一直在她背后议论她,现在怎么还有脸跟她说话?除了露丝玛丽,他还对谁说过那些话?是不是查尔斯顿的所有人都已经知道,他抛弃了她并从亚特兰大出走了,而她竟然还一路追到了这里?这岂不是自取其辱吗?

她低下头,继续把盘子里的食物戳过来、推过去。

"那么,刚才到底发生了什么事?"露丝玛丽问瑞特,"我现在还是一无所知。"

"是茱莉娅小姐和我意料之中的事情:她种植园的农业工人和我磷矿里采矿的工人一起策划了一个阴谋。你也知道,我们每年都是在新年那一天签订来年的雇佣合同。茱莉娅小姐的工人准备去跟她说,我给采矿工人的工资几乎是他们工资的两倍,所以她必须给他们涨工资,否则他们就要到我这里来干活。我的工人也准备如法炮制,只是反过来说而已。他们根本没有想到茱莉娅小姐和我对他们的阴谋一清二楚。

"我们骑着马刚到阿什利男爵领地,谣言就传开了。他们都知道博弈开始了。你们都看到了,在男爵领地稻田里的工人工作都很卖力,因为他们不想冒失去工作的风险,而且他们对茱莉娅小姐都怕得要命。

"这里的情况就没有那么简单了。有人故意放出话来说,兰丁的黑人正在密谋闹事,于是萨默维尔路另一边的白人佃农就感到紧张了。这些动不动就舞刀弄枪的穷白人立刻操起了枪,准备干一场。他们跑到这里来,闯进屋里偷了我的威士忌,大家你一口我一口地喝着给自己壮胆。

"等你们都安全地回到楼上以后,我就告诉他们我的事情我自己处理,然后赶到了房子后面。黑人们都吓坏了,他们应该也感到害怕了,但是我劝他们说我会安抚那些白人的,让他们回家去。

"等我回到房子这里后,我就告诉那些白人佃农,黑人工人的事情都已经解决了,他们也该回家去了。也许我对他们有些操之过急,因为没有造成任何麻烦,所以我觉得如释重负,就有些大意了。下一次——如果还有下一次的话,但愿不会,我肯定会处理得更聪明一些。总之,克林奇·道金斯一下子勃然大怒,他就是来找茬的。他骂我是黑鬼的情人,手里举着他那把霰弹枪,后来突然就把枪口对准了我。我也没管他是不是醉得真会朝我开枪,冲上去把枪口一抬,结果把天轰开了两个窟窿。"

"就这些?"斯嘉丽几乎是大吼道,"你早就该告诉我们实情。"

"我顾不上,亲爱的。克林奇的自尊受到了伤害,所以他就把刀拔了出来,我也拔出了刀。我们来来回回斗了差不多有十分钟,最后我削掉了他的鼻子。"

露丝玛丽吓得大喘气。

瑞特拍拍她的手说:"也就削掉了鼻尖而已,他那鼻子反正也太长了。现在他那张脸蛋漂亮多了。"

"但是,瑞特,他会找你报复的。"

瑞特摇摇头说:"不会,我可以向你保证他不会报复的,因为这是一场公平的打斗。再说,克林奇是我最老的伙伴之一,在南方军里的时候我们就在一起,他是我那门大炮的装弹手。我们俩之间的纽带是不会因为一小片鼻子上的肉就断裂的。"

"我真希望他杀了你。"斯嘉丽一板一眼地说,"我很累,睡觉去了。"她把椅子往后一推,迈着高傲的步伐离开了餐厅。

瑞特故意慢吞吞地冲着她的背影说道:"老婆的爱是对男人最大的祝福。"

斯嘉丽气得怒火中烧。"我希望克林奇·道金斯此时此刻就站在房子外面,"她嘟囔道,"就等你出去挨他一枪。"

要真是这样,第二枪就打中露丝玛丽,我才高兴呢。

露丝玛丽举起手中的酒杯向瑞特致意:"好了,现在我知道你为什么说这顿晚餐值得庆祝了。我呢,也要庆祝这一天终于结束了。"

"斯嘉丽生病了吗?"瑞特问他妹妹,"我不过是半开玩笑地说了说她胃口不好,可她什么也没吃,这不像她啊。"

"她心里难受。"

"我无数次见过她难受的样子,但是每次她吃起东西来还是像个码头工人。"

"今天可不仅仅是她脾气的问题,瑞特。当你在外面割别人鼻子的时候,斯嘉丽和我正在屋里摔跤呢。"露丝玛丽讲述了斯嘉丽当时如何恐慌以及她如何横下一条心要去找瑞特的情况,"我不知道楼下会有多危险,所以我把她拉了回来。但愿我没有做错。"

"你做得完全正确。当时任何事情都是可能发生的。"

"我恐怕把她搂得太紧了一点儿,"露丝玛丽坦白说,"她差一点儿昏过去了,快没法呼吸了。"

瑞特仰头大笑道:"上帝保佑,可惜我没看到那一幕。斯嘉丽·奥哈拉竟然被一个姑娘按倒在地板上,佐治亚州至少会有一百个女人为你鼓掌叫好!"

露丝玛丽考虑着是否要交代其他事情,但是她意识到她对斯嘉丽说的话比她们俩之间的争斗造成的伤害更大,于是她决定还是不说为好。瑞特还在咯咯地笑,没有必要扫了他的兴。

黎明前斯嘉丽醒了。她一动不动地躺在黑暗中,不敢动弹,因为她一定是听到了什么声响或其他动静，否则她是不会在半夜里醒来的。她告诉自己：轻轻地呼吸，就像你仍在睡觉时那样。她竖起耳朵听着，却只有死一般的寂静，但这样的寂静让她感到沉重而无法打破。

当她突然意识到让她醒过来的"动静"是饥饿的时候，如释重负的欣喜几乎让她大叫起来。没错，她确实饿了！从昨天早饭起到现在，除了在阿什利男爵领地喝茶时吃的那一点儿三明治之外，她还没有吃过任何东西。

夜里的空气格外寒冷，穿她那件雅致的丝绸睡衣毫无用处。她抓起床上的被单裹在身上。那是一条厚厚的羊毛毯，里面还保留着她的体温。她轻手轻脚穿过黑暗的走廊，走下楼梯，被单别扭地拖在她的赤脚后面。感谢上帝，大壁炉里还有火，散发出微弱的热量，暗淡的火光也足以使她看见通向餐厅和后面厨房的门。她不在乎能找到什么吃的，就算是冰冷的剩饭剩菜也行。她一只手抓住裹着身体的被单，伸出另一只手摸索门把手。它在左边还是右边？她先前根本没有注意过。

"不许动，否则我就一枪在你身上打个窟窿！"

瑞特刺耳的声音吓了她一大跳。毯子从身上滑落，她感到一阵寒气袭来。

"真是吃饱了撑的！"斯嘉丽转向他，然后弯腰捡起羊毛毯，"昨天把我吓得还不够吗？还想再来一遍？我差点儿被你吓死！"

"深更半夜的你到处溜达什么，斯嘉丽？我会一枪打死你的。"

"你鬼鬼祟祟地在这里吓唬人干什么？"斯嘉丽煞有介事地

把被单披到肩上，仿佛那是一件貂皮大衣。"我正想到厨房弄点儿早饭吃。"她故作镇静地说。

看着她装出一副可笑的傲慢样子，瑞特微微一笑。"我来给炉子点上火，"他说，"我也正想喝一杯咖啡。"

"这是你的房子，想喝咖啡你就尽管喝。"斯嘉丽把拖在身后的被单向后踢了一脚，就好像跳舞时向后踢起礼服的裙摆，"怎么啦，你不知道为我把门打开吗？"

瑞特往壁炉里添加了一些劈柴，火热的煤块立刻点燃了一根劈柴上残留的枯叶。不等斯嘉丽看清他的脸，他就迅速地换上了一副严肃的表情。他拉开通向餐厅的门，然后退到一边。斯嘉丽从他身边一闪而过，但是又马上停住了脚步，因为餐厅里面还是漆黑一片。

"请允许我——"瑞特划着了一根火柴，点亮了餐桌上的油灯，然后细心地调整好火苗的大小。

斯嘉丽听得出他话中的嘲笑意味，但是她不生气。"我太饿了，简直能吃下一匹马。"她坦白说。

"求求你，别吃马，"瑞特笑道，"我只有三匹马，其中两匹还不怎么样。"他把灯罩罩在油灯上，低头看着她："要不要来点儿鸡蛋和一片火腿？"

"两片火腿。"斯嘉丽说。她跟着他走进厨房，他走到大铁炉前生火，她则走到餐桌前的长凳上坐下来，把双脚窝到羊毛毯下。当引火的松枝噼噼啪啪地燃起来之后，她把脚伸到了炉火旁。

瑞特从食品储藏室里拿来吃剩半只的火腿,几碗黄油和几个鸡蛋。"咖啡研磨机就在你身后的桌子上,"他对她说,"咖啡豆装在那个罐子里。如果我来切火腿,你来磨咖啡,我们就可以早一点儿吃上早饭。"

"为什么不让我来弄鸡蛋,你来磨咖啡呢?"

"因为炉子还没有烧热,贪吃小姐。研磨机旁边还有一锅凉玉米饼,你先垫一垫肚子,我来负责炉子上的事。"

斯嘉丽立刻转过身去,看到盖着一张餐巾的平底锅里还剩下四块玉米饼。她扔掉羊毛毯伸手拿起一块玉米饼,一边吃一边抓起一把咖啡豆扔进研磨机里。然后,她吃几口玉米饼接着摇几下研磨机的摇柄。等玉米饼快吃完的时候,她听到了瑞特把火腿片放进煎锅里发出的嘶嘶声。

"这香味闻起来就像天堂里的味道。"她开心地说着,接着又飞快地转动了几下摇柄。"咖啡壶在哪儿?"她转过身,看到瑞特的模样禁不住笑起来。他裤子的腰带上掖着一条擦碗碟的干毛巾,一只手拿着一把长叉子,朝门旁边一个架子的方向挥了挥手。

"有什么好笑的?"

"看看你,油溅得你躲来躲去,一副狼狈样。赶紧把炉门关上,否则整个锅都要烧着了。我早该想到你根本干不了这活儿。"

"胡说,太太。我喜欢明火带来的冒险感觉,这让我回想起当年在篝火上烤新鲜水牛牛排的快乐日子。"但他还是把煎锅推到了炉火的边上。

"你真的吃过水牛？我是说当年在加利福尼亚的时候。"

"水牛、山羊和骡子都吃过——甚至还吃过那个不按要求给我煮咖啡的人尸体上的肉。"

斯嘉丽咯咯地傻笑起来。她跑过冰凉的石头地面，拿到了咖啡壶。

他们坐在餐桌前静静地吃饭，两个人都狼吞虎咽地吃着。黑暗的餐厅里温暖而友好，从开着的炉门发出忽明忽暗的红光，炉子上煮着又黑又香的咖啡。斯嘉丽希望这顿早餐永远延续下去。露丝玛丽肯定在撒谎，瑞特不可能告诉她他不要她了。

"瑞特？"

"嗯？"他正在倒咖啡。

斯嘉丽本想问他这样的舒适和欢笑能不能持续下去，但她又担心这一问会毁了这一切。所以，她转而问道："有奶油吗？"

"在储藏室里，我去拿。让你的脚在火炉边保持温暖。"

只一会儿工夫他就拿着奶油回来了。

在她把糖和奶油加进咖啡里之后，她终于鼓起了勇气问道："瑞特？"

"什么事？"

斯嘉丽的话脱口而出，让他来不及阻止："瑞特，难道我们不能永远拥有这样的好时光吗？现在这样多好啊，你也是知道的。你为什么总要表现得那么恨我呢？"

瑞特叹了一口气。"斯嘉丽，"他疲惫地回答说，"任何一只被逼得走投无路的动物都会攻击人的，本能比理智更强大，也比意志更强大。当你来到查尔斯顿的时候，你就把我逼上了绝路。你步步紧逼，现在还在这么做，一刻也不让我消停。我要的是体面，而你就是不让我得到体面。"

"我会的，我会让你得到体面。我只要你对我好一点儿。"

"你要的不是好一点儿，斯嘉丽，你要的是爱，是无可置疑的、温柔而明确的爱。我曾经给过你那样的爱，可是你没有接受。现在，我的爱已经用完了，斯嘉丽。"瑞特的语气变得越来越冷漠，越来越刺耳和不耐烦。斯嘉丽似乎感到了寒冷，身体往后缩了缩，下意识地摸了摸身边的凳子，想找到她刚才扔下的能给她温暖的毛毯。

"我就用你的话来说吧，斯嘉丽。我本来心里装着一千美元的爱，都是黄金，而不是美钞，我把它们全部花在了你的身上。所以，就爱而言我已经破产了，是你把我榨干了。"

"我错了，瑞特，对不起，我正努力弥补这一切。"斯嘉丽的脑子飞快地转动着。她心想：我可以给他我心里的一千美元的爱，甚至可以给他两千、五千、两万或一百万美元的爱，那样的话他就能够爱我了，因为他就再也不会破产了。他会重新获得他付出的全部的爱，而且会比原来的爱更多。他只要愿意接受就好了，我必须强迫他接受……

"斯嘉丽，"瑞特继续说，"已经过去的事情是无法弥补的，不要再把剩下的东西也毁掉了，就让我对你好一点儿吧，这样我也能感觉好一些。"

她立刻抓住他的话，说："噢，是的！是的！瑞特，求你了，对我好一点儿吧,就像我毁了我们的快乐时光之前的你那样。我不逼你。在我回到亚特兰大之前,我们就做朋友,开开心心的。只要我们能够一起欢笑,我就心满意足了。这顿早餐我就吃得很开心。天哪,你戴着那件围裙还真好看。"她咯咯地傻笑起来。感谢上帝,他看不清她的脸,就像她看不清他的脸一样。

"这就是你想要的?"瑞特松了口气,不再说话。斯嘉丽喝了一大口咖啡,盘算着接下来该说些什么。接着,她勉强笑了笑。

"啊,对啊,傻瓜。我知道我已经被打败了。我只是觉得再试一试也是值得的,仅此而已。我不会再逼你了,但是请你让我好好地过完这个社交季。你也知道我多么喜欢聚会。"她又笑了笑,"如果你真的想对我好一点儿,瑞特·巴特勒,那就请你再给我倒一杯咖啡吧。我没有隔热手套,你有。"

早饭后,斯嘉丽上楼穿好了衣服。天还没有亮,但是她心里太激动了,根本不想再回到床上去。她想,她已经把事情解决得很好了,他解除了戒心,同她一样开心地吃了一顿早饭。她对此很确定。

她穿上来兰丁时在船上穿的那件棕色旅行服,然后把一头黑发从太阳穴往后梳,再用梳子把头发卡住,固定好。接下来,她在手腕和脖子上抹了一点点古龙水,仅仅是为了提醒人们,她很有女人味、很温柔,也很令人向往。

她尽量悄无声息地穿过走廊,然后走下楼梯,让露丝玛丽睡得越久越好。楼梯平台上朝东的窗户在昏暗中清晰可见，黎明即将到来。斯嘉丽吹灭了手中的油灯。噢，请让今天成为美好的一天吧，也让我把每件事情都做好，让这一整天都像早饭时那样美好，还有这白天之后的整个夜晚。今晚就是新年前夜了。

日出之前，一种笼罩着大地的特殊的宁静也笼罩着这所房子。斯嘉丽小心翼翼地往前走，无声无息地走到了楼下中间的那个房间。壁炉里的火燃烧得很旺，一定是瑞特在她穿衣服的时候又添了不少劈柴。她辨认出了他肩膀和脑袋的黑色轮廓，因为它们正好被他身后一扇灰色的半明半暗的窗户映衬着。他坐在他的办公室里，背对着她，门虚掩着。她踮着脚尖走过去，用手指尖轻轻地在门框上敲了几下。"我能进来吗？"她悄声问。

"我还以为你回去继续睡了。"瑞特说。听声音他很疲惫。她想起来了，他整夜都没有睡，一直守护着这座房子，也守护着她。她真希望自己能把他的头搂在怀里，轻轻地为他抚去一身的疲劳。

"再睡也没有多大意义了，太阳一出来，公鸡就会发疯似的啼鸣。"她试探性地伸出一只脚跨过门槛，问道，"我坐在你这里行吗？你的办公室里没有那股恶臭味。"

"进来吧。"瑞特说，没有扭头看她一眼。

斯嘉丽轻轻走到办公室里离门最近的一把椅子前，从瑞特的肩头望过去，她可以越来越清晰地看到窗户。我想知道他这么努力地在寻思什么。是那帮疯子又在外面聚集起来了吗？或者是克林奇·道金斯？一只公鸡突然开始啼鸣，她的身体随之一阵发抖。

这时,她看到了黎明的第一缕微弱的红色光芒洒在窗外的田野上,在远处漆黑天空的映衬下,丹漠兰丁种植园的残垣断壁在晨曦中显得格外明亮。斯嘉丽禁不住惊叫一声,那废墟看上去就好像仍然在熊熊燃烧,瑞特所看到的显然是他的家园在烈火中的垂死挣扎。

"不要看,瑞特,"她央求他道,"不要看了,这样只会伤你的心。"

"我应该守在这里的,我本来是可以阻止他们的。"瑞特的声音缓慢而遥远,就好像他根本不知道自己在说话。

"你不可能阻止他们的。那些士兵肯定有几百人,他们肯定会一枪打死你,然后再把这里的一切付之一炬!"

"他们就没有向茱莉娅·阿什利开枪。"瑞特说。不过,他的声音这时已经有了变化,他的话里既有一丝苦涩也有一种近乎幽默的意味。窗外的红色光线正在变化,越来越趋于金色,废墟里渐渐显露出一堆乌黑的砖头和挂满晶莹露珠的烟囱。

瑞特把转椅转过来,伸手摸了摸下巴,斯嘉丽似乎听到了他那把大胡子摩擦时发出的沙沙声。他的眼睛下面出现了阴影,在依然昏暗的室内也看得很清楚,一头黑发凌乱不堪,头顶处一绺头发向上翘起,前额上还耷拉着一缕乱发。他站起来,打了一个哈欠,然后伸一伸胳膊:"现在我可以安全地睡一会儿了。我起来之前,你和露丝玛丽就待在屋里。"他在一张木头长凳上躺下来,立刻进入了梦乡。

斯嘉丽静静地观察着睡梦中的瑞特。

我决不能再说我爱他了,那会使他觉得有压力,然后他就会发怒,而我也会因为说了这句话又一次感到渺小和低贱。不说了,再也不说了,除非哪天他主动对我说他爱我。

第二十五章

瑞特沉睡了一个小时，醒来后就一直很忙。他明确告诉露丝玛丽和斯嘉丽远离蝴蝶湖，因为他正在为第二天的演说和招工仪式搭建一个平台。"做工的男人不喜欢女人在场。"他微笑着对他妹妹说，"我肯定也不愿意日后妈妈来问我，为什么让你学了那么多花里胡哨的新词汇。"

在瑞特的要求下，露丝玛丽带着斯嘉丽到杂草丛生的花园里参观。花园中的小径已经清理干净，但是还没有铺上碎石，斯嘉丽衣裙的下摆很快就被尘土弄黑了。这里同塔拉真是有天壤之别，甚至连泥土也不一样。在她看来，小径和尘土不是红色就显得不自然。这里的植被格外茂密，许多植物她都不熟悉，在她这个高地人[1]看来，这里的一切都长得太茂盛了。

但是，瑞特的妹妹对巴特勒家的种植园的深厚喜爱，确实让斯嘉丽感到意外。她对这个地方的眷念就好像我对塔拉的眷念

---

[1] 与前文所提到的"低地"对应，是斯嘉丽在此的戏谑叫法。

一样，也许我还是可以和她和睦相处的。

露丝玛丽并没有注意到斯嘉丽正努力寻找她们俩之间的共同点，仍然沉浸在对失去的那个世界，也就是对内战前的丹漠兰丁的回忆之中。"人们把这里称作'隐蔽花园'，因为小径两旁高高的灌木篱墙挡住了人们的视线。直到你已经走进花园里了你才会发现它。小时候，每当快到洗澡的时间，我就会躲到这里来。仆人们对我都很好——他们会四处敲打着灌木篱墙，来来回回地大喊，假装他们找不到我了，我就会自以为很聪明。当我那位嬷嬷跌跌撞撞地穿过大门看到我时，总是表现出非常惊讶的表情……我太爱她了。"

"我也有过一个嬷嬷，她——"

露丝玛丽已经走到前头去了："沿着这条路走下去就到了倒影池，那里有黑天鹅和白天鹅。瑞特说等他把芦苇砍掉、把池中肮脏的藻类植物清除干净之后，那些天鹅说不定还会飞回来。看到那一片灌木了吗？那里是一个真的小岛，专门为天鹅筑巢而建的。那儿地面上长满了草，筑巢季节之后就会把草剪短。岛上还有一个用白色大理石修建的微型希腊神庙。很多人都害怕天鹅，因为它们的喙和翅膀能对人造成严重伤害。不过，我们的天鹅很温和。小天鹅出窝之后，它们还允许我同它们一起游泳。妈妈那时候经常坐在池边的长凳上给我读《丑小鸭》的故事，等我学会认字以后，我就读给天鹅听……

"这条路通往玫瑰园。到了每年五月，你在离兰丁几英里之外的河上都能闻到玫瑰花的芬芳。一到下雨天，窗户都关得死死的,屋里摆得满满的玫瑰花发出浓郁的香气,就会让我感到不舒服……

"在那下面的河边上有一棵巨大的橡树,上面有一间树屋。那是瑞特小时候自己建的,后来又归了罗斯。我经常带上一本书和一些果酱饼干爬到树屋里去,在那里一待就是好几个小时,那里比爸爸让木匠专门为我建的游戏室强多了。游戏室太花哨,地上铺着地毯,摆放着适合我用的小桌子和小板凳,还有茶具和布娃娃……

"这边来。那边就是柏树沼泽,说不定还能见到几只短吻鳄。今天天气很暖和,它们不大可能待在过冬的洞穴里。"

"不去了,谢谢你。"斯嘉丽说,"我的两条腿走累了,我想我得在那块大石头上坐一会儿。"

那块大石头原来是一个倾倒在地并且摔碎了的雕像的底座,那个雕像原来是一位身披古典长袍的少女。斯嘉丽看到了荆棘丛中早已污损的少女的面孔。她并不是真的走累了,而是对露丝玛丽厌烦了,而且她对看什么短吻鳄根本没有兴趣。她坐在那儿,温暖的阳光照在背上,心里想着她所看到的一切。在她的心目中,丹漠兰丁正在恢复生机。她意识到,这里原本就不同于塔拉,她对这里的生活规模和生活方式根本一无所知。难怪查尔斯顿人自以为他们活得最好,他们的生活确实堪比王公贵族。

虽然坐在阳光下,她还是感到了一丝凉意。即使瑞特此生日日夜夜不停地工作,也不可能把这里完完全全地恢复到过去的模样,而这恰恰又是他下定决心要做的事情。所以,他的生活中不会有多少时间可以留给她,而对她而言就算学会了种植洋葱和土豆的全部知识,也未必有助于她分享他的生活。

露丝玛丽从沼泽回来了,显得很失望,她连一条短吻鳄也没有看到。在她们返回房子的路上,她一直说个不停,先是告诉斯嘉丽那些只剩下野草的花园过去叫什么名字,然后又用极其复杂的语言讲述现在已经变成沼泽的田里曾经种过的不同水稻品种,总之都是她童年的回忆。这一切使斯嘉丽感到烦透了。"我讨厌夏天!"露丝玛丽抱怨说。

"为什么?"斯嘉丽问道。她一直都喜欢夏天,因为夏天里每周都有聚会,常常宾客盈门,从即将成熟的棉花地之间的小路上不时传来人们骑着马你追我赶的喧闹和叫喊声。

露丝玛丽的回答消除了她心中的困惑。原来,对于"低地"农区的人,夏天是城市居住期。夏天一到,就会从沼泽地里滋生一种热病——疟疾。为此,当地所有人每年五月中旬就离开种植园去城里,直到十月末第一次打霜之后才返回。

这么说,瑞特还是有时间留给她的,再说还有差不多两个月的社交季呢,他必须回到城里陪着他母亲和妹妹——还有她。如果她每年能得到他七个月的时间,给他五个月去种植园侍弄他的花草,她还是很乐意的,她甚至愿意为此了解一下各种山茶花的名字。

那是什么?斯嘉丽盯着一块巨大的白色石头,看上去它就像站在一个大盒子上的天使。

"噢,那是我们家的墓园。"露丝玛丽回答说,"过去一百五十年里去世的巴特勒家人都整齐地埋在那里。以后我死了也会埋在那里。北方佬的子弹把天使翅膀打掉了几大块,不过他们还是很知趣,没有打扰死者。我听说在有些地方他们挖坟掘墓,只为得到死者随葬的首饰。"

斯嘉丽是一个爱尔兰移民的孩子,在她看来坟墓是永恒的也是必须敬畏的。已经逝去的世世代代和将来的世世代代,世代相继,直至永远,阿门。瑞特曾经说过:"我要回到那个根深蒂固的地方。"现在她明白他的意思了。她为他失去的东西感到悲哀,也为她从来没有得到过他的那些东西而感到妒忌。

"快走,斯嘉丽,你站在那儿就像一棵树。我们就要回到房子里了,你不可能累得连这点儿路都走不动了吧。"

斯嘉丽想起了她之所以同意跟露丝玛丽出来散步的初衷。"我一点儿也不累!"她回答说,"我认为我们应该折一些松枝什么的把房子装饰一下,毕竟是节日啊。"

"好主意。松枝可以去除臭味。在以前那个马厩旁边就有一片树林,里面有很多松树和冬青树。"

还有槲寄生[1],斯嘉丽心里默默地补充,她对除夕的午夜亲吻仪式已经不抱幻想。

---

[1] 槲寄生(mistletoe)为桑寄生科槲寄生属灌木植物,通常寄生于麻栎树、苹果树、白杨树、松树等树木,有害于宿主。茎柔韧呈绿色,叶呈倒披针形、革质、淡绿色,早春叶间分出小梗。生小花,淡黄色、单性、雌雄异株。果实半透明,呈黄绿色,果肉有黏质物。槲寄生与几种文化有关。它是西方圣诞节的一种装饰,人们普遍期待情侣们在槲寄生下接吻。

"非常好。"瑞特走到房子跟前说。平台已经搭建好，四周装饰着红、白、蓝三色彩旗。"看起来很有节日的气氛，也正好适合搞聚会。"

"什么聚会？"斯嘉丽立刻问道。

"我专门为白人佃农的家人搞了个聚会，这可以让他们觉得自己很重要。上帝保佑那些人明天上午都会因为喝了太多的劣质威士忌而处在宿醉之中，不会在黑人们来这里的时候制造麻烦。你、露丝玛丽和潘西在他们到这里之前都上楼去待着，这次聚会很可能有人会闹事。"

斯嘉丽站在卧室窗前观看着烟火筒喷射出的焰火在空中划出一道道弧线。庆祝新年的焰火从午夜一直持续到子夜一点。她心里很懊悔，她就不该离开城里跑到这里来。明天黑人们来庆祝的时候，她还得整天被关在卧室里。等他们星期六回到城里的时候，可能已经来不及在圣塞西莉亚舞会前洗头和擦干头发了。

还有，瑞特根本没有吻她。

在随后的几天里，斯嘉丽重新捕获了那些记忆中眼花缭乱的兴奋时刻。作为一个大美女，她每次参加招待宴都会有一群男人簇拥着她，每次参加舞会时她只要刚一步入舞厅，她的跳舞卡就会立刻被填满。她把过去熟悉的调情把戏都用上了，而这些把戏又都产生了和过去同样的爱慕之情。那感觉就好像又回到了十六岁。除了沉溺于上次聚会绅士们对她的赞美，对下次聚会的期待以及该梳什么发型的思考之外，她对其他任何事情都不用操心。

但是，兴奋的心情并没有持续多久，因为她已不再是十六岁，也不真正想要一大群追求者。她要的是瑞特，是重新赢得他的爱，而到现在为止她并没有取得丝毫进展。他遵守了他对他们达成的交易的诺言：他在聚会上对她很殷勤，在家里时——只要有其他人在——他对她也十分和蔼可亲。但是她确信他一直在看着日历，数着日子，等待着能够摆脱她的那一天。如果她输了怎么办？她开始感到一阵又一阵的恐慌。

恐慌总会引发愤怒。于是，她开始迁怒于年轻的汤米·库珀，这个男孩儿总是跟在瑞特身后，脸上带着崇拜英雄的神情。瑞特对他也很关心，这让她很生气。瑞特还送给他一艘小帆船作为圣诞节的礼物，并且亲自教他航行。二楼的纸牌室里有一架漂亮的黄铜望远镜，有时候当瑞特和汤米·库珀下午一同外出的时候，斯嘉丽就会跑上楼拿起望远镜查看他们的行动。每当她心生嫉妒的时候，心里就好像舌头触碰到了一颗坏牙一样疼痛，但是她又无法抗拒这种让自己痛苦的冲动。他们在那里有说有笑地寻开心，驾着帆船像自由的鸟儿一样在水面上轻盈地掠过，却把她扔在屋里。这不公平！他为什么不带我一起航行？我喜欢航行，自从上次我们从兰丁回来的时候起我就喜欢上了航行，我更喜欢坐着库珀小子的那艘小帆船航行。它那么富有活力，航行起来那么迅捷、轻盈，那么……那么开心！

幸运的是，她独自在家守着望远镜的下午并不多，虽然晚上的招待宴和舞会是社交季的主要活动，但是也还有其他事情要做。那些个上了瘾的惠斯特牌手们仍在继续赌牌。埃莉诺小姐的联盟之家委员会又开了几次会，讨论筹集资金为学校买教材和修补屋顶突然出现的漏洞。此外，她也还要外出拜访朋友和接待来访的朋友。她已经累得眼窝凹陷，脸色苍白了。

如果感到嫉妒的人是瑞特而不是她，那么这一切也还是值得的，但是他好像根本没有意识到她得到了众多男人的青睐，或者情况比这更糟，那就是他对此根本不在乎。

她必须迫使他注意到这一点，迫使他在乎！她决定从她的几十个倾慕者中挑选出一个人来，这个人必须英俊……富有……比瑞特年轻，必须让他感到嫉妒。

天哪，她看上去就像一个鬼魂！她立刻搽胭脂，抹香水，为了捕获她的猎物打扮出最天真无邪的形象。

* * *

米德尔顿·考特尼的身材高挑，皮肤白皙，睡眼惺忪而脸色苍白，狡黠地微笑时总是露出一口雪白的牙齿。他正是斯嘉丽心目中精明的城里人的典型代表，并且最奇妙的是，他也有一个磷矿，而且规模是瑞特磷矿的二十倍大。

当他向她鞠躬致意时，斯嘉丽握住了他的手指。他抬起头微笑道："我可以斗胆请你同我跳下一支舞吗，巴特勒太太？"

"你要是不请我，考特尼先生，我会伤心的。"

当波尔卡舞曲结束后，斯嘉丽拿出扇子徐徐地展开。她扇动扇子，让风拂起绿眼睛上方迷人的发卷。"我的天哪，"她气喘吁吁地说,"我必须呼吸一点儿新鲜空气,否则我肯定会瘫倒在你的臂弯里,考特尼先生。能劳你大驾吗?"她抓住他伸出来的胳膊,把身体靠上去,由他陪着走到一扇窗户下的一张长凳上坐下来。

"噢,求你了,考特尼先生,请一定在我身旁坐下来,否则我要仰着头才能看见你,我的脖子就要抽筋了。"

考特尼坐下来,而且离她很近。"这么漂亮的脖子要是因为我伤着了,我会恨自己一辈子的。"他一边对她说一边目光慢慢往下移动,从她的脖子移动到了她雪白的胸脯上。在他们俩的这场游戏中,他的手法同斯嘉丽同样娴熟老到。

她谨慎地垂下眼睛,好像并没有发现考特尼的举动。然后,她抬起眼睛透过睫毛迅速地瞥了他一眼,接着又重新看着地面。

"考特尼先生,但愿我愚蠢而虚弱的身体没有影响你和你亲近的女人跳舞。"

"可是,你说的那个女人恰好就是眼下离我的心脏最近的女人,巴特勒太太。"

斯嘉丽抬起头直视着他的眼睛,妩媚地微笑道:"你要当心了,考特尼先生,你会让我神魂颠倒的。"

"那正是我想要的结果。"他凑到她耳朵旁低声道。她感到了他热乎乎的呼吸。

很快,他们两人之间毫不掩饰的恋情就成了这个社交季最热门的话题:他们在每个舞会上跳过多少次舞……考特尼如何从斯嘉丽手里接过酒杯，然后把自己的嘴唇放到她的嘴唇刚才碰到过的杯沿上……被人无意中听到的他们说的那些打情骂俏的只言片语……

米德尔顿的妻子伊迪丝看起来正变得越来越苍白和憔悴，而另一方面丝毫不动声色的瑞特却让人们大惑不解。

在查尔斯顿社交界这个不大的圈子里，人们都在猜测他为什么没有采取任何行动。

第二十六章

在查尔斯顿的社交季里,每年一度的赛马是仅次于圣塞西莉亚舞会的重要活动。确实有许多人——大部分是单身汉——把赛马看作唯一重要的活动。他们不屑地认为:"几支华尔兹舞又不能用来打赌。"

内战之前,社交季包括了时间长达一周的赛马,并且圣塞西莉亚协会也要举办三场舞会。后来城市被围困了好几年,其间一枚炮弹引发了一场蔓延至整座城市的大火,一直用来举办舞会的那座建筑惨遭焚毁。赛马场那条经过精心美化的椭圆形长赛道、赛马俱乐部的会所和马厩也被用作南方邦联军队的营地和救治伤员的医院。

一八六五年,查尔斯顿投降。一八六六年,一位敢想敢干、雄心勃勃的华尔街银行家奥古斯特·贝尔蒙特买下了这座古老赛马场入口处的两根石柱,然后把它们运到北方,把它们矗立在了他自己的贝尔蒙特公园赛马场的入口。

内战结束两年之后,圣塞西莉亚舞会的举办者终于借到了一个举办舞会的场地,查尔斯顿人无不为社交季的恢复而欢天喜地。然而,重新拿回赛马场的土地,清理和平整污秽不堪且布满车辙的赛道,则花费了更长的时间。一切都与内战前不一样了——现在的社交季只举办一场舞会而不是三场,"赛马周"变成了"赛马日",入口处的柱子再也无法找回,整个会所也变成了只有半个屋顶和几排木凳的看台。但是,就在一八七五年一月末的那个晴朗的下午,老查尔斯顿剩下的所有居民都参加了赛马恢复后的第二届赛马盛典。市内的四条有轨马车线路都改道驶往拉特利奇大道,这条大道的尽头就在赛马场旁边。马车车厢上挂满了代表赛马俱乐部的绿色和白色的旗帜,马的尾巴和鬃毛上也扎着绿色和白色的丝带。

当三位女士准备出门的时候,瑞特送给她们每人一把绿白条纹的阳伞,然后把一朵白色的茶花插进他自己衣服的纽扣孔里。他黝黑的脸上洋溢着灿烂的微笑。"北方佬上钩了,"他告诉她们说,"尊敬的贝尔蒙特先生送来了两匹参赛马,古根海姆也送来了一匹,他们都不知道迈尔斯·布鲁顿一直在沼泽地里藏着几匹种母马,它们的后代也已经成长起来,组成了一个骁勇善跑的大家庭。因为它们一直生活在沼泽地里,所以这些马看起来有些蓬头垢面;又因为与骑兵部队走失的流浪马杂交,大多长相难看——不过迈尔斯的一匹三岁马简直就是个奇迹,它肯定会大大出乎那些有钱人的意料,让他们鼓鼓囊囊的钱袋子统统瘪下去。"

"你是说可以赌马吗?"斯嘉丽问道,两眼闪闪发光。

"不赌马人们为什么要赛马?"瑞特笑起来。他把一些折叠起来的钞票塞进母亲的手提包、露丝玛丽的口袋和斯嘉丽的手套里,告诉她们说:"把这些钱全部押到'甜蜜的萨莉'身上,然后用赢来的钱给自己买个小饰品。"

斯嘉丽心想,他今天的心情很好。他刚才把钞票塞进了我的手套里,他本来可以直接递给我,不必碰到我的手——不对,不是我的手而是我裸露的手腕。这实际上就是一种爱抚!他现在注意到我了,因为他以为我对别人有兴趣了;他这回是真正注意到了我,而不只是出于礼貌而对我的关注。我的计划就要成功了!

她原来一直担心,自己每隔两支舞曲就同米德尔顿跳一次舞可能有点过分,她知道人们早就议论纷纷了。但是,如果几句流言蜚语就能把瑞特送回到她的身边,那就让他们议论去吧。

当他们进入赛马场之后,斯嘉丽立刻惊讶得张口结舌,她没有想到这个赛马场竟会如此之大!也没有料到现场还有乐队演奏!现场挤满了人,她兴奋得不停地左顾右盼。接着,她突然情不自禁地抓住了瑞特的衣袖:"瑞特……瑞特……这里到处都有北方佬。这是怎么啦?他们要禁止赛马吗?"

瑞特微笑道:"你以为北方佬就不赌博吗?再说,让他们也花点钱我们还会有意见吗?上帝知道,他们可从来不在乎掠夺我们的所有钱财,我倒很愿意让勇敢的上校和他的军官们分享我们这些战败者的简单快乐。"

"你怎么能肯定他们会输?"她眯起眼睛揣摩着,"北方佬的马都是纯种马,而'甜蜜的萨莉'只是一匹沼泽马。"

瑞特歪着嘴说道:"只要跟钱有关系,自尊和忠诚对你来说就不重要了,是吗,斯嘉丽?好啊,亲爱的,去吧,把你的赌注下到贝尔蒙特的小母马身上。我已经把钱给你了,想怎么花随你的便。"他说完就从她身边走开了,挽起他母亲的胳膊,指了指看台的高处说:"我想你站得高一点儿看得更清楚,妈妈。来吧,露丝玛丽。"

斯嘉丽立刻朝他追上去。"我不是那个——"她说道,但是他宽阔的后背就像一堵墙挡在她的面前。她懊恼地耸耸肩,然后左右看看,她该到哪里去下注呢?

"需要帮助吗,夫人?"站在旁边的一个男人问道。

"哦,是的,你也许能帮上忙。"他看上去像一位绅士,说话带有佐治亚州的口音。她感激地微微一笑:"我还不习惯这么复杂的赛马,在我的老家人们只要吼一声:'我跟你赌五美元,我先跑到十字路口。'其他人也跟着喊一通,然后就开始策马狂奔。"

那个男人脱下帽子,用双手拿着放在胸前。斯嘉丽有些不自在地想,他看我的神态有些奇怪。

"对不起,夫人,"他很真诚地说道,"你不记得我了,这不奇怪,但是我认识你。你是汉密尔顿夫人,对吧?来自亚特兰大。我受伤后住在那里的医院里,是你照顾的我。我叫山姆·福利斯特,来自佐治亚州的穆特里。"

医院!斯嘉丽的鼻孔立刻抽搐了几下,因为她回想起了那股血腥味、坏疽味以及那些肮脏、青紫的尸体散发出的恶臭味,身体便不由自主地作出了反应。福利斯特的脸上立刻流露出尴尬不安的表情。"请……请你原谅,汉密尔顿夫人,"他结结巴巴地说,"我不该贸然说认识你,我没有要冒犯你的意思。"

斯嘉丽立刻把医院的那些事统统放进脑子里那个存放往事的角落里,然后紧紧地关上了门。她把一只手放到山姆·福利斯特的胳膊上,微笑着对他说道:"福利斯特先生,你一点儿都没有冒犯我,汉密尔顿夫人的叫法让我一时有些蒙,因为我再婚了,已经当了好多年的巴特勒夫人了。我丈夫是查尔斯顿人,所以我到这里来了。我得说,听到你纯正的佐治亚口音勾起了我对家乡的思念。你怎么会到这里来?"

福利斯特说都是因为马。由于他在骑兵部队里干了四年,所以对马已经无所不知。内战结束后,他把做工挣的钱攒起来,然后开始买马。"我现在的养马和寄养业务都做得不错。这次我把我的获奖马带来参赛,希望它能为我赢得奖金。我告诉你吧,汉密尔——对不起——巴特勒夫人,当我听说查尔斯顿赛马场重新开张的消息时,我开心了一整天。在整个南方,这里的赛马都是独一无二的。"

他陪着她向下注的摊位走去,斯嘉丽假装专注地听着他讲那些有关马的事。下注之后,他又陪着她回到了看台上。斯嘉丽同他告别之后,才感到如释重负。

看台上几乎已经挤满了人,但是她还是很容易地找到了他们的座位,因为那几把绿白条的阳伞就像灯塔一样为她指示着方向。斯嘉丽朝瑞特挥挥手,然后开始拾级而上。埃莉诺·巴特勒向她挥挥手作为回应,露丝玛丽扭头看着其他地方。

瑞特让斯嘉丽坐在露丝玛丽和他母亲之间。她刚要坐下就感觉到埃莉诺·巴特勒突然愣住了,原来米德尔顿·考特尼和妻子伊迪丝来到了同一排不远处的座位上。考特尼夫妇友好地冲他们点头微笑,巴特勒家的人也微笑着点头回礼。然后,米德尔顿开始向妻子介绍赛马的起点和终点,与此同时斯嘉丽对埃莉诺说道:"你怎么也猜不到我刚才碰见谁了,埃莉诺小姐,我居然碰到了我刚到亚特兰大时护理过的一个伤兵!"她感觉到巴特勒夫人已经放松下来了。

这时人群里突然产生了一阵躁动,赛马纷纷出现在了赛道上。斯嘉丽瞪着眼,张着嘴,两眼闪闪发光。这是她第一次看到椭圆形赛道上光滑的草坪、骑士赛衣上明亮的棋盘图案、条纹图案和丑角钻石图案,感到非常新奇。骑手们列队走过大看台,闪亮而艳丽的服装烘托出喜庆的气氛,乐队奏起节奏鲜明而欢快的乐曲。斯嘉丽不知不觉地放声大笑起来,笑得就像一个无拘无束、不假思索的孩子,笑声中充满了纯洁的欢乐和惊喜。"噢,看哪!"她叫道,"噢,快看!"她欣喜若狂,没有注意到瑞特的眼睛已经没有看着那些赛马,而是关注着她。

第三组赛马结束后有一个茶歇。在一个挂满绿白两色飘带的巨大帐篷里,一排排的长桌上摆满了食物,侍者托着装满香槟酒酒杯的托盘在人群中穿梭。斯嘉丽从萨莉·布鲁顿家的一只带纹章的托盘里拿起艾玛·安森家的一只玻璃杯,假装没认出伺候她的人是明妮·温特沃斯家的男管家。她已经听说过了查尔斯顿应对物品短缺和损失的方法:每个人都会与大家分享自己的财产和仆人,就好像那些东西和仆人本来就属于举办者自己一样。"这恐怕是我听说过的最愚蠢的事情了。"当巴特勒夫人第一次向她解释这件事时她说。借来借去她可以理解,但是如果餐巾上明明绣着艾玛·安森的首写字母,却要假装那是明妮·温特沃斯家的东西,岂不是很荒唐。不过,即使这就是一种欺骗,她也接受了,这只不过是查尔斯顿的另一个独特之处吧。

"斯嘉丽,"她立刻转身看去,喊她的是露丝玛丽,"马上就要敲钟了,我们先走,否则会很拥挤。"

人们开始回到看台上。斯嘉丽拿着从埃莉诺小姐那里借来的小型望远镜观察着人们。她看到了她的两个姨妈,谢天谢地刚才茶歇时没有在帐篷里撞见她们。还有萨莉·布鲁顿和她丈夫迈尔斯,他看起来几乎同她一样兴奋。天哪!茱莉娅·阿什利和他们在一起,想不到她也会赌马。

她拿着望远镜左看看右看看,真是太有趣了!你可以观察其他人,而他们却全然不知。哈!老约西亚·安森坐在那儿已经睡着了,而艾玛还在不停地同他说话。等艾玛发现他在打瞌睡时,一顿训斥怕是免不了的!呃,罗斯!他回来了可不是什么好事情,只有埃莉诺小姐会高兴。玛格丽特看上去有些紧张,不过她从来都是一副紧张兮兮的样子。哦，安妮也在那儿。天哪，她带着那些孩子看起来就像一个老太太，那些孩子肯定都是孤儿。她看到我了吗？她正扭头向我这边看呢。没看到，她看的是坐在我下面的那些人。

我的天啊，她今天真是光彩照人。爱德华·库珀终于向她求婚了吗？肯定是的，看她抬头看着他的样子，就好像爱德华是个能在水上行走的超人似的。真是柔情似水啊。

斯嘉丽向上移动望远镜，想看看爱德华是不是也像安妮那样喜形于色……先看到一双鞋子，然后是裤子，最后是外套——

她的心一下子蹦到了嗓子眼，那人竟然是瑞特！他一定是在同爱德华说话。她凝视了一会儿，瑞特显得很文雅。她又移动一下望远镜，埃莉诺·巴特勒进入了她的视线。斯嘉丽突然僵住了，甚至屏住了呼吸。这不可能！她又看了看瑞特和他母亲周围，那里没有其他任何人。她慢慢把望远镜移回到安妮身上，然后又回到瑞特身上，接着再次回到安妮身上。毫无疑问了。斯嘉丽感到恶心，随即又感到心痛和愤怒。

那个该死的小混蛋！这么长时间以来，当着我的面时就把我捧上了天，背地里却疯狂地爱上了我的丈夫。我真恨不能用我的双手活活掐死她！

她的手开始出汗，当她再次把视线移到瑞特身上的时候，望远镜几乎失手掉到地上。他正看着安妮吗？……没有，他正同埃莉诺小姐一起笑呢……他们正同温特沃斯夫妇说话……同休格夫妇打招呼……哈尔西夫妇……萨维奇夫妇……老平克尼先生……斯嘉丽一直把瑞特保持在自己的视线之内,很快眼睛有些模糊不清了。

他一次也没有朝安妮的方向看一眼。她一直紧盯着他,就好像她可以用勺子把他吃掉似的,而他却丝毫没有注意到她。看来没有什么可担心的,那只不过是一个傻姑娘对一个成年男人的一时迷恋而已。

为什么安妮就不能迷恋他呢?为什么查尔斯顿的每个女人就不能迷恋他呢?他那么英俊、那么强壮、那么……

她看着他,脸上露出毫不掩饰的渴望表情,望远镜放在腿上。瑞特正弯着腰整理埃莉诺小姐披在肩上的披肩。太阳低低地挂在地平线上,一阵冷风拂面而过。他用手托住他母亲的手肘,一起爬上石阶向他们的座位走去,那分明就是一幅孝顺儿子与母亲的动人场景。斯嘉丽急切地等待着他们的到来。

大看台上方的半边屋顶在座椅上投下倾斜的阴影。瑞特同母亲调换了座位,让她坐在温暖的太阳余晖里,他自己终于坐到了斯嘉丽的身旁。她立刻就把安妮忘到了九霄云外。

当第四组赛马出现在赛道上的时候,观众们全部站了起来,开始是两个人,然后是几十个人,最后所有人都站起来,欢呼声一浪高过一浪。斯嘉丽兴奋得几乎手舞足蹈。

"开心吗?"瑞特微笑着问道。

"太棒了!哪一匹是迈尔斯·布鲁顿的马,瑞特?"

"我怀疑迈尔斯用鞋油把他的马刷了一遍。他的马是五号,就是黑得发亮的那一匹,你就叫它黑马吧。六号马是古根海姆的,贝尔蒙特的四号马在起跑位置,是领头马。"

斯嘉丽想问什么是"领头马"和"起跑位置",但是已经没有时间了,比赛马上就要开始了。

五号马的骑手抢在发令枪响之前驱动了马,看台上立刻爆发出一阵埋怨声。"怎么啦?"斯嘉丽问。

"抢跑,他们必须重新开始。"瑞特解释说。他歪着头示意说:"你看萨莉。"

斯嘉丽扭头一看,只见萨莉的脸因愤怒而扭曲,越发像一张猴子的脸了,同时还在空中挥舞着拳头。瑞特亲切地笑起来。"我要是那个骑师的话,我就跳过栅栏继续往前跑。"他说,"萨莉恨不得剥下他的皮放到壁炉前当地毯。"

"那我也不会责备她,"斯嘉丽说,"而且我也一点儿不觉得这事有什么好笑,瑞特·巴特勒。"

他又笑起来:"让我猜猜,你还是把你的钱押到了'甜蜜的萨莉'身上?"

"当然了,就押它了,因为萨莉·布鲁顿是我的好朋友之一。再说了,就算我输了,那也是你的钱而不是我的。"

瑞特不无惊讶地看着斯嘉丽,而她则狡黠地冲他微笑着。

"干得好,女士。"他嘟囔道。

发令枪响,赛马开始了。斯嘉丽叫喊、跳跃、捶打着瑞特的手臂,她自己对此却浑然不知,她对周围所有人的呐喊也浑然不觉。当"甜蜜的萨莉"以半个马身的优势获胜时,她发出了一声胜利的欢呼:"我们赢了!我们赢了!太神奇了,不是吗?我们赢了!"

瑞特揉着酸疼的手臂回答说:"我看你已经把我打得终生残废了,不过你说的没错。太神奇了,真是个奇迹,美国最好的纯种马竟然输给了一匹沼泽鼠。"

斯嘉丽不禁皱起了眉头:"瑞特!难道说你感到非常意外?你下午说的那些话都是胡诌的吗?我听你当时非常自信啊。"

他微笑道:"我讨厌悲观情绪,并且我也希望每个人都过得开心。"

"但是,你不是也把赌注下到'甜蜜的萨莉'身上了吗?别告诉我你赌的是北方佬赢!"

"我根本就没有下注。"他坚硬的下巴显示出了他的决心,"等兰丁的花园全部清理完毕并种上花之后,我准备重振我们马厩昔日的辉煌。我已经找回了部分巴特勒家的赛马享誉世界时赢得的奖杯。等我有了自己的马可以下注时,我就会投下我的第一个赌注。"他转向他母亲问道:"你准备用赢来的钱买什么呢,妈妈?"

"那是我的事,怎么能让你知道呢?"她快活地一扬头回答说。

斯嘉丽、瑞特和露丝玛丽一起笑起来。

第二十七章

斯嘉丽并没有从第二天的弥撒中得到一丁点儿精神上的抚慰,她的全部注意力都集中在了她自己的情绪上,而她的情绪十分低落。在赛马结束后赛马俱乐部举办的大型聚会上,她几乎再也没有看到瑞特的身影。

在弥撒结束后回家的路上,她本想找个借口逃避同两个姨妈共进早餐,但是宝琳姨妈执意不许:"我们有非常重要的事情要对你说。"她的口气听起来有种不祥之兆。于是,斯嘉丽作好了准备,等待着她们为她同米德尔顿·考特尼跳舞的事对她训斥一番。

结果,他的名字根本就没有人提及,让尤拉莉感到悲伤而让宝琳吹毛求疵的完全是另外一件事情。

"我们听说,你已经好多年没有给你的罗比拉德外公写信了,斯嘉丽。"

"我为什么要给他写信?他只是个脾气暴躁的老头,我这辈子从来没有得到过他的一点点帮助。"

尤拉莉和宝琳都震惊得目瞪口呆。很好！斯嘉丽心想。她一边喝着咖啡，一边从杯沿上方得意地望着她们。你们都没话说了，是吗？他从来没有为我做过任何事情，也从来没有为你们做过任何事情。当你们交不起房屋税、就要失去这座房子的时候，是谁给你们钱渡过难关的？肯定不是你们那个宝贝父亲，而是我。凯利姨父去世时，也是我出钱为他举办了一个体面的葬礼。是我的钱让你们身上有衣服穿、你们的餐桌上有东西吃——如果宝琳敢打开储藏室的门，她藏在那里的每一样东西不都是我的钱买的吗？你们尽可以像两只鼓眼青蛙似的朝我瞪眼，但是你们也说不出他为你们做过的一件事情来！

但是宝琳有很多话要说，尤拉莉也不停地帮腔。什么对长辈要尊敬啊，对家庭要忠诚啊，要讲礼貌、有责任心以及良好的教养，等等。

砰的一声把杯子放到茶托上，斯嘉丽怒吼道："你怎么能对我说三道四，宝琳姨妈。我烦死了！我才不在乎罗比拉德外公呢！他对母亲很凶，对我也很凶，所以我恨他。就算为此我要下地狱，我也不在乎！"

发脾气的感觉真好，她已经忍耐了很长时间了。多少次茶会，多少次列队迎宾，多少次拜访，多少次来访——一次又一次她都不得不缄口不语，而她一直都是个心直口快的人，沉默就要遭殃。最难受的是，她不得不花了太多的时间礼貌地听任查尔斯顿人吹嘘他们的父辈、祖辈和曾祖辈的荣耀，他们那些话简直没完没了，恨不能一直往回讲到中世纪。

两个姨妈面对斯嘉丽的怒火不得不退缩了,她们惊恐的表情让她感到开心和陶醉,让她感到了力量。她一向瞧不起弱者,在查尔斯顿度过了几个月之后,她也丧失了力量,变成了一个弱者,所以她已经开始瞧不起自己了。她讨厌自己想讨好姨妈们的怯懦愿望,现在她把这种厌恶之情全部发泄到了她们身上。

"你们也用不着瞪着眼看我,好像我头上长着犄角、手上长着铁叉子一样!你们心里也明白我说的是对的,但是你们自己胆小如鼠,不敢说出来罢了。外公看不起任何一个人。我拿一百美元跟你们打赌,尽管你们给他写了那么多甜言蜜语的信,他从来都没有回过你们一封信,他很可能根本就没有读过你们写给他的信。我知道我自己就从来没有把一封信从头到尾读完过,因为没有那个必要,反正信里写的都是一件事情——闹着要更多的钱!"

斯嘉丽突然用手捂住了自己的嘴。她太过分了,已经至少打破了南方行为准则中的三条不成文却不可触犯的规矩:她说出了"钱"这个字,她提醒被她资助的人不要忘了她的恩惠,她踢了一个已经倒下的敌人。看到泣不成声的两个姨妈,她的眼睛里充满了羞愧。

桌子上修补过的瓷器和打着补丁的亚麻布餐巾似乎都在斥责她的错误。她心想,我还是不够慷慨,我本来可以给予她们更多的帮助并且不错过每一次帮助她们的机会。

"对不起。"她低声说道,自己也哭了起来。

过了一会儿,尤拉莉擦了擦眼泪,擤了擤鼻涕。"我听说有人在追求露丝玛丽。"她带着哭腔说道,"你见过他吗,斯嘉丽?是个有趣的男人吗?"

"他的家庭背景好吗?"宝琳问。

斯嘉丽脸上轻微地抽搐了一下。"埃莉诺小姐认识他家的人,"她回答说,"她说都是很好的人。露丝玛丽不会跟他好的,你们也知道她是个什么样的人。"她满怀真挚的感情尊敬地看着两个姨妈疲惫的脸,她们都是循规蹈矩的人,她知道她们至死都不会越雷池一步,并且永远也不会提及她破坏规矩这件事。南方人绝不会有意羞辱别人。

她挺起胸,抬起头。"他的名字叫艾利奥特·马歇尔,"她继续道,"他肯定是你们所见过的长相最滑稽的人——骨瘦如柴,而且像一只猫头鹰一样不苟言笑!"她试图让自己的语气变得轻快些:"不过,他肯定是一个相当勇敢的人,因为露丝玛丽随时可能一把抓住他,把他撕得粉碎。"她向她们俯过身去,瞪大眼睛问道:"你们知道吗?他是个北方佬。"

宝琳和尤拉莉双双倒抽一口冷气。

斯嘉丽很快点了点头,以加强她的话的影响力。

"波士顿人,"她慢吞吞、字斟句酌地说道,"我觉得你们很难见到比他更典型的北方佬了。某个大肥料公司在这边开了一个营业处,他就是那里的经理……"

她向后靠在椅背上,让自己坐得更舒服些,准备在这里多待一会儿。

整个上午很快过去了,她没想到时间过得这么快,急忙跑到大厅去取围巾。"我不该待这么久的,我答应过埃莉诺小姐回去吃午饭的。"她向上翻了翻眼睛,"但愿马歇尔先生不会来访。北方佬就是不懂什么时候不该去别人家拜访。"

斯嘉丽在前门外同宝琳和尤拉莉姨妈吻别,仅仅说了句"谢谢你们"。

"如果那个北方佬去了,你就立刻返回这里来同我们一起吃午饭。"尤拉莉傻笑着说。

"对啊,你就过来。"宝琳姨妈说,"另外,如果你能来,就和我们一起去萨凡纳参加我们父亲的生日聚会。我们十五日弥撒后坐火车去。"

"谢谢你,宝琳姨妈,但是我恐怕去不了。我们已经接受了别人的邀请,社交季的每个白天和晚上都已经安排满了。"

"但是亲爱的,到那个时候社交季已经结束了。圣塞西莉亚舞会是星期五举办,也就是十三日,我认为这个时间不太吉利[1],但是别的人好像都不在乎。"

宝琳的话在斯嘉丽听来有些模糊不清。社交季怎么可能这么短暂?她还以为她有充足的时间把瑞特争取回来。

"看看再说吧,"她慌忙说道,"我现在必须赶快走了。"

斯嘉丽回到家,惊讶地发现家里只有瑞特的母亲一个人。"茱莉娅·阿什利邀请露丝玛丽到她家吃午饭去了,"埃莉诺告诉她

---

[1] 13日加上星期五即所谓"黑色星期五"(Black Friday)。这一说法源于西方的宗教信仰,耶稣基督死于星期五,而13是不吉利的数字,两者结合在一起就成为非常不吉利的"黑色星期五"。

说,"瑞特还是怜悯那个库珀男孩儿,带他航行去了。"

"今天天这么冷,还去航海?"

"是啊。我刚以为我们今年已经躲过了寒冷冬天的时候,天就冷起来了。昨天在看赛马的时候我就感觉到了,风吹到身上很刺骨,我估计我已经有些着凉了。"巴特勒太太突然诡秘地笑了笑,"我们俩到书房里去,在炉火前的牌桌上安安静静地吃一顿午餐怎么样?那肯定会冒犯马尼戈的自尊,不过如果你能忍受,我也能忍受。就我们两个人,会很舒服的。"

"我很愿意,埃莉诺小姐,真的。"突然之间,这就变成了她最想做的事情。她心想,以前我们就是这样安安静静地吃午饭的,多好啊。那是在社交季开始之前,也是在露丝玛丽回家来之前,而另一个声音却在她脑子里补充说:更是在瑞特从兰丁回来之前。虽然她不愿意承认,但是在那之前的生活确实要容易得多,她无须时时刻刻注意去听他的脚步声,观察他的反应,更无须费心猜测他在想什么。

壁炉的火让人放松,斯嘉丽禁不住打了一个哈欠。"对不起,埃莉诺小姐,"她立刻说道,"这个环境让人犯困。"

"我也有完全同样的感觉,"巴特勒夫人说,"这里不错吧?"她也打了一个哈欠。两个人都有了困倦的感觉,这使得她们俩同时不由自主地笑了起来,睡意也顿时消失了。斯嘉丽本来已经忘记了瑞特的母亲是一个多么幽默的人。

"我爱你,埃莉诺小姐。"她不假思索地脱口而出。

埃莉诺·巴特勒拉起她的手。"我很高兴,亲爱的斯嘉丽,我也爱你。"她温柔地回答说,"正因为如此,我不会问任何问题,也不会做出任何不受欢迎的评论,我只希望你知道自己在做什么。"

斯嘉丽内心里感到局促不安。接着她对埃莉诺话中隐含的批评感到愤怒。"我什么也没有'做'!"她把手抽了回来。

埃莉诺对斯嘉丽的愤怒置之不理。"尤拉莉和宝琳还好吗?"她轻松地问道,"我已经好长时间都没有碰到她们俩中的任何一个了,社交季让我疲惫不堪。"

"她们都好,还是像以前那样爱管闲事。她们想强迫我跟她们去萨凡纳,为外公庆祝生日。"

"上帝啊!"巴特勒夫人难以置信地说,"难道说他还没有死?"

斯嘉丽又笑了:"一开始我也是这么想的,但是如果我这么说,宝琳姨妈肯定会活剥了我的皮。他肯定有一百岁了。"

埃莉诺若有所思地皱起了眉头,她一边在心里计算着一边嘟囔着什么。"肯定是超过九十岁了,"最后她终于说道,"我知道,一八二〇年他娶你外婆的时候不到四十岁。我有一个姨妈——她早就死了——她对这事一直耿耿于怀,因为她爱他爱得发疯,他对她也相当殷勤。但是,后来索朗热——就是你外婆——看上了他,而可怜的爱丽丝姨妈就彻底出局了。我当时虽然只有十岁,但是也足以明白发生了什么事情。爱丽丝企图自杀,一切都乱套了。"

斯嘉丽现在已经没有丝毫的倦意了:"她干什么了?"

"喝了一瓶鸦片樟脑酊,结果几乎命悬一线。"

"就是为了外公?"

"他那个时候绝对是一个风度翩翩的男人,不仅相貌英俊,还保持着士兵挺直的腰板,很英武。当然啦,说话还带着法国口音,每当他说'早上好'的时候,听上去就像歌剧里的男主角,迷上他的女人足有几十个。听我父亲说,有一段时间皮埃尔·罗比拉德独自负责维修胡格诺派的教堂,因为那里做礼拜都使用法语,所以他有时也会从萨凡纳赶来参加礼拜活动。每当这个时候,教堂里就挤满了女人,墙都要被挤塌了,奉献盘[1]也总是装得满满的。"埃莉诺带着怀旧的心情微笑道,"想想看,爱丽丝姨妈最终嫁给了哈佛大学的一个法国文学教授,所以她练习了那么久的法语终究还是派上了用场。"

斯嘉丽不让巴特勒夫人转变话题:"没关系,跟我再多说说外公的事情,还有外婆的事情。我曾经问过你一次,你当时避而不谈。"

埃莉诺摇摇头说:"我不知道应该怎么描述你的外婆,她同这个世界上的其他任何人都不一样。"

"她很漂亮吗?"

"是——也不是。这正是谈到她的时候会遇到的问题,她总是变化莫测——典型的法国风格。他们法国人有句谚语:真正的美人有时很丑陋。他们是非常微妙而睿智的民族,我们盎格鲁-

---

[1] 奉献盘(collection plate)是教堂里用来放置捐款的盘子或其他容器,通常在参加基督教礼拜的礼拜者之间传递,接收捐赠。

撒克逊人无法理解。"

斯嘉丽不明白埃莉诺小姐到底想说什么。"塔拉有一幅她的画像,看上去长得很漂亮。"她固执地说。

"是的,应该是的,那是为她画的嘛。她可美可丑,随心所欲,她想变成什么样就什么样。有时她又展现出一种绝对沉静的气质,让你几乎忘记她的存在,然后她会突然斜着黑眼睛看你一眼,你就会立刻发现自己已经不由自主地被她吸引住了。孩子们都围着她转,动物也围着她转,甚至连女人也为她着迷,这一切都让男人发疯。

"你外公是个不折不扣的军人,喜欢发号施令,但是你外婆只用了一个微笑,他就成了她的奴隶。她的年龄比他大得多,那都没关系。她是个天主教徒,那也没关系。尽管他是严格的新教徒,但是她坚持要让他们的家成为一个天主教家庭,他们的孩子成为天主教徒,他也都一一同意了。哪怕她要他们成为德鲁伊教[1]教徒,他也会同意的。对他而言,她就是一切。

"我记得有一次她说她开始变老了,所以要把周围的灯光改成粉红色。他说没有哪个士兵会生活在一间使用粉红灯罩的房子里,那太女人气了。她说那样她才会开心,她就喜欢到处都是粉红色。结果,不仅每个房间的墙壁都粉刷成了粉红色,就连整幢房子都刷成了粉红色。只要能使她开心,他什么都愿意做。"

---

[1] 德鲁伊(Druid)这个单词的原意是"熟悉橡树的人""橡树贤者"。古德鲁伊教是在基督教占据英国前,在古英国凯尔特文化中占据统治地位的宗教组织。西方近代的新德鲁伊教是一种具有自然崇拜特征的灵修或宗教形式。

埃莉诺叹了一口气,"一切都是那么美好、疯狂和浪漫。可怜的皮埃尔,当她去世之后,在某种意义上说他也死了。他让房间里的一切都保留着她去世前的样子,我想这就苦了你母亲和你的两个姨妈。"

画像里的索朗热·罗比拉德穿着一件贴身的连衣裙,可以看出她在衣裙下面什么也没有穿。斯嘉丽心想,那肯定就是她让男人发疯的原因,当然也是让她的丈夫发疯的原因。

"你经常会让我想起她。"埃莉诺接着又说,听到这话斯嘉丽立刻又有了兴致。

"怎么会这样呢,埃莉诺小姐?"

"你眼睛的形状同她的一模一样,眼角有一点往上翘,另外你也和她同样有激情,并且时刻都焕发出这种激情。我觉得你们俩在某些方面比其他人更有活力。"

斯嘉丽微笑了,感到很受用。

埃莉诺·巴特勒怜爱地看着斯嘉丽。"我想,现在我要睡午觉了。"巴特勒夫人说。她认为自己的这番话分寸把握得很好,既没有不实之词,又避免了话多有失。她当然不想让自己的儿媳妇知道,她那位外婆有过很多情人,为她而进行的决斗就有几十次之多。天知道这些事会给斯嘉丽带来什么样的影响。

埃莉诺因为儿子和儿媳之间显而易见的问题而非常不安,她又不便直接向瑞特询问——如果他想让她知道,他早就告诉她了。她曾经向斯嘉丽暗示过,斯嘉丽和考特尼家那个男人的关系已经带来了不愉快的情形,斯嘉丽却对她不想吐露实情。

巴特勒夫人闭上眼睛,希望能休息一会儿。她已经说了该说的话,做了该做的事,现在除了良好的祈愿之外她已经无计可施。尽管瑞特已经是一个成年男人,斯嘉丽也是一个成年女人,但是在她看来他们都像不懂规矩的孩子。

斯嘉丽也想休息一会儿。她正站在纸牌屋里,手里拿着望远镜。她没有在镜头里看到汤米·库珀的那艘帆船,瑞特肯定带着他沿河而上了,所以并不在港湾里。

也许,她根本就不该寻找他们的踪迹。当她在赛马场用小型望远镜观望时,她失去了对安妮的信任,至今还耿耿于怀。她有生以来第一次感到自己老了,感到很疲惫。安妮也好,库珀男孩儿也好,又有什么大不了的?安妮·汉普顿无可救药地爱上了别的女人的丈夫,在安妮那个年龄的时候她自己不是也干过同样的事情吗?她爱上了阿什利,而且在她早已知道——却不愿意知道——她所爱的阿什利不过是个虚无的梦幻之后,还执着于这种毫无希望的爱情,结果毁了她和瑞特的生活。安妮对瑞特的梦想会不会同样毁了她的青春?如果爱情就意味着毁掉一切,那它还有什么用呢?

斯嘉丽用手背抹了抹嘴唇。她这是怎么啦?我就像一只孵蛋的老母鸡一样一动不动地待着。我必须动起来——去散散步,做任何事都行,去把这种可怕的感觉甩掉。

马尼戈轻轻地敲敲门:"瑞特太太,如果你在家,有人来拜访你了。"

一看到是萨莉·布鲁顿,斯嘉丽就欣喜若狂,她真想上前给她一个亲吻。"坐在这把椅子上,萨莉,这里离炉火最近。冬天终于来了,让人意外吧?我已经告诉马尼戈把茶具送过来。说实话,我觉得亲眼看见'甜蜜的萨莉'赢得赛马,简直就是我此生最激动人心的事了。"心情放松了,她也就喋喋不休地说个没完。

萨莉把迈尔斯如何亲吻他们的马和骑师的事绘声绘色地讲了一遍,让她很开心。可是,当马尼戈把茶具摆放在斯嘉丽面前的茶几上并离开后,气氛便急转直下。

"埃莉诺小姐正在午睡,不然我会告诉她你来了。"斯嘉丽说,"等她醒来后……"

"我已经走了。"萨莉打断了她的话,"我知道埃莉诺每天下午都要午休,也知道瑞特出去航行去了,露丝玛丽在茱莉娅家。我是特意挑选这个时间来的,因为我想同你单独谈一谈。"

斯嘉丽用茶匙把茶叶舀到茶壶里。她感到有些迷惑,萨莉是不会因任何事情而忐忑不安的,今天怎么说起话来显得那么不自在。她把热水倒进茶壶,然后盖上壶盖。

"斯嘉丽,我要得罪人了,"萨莉快速说道,"我要干预你的生活。更糟糕的是,我还要给你一些很不中听的忠告。

"如果你确实有这个愿望,尽可以跟米德尔顿·考特尼有一腿,但是看在上帝的面上,在私下里悄悄地干。你现在的做法真是恶心死了。"

斯嘉丽惊讶得瞪大了双眼。有一腿?只有淫荡的女人才会做这种事，萨莉·布鲁顿怎么能用这种话侮辱她？她猛地挺直了腰板。"我告诉你，布鲁顿太太，我同你一样是一个淑女。"她生硬地回答说。

"那就像淑女那样去做。你可以找个地方在下午和米德尔顿见面，尽情享乐，但是不要让你的丈夫、让他的妻子以及城里的每个人都看到你们俩在舞厅里眉来眼去的丑态，就好像一只公狗追着一只发情的母狗一样。"

斯嘉丽觉得萨莉的语言已经恶毒到了无以复加的程度，但是萨莉接下来的话立刻就证明她想错了。

"不过，我必须警告你，他的床上功夫可不怎么样。别看他在舞场上看起来像个风流男人，一旦脱下舞鞋和燕尾服，他就是一个十足的乡巴佬。"

萨莉把手伸向茶盘，拿起茶壶摇了摇："如果你继续这么泡下去，就可以拿它来鞣皮子了。要我来倒吗？"她紧盯着斯嘉丽的脸。

"上帝啊，"她慢慢地继续说道，"你真是像新生儿一样无知吗？对不起，斯嘉丽，我根本没有意识到这一点。来吧——我给你倒杯茶，多放点糖。"

斯嘉丽身体向后靠在椅背上，她想哭，想捂住自己的耳朵。她赞赏萨莉，曾经为自己成为萨莉的朋友感到骄傲，而萨莉并不比垃圾好多少！

"可怜的孩子，"萨莉说，"我要是早知道，我就不会对你这么严厉了。事实上，你就把这当作一次速成教育吧。斯嘉丽，你现在身在查尔斯顿,嫁给了一个查尔斯顿人,所以你不能把你那种边远地区的天真当作挡箭牌。这是一座老城,有着自己古老的文明,这个文明的一个很重要的内容就是要尊重他人的感受。你可以做任何事情,但前提是你必须做得很隐秘,你不能强迫你的朋友接受你的过错,那是不可原谅的。你必须让别人能够假装他们不知道你在做什么。"

斯嘉丽简直难以相信她听到的这些话,这跟假装绣着某人名字的餐巾是另一个人的东西是完全不同性质的事情,这种事——让人恶心。虽然她结过三次婚而且心里一直爱着另外一个人,但是她也从来没有想过要在肉体上背叛自己的任何一个丈夫。她可以渴望得到阿什利,想象阿什利把她抱在怀里的甜蜜感受,但是她绝不会偷偷摸摸地溜出去,同他在床上鬼混一个小时。

她绝望地想,我才不想成为你们那样的文明人。她不能每次见到一个查尔斯顿的女人,就怀疑她是瑞特的情人或者曾经的情人。

她为什么要跑到这个地方来?她不属于这里,她也不想属于萨莉·布鲁顿所说的那种地方。

"我想你还是回家去吧,"她对萨莉说,"我觉得身体不舒服。"

萨莉有些伤感地点点头:"很抱歉我让你心烦了,斯嘉丽。告诉你吧,亲爱的,查尔斯顿还有很多像你一样无知的人,这也许能让你感觉好一些,你并不是唯一一个。对于任何年龄的未婚女子，人们都不会把她们不愿意知道的事情说给她们听，也包括很多忠实的妻子。我很幸运，自己也是她们中的一个。我敢肯定迈尔斯也有过一两次花心的时候，但是我从来没有被诱惑过。也许你和我是一样的，我希望如此，这是为了你好。我再次为我的唐突表示道歉，斯嘉丽。

"我走了。打起精神来，喝一点儿茶……对米德尔顿规矩点儿。"

萨莉迅速、熟练地戴上手套，起身向门口走去。

"等等！"斯嘉丽说道，"请等一下，萨莉。我必须知道那个人是谁，瑞特和谁相好？"

萨莉心生同情，脸上露出愁容。"我们不知道他有相好，"她温柔地回答说，"我发誓。他离开查尔斯顿的时候只有十九岁，那个年龄的男孩子通常会去妓院或找一个心甘情愿的穷白人姑娘。自从他回来以后，他一直表现得非常谨慎，拒绝了所有女人的求婚，又丝毫没有伤害任何人的感情。

"查尔斯顿并不是罪恶之都，亲爱的，人们并没有感到肉欲横流带来的社会压力。我可以肯定瑞特对你是忠诚的。

"不用送了。"

萨莉刚一离开，斯嘉丽就跑上楼，把自己反锁在卧室里。她倒在床上，无法控制地哭泣起来。

她脑子里不停地浮现出瑞特跟某个女人在一起的怪诞情景，不是这个就是那个，个个都是她每天在聚会上见过的女人。

她太愚蠢了,居然认为瑞特会为她吃醋。

她再也无法忍受脑子里的疯狂景象,于是按铃叫来潘西,洗了脸,往脸上扑了粉。一会儿埃莉诺小姐就要醒来了,斯嘉丽根本无法坐下来,面带微笑同她说话。我必须离开一会儿。

"我们出去走走,"她告诉潘西,"把我的皮上衣拿来。"

*　　*　　*

斯嘉丽快速而沉默地走了几英里,也不管潘西是否跟得上她。她从查尔斯顿那一幢幢漂亮的老房子前走过时,并不觉得那些摇摇欲坠的彩色灰泥墙在战争中幸存下来是一件值得骄傲的事情,只觉得它们根本不在乎路人如何看待它们,一个个转身背对着街道,面向被它们围起来的私人花园。

秘密,她想,它们守护着各自的秘密,不让彼此知道。所有人的每一件事情都是假装出来的。

第二十八章

斯嘉丽回来的时候天几乎已经黑了，整座房子看起来寂静无声，让人有些害怕。每天傍晚窗帘都会拉上，没有一丝灯光从缝隙中透出来。她小心翼翼地打开门，没有发出声响。"告诉马尼戈我头疼，不想吃晚饭了。"两人刚刚走进门廊她就对潘西吩咐道，"然后马上来帮我脱衣服，我要睡觉了。"

马尼戈自然会把她的情况通知厨房和家里其他的人，她现在不能同任何人说话。她从温暖而明亮的客厅开着的门前走过，悄悄爬上楼梯。她听见露丝玛丽正大声讲述着茱莉娅·阿什利小姐对某件事情的高见，赶紧加快了步伐。

在潘西的帮助下斯嘉丽脱下衣服，然后吹灭了油灯，爬上床。盖上被单后她把身体蜷缩成一团，以此躲避她极度苦闷的心情。她只想赶紧入睡，忘掉萨莉·布鲁顿，忘掉一切，躲得远远的。黑暗吞噬了她的身体，却还在嘲笑她那双干涩而睡意全无的眼睛。她甚至也不能哭，因为在萨莉向她揭示出那些可怕的真相后，她所有的眼泪都在紧随其后的伤心哭泣中流干了。

这时，随着砰的一声门打开了，一道亮光照进屋里。斯嘉丽转过头向门口看去，明亮的灯光让她目眩。

瑞特站在门口，手里拿着一盏灯，灯光在他饱经风霜的脸上和经海水浸泡而变得僵硬的黑发上投下了粗糙的阴影。他身上还穿着航行时的衣服，湿漉漉的衣服紧贴在他坚实的胸膛、肌肉发达的手臂和大腿上。他脸色阴沉，几乎控制不住自己的情绪，在她面前显得那么高大和危险。

斯嘉丽吓得心怦怦直跳，但同时又激动得呼吸急促，这正是她梦寐以求的事情——瑞特的激情战胜了冷静的自制，终于走进了她的卧室。

他一脚踢上了门，大步走到床前。"你别想躲着我，斯嘉丽！"他对她吼道，"起来！"他一挥手打翻了桌上并没有点火的油灯，玻璃灯罩碎了一地，然后那只大手把手中点着的油灯猛地放到桌上，整个油灯震得直晃。他掀开斯嘉丽身上的被子，抓住她的两只胳膊，把她拉起来站在地上。

她散乱的黑发披在她的脖子和肩上，也披在他的手上。她睡袍领口的花边随着心脏的跳动而抖动，热血映红了她的面颊，那双更加翠绿的眼睛直勾勾地盯着瑞特。瑞特痛苦地把她推到床角粗壮的雕花木柱上，然后后退了几步。

"你这个招惹是非的蠢货，"他声音沙哑地说，"你踏进查尔斯顿的那一刻我就该杀了你。"

斯嘉丽双手抱着床柱以免摔倒，心里感觉到了前所未有的危险，是什么事情让他变得如此怒不可遏？

"不要跟我装出一副心惊胆战的小女子模样，斯嘉丽，我太了解你了，你骗不了我。虽然上帝知道你咎由自取，但是我不会杀你，甚至也不会揍你一顿。"

瑞特的嘴已经扭曲了："亲爱的，看看你那副迷人的模样，胸部不停地起伏，无辜的双眼瞪得老大。可悲的是，按照你那个扭曲的逻辑，你还自认为你是无辜的。你只管勾引别人的愚蠢丈夫，根本不在乎你给他无辜的妻子带来的痛苦。"

斯嘉丽不禁噘起嘴唇，露出胜利的微笑。他对她征服米德尔顿·考特尼一事勃然大怒了！她达到目的了——迫使他承认他嫉妒了。现在，他就不得不承认他爱她，她会迫使他说出这句话。

"你喜欢丢人现眼，我不在乎。"瑞特却说，"实际上，看着一个半老徐娘硬要把自己假装成一个让人无法抗拒的未婚女孩儿，也不失为一件相当有趣的事情。斯嘉丽，你永远长不大，还是十六岁，对吗？你的最高理想就是永远做一个克莱顿县的美女。

"今天，这个笑话已经不再可笑了。"他吼叫道，斯嘉丽被他突如其来的吼声吓得身体一缩。他紧握着拳头，显然还是控制住了自己的情绪。"今天上午我离开教堂的时候，"他平静地说，"一个既是老朋友又是近亲的人把我拉到一旁，主动表示愿意做我同米德尔顿·考特尼决斗时的助手，他坚信我肯定会同那个家伙决斗的。无论事实真相如何，我都不得不捍卫你的好名声，这也是为了家族的荣誉。"

斯嘉丽雪白的小牙齿咬住了下嘴唇："你对他怎么说的？"

"跟我现在要跟你说的一字不差:'没有必要为此决斗。我妻子不懂人情世故,不善于与人交往,所以她的举动容易被人误解。我会教给她应该怎么去做。'"

他的胳膊像一条发起攻击的蛇一样动作迅速,迅速用手无情地抓住了她的手腕。"第一,"他一边说一边猛地把她拉过来,斯嘉丽的一只胳膊被高高地拧到了后背,身体紧紧地抵在他的胸口上,瑞特的脸就在她的脸的上方,两眼紧紧地盯着她的眼睛,"我亲爱而忠诚的小妻子,即使全世界都以为我戴了绿帽子我也不在乎,但是我不能被逼着同米德尔顿·考特尼决斗。"她的鼻子和嘴唇都感觉到了瑞特温暖而咸咸的呼吸。

"第二,"他接着道,"如果我杀死了那个蠢货,我就得逃离这个城市,否则就会被军方绞死,那会给我带来很大的麻烦。此外,我也决不会为了他而把自己变成一个活靶子,他也有可能射中我,那又会给我带来另一种麻烦。"

斯嘉丽举起另一只手朝他打去,但是他轻易地用另一手抓住了它,并把它也拧到了她的后背。这一来,他的双手就像一个笼子把她箍在了他的身上,她已经感觉到他衬衣里的水透过睡衣渗到了她的皮肤上。"第三,"他又说,"对我这个年纪的人而言——甚至对考特尼那样的白痴也一样——为了拯救你那肮脏的小灵魂去冒生命危险,简直就是极大的讽刺。因此——第四,在社交季结束之前,你在任何公共场合的行为都必须严格遵守我的要求。不许做出一副垂头丧气的懊恼样子,宝贝儿,这不仅不是你的风格,而且只会给流言蜚语火上浇油。你必须抬起头,继续不懈地追求你逝去的青春。但是，你必须把你的注意力更平均地分配到那些被你欺骗的男人身上，我也会很乐意为你可以光顾哪些绅士提供建议。说白了，我的建议你必须听。"他放开她的手腕，抓住她的肩膀，把她从自己身旁推开，却并没有放手。

"第五，你必须严格按照我的话去做。"离开了瑞特温暖的身体，潮湿的丝绸睡衣就像冰块似的贴在斯嘉丽的胸脯和肚子上。她双臂交叉放在胸前，但是仍然没有温暖的感觉。她的脑子里也同她的身体一样冰凉，反复回响着他刚刚说过的那些话。他不在乎……他一直在嘲笑她……他只关心他的那些"麻烦"。

他怎么敢这样？他怎么敢在大庭广众之下嘲笑她，在亲戚们面前辱骂她，在她自己的房间里把她像一袋米一样扔来扔去？所谓"查尔斯顿绅士"跟"查尔斯顿淑女"一样都是扯淡，两面三刀、满嘴谎言、口是心非……

斯嘉丽举起拳头向他打去，但他仍然抓着她的肩膀，她的拳头只是勉强擦到了他的胸膛。

她使劲扭动身体，终于从他手中挣脱出来。她继续挥动着拳头，但是都被瑞特的手掌一一挡开，她听到他喉咙里发出得意的嘲笑声。

斯嘉丽举起双手——这次只是为了把耷拉在脸上的乱发推到脑后去。"你不用废话，瑞特·巴特勒。我不需要你的建议，因为我根本就不会待在这里听你的呵斥。我恨你的宝贝查尔斯顿，我也鄙视这里的所有人，尤其是你。我明天就走。"她面对面看着他，双手叉腰，抬着头，昂起下巴。显而易见，她穿着丝绸睡衣的身体正不停地颤抖。

瑞特扭头看着别处。"不行，斯嘉丽，"他语气沉重地说道，"你不能离开，逃避只会证实你的丑行，而我还是不得不杀了考特尼。既然是你勒索我让你留下来参加社交季，斯嘉丽，那么你就必须留下来参加完社交季。

"并且，你还必须按照我的话去做，还必须表现出开心享受的样子。否则，我向上帝发誓，我会打断你身上的每一根骨头。"

他说完就向门口走去。他的手刚抓住门闩又回过头看着她，带着嘲弄的微笑说道："你千万不要耍小聪明，我的心肝，我会盯着你的一言一行。"

"我恨你！"斯嘉丽朝着即将关上的门大叫道。接着，她听到了钥匙在门锁里转动的声音，她一一抓起壁炉上的座钟和拨火棍朝门扔去。

她想到了阳台和相邻的其他卧室，但为时已晚，等她跑到通向阳台和其他卧室的门口时，那些门也已经被瑞特从外面锁上了。她只能待在自己的房间里来回踱步，无奈地来回踱步，直到筋疲力尽。

最后，她瘫坐在一把椅子上，无力地捶打着扶手，直打得双手酸痛。"我要离开，"她大声叫道，"他别想阻止我。"但是，眼前那扇高大、厚实且上了锁的门无声地戳穿了她的谎言。

跟瑞特打架根本无济于事，她只能斗智——斗智或许还有赢的希望。肯定有一种制胜的办法，她必须找到它。她无须带什么行李，穿着这身衣服走就足矣。就这么办。等她出去参加茶会、玩惠斯特牌或者其他活动的时候，就在中途一走了之，直接坐有轨马车到火车站。她有足够的钱买车票，去——去哪儿呢？

像往常一样，每当斯嘉丽心情沮丧的时候，她就会想到塔拉。那里有她需要的平静，那里能给她新的力量……

当然，那里也有苏埃伦。要是塔拉是她的，全部是她的，那该多好。她眼前再一次出现了参观茱莉娅·阿什利种植园时她有过的幻想。卡琳怎么能把她的那一部分所有权拱手让给女修道院呢？

斯嘉丽突然猛地抬起了头，就好像树林里的动物嗅到了水的气息。查尔斯顿的一座女修道院持有塔拉的部分所有权有什么用？他们又不能卖掉它，就算有人愿意买，威尔也绝对不会同意，我也不会同意。也许他们只想得到塔拉每年棉花收益的三分之一，但那能有多少呢？充其量每年也就三十到四十美元。所以，只要有机会他们巴不得立刻把这份所有权卖给她。

瑞特不是想让她留在这里直到社交季结束吗？那好啊！她会留下来，但条件是他必须帮助她得到卡琳那三分之一塔拉的所有权。这样一来她就拥有了三分之二的所有权，可以买下威尔和苏埃伦的所有权。如果威尔拒绝，她就把他们俩赶出去。

这时，斯嘉丽又感到了一丝良心的谴责，但是她立刻将其撇到一边。威尔热爱塔拉有什么关系？她爱得更深，而且她需要它。塔拉是她唯一关心的地方，也是唯一有人曾经关心过她的地方。威尔会理解的，他会明白塔拉是她的唯一希望。

她跑向铃绳，使劲拉了拉。潘西很快来到门外，转动钥匙打开了锁，拉开了门。

"告诉巴特勒先生我要见他，就在我的卧室里。"斯嘉丽对潘西说，"另外，把晚饭用托盘端上来。我还是饿了。"

她换上了干的睡衣和一件温暖的天鹅绒便袍，把头发梳理平整，然后用一根丝绒带扎起来。她在镜子里看到了自己那双暗淡无光的眼睛。

她输了，她已经不可能把瑞特争取回来了。

事情本不该变成这个样子的。

一切都变化得太大——也太快——她的整个世界在短短几个小时之间就彻底倾覆了。萨莉·布鲁顿对她说的话仍然使她感到震惊，听到那些话之后，她已经再也不能在查尔斯顿待下去了。这一切就像在流沙上盖房子一样毫无希望。

斯嘉丽双手捂住前额，就好像要遏制住纷乱的思绪。她无法理解同时涌入她脑子里的这么多东西，她必须找到一件可以集中注意力去解决的事情。在她这一生中，每当她把全部注意力放在一个目标上的时候，她就能无往而不胜。

塔拉……

塔拉就是她唯一的目标。等她得到了塔拉的控制权之后，再想其他的事情也不迟……

"斯嘉丽小姐，这是你的晚饭。"

"把托盘放到桌上，潘西，然后让我一个人慢慢吃吧，吃完后会拉铃叫你的。"

"是的,女士。瑞特先生说,吃完晚饭他就上来。"
"走开!"

瑞特除了眼睛里流露出的警觉神情之外,脸上没有任何表情:"你要见我,斯嘉丽?"

"是的。别担心,我不会跟你打架,我想同你做一笔交易。"

他还是毫无表情并且什么也不说。

斯嘉丽保持着冷静和一本正经的口气,继续道:"你和我都知道你可以强迫我留在查尔斯顿,继续参加舞会和招待会。而且你我也都知道,一旦你留下我一个人,你就休想控制我的话和我的行动。我愿意留下并且一切按照你的要求行事,条件是你必须帮我得到一件我想要的东西,而且这东西同你和查尔斯顿都毫无关系。"

瑞特坐下来,掏出一根细雪茄烟,剪掉茄头然后点上火。"我听着呢。"他说。

她解释了她的计划,每说一个字心里就多一分紧张。讲完后,她急切地等待着瑞特的答复。

"我不得不佩服你的勇气,斯嘉丽。"瑞特说道,"我从来都不怀疑,即使面对谢尔曼将军和他的军队,你照样能处之泰然。不过,你要想智胜罗马天主教会,恐怕只会心有余而力不足。"

他又在嘲笑她,不过这一次是友好的嘲笑,甚至是赞赏的,仿佛他回到了他们还是朋友的那个时候。

"我并不想智胜任何人,瑞特,只是想做一笔诚实的交易,仅此而已。"

瑞特笑了："就你？诚实的交易？你真让我失望，斯嘉丽。你怎么反倒不如从前了？"

"我说的是实话！我不明白你说话为什么这么难听。你心里很清楚，我是不会占教会便宜的。"斯嘉丽一本正经的愤怒模样越发让瑞特觉得好笑。

"我什么都不知道。"他回答说，"你跟我说实话，你每个星期天都跑去做弥撒，不停地晃动着手里的念珠，是不是都是为了这件事情？这件事你已经谋划很久了吧？"

"不，没有。我也不知道为什么过了这么长时间我才想到了这个办法。"斯嘉丽说罢立刻用手捂住了自己的嘴。瑞特是怎么做到的？他总是能够趁我不备诱使我说出本不该说的话。她放下手，怒视着他问道："怎么样？你到底是帮我还是不帮？"

"我很愿意效劳，但是我不知道该从哪里入手。要是女修道院的院长一口拒绝你的提议怎么办呢？你还能继续在这里待到社交季结束吗？"

"我已经说过了我会的，难道没有吗？再说，她没有任何理由拒绝我的提议，我开出的价格远远超过威尔能够开出的价格。你可以施展你的影响力，你认识世界上所有的人，也总有办法把事情办成。"

瑞特微笑道："你对我的信任真让我感动，斯嘉丽。我认识方圆一千英里范围内的所有无赖、腐败政治家和坑蒙拐骗的商人，但是我对这个世界上善良的人没有丝毫影响力。我能做的最多也就是给你一点儿小小的建议。你不要企图蒙蔽那位修女，把你的想法如实相告，然后接受她提出的任何条件，不要讨价还价。"

"你怎么那么笨哪，瑞特·巴特勒！只有傻瓜才会开多少价就付多少钱。女修道院其实根本就不需要钱，他们有那么大的一幢房子，那么多修女在那里干活却不拿一分钱的工资，礼拜堂里还有黄金蜡烛台，圣坛上还有一个巨大的黄金十字架。"

"我若能说万人的方言，并天使的话语……"

"你到底在说什么？"

"只是引用《圣经》里的话。"

他装出一副一本正经的样子，但是他的黑眼睛流露出幸灾乐祸的神情。"我祝你万事如意，斯嘉丽，"他说，"把这话当作祝福吧。"他还是那么神情自若地离开了她的房间，接着发自内心地笑起来。斯嘉丽会说话算话的，她总是信守诺言。有了她的配合，他就可以平息丑闻。然后，只要再过两个星期的时间，社交季就会结束，斯嘉丽也就离开了。他将摆脱她给他在查尔斯顿努力营造的生活带来的紧张局面，他也将无忧无虑地回到兰丁。他的种植园里有那么多的事情等着他去做。在他完全重建自己的生活之前，斯嘉丽对卡琳所在修道院的院长的鲁莽冲撞将成为他很好的消遣。

瑞特对自己说：我打赌罗马天主教会赢，因为教会考虑的是千秋万代的大业，而不是几星期的得失。不过，我不会下太大的赌注，因为每当斯嘉丽咬牙切齿的时候，她的力量也是不可小觑的。他暗自笑了很长时间。

正如瑞特所料,斯嘉丽第一次拜访女修道院院长回来后抱怨说,她同院长的谈判并不顺利:"她既不说行也不说不行,并且当我想给她讲讲把那份所有权卖给我的好处时,她甚至根本不想听!"接下来,她又去了第二次、第三次……第五次,她感到既困惑又沮丧。瑞特宽容而耐心地听着她发火,一直把笑的冲动压在心底。他知道,她能与之倾诉的人也只有他一个了。

此外,随着斯嘉丽不断加大对圣母教堂的攻势,她几乎每天都会给他带来新的快乐。她开始每天上午都去参加弥撒,相信她的虔诚一定会传到女修道院去。接着,她又开始不断地拜访卡琳,以至于很快她就得知了其他所有修女和几乎一半学生的名字。一个星期过去了,那位女修道院院长依然态度温和而暧昧。斯嘉丽非常绝望,无奈之下她甚至开始陪她的两个姨妈去拜访她们的朋友——那些生活拮据的天主教老太太。

"我觉得,玫瑰念珠[1]都被我磨得只有一半大了,瑞特。"她愤愤不平地说,"那个可恶的老太婆怎么能如此吝啬呢?"

"也许她认为这样可以拯救你的灵魂。"瑞特回答说。

"胡说八道!我的灵魂不需要拯救,谢谢你的好意。教堂里的熏香和所有的东西对我只有一个作用,那就是让我窒息。因为

---

[1] 天主教的《玫瑰经》念珠就是玫瑰念珠,总称念珠,是用细绳把59颗珠子(53颗小珠和6颗略大珠)和十字苦像按一定规律串起来的封闭圆环。是诵念《玫瑰经》时用以计算诵念《玫瑰经》次数的工具。念《玫瑰经》从苦像开始,循环一周于苦像结束。念珠也有象征作用,能增加默观分量。

睡眠不够,我现在看起来都像一个巫婆了,但愿不要每天晚上都有大型聚会。"

"胡说!你眼睛下面那些阴影让你显得更虔诚,院长一定会被你深深打动的。"

"噢!瑞特,你怎么能说得这么难听。我现在马上就去扑些粉。"

事实上,缺少睡眠的迹象已经显现在斯嘉丽的脸上了,而绝望又在她的眉宇间刻下了几道纵向的皱纹。查尔斯顿的所有人都在谈论她的这一变化,认为这都是某种宗教狂热带来的结果。斯嘉丽已经判若两人,她在招待会和舞会上都表现得彬彬有礼却又心不在焉。那个总是让男人失魂落魄的美女已经隐退,她不再应邀去玩惠斯特牌,也不再外出定期拜访那些在在家日等候客人上门的女人。"我很赞成侍奉上帝,"有一天萨莉·布鲁顿说,"我甚至也放弃了一些我确实喜欢的东西。不过,我还是认为斯嘉丽做得过头了,没那个必要。"

艾玛·安森不同意萨莉的观点:"这倒使我对她的看法比以前好多了。你知道,我原来认为你那么护着她是很愚蠢的,萨莉,她显然就是一个无知而虚荣的人,一心只想在社交界出人头地。不过,现在我要改口了,凡是具有虔诚宗教信仰的人都有值得钦佩的地方,即便是天主教徒也一样。"

斯嘉丽对女修道院院长发起攻势的第二周的星期三上午,天气十分阴沉、寒冷,并且下着雨。"这么大的雨,我总不能走到女修道院去吧。"她心里嘀咕道,"仅有的这双靴子也会被毁了的。"她这时非常渴望见到巴特勒家过去的那个马车夫伊齐基尔。有两个雨夜,当他们就要出门的时候,他就像从瓶子里钻出来的魔法精灵一样出现在他们家门口。查尔斯顿所有这些虚假的事情都是那么疯狂和令人厌恶,但是我今天很愿意忍受一次,只要能让我坐上一辆温暖干燥的马车就行。但我坐不上,而且我还不得不去。那就走吧。

"院长今天一早就出发到佐治亚州去了,去那里的教团学校参加一个会议。"为斯嘉丽开门的那个修女对她说。没人知道这个会议要开多久,也许一天或几天,也可能一周或更长时间。

斯嘉丽心想,我已经没有一周或更长的时间了,我甚至连一天也不能浪费。

她步履沉重地冒着雨走回了埃莉诺小姐的家。"把这双该死的靴子扔掉,"她吩咐潘西,"再给我拿一些干衣服来。"

潘西一身上下比斯嘉丽湿得更透。她故意夸张地发出一阵可怜的咳嗽声,一瘸一拐地去执行斯嘉丽的命令。斯嘉丽对自己说,我就该用皮带抽她一顿,但是斯嘉丽现在的心情与其说是生气不如说是沮丧。

下午,雨停了。埃莉诺小姐和露丝玛丽决定到金街去购物,斯嘉丽却连购物的兴趣也没有了。她独自坐在卧室里沉思,直到她感到憋闷得慌,才走下楼去了书房。如果瑞特这时在那里,也许可以给她一些安慰。她不能把心中的苦恼向其他任何人诉说,因为她根本没有告诉任何人她在干什么。

"天主教会的宗教改革进行得怎么样了?"他扬起一边的眉毛问。

她怒气冲冲地向他讲述了院长逃走的事情。他一边拿出一支细雪茄剪掉茄头并开始点火,一边时不时同情地哼上一两声。当雪茄完全点燃后,他对她说道:"我要到阳台上去抽雪茄,到外面来呼吸一点儿新鲜空气吧。暴雨又把夏天带回来了,雨已经被吹到了大海上,现在外面很暖和。"

斯嘉丽经过昏暗的餐厅来到阳台上,明晃晃的阳光让她觉得很刺眼。她用手遮住眼睛,开始呼吸花园里潮湿的绿色植物的气味、海港的咸味和刺鼻的雪茄烟味。突然之间,她清楚地意识到了瑞特就在她身边,但是因为心里很乱,所以她走开了几步,接着她听到了好像是从很远的地方传来的他的说话声。

"我相信修女们在佐治亚州开会的地点是在萨凡纳。圣塞西莉亚舞会之后,你不妨去那里参加你外公的生日庆祝活动,你两个姨妈也一直都在唠叨这件事。如果那真是一次重要的会议,教皇也会参加,说不定你把这事跟教皇说说会有好运气。"

斯嘉丽想考虑一下瑞特的建议,但是她怎么也无法集中她的思想——他近在咫尺她就无法思考。最近这段时间他们俩相处得很融洽,奇怪的是她反倒腼腆起来了。他正靠在一根柱子上,心满意足地抽着雪茄。

"我要想想。"她说着便匆匆地离开了,紧接着她开始哭泣。

泪水止不住地流了下来,斯嘉丽问自己:我这是怎么啦?我竟然变成了一个脆弱而爱哭的孩子了,我一向都是鄙视这种行为的。为了得到我想要的东西,花更多的时间又有什么大不了?我一定要得到塔拉……也要得到瑞特,即使用一百年的时间也在所不惜。

第二十九章

"我活了这么长时间,还从来没有这么烦恼过。"埃莉诺·巴特勒说,她倒茶的两只手都在发抖。在她脚边的地板上扔着一张揉皱了的薄纸,那是一封电报,是她和露丝玛丽外出购物时送到家里的:汤森德·埃林顿表弟和他妻子即将从费城来看望他们。

"只提前两天通知我们!"埃莉诺说道,"你们能相信吗?你们会以为他们从来没有听说过内战这回事。"

"他们会住在查尔斯顿旅馆的一个套间里,妈妈。"瑞特安慰道,"我们可以带他们参加圣塞西莉亚舞会,事情没那么糟。"

"糟透了,"露丝玛丽说,"我就不明白,我们凭什么要对北方佬这么殷勤。"

"因为他们是我们的亲戚,"她母亲严厉地说,"你们都要表现得殷勤周到。再说,你的汤森德表弟并不是一个北方佬。他当年是同李将军并肩战斗的。"

露丝玛丽紧锁眉头不再说话。

埃莉诺小姐开始笑了。"我不能再抱怨了,"她说,"再说了,看看汤森德和亨利·雷格见面会发生什么事情还是值得的。汤森德是斗鸡眼,亨利是斜眼,你们认为他俩的手能握到一起去吗?"

* * *

埃林顿夫妇倒也没那么差劲儿,斯嘉丽想,虽然同汤森德表弟说话时你不知道该看哪儿,但是埃林顿夫人并不坏。他妻子汉娜并没有埃莉诺小姐所说的那么漂亮,这一点倒是让斯嘉丽感到愉快,但是她那件缀满珍珠的宝石红织锦舞会礼服和钻石项链,使斯嘉丽觉得自己穿着的那件陈旧的紫红色天鹅绒衣服和佩戴在衣服上的山茶花显得很傻气。感谢上帝,这是最后一场舞会了,社交季就要结束了。

过去要是有人说我也会有对跳舞感到厌倦的时候,我肯定会说他们胡说八道,但是现在我确实已经受够了。噢,要是塔拉的事情能够尘埃落定该多好!她已经按照瑞特的要求做了,也考虑过了去萨凡纳的事情,但是一想到不得不整天同两个姨妈待在一起,她就觉得难以忍受,所以她决定等待院长回到查尔斯顿来。露丝玛丽要去拜访茱莉娅·阿什利,那么这根肉中刺总算自己掉了,而埃莉诺小姐任何时候都是一个好伙伴。

瑞特就要出发去兰丁了。她不愿意想这件事,因为只要去想她就会整个晚上不得安宁。

"汤森德表弟,请告诉我一些李将军的事情吧。"斯嘉丽欢快地说,"他真的像人们说的那么帅吗?"

伊齐基尔把马车车厢擦得锃亮,马也喂得膘肥体壮,看起来就好像皇家马车一般。他站在车厢旁边,一只手扶着打开的车门。当瑞特帮助女士们坐进马车的时候,他也随时准备提供帮助。

"我还是要说埃林顿夫妇应该和我们一起坐这辆马车。"埃莉诺有些不安地说。

"那我们都会被挤扁的。"露丝玛丽说。瑞特立刻叫她闭上嘴。

"不用担心,妈妈,"他说,"他们就在我们正前方,坐的是汉娜用钱能租到的最好的马车。等到了米廷街之后,我们就超过他们走在前面,先到那儿等着,然后陪着他们进去。所以,你什么也不用担心。"

"要担心的事儿多着呢,你知道的,瑞特。没错,他们人不错并且都是汤森德家的人,但这些都无法改变汉娜是一个地地道道北方佬的事实。我担心的是,她会被人们的礼貌折磨死的。"

"怎么会呢?"斯嘉丽问道。

瑞特给她作了解释。内战结束之后,查尔斯顿人发明了一种特别邪恶而狡诈的待人方法。对外来人,他们会以极度的热情和体贴对待,以至于这种礼貌变成了他们手中的武器。"到头来,外来人会感到在这里举步维艰,据说只有最坚强的人才能经受住如此礼貌的攻击。我希望今天晚上我们不会受到这种待遇。都说中国人非常精明,但是他们也不曾发明过可以与礼貌折磨相匹敌的待人之道。"

"瑞特！求你不要说了。"他母亲央求道。

斯嘉丽一言不发，心里却暗暗说道：他们就是这么折磨我的。那好，让他们继续折磨好了，我很快就再也不用忍受查尔斯顿了。

马车转过弯驶上了米廷街，然后跟在了一长串马车的后面。这些马车一辆接一辆地停下来下客，然后又慢慢地前行。斯嘉丽心想，照这个速度，等我们到达时舞会都已经结束了。她看了看车窗外的行人，很多女士正带着手里拎着舞鞋袋的女仆赶往舞会。我们要是走路就好了，可以享受外面温暖的空气，而不必关在这个闷热的狭小车厢里。这时，从他们左边突然传来了有轨马车刺耳的铃声，吓了她一跳。

她心想，这个时候怎么还会有有轨马车呢？它们不是晚上九点收班吗？她刚才听见了圣迈克尔教堂尖塔的钟声，舞会已经开始半个小时了。

"你看看有轨马车里，除了穿着盛装去参加舞会的人以外再也没有任何其他人，是不是很有意思？"埃莉诺·巴特勒说，"你知道吗，斯嘉丽？在圣塞西莉亚舞会的当天晚上，工人们都会提前收班，然后把马车刷洗得干干净净后再发车，专门送人们去舞会。"

"我不知道，埃莉诺小姐。那舞会后人们怎么回家呢？"

"噢，午夜两点舞会结束的时候，他们还会再次发出送人们回家的专车。"

"要是有人想坐有轨马车去别的地方怎么办呢？"

"那当然就去不了了。不过，没有人会去别的地方，想都不会想，大家都知道晚上九点以后有轨马车就收班了。"

瑞特笑道："妈妈，你说起话来就像《爱丽丝梦游仙境》里的公爵夫人。"

埃莉诺·巴特勒也笑起来。"是有点儿像。"她兴高采烈地回答，接着便越发开心地笑起来。

当埃莉诺仍在继续笑的时候，马车开始向前移动，接着便停了下来，车门打开了。斯嘉丽向外望去，眼前的景象立刻把她惊呆了。这才是一个舞会应有的样子！高大的黑铁杆子上挂着一对巨大的灯笼和六七盏明晃晃的煤气灯，照亮了离街稍远处一段高高铁栅栏后面的一座寺庙般的建筑及其深邃的门廊和高耸的白色圆柱。从擦洗得干干净净的白色大理石马车上下台直到门廊的台阶处，用白色帆布铺出了一条闪闪发光的人行通道，马车上下台和通道上方还支起了一个巨大的白色帆布雨棚。

"想想看，"她不无惊喜地说道，"你可以从你的马车一直走进舞场，即使下着大雨也一滴雨淋不着。"

"他们就是这么想的。"瑞特说，"不过还没有这样的体验呢，因为圣塞西莉亚之夜从来都不下雨，连上帝也不敢冒天下之大不韪。"

"瑞特！"埃莉诺·巴特勒对瑞特呵斥道。

斯嘉丽朝瑞特笑笑，她很开心他居然能拿他如此看重的圣塞西莉亚舞会开玩笑。他曾经向她介绍过这个舞会的情况，它已经延续了多少多少年——查尔斯顿的任何事情似乎都已经至少延续了一百年以上——以及它如何完全被控制在男人们的手中,而且只有男人才能成为圣塞西莉亚协会的会员。

"下来吧,斯嘉丽,"瑞特对她说道,"你在这种地方应该感到很自在。这幢建筑叫'爱尔兰大厅',在里面你会看到一块饰板,上面用最好的金漆绘出了一把爱尔兰竖琴。"

"不要那么粗鲁。"他母亲训斥道。

斯嘉丽昂起她好斗的下巴走下了马车——就像她的爱尔兰父亲一样。

那些北方佬士兵在这里干什么?斯嘉丽突然喉头一紧,感到有些害怕。他们先前被女人们打败了,现在准备来捣乱了?紧接着,她看见了士兵们身后的人群,看到了人群中一张张热切张望的脸,他们都在密切观察着正从马车上下来的人们。天哪,这些北方佬居然挡住了人群,为我们让开了一条路!他们那副模样看上去就好像一帮下人,像是为主人举着火把照亮的仆童,也像一群跟班。活该!他们干吗不认输,然后滚回老家去呢?这里反正没人在乎他们。

她的目光越过士兵的头顶看着注视着他们的人群,脸上露出灿烂的微笑,从马车上下台上款款走下来。她要是穿的不是这件旧衣服而是一件崭新的礼服那该多好,可眼下她只能尽量利用好这身衣服了。她向前走了三步,然后熟练地把裙摆掠过胳膊甩到身后。她的裙摆伸展到白色通道上,一尘不染,在她信步走入社交季舞会时,它会如女王的裙摆一样在她身后扫过。

她在门厅里停下脚步,等待其他人跟上来。她抬头向上望去,目光顺着楼梯优美的弧线延伸到二楼的宽阔平台,再到悬挂在门厅高高的天花板中央的那盏闪闪发光的烛台形水晶吊灯上。它真像这个世界上的一颗最大最耀眼的宝石。

"埃林顿夫妇来了。"巴特勒夫人说道,"这边走,汉娜,我们把外衣放到女衣帽间去。"

但是,汉娜·埃林顿突然在门口停了下来,随即不由自主地向后退去。露丝玛丽和斯嘉丽不得不赶紧退到一旁,以免撞上穿着宝石红织锦礼服的汉娜。

出什么事情了?斯嘉丽伸长脖子看去。在整个社交季里,眼前的景象对她来说早已变得非常熟悉,但她无法想象汉娜为什么会如此震惊。在墙边的矮长凳上,坐着几位姑娘和成年女人,她们的裙子都拉到了膝盖以上,脚都浸泡在装满肥皂水的木盆里。她们彼此聊着天,不时发出欢快的笑声,而她们的女仆则在帮她们洗脚、擦干并扑上粉,然后把卷起来的打着补丁的袜子放下来,最后再穿上舞鞋。这对所有穿过这座城市尘土飞扬的街道去参加社交季舞会的女人而言,只是一个例行程序而已。这个北方佬女人是怎么想的?难道让所有人都穿着靴子跳舞吗?她用胳膊轻轻推了推埃林顿太太说:"你把门挡住了。"

汉娜一边表示歉意一边站到了一旁。埃莉诺·巴特勒正站在一面镜子前整理发夹,她回过头来说:"太好了,刚才我还担心你走丢了。"看到汉娜没有反应,她接着道:"我想让你认识一下示巴,她能帮你解决今晚遇到的任何问题。"埃林顿太太顺从地跟着巴特勒夫人来到房间的一角,在那里她见到了她所见过的最胖的一个女人。这个女人正坐在一张宽大、破旧且已褪色的锦缎翼状靠背椅上,她金褐色的皮肤比金锦缎的颜色略深一点儿。示巴从她的宝座上站起来,等着被介绍给巴特勒夫人的客人和她的儿媳。

斯嘉丽赶紧走上前,急于认识这个大名鼎鼎的女人。示巴之所以有名,是因为她是查尔斯顿最好的女裁缝。她原是拉特利奇家的奴隶,由拉特利奇夫人从巴黎请来给女儿做嫁妆的女装裁缝师训练出来的,她至今也还在为拉特利奇太太、她女儿和她挑选的几位贵妇人做衣服。示巴可以把破布和面粉袋改造成优雅的服装,就像《歌迪女士》[1]里的漂亮时装一样。她父亲是一位非神职传教士,为她取了示巴女王[2]的名字,而在她那个领域里她确实是名副其实的女王。在每年的圣塞西莉亚舞会上,她掌管着女士们的衣帽间,并监督她那两个穿着整洁制服的女佣以及女士们带来的女佣,迅速而有效地应对所有女性遇到的任何紧急情况。褶边脱落、斑点和污迹、纽扣掉了、卷发下坠、昏厥、暴饮暴食、脚背擦伤、伤心——所有这一切没有示巴和她的仆人们处理不了的。每个舞会都有专门的房间供女士们和女仆们使用,但

---

1 《歌迪女士》(*Godey's Lady's Book*)又称《歌迪杂志》和《女士之书》,是一本美国女性时装杂志,1830年至1878年在费城出版,是美国内战前发行量最大的杂志。

2 示巴女王(Queen of Sheba),又译"席巴女王""希巴女王"等。根据希伯来《圣经》的记载,她是一位统治非洲东部示巴王国的女王,与所罗门王生活在相同年代。示巴王国的位置大约相当于现在的埃塞俄比亚,其最强盛时的疆域大约覆盖东部非洲和现今的沙特阿拉伯南部地区及也门等地。

是只有圣塞西莉亚舞会才有"示巴女王"。她礼貌地拒绝在任何其他舞会上施展她的魔法，只为这一个最好的舞会提供服务。

她之所以如此挑剔，是因为她有的是钱。瑞特告诉过斯嘉丽，大多数人都心知肚明却不说出口的一个情况是，示巴拥有臭名昭著的"混血巷"里最奢华和最赚钱的几家妓院。"混血巷"是查尔莫斯街的延伸，离圣塞西莉亚舞场仅有两个街区，那里是占领军的军官和士兵们每月花掉一大半薪水的地方，他们不是喝那里的廉价威士忌就是参与非法的轮盘赌，并且以各种不同的价格同任何年龄和肤色的妓女鬼混。

看着汉娜·埃林顿脸上困惑的表情斯嘉丽在心里想，我敢打赌，她就是那种一辈子都没有近距离接触过一个黑人的废奴主义者。如果有人把示巴的其他营生也告诉她，不知道她会作何反应。瑞特说过，示巴在英格兰一家银行的保险柜里存有超过一百万美元的黄金。我怀疑埃林顿夫妇也未必比得上她那么富有。

第三十章

当斯嘉丽走到舞厅入口时,这回轮到她被惊得站住了脚步,而她同样没有意识到身后紧跟着许多其他人。她被眼前近乎神奇的不可思议的美所彻底征服。

巨大的宴会厅被明亮而柔和的烛光照得通明。恍若飘浮在空中的四组晶莹透亮的水晶吊饰,两侧长长墙壁上成对排列的镀金水晶烛台,不断反射出对面明亮烛火的带有镀金框架的镜子,犹如镜面一样光亮的又高又黑的窗户,门两边长桌上高高的多臂银烛台以及发出金色弧形反光的巨大银质潘趣酒碗,这一切都让大厅熠熠生辉。

斯嘉丽开心地笑着跨过了门槛。

"开心吗?"瑞特过了好一会儿才问她。

"噢,很开心!这确实是整个社交季最棒的舞会。"她说的是心里话,一个舞会该有的一切这里都有了,到处充满了音乐、欢声笑语。但是,当她拿到她的跳舞卡时,尽管同时还得到了一束用银花边纸包起来的栀子花,心里却感到有些不快。很显然,协会的理事们已经事先在所有女士的跳舞卡上填写好了舞伴的名字。但是,她很快就发现这种安排是经过精心策划的,她的舞伴中不仅有她认识的男人,也有她从未见过的男人,有年纪大的男人,也有年轻男人,有查尔斯顿本地人,也有外来的宾客,还有身居他地却始终会回来参加圣塞西莉亚舞会的男人。因此,每一支舞都会给她带来诱人的惊喜和变化,同时又避免了任何可能的尴尬。米德尔顿·考特尼的名字并没有出现在她的跳舞卡上,她无须考虑任何事情,只需要在这间优雅的舞厅里随着美妙的音乐享受跳舞的乐趣。

所有人也都有同感。斯嘉丽看到她的两个姨妈每一支舞都在跳,忍不住咯咯直笑,甚至连尤拉莉通常悲戚的脸上也洋溢着喜悦。在这里你看不到站在舞池边上的壁花,也看不到尴尬的面孔。那些初次参加社交活动的年轻姑娘们穿着洁白的新礼服,她们的舞伴都是能说会道且舞技超群的男人。斯嘉丽看到瑞特至少同三个这样的年轻姑娘跳舞,却没有同安妮·汉普顿跳过一支舞,心里不禁想那些精明的理事们到底对这些事情知道多少。她也不在乎了,这个舞会让她很开心,见到埃林顿夫妇也让她开心地笑了。

汉娜显然觉得自己是这个舞会上的美人。斯嘉丽不怀好意地想,汉娜的舞伴肯定都是查尔斯顿最善于阿谀奉承的男人。接着她又发现了新情况,汤森德看上去比他妻子还要开心,一定是有人在恭维他。他们肯定忘不了这个夜晚,她也不会忘记。第十六支舞就要到了,约西亚·安森刚才同她跳华尔兹时说过,这一支舞是专门留给有情人和已婚夫妇的。他还假装一本正经地告诉她说,在圣塞西莉亚舞会上,丈夫和妻子始终都是刚刚坠入爱河的新人。他是协会的会长,所以他知道,并且这也是圣塞西莉亚舞会的规矩之一:她必须同瑞特跳这支舞。

所以,当他把她搂在臂弯里、问她是否开心的时候,她诚心诚意地回答说她很开心。

午夜一点的时候,乐队奏起了《蓝色多瑙河圆舞曲》的最后一节,舞会结束了。"可是,我不想它结束,"斯嘉丽说,"永远不要结束。"

"很好,"理事之一的迈尔斯·布鲁顿回答道,"这正是我们希望每个人都能有的感觉。现在,所有人都到一楼去吃晚餐。我们协会的炖牡蛎同我们的潘趣酒一样,都是我们引以为豪的东西。我想你已经喝过一杯我们著名的潘趣酒了吧?"

"是的,确实喝过了。我觉得我的脑袋已经轻飘飘的了。"圣塞西莉亚潘趣酒主要是由优质香槟酒和上等白兰地混合而成的。

"我们都觉得这种酒有助于我们这帮老家伙跳好今晚的舞,因为它不上头,但是让你双脚更有劲儿。"

"胡说八道,迈尔斯!萨莉总是说你是查尔斯顿跳舞跳得最好的男人,我一直以为她只是夸口,但是现在我终于知道了,她说的是事实。"斯嘉丽脸上的酒窝、微笑和放肆的嘲笑都显得那么自然而然,她根本用不着先想好自己该说些什么。瑞特这么长时间干什么去了?他为什么只顾同爱德华·库珀说话而不来陪她去吃晚餐?她要是继续缠着迈尔斯,萨莉·布鲁顿是永远不会原谅她的。

噢,谢天谢地,瑞特终于来了。

"要不是你个头比我大的话,我绝不会让你把你迷人的妻子领回去,瑞特。"迈尔斯握着斯嘉丽的手向她鞠了一躬,"非常荣幸,夫人。"

"非常荣幸,先生。"她一边回答一边行了一个屈膝礼。

"老天爷啊,"瑞特慢吞吞地说道,"我还不如去求萨莉跟我私奔呢。她已经拒绝我五十次了,但是说不定我会时来运转的。"

三个人有说有笑地一起去找萨莉,只见她手里捧着舞鞋正坐在窗台上。"是谁说的舞鞋的鞋底跳穿了就证明舞会很完美?"她痛苦地问道,"我就把舞鞋跳穿了,现在两只脚都磨起了水泡。"

迈尔斯扶着她站到地上。"我背你下去吧,你这个麻烦的女人,不过下去后你自己要像一个受人尊敬的人那样把脚遮起来,然后一瘸一拐地去吃晚餐。"

"畜生!"萨莉回答说。斯嘉丽看到了他们俩彼此的目光,心中不禁很是嫉妒。

"你刚才同爱德华·库珀说什么大不了的事情,用了那么长的时间?我都饿死了。"她眼睛看着瑞特,心里越发觉得难受。我不能想这个问题,不能毁了这么完美的夜晚。

"他刚才跟我说,由于我的不良影响,汤米的学习成绩直线下降。为了惩罚他,他要卖掉那孩子非常喜欢的那艘小船。"

"那太残酷了!"斯嘉丽说。

"那孩子能把它重新拿回去的,因为我会把它买下来。好了,我们去吃饭吧,不然炖牡蛎就被别人吃光了。听着,斯嘉丽,今天是你一生中的一个例外,你尽可以大吃大喝,直到你再也吃不下为止。就连淑女们今晚也会狼吞虎咽,这是我们的传统,因为社交季结束了,大斋节[1]就要到了。"

午夜两点刚过,爱尔兰大厅的所有门都同时打开了。年轻的黑人火把手纷纷打着哈欠站到了自己的位置上,为狂欢者照亮了路。在火把的照耀下,等候在米廷街黑暗车道上的有轨马车立刻恢复了生气,马车夫点燃了车顶上的蓝色球形灯和门边的长马灯。马兴奋地踢着地面,不断扬起头。一个戴着白色围裙的男人拿起扫帚把帆布通道上的树叶迅速清扫干净,接着拉开长长的铁质门闩,敞开了大门。当人们喧闹的说话声从大楼里传来时,他已经消失在黑暗中。沿街等候长达三个街区的各式马车即将依次驶到通道口,接上各自的乘客。"别睡了,他们来了。"伊齐基尔对穿着仆人制服正在打瞌睡的孩子们大声叫道。他们被他的手指戳醒后,咧嘴笑笑,然后迅速从休息处爬了起来。

人们从敞开的大门里蜂拥而出,有说有笑。一些人余兴未尽,在门廊上停下了脚步,不愿看到这美妙的夜晚就这么结束。

---

[1] 大斋节(Lent)亦称"封斋节",是基督教的斋戒节期;天主教会称"四旬期"。大斋期由大斋首日(圣灰星期三/涂灰日)开始至复活节前日止,一共四十天。斋戒期间星期五守大斋和小斋,周日不守,通常只少量进食并以鱼代肉。

像往年一样,他们都说这次的圣塞西莉亚舞会是最棒的,有最好的乐队、最好的食物、最好的潘趣酒,是他们度过的最美好的时光。

有轨马车的车夫对他的马温柔地说道:"我会送你们回马厩的,小伙子们,别担心。"他伸手拉动他头边上的一个把手,挂在蓝色球形灯旁边的一只擦得锃亮的铜铃立刻发出了召唤乘客的铃声。

"晚安!晚安!"训练有素的马车夫纷纷向站在门廊上的人喊道。首先是,一对夫妇,接着是三个人,之后一大群年轻人跑上了白色的帆布通道。长辈们则一边微笑一边谈论着年轻人不知疲倦的旺盛精力。他们的步伐虽然略显缓慢,但更加稳重,有时候他们貌似稳重的姿态却很难掩饰已经不够稳的腿脚。

斯嘉丽拉了拉瑞特的袖子:"噢,我们坐有轨马车吧,瑞特。感觉空气这么好,普通马车里太闷了。"

"如果坐有轨马车,下车后还要走很长一段路。"

"我不在乎,我就想走一走。"

他深深吸了一口夜间的新鲜空气。"我也想走一走。"他说,"我跟妈妈说一声。你先上有轨马车,给我们占个座。"

* * *

他们坐有轨马车的这段路并不长,马车仅向前行驶了一个街区就向东拐进了布劳德街,穿过寂静的城市后就到达了位于邮局大楼前的布劳德街的尽头。舞会欢快而热闹的气氛仍然在这辆有轨马车上继续延续,它刚刚摇摇晃晃地拐过街角,三个哈哈大笑的男人便开始唱歌,很快车上几乎所有人都跟着他们唱起来。"噢,岩岛铁路线,多么伟大美好的铁路线!岩岛铁路线,值得乘坐的铁路线……"

要从声乐艺术上讲,这个大合唱还有许多不足之处,不过唱歌的那些人对艺术既不懂也不在乎。斯嘉丽和瑞特也同其他人一起引吭高歌,当他们走下有轨马车的时候,她又再次加入了重复的齐唱:"乘坐岩岛铁路线,就到火车站去买票。"[1]瑞特和另外三人自愿帮助车夫解下马具,再把马牵到车厢的另一头,重新套上马具,以便它们沿着布劳德街返回,最后经米廷街回到终点站。当有轨马车带着其他唱着歌的人离开时,他们一边向他们挥手致意一边高喊着"晚安"。

"你觉得他们是不是只会唱这首歌啊?"斯嘉丽问道。

瑞特笑道:"他们甚至连这首歌都不会唱。实话跟你说,我也不会,不过这无伤大雅。"

斯嘉丽咯咯笑起来。她马上用手捂住了自己的嘴,因为随着《岩岛铁路线》的歌声渐渐远去,她的笑声就显得十分响亮。她看着点着马灯的有轨马车的背影变得越来越小,停下了,然后又开始移动,最后转过弯消失在夜色中。邮局前的路灯投射出一小片亮光,除此之外周围一片漆黑,也非常安静。一阵微风吹过,

---

[1] 以上几句和这一句都来自歌曲《岩岛铁路线》(*Rock Island Line*)。

拂起她披肩上的流苏,空气芬芳而柔和。"真暖和。"她低声对瑞特说。

他喃喃表示赞同,然后从口袋里掏出怀表拿到灯光下。"你听。"他小声说道。

斯嘉丽侧耳倾听,四周一片寂静。她又屏住呼吸仔细听。

"响!"瑞特说。圣迈克尔教堂的钟声响起来了,一下、两下。钟声在温暖的夜空中久久地回荡。"两点半。"瑞特说着把怀表放进了衣兜里。

他们两个人都喝了不少的潘趣酒,这时正处在人们常说的"飘飘然"的状态之中。他们感受到的一切都被放大了:天变得更黑,空气变得更温暖,四周变得更寂静,这个愉快的夜晚也变得比舞会本身更加令人愉快。每个人都感到内心里悄然涌动着一股幸福感。斯嘉丽快活地打了一个哈欠,伸出一只手拉住了瑞特的手肘,两人默默无语地走进黑夜之中,向家走去。他们走在砖砌的人行道上,清晰脚步声在周遭的建筑物之间回荡,斯嘉丽心神不安地左右看看,然后又回头看了看隐隐约约的邮局大楼。她什么也看不清,只觉得太安静了,好像地球上除了他们俩已经没有了其他任何人。

瑞特高大的身影也变成了黑暗的一部分,黑色的斗篷遮住了他白色衬衣的前襟。斯嘉丽紧紧地抓住他手肘以上的胳膊,感受到了一个强大男人强壮而有力的臂膀。她向他的身体靠拢一点儿,这样她就能感受到他身体的温暖,感受到他的魁伟和力量。

"这个舞会真是棒极了,对吧?"她的声音太大了,在黑夜里回荡着,让她自己听起来也觉得很怪异,"一想到那个自以为是的汉娜我就想笑。天哪,当她刚刚感受到南方人是怎么对待黑人的时候,就立刻扭过头去,我还以为她要退回去看看是不是走错了地方。"

瑞特咯咯一笑。"可怜的汉娜,"他说,"她这辈子可能再也不会觉得自己如此可爱、迷人和风趣了。汤森德并不傻,他告诉我说他想搬回南方来住,这次来访可能会促使汉娜同意他的想法。现在这个时候,费城地上的雪都已经有一英尺厚了。"斯嘉丽轻松的笑声飘散在温暖的黑暗中,她脸上露出了暖洋洋而心满意足的微笑。当他们俩走进另一盏街灯的光圈中的时候,她看到他也在微笑。此时此刻,已经没有说话的必要,只要他们俩都感觉美好,都在微笑,只要他们俩不再急于赶路而是一起信步往前走,就已足矣。

他们回家的路线经过码头,人行道旁是一长排船具商店。临街狭小的建筑物的门面都是商店,店门紧锁着,楼上是生活区,黑暗的窗户看不到一丝灯光。大多数窗户都敞开着,让近乎夏日般温暖的空气直接吹进屋里。一条狗听到他们的脚步声,开始发出敷衍的叫声。瑞特呵斥一声,让狗安静下来,接着便不再说话。狗呜咽了一声,四周再次恢复了寂静。

他们继续往前走,经过了一盏又一盏相距很远的街灯。瑞特主动调整自己的大步,与斯嘉丽较小的步伐相适应。斯嘉丽的高跟鞋踩在地砖上发出单一的咔嗒、咔嗒、咔嗒的声响——证明着此时此刻他们俩和睦相处的现状。

一盏街灯突然灭了。在一望无际的黑暗中，斯嘉丽第一次注意到天空显得那么近，闪烁的星星比她记忆中的任何时候都要明亮，而其中一颗看起来竟然近得触手可及。"瑞特，你看天空，"她轻声说道，"星星看起来都那么近。"他停下脚步，把手放到她手上让她也停下来。"这是因为大海，"他告诉她，他的声音低沉而温和，"我们已经走过了那些仓库，眼前只剩下了一片大海。你听，大海呼吸的声音。"他们静静地站在那里。

斯嘉丽很专注地听着，流动的海水有节奏地拍打看不见的海堤桩子的声音清晰可辨。渐渐地，这声音似乎变得越来越大，她感到十分惊讶自己以前怎么从来没有听到过它。接着，潮水声中出现了另一个声音，是音乐声，一连串微弱而缓慢的音符。同样让她感到意外的是，那纯洁的音乐声竟然也让她的眼睛里充满了泪水。

"你听到了吗？"她有些害怕地问道。是她出现幻觉了吗？

"听到了，是从停泊在海上的某艘船上传来的，肯定是一个思乡的海员吹出来的。这个曲子叫《跨过宽阔的密苏里河》，那是他们自己制作的一种类似笛子的哨子，有些人可以吹得相当好。他肯定是一个正在负责瞭望的海员。你看，那里的帆索上挂着一盏提灯，船就在那儿。这盏灯就是用来警告过往船只的，告诉它们有艘船停泊在那里，但是同时还是要有一个人在船上不停地瞭望，防止任何船只不慎靠近。在这条繁忙的河道上，一条船上也可能会有两个人值守。总有一些小船会在晚间悄无声息地出现，船上的人们熟知在夜里如何行驶在这条河上。"

"他们为什么要这样做？"

"理由多种多样，这些理由既可以说是欺诈也可以说是高尚，这取决于讲故事的人是谁。"瑞特的声音听起来像是在自言自语，而不是在对斯嘉丽说话。

她向他看去，但是黑暗中看不清他的脸。她又回头看了看她刚才误以为是一颗星星的那艘船上的桅灯，听了听潮水和那位不知名的思乡水手的哨子声。圣迈克尔教堂的钟声响了，现在是午夜两点四十五分。

斯嘉丽舔了舔嘴唇上的咸味："你怀念闯封锁线的日子吗，瑞特？"

他笑了一下："这么说吧，我很愿意年轻十岁。"他又笑了笑，笑声中略带点嘲讽和自娱自乐的味道："我善待处在困惑期的年轻人，是为了以此为幌子驾驶帆船玩，因为它让我享受到了水上的乐趣和感受到了海风拂面的自由。它还能赋予人类神一般的感觉，这一点其他事情都没法相比。"他拉着斯嘉丽向前走去，两人的步伐加快了，但仍然保持着同步。

斯嘉丽嗅了嗅空气中的味道，想象着那些小船扬起翅膀一样的风帆在海港里飞一般地掠过。"我也想试试，"她说，"我其他都不想，就想去航行。噢，瑞特，你会带我去吗？天气这么暖和，你完全不必明天就回到兰丁去。答应我，求求你了，瑞特。"

他想了想，她很快就要永远走出他的生活了。

"干吗不呢？这么好的天气浪费了太可惜。"他回答说。

斯嘉丽拽着他的手臂说:"来吧,我们快走,已经很晚了。我想明天一大早就去。"

瑞特拉住她说:"你要是摔断了脖子,我可没法带你去航行了,斯嘉丽。看着脚下的路,再走几个街区我们就到家了。"

她和他的脚步又合拍了。她暗自发笑,有了盼头的感觉真是太棒了。

就在他们即将到家的时候,瑞特停下了脚步,同时拉住了她。"等等!"他抬起头侧耳倾听。

斯嘉丽不知道他听到了什么。噢,天哪,那不过又是圣迈克尔教堂报时的钟声而已。深沉的钟声敲响了三次,余音渐渐消失。在温暖的黑夜中,远处传来了尖塔上的守夜人向沉睡中的古城发出的清晰呼喊。

"三……点……了……平安无事!"

第三十一章

瑞特看了看斯嘉丽精心准备的服装,一条眉毛向上扬起,嘴角却撇向一边。

"怎么啦,我可不想又被太阳晒伤了。"她为自己辩护道。她头上戴着一顶宽边草帽,那是巴特勒夫人放在花园门口剪花时戴着遮阳用的。斯嘉丽在帽顶上缠了几码长的鲜艳的蓝色薄纱,把薄纱的两头拉到下巴下系成一个蝴蝶结,她觉得这样一来就很得体了。她还带上了她最喜欢的那把阳伞——宝塔状的丝绸伞面上印有漂亮的淡蓝色花朵,伞边带有深蓝色的流苏。她觉得,有了这把伞她那件单调的棕色斜纹布外出服就不至于那么乏味了。

再说,瑞特凭什么总要对别人的事指手画脚?她心想,他自己看上去就像个泥腿子,穿着那么一条破烂的马裤,一件连领子都没有的素色衬衫,更不用说连一条像样的领带和一件像样的外套都没有。斯嘉丽咬了咬牙:"瑞特,你说的九点出发,现在时间到了,我们走吗?"

瑞特冲她深深鞠了一躬，然后拿起一个破旧的帆布包搭在肩上。"我们走。"他说。他的声音让斯嘉丽觉得有什么问题，她认为他肯定在策划什么事情，但是我不会让他得逞的。

* * *

她完全没有料到那艘帆船竟然如此之小，更没有料到她必须顺着一个又湿又滑的长梯子爬下去才能到达船上。她带着责备的目光看着瑞特。

"已经接近低潮了，"他告诉说，"这就是我们必须在九点半之前到达这里的原因。十点潮水开始上涨，我们就很难把船驶进海湾了。当然，那也会有助于我们沿河而上直至码头……你肯定你还想去航行吗？"

"肯定，谢谢你。"斯嘉丽把戴着白手套的手搭到梯子突出的扶手上，准备转身登上梯子。

"等等！"瑞特叫道。她抬起头，带着决不动摇的表情望着他。"我可不愿意为了省去带你出海一小时的麻烦，就让你摔断脖子。那个梯子非常湿滑。我在前面先下，你跟着，这样我可以确保你不会因为那双愚蠢的城市靴子而失足掉下去。我先准备一下，你站在一边等着。"他解开帆布包的拉绳，拿出一双胶底帆布鞋。斯嘉丽默默地看着他。瑞特并不着急，他脱下脚上的靴子，穿上帆布鞋，把靴子放进帆布包里，把拉绳拉紧，然后打上了一个看起来相当复杂的结。

他看着她突然微微一笑,那神情简直让她心旌荡漾。"待在这儿别动,斯嘉丽,智者千虑必有一失。我先把这些东西放到船上去,然后再回来接你。"他抬手把帆布包挎到肩上,不等斯嘉丽明白过来他说了什么,他已经下到梯子的一半了。

"你爬起那玩意儿来就像一道闪电似的敏捷。"当瑞特回到她身旁时,她不无钦佩地对他说。

"应该说像一只猴子。"他纠正她的话,"来吧,亲爱的,时间和潮水不等人,即便是女人它们也不等。"

斯嘉丽对爬梯子还是熟悉的,并且她也不恐高。小时候她就常常爬到树顶摇晃的树枝上玩耍,还经常轻快地爬上谷仓里的干草棚,对她说来那一段狭窄的梯子简直就像是一段宽阔的楼梯。不过,她还是很感激瑞特能在水藻覆盖的梯子横杆上稳稳地搂住她的腰,也很高兴最后终于坐到了相对稳定的小船上。

她静静地坐在船尾的木板座位上,瑞特则十分熟练地把帆系到桅杆上并试了试绳索。白色的帆布风帆被整齐地堆放在船头上和敞开的驾驶舱里。"准备好了吗?"他问道。

"噢,准备好了!"

"那么,我们起航吧。"他解开了固定单桅小帆船的缆绳,用桨把它从爬满藤壶的码头上推开。湍急的退潮立刻抓住了小船,把它拖向河面。"坐在那儿别动,把头伏在膝盖上。"瑞特命令道。他升起三角帆,把吊索和帆脚索系在桅杆上,风鼓满了窄长的风帆,小船开始抢风航行。

"好了。"瑞特在斯嘉丽身边的座位上坐下来,把胳膊肘搭在两人之间的舵杆上。接着,他开始用双手拉起主帆,索具和风帆发出嘎吱嘎吱和咔嗒咔嗒的声响。斯嘉丽没有抬头,只是偷偷地向身旁看了一眼。她发现瑞特眯缝起眼睛迎着太阳,正皱着眉头聚精会神地摆弄着主帆。

只听砰的一声,主帆顺利地鼓了起来。瑞特哈哈大笑道:"好姑娘!"斯嘉丽知道,他说的并不是她。

"想往回走了吗?"

"噢,不,瑞特!现在还不想。"海风和海浪让斯嘉丽欣喜若狂,她根本没有注意到她的衣服上溅满了水花,海水正从她的靴子上流过,白手套和埃莉诺小姐的帽子已经全毁了,阳伞也丢了。她现在没有念头,只有强烈的感觉。这艘单桅帆船只有十六英尺长,整个船身有时会跃出海面几英寸。它像一只跃跃欲试的小动物,一会儿爬到浪尖上一会儿又一猛子扎进波谷里,斯嘉丽只感觉她的胃突然就悬在了嗓子眼里,紧接着一大片咸水沫劈头盖脸而来,甚至飘进了她因兴奋而张得大大的嘴里。她已经与环境融为一体——她就是风、就是水、就是盐、就是阳光。

瑞特看看她专注的表情,然后冲着她下巴下那个湿透了的愚蠢薄纱蝴蝶结微微一笑。"低头。"他命令道,接着把舵杆拉过来以便顺风航行。他们要在海上多待一些时间。"你想不想掌一下舵?"他问道,"我来教你如何驾驶。"

斯嘉丽摇了摇头。她没有控制的欲望,她对现在的状况很满足。瑞特知道斯嘉丽拒绝一个掌控局面的机会是多么了不起,也知道她对海上航行带来的自由感是多么欣喜。年轻的时候他也有过同样欣喜若狂的感觉,甚至直至今日他也会时不时感到怦然心动,正是这种激情把他一次又一次带回到海上,去寻求更多的欢心一刻。

"低头。"他再一次命令道,然后让单桅帆船长距离迎风航行。随着船速的突然加快,海水在急剧倾斜的船体上泛起一片白沫。斯嘉丽开心地叫出声来,头顶上方一只翱翔的海鸥立刻用尖利的叫声回应了她。在宽阔无云的蓝天映衬下,它白色的羽毛显得十分明亮。瑞特抬头看看它,咧嘴笑起来。太阳暖洋洋地照在他背上,凛冽而咸咸的海风扑面而来,活在这样的日子里很幸福。他猛地推开舵杆,向前弯下腰拿起他的帆布包。他从包里拿出来两件旧羊毛衫,因为用了多年它们不仅已经被撑得变形,而且因为多次被海水浸泡而变得很僵硬。它们都是用厚厚的羊毛做成的,深蓝的颜色看上去几乎已成黑色。瑞特像螃蟹似的横着走回到船尾,坐在驾驶舱倾斜的外沿上。他身体的重量使倾斜的船身恢复了水平,充满活力的小船平稳地在水面上划过,发出悦耳的咝咝声响。

"把这个穿上,斯嘉丽。"他递给她一件羊毛衫。

"我不需要。今天的温度都像夏天了。"

"空气很暖和,但是海水还是很冷。不管像不像夏天,现在毕竟还是二月份,水沫会让你在不知不觉之中受凉的。穿上羊毛衫。"

斯嘉丽做了个鬼脸,但还是接过了羊毛衫:"你得帮我拿着帽子。"

"我帮你拿着。"瑞特把另一件更脏的羊毛衫套在自己身上,然后帮助斯嘉丽穿。她的头刚从羊毛衫的领口钻出来,就吹来一阵风,把她蓬乱的头发从梳子和发夹的束缚中扯出来,仿佛长长的、跳跃着的黑色飘带在空中飞舞起来。她尖叫着,疯狂挥舞双手想抓住它。

"看看你干的好事!"她大叫道。这时,风又把一缕浓密的头发吹进了她张开的嘴里,弄得她又咳又喘。当她刚刚把嘴里的头发扯出来,它又挣脱了她的手,蹿入空中同其他头发纠缠在一起。"快把帽子给我,要不我就要被吹成光头了。"她说,"天哪,我现在完全是一团糟。"

她这一生中还从来没有像现在这么美丽过。她的脸因欢乐而容光焕发,被海风吹打得红扑扑的脸不仅洋溢着喜悦之情,而且在狂飞乱舞的黑发衬托下更焕发着神采。她把那顶可笑的帽子牢牢地拴在头上,把纠缠在一起的柔软头发塞进羊毛衫的后领口里。"我估计你那个帆布包里没有什么可吃的东西吧?"她不无期待地问道。

"只有海员的口粮,"瑞特回答说,"硬面包和朗姆酒。"

"听起来挺诱人的。这两样东西我都没有尝过。"

"还不到十一点呢,斯嘉丽。我们一会儿就回家吃午饭,你忍一忍。"

"我们能不能在这里待一天?我玩得正开心呢。"

"再玩一个小时。我今天下午要同我的律师们见面。"

"讨厌的律师。"斯嘉丽悄声道。她不想为此生气,不想毁了她的好心情。她看看洒满阳光的海水,又看看船头两边白色的浪花,然后张开双臂,像一只伸懒腰的猫那样把背拱得老高。羊毛衫的袖子太长,吊在她的两只手上随风飘动。

"当心,亲爱的,"瑞特笑道,"你会被风刮跑的。"他松开舵杆,准备改变航向,同时习惯性地查看可能出现在他航线上的任何其他船只。

"看哪,斯嘉丽,"他急切地说道,"快看!从右舷往外看——你的右面。我打赌你还从来没有见过这个。"

斯嘉丽的眼睛扫视着不远处的沼泽海岸。然后,在船和海岸之间,她看到了一个微微发亮的灰色物体在水面上露出弓起的脊背,接着又消失在水中。

"一条鲨鱼!"她叫道,"不对,两……三条鲨鱼。它们冲我们游过来了,瑞特,它们是不是想把我们吃掉啊?"

"我可爱的傻姑娘,那不是鲨鱼,是海豚。它们肯定是要游到大西洋里去。抓紧了,低头,我要把船掉过头来,我们也许可以和它们一起走一段。在一群海豚中间行船是世界上最迷人的事情了,它们喜欢嬉戏玩耍。"

"玩耍?鱼也会玩耍?你以为我就那么容易受骗上当吗,瑞特?"她弯下腰躲过摇摆的吊杆。

"它们可不是鱼。你好好观察吧,会看到的。"

这群海豚一共有七头。当瑞特操纵单桅帆船驶上这些光滑的哺乳动物的航线时,它们已经远远游到前面去了。"该死!"

他说。就在这个时候,一头海豚突然从帆船前面一跃而起,弓着脊背,接着又扑通一声水花四溅地跳进海浪里。

斯嘉丽用裹在羊毛衫袖子里的拳头捶打着瑞特的大腿:"你看到了吗?"

瑞特坐回到座位上:"看见了。它是来告诉我们赶快追上去,其他海豚可能正在前头等着我们呢。看!"两头海豚从前方的海面上高高跃起,它们优美的跳跃动作让斯嘉丽拍手叫好。但是,她的手并没有拍响。于是她把羊毛衫的衣袖挽到手臂上,再次拍手称快。这一次巴掌声很清晰。在她右边仅仅两码远的地方,第一只海豚再次浮出水面,喷出一股水沫,露出圆滑的喷水孔,然后懒洋洋地上下摇摆着尾鳍潜回了水中。

"噢,瑞特,我过去从来没有见过这么可爱的动物。它刚才还冲着我们微笑!"

瑞特也笑了:"我一直认为它们是在微笑,所以我也总是对它们微笑。我爱海豚,一直都爱。"

这些海豚把瑞特和斯嘉丽当成了游戏的对象。它们一会儿从单桅帆船旁边游过去,一会儿又从船底游过去,有时是独自一头,有时是两三头一组。它们潜入水里、浮出水面、呼气、翻滚、跳跃,用一双颇似人类的眼睛看着你,又用它们迷人而像在微笑的嘴嘲笑着这两个困在小船上的笨拙男女。

"那儿!"瑞特指着一头跃出海面的海豚叫道。"那儿!"斯嘉丽指在相反方向跃起的另一头海豚叫道。"那儿!""那儿!""那儿!"海豚一头接着一头跃出海面,每次都给他们带来惊喜,因为它们每次都会出现在斯嘉丽和瑞特的眼睛没有看到的地方。

"它们在跳舞。"斯嘉丽说。

"在嬉戏。"瑞特说。

"在卖弄它们的身手。"两人都同意这个判断。这场表演着实让人着迷。

也正因为如此,瑞特大意了,没有看到身后地平线上的大片乌云正在迅速聚集。直到原本非常稳定而清新的海风突然停止,他才得到了第一次警告。一直鼓得满满的船帆突然软弱无力地耷拉下来,海豚们一头扎进水里不见了踪迹。他回头一看——太晚了——一股狂风正掠过水面和天空直冲他们而来。

"快躺到舱底去,斯嘉丽。"他平静地说道,"抓牢了,我们遇到暴风雨了。不要害怕,比这更糟糕的天气我也经历过。"

她向后看去,不禁惊呆了。怎么可能前方晴空碧海而后方却漆黑一片?她一言不发地从座位上滑下去,在她和瑞特的座位下面找到了一个把手,然后双手紧紧把它抓住。

他迅速地调整船帆和索具。"我们必须跑在它的前面,"他说着咧嘴笑了笑,"你全身都会湿透的,但这次航行会让你终生难忘。"就在这时,突然狂风大作,乌云瞬间遮住了天空,海面几乎一片漆黑,瓢泼大雨劈头盖脸而来。斯嘉丽张开嘴刚要叫喊,海水却立即涌进了她的嘴里。

她吓坏了:上帝啊,我要淹死了。她弓起身体,又咳又啐,直到嘴里和喉咙里的海水都吐干净了才停下来。她想抬头看看周围的情况，问问瑞特那可怕的声音是什么，但她那顶花里胡哨的破帽子已经耷拉下来盖住了脸，她什么也看不见。她腾出一只手拼命拉扯拴在下巴下的薄纱蝴蝶结，另一只手仍然死死地抓住那个金属把手。小船在风浪中颠簸、晃荡，发出嘎吱嘎吱的声响，好像就要散架了。她能清楚地感觉到单桅帆船正在急速下沉，越沉越深——它几乎是船头朝下笔直地穿过水体，直冲海底。噢，我的上帝啊，我不想死！

随着船身的一次猛烈震颤，单桅帆船总算停止了下沉。斯嘉丽使劲把湿透了的薄纱从下巴下扯了下来，接着又把帽子从脸上掀开，这才终于摆脱了湿漉漉的草帽那令人窒息的折磨。她又看得见了！

她看看船舷外汹涌的海水，然后抬起头，看到的还是海水，她继续抬头……抬头……抬头。眼看着一堵比桅杆还高的水墙迎面扑来，即将倾倒在他们身上并把小船脆弱的木壳砸个粉碎。斯嘉丽想尖叫，但是极度的恐惧卡住了她的喉咙。单桅帆船颤动着、呻吟着，令人眩晕地顺着水墙一路滑上去，然后它悬停在水墙的顶上不住地震颤，这恐怖的一刻似乎变得无穷无尽地漫长。

斯嘉丽抬起头，眯起眼睛，迎接倾泻而下的暴雨，雨水重重地砸在她头上，哗哗地流下她的脸。她的四周都是愤怒而汹涌的巨浪，卷曲的浪尖泛着白沫在狂风骤雨中不停涌动。"瑞特！"她想喊他。噢，上帝啊，瑞特在哪儿？她左右看看，极力透过雨幕找到他的身影。接着，就在单桅帆船沿着波浪的另一面骤然下坠的时候，她看到了他。

这该死的!他跪在船上,背和肩膀挺得笔直,昂起头和下巴,正冲着狂风骤雨和海浪哈哈大笑。他的左手紧紧地握着舵杆,右手伸出,紧紧抓住缠在他胳膊肘、前臂和手腕上的一根绳索——帆脚索,它连着被狂风吹得鼓鼓的巨大主帆。他竟然热爱这一切!他热爱与风浪搏斗,热爱死亡的威胁。

我恨他!

斯嘉丽抬头望着下一个排山倒海而来的巨浪,一时间她感到了绝望,只想等着海浪把她打翻,把她困住,把她摧毁。但很快她又告诉自己,她没有什么可害怕的,瑞特能掌控一切,哪怕是海洋也不例外。于是,她像他那样抬起头,进入了狂放而危险的兴奋状态之中。

斯嘉丽并不知道风的可怕威力到底有多大。当单桅帆船再次沿着三十英尺高的波浪冲上浪头的时候,风停了。仅仅几秒钟的时间,暴风的中心就发生了突变,主帆随即耷拉下来,小船突然向左舷倾斜,这种情况只有在船爬上浪头的危险过程中遭到湍流冲撞时才会出现。斯嘉丽意识到瑞特正迅速地把他的胳膊从一圈圈绕在它上面的绳索中抽出来,同时用不同的动作操纵着摇摆的舵杆,但是直到浪头几乎涌到了龙骨底下的时候,她也丝毫没有看出什么问题,只听见瑞特大喊道:"转帆了!转帆了!"他的身体痛苦地扑倒在了她的身上。

她听到离她的头不远处传来嘎吱嘎吱的响声,感觉到头顶上沉重的帆杆开始缓慢摆动,但是紧接着摆动就变得剧烈起来。一切都发生得很快,但同时似乎又慢得可怕,慢得很不自然,仿佛整个世界都凝固了。她迷惑地看着近在咫尺的瑞特的脸,那张脸却突然消失了。他又跪在船上做着她不明白的什么事情,只感觉到一圈又一圈粗重的绳索落到了她的身上。

她并没有看到有侧风吹动船帆,突然间整个潮湿的帆布主帆被鼓起,一股越来越强大的力量把它推向单桅帆船的另外一侧,发出雷鸣般爆裂的声响,随即粗大的桅杆被折断,并立即被风和它自己的重量拖进了大海里。整个船猛然跃起,接着船身向右舷倾斜,慢慢翻转,被仍然缠在一起的帆索拖向水中,最后完全倾覆过来,倒扣在风暴肆虐的冰冷大海里。

她以前从来不知道海水竟然如此冰冷。刚才是寒冷的雨水泼在她身上,现在是更加寒冷的海水浸泡着她,拉扯着她。她的整个身体肯定已经冻僵了,牙齿不停地打战,震得脑子里咔嗒咔嗒作响,让她既无法思考也不明白发生了什么。她觉得她已经瘫痪了,因为她现在完全动弹不得。可是她还是在动,在令人眩晕地晃来荡去,在十分可怕地坠向深渊。

我要死了。噢,上帝啊,不要让我死!我想活下去。

"斯嘉丽!"她的名字在耳旁响起,声音大得超过了她牙齿打战的声音,一直深入到她的意识中。

"斯嘉丽!"她熟悉这个声音,那是瑞特的声音。那只搂着她的手也是瑞特的手,他正抱着她。但他在哪儿呢?海水不停地拍打着她的脸,让她什么也看不见,还刺痛了她的眼睛。

她刚张嘴想回答,海水就立刻灌进了嘴里。斯嘉丽尽力抬起头,把海水咳出去。要是她的牙齿能保持安静就好了!

"瑞特。"她说。

"感谢上帝。"他的声音离她很近,就在她的身后。她渐渐开始有了意识。

"瑞特。"她又说了一遍。

"现在仔细听我说,亲爱的,你要比以往任何时候都仔细地听我说。我们还有一个机会,因此必须抓住它。单桅帆船就在这儿,我正抓着它的舵。我们必须钻到它的下面去,让它把我们保护起来。那就是说,我们必须先潜入水里,然后在船体下浮上水面。你听明白了吗?"

她心里只有一个叫喊声:不行!一旦她没到了水里,她就会淹死。海水现在就在拉她、拽她,一旦她沉下去就再也不会浮上来了!她感到了恐慌。她不能呼吸,她想死死抓住瑞特,想尖叫、尖叫、尖叫——

镇静!一个清晰的声音在她脑子里响起,那是她自己的声音。你必须挺过去,如果你只知道像个傻瓜似的语无伦次地叫喊,你就只有死路一条。

"我……我……该……该……怎么……做?"该死的牙齿还在不停地打战。

"我从一数到三。当我数到三的时候,你就深吸一口气并且闭上眼睛。我已经抓住你了,我会把你一起带到船底下去。你会没事的。准备好了吗?"他不等她回答便开始大声数数:"一……二……"斯嘉丽拼命吸进一大口气。紧接着,她就被拖入水中,向下再向下，海水灌进了她的鼻孔、耳朵和眼睛，甚至也灌进了她的意识。几秒钟后，一切就结束了。她感激地大口吸入空气。

"我一直抓着你的手臂，斯嘉丽，所以你不必再抓我，不然你会让我们俩都淹死的。"接着，瑞特把双手移到了她的腰上。双臂自由了感觉真好，只是两只手太冷了，她开始搓自己的双手。

"就这样做，"瑞特说，"保持血液循环，现在还不够通畅。你抓住这个挂钩，我必须离开几分钟。不要害怕，时间不会太长。我要潜回海面割断纠缠在一起的缆绳和连着桅杆的绳索，不然它们会把船拖到海底去。我还要割断你靴子上的鞋带，斯嘉丽，所以一会儿你感觉到有人抓住你脚的时候，不要乱踢，那是我。你身上的厚裙子和衬裙也必须脱掉。这些都由我来做，你只要抓紧挂钩就行了，我很快就回来。"

可这几分钟显得十分漫长。

斯嘉丽利用这个时间观察了一下她所处的环境。事情还不算太糟——就是脚实在是太冷。倾覆的单桅帆船在她的头上形成了一个屋顶，现在雨水再也打不到她。不知什么原因，海面也平静一些了。她其实看不到海面，因为船体下一片漆黑，但是她能感觉到海浪强弱的变化。虽然小船仍然随着波涛上下起伏，也仍然让她感到有些眩晕，但是船体下的水面已经基本平复了，再也感受不到刚才抽打在她脸上的汹涌波涛。

这时，她感觉到瑞特抓住了她的左脚。天哪！我并没有失去知觉。自从暴风雨袭来之后，斯嘉丽第一次畅快地深吸了一口气。她的脚突然有一种奇怪的感觉，以前她根本不知道靴子竟然那么沉重和夹脚。噢！在她腰上摸索的那只手也感觉怪怪的，她能感觉出刀子割开裙子的动作。突然，一团沉重的东西从她的腿上滑了下去，然后她的肩膀从水里冒了出来。她惊讶地叫出声来。她的叫声在木头船壳下的狭小空间里回荡，那声音太大了，吓得她几乎放开了抓着挂钩的手。

接着，瑞特突然冒出了水面，就在离她非常近的地方。"感觉如何？"他问道，听起来他像是在喊。

"嘘，"斯嘉丽说，"不用那么大声。"

"你感觉如何？"他小声问道。

"实话跟你说吧，快冻死了。"

"海水很冷，但还没到把你冻死的地步。要是我们在北大西洋——"

"瑞特·巴特勒，要是你又要讲你闯封锁线的冒险故事，我就——我就淹死你！"

他的笑声回荡在他们四周，似乎连空气也变得暖和起来了。但是斯嘉丽还是很生气："我搞不懂，都到这个境地了你怎么还笑得出来。在如此可怕的暴风雨中浸泡在冰冷的水里荡来荡去，有什么可笑的。"

"当事情变得最糟糕的时候，斯嘉丽，你唯一能做的就是找一件事情笑一笑。笑能让你保持理智……还能让你的牙齿不再因为恐惧而打战。"

她气得说不出话来。而最气人的是他的话是对的，当她不再去想死的问题时，牙齿也不再打战了。

"现在我要割开你的紧身胸衣,斯嘉丽,穿着它你就像困在囚笼里,不能自由呼吸。稳住身体,不然我可能割伤你的皮肤。"他把手伸进她的羊毛衫里面,这个动作既让人尴尬又有一种亲切感。很快,他撕开了她的紧身胸衣和衬衫,他的手已经好几年没有碰过她的身体了。

"好了,现在深呼吸。"瑞特一边扯下已经割开的胸衣和衬衫一边说道,"现在的女人怎么就学不会深呼吸呢,使劲吸进更多的空气。我马上用割下来的绳索给我们做一个支撑,等我做好你就可以放开那个挂钩,然后揉搓你的手和手臂。继续深呼吸,这样就能使你的血液暖和起来。"

斯嘉丽想照瑞特说的去做,但是她想抬起手臂时感到很吃力。瑞特做的支撑像一副挽具似的从胳膊下兜着她的身体,她现在软绵绵地挂在它的上面随波浪起伏,身体彻底放松了。她开始感到困倦……瑞特为什么还在唠唠叨叨个不停?他为什么一直喋喋不休地让她搓胳膊呢?

"斯嘉丽!"他突然大喊一声,"斯嘉丽!不能睡,你必须不停地活动身体。踢一踢你的脚,你要愿意直接踢我也行,只要让腿动起来就好。"瑞特开始使劲搓她的肩膀和上臂,他的动作很粗鲁。

"别搓了,你弄疼我了。"她的话很微弱,就像一只小猫在叫。斯嘉丽闭上了眼睛,黑暗变得更加深沉;她不再感到寒冷,只感到疲惫和困倦。

突然,瑞特毫无预兆地狠狠打了她一巴掌,直打得她头向后一仰,砰的一声撞在了帆船的木头船体上,撞击声在狭小的空间里回荡。斯嘉丽完全清醒了,她感到震惊和愤怒。

"你竟敢打我!你等着,瑞特·巴特勒,看我们出去后我怎么打回来。"

"这样就好多了。"瑞特回答说,他继续使劲揉搓她的双臂,斯嘉丽想把他的手推开也无济于事,"继续说话,我负责按摩。把你的手伸过来让我搓一搓。"

"我才不呢!我的手我自己管,你最好也管住你的手,你快把我的肉从骨头上搓下来了。"

"那也比让螃蟹吃了要好。"瑞特厉声说道,"你给我听着,斯嘉丽,如果你怕冷屈服了,你会死的。我知道你想睡觉,但是一旦你睡过去就永远醒不来了。而且,我向上帝发誓,我宁愿打得你青一块紫一块,也决不会让你死的。你必须保持清醒,继续深呼吸,继续活动身体。说话,不停地说,说什么我不管,只要让我听见你那个卖鱼泼妇一样的声音,知道你活着就行。"

当瑞特的揉搓渐渐给她的身体重新带来活力后,斯嘉丽再次感到了海水刺骨的寒冷。"我们能活着出去吗?"她木然地问道,并试着活动起她的双腿。

"当然能活着出去。"

"怎么出去啊?"

"潮水正把我们冲向海岸,现在正在涨潮,它会把我们带回我们出发的地方。"

斯嘉丽在黑暗中点了点头。她记起了他说过一旦涨潮就下不了海的那番话。但是，狂风的巨大威力会使正常的潮汐活动变得毫无意义，暴风雨完全可能裹挟着他们穿过海港的入口，进入烟波浩渺的大西洋。瑞特明知这一切，却丝毫没有在声音里流露出来。

"要多长时间我们才会被冲回去？"斯嘉丽开始抱怨，她觉得自己的腿就像一根巨大的树干一样沉重，她的肩膀也被瑞特搓得很疼。

"我不知道。"他回答说，"你一定要鼓起最大的勇气，斯嘉丽。"

他一本正经的声音就像是在布道！瑞特可从来都没有过正儿八经的样子。噢，我的上帝！斯嘉丽下决心要让她那两条僵硬的腿动起来，并以钢铁般的意志赶走心中的恐惧："我才不需要什么勇气，我更需要吃的东西。我们翻船的时候，你为什么没有把你那个又脏又旧的帆布口袋抓在手里呢？"

"那个帆布包塞在船头下面了。天哪，斯嘉丽，你贪吃的本性很可能救了我们的命。我都把那个包忘得一干二净了。赶快祈祷，但愿它还在那里。"

朗姆酒把一股暖流输送到她的大腿和脚上，斯嘉丽立刻感到恢复了活力，双腿终于可以前后摆动了。血液循环的恢复虽然让人感到剧烈的疼痛，但她还是欣然接受了，因为这意味着她还活着，整个身躯都活着。她又喝了一口，心想朗姆酒比白兰地好多了，它确实能让人立即暖和起来。

遗憾的是，瑞特坚持说必须把量控制住，不过她也明白这样做是对的。如果在他们安全回到陆地上之前就把瓶子里的热量用完了，后果不堪设想。现在，她已经活过来了，甚至可以和瑞特一起向这瓶近乎天赐的朗姆酒致敬了："哟嗬嗬，快来一瓶朗姆酒！"[1]他每唱完这首海员之歌的一小节，她就跟他一起唱副歌部分。

　　唱完这首歌之后，斯嘉丽想起了"小棕壶，我多么爱你"[2]。

　　他们的歌声在船体中回响，好像他们的身体并没有因为寒冷而变得虚弱。瑞特用双手把斯嘉丽紧紧搂在胸前，用自己的身体温暖着她。他们把记得的最喜欢的歌都唱了个遍。虽然每次都只喝一小口朗姆酒，但是间隔时间越来越短，效果也不再那么明显。

　　"我们唱《得克萨斯的黄玫瑰》[3]怎么样？"瑞特说。

---

[1] 这首歌名为《死人箱》(*Dead Man's Chest*)，亦称《十五个人趴着死人箱》(*Fifteen Men on the Dead Man's Chest*)或《流浪汉》(*Derelict*)或《哟嗬嗬》(*Yo, Ho, Ho*)，是一首虚构的海洋之歌，源自罗伯特·路易斯·史蒂文森(Robert Louis Stevenson)的小说《金银岛》(*Treasure Island*, 1883年)。但是史蒂文森在书中只写了副歌部分："十五个人趴着死人箱——哟嗬嗬，快来一瓶朗姆酒！酗酒和魔鬼毁了一切……哟嗬嗬，快来一瓶朗姆酒！"其余部分未写，留给读者去想象。

[2] 《小棕壶》(*The Little Brown Jug*)是约瑟夫·伊斯特本·温纳(Joseph Eastburn Winner)于1869年创作的一首歌曲，最初发表于美国费城。这原本是一首饮酒歌，直到20世纪初仍然作为一首民歌而闻名于世。和许多涉及饮酒的歌曲一样，它在禁酒令时期再次流行起来。后来这首歌又演变成一首儿歌，且歌词经常被更改。如原来副歌的歌词是"哈哈哈，你和我，小棕壶，我不爱你"，也改成了"哈哈哈，说真的，小棕壶，我多么爱你"。

[3] 《得克萨斯的黄玫瑰》(*The Yellow Rose of Texas*)是一首流行于美国内战时期的歌曲，因为是进行曲，所以一战和二战期间常作为军中歌曲演唱。美国影视作品中也常常可以听到它的旋律。

"我们都已经唱了两遍了。瑞特,唱爸最喜欢的那首歌吧。我还记得你们俩一起在亚特兰大的大街上跌跌撞撞地走着,像杀猪似的唱着那首歌。"

"谁说的,我们唱起来就像天使唱诗班的声音。"瑞特模仿着杰拉尔德·奥哈拉的爱尔兰口音说。接着,他唱起了《低靠背马车上的佩吉》[1]:"我第一次看见甜蜜的佩吉,是在一个赶集日……"除了这首歌的第一句,其余的他都不记得了:"你肯定每句都记得,斯嘉丽,唱给我听听。"

她想唱,但是已经感到心有余而力不足。"我也忘了。"她不想说她累了,但是她确实很疲惫,要是能把头靠在瑞特温暖的胸脯上睡一觉就好了。他的手臂搂着她,感觉很舒服。她感觉自己的头是那么沉重,她再也支撑不住它了,她的头终于垂下来了。

瑞特使劲摇晃着她的身体:"斯嘉丽,你听见了吗?斯嘉丽!我感到水流已经变了,我发誓我们离岸边已经很近了。你不能放弃,振作起来,亲爱的,再让我见识一下你的倔强劲儿。把头抬起来,亲爱的,我们就要脱困了。"

"……好冷……"

"你这个该死的懦夫,斯嘉丽·奥哈拉!当初在亚特兰大我就应该让谢尔曼的士兵把你抓去,你不值得拯救。"

她的意识已越来越模糊,但还是迟缓地明白了他在说什么,

---

[1] 《低靠背马车上的佩吉》(Peg in a Low Back'd Car)是一首爱尔兰歌曲,由塞缪尔·洛弗(Samuel Lover)作词作曲。爱尔兰作家詹姆斯·乔伊斯在其小说《尤利西斯》和《芬尼根守灵》中使用了这首歌。

那些话只在她心中激起了一阵微弱的愤怒,但这就足够了。她睁开了眼睛,微微抬起头看着瑞特。

"深吸一口气,"瑞特命令她说,"我们又要潜到水里去了。"他用一只大手捂住她的鼻子和嘴,搂住她微弱挣扎的身体潜入了水中。他们在船体外浮出了水面,不远处可见一排高高的碎浪。"我们几乎已经到岸边了,亲爱的。"他喘着气说道。他用一只胳膊搂着斯嘉丽的脖子,用手托着她沉重的头,熟练地游过一片碎浪,让浪的力量把他们推到了岸边的浅水处。

一阵狂风吹来,雨水横扫过他们的身体。瑞特跪在水边海浪泛起的白沫中,双手抱起斯嘉丽瘫软的身体紧紧搂在胸前。又一波碎浪在他身后涌起,迅速向岸边冲来。紧接着浪头伸展出卷曲的波浪,把泛着白沫的灰色海水哗啦啦地砸在海面上;海浪继续向岸边涌进,翻滚着、激荡着,最终打在瑞特的背上,他的坚实身体护佑着斯嘉丽。

当海浪拍打上岸然后退去后,瑞特摇摇晃晃地站了起来,怀里紧紧搂着斯嘉丽,踉踉跄跄地走向海滩。海浪卷起的贝壳碎片在他光着的脚和腿上划出了无数道伤痕,但是他并不在意。他笨拙地跑过厚实的沙滩,来到一片巨大的沙丘前,几步爬上一个沙丘,又下到一个可以避风的碗状低洼处,然后轻轻地把斯嘉丽放到柔软的沙地上。

他一遍又一遍地呼唤斯嘉丽的名字,声音也变得沙哑了。他用双手揉搓着她的全身,希望能使她冰凉而苍白的身体恢复生气。她乱糟糟的闪亮黑发披散在头和肩上,乌黑的眉毛和睫毛在她毫无血色而湿漉漉的脸上形成几条惊人的横纹。瑞特用手指背急切而轻轻地拍打着她的脸颊。

她终于睁开了眼睛,那翠绿的颜色就像祖母绿一样迷人,瑞特带着本能的喜悦叫喊起来。

斯嘉丽动动手指摸到了因雨水浸透而变硬的沙子。"陆地。"她说着便开始抽抽搭搭地哭起来。

瑞特把自己的一只胳臂伸到她的肩膀底下,把她抱到自己的胸前,另一只手抚摸着她的头发、脸颊、嘴和下巴。"亲爱的,我的生命,我以为我失去你了;我以为我已经害死了你。我以为——噢,斯嘉丽,你还活着。别哭,亲爱的,危险都过去了,你现在很安全。没事了,一切——"他亲吻着她的前额、脖子和双颊,斯嘉丽苍白的皮肤随着体温的上升而渐渐有了血色,她转过头迎上去亲吻他。

她再也感觉不到寒冷,也感觉不到雨水和虚弱——唯一感觉到的,只有瑞特亲吻着她的嘴唇和身体的滚烫的双唇和温暖的双手。她抓住他的肩膀,感受到了手指下传来的力量;她紧贴着他的嘴唇,感受到了自己怦怦直跳的心脏;她把手指伸进乱糟糟纠缠在他胸膛上的卷发里,感受到了自己的手掌下他有力的心跳。

是的!我确实记得,这不是梦。是的,这就是那个黑暗的旋涡,是它把我拉进这个世界然后又把我隔绝在这个世界之外。是它赋予了我活力,无限的活力,让我自由而飞旋着冲向太阳的中心。"是的!是的!"她一遍又一遍地叫道,同时用自己的激情回应瑞特的激情,用她的渴望满足他的渴望。在盘旋着不断升腾的狂喜中,他们已经不再有语言或思想,只有超越思想、超越时间、超越世界的结合。

第三十二章

他爱我！我明明知道却还疑神疑鬼，真是个傻瓜。斯嘉丽噘起有些肿胀的嘴唇懒懒地笑了笑，慢慢睁开了眼睛。

瑞特坐在她身旁，双臂叠起放在膝盖上，脸藏在臂弯里。

斯嘉丽大大地伸了个懒腰。这时，她第一次感到沙子摩擦着她的皮肤并注意到了周围的一切。天哪，天正下着瓢泼大雨，我们这不是找死吗？我们必须在再次亲热之前找到一个避风遮雨之处。她脸上的酒窝忽隐忽现，但她还是忍住了没有咯咯地笑出声来。也许这算不上找死，我们刚才根本没管什么天气。

她伸出一只手，用指尖摸索着瑞特的脊背。

他猛地扭动身子躲开了，好像她的手把他烫着了似的。他急忙扭头看着她，然后立刻跳了起来。她看不懂他脸上的表情。

"我不想把你惊醒，"他说，"尽量再多休息一会儿吧。我去找个地方生一堆火，把我们的衣服烤干。这些小岛上都有一些棚屋。"

"我和你一起去。"斯嘉丽挣扎着想站起来，却发现瑞特的羊毛衫正套在她的双腿上，她身上仍然穿着那件羊毛衫。她突然感觉湿透了的羊毛衫很沉重。

"不，你就待在这儿。"他迈开腿开始爬上陡峭的沙丘。斯嘉丽呆呆地张大了嘴，简直不敢相信自己的眼睛。

"瑞特！你不能离开我，我不许你走开。"

但是，他仍然继续向沙丘顶爬去，她只能看见他那宽大的后背和紧贴着身体的湿衬衫。

他爬到沙丘顶上后停下来，慢慢扭头扫视着前方。接着，他略微弓起的背突然挺直了，转过身毫无顾忌地从陡峭的沙丘上滑了下来。

"那儿有一间小屋，我知道我们在哪儿了。站起来吧。"瑞特向她伸出一只手准备帮助斯嘉丽站起来，她急切地抓住了他的手。

一些查尔斯顿人在附近的小岛上搭建了一些小屋，是为了在南方漫长、炎热而潮湿的夏季里来这里避暑，享受凉爽的海风。它们虽然远离城市的喧嚣和繁文缛节，却也只是一些简陋的棚屋，屋前建有可以遮阳的长长的门廊，饱经风雨侵蚀的墙板搭在用木馏油处理过的木桩上，整个棚屋架在酷热的夏日沙滩上。在倾盆大雨中，瑞特找到的那间避雨棚屋显得很荒凉，好像根本经不起狂风的吹打。但是他知道，这些棚屋已经在岛上矗立了几代人的时光，屋里都有厨房和壁炉，可以生火做饭，因此它们是船难幸存者最理想的庇护所。

他只一脚就踢开了小屋的门,斯嘉丽跟着他走进屋里。他为什么沉默不语?他几乎一句话也没对她说,甚至当他抱着她穿过沙丘脚下低矮的灌木丛时也依然一言不发。斯嘉丽心想,我想听到他说话,想听到他亲口告诉我他是多么爱我。上帝作证,他已经让我等待了太长时间。

他在屋内的壁柜里发现了一条破旧的拼布被子。"把身上的湿衣服脱下来,用这个把你的身体包起来。"他说着把被子扔到她的腿上,"我现在就去生火。"

斯嘉丽把已撕破的长底裤扔到地上湿透的羊毛衫上,用被子擦干身体。被子很柔软,感觉很好,她把它像披肩那样披在身上,然后又坐回到厨房里的一张硬邦邦的椅子上。披在身上的被子垂下来正好裹住了踩在地板上的双脚,几个小时以来,她第一次全身都干了,但这时她开始发抖。

瑞特从厨房外门廊里的一个木箱里取来了干燥的木柴,几分钟后偌大的壁炉里便燃起了小火苗。转眼之间,小火苗烧着了整堆木柴,一束橘红色的火焰噼噼啪啪地升腾起来,火光照亮了他沉思的脸。

斯嘉丽蹒跚地穿过房间,走到壁炉前取暖:"你为什么不把湿衣服也脱掉呢,瑞特?我把被子给你,用它把身体擦干,这被子感觉太棒了。"她垂下眼睛,似乎为自己的大胆感到难为情,浓密的睫毛在脸颊上忽闪忽闪,但是瑞特没有作出任何回应。

"我一出去就又会湿透的,"他说,"我们这里离莫尔特里堡只有几英里,我要去那里寻求帮助。"瑞特说完走进了紧邻厨房的餐具室。

"去它的莫尔特里堡!"斯嘉丽希望他不要再在食品间里翻来找去,他待在另一个房间里,让她怎么跟他说话?

瑞特手里拿着一瓶威士忌回到厨房里。"架子上几乎空空如也,"他说着淡淡一笑,"不过必需品都在那儿。"他打开橱柜,从里面拿出两个杯子。"还很干净,"他说,"我们俩都喝上一杯。"他把杯子和那瓶酒一起放到餐桌上。

"我不想喝酒。我想——"

不等她说出她想要做什么他就打断了她的话。"可我需要喝一杯。"他说道。他在一个杯子里倒了半杯威士忌,一大口把它喝尽,然后摇了摇头:"难怪他们把这瓶酒扔在这里,是瓶劣质酒。不过……"他又开始倒酒。

斯嘉丽看着他,脸上浮现出愉悦和宽容的神情。可怜的瑞特,他竟然那么紧张。她带着满满的爱意和耐心对他说道:"你不必那么紧张,瑞特,你没有害我,这不是你的错。我们俩是一对相亲相爱的夫妻,仅此而已。"

瑞特的目光从杯子边缘的上方凝视着她,接着他把杯子稳稳地放到餐桌上:"斯嘉丽,刚才在海滩上发生的事情同爱毫不相干,那是对我们幸存下来的一种庆祝,仅此而已。在战争中,几乎每一场战斗结束后你都会看到同样的事情发生,躲过枪炮屠戮的男人会扑向他们见到的第一个女人,利用她的肉体来证明自己仍然活着。在今天这种情况下,是你利用了我的肉体,因为你总算死里逃生了,这同爱没有关系。"

他这些刺耳的话让斯嘉丽感到喘不过气来。

但是,紧接着她耳畔又回响起他嘶哑话语中用到的那些词语:"我亲爱的""我的生命""我爱你",它们在她脑子里已经重复了无数次。不管瑞特说什么,他还是爱她的,她的灵魂深处对此深信不疑,那里是容不下谎言的。他还是害怕我并不真正爱他!所以,他才不愿意承认他非常爱我。

她站起身向他走去:"你说什么都可以,瑞特,但是事实是改变不了的。我爱你,你也爱我,我们刚才做爱就是为了向彼此证明我们的爱。"

瑞特把杯里的威士忌喝完,然后刺耳地笑道:"我从来没想到过你竟然是一个罗曼蒂克的小傻瓜,斯嘉丽。你让我失望了,你那顽固的小脑袋里过去还多少有些理智,千万不要把一次原始冲动下的匆匆结合同爱情混为一谈。不过,上帝也知道,这种事情发生多了也会发展成为教堂里的一场婚礼。"

斯嘉丽继续说道:"就算你说得脸青面黑,还是改变不了任何事实。"她抬起一只手抹去夺眶而出的泪水。她现在同他近在咫尺,可以闻到他皮肤上的盐味和他呼出的威士忌的气味。"你就是爱我!"她呜咽道,"就是!就是!"她放开手里的被子,双手伸向瑞特,被子滑落到了地上。"抱着我,然后再明确告诉我你不爱我,那我就相信你。"

瑞特立刻伸手捧住她的头,带着强烈的占有欲开始吻她。斯嘉丽的双手紧紧搂住他的脖子,他的双手则抚摸着她的喉咙和肩膀,她把自己完全交给了他。

但是,瑞特的手指突然抓住了她的手腕,把她的手从他脖子上拉下来,他的嘴唇不再探寻她的嘴唇,他的身体也同她拉开了距离。

"为什么?"她大叫道,"你要我的。"

他放开她的手腕,把她推到一边,跌跌撞撞地向后退去,这还是她第一次看到他这样失控的样子。"是的,基督啊!我既想要你,又为此感到恶心。斯嘉丽,你是我血液中的毒药,是我灵魂的疾病。我认识一些抽鸦片的人,我对你的渴望就像他们对鸦片的渴望一样强烈,我知道瘾君子都是什么样的下场。他们会被奴役,被彻底毁掉。同样的事情几乎也发生在了我的身上,只是我及时逃脱了。我不能再去冒同样的险,我不能为了你而毁掉我自己。"他撞开门,大步走进了暴雨中。

风从敞开的门外吹进来,让斯嘉丽感到刺骨的寒冷。她从地上抓起被子紧紧裹在自己身上,然后顶着风走到门口向外张望,但是瓢泼大雨挡住了她的视线。她用尽了全身力气总算把门关上了,但自己已累得筋疲力尽。

她只觉得她的嘴唇上还留着瑞特亲吻她时留下的余温,而全身其他部位都已冷得不停地颤抖。她紧紧抓住裹住身体的被子来到壁炉前,蜷缩起身子,想在瑞特回来之前小睡一会儿。

结果,她却立即陷入了沉睡之中,就像昏迷一样深沉。

"精疲力竭了,"瑞特从莫尔特里堡带回来的军医看了看斯嘉丽后说,"又长时间暴露在寒冷环境之中。你妻子居然还活着已经是一个奇迹了,巴特勒先生。但愿她双腿的活动能力还没有丧失，因为她的血液循环已经几乎停止了。你用那些毯子把她包上，我们马上把她送回莫尔特里堡去。"瑞特迅速把斯嘉丽瘫软的身体包裹起来，然后双手把她抱起。

"行了，把她交给中士吧，你自己的状况也很糟糕。"

斯嘉丽突然睁开了眼睛。她模糊的大脑勉强意识到了她周围的蓝色制服，然后她的眼睛向上一翻，只留下两只白眼。医生用他那具有战地医疗经验的手指合上她的眼睑，说道："抓紧时间，她的时间不多了。"

"把这个喝下去，亲爱的。"那是一个女人的声音，温柔却又带着不容置疑的权威，斯嘉丽觉得这声音好熟悉。她顺从地张开嘴唇。"真是个好姑娘，再喝一小口。别这样，我可不想看你愁眉苦脸的丑模样。你难道不知道吗，如果你总是做鬼脸，你就会变成鬼脸了。那你可怎么办呢？一个漂亮小姑娘变成丑八怪了。现在，张嘴，张大一点儿。这样好多了。你必须把这杯热牛奶全喝下去，就算要喝一个星期也得喝。快来吧，小羊羔，我再给你多放点儿糖。"

不对，这不是嬷嬷的声音。很像，几乎一样，但是有所不同。软弱的泪水从斯嘉丽紧闭着的双眼眼角流了出来，一刹那间她以为自己回到了塔拉的家中，是嬷嬷在照顾她。她使劲睁开眼睛，向说话的人看去。一个黑人妇女正俯身冲她微笑。她的笑容真美，包含着同情心、聪慧、爱心、耐心，以及毫不妥协的专横。斯嘉丽也还以微笑。

"好了,你看看,是不是就像我说的那样?我说过,这个姑娘需要的就是在她的床上放一块热砖,在胸前贴一块芥末膏,让老丽贝卡把她骨头里的寒气搓出来,然后再喝一杯牛奶甜酒,最后和耶稣谈一谈,便万事大吉了。我给你搓身体的时候已经同耶稣谈过了,我就知道他会让你起死回生的。我告诉他说:主啊,这同拯救已经死亡的拉撒路[1]可不一样,这个姑娘只是感觉不舒服而已。你只需朝这里看一眼,你那永恒的时间里连一分钟也花不了,就能让她苏醒过来。

"他确实这样做了,我要感谢他。你赶快把牛奶喝完。喝吧,亲爱的,我又放了两勺糖进去。全喝下去。丽贝卡要去向耶稣道谢,你不能让主久等,是不是啊?那样可就不好了。"

斯嘉丽喝下第一口,接着便一饮而尽。这杯甜牛奶比她几周来吃过的任何东西的味道都好。喝完之后,她用手背抹去嘴巴上残留的牛奶,说道:"我很饿,丽贝卡,能给我一点儿东西吃吗?"

这个丰满的黑女人点了点头。"稍微等一下。"她说着闭上了眼睛,合掌开始祈祷。她的嘴唇默默地动着,身体来回摇晃,和她的主亲密交谈着并感谢他的恩德。

祈祷完毕后,她把被子拉上来盖住斯嘉丽的肩膀并把它塞紧。斯嘉丽已经睡着了,牛奶里放着具有镇静作用的鸦片酊。

---

[1] 拉撒路(Lazarus)是《圣经·约翰福音》中记载的人物。他得了重病,没能等到耶稣赶回来救治就死了并被埋葬。耶稣虽然知道拉撒路死了,却一口断定他将复活。四天后,耶稣来到拉撒路的墓前,让人搬走了墓穴前的大石头,大声喊道:"拉撒路,出来。"拉撒路果然从墓穴里走了出来,他复活了。

斯嘉丽在床上辗转反侧，不时把被子踢开，丽贝卡一次次把被子为她掖好，并且轻轻抚摸她的额头，直到那些因痛苦而皱起的皮肤被全部抚平，但是丽贝卡对斯嘉丽的噩梦无能为力。

噩梦里出现的都是斯嘉丽记忆中的碎片和恐惧，它们杂乱无章且支离破碎。梦里有饥饿，在塔拉那些可怕日子里的永无休止的极度饥饿。梦里有越来越接近亚特兰大的北方佬士兵，他们赫然出现在她窗外广场的阴影里，一边伸出手触摸她的身体，一边彼此窃窃私语，说要砍掉她的大腿，她无助地躺在塔拉地板上的一片血泊之中，鲜血不断喷涌而出，血泊不断扩大，最终汇成一股红色的急流，形成一个越来越高的山一样的巨浪，铺天盖地向着尖叫的、渺小的斯嘉丽压下来。梦里有寒冷，树上结满了冰，花儿枯萎了，坚冰形成的硬壳把她困在其中，使她动弹不得，尽管她嘴里不停地叫喊着："瑞特，瑞特，瑞特快回来！"却没有人听得见她的声音。梦里有她母亲，母亲从头至尾不时出现在她的身旁，斯嘉丽又闻到了柠檬马鞭草花露水的香味，但是埃伦始终没有说过一句话。梦里还有杰拉尔德·奥哈拉，他骑着马无休止地跳过一个又一个篱笆墙，胯下是一匹闪闪发光的白色骏马，那马正用人的声音同杰拉尔德一起唱着《低靠背马车上的佩吉》。他们的声音突然有了变化，变成了女人的声音，变成了悄声低语，她怎么也听不见他们在说什么。

斯嘉丽舔了舔干燥的嘴唇，睁开了双眼。怎么回事，梅丽来了。噢，她看起来愁容满面，可怜的女人。"别害怕，"斯嘉丽沙哑的声音说道,"没事了,他已经死了,我一枪把他打死了。"

"她一直在做噩梦。"丽贝卡说。

"噩梦已经结束了,斯嘉丽,医生说你很快就会好起来的。"安妮·汉普顿那双真诚的眼睛正一眨一眨地看着她。

接着,埃莉诺·巴特勒的脸出现在了安妮的肩头上方。她对斯嘉丽说:"我们来接你回家,亲爱的。"

"这太荒唐了,"斯嘉丽抱怨说,"我完全能够自己走。"丽贝卡用一只手按住她的肩膀,继续推着轮椅沿着用碎牡蛎壳铺成的路往前走。"我觉得自己像个傻瓜。"斯嘉丽嘟囔着,但还是老老实实地继续坐在轮椅上,她的头像是被人插进了一把匕首似的疼痛难忍。暴风雨把二月份应有的寒冷天气重新带了回来,空气清新,寒风刺骨。她想,不管怎么说埃莉诺小姐带来了我的毛皮斗篷,既然允许我穿这件花里胡哨的斗篷说明之前我一定差点没命了。

"瑞特在哪儿?他为什么不来带我回家?"

"我不许他再出门了。"巴特勒夫人的态度很坚决,"我已经派人去给他请医生,同时吩咐马尼戈把他扶到床上躺下,因为他已经冻得脸色发青了。"

安妮俯身在斯嘉丽耳边轻声说道:"当暴风雨突然来临后,埃莉诺小姐就非常担忧。我们立刻从联盟之家赶到了帆船泊地。一听说你们的船还没有返航,她就惊恐不已。我估计整个下午她都没有坐下过一次,一直在走廊里走来走去,眼睛紧盯着窗外的大雨。"

斯嘉丽不耐烦地想，好歹埃莉诺小姐头上还有屋顶保护着。虽然安妮对埃莉诺小姐这么关心没有错，但是埃莉诺小姐毕竟不是差一点被冻死的那个人！

埃莉诺小姐又转身对丽贝卡说："我儿子告诉我说，你对他妻子的照顾产生了奇迹般的效果，我真不知道该如何感谢你。"

"那不是我的功劳，夫人，是慈祥的主的荣耀。这可怜的小东西一直冷得瑟瑟发抖，所以我替她同耶稣说了这事。我说：主啊，这不是已死的拉撒路……"

当丽贝卡向巴特勒夫人重述她的故事的时候，安妮回答了斯嘉丽的有关瑞特的疑问。他开始一直守在斯嘉丽身边，直到医生告诉他她已经没有生命危险之后，他才搭乘渡轮赶回了查尔斯顿，以便让他母亲放心，因为他知道母亲一定心急如焚。"当我们看到一个北方佬士兵走进门来的时候，都大吃一惊，"安妮笑着说，"原来是他穿着从中士那儿借来的干衣服回来了。"

* * *

斯嘉丽拒绝坐着轮椅上岸，坚持认为她完全有能力自己走回家。于是，她从轮椅上站起身，迈步从渡轮上跨到了岸上，就好像什么事都没有发生过一样。

但是，她们回到家时斯嘉丽已经筋疲力尽了，她不得不让安妮搀扶着才爬上了楼梯。在床上喝下一碗辣豆汤、吃下几块松饼之后,她再次陷入了沉睡之中。

她这一觉再也没有受到噩梦的打扰。她身上盖着熟悉的亚麻布面的被子,躺在柔软的羽毛褥子上,而心里又清楚地知道瑞特就在几步之外。她整整睡了十四个小时,彻底恢复了体力。

她一醒来就看见了房子床边的鲜花,都是温室培育的玫瑰,花瓶上贴着一个信封。斯嘉丽迫不及待地伸手把它扯了下来。

他刚劲潦草的黑色笔迹跃然于奶油色的纸上。斯嘉丽亲切地摸了摸这封信,然后才开始读它。

对于昨天发生的事,我无话可说。唯一能说的,就是我为给你带来如此巨大的痛苦和危险而深感羞愧和遗憾。

斯嘉丽欣喜地扭动了一下身体。

你的勇气和勇敢精神不愧为真正的英雄行为,我将永远钦佩和尊重你。我对我们在经历了漫长折磨终于逃生后所发生的一切深感遗憾。

我对你说了一些男人不该对女人说的话,我的行为应该受到谴责。然而,我不能否认我所说的都是真心话。我决不能也永远不会再见到你了。

根据我们之间的协议,四月份之前你都有权继续住在查尔斯顿我母亲的房子里。坦白地讲,我并不希望你这么做,因为只有在我得到你已经回到亚特兰大的确切消息之后,我才会再次回到城里那所房子和丹漠兰丁种植园。你找不到我,斯嘉丽,不要枉费心机。

我答应过的现金补偿将立即转给你，由你的亨利·汉密尔顿叔叔监管。

我请求你接受我对我们共同生活中的一切遗憾的真诚道歉，这一切都是命中注定的。祝你将来更加幸福！

瑞特

斯嘉丽目瞪口呆地盯着那封信，一开始只感到非常震惊，并不感到痛苦，而紧接着她又感到怒不可遏。

最后，她双手把信举到空中，慢慢地把带着黑色字迹的厚厚信纸撕成了碎片，一边撕一边自言自语道："这次你休想，瑞特·巴特勒，上次在亚特兰大你跟我做爱之后，就从我身边跑掉了。害得我苦苦等你回来，情绪低落，痛苦相思。现在不同了，我已经全都明白了，不管你如何挣扎，你脑子里还是想着我，没有我你活不下去。任何一个男人像那样跟我做过爱之后，都不可能不想再见到同他做爱的那个女人。像以前一样，你会回来的，但是你会发现我并不在这里等着你。无论我在哪儿，你都不得不来找我。"

这时，她听到圣迈克尔教堂报时的钟声……六……七……八……九……十。每个星期天的上午十点她都已经去参加弥撒了。今天去不了了，她有更重要的事情要做。

她从床上滑下来，跑向拉铃绳。潘西最好立刻就来，我要马上收拾行李，及时赶上去奥古斯塔的火车。我要回家，我要确定亨利叔叔已经收到了我的那笔钱，然后立刻开始我对塔拉的计划。

……但是，我现在还没有得到塔拉。

"早上好，斯嘉丽小姐。经历了那场灾难之后，看到你仍然这么健康真是太好——"

"停！不要唠叨了，赶快把我的旅行箱都拿出来。"斯嘉丽停顿了一下，"我要去萨凡纳，我外公的生日就要到了。"

她可以在火车站同两个姨妈会合，到萨凡纳的火车十二点十分发车。那么，明天上午她就能找到女修道院的院长，迫使她同主教大人谈一谈。在她手里拿到修道院那一份房产的转让契约之前，回到亚特兰大的家中毫无意义。

"我不想再穿那件讨厌的旧衣服，"她对潘西说道，"把我从亚特兰大带来的衣服拿出来，我要穿我喜欢的衣服。我现在再也不想去讨好别人了。"

* * *

"你这身煞费苦心的打扮是要干吗？"露丝玛丽好奇地打量着斯嘉丽的时髦衣服说，"你也要去什么地方吗？妈妈还说你可能要睡一整天。"

"埃莉诺小姐去哪儿了？我要向她辞行。"

"她已经去教堂了。你干吗不给她留个便条呢？有什么话让我转达也行。"

斯嘉丽看看钟，她的时间不多了，出租马车已经在外面等候着她。她冲进书房，抓过一张纸和一支钢笔。她该说什么呢？

"你的马车正等着你呢,瑞特太太。"马尼戈对她说道。

斯嘉丽草草写下了几句话,意思是她要去参加她外公的生日聚会,很遗憾离开前没能见到埃莉诺。她还特别加上了一句,瑞特会向她解释一切的,我爱你。

"斯嘉丽小姐——"潘西紧张不安地说。斯嘉丽把便条折起来,再把它封好。

"请把这个交给你母亲,"她对露丝玛丽说,"我得马上出发了。再见!"

"再见,斯嘉丽!"瑞特的妹妹说。她站在门口,目送着斯嘉丽和她的女仆带着行李向街上走去。瑞特昨天晚上离开的时候比斯嘉丽更加匆忙。露丝玛丽见他身体状况很糟糕,劝他不要走,但他还是同她吻别后徒步走进了夜色之中。不难看出,是斯嘉丽把他赶走的。

露丝玛丽不紧不慢地划着一根火柴,烧掉了斯嘉丽的便条。"总算摆脱你了。"她大声说。

第三部　新生活

第三十三章

出租马车在罗比拉德外公家的门前停下来,斯嘉丽高兴地拍了拍手。就像埃莉诺小姐说过的那样,整幢房子都是粉红色的。很奇怪,我以前来这里的时候竟然没有注意到这一点!好了,没关系,那都是很久以前的事情了,重要的是现在。

她匆匆走上两边都装有铁栏杆的一段弧形石阶,走进了敞开的门。两个姨妈和潘西会照看她的行李,她现在对屋里的情况非常好奇。

确实,到处都是粉红色——粉红色、白色和金黄色。墙壁是粉红色,椅子的坐垫和窗帘也是粉红色;木制品和柱子都是明亮的白色,镶着闪闪发光的金边。这里同查尔斯顿和亚特兰大的大多数房子不同,没有剥落的油漆,也见不到破旧的织物。如果瑞特来这里找她,这将是一个多么完美的地方啊!他会看到,她的家庭和他的家庭一样有地位和受人瞩目。

还一样富有。她飞快地转动眼睛,透过客厅开着的门她看到了里面那些精心保养的家具,心里估量着它们的价值。她可以把塔拉里里外外的每一面墙都粉刷一遍,再把天花板的所有灰泥角贴上金箔,花多少钱都无所谓。

这个老吝啬鬼!内战结束后,外公从来没有拿出过一个便士来帮助我,也没有为我的姨妈们做过一件事情。

斯嘉丽作好了战斗的准备。她的两个姨妈害怕她们的父亲,但是她可不怕。她在亚特兰大遭遇到的可怕孤独,使她在查尔斯顿变得胆怯和顾虑重重,一心只想取悦于人。现在,她已经重新掌握了自己的生活,她感到浑身充满了力量,无论是人还是野兽都休想再打扰她。瑞特爱她,她是这个世界的女王。

她平静地脱下帽子和毛皮斗篷,把它们放在大厅里一个大理石台面的桌子上。接着,她开始脱下苹果绿的小山羊皮手套。她能够感觉到姨妈们盯着她看的目光,她们已经这样看过她很多次了。但是,她已不用再穿在查尔斯顿穿的那些单调的服装,而是穿着她那件绿褐色格子呢的旅行装,所以她心里还是很高兴。最后,她又解开了把她的眼睛衬托得闪闪发亮的深绿色塔夫绸蝴蝶结。她指着桌上的手套、帽子和斗篷,说道:"潘西,把这些东西拿到楼上去,找一间最漂亮的卧室放进去。别躲在角落里,没人会咬你。"

"斯嘉丽,你不能……"

"你必须等……"姨妈们焦急地绞着手指。

"如果外公那么小气,根本不出来见我们,那我们只好自己照顾自己了。上帝啊,尤拉莉姨妈!你和宝琳姨妈都是在这儿长大的,你们就不能像在家里那样随意些吗?"

斯嘉丽的话和态度虽然貌似大胆，但这时她们听见了从房子后面传来的一个低沉的吼声："杰罗姆！"她立刻感到她的手心出汗了，因为她突然记起来，外公的那双眼睛异常犀利，当那双眼睛看着你的时候，你只想立刻逃得远远的。

刚才给她们开门的是一位仪表堂堂的黑人男仆，这时他示意斯嘉丽和她的两个姨妈到大厅后面那扇开着门的房间里去。斯嘉丽让尤拉莉和宝琳走在前面。这是一间有着很高天花板的宽敞卧室，以前这里是一间不小的客厅。室内塞满了各式家具，都是原来客厅里使用的沙发、椅子和桌子，此外就是一张巨大的四柱床，每根柱子的顶上都蹲着一只镀金的老鹰。在房间的一角立着一面法国国旗和一个无头的人体模型，模型上穿着一件皮埃尔·罗比拉德年轻时在拿破仑军队里当军官时穿的制服，上面挂着勋章和金色的肩章。皮埃尔·罗比拉德老人就坐在这张床上，背靠着一个巨大的枕头，两眼炯炯有神地看着走进来的三个女人。

看看，他已经萎缩得不像样子了。他过去曾经是一个身材魁梧的老人，而现在却只能躺在那张大床上，瘦得皮包骨。"你好，外公！"斯嘉丽说道，"我来看看你，为你庆祝生日。我是埃伦的女儿斯嘉丽。"

"我还没有失去记忆，"老人说，他洪亮的声音同他微弱的身躯形成了强烈的反差，"但是很显然你的记忆却衰退了，在这座房子里没有长者的允许年轻人就不能说话。"

斯嘉丽咬住舌头不让自己再说话，心里却想：我已经不是小孩子了,你不能那样对我说话。有人能来看你,你应该感激。难怪当父亲把母亲从这个家里带走时,她会那么开心。

"还有你们,我的女儿们,这次你们想要什么?"[1]皮埃尔·罗比拉德朝他的两个女儿吼叫道。

尤拉莉和宝琳立刻跑到床边,一起说起话来。

饶了我吧!他们竟然说起了法语!我到底在这里干什么?斯嘉丽一屁股坐到一张金色的缎面沙发上,心里只想着她真不该到这里来。瑞特最好能够马上追到这里来找我,否则继续待在这座房子里我会发疯的。

窗外天开始黑下来,屋内阴暗的角落让人感到神秘,那个无头的士兵似乎马上就要开始行动了。斯嘉丽觉得有一只冷冰冰的手正在摸着她的脊背,却又告诫自己不要犯傻,但是当杰罗姆和一个身材魁梧的黑人妇女拿着一盏灯进来时,她还是很高兴。女仆把窗帘一一拉上,杰罗姆一一点亮了每一面墙上的煤气灯。他彬彬有礼地问斯嘉丽能否让一让,以便他能够走到沙发后面去。当她站起身时,正好看到外公盯着她的目光,于是立刻转身背对着他。这时她猛然发现自己正面对着墙上的一幅巨大的画像,华丽的镀金画框闪闪发亮。杰罗姆又点亮了一盏煤气灯,就在那一瞬间她看到画像活起来了。

那正是她外婆的画像。根据塔拉的那幅画像,她立刻就认出了画中的女人。同塔拉画像不同的是,画中的索朗热·罗比拉德

---

[1] 此句话原文为法文。

的黑发并没有高高地盘在头顶上,而是像一团温暖的云朵披在她裸露的肩膀和胳膊上,头发上包着一片闪闪发光的珍珠。那个傲慢的纤细鼻子跟塔拉画像上的完全一样,但嘴角挂着的不是讥笑而是淡淡的微笑;她那双微微上翘的黑眼睛从眼角望着斯嘉丽,眼神中透出诱人的亲密感,正是这种挑逗的眼神迷倒了所有看到它的人。在面前的这幅画中的她更年轻,但已不再是一个姑娘,而是一个成熟的女人。在塔拉画像中半裸着的圆滚滚的迷人胸脯在这幅画里已被一件薄薄的白色丝绸长袍遮住,但是透过薄纱般的丝绸,依然可见她白嫩的皮肤和玫瑰色的乳头。斯嘉丽感到自己看着也不免有些脸红。她想,罗比拉德外婆看起来完全不像一个淑女,很显然她对人们长期以来给她灌输的那些观点根本不以为然。同时,斯嘉丽又不由自主地想起了自己被瑞特搂在怀里的感受,想起了她对他的抚摸的强烈渴望,她在外婆的眼睛和微笑里也看到了同样的渴望和同样的狂喜。所以,我的感觉没有错,不是吗?流淌在她血液里的那种无耻的本能不正是从画中这个对着她微笑的女人那里遗传下来的吗?斯嘉丽目不转睛地看着墙上的那个女人,不觉完全入了迷。

"斯嘉丽,"宝琳姨妈对她悄声道,"父亲现在让我们离开。轻轻地说晚安,然后跟我来。"

晚饭太少了。斯嘉丽看看眼前的盘子,上面画着一些羽毛鲜艳的奇幻小鸟,心想这点儿饭菜拿来喂这儿的一只鸟恐怕都不够。"那是因为厨师正忙着准备皮埃尔的寿宴。"尤拉莉姨妈悄悄在她耳边解释说。

"需要提前四天准备寿宴吗？"斯嘉丽大声问道，"她都准备什么了，看着小鸡长大吗？"天哪！她对自己嘟囔道，像这样吃下去到星期四她就瘦得跟罗比拉德外公一样皮包骨头了。等屋子里的人都睡着了之后，她悄无声息地走到了位于地下室的厨房里，从食品柜里拿出玉米面包和酪乳塞满了自己的肚子。她心里想，还是让仆人们挨饿去吧，她的怀疑已经得到证实，她觉得很开心。皮埃尔·罗比拉德可以让女儿们只吃半饱却依然保持对他的忠诚，但是他的仆人们如果没有足够的食物，是绝不会留下来的。

第二天早上，她吩咐杰罗姆给她把鸡蛋、培根和小面包端上来，并特意加上一句："我看见厨房里有的是。"她终于如愿以偿地吃到了她想吃的东西。想想自己前一天晚上的怯懦，现在感觉好多了。她想，要不是因为宝琳姨妈和尤拉莉姨妈像风中的树叶一样抖个不停，我是不会屈服于这种待客方式的；我没有任何理由被那个老头吓倒，我决不允许再发生这样的事情。

不过，尽管如此她还是很高兴她只需要对付仆人们而不用对付外公。她看得出来，杰罗姆已经被她激怒了，这让她感到高兴。她已经好长时间没有同任何人摊过牌了，她就喜欢赢。"那两位女士也要吃培根和鸡蛋。"她告诉杰罗姆，"还有，这点儿黄油还不够我抹小面包的。"

杰罗姆昂首挺胸地走了，去把这件事通报给其他仆人，因为斯嘉丽的要求冒犯了他们所有人。这并不是因为这些要求意味着他们要干更多的工作,实际上她要求吃的那些东西也都是仆人们每天早餐都在吃的食物,让杰罗姆和其他人心烦意乱的是斯嘉丽的年轻气盛和旺盛精力,是她大声的嚷嚷打破了这所房子神龛般的寂静气氛。仆人们只能希望她赶快离开,否则她会造成极大的破坏。

早饭后,尤拉莉和宝琳带着她走进一楼的每一个房间,兴致勃勃地谈论起她们年轻时在这里见过的聚会和招待会。两人还是一直不停地纠正对方所说的话,为几十年前的某个细节争论不休。在一幅画着三个小女孩的画像前,斯嘉丽停留了好长时间,想从母亲五岁时的那张胖乎乎的脸上看出她成年后稳重的容貌特征。在查尔斯顿的时候,那里历经数代人所形成的复杂姻亲关系网曾经使斯嘉丽感到很孤独,现在她住在母亲出生和长大的房子里,作为这里的关系网的一部分生活在这座城市里,自然是一件让人愉快的事情。

"你们在萨凡纳恐怕有数不清的亲戚吧,"她对姨妈们说,"给我讲讲他们的事吧。我能见见他们吗?他们也是我的亲戚啊。"

宝琳和尤拉莉都露出了困惑不解的表情。亲戚?这里只有普吕多姆那家人,他们是母亲家的亲戚,但是那家人现在在萨凡纳也只剩下一位上了年纪的老先生,也就是她们母亲的妹夫。家里的其他亲戚许多年前都已经搬到了新奥尔良。"在新奥尔良的所有亲戚都说法语,"宝琳解释说,只有罗比拉德一家留在了这里,"父亲在法国有很多亲戚,还有亲兄弟——而且是两个。但是,只有他一个人移民到了美国。"

尤拉莉接着说:"不过,我们在萨凡纳有很多很多朋友,斯嘉丽,你完全可以结识他们。如果父亲不需要我们待在家里陪他,姐姐和我今天就准备出去送名片了。"

"我下午三点之前必须回来。"斯嘉丽马上说。要是瑞特来了,她希望自己能在家,并且希望自己处于最佳的状态之中。在从查尔斯顿来的火车到达之前,她还需要很多的时间洗澡和打扮起来。

但是,瑞特并没有来。外公家的后院是一个经过悉心维护的传统花园,斯嘉丽煞费苦心地在那里挑选了一张长凳坐在上面等着他。现在,她不得不离开这张长凳了,因为她再也不能忍受刺骨的寒冷。当晚,姨妈们要应邀去参加一场音乐会,邀请她同行。她本来已经婉拒了,因为她觉得如果这个音乐会又像她们上午拜访那些老太太那样冗长乏味,她会烦死的。但是,晚饭前外公同她们见了十分钟的面,他恶毒的眼神却迫使她改变了主意:无论做多么烦人的事情,也比单独同罗比拉德外公待在家里强啊。

玛丽·特尔菲尔和玛格丽特·特尔菲尔姐妹,是萨凡纳公认的文化守护者,而她们的音乐聚会也是斯嘉丽从未见识过的。在一般的音乐聚会上,不过是一些女士在另一些弹着钢琴的女士的伴奏下唱唱歌,炫耀一下她们的"才艺"。女人嘛,必须会唱一点儿歌,弹一点儿钢琴,画一点儿水彩画,再做一点儿花式针线活,但是在特尔菲尔姐妹位于圣詹姆斯广场的家中,音乐聚会的档次要高出许多。这是一个漂亮的双客厅,中间摆着一排排镀金的椅子,在其中一间客厅的圆弧形尽头,摆放着一架钢琴和一把竖琴,另外还摆放着六把椅子,椅子前面都摆着乐谱架:这一切都表明这场音乐聚会将有一些真正的表演。斯嘉丽把这种音乐聚会的布置一一记在心里。巴特勒家也是双客厅,也能轻易地布置成这个样子,那么他家举办的聚会就会不同于查尔斯顿其他所有人家的聚会了,而她本人就会立刻成为公认的最优雅的女主人。再说,她既不会像特尔菲尔姐妹那样老态龙钟和土里土气,也不会像这里的年轻女人那样邋里邋遢。为什么南方各地的人都认为只有穿着寒酸破旧、打了补丁的衣服才能得到别人的尊敬呢?

弦乐四重奏让她感到厌烦,她一直在想:那个竖琴师到底还有完没完?虽然她从未听说过歌剧,但是她确实喜欢那两位歌唱家,因为她认为至少他们是一男一女一起唱,比两个女人一起唱好多了。唱完那些外语歌曲之后,他们又唱了一组她熟悉的英文歌曲。当那位男歌唱家唱起《美丽的梦想家》[1]的时候,他的声音充满了浪漫的情调,而当他唱到"回到爱尔兰,亲爱的,亲爱的"[2]时,他的声音又洋溢着深情。她不得不承认,他比杰拉尔

---

[1] 《美丽的梦想家》(*Beautiful Dreamer*)是美国作曲家斯蒂芬·福斯特创作的一首室内歌曲。

[2] 这是歌曲《回到爱尔兰》(*Come Back to Erin*,又译《重归爱尔兰》)的第一句歌词。英国诗人及作曲家夏洛特·阿林顿·佩·巴纳德于1866年创作了这首歌。

德·奥哈拉喝醉时唱得好多了。

我不知道,爸会怎么看待这一切?想到这里,斯嘉丽差一点儿笑出声来。他可能会跟着唱,同时还会在潘趣酒里加一点儿烈酒。然后,他就会要求他们唱《低靠背马车上的佩吉》,就像他要求瑞特唱这首歌那样……

这时,整个客厅和客厅里的音乐似乎都从她眼前消失了,她耳朵里出现了瑞特在倾覆的单桅帆船里的声音,身体感觉到了他用胳膊搂着她时带给她的温暖。他不能没有我。这一次他要来找我,轮到他求我了。

斯嘉丽丝毫没有意识到,在一曲动人的《白发吟》[1]乐曲声中她的脸上露出了笑容。

第二天,她给亨利叔叔发去了一封电报,把她在萨凡纳的地址告诉了他。在电报的末尾,她还是有些犹豫地加上了一句话,问他是否收到了瑞特汇给她的钱。

要是瑞特又耍起了什么花招,不再寄钱给她维持桃树街的房子,那该怎么办呢?不,他肯定不会那么做,恰恰相反他在信上还说他马上就给她汇出那五十万美元。

他在信里写下的那些伤人的话不过是在吓唬人,不可能是真心的。他说过,这就像鸦片一样让人难以自拔,他不可能没有

---

[1] 《白发吟》(*Silver Threads among the Gold*, 又译《天荒地老》《金发银丝永相爱》等)的歌词由美国诗人、词作家埃本·尤金·雷克斯福德创作,1870年前后首次发表,经美国作曲家哈特·皮斯·丹克斯作曲后广为传唱。

她，一定会追到这里来找她的。虽然要他放下自尊比其他男人都难，但是他还是会来的。他不得不来，他不能没有她，尤其在发生了海滩上的那一幕之后……

斯嘉丽又感到了身体里有一股暖流在涌动，让人四肢酥软，她立即强迫自己回到现实中来。于是她付了电报钱，把电报员告诉她的仁慈姐妹修道院的地址仔细记在心里，然后急匆匆地向修道院赶去，害得潘西一路小跑跟在后面。在等待瑞特到来的同时，斯嘉丽有充足的时间按照瑞特的建议找到卡琳的院长，并让院长跟主教谈一谈。

萨凡纳的仁慈姐妹修道院是一座高大的白色建筑，紧闭的高大的正门上醒目地矗立着一个十字架，建筑四周围绕着高高的铁栅栏，栅栏中的几扇小门的上方也有铁制的十字架。斯嘉丽急匆匆的脚步慢下来，最后停住了。这个修道院同查尔斯顿那幢漂亮的砖房大不一样。

"你要进去吗，斯嘉丽小姐？"潘西的声音有些颤抖，"我最好在外面等，因为我是浸信会[1]教徒。"

"别犯傻！"潘西的胆怯反倒给了斯嘉丽勇气，"这不是教堂，只是像卡琳小姐那样的好女人的家而已。"她的手刚一碰到门门就开了。

---

[1] 浸礼宗（Baptists），又称浸信会，是17世纪从英国清教徒独立派中分离出来的一个主要宗派，因其施洗方式为全身浸入水中而得名。此宗派的特点是反对婴儿受洗，坚持成年人始能接受浸礼；实行公理制教会制度。

斯嘉丽一按门铃,一位老修女就打开了门。她告诉斯嘉丽:是的,查尔斯顿的女修道院院长确实在她们那里。接着,她说她现在不能把院长叫出来见巴特勒太太,因为院长正在参加一个会议,她也不知道这个会议要开多长时间,更不知道会议结束后院长是否能见巴特勒太太。巴特勒太太也许想看看她们的教室,修道院对她们的这所学校非常自豪。巴特勒太太如果愿意参观一下新大教堂的建筑工地,她倒是能够安排的。参观完之后,如果会议结束了,她也许可以给院长送一个口信。

斯嘉丽强迫自己微微一笑,心里却愤愤地想:我最讨厌的事情就是去看一帮正在读书的孩子,也不想参观什么大教堂。她正想说她晚一点儿再来的时候,修女刚才的话突然使她有了一个主意。他们不是正在建一座新的大教堂吗?修教堂需要不少钱,她要买下修道院拥有的塔拉那份所有权的事,就像瑞特所说的那样,在这里说也许会比在查尔斯顿说更具有吸引力。塔拉毕竟是佐治亚州的财产,很可能掌握在佐治亚州的主教手里。假如她提出买一块新大教堂的彩色玻璃窗作为卡琳的嫁妆呢?那比卡琳拥有的塔拉的所有权要值钱得多,但是她必须声明买这扇窗子是用来换取塔拉的所有权的,而不是额外的善举。主教是明事理的人,他一定会告诉修道院院长该怎么做的。

斯嘉丽脸上的微笑立刻变得更热烈、更灿烂了:"嬷嬷,如果你不觉得太麻烦的话,我很乐意去看看正在修建的大教堂。"

潘西抬头看了一眼这座哥特式大教堂高耸的双塔，立刻被震惊得张大了嘴巴。双塔即将完工，在塔四周的脚手架上干活的工人们看起来是那么小巧灵活，就像穿着鲜艳衣服在两棵树上爬来爬去的小松鼠。但是，斯嘉丽并没有注意到高空中的戏剧性场面，让她感到热血沸腾的是地面上有条不紊的繁忙景象，是锤子、锯子的声音，尤其是她熟悉的刚刚砍下的木材的树脂味。噢，她多么想念那些锯木厂和贮木场啊，只觉得手掌痒痒的，渴望触摸到那些整洁的木头，渴望忙碌，渴望做事情，渴望带来变化，渴望掌管一切——而不是与一帮讲究的老太太用讲究的杯子喝茶。

陪同她的年轻神父热情地讲述着这座大教堂创造的奇迹，斯嘉丽却一个字也没有听进去，她甚至也没有注意到那些身材魁梧的工人们停下手里的工作为神父和她们让出道来时，鬼鬼祟祟地向她们投来的惊艳的目光。她太专注心里所想的事情，其他的一切既听不见也注意不到。这么好的木料要用多么粗大和笔直的树木啊？这是她见过的最好的松木芯材。她不知道弄出这些木材的锯木厂在哪里，也不知道锯木厂使用的锯子是什么样的以及功率有多大。噢，要是她是个男人就好了！她就可以直接问他们，也可以到那家锯木厂看看而不用在这座教堂里溜达。斯嘉丽踮着脚走过一堆新鲜的木屑，贪婪地闻着它们发出的强烈气味。

"我必须赶回学校吃午饭。"年轻神父抱歉地说道。

"那当然，神父，我也准备走了。"她并不准备走，但是她还能说什么呢？斯嘉丽跟着他走出大教堂，来到人行道上。

"对不起，神父。"说话的是一个大个子、红脸膛男人，他穿着一件红衬衫，上面沾满了厚厚一层白色的灰泥。神父同他站在一起显得既渺小又苍白。"你能不能为我们的工作做一次小小的祷告，神父？不到一小时前我们刚刚搭好了圣心礼拜堂的门楣。"

噢，他说起话来就像爸的爱尔兰口音一样。神父开始祷告，斯嘉丽和其他工人一起低下了头。刚砍下的松树的刺鼻气味和因突然思念父亲而流下的眼泪，使她的眼睛隐隐作痛。

她决定，一定要去看看父亲的兄弟们。尽管他们都是差不多一百岁的老人了，但是父亲肯定还是希望她去看看他们，至少向他们问个好。

她跟着神父走回到修道院之后，再次要求见一见女修道院的院长，但也再次遭到老修女的礼貌拒绝。

斯嘉丽强迫自己不要发火，但她的眼睛里已开始冒出危险的光。"告诉她，我今天下午再来。"她说。

当修道院的大铁门在斯嘉丽身后关上之后，她听到了从几个街区之外传来的教堂的钟声。"讨厌！"她叹道，她已经不能及时赶回去吃午饭了。

第三十四章

斯嘉丽一打开外公粉红色房子的家门,就闻到了炸鸡的香味。"把这些东西拿走。"她一边对潘西说,一边以前所未有的速度脱下了斗篷、帽子和手套。她实在是饿极了。

她一走进餐厅,尤拉莉姨妈就用那双悲戚的大眼睛看着她说:"父亲要见你,斯嘉丽。"

"不能等到午饭以后再见吗?我饿死了。"

"他说的是'她一进门'就去。"

斯嘉丽从面包篮里抓起一个热气腾腾的面包卷,脚跟向后一转,同时愤愤地在面包卷上咬了一口。她大步向外公的房间走去,还没有走到门口一个面包卷已经下肚了。

老人依旧坐在那张大床上,腿上放着盛着午餐的托盘,皱着眉看着斯嘉丽。她看见了,他的餐盘里只有土豆泥和一堆湿淋淋的胡萝卜块。

我的天哪!难怪他那张脸总是那么凶神恶煞的。土豆泥上面居然连一丁点儿黄油都没有。就算他现在一口牙都掉光了,他们也应该让他吃得好一点儿啊。

"在我的家里,我不能容忍不守时的行为。"老人说道。

"对不起,外公。"

"纪律造就了拿破仑皇帝的伟大军队,没有纪律就只有混乱。"

他的声音低沉、有力、可怕,但是斯嘉丽清楚地看见了从他厚实的亚麻布睡衣下突起的几根尖细的老骨头,所以她根本没有感到害怕。

"我说过对不起了。我可以走了吗?我饿了。"

"不要那么无礼,小姐。"

"肚子饿了没什么无礼可言。外公,不能因为你不想吃午饭,其他所有人都不该吃午饭。"

皮埃尔·罗比拉德生气地把托盘一推,咆哮道:"垃圾!猪都不吃的垃圾。"

斯嘉丽侧身向门口走去。

"我还没有让你走,小姐。"

她感到肚子里咕咕直叫。面包卷现在已经凉了,炸鸡恐怕也所剩无几了,尤拉莉姨妈的胃口大得吓人。

"上帝啊!外公,我可不是你手下的士兵!我也不像姨妈们那样怕你。你以为你能把我怎么样?以开小差的罪名枪毙我?如果你想饿死自己,那是你的事情。我饿了,我要去看看还剩下什么可吃的。"她刚走了几步,就听到身后传来一种奇怪的哽噎的声音,不得不立刻转过身来。上帝啊,不会是被我气得中风了吧?千万不要让他死在我的面前。

皮埃尔·罗比拉德正在笑。

斯嘉丽双手叉腰盯着他看,他刚才把她吓得半死。

他抬起长长的瘦骨嶙峋的手朝她挥了挥。"吃吧,"他对她说,"去吃啊。"接着,他又开心地笑了起来。

"发生什么了?"宝琳问。

"斯嘉丽,我没听到叫喊声,他叫喊了吗?"尤拉莉问道。

她们正坐在餐桌前等着甜点端上来,午饭已经撤走了。"什么也没有发生。"斯嘉丽咬牙切齿地回答说。她从餐桌上拿起那个小银铃,使劲摇起来。当矮胖的黑人女仆端着两小盘布丁来到餐厅时,斯嘉丽大步迎了上去。斯嘉丽把双手放到女仆的肩上,把她转过身朝着厨房的方向:"现在你大步而不是慢条斯理地走回去,到厨房里把我的午饭端上来——饭要热,量要足,还要快。我不管那些东西本来是你们哪个打算吃的,你们只能将就吃鸡背和鸡翅膀,我要一个鸡大腿和一大块鸡胸肉,土豆上要浇很多肉汁,还要一碗黄油,面包卷要又好又热。去吧!"

她怒气冲冲地坐下来,只要姨妈们敢说一个字,她就准备跟她们大干一场。餐厅里陷入了一片寂静,直到她的午餐端上来也没有一个人说一句话。

等到斯嘉丽吃到一半的时候,宝琳终于开口了。"父亲跟你说什么了?"她很客气地问道。

斯嘉丽拿起餐巾擦了擦嘴:"就像欺负你和尤拉莉姨妈那样欺负我,所以我把他臭骂了一顿,结果他反而笑了。"

两姐妹交换了一下惊讶的眼神，斯嘉丽微笑着舀了更多的肉汁浇到盘子里剩下的土豆上。姨妈们真是大傻瓜！她们难道不知道吗？你必须勇敢地面对像她们父亲那样的恶棍，否则他就会把你死死地踩在脚下。

斯嘉丽从来没有想过，她之所以能够不被人欺侮，正是因为她自己也是个欺侮人的人；她也根本想不到，外公之所以会笑，正是因为他发现她的脾气同他自己的真是一模一样。

当甜点端上来之后，她们发现盛木薯粉的碗已经悄然变大了。尤拉莉不无感激地对斯嘉丽微笑了一下："姐姐和我刚才还说，你能来我们的老家让我们很高兴，斯嘉丽。你不觉得萨凡纳是一座很可爱的小城吗？你看到齐佩瓦广场上的那个喷泉了吗？还有那座剧院？它的历史同查尔斯顿的剧院几乎一样久远。我还记得，姐姐和我过去常常从教室的窗户里往外看着那些来来往往的戏剧演员。你记得吗，姐姐？"

宝琳记得。她还记得斯嘉丽并没有告诉她们那天上午她要外出，回来后同样没有告诉她们她去了哪里。当斯嘉丽报告说她去了正在修建的大教堂，宝琳立刻用手指捂住了嘴。她说：很不幸，父亲非常反对罗马天主教。她虽然不能确定具体原因是什么，但是肯定和法国的历史有关系，他一直对该教会很生气。这就是她和尤拉莉每次来萨凡纳之前，总是先在查尔斯顿参加完弥撒再出发，并且也总是在星期六离开萨凡纳返回查尔斯顿的原因所在。但是，今年有一个特别困难之处：由于复活节来得太早，她们将在萨凡纳度过圣灰星期三[1]，所以她们也不得不在这里参加弥撒，那么她们只能一大早离开家并且不能让父亲知晓。但是，等她们回到家之后，又怎么能防止父亲看到她们额头上涂的圣灰呢？

"洗把脸啊。"斯嘉丽不耐烦地说，这就说明她很无知，也证明她是最近刚刚重新皈依天主教的。她把餐巾扔到餐桌上。"我得走了，"她轻快地对姨妈们说，"我……我要去看望奥哈拉家的伯伯和伯母们。"她不想任何人知道她要买回女修道院拥有的那一份塔拉的所有权，尤其不能让两个姨妈知道，因为她们俩太爱说闲话，她们甚至可能给苏埃伦写信。她甜甜地冲她们微微一笑："我们早上几点出发去参加弥撒？"她一定要对女修道院的院长提到她要参加弥撒的事，而决不能让院长发现她原本早已把圣灰星期三这件事忘到九霄云外去了。

麻烦的是她把玫瑰念珠落在查尔斯顿了。噢，没事，她可以在奥哈拉伯伯们的商店里重新买一串。如果她没有记错，他们的店里从软帽到犁铧样样都有。

"斯嘉丽小姐，我们什么时候回亚特兰大啊？我和你外公厨房里的那些人在一起感到不舒服，他们都太老了。再说，走了那么多路，我的这双鞋也要磨破了。你家里那些马车多好啊，我们

---

[1] 圣灰星期三（Ash Wednesday）即圣灰节。在圣灰节，人们将灰涂于头顶或衣服上，以表明悔改或懊悔。

什么时候才能回去啊？"

"别总是唠唠叨叨个没完，潘西。我什么时候说走我们就走，我说去哪儿我们就去哪儿。"斯嘉丽的回答只是应付一下潘西，她脑子里正努力回想伯伯们的商店到底在哪里，却始终想不起来。我肯定被传染上老年人的健忘症了。潘西说这里都是老人的话倒是没错，我在萨凡纳认识的人都是老人，外公、尤拉莉姨妈、宝琳姨妈以及她们的朋友。而父亲的哥哥们则是最老的人了。我就跟他们打个招呼，让他们干燥的嘴唇在我脸上亲一下，再买一串玫瑰念珠，然后我就离开。没有必要再去看望他们的妻子，如果她们真想见我，这些年早就该同我联系了。是啊，他们大概以为我已经死了，被埋进坟墓里了，可她们连一封吊唁信也没有给我的丈夫和孩子们写过。要我说，这样对待一位血亲真是太没有教养了。她想，既然他们那样忽视我，他们就不值得我来看望他们，可是她却完全忽视了这样一个事实：是她一直不回复萨凡纳的来信，时间长了他们也不再来信了。

她准备把她父亲的哥哥们和他们的妻子永远抛在脑后。她现在心里只想着两件事情，一是控制塔拉，二是要占瑞特的上风。虽然这是两个相互矛盾的目标，但是她不管，她会找到两者兼得的办法。这两件事情都需要她投入全部的时间去认真思考，所以她决定不再寻找那个破旧的老店了，而是必须找到女修道院院长和主教。噢，我要是没有把念珠落在查尔斯顿就好了。她迅速地扫了眼布劳顿街另一边的店面：这就是萨凡纳人购物的地方了，附近肯定会有一个珠宝商。

几乎就在她的正对面,她看到了五扇明亮窗户上方的墙上写着"奥哈拉"几个镀金大字。斯嘉丽心想:我的天哪,从我上次到这里来以后,他们显然已经发迹了,根本没有一点儿破旧的迹象。"快来!"她对潘西说,然后大步走进了拉货马车、四轮马车和手推车来来往往的车流中。

奥哈拉商店里弥漫着一股新刷的油漆味,完全没有布满尘埃的陈腐气息。在商店最里面柜台的前方悬挂着一面绿色薄纱横幅,上面写着几个金色的大字:盛大开业。斯嘉丽羡慕地环顾四周,发现这个商店的规模是她在亚特兰大的杂货店的两倍多,而且可以看到这里的存货更新鲜、种类也更多。贴有整齐划一标签的箱子和一匹匹鲜艳的布料摆满从地面直到天花板的货架;在离商店正中的大肚火炉不远处的地上,井然有序地摆放着一桶桶谷物和面粉;又高又宽大的柜台上摆着几个大玻璃罐,里面装满了诱人的糖果。毫无疑问,伯伯们确实是发迹了。一八六一年她去过的那个商店并不在布劳顿街最时尚的中心地段,店内阴暗而杂乱,甚至连她在亚特兰大的店也比不上。伯伯们把原来的小店扩展成这么漂亮的大店铺一定花了不少钱,要是能了解到这个情况倒是很有趣。她也可以听一听他们对她的生意会提出什么样的建议。

她立刻走到柜台前。"劳驾,我想见见奥哈拉先生。"她对柜台后戴着围裙的高个子男人说。他正把量好的灯油倒进一位顾客的玻璃油罐里。

"请稍等,夫人。"他头也不抬地回答说。他说起话来隐约有一点儿爱尔兰口音。

斯嘉丽心想,爱尔兰人开的店雇一个爱尔兰人当伙计也是讲得通的。当那个男人用棕色包装纸把油罐包起来并给客人找零钱的时候,她看了看面前架子上的标签。嗯,她也应该像这样摆放手套,按大小摆放而不按颜色摆放。你打开一盒手套,马上就能看到不同的颜色,但是要在所有黑颜色的手套里找到需要的尺寸就不容易了。她以前怎么就没有想到这个办法呢?

为了让斯嘉丽听清楚,柜台后面的男人不得不又说了一遍。"我是奥哈拉先生。"他重复道。"我能为您效劳吗?"

噢,不可能,这肯定不是伯伯们的那家店!它肯定还在原来的那个地方。斯嘉丽急忙解释说她弄错了,她要找的是一个上了年纪的人,叫安德鲁先生或者詹姆斯先生。"你能告诉我他们的商店在哪里吗?"

"这就是他们的商店啊,我是他们的侄子。"

"噢……噢,我的天哪!这么说,你就是我的堂兄了。我是凯蒂·斯嘉丽,杰拉尔德的女儿,从亚特兰大来的。"斯嘉丽立即向他伸出了双手。一位堂兄!一位高大、强壮而且不那么老的堂兄。她觉得自己就好像突然得到了一件意料之外的礼物。

"我叫杰米,"堂兄握住她的两只手说道,"杰米·奥哈拉愿意为你效劳,斯嘉丽·奥哈拉。对我这个疲惫的商人来说,你的出现真是一份珍贵的礼物,就像日出一样美丽,像流星一样从天而降。现在告诉我,你是怎么来到这儿参加我们新店的盛大开业典礼的?等着,我给你拿把椅子来。"

斯嘉丽现在已经完全忘记了她是来买玫瑰念珠的,也忘记了女修道院院长,当然也忘记了潘西——那姑娘已经在店里一个角落的矮凳上坐下来,把头靠在一堆整齐的马毯上睡着了。

杰米·奥哈拉从里屋搬来一把椅子让斯嘉丽坐下,嘴里低声咕哝着什么。这时,店里进来四位顾客,并且在接下来的半个小时里一直不断有客人到来,所以他再也没有机会同斯嘉丽说上一句话。他不时带着歉意看看她,而她每次都对他报以微笑并摇摇头,告诉他没有必要表示歉意。她坐在一个温暖而经营有方的商店里,店主是她新发现的一位精于生意之道的堂兄,看着他熟练而高效的待客能力,她心里很高兴。

这时,店里只剩下了一位母亲和她的三个女儿,她们正在翻看四个盒子里的各种丝带,他又有了同她说几句话的短暂时刻。"那么,趁现在有空我就抓紧说几句。"杰米说,"詹姆斯伯伯一定很想见到你,凯蒂·斯嘉丽。他已经是一位老绅士了,不过仍然很活跃。他每天都会来这里,待到吃晚饭时才回去。你可能还不知道,他的妻子已经过世了,上帝保佑她安息。安德鲁伯伯的妻子也过世了,妻子的死对他打击很大,她死后不到一个月他也去世了。愿他们在天使的怀抱里安息。现在,詹姆斯伯伯和我、我妻子、我的孩子们住在一起。我们家离这儿不远,你今天下午能到我家里来喝杯茶,看看他们吗?我儿子丹尼尔送货去了,很快就能回来,然后我就可以带你到我家去。今天是我女儿帕特丽夏的生日,全家人都在家里。"

斯嘉丽说她很乐意去他家里喝茶。然后，她脱下帽子和斗篷，走到挑选丝带的母女四人身旁。奥哈拉家懂得经营商店的人可不止一个。再说，她现在很兴奋，也坐不住。她堂兄的女儿正好过生日！让我想想，她比我小一辈，应该就是我的堂侄女。虽然斯嘉丽并没有生长在南方常见的几世同堂的家庭关系里，但她毕竟也是一个南方人，能够准确地说出十代以内的亲戚关系。她喜欢看着杰米工作的样子，因为他就是杰拉尔德·奥哈拉教给她的那一切的活生生的例证。他有着奥哈拉人的黑色卷发和蓝色眼睛，红扑扑的圆脸上长着一个宽大的嘴巴和一个短短的鼻子。而最重要的是，他也是一个大块头，又高又宽阔的胸膛，像树干一样粗壮的双腿可以承受任何风暴的打击。他是一个让人印象深刻的人。"你爸爸是一窝崽子里的小不点儿。"杰拉尔德曾经对她说过。他对自己的个头并不感到难堪，但是对他的哥哥们却感到非常自豪："我母亲生了八个孩子，全是男孩，而我是最后一个，也是唯一一个没长得像房子那么大的孩子。"斯嘉丽不知道杰米的父亲是七个伯伯中的哪一个，不过没关系，她到他家喝茶的时候自然会发现的。不，不是喝茶，是参加生日聚会！第一次参加她的堂侄女的生日聚会。

第三十五章

斯嘉丽小心翼翼地隐藏起她的好奇心,抬头看着她的堂兄杰米。走在阳光下的宽阔大街上再也没有了店里阴影的遮掩,他眼睛下面的皱纹和眼袋清楚地显露出来。他已是一个中年男子,身体开始发福,皮肤也开始松弛。不知为什么,她一开始竟然认定他和她的年龄应该不相上下,大概只是因为他是她的堂兄。刚才当他儿子走进店里来的时候,杰米向她介绍他的儿子,她一下子惊呆了,因为她完全没有料到她的堂侄子并不是一个送包裹的小男孩儿,而是一个已经成年的男人。面对这个长着一头火红头发的成年人,她一时半会儿还真有些不习惯。

日光下杰米的容貌也让她感到不习惯,他……他就不是一个绅士。斯嘉丽自己也说不清楚她是怎么得出这个结论的,但这是显而易见的事情。他的衣服有些不对劲,虽说是深蓝色的,但是蓝得还不够深,而且这件衣服的胸膛和肩膀处明显太紧,其他地方又显得太松。她知道瑞特的衣着不仅剪裁非常讲究,而且他总是要求完美。她并没有指望杰米穿得像瑞特那样讲究——她也从来没见过哪个男人穿得像瑞特一样讲究，但是他还是可以穿得像样一点儿——不管男人们做什么——这样他才不至于显得那么……普通。杰拉尔德·奥哈拉在世的时候，不管衣服多么破旧或皱巴巴的，他始终看上去都像一个绅士。斯嘉丽从来就没有想到过，很可能是她母亲无言的权威和影响把父亲改变成了一个具有绅士风度的地主。斯嘉丽感到，刚才发现堂兄的喜悦心情现在已经基本不复存在了。算了，我只需喝杯茶，吃块蛋糕，然后就可以离开了。她朝杰米灿烂地笑了笑："就要见到你的家人了，我很激动，简直有些不知所措了，杰米。我本该给你女儿买一件生日礼物的。"

"当你挽着我的手走进我的家门的时候，那不就是我带给她的最好礼物吗，凯蒂·斯嘉丽？"

斯嘉丽对自己说，他确实就像爸一样，说起话来眼睛里闪着光，还带有爸那种可笑的爱尔兰土腔。他要是不戴圆顶礼帽就好了！现在没人戴圆顶礼帽。

"我们一会儿要从你外公家经过。"杰米说。听到这话斯嘉丽有些担忧。要是姨妈们看见了他们，她就不得不把杰米介绍给她们，那会发生什么？她们一直认为母亲是下嫁给了父亲，而杰米这个样子不正是她们想要的证明吗？他在说什么？她必须集中注意力。

"……把你的女仆留在那里，她同我们在一起会感到不自在的，因为我们那里没有仆人。"

没有仆人？上帝啊！所有人都有仆人的，他们怎么能没有呢？他们住在什么样的地方，公寓里吗？斯嘉丽给自己鼓气说：杰米是爸的哥哥的儿子，詹姆斯伯伯又是爸的亲哥哥，就算他们家的地板上有老鼠跑来跑去，我也不能害怕，不就是和他们一起喝一杯茶吗？我不能让他觉得我看不起他们。"潘西，"她说，"我们经过外公家的时候，你就回去。我马上就回来，你跟他们说……你会送我回家的，对吧，杰米？"她有足够的胆量面对一只从她脚上跑过的老鼠，却不愿意因为自己一个人在街上走而毁了自己的名声。淑女是不会独自在大街上走的。

其实，他们是从外公家后面的街道上走过，并不经过房前的广场，这让斯嘉丽松了一口气，因为她的两个姨妈为了保持健康就喜欢在广场的树下散步。潘西满心欢喜地穿过大门进入花园，想到马上又可以睡觉了，她禁不住打起了哈欠。斯嘉丽尽量装出一副神态自若的样子，她曾经听到杰罗姆向姨妈们抱怨，说他们社区的环境越来越恶化了。从这里往东仅仅几个街区远的地方，原来那些漂亮的老房子已经沦为摇摇欲坠的破烂板房，供繁忙进出萨凡纳港口船只上的水手们居住，随同这些船一起到达这里的一批又一批移民也住在这里。据外公家那个势利而高雅的老黑人说，他们大多数都是没有教养的爱尔兰人。

杰米带着她径直往前走去，她如释重负地默默叹了口气。很快，他拐进了那条漂亮且管理得井井有条的南布劳德街，然后走到一幢高大结实的砖房前面宣布说："我们到了。"

"真漂亮！"斯嘉丽发自内心地感叹道。

她很长时间都没有说过这样的话了。房子的大门位于一个高台上，杰米没有带她拾级而上走大门，而是打开了临街的一扇小门，把她直接领进了厨房，一大群人出现在面前。这些人个个都是红头发，乱哄哄地嚷嚷着同他们打招呼。杰米提高嗓门压过喧闹声介绍道："这是斯嘉丽，是杰拉尔德·奥哈拉叔叔的漂亮女儿，一路从亚特兰大来看望詹姆斯伯伯的。"

当屋里的人一起向斯嘉丽涌来的时候，她心里不禁叹道：这个家的人真多。杰米则被家里最小的女孩儿和一个小男孩儿抱住了膝盖，他不停地放声大笑，让人听不清他说了些什么。

这时，一个身材高大、头发最红的女人向斯嘉丽伸出一只粗糙的手。"欢迎到我们家来，"她平静地说，"我是杰米的妻子，莫琳。不要理会这些野蛮人，来吧，坐在炉火边喝杯茶吧。"她紧紧抓住斯嘉丽的胳膊，把斯嘉丽拉进屋里。"安静，你们这些野蛮的家伙，让你们的父亲喘口气，好吗？去把你们的脸洗干净，然后一个一个地来见斯嘉丽。"她从斯嘉丽肩上脱下毛皮斗篷，"玛丽·凯特，把这个放到一个安全的地方，这斗篷这么柔软，小家伙肯定会把它当成一只猫去扯它的尾巴的。"大一点儿的那个女孩子向斯嘉丽行了个屈膝礼，急切地伸出双手去接毛皮斗篷，一双绿色的眼睛里流露出羡慕的神情。斯嘉丽朝那个女孩子微微一笑，然后又冲莫琳笑笑。莫琳把斯嘉丽推到一张温莎椅[1]上坐下来，就好像她认为斯嘉丽也是她的孩子，可以

1　18世纪流行于英美的一种细骨靠椅。

任她摆布似的。

转眼间,斯嘉丽发现自己一手端着她见过的最大的杯子,另一只手却已经握在了一个惊人漂亮的年轻姑娘的手里。姑娘低声对她母亲说:"她看起来就像一位公主。"然后又对斯嘉丽说:"我是海伦。"

"你应该摸一摸毛皮,海伦。"玛丽·凯特自以为是地说。

"你怎么同海伦说起话来了,难道她是这儿的客人吗?"莫琳说,"真是个傻孩子,让你母亲丢人现眼。"她的声音里充满了温情和压抑的笑声。

玛丽·凯特立刻羞得满面通红。她立刻向斯嘉丽行了个屈膝礼,然后伸出手来说:"斯嘉丽,请你原谅。你的优雅让我入迷了。我叫玛丽·凯特,能成为你这样一位高贵女士的侄女,让我感到很自豪。"

斯嘉丽正想说不需要道歉,但是她已经没有机会了。这时,杰米早已脱下了帽子和外套,解开了背心的扣子,右臂下夹着一个胖乎乎的孩子,那孩子也是一头红发,正在愉快地又踢又叫。"这个小恶魔是肖恩,因为他出生在萨凡纳,所以还有个美国男孩儿的名字叫约翰,我们平时叫他杰基。杰基,你要是长着舌头,就跟你姑姑打个招呼吧。"

"你好!"小男孩儿喊道。接着,他父亲把他颠倒过来拎在手里,他兴奋地尖叫起来。

"这是怎么回事?"一个爱发牢骚的声音突然响起,除了杰基还在笑之外,其他喧闹的声音都戛然而止。斯嘉丽抬头朝厨房那头望去，看见了一个高个子老人，那肯定就是她的詹姆斯伯伯。他身边跟着一个漂亮的女孩儿，一头乌黑的卷发，脸上的表情显得惊慌而胆怯。

"詹姆斯叔叔正在休息，杰基把他吵醒了。"她说，"杰基这样大喊大叫，杰米这么早就跑回家来，是不是因为杰基受伤了？"

"一点儿都没有受伤。"莫琳提高嗓门回答说，"詹姆斯叔叔，你有客人来了，专程来看你的。杰米让丹尼尔看着商店，他好带她来见你。到炉火这边来，茶已经烧好了，来见见斯嘉丽。"

斯嘉丽立刻微笑着站起身来："你好，詹姆斯伯伯，你还记得我吗？"

老人盯着她看："我上次见到你的时候，你正在哀悼你的丈夫。现在已经找到另一个丈夫了吗？"

斯嘉丽立刻在记忆里搜索。天哪，詹姆斯伯伯说的没错。韦德出生后，她来过萨凡纳，当时她为查尔斯·汉密尔顿穿着黑色丧服。"是的，已经找到了。"她回答道。你这个好管闲事的老头儿，要是我告诉你从那以后我已经找到了两个丈夫，你会说什么？

"那就好。"她伯伯说，"这个房子里未婚的女人已经太多了。"

他身旁的女孩儿发出了轻轻的哭声，转身跑出了房间。

"詹姆斯叔叔，你不应该这样折磨她。"杰米认真地说。

老人走到火炉前，在温暖的炉火旁搓搓手说："她不应该这样爱哭,奥哈拉家的人从来不为困苦而哭。莫琳,给我茶,我要和杰拉尔德的女儿谈谈。"他在斯嘉丽身旁的椅子上坐下来:"告诉我你父亲葬礼的事吧。你是不是体面地安葬了你的父亲?我哥哥安德鲁的葬礼是这些年来这座城市里最好的。"

斯嘉丽脑海里出现了当时的情景:在塔拉他们家的墓地里,一群可怜的哀悼者围在杰拉尔德的坟墓周围。参加葬礼的人很少,许多本该来的人已经先于父亲离世——他们本不该死得如此早。

斯嘉丽用她那双碧绿的眼睛盯着老人那双褪色的蓝眼睛,说道:"他是由一辆两边带玻璃窗的灵车送往墓地的。灵车由四匹头上插着黑色羽毛的黑马拉着,棺材上盖满了鲜花,车顶上也盖满了鲜花。二百人的送葬队伍跟在灵车后面缓缓而行。他的坟墓是用大理石砌成的,不是土墓,墓顶上立着一个七英尺高的天使雕像。"她的声音尖利而冷漠。她心里想,记住我的话吧,老家伙,别再烦我爸了。

詹姆斯搓着干燥的双手,高兴地说:"上帝保佑他的灵魂。我总是说我们兄弟中杰拉尔德是最赶时髦的一个。我没告诉过你吗,杰米?他就是一窝崽子里的小不点儿,也是受到欺辱时跑得最快的一个。杰拉尔德是个很好的小个子男人。你知道他的种植园是怎么得来的吗?用我的钱打扑克赢来的。真的!结果他连一分钱也没有分给我。"詹姆斯的笑声洪亮而有力,就像一个年轻人的笑声,充满了温暖生活的情趣。

"再说说他是怎么离开爱尔兰的吧,詹姆斯叔叔,"莫琳说着又给老人斟满了酒,"也许斯嘉丽还没有听说过这个故事呢。"

天哪!我们要不要再守一次灵?斯嘉丽生气地在椅子里扭动着身体。"我听过一百遍了。"她说。杰拉尔德·奥哈拉生前最喜欢吹嘘他的这个故事,说他如何一拳打死了一个英国地主的收租代理人,警察如何悬赏缉拿他,以及他如何成功地逃出了爱尔兰。就连克莱顿县的每个人也都听过上百遍,不过并没有人相信他的话。虽然杰拉尔德生起气来也会大吼大叫,但是全世界都看得出来他的内心很温柔。

莫琳笑道:"我经常听人说,他虽然身材矮小,却是个了不起的人,一个让女人骄傲的父亲。"

斯嘉丽立刻感到自己的喉咙哽咽了,眼睛里噙着泪水。

"他确实了不起。"詹姆斯说,"我们什么时候吃生日蛋糕,莫琳?帕特丽夏在哪儿?"

斯嘉丽环顾四周那些红头发下的脸,她很肯定还没有人向她介绍过帕特丽夏。也许那个刚刚逃走的黑发姑娘就是帕特丽夏。

"她正亲自准备自己的生日宴会,詹姆斯叔叔,"莫琳说,"你知道她是很挑剔的。一会儿她准备好了,斯蒂芬会来通知我们,然后我们就到隔壁房间去。"

斯蒂芬?帕特丽夏?隔壁?

莫琳看出了斯嘉丽脸上疑惑的表情:"杰米没告诉你吗,斯嘉丽?现在这里有三户奥哈拉家的人,还有好多亲戚你没有见到呢。"

斯嘉丽绝望了，我永远也别想弄清楚他们都是谁。如果他们都待在同一个地方就好多了！

但是，他们是不可能同时待在一个地方的。帕特丽夏要在她家的这个双客厅里举办自己的生日聚会，客厅之间的滑动门现在已经完全敞开了。这里有很多孩子，有的在玩游戏，有的不停地跑来跑去，一会儿躲藏在椅子后面，一会儿又从窗帘后面跳出来；大人们不时追逐着某个闹得太厉害的孩子，或者冲上前抱起某个摔倒的孩子并安慰他。在这里谁的孩子无关紧要，所有成年人都是所有孩子的父母。

斯嘉丽很感激莫琳的红头发，因为至少她能从一头红发上认出莫琳的所有孩子，他们包括斯嘉丽刚才在隔壁见过的那几个，加上帕特丽夏和商店里那个儿子丹尼尔，再加上另一个她记不得名字的成年男孩儿。而其他的人就是乱麻一团了。

孩子们的父母也是如此。斯嘉丽只知道其中一个叫杰拉尔德，但他到底是哪一个呢？他们都是身材高大的男人，都长着卷曲的黑发和蓝色的眼睛，笑起来还同样迷人。

"弄不清楚了吧？"她身边的一个声音说，是莫琳，"别担心，斯嘉丽，总有一天你会弄明白的。"

斯嘉丽微微一笑，礼貌地点了点头。但是，她并不想把他们都弄明白，她只想让杰米尽快送她回去。这里有那么多的孩子跑来跑去，闹得她心烦，而广场上那幢宁静的粉红色房子现在就好像是她的避难所，她在那里至少还可以和两个姨妈聊天，而在这里她却没有一个可以说话的人。他们都忙着追逐孩子，要不就忙着拥抱和亲吻帕特丽夏，还问她肚里孩子的情况。看在上帝的分上！他们难道不知道吗？在一个怀孕的女人面前你应该假装什么也没有看到，这才是唯一体面的做法。她觉得自己就像一个陌生人、一个局外人、一个无足轻重的人，就像她在亚特兰大、在查尔斯顿时那样。而更糟糕的是，这里的人竟然都是她的亲戚！真是没有比这更糟糕的了。

"我们现在要切蛋糕了，"莫琳说着挽起了斯嘉丽的胳膊，"然后我们再来点儿音乐。"

斯嘉丽咬紧牙关。我的天哪！我已经在萨凡纳听过一场音乐会了，这些人不能做点儿别的事吗？她和莫琳走到一张铺着红色长毛绒的长椅前，身体僵硬地坐在椅子边上。

有人用刀子轻轻敲了敲玻璃杯子，叮当作响的声音引起了大家的注意，人群突然安静下来。杰米说："只要你们一直保持安静，我会感谢你们的。"听到人群发出的笑声，他威胁地挥了挥手中的餐刀。"我们今天为帕特丽夏庆祝生日，其实她的生日是在下个星期。今天是忏悔星期二[1]，是一个比大斋节中期[2]更适合享用大餐的时间。"他又对发出笑声的人做了一个威胁的手

---

[1] 在西方文化中，大斋节首日（圣灰星期三）之前的星期二是忏悔星期二（Shrove Tuesday），又称"忏悔节"，是基督徒思罪忏悔的节日，同时也是人们在大斋期之前举行宴会、舞会、游行、纵情欢乐的日子，故又有"狂欢节"之说。人们在这一天要将斋戒期间禁止食用的肉、油用完。

[2] 大斋节期间的第四个星期日，又称"欢欣星期日"（Laetare Sunday）。因为这一天处于斋期的中期，可以把斋戒期间的严格生活略为舒缓一下，故又称"舒缓主日"或"大斋期中期主日"。

势,"此外,我们还有一个值得庆祝的理由:我们找到了一个失散已久的奥哈拉家漂亮的家人。我谨代表所有奥哈拉家的人向斯嘉丽堂妹敬酒,欢迎她来到我们家和我们的心中。"杰米一仰脖,把杯子里的黑色液体倒进喉咙里。"上大餐!"他一挥手命令道,"小提琴拉起来!"

门口爆发出一阵咯咯的笑声和一些人要求安静的嘘声。帕特丽夏走过来坐在斯嘉丽身旁。接着,一个角落里响起了小提琴的琴声。杰米漂亮的女儿海伦端着一大盘热气腾腾的小肉馅饼走了进来。她弯下腰让帕特丽夏和斯嘉丽看看盘子里的馅饼,然后小心翼翼地端着它们来到客厅中间的圆桌前,再把盘子放到铺着天鹅绒桌布的桌面上。紧随海伦之后走进来的是玛丽·凯特,然后是刚才和詹姆斯伯伯在一起的那个漂亮女孩儿,再后面是奥哈拉家几个年轻的媳妇。她们都把自己手中的大盘子递给斯嘉丽和帕特丽夏看看,然后才把它们端到桌子上同其他食物放在一起。一块烤牛肉,一块嵌着丁香的火腿,一只肥大的火鸡。然后,海伦又端着一大碗冒着热气的土豆再次来到客厅里,接着其他人端来了奶油胡萝卜、烤洋葱和红薯泥,整个节奏也加快了。就这样反复了几个来回,直到餐桌上摆满了食物和调料。斯嘉丽看见拉小提琴的人是她在店里见到的丹尼尔。这时,他奏起了欢快的琶音[1]。莫琳走了进来,手里拿着一个大蛋糕,上面装饰着一圈又大又艳丽的粉红色糖衣玫瑰。

---

[1] 琶音(arpeggio)指一串和弦音从低到高或从高到低依次连续奏出,可视为分解和弦的一种。

"烘焙蛋糕!"蒂莫西尖叫起来。

杰米紧随妻子身后,两只胳膊高高地举过头顶,每只手里拿着三瓶威士忌。小提琴奏起了充满活力的欢快曲调,大家都拍手大笑,甚至连斯嘉丽也拍手欢笑起来。这样戏剧性的上菜场面实在是太有意思了。

"现在,布莱恩,"杰米说道,"你和比利,把两位女王抬到火炉边的宝座上去。"斯嘉丽还没有反应过来怎么回事,坐在身下的长椅就被人抬了起来,她立刻紧紧抓住身边的帕特丽夏,她们被摇来晃去地抬到了壁炉旁燃烧的煤火旁。

"下一个:詹姆斯叔叔!"杰米接着命令道。老人哈哈笑着坐在高背椅上,被抬到了壁炉的另一边。

刚才和詹姆斯在一起的那个女孩儿开始把孩子们轰进另一间客厅,就好像驱赶一群鸡鸭一样。玛丽·凯特走过去,在另一个壁炉前铺上一块桌布,让孩子们在地板上坐下来。

原本混乱吵闹的客厅里立刻恢复了平静,这一切几乎都是在令人惊讶的一瞬间完成的。当他们一边吃一边交谈时,斯嘉丽试着"弄明白"在座的大人们谁是谁。

杰米的两个儿子长得很像,所以她简直不敢相信二十一岁的丹尼尔比布莱恩几乎大了三岁。她对布莱恩微笑着说出她的感受时,他竟然害羞得脸红了,那是红头发的人独有的脸红。在场的另一个唯一的年轻男子开始无情地取笑布莱恩,这时坐在他旁边的粉红色脸蛋的姑娘把手放在他手上说:"别闹了,杰拉尔德。"他立刻就不再说话了。

那么，这就是杰拉尔德了。爸要是知道有一个魁梧的英俊男人取了他的名字，一定会很高兴的。他叫那个女孩波莉，看他们两人爱得如胶似漆的样子，一定是新婚不久。再看看被杰米称作比利的那个男人，帕特丽夏对他那么专横，显然他们俩也一定是夫妻。

但是，斯嘉丽几乎没有时间再去听其他人都叫什么名字了，屋里的每个人好像都想和她说话，而且她说的每句话都会引来他们的惊叹、重复和赞扬。她一会儿向丹尼尔和杰米介绍她那个杂货店的情况，一会儿又告诉波莉和帕特丽夏她的裁缝怎么样，接着又同詹姆斯伯伯谈起北方佬放火焚烧塔拉的情景。她谈得最多的还是她的木材生意，她怎样把一个小木材厂发展成两个木材厂和贮木场，以及现在又在亚特兰大城边建起了一大片新住宅。每个人都对她的成功表示认同。终于，斯嘉丽发现这些人并不认为谈钱是禁忌，而是像她一样，愿意努力工作并且下定决心用自己的努力去赚钱。她已经做到了，他们都说她很了不起。她现在无法理解她刚才为什么想要离开这么美妙的聚会，回到她的外公家那死一般沉寂的家里去。

"丹尼尔，你把你姐姐的蛋糕吃了一多半了，还不给我们来点儿音乐吗？"当杰米打开一瓶威士忌时，莫琳说。突然之间，除了詹姆斯叔叔还坐着，其他所有人都站了起来，像是按照某种惯例一样各自行动起来。丹尼尔拿起小提琴故意拉出一串急促而吱吱乱叫的声音，众人纷纷开心地冲他又喊又叫。与此同时，女人们迅速地收走了桌子上的东西，男人们则把家具移到了墙脚下，只剩下斯嘉丽和詹姆斯伯伯还坐在那里，就像是海上的一个孤岛。这时，杰米递给詹姆斯一杯威士忌，半弯着腰等着老人的意见。

"行。"老人给出了判断。

杰米笑道："老人家，我真怕你说不行，因为我们根本没有别的酒可供选择。"

斯嘉丽想引起杰米的注意，但没有成功，只好冲他大声叫喊：她现在得走了。众人把椅子拉到壁炉前围成一圈，小孩子们则在大人脚边席地而坐。很显然，他们正在为音乐会作准备，一旦音乐会开始，她再站起来离开就非常不礼貌了。

杰米从一个小男孩儿身上跨过向斯嘉丽走来。"给你。"他说着，递给她一杯酒，里面竟然盛着几指幅[1]的威士忌。他认为她是个什么人？淑女是不喝威士忌的。对她而言，除了香槟、聚会上的潘趣酒或一小杯雪利酒之外，她不喝任何比茶更浓烈的东西。他不可能知道她过去常喝白兰地，那么他这是在侮辱她！不对，他不会那样做的，他肯定是在开玩笑。她勉强笑笑，对他说道："我该走了，杰米。我玩得很开心，但是天已经晚……"

"不会吧，聚会刚刚开始就走吗，斯嘉丽？"杰米转身向他儿子喊道："丹尼尔，你的琴拉得那么刺耳，快把你刚刚找到的姑姑给吓跑了。给我们拉一首歌吧，孩子，不要那个猫打架的

---

[1] 一种用手指宽度表示蒸馏酒的量的方法。如一指幅威士忌，即从杯底到酒面的高度相当于一根手指的宽度。另一定义则认为一指幅将近一英寸，大约2.54厘米。

声音。"

斯嘉丽想争辩，可是她的声音被"好好拉，丹尼尔""来一首民谣吧"和"来一支里尔舞曲[1]，孩子。我们来个里尔舞吧"淹没了。

杰米冲她咧嘴一笑。"我听不见你说什么，"他在喧闹声中喊道，"凡是要走的人说的话，我都一概听不见。"

斯嘉丽感到自己就要发火了。当杰米再次把威士忌递给她时，她怒气冲冲地站了起来。然后，不等她挥手打掉杰米手里的酒杯，她已经清楚地意识到丹尼尔拉出了什么曲子，那是《低靠背马车上的佩吉》。

那是爸最喜欢的歌曲，她在杰米红润的爱尔兰人的脸膛儿上看到了她父亲的模样。噢，要是他在这儿多好，他肯定会喜欢这儿的。斯嘉丽只好坐下来，动情地摇了摇头，然后对杰米微微一笑，她就要哭了。

音乐不能容忍悲伤，它的节奏是那么具有感染力，那么欢快。这时现场的所有人都开始一边拍手一边引吭高歌，斯嘉丽裙子下的两条腿也不由自主地跟着音乐节拍踏起步来。

"来吧，比利，"丹尼尔随着音乐唱着说，"和我一起演奏。"

比利打开靠窗的一个座位的盖子，从里面拿出一把六角手风琴。他呼哧一声拉开折叠的皮制风箱，然后走到斯嘉丽身后，

---

[1] 里尔舞（reel）是一种民间舞蹈类型，同时也是一种伴舞调式。里尔舞源于苏格兰，也是不列颠群岛和北美小提琴传统曲目的重要组成部分。在苏格兰乡村舞蹈中，里尔舞是四种传统舞蹈之一，其他三种分别是吉格舞（jig）、斯特拉斯佩舞（strathspey）和华尔兹（waltz）舞。

从她头上探过身去,在她身后的壁炉架上拿起一样亮晶晶的东西。"我们来点儿真正的音乐吧。斯蒂芬——"他把一根闪闪发光的细管子扔给一个沉默的黑脸男人,"你也来,布莱恩。"空中又有一道银色的弧线划过。"还有,专门为你准备的,亲爱的岳母——"他把手里的什么东西扔到了莫琳的腿上。

一个小男孩儿使劲拍起手来:"骨头[1]!莫琳伯母要打骨头了。"

斯嘉丽瞪大眼看着眼前发生的一切。这时,丹尼尔已经停止了演奏,随着音乐的消失,她再次感到了悲伤,但是她已经不想离开了。这个聚会同特尔菲尔家的音乐会完全是两码事儿,这里充满了惬意、温暖和欢笑。原来摆放得整整齐齐的客厅现在已经是一团糟,家具搬开了,两间屋子里的椅子在壁炉前乱七八糟地挤成一个半圆形。莫琳举起一只手来,只听得一阵啪啦啪啦的声响,这时斯嘉丽才发现所谓的"骨头"其实是一些又厚又光滑的木块。

杰米还在倒酒,不断给其他人递上威士忌。怎么回事啊,那些女人竟然也在喝酒!她们丝毫没有偷偷摸摸的意思,也丝毫不感到羞愧,她们和男人们一样玩得很开心。我也要喝一杯,也要为奥哈拉家的人干一杯。她正要喊杰米,却突然想起来她该回到外公家去了。我不能喝酒,否则有人会从我的呼吸中闻到酒味的。不喝也罢,我现在心里暖烘烘的,就像刚喝了酒一样。我不

---

[1] 响板的英文为bones,与骨头的英文单词复数形式相同。此处斯嘉丽误把"响板"当作"骨头"。

需要喝酒了。

丹尼尔举起弓做了一个拉弦的动作,说道:"《吧女》[1]。"人们哄堂大笑。虽然斯嘉丽并不知道他们笑什么,但是她也跟着笑了起来。顷刻之间,宽大的客厅里响起了爱尔兰里尔舞曲的声音。比利的六角手风琴的琴声雄壮有力,布莱恩的锡哨婉转悠长,斯蒂芬用锡哨吹出的复调时起时伏,同布莱恩的旋律完美地交织在一起。杰米用脚打着拍子,孩子们有节奏地拍着手,斯嘉丽也拍着手,大家都拍着手。只有莫琳没有拍手,她举起那只握着响板的手,响亮的咔嗒声形成的强烈节奏统领着所有人的动作。响板的节奏加快,所有人的节奏也加快;锡哨的音调越高,小提琴的琴声也越响亮,六角手风琴则呼呼地随时伴随着它们。六七个孩子站了起来,开始在房间中央光溜溜的地板上又蹦又跳。斯嘉丽手已经拍得发烫,脚也不停地动,仿佛她也要和孩子们一起蹦蹦跳跳似的。当里尔舞曲结束时,她向后靠在长椅上,已经筋疲力尽。

"来吧,马特[2],教教孩子们怎么跳舞。"莫琳说着用响板敲打出一串迷人的声响,坐在斯嘉丽身边的一位年长一些的男人站了起来。

"上帝保佑我们。等等,"比利恳求道,"我需要休息一下。给我们唱首歌吧,凯蒂。"他在六角手风琴上拉出几个音符。

---

1 《吧女》(*The Maid Behind the Bar*)是一首爱尔兰里尔舞曲。

2 "马特"(Matt)是"马修"(Matthew)的昵称,下同。

斯嘉丽立刻表示反对。她不能唱歌，不能在这里唱，因为除了《低靠背马车上的佩吉》和她父亲最喜欢的另一首歌《身穿绿衣》[1]之外，她不会唱其他任何爱尔兰歌曲。

但是，她马上就发现比利指的不是她。一个长着大牙齿、皮肤黝黑、长相平平的女人已经站起身来并把手中的杯子递给了杰米。"有一个狂野的殖民地男孩。"[2]她用清纯甜美的女高音唱道。第一句还没有唱完，丹尼尔、布莱恩和比利已经开始为她伴奏。"他的名字叫杰克·达根，"凯蒂继续唱道，"他在爱尔兰出生和长大。"斯蒂芬的锡哨也加入进来，声音高了八度，并且带有一种奇怪而令人心碎的哀伤情绪。

"……在一个名叫卡斯特梅恩的地方……"除了斯嘉丽之外，所有人都跟着唱起来。但是，她并不在意自己不知道歌词，因为她仍然是音乐的一部分，沉浸在音乐声中。当这首悲伤而又让人充满勇气的歌曲结束时，她看到每个人都像她一样眼睛里噙着晶莹的泪花。

接下来是一首欢快的歌曲，杰米开的头。接着，斯嘉丽领悟到了歌词的双重含义，禁不住红着脸笑起来。

---

1 《身穿绿衣》(*The Wearing of the Green*)是一首爱尔兰街头民谣，内容是悼念1798年爱尔兰起义。领导起义的统一爱尔兰人联合会采用绿色作为它的颜色，支持者都穿着绿色的衣服、丝带或帽徽。有许多版本的歌词存在，最有名的是迪翁·布西柯特的"他们正在绞死身穿绿衣的男人和女人"。

2 歌曲名为《狂野的殖民地男孩》(*The Wild Colonial Boy*)是一首传统的爱尔兰民谣，有许多不同的版本。爱尔兰版本讲述的是19世纪初，一个名叫杰克·达根的年轻人从爱尔兰克里郡的卡斯特曼小镇移民澳大利亚后劫富济贫并最终被打死的故事。

"现在轮到我了,"杰拉尔德说,"我要为我亲爱的波莉唱一首《伦敦德里小调》[1]。"

"噢,杰拉尔德!"波莉用双手捂住了涨红的脸。布莱恩奏出了开头几个音符,杰拉尔德放声唱起来。斯嘉丽立刻惊讶得屏住了呼吸,她虽然听说过爱尔兰男高音很有名,但还是没有足够的准备。这个天使一般的声音就来自与她父亲同名的一位堂兄。众人在杰拉尔德脸上真切地看到,同时也在他强有力颤抖的纯洁男高音中听到了他那颗年轻而充满爱的心。斯嘉丽也被他动人的歌声震撼得几乎窒息,她禁不住产生了一种强烈而痛苦的渴望,想得到如此清纯而直白的爱情。虽然她的大脑在嘲笑自己竟然指望瑞特阴暗而复杂的天性会变得同样简单和直白,但是她的心仍然在呼唤着瑞特。

当杰拉尔德唱到歌曲的结尾时,波莉伸出双臂搂住他的脖子,把脸埋在他的肩上。莫琳把响板举过肩头。"我们现在跳里尔舞,"她坚定地宣布,"我的脚指头都开始动起来了。"丹尼尔笑着拉起了小提琴。

斯嘉丽跳过一百多次弗吉尼亚的里尔舞,但她还从来没见过接下来在帕特丽夏的生日晚会上跳的那种里尔舞。马特·奥哈拉率先跳了起来。他从一圈椅子处走出来,挺着肩膀,双臂笔直地垂在身体两侧,看上去就像一个士兵。接着,他的双脚

---

[1] 《伦敦德里小调》(*Londonderry Air*)是来自北爱尔兰伦敦德里郡的一首民歌,在移居海外的爱尔兰人中很受欢迎,在全世界也很有名。北爱尔兰没有自己的州歌或区歌,在英联邦运动会上,北爱尔兰代表队就使用《伦敦德里小调》代表自己。

开始飞快地跺、闪、扭，动作之快让斯嘉丽看花了眼。整个地板在他的脚底下变成了一个咚咚作响的大鼓，变成了他忽前忽后难以置信的复杂舞步下的一大块光滑的冰。斯嘉丽想，他肯定称得上世上最好的舞蹈家。接着，凯蒂跳着舞步来到他的面前，她用两只手抓着裙摆，双脚灵活自如地跟着他的步伐跳动。下一个是玛丽·凯特，然后杰米同他女儿跳起来，还有美丽的海伦和一个不到八岁的小男孩儿。斯嘉丽心想：真让人难以置信，他们那么神奇，一个个都那么有魅力，那音乐也同样具有神奇的魅力。她的脚也跟着动起来，并且动得比以前任何时候都快，她想模仿眼前看到的舞姿，想展现音乐带来的兴奋。我必须学会像他们那样跳舞，一定要学会，就像……像一路旋转着奔向太阳一样。

突然，在长椅下熟睡的一个孩子被跳舞的脚步声惊醒，开始哭泣。哭声像传染病一样立刻传播到其他年幼的孩子身上，舞蹈和音乐立即停了下来。

"另一间客厅里有叠好的毯子，可以铺在地板上，"莫琳平静地说道，"再给他们换上干裤子，然后我们把门都关上，他们就可以睡得安稳了。杰米，打响板的女人快要渴死了。玛丽·凯特，把我的杯子递给你爸爸。"

帕特丽夏让比利抱起他们三岁的儿子，说："我去叫贝蒂。"说着，她把手伸到长椅下面。"嘘！嘘！"她把哭泣的孩子抱在怀里。"海伦，把后面的窗帘拉上，亲爱的，今晚的月亮会很明亮。"

斯嘉丽迷迷糊糊地沉醉在音乐的魔力之中，她茫然地看看窗户,突然回到了现实中。天已渐渐黑了,她本来只是到这里喝杯茶的,不料这杯茶竟然喝了好几个小时。"噢,莫琳,我晚饭要迟到了。"她喘着气说,"我得回家了,不然外公会大发雷霆的。"

"让他发去吧,那个老僵瓜[1]。留下来参加聚会,这才刚刚开始。"

"但愿我能留下来,"斯嘉丽热烈地说,"这是我一生中参加过的最好的聚会。但是我答应过回去吃晚饭的。"

"啊,那好吧,承诺就是承诺。你还会再来吗?"

"我很愿意啊,你会邀请我吗?"

莫琳愉快地笑了。"你们听到这女孩儿说的话了吗?"她对房间里的人说道,"这里没有邀请一说。我们都是一家人,你也是其中的一员,你愿意什么时候来就什么时候来。我的厨房门从来不上锁,壁炉里也总是有火。杰米拉的小提琴也不赖……杰米!斯嘉丽要走了。穿上你的外套,把你的胳膊伸给她。"

当他们即将拐过一个弯的时候,斯嘉丽听到音乐声又响了起来。由于房子的砖墙很厚,冬夜里窗户又都关着,所以声音很微弱。但她听出了奥哈拉一家人在唱什么歌——《身穿绿衣》。

我知道这首歌的所有歌词。噢,真希望我并没有离开。

她的脚轻轻地跳起舞步来。杰米笑起来,也和着她的脚步一起跳。"下次我教你跳里尔舞。"他向她保证说。

---

[1] 原文为"the old loo-la",爱尔兰俚语。

第三十六章

斯嘉丽对姨妈噘着嘴表示不满的样子毫不在乎，甚至对外公的训斥也并不生气。她想起了莫琳·奥哈拉随口说出的"老僵瓜"那几个字，心中暗暗发笑。当他命令她离开时，她竟然胆大妄为地大步走到他的床边，亲吻了他的脸颊。"晚安，外公！"她开心地对他说道。

"老僵瓜！"她安然返回到大厅后低声说道。当她来到餐桌前同姨妈们坐在一起之后，她就一直笑个不停。她的晚饭很快就端来了，盘子上盖着一个闪闪发亮的银盘罩，以保持食物的热度。斯嘉丽可以肯定，这个银盘是刚刚擦洗出来的。她想，只要有人管一管那些仆人，这所房子也可以运转得井井有条。以前完全是外公太纵容他们了。这个老僵瓜！

"什么事情让你觉得那么好笑，斯嘉丽？"宝琳姨妈冷冰冰地问道。

"没什么，宝琳姨妈。"当杰罗姆隆重地掀起银盘罩时，斯嘉丽低头看着那堆食物，大声笑起来。这是她有生以来第一次不觉得饿，毕竟她刚刚在奥哈拉家里享受过大餐。她面前盘子里的食物足够喂饱六个人。她肯定已经把对上帝的敬畏带到厨房里去了。

* * *

第二天早晨，在圣灰星期三的弥撒上，斯嘉丽坐在尤拉莉旁边的座位上。那是姨妈们最喜欢的座位，位于整个座席的后部，只需从侧廊进入，显得谦恭而有礼貌。当她刚刚感到跪在冰冷地板上的膝盖开始疼痛时，就看到她的堂亲们走进了教堂。他们从中间的过道一直走到最前面，占据了几乎整整两排座位。斯嘉丽心想，这很自然，因为他们都是些大块头的人，而且还充满了活力。他们还很富有色彩——阳光透过红玻璃照进来，杰米的儿子们的头发看起来就像温暖的炉火，甚至帽子也掩盖不住莫琳和女孩们亮丽的头发。斯嘉丽又想起了头一天晚上那场令人难忘的生日聚会，几乎没有注意到女修道院的修女们已经进入了教堂。为了确保查尔斯顿女修道院的院长还在萨凡纳，之前她一直催着两个姨妈早一点儿去教堂。

还好，她在那儿。尤拉莉焦急地低声命令斯嘉丽转过头来面对圣坛，她却置若罔闻，仔细地端详着从她们身旁走过时院长脸上的安详表情。今天院长一定得见她，斯嘉丽决心已定。整个做弥撒期间，她都在幻想着塔拉恢复了昔日的美丽之后将要举行的盛大聚会。她的聚会也要像昨晚杰米家的聚会一样，要有音乐,要跳舞,并且要一直持续好多好多天。

"斯嘉丽!"尤拉莉姨妈嘘道,"别那样哼哼!"

斯嘉丽对着她手中的祈祷书微微一笑,她并没有意识到自己在哼哼,不过她还是承认《低靠背马车上的佩吉》并不能算是教堂音乐。

"我真不敢相信!"斯嘉丽说,她涂着圣灰的前额下那双苍白的眼睛充满了迷惑和痛苦,手指像爪子似的紧紧地抓着从尤拉莉姨妈那里借来的玫瑰念珠。

年长的修女面无表情但耐心地重复了她刚说过的话:女修道院院长整天都要静修、祈祷和禁食。她对斯嘉丽很同情,所以又进一步解释说今天是圣灰星期三。

"我知道今天是圣灰星期三,"斯嘉丽几乎大叫起来,她赶紧控制住自己的情绪。"请告诉她我很失望,"她轻声说,"我明天再来。"

一回到罗比拉德家,她立即把脸洗干净。

她走下楼,来到客厅同尤拉莉和宝琳姨妈待在一起。看到她洗去了圣灰她们都很震惊,但是什么也没说,因为她们觉得在斯嘉丽发脾气的时候,只有沉默才是唯一安全的武器。但是,当她说要叫早餐的时候,宝琳立即大声说道:"那样的话,你马上就会后悔的,斯嘉丽。"

"我想不出我为什么要后悔。"斯嘉丽紧绷着嘴。

听到宝琳的解释后,她紧绷的下巴才放松下来。斯嘉丽再次信教是不久前的事,她以为斋戒仅仅意味着每星期五只吃鱼而不吃肉。她喜欢吃鱼,所以从来不反对这个规定。但是,宝琳姨妈的话使她极其反感。

四十天的大斋期间,每天只能吃一顿饭,并且不能吃肉。星期天是个例外,允许吃三餐,但是仍然不能吃肉。

"我真不敢相信!"还不到一个钟头,这已经是斯嘉丽第二次喊出这句话了,"我们以前在家里从来没有这样做过。"

"因为你们那时候还是小孩子,"宝琳解释说,"但是我相信你母亲肯定是严格禁食的。我不明白,你过了童年之后,她为什么没有把大斋节的惯例教给你。不过,她后来一直生活在封闭的乡下,得不到神父的指导,再加上奥哈拉先生对她的影响……"她的声音越来越小了。

斯嘉丽的眼睛里马上燃起战斗的火光:"我倒很想知道,你说的奥哈拉先生对她的影响是什么意思?"

宝琳随即垂下了目光:"每个人都知道,爱尔兰人在执行教规的问题上有一定的自由。这不能怪他们,因为爱尔兰就是一个可怜的文盲国家。"她虔诚地在胸前画了一个十字。

斯嘉丽一跺脚说道:"我不想站在这里听你们傲慢法国人的势利话。我爸是个好人,他的影响就是善良和慷慨,而这些却正是你们不懂的。而且,我要让你们知道,我昨天整个下午都和爸的亲戚在一起,他们都是好人。我宁愿受他们的影响,也不愿意受你们那些死板的宗教清规戒律的影响。"

尤拉莉姨妈突然哭了起来。斯嘉丽怒视着她。看来,她是准备啜泣上几个小时了。我受不了了。

宝琳也开始大声地抽泣起来。斯嘉丽转过身,盯着她看,宝琳可是从来不哭的。

斯嘉丽无可奈何地看了看两个低垂的灰色脑袋和耷拉着的肩膀,其中宝琳姨妈的身躯显得那么瘦小和脆弱。

上帝啊!她走到宝琳姨妈身边,摸了摸她瘦骨嶙峋的后背:"对不起,姨妈。我不是那个意思。"

* * *

大家都平静下来之后,尤拉莉建议斯嘉丽和她姐妹俩一起去广场散散步。"姐姐和我都觉得散步是最好的滋补剂。"她愉快地说。然后,她的嘴唇又可怜地颤抖着说:"它也可以让人远离食物。"

斯嘉丽立刻同意了,她必须离开这座房子到外面去,因为她很肯定她已经闻到了从厨房里传来的煎培根的气味。她和两个姨妈绕着房子前面的绿色广场走了一圈,然后走过一小段路到了下一个广场,绕着它也走了一圈,接着再走到下一个、下下一个和再下一个广场。当她们最后回到外公家的时候,她几乎同尤拉莉一样再也迈不动脚步了。她很肯定,她们已经穿过或环绕过散布在萨凡纳的二十多个广场中的每一个,并且领略了它们各自的独特魅力;不过她也同样肯定,她已经饿得半死并且无聊得再也无法忍受了。但是,至少总算到了吃午饭的时候……她已经不记得以前是否吃过这么好吃的鱼了。

在尤拉莉和宝琳终于走上楼去午睡之后,斯嘉丽的心才总算放松下来。两个姨妈一旦回忆起她们过去在萨凡纳的生活,哪怕是一点一滴的小事也能聊上半天,真的能让你烦得想杀人。她心绪不宁地在这幢大房子里走来走去,从桌子上拿起一件瓷器或银器看看,接着又把它们放回去,而实际上她什么也没有用心看。

这个女修道院院长为什么如此难对付?她为什么连同我说几句话也不肯呢?为什么一个女人非要花上一整天的时间去静修,而且还是在圣灰星期三这样神圣的日子里?身为女修道院的院长她已经是凡人中的圣人了,为什么还要花一天的时间来祈祷和禁食呢?

禁食!斯嘉丽跑回客厅看了看那个高大的钟。怎么可能才四点钟,不对,连四点还不到,还差整整七分钟。到明天中午的正餐之前,是不可能再吃任何东西的。不,这不可能,这毫无道理。

斯嘉丽走到拉铃绳前,使劲拉了四下。"去把外套穿上。"她朝一路跑来的潘西说道,"我们出去。"

"斯嘉丽小姐,我们为什么要去面包店?家里那个厨师说了,面包店的东西吃不得,她一直自己烤面包吃。"

"我才不管厨师说了什么。但是,如果你把我们来过这里的事告诉了任何一个人,我就活剥了你的皮。"

斯嘉丽在面包店里吃了两块饼干和一个奶油烤面包，然后带着两袋烘焙食品回到家，偷偷地放到了她的房间里，准备把它们藏在一件斗篷的下面。

突然，她看到写字台中间工工整整地放着一封电报。她立刻将手里的两袋面包和饼干扔在地上，跑到写字台前一把抓过电报。

她一看发报人的名字，上面写着"亨利·汉密尔顿"。该死的！她还以为是瑞特发来的，不是求她回家就是说他已经出发来接她了。她气恼地把那张薄薄的电报揉成了一团。

但是，紧接着她又把电报纸展开、抚平，还是看看亨利叔叔说了什么事为好。等她看完这封电报，脸上便立即露出了笑容。

来电收到。你丈夫的大额银行汇票亦收到。这是什么蠢事？瑞特竟向我打听你在哪里。信随后到。

亨利·汉密尔顿

这么说，真是不出她所料，瑞特正在找她。哈哈！她来萨凡纳是对的。但愿亨利叔叔的脑子够用，知道马上发电报告诉瑞特而不是写信。说不定此时此刻他也在看亨利叔叔发给他的电报，就像她现在一样。

斯嘉丽哼着一首华尔兹舞曲，双手把电报捧在胸口，独自在卧室里跳起舞来。他甚至有可能已经在来这里的路上了，从查尔斯顿开来的火车差不多就是每天的这个时候到达。想到此,她立刻跑到镜子前开始梳头,还用手掐一掐脸颊,让它露出点儿红晕来。要不要换衣服呢?不能换,一换瑞特准能看出来,他就会觉得她在这里无所事事,只能傻乎乎地等着他。于是,她只拿出花露水在喉咙和太阳穴上抹了一点儿。好了,她准备好了。她看见自己的眼睛闪着绿光,就像一只潜行的猫。她必须记住,到时候要垂下睫毛把眼睛遮住。她拿起一个凳子走到窗户边上,在既能被窗帘挡住又能向外窥视的地方坐了下来。

一小时过去了,瑞特并没有出现。斯嘉丽的小白牙嚼着从面包房的食品袋子里扯出的面包卷。大斋节真是个麻烦的事情!想想吧,她居然不得不躲在卧室里偷偷地啃面包,甚至连黄油都没有。随后,她快快不乐地来到楼下。

这时,杰罗姆正好端着外公的晚饭从她面前走过!看到这里,她简直觉得自己也该像这个老头一样改信胡格诺派或长老教了。

斯嘉丽在大厅里拦住了杰罗姆。"这样的食物太糟糕了,"她对他说道,"拿回去,在土豆泥上放几大块黄油,再切一片厚厚的火腿放在盘子里。我知道你们那里有一个火腿,就挂在食品柜里,我看见了。然后在布丁上浇一罐奶油,再来一小碗草莓酱。"

"罗比拉德先生嚼不动火腿,并且他的医生说他不该吃甜食,也不该吃奶油和黄油。"

"医生更不希望他饿死。现在按我说的做。"

斯嘉丽气呼呼地看着杰罗姆僵硬的背影,直到他走下楼梯消失了。"谁也不该挨饿,"她说,"什么时候都不该挨饿。"突然之间,她的心情变好了,她咯咯地笑起来:"甚至连老僵瓜也不该挨饿。"

第三十七章

星期四早晨,斯嘉丽悄悄吃下几个面包卷之后,愉快地低声哼着歌走下楼来。她发现姨妈们正在紧张而疯狂地准备外公的生日宴会。尤拉莉仔细地用深绿色的木兰枝叶装饰着餐具柜和壁炉架,宝琳则在一堆堆厚实的亚麻桌布和餐巾中寻找她记忆中父亲最喜欢的样式。

"有什么不同吗?"斯嘉丽不耐烦地问。这简直就是小题大做!外公坐在卧室床上根本看不到餐厅里的餐桌。"把补丁最不显眼的挑出来就可以了。"

尤拉莉姨妈把一大捧沙沙作响的木兰枝叶放到地上,说:"我都没听见你进来,斯嘉丽。早上好!"

宝琳冷冷地对她点了点头。她虽然已经像一个虔诚的基督徒那样原谅了斯嘉丽对她的侮辱,但她是不可能忘记那些话的。"斯嘉丽,爸爸的亚麻桌布没有补丁。"她说,"它们都好得很。"

斯嘉丽看着长桌上的几堆亚麻织物,想起了两个姨妈在查尔斯顿家中使用的那些打着补丁的旧桌布和餐巾。要是按照她的想法,她会把桌上那些东西全部打成一个包,星期六离开时就把它带回查尔斯顿去。外公不差这点儿东西,姨妈们却很需要。我一辈子都不会像她们害怕那个老暴君那样害怕任何人。但是,只要我一说实话,尤拉莉姨妈就开始抽泣,宝琳姨妈就会数落我一个小时,要我记住对长辈应负的责任。"我得去给他买个礼物,"她大声说,"需要我帮你们买什么东西吗?"

斯嘉丽心里却默默地说,不许跟我一起去,因为我必须去修道院见那位女修道院的院长。她不可能还在静修,实在不行的话,我就站在门口,等她一出来就抓住她。一次又一次被她们拒之门外,真是烦透了。

两位姨妈都说她们太忙,没有时间去购物,并且她们对斯嘉丽到现在都还没有为外公挑选和包装好礼物感到很惊讶。不等她们详细解释她们要忙哪些事情以及惊讶到什么程度,斯嘉丽已经走出了家门。"老僵瓜。"她低声说道。其实,她根本不知道这个爱尔兰短语是什么意思,但是它的发音已经足以让她觉得好笑了。

不知为何,广场上的树今天显得更加茂密,草地比前一天更绿,太阳也更暖和。斯嘉丽感到心中的乐观情绪在迅速提升,每当春天的第一个迹象出现的时候这种欢乐心情就会油然而生。尽管她外公要过生日,但是她仍然深信今天会是一个好日子。"快跟上,潘西,"她下意识地说,"别像乌龟似的迈不开腿。"她沿着铺满沙子和贝壳的人行道轻快地出发了。

大教堂的建筑工地上锤子的敲打声和男人们的喊叫声在寂

静的晨曦中回荡着。一时,斯嘉丽希望那位年轻神父再带她到工地上看看,但是那不是她来这里的目的,所以她立即拐到了修道院的大门口。

门铃响过之后,还是那个老修女前来打开了大门。斯嘉丽立刻作好了争执一番的准备。

不料老修女却对她说道:"女修道院的院长正等着你呢,请跟我来。"

十分钟后斯嘉丽走出了修道院,她感到自己有些眩晕。这也太容易了!女修道院的院长当即就同意去和主教谈谈,她还说她很快就会给斯嘉丽回话。她不可能说出回话的准确时间,但是肯定是在很短的时间内,因为下个星期她本人就要返回查尔斯顿了。

斯嘉丽心花怒放,目光炯炯有神,微笑灿烂无比,她的好心情甚至影响到了位于阿伯康街上的那家杂货店的店主。斯嘉丽在那里挑选了一件给外公的生日礼物——一盒巧克力糖果,盒子上还特地装饰着一个蝴蝶结,店主竟然差一点儿忘了向她收钱。

回到罗比拉德家之后,斯嘉丽兴高采烈地同其他人一道完成了生日宴会最后的准备工作。当她得知宴会上有六道外公特别喜欢吃的菜,为此他会特地走到餐厅来同她们一起在餐桌上吃晚饭的时候,她的好心情就多少受了些影响。而当两个姨妈告诉她,晚餐上的美味佳肴虽然不少,但很多不允许她吃时,她的情绪立刻一落千丈。

"大斋节期间不许吃肉,"宝琳严厉地说,"绝不能让肉汁沾到你吃的米饭或蔬菜上。"

"不过还要小心,斯嘉丽,不能让爸爸看出来,"尤拉莉对她耳语道,"他不赞成斋戒。"说罢眼睛里出现了伤心的泪花。

斯嘉丽刻薄地想,姨妈肯定是因为吃不到那些好东西而伤心了。不过,这不怪她,厨房里传来的香味也早就让斯嘉丽流口水了。

"我们有汤喝,还有鱼。"尤拉莉突然转忧为喜地说道,"还有蛋糕,一个非常、非常漂亮的蛋糕。真正的大餐,斯嘉丽。"

"记住,妹妹,"宝琳警告说,"暴食是一种罪过。"

斯嘉丽走开了,她感到已经控制不住自己,马上就要发脾气了。她立即提醒自己,这不过是一顿晚饭而已,冷静下来吧。即使外公也上桌和我们一起吃饭,也不是什么大不了的事。他毕竟已近垂暮之年,还能做出什么事来?

但是,她很快就知道了他还能做什么——他不允许任何人用法语以外的任何语言说话。当她对他说"生日快乐,外公!"的时候,他根本不理会她,就好像她什么也没说。对姨妈们的问候,他也只是冷冷地点了一下头,接着便在桌子上首那把宝座一样的大椅子上坐了下来。

这个时候的皮埃尔·奥古斯特·罗比拉德,已不再是一个穿着睡衣、身体虚弱的老人了。他穿着一件无可挑剔的老式双排扣礼服大衣和浆过的亚麻衬衫,瘦削的身体显得壮实一些了。即使坐着他挺拔的军人身姿也让人刮目相看。他的苍苍白发活像一头老狮子的鬃毛，白眉下的那双眼睛像雄鹰一样敏锐，瘦骨嶙峋的大鼻子就像猛禽的利喙。斯嘉丽认定今天是个好日子的心态开始显露出来。她展开浆洗过的亚麻大餐巾盖在腿和膝盖上，打起了精神，其实她自己也并不知道到底是为什么。

这时，杰罗姆端着一个小桌面大小的银托盘走了进来，托盘上放着一个银盖碗。斯嘉丽睁大了眼睛，她这辈子还从没有见过如此精美的银器。碗体上满满地覆盖着装饰图案，碗底部是茂密的森林，树枝和树叶向上弯曲伸展直至碗口。森林里有鸟和其他动物——熊、鹿、野猪、野兔、野鸡，甚至还有猫头鹰和松鼠。盖碗的盖子做成了一个树桩的形状，上面还缠绕着厚厚的葡萄藤，每根葡萄藤上都挂着一串已成熟的小葡萄。杰罗姆把盖碗放到他主人的面前，用戴着白手套的手打开了盖子。蒸汽涌了出来，像一团云雾遮盖在银器周围，房间里立刻弥漫着鲜虾浓汤的香味。

宝琳和尤拉莉都俯身向前，脸上露出了焦急的微笑。杰罗姆从餐具柜上拿出一个汤盘，端着它靠到盖碗边上。皮埃尔·罗比拉德拿起一只银长柄勺，默默地把浓汤舀进汤盘里，然后用那双眼皮耷拉着的眼睛看着杰罗姆把汤盘放到了宝琳的面前。

这个仪式被尤拉莉和斯嘉丽各自重复了一遍。斯嘉丽手指发痒，恨不得马上抓起汤匙吃起来，但她还是把双手按在大腿上，看着外公为他自己盛好汤并尝了一口。然后，他意味深长地耸耸肩表示不满，把勺子扔进了盖碗里。

尤拉莉姨妈立即发出了一声哽咽。

斯嘉丽心里想：你这个老怪物！接着她开始喝汤。好醇香的浓汤！她想吸引尤拉莉的目光，然后向她示意说她很享受这份浓汤，但尤拉莉太沮丧，一直垂头丧气地坐在那里。宝琳也像父亲一样把自己的勺子放进了盖碗里。至此，斯嘉丽对两位姨妈的同情已经荡然无存，如果她们这样轻易地就被恐吓住了，那么她们活该挨饿。她才不会让那个老头儿剥夺她吃晚饭的权利！

宝琳向父亲问了一句话，因为她说的是法语，斯嘉丽不知道姨妈问的是什么。但她看到外公的回答非常简短，宝琳的脸色一下子变得刷白，一定他刚才的话很伤人。斯嘉丽开始生气了，他会毁了一切，而且他是故意要这么做的。噢，我要是会说法语就好了，我绝不会傻坐着被他欺辱。

杰罗姆收走了汤盘和银托盘，重新摆上餐盘和吃鱼用的刀叉，整个过程似乎格外漫长。斯嘉丽努力保持着沉默。

但是，当烤鲱鱼端上来之后，她们都发现刚才的等待很值得。斯嘉丽看看外公，这么好的菜他总不能再假装不喜欢了吧。然而，他只吃了两小口，而且把刀叉在盘子上碰得叮当作响，宝琳和尤拉莉先后放下了手里的刀叉，盘子里剩下了大部分的鱼。斯嘉丽每叉起一块鱼肉递到嘴里，就用挑战的目光看外公一眼，但是就连她也很快失去了食欲，因为老人的不满情绪正变得越来越大。

下一道菜一端上来，她立刻又恢复了食欲。罐子里的鸽子肉看起来鲜嫩诱人，四周是用土豆泥和红萝卜做成的轻盈的鸟巢，上面浇有肉汁，好像一条棕色的小河。皮埃尔·罗比拉德用叉子尖蘸了点肉汁抹到舌头上尝尝，却不置可否。

斯嘉丽觉得自己已经忍无可忍，但是看着姨妈们眼中流露出的绝望哀求的眼神又使她不得不继续保持沉默。还有谁能像外公那样可恨呢？他根本不可能不喜欢桌上的这些菜。再说这些食物也很容易咀嚼，即使他的牙齿不好，吃起来也并不困难。就算根本没有牙齿，也能吃。她知道他也喜欢美味的食物，因为平日里他的软食端上来之后，斯嘉丽都会在里面再加上一些黄油和肉汁，他每次吃完之后的盘子都像被狗舔过一样，送回厨房时都显得那么干净。不对，她从他的眼睛里看得出来，他今天不吃东西一定另有原因。每当他看到姨妈们可怜而失望的模样时，他那双眼睛里就会露出笑容，他宁愿放弃自己大快朵颐的机会，也要让她们感到痛苦，即使是他的生日宴会也可以弃之不顾。

眼前的这个生日宴会和她的堂侄女帕特丽夏的生日宴真是有天壤之别！

斯嘉丽看着外公骨瘦如柴的身体和自鸣得意且冷漠无情的脸，心里对他如此折磨两位姨妈的行为非常不齿。但是，她对她们如此忍气吞声的软弱表现则更加鄙视——她们缺乏做人的最起码胆量。她们怎么能默默地坐在那里接受他的欺辱？在这所漂亮的粉红色建筑里的这间雅致的粉红色房间里，她静静地坐在外公的餐桌旁，对这里的所有人和事都感到深恶痛绝，她甚至也痛恨她自己。我和他们一样可恨，我为什么就不能仗义执言，明确让他知道他的行为非常恶劣？他和我一样懂英语，所以我不讲法语也可以仗义执言。我是一个成年女人而不是一个孩子，无须等到大人对我说话时才能开口。我这是怎么了？这一切简直愚蠢至极。

但是，斯嘉丽还是静静地坐在那里，左手放在膝盖上，一副正襟危坐的样子，就好像她是一个知书达礼的好女孩儿。虽然这里看不到母亲的身影，她也没有想到母亲，可是埃伦·罗比拉德·奥哈拉仍然就在这里，在她长大的这所房子里。母亲仿佛依然像当年一样正坐在斯嘉丽面前的这张餐桌前，腿上铺着浆洗过的亚麻布餐巾，左手放在餐巾上。因为斯嘉丽对母亲的爱，也因为她需要得到母亲的赞赏，她是不可能反抗皮埃尔·罗比拉德的专横跋扈的。

她似乎坐了很长时间，一直看着杰罗姆庄重而不紧不慢的上菜仪式。餐盘已经撤换了多次，刀叉也更换了一遍又一遍，斯嘉丽觉得这场宴会是永远不会结束了。一道道精心选择和准备的菜端上来之后，皮埃尔·罗比拉德都要尝一口，然后都同样拒不再吃。当杰罗姆端来生日蛋糕的时候，斯嘉丽的两个姨妈的紧张和痛苦情绪已经显露无遗，斯嘉丽自己也快要坐不住了，她巴不得立刻逃得远远的。

蛋糕上覆盖着一层光滑的螺旋形马林糖，上面撒了一些银色的糖粒。蛋糕顶部有一个饰有金丝银线的小花瓶，上面插着天使发蕨的卷曲叶片、迷你的法国国旗、拿破仑皇帝的军旗和皮埃尔·罗比拉德所在团的团旗。当蛋糕放到老人面前时，他嘟囔了一声，大概是因为高兴吧。他把耷拉着眼皮的眼睛转向斯嘉丽，用英语说道："切开。"

她心想，他肯定以为我会把插着旗子的花瓶碰倒，我决不能让他的歹念得到满足。她用右手从杰罗姆手里接过糕饼刀，左手迅速地从蛋糕上拿起闪闪发光的花瓶放到了餐桌上。她直视着外公的眼睛，脸上露出了最甜美的微笑。

他的嘴唇气得不停地抽动。

"那么，他最后吃了没有呢？"斯嘉丽煞有介事地问道，"还是没有！他首先刮掉了那层漂亮的马林糖，就好像那是一层霉菌或者其他什么可怕的东西一样。接着，他用叉子尖戳起了两片蛋糕碎屑，勉强送进嘴里，就好像那是给了我们好大的面子。然后，他说太累了，不拆礼物了，随即就回到了他的卧室里。我真想拧断他那瘦骨嶙峋的脖子！"

"不过你心里当然明白，斯嘉丽，这就是这件事情的可恨之处。你那两位可怜的老姨妈一直煞费苦心地筹划着如何讨好他，而他却穿着睡衣，像个没长牙的婴儿似的坐在床上，处心积虑地策划着如何折磨她们。他就是个老无赖。我心里一直有一个弱点，最怕无赖的鬼把戏。我几乎都能看到他那副模样，一边嗅着即将到来的晚餐，一边制定着他的邪恶计划。"

"你们不知道吧，他有个体己的仆人，那家伙会把那些好饭菜偷偷地送到他的卧室里，关起门来让他吃个饱。真是个老混蛋。他那聪明的奸诈手段还真叫我觉得好笑。"莫琳的笑声极具感染力，斯嘉丽也跟着笑起来。在那个灾难性的生日晚宴之后，斯嘉丽再次走进了莫琳那一间永不上锁的厨房里。看来，她来得对。

"那么，我们自己来吃蛋糕吧。"莫琳自得其乐地说，"你刚练习过，斯嘉丽，你来为我们切吧。糕饼刀就在梳妆台上挂着的那张毛巾的下面。多切几块放在那儿，孩子们马上就要放学回家了。我去再泡一壶茶。"

斯嘉丽端着杯子和盘子在炉火旁刚刚坐下，门就砰的一声被撞开了，奥哈拉家的五个小孩子冲进了厨房。她认出了莫琳的两个红发女儿玛丽·凯特和海伦，很快又认出那个小男孩儿是迈克尔·奥哈拉，另外两个小女孩儿是他的妹妹克莱尔和佩吉。这三个孩子都长着一头需要梳理的黑色卷发、黑色的睫毛和蓝色的眼睛，小手都脏兮兮的，莫琳让他们马上去洗干净。

"但是，我们不需要把手洗干净，"迈克尔争辩道，"因为我们要去牛棚和猪玩。"

"猪住在猪圈里，"小佩吉神气十足地说，"对不对，莫琳？"

斯嘉丽感到震惊，在她的世界里，孩子们都不能直呼大人的名字。但是莫琳似乎并没有觉得不正常。"如果没有人放它们出来，它们就住在猪圈里。"她眨了眨眼睛回答说，"你不是想把小猪从猪圈里拿出来玩吧，是吗？"

迈克尔和他的两个妹妹都笑起来，好像莫琳的说笑是他们听过的最有趣的事情。然后，他们跑过厨房来到后门。后门通向一个大院子，院子四周都是房子。

斯嘉丽看看壁炉里燃烧的煤块，又看看吊在支架上的闪闪发光的铜茶壶以及壁炉架上挂着的平底锅，她觉得真是有意思。

她原来一直认为塔拉那段倒霉的日子结束之后,她就再也不会走进厨房一步了。不过这次不一样,这是一个生活的地方,一个快乐的地方,而不仅仅是一个准备食物和洗盘子的房间。她很希望自己能留下来,因为只要一想到外公客厅里的静谧美就让她不寒而栗。

但她是属于客厅里的人,而不是厨房里的人;她是淑女,过惯了有人服侍的奢侈生活。她急忙把杯子里的茶喝干,然后把杯子放回茶碟上:"你救了我的命,莫琳,我要是一直和两个姨妈待在一起肯定会发疯的。但是,我现在真的必须回去了。"

"真遗憾,你连蛋糕都还没吃呢。人家都说我做的蛋糕很好吃。"

海伦和玛丽·凯特侧身走到母亲的椅子前,手里拿着空盘子:"一人拿一块吃吧,但不能多吃,小家伙们很快就要回来了。"

斯嘉丽开始戴上手套。"我得走了。"她再次说道。

"既然必须走,那就走吧。我希望你还能在萨凡纳多待几天,这样星期六就能来参加舞会,行吗,斯嘉丽?杰米告诉我说他要教你跳里尔舞。到时候科勒姆可能也回来了。"

"哦,莫琳!星期六你又要搞聚会了吗?"

"算不上聚会。但是每当一周的工作结束、男人们带着工资回家的时候,我们这里总是会有音乐和跳舞的。你能来吗?"

斯嘉丽摇摇头:"我很想来,但是来不了。我星期六已经不在萨凡纳了。"姨妈们希望她能和她们一起乘星期六早上的火车回查尔斯顿,她不想回那儿,也从来没有想过要回那儿。星期六之前瑞特就肯定会来接她了，说不定他现在已经到了外公的家。她本来不应该离开那里的。

想到这里，她一跃而起："我得走了。谢谢你，莫琳。离开萨凡纳之前我还会来的。"

说不定她会带瑞特来见见奥哈拉家的亲人。另一个黑头发的大块头和所有黑头发的奥哈拉家的人在一起，他和他们一定合得来。不过，他也许会以惯常那种让人恼火的优雅姿态靠在墙上，对他们冷嘲热讽。他就总爱嘲笑她的半爱尔兰血统，嘲笑她没完没了地重复父亲告诉她的那些话。比如在博因河战役[1]之前的几个世纪里，奥哈拉家族都是伟大而实力雄厚的地主。

我不知道他为什么觉得这种事那么可笑。父亲那一辈的人输给了英国人，就像我们认识的几乎所有人都把自己的土地输给了北方佬一样，这没什么可笑的。如果瑞特来带我走的时间没那么早，我就找机会问一问杰米或莫琳这件事。

---

[1] 博因河战役（Battle of the Boyne）是争夺英格兰、苏格兰、爱尔兰王位的两个君主——天主教国王詹姆斯和新教国王威廉，在1690年于爱尔兰东岸德罗赫达附近的博因河进行的一场战役。威廉在战役中击败了詹姆斯，打破了后者重夺王位的计划，也从此确立了新教徒在爱尔兰的地位。

第三十八章

亨利·汉密尔顿电报里说的那封信在夜幕降临时送到了罗比拉德家。斯嘉丽一把抓过信,就像一个快要淹死的人抓住了一根稻草,因为两个姨妈为谁应该为外公在生日宴会上的不满情绪负责争吵了一个多小时,她已经听得烦透了。

"这是有关我在亚特兰大的财产的事情,"斯嘉丽说,"请原谅,我要到楼上我的房间里去看信。"她不等她们同意就起身离开了。

她锁上卧室的门,希望在私下里仔细品味信里的每一句话。

"这次又是什么原因把事情搞得一团糟?"这封信开头没有问候语,第一句话就这样写道。看来老律师写信时的心情很激动,笔迹潦草得难以辨认。斯嘉丽做了个鬼脸,把信举到油灯旁以便看得更清楚。

这次又是什么原因把事情搞得一团糟?星期一,我遇到了一个狂妄自大的老傻瓜,这种人我通常总是尽量避开的。他向我出示了一张他那家银行开出的一张数额惊人的汇票,收款人是你。那笔钱高达五十万美元,付款人是瑞特。

星期二来了另一个老傻瓜,跟我纠缠不休。这人是个律师,说是他的客户——也就是你的丈夫——想知道你在哪儿。我没有告诉他你在萨凡纳。

斯嘉丽叹了一口气。亨利叔叔自己就是一个老傻瓜,他称作老傻瓜的这个人又是谁呢?难怪瑞特至今还没有来找她。她又继续往下看亨利叔叔写的那封字迹潦草的信。

因为你的电报是在他来过之后才收到的,他来时我还不知道你在哪里。因为我不知道你要做什么,所以我到现在也没有告诉他你在萨凡纳,但是我很明白,那就是我不能参与其中。

这人是一个法庭律师,他带来了瑞特的两个问题:一个是你在哪里,第二个是——你愿意离婚吗?

斯嘉丽,我不知道你凭什么迫使瑞特拿出那么多钱给你,我也不想知道。不管他做了什么让你有理由和他离婚的事情,都不关我的事。我从来没有接受过离婚诉讼,不想因此辱没自己的名声,现在也不想开这个先例。除此之外,你还会因此白白浪费你的时间和金钱,因为南卡罗来纳州不能离婚,而那里正是瑞特现在的合法居留地。

如果你坚持要做这种傻事,我会给你介绍另一位亚特兰大的律师,因为我听说他办理过两次离婚案,还算是个受人尊敬的人。但是我警告你,你必须把你所有的法律事务全部交给他或其他人,因为我再也不会为你代理任何事情了。如果你同瑞特离婚是想以此获得嫁给阿什利·威尔克斯的自由,那你最好三思。现在,阿什利的生意做得很好,远远超过了所有人的预期。茵迪娅小姐和我那愚蠢的妹妹替他和他的儿子操持着一个舒适的家。如果你强行进入他的生活，你会毁了一切。让这个可怜人自己待着吧，斯嘉丽。

让阿什利自己待着，真是的！我倒很想知道，要是我当初一直让他自己待着，他的生活还会过得这么舒适和富足吗？按理说，亨利叔叔是最明白事理的人，不应该像一个神经质的老处女那样对我大惊小怪，想象出那么多丑陋的事情。他对我在城边建房一事的来龙去脉是很清楚的。斯嘉丽的感情受到了深深的伤害。亨利·汉密尔顿叔叔是她在亚特兰大最亲近的人，就像一个父亲或者朋友，他的指责深深地刺伤了她的心。她很快看完了剩下的几行字，然后草草地写了一个回复，让潘西送到电报局去。

萨凡纳地址不保密。不离婚。钱已换黄金？

要不是亨利叔叔的话听起来那么愚蠢，她会相信他已经把五十万美元换成了黄金，存进了她的银行保险箱里。可是，如果一个人愚蠢到不把她的地址告诉瑞特，那么他在别的事情上也会同样愚蠢。斯嘉丽咬着左手拇指的关节，心里不免为她的钱担忧。也许她应该马上回到亚特兰大去，同亨利、银行的人以及乔·科尔顿谈谈；也许她应该在城市边缘地带买下更多的土地并修建更多的住房，大恐慌的后遗症仍然使得生意萧条，所以现在买任何东西都是最便宜的。

不！第一位的事情就必须放在第一位。瑞特正在找她。她对自己笑笑,用右手手指轻轻抚摸着左手拇指关节上咬红的皮肤。他休想用离婚那一套话来骗我,也别以为把钱给了我,我们之间的交易就万事大吉了。真正重要的——也是唯一重要的——是他想知道我在哪里。一旦亨利叔叔告诉了他我在哪里,他很快就会自己找上门来的。

"别傻了,斯嘉丽,"宝琳冷冷地说,"你明天当然要回家了,我们一直是在星期六返回查尔斯顿的。"

"那也并不意味着我必须这么做。我告诉过你们,我决定在萨凡纳待一段时间。"斯嘉丽不想被宝琳打扰,既然她知道瑞特在找她,那么谁也别想再打扰她。她要在这里等待他的到来,就在这个优雅的粉红色和金色的房间里,她要让他求她同他重归于好。等他一而再再而三地表示服软之后,她才会同意他的请求,允许他把她抱在怀里,亲吻她……

"斯嘉丽!我问你话的时候,你能回答我吗?"

"怎么了,宝琳姨妈?"

"你打算怎么做?准备住在哪里?"

"怎么啦,当然是住在这里。"在南方,好客的传统仍然备受人们的推崇,主人让客人离开是闻所未闻的事情,从来都是客人自己决定什么时候离开。因此,斯嘉丽想当然地认为她在外公家想住多久就可以住多久,哪里想得到那样做可能会不受欢迎。

"爸爸不喜欢惊喜。"尤拉莉悲哀地说。

"妹妹,我相信没有你的帮助,我也能把这个家的习惯告诉斯嘉丽。"

"你当然能,姐姐,我相信我从来都没有说过你不能。"

"我直接去问外公好了。"斯嘉丽说着站起身来,"你们一起来吗?"

她心想,她们只会瞎唠叨。外公不发话她们就不敢去见他,唯恐他会发脾气。真是荒唐!他对她们已经刻薄到家了,还能再做什么?她沿着走廊大步走去,两个姨妈彼此耳语着忧心忡忡地跟在她身后。她敲了敲老人的门。

"进来,杰罗姆。"

"外公,我不是杰罗姆,是斯嘉丽。我可以进来吗?"

一阵短暂的沉默之后,皮埃尔·罗比拉德低沉而有力的声音叫道:"进来。"斯嘉丽一甩头,得意地对两位姨妈笑笑,然后打开了门。

一看到老人那张严厉的鹰一样的脸,她的胆气就减了三分,但是她现在已经不能退缩了。她带着自信的神情走到屋里那块厚地毯的中间,对他说道:"外公,我只是想告诉你,尤拉莉姨妈和宝琳姨妈走后,我还想在这里多待些日子。"

"为什么?"

斯嘉丽感到很窘迫,因为她不想说出她的理由,并且认为她没有说明理由的必要。"因为我想再待几天。"她说。

"为什么?"老人再次问道。

斯嘉丽那双坚定的绿眼睛和他那双怀疑的蓝眼睛相遇了。"我有我的理由。"她说,"你反对吗?"

"要是我真反对呢?"

这简直让人无法忍受了。她不能回到查尔斯顿,也不会回到查尔斯顿,因为回去就等于投降,她不得不留在萨凡纳。

"如果你不让我住在这儿,我就住到我堂兄们的家里去。奥哈拉家的人已经邀请过我了。"

皮埃尔·罗比拉德的嘴抽搐着,露出一个滑稽的微笑:"看来,你并不介意和猪一起睡在客厅里。"

斯嘉丽的脸立刻涨得通红。她早就知道外公当初不赞成她母亲的婚事,一直拒绝杰拉尔德·奥哈拉踏进他的家门一步。斯嘉丽想捍卫父亲的名声,同时也是捍卫她堂兄们的名声,驳斥他对爱尔兰人的偏见,但是她自己确实也很怀疑他们的孩子们确实可能会把小猪带到屋里来玩。

"无所谓了,"她外公说,"如果你想留下,那就留下吧。反正对我都是完全无关紧要的事。"他闭上眼睛,不再看她,也不再搭理她。

离开外公卧室时,斯嘉丽费了好大劲才忍住没有摔门。多么可怕的老人!尽管如此,她还是得到了她想要的结果。她冲两个姨妈微微一笑道:"一切顺利。"

在上午剩下的时间以及整个下午,斯嘉丽都和两个姨妈高兴地走家串户,把名片留在萨凡纳她们所有的朋友和熟人家里。名片的左下角有她们手写的"告辞"两个字。亚特兰大从来就没有过这种习俗,但是在沿海的佐治亚州和南卡罗来纳州的一些老城市里,这一直是一种必不可少的仪式。斯嘉丽却认为,告诉别人你要走完全是浪费时间,尤其是像她们这种情况,仅仅几天前姨妈们才在同一所房子里为同样的人留下了卡片,通报她们回来的消息。她相信,在那些人中间大多数人都不会跑到罗比拉德家留下自己的名片,所以外公家从来没有客人来访。

星期六,斯嘉丽坚持要送姨妈们去火车站。她监督着潘西把她们的箱子放在她们想要放的地方,确保它们都处在她们的视线之内,这样就没有人能把它们偷走。然后,她吻了吻她们满是皱纹的脸颊,回到繁忙的月台上,向她们挥手告别。很快,火车开始隆隆地驶出车站。

"我们到布劳顿街的面包店停一下,然后再回家。"她对出租马车的车夫说。现在离吃午饭的时间还早。

回到外公家之后,她让潘西去厨房要一壶咖啡,然后脱下了帽子和手套。姨妈们离开后,这所房子是多么可爱和安静啊!但是,大厅桌子上确实有一层灰尘。她得和杰罗姆说一说,如果有必要也可以和其他仆人都说一说,她可不想让瑞特来的时候看到这个家里一副邋遢的样子。

杰罗姆仿佛看透了她的心思,突然出现在了她身后。斯嘉丽吓了一跳,这个人走路时为什么不能礼貌地弄出一点儿声响呢?

"这是你的电报,斯嘉丽小姐。"他手里托着一个银盘,上面放着一封电报。

肯定是瑞特发来的!斯嘉丽急忙笨拙地抓起那封薄薄的电报:"谢谢你,杰罗姆。请你去催一下我的咖啡。"她认为,凡是管家都有很强的好奇心,她不想让他从背后偷看。

他一走,她就拆开了电报。"该死!"她骂道。电报是亨利叔叔发来的。

在这封电报里,这个向来都很节俭的老律师却废话连篇,他的心情肯定非常激动不安。

我没有,也不再帮你投资或参与任何涉及你丈夫汇来这笔钱的任何事务。你的钱存在你的银行账户里。我已表明我对这笔钱所涉及之事的反感。不要再指望我提供任何帮助。

斯嘉丽看完电报,一屁股坐在椅子上。她的膝盖像水一样软弱无力,心怦怦地跳个不停。这个老傻瓜!这可是五十万美元啊——这可能是自战前以来该银行所见过的最大一笔款,要是银行的人侵吞了这笔钱,把银行关闭了怎么办?到现在为止,全国各地的银行仍在不断倒闭,这在报纸上是屡见不鲜的事。她必须马上回到亚特兰大去,把这笔钱都换成黄金,放到自己的保险箱里。但是,这需要好几天的时间,即使今天就有去亚特兰大的火车,她也要到星期一才能赶到银行。在这几天的时间里,她的钱完全可能消失得无影无踪。

五十万美元啊,就算她把全部家当都卖出去两次,也不可能得到这么多钱;即使把她的商店、酒吧和新房子未来三十年能赚到的钱加起来,也不可能达到这个数目。因此,她必须保住它,但是怎么才能保住呢?噢,她真想杀了亨利叔叔!

这时,潘西得意地端着沉甸甸的银托盘来到楼上,托盘上放着全套闪闪发光的咖啡用具,然而她看到的却是斯嘉丽那张苍白而目光呆滞的脸。"把东西放下,穿上外套。"斯嘉丽说,"我们要出门。"

她控制住了自己的情绪。当她匆匆走进奥哈拉商店时,脸颊上已经因为走了这段路而泛起了一点儿红晕。虽然杰米是堂兄,但是她也不想让他对她的生意了解太多。所以,当她请他推荐一家银行时,她的声音就像少女一样单纯:"我真是昏了头了,完全没有注意到我花钱的问题。现在我决定在这里多待一段时间,我就必须从我家所在的银行里转一些钱过来,但是我在萨凡纳又两眼一抹黑。我想,像你这样成功的商人,肯定能帮我美言几句。"

杰米咧嘴一笑:"我很乐意带你去见一家银行的经理,我还可以为他担保,因为詹姆斯叔叔跟他做生意已经有五十多年了。不过,斯嘉丽,你最好还是告诉他你是老罗比拉德的外孙女,而不说是奥哈拉家的亲戚。有人说,你外公是一个非常精明的老绅士,当年佐治亚州决定追随南卡罗来纳州退出联邦时,他就立刻把他的钱财全部转移到了法国,他是不是很精明啊!"

但是,这就是说她的外公当时背叛了南方!难怪他拥有那么多银器和那幢完好无损的房子。为什么他没有被私刑处死?杰米怎么还能拿这个来说笑呢?斯嘉丽还想起来,莫琳也曾嘲笑过她的外公,而按理说莫琳是应该感到震惊的。这一切好像很复杂,她不知道该怎么想,而现在她又没有时间想这个问题,她必须立刻去银行把她的钱安排好。

"好吧,丹尼尔,我和斯嘉丽堂妹出去办事,你看着店里好吗？"杰米来到她身边，向她伸出胳膊。斯嘉丽用手挽住他的胳膊肘的同时，向丹尼尔挥手告别。她希望银行不要太远，马上就要到中午了。

"你能和我们多待一段时间，莫琳会很高兴的。"杰米说。他们走在布劳顿大街上，潘西紧随其后。"那么，你今天晚上来吗，斯嘉丽？我可以在回家的路上叫上你，陪你一起去。"

"我正求之不得呢，杰米。"她说。她在那所大房子里连个说话的人都没有，肯定会发疯的。就算同外公说几句话，也不会超过十分钟。如果瑞特来了，她随时可以派潘西到店里带个话，说她有事改变主意了。

结果，瑞特并没有来，杰米到达外公家的时候，她在前厅里已经等得不耐烦了。当她告诉外公说她今晚要出去时，他的反应特别恶劣。他说："小姐，这里不是旅馆，你可以想来就来，想走就走。你的时间安排必须符合我家的生活常规，也就是说，你必须在晚上九点钟以前上床睡觉。"

"当然，外公。"她温顺地回答道。她相信九点之前她早就回来了。不仅如此，在她见过了那位银行经理之后，她对外公也更加尊敬了，因为她的外公显然比她想象的富有得多。当杰米介绍说她是皮埃尔·罗比拉德的外孙女时，那位经理立刻点头哈腰地把她奉为上宾。想到那一幕，斯嘉丽忍不住微笑起来。杰米离开之后，当我告诉他说我想租一个保险箱，立即把五十万美元转过来时，我想他激动得差一点儿晕倒在了我的脚下。我不管别人说什么,有大把大把的钱就是这个世界上最棒的事情。

"我不能待得太晚。"杰米到来时她告诉他说,"尽管我很想多待一会儿。你不介意八点半之前把我送回来吧?"

"任何时候送你去任何地方都是我的荣幸。"杰米发誓说。

斯嘉丽哪里知道,等她回来的时候天就要亮了。

第三十九章

这个夜晚开始得很平静。实际上，斯嘉丽还感到有些失望，因为她一直期待的是音乐、跳舞和类似的欢庆活动，但是杰米把她带到了她现在已经很熟悉的厨房。莫琳吻了吻她的双颊，递给她一杯茶，然后继续准备晚饭。詹姆斯叔叔正在打盹，斯嘉丽在他身边坐下来。杰米脱下外套，解开背心扣子，点燃了烟斗，然后在摇椅上坐下静静地抽烟。玛丽·凯特和海伦正在隔壁的餐厅里布置餐桌，一边"叮叮当当"地摆放刀叉一边聊天。这是一个很温馨的家庭场面，但是并不令人兴奋。不过，斯嘉丽想，这里至少还有晚饭吃。我就知道宝琳姨妈和尤拉莉姨妈在斋戒问题上一定是搞错了，没有人会故意连续几周每天只吃一顿饭。

几分钟之后，那个长着一头美丽黑发而且害羞的女孩儿牵着小杰基的手从大厅里走了进来。"噢，你来了，凯瑟琳。"杰米说。斯嘉丽立刻把这个名字记在心里。这个名字很适合她这样温柔而年轻的姑娘。"把这个小男子汉交给他老父亲吧。"杰基从凯瑟琳手中抽回他的手，向父亲跑去，短暂的平静也就此结束。小男孩儿开心的叫喊让斯嘉丽受惊了一下,詹姆斯叔叔也突然醒过来,嘴里哼了一声。这时,临街的那扇门开了,丹尼尔带着他的弟弟布莱恩走了进来。"妈妈,看看我在门口抓到一个探子。"丹尼尔说。

"哦,你决定现身了,真让我们受宠若惊啊,布莱恩。"莫琳说,"我得告诉报社记者,把这个消息登在头版上。"

布莱恩走上前搂住他妈妈的腰,说:"你不会把人家赶出去挨饿吧?"

莫琳假装生气,但马上就笑逐颜开。布莱恩吻了吻她头上盘成一团的红发,然后松开了搂着她的手。

"看看你把我的头发弄成什么样子了,你这个疯狂的印第安人。"莫琳抱怨道,"另外,你也不问候一下你的斯嘉丽堂姑妈,真是丢我的脸。还有你,丹尼尔。"

布莱恩俯下高大的身躯,冲斯嘉丽咧嘴笑笑。"你能原谅我吗?"他说道,"你那么娇小,又那么文雅地沉默不语,我完全没有注意到你,斯嘉丽堂姑妈。"他浓密的红头发在炉火的映照下闪闪发亮,一双欢快的蓝眼睛极具感染力:"你能不能替我向狠心的母亲求求情,让我在她的餐桌上吃点儿东西?"

"快去,野蛮人,把手上的灰尘洗掉。"莫琳命令道。布莱恩朝洗手池走去,丹尼尔接过弟弟的话说道:"你和我们在一起,我们都很开心,斯嘉丽堂妹。"

斯嘉丽笑了起来。尽管杰基不停地嚷嚷着在杰米的膝盖上又蹦又跳,她还是很高兴能来到这里。她这些大个子的红头发堂亲的身上是如此充满了活力，相形之下外公那幢完美却冰冷的房子就显得像一座坟墓。

他们坐在餐厅的大桌子前开始吃饭。席间，斯嘉丽了解到了莫琳对儿子假装生气背后的故事。几个星期前，布莱恩从他和丹尼尔合住的房间里搬了出去，莫琳对他突然要求独立生活的做法至今仍然有些耿耿于怀。当然啦，他离母亲也只有几步之遥，就住在他姐姐帕特丽夏的房子里。但是不管怎么说，他毕竟是离开了这个家。好在无论帕特丽夏做饭的手艺多么花哨，布莱恩还是更喜欢母亲的饭菜，这一点给了莫琳莫大的安慰。"啊，帕特丽夏连鱼的腥味都不许透进她精致的花边窗帘去，"她得意扬扬地一边说一边在儿子的盘子里放了四条金灿灿的裹着黄油的炸鱼，"你还能指望吃到什么呢？我敢说，在大斋节期间还要继续做淑女不容易啊。"

"住嘴吧，女人。"杰米说道，"你诽谤的是自己的女儿。"

"她母亲不说，谁还有这个权利说呢？"

这时，老詹姆斯开口了："莫琳说得有道理。我现在还清楚地记得我母亲那张尖利的嘴……"他深情地谈起了一连串儿小时候的事情。斯嘉丽聚精会神地听着，他的故事里一定会提到父亲。"好了，现在说说杰拉尔德。"老詹姆斯说道，斯嘉丽立刻向他俯过身去。"杰拉尔德当时还小，又一直是她的掌上明珠，每次他闯了祸，母亲只会象征性地责骂几句就了事了。"斯嘉丽微笑起来。我就像爸一样，也是妈妈最疼爱的人。在他看似暴躁的外表之下，却藏着一颗柔软的心，谁又能拒绝这样的柔情啊？

噢，多么希望他现在也能出现在这里，同奥哈拉家的其他家人待在一起。

"我们晚饭后都去马修家吗？"老詹姆斯问道，"还是大家都到这里来？"

"我们去马特家。"杰米回答说。斯嘉丽想起来了，在帕特丽夏的生日聚会上带头跳舞的就是马特。想到这里，她的脚情不自禁地开始轻轻踢打地面。

莫琳看着她笑了。"看来有人准备跳里尔舞了。"她说着从自己盘子旁拿起她的汤匙，然后又把手伸到丹尼尔面前拿起他的汤匙。接着，她把他们的碗擦放在一起，松松地握住两把汤匙的柄，用汤匙轻轻敲打她的手掌、手腕、前臂和丹尼尔的前额。她敲打出的节奏就像敲打响板一样，只是声音小一些。用一对不协调的汤匙演奏音乐看似愚蠢，但使得斯嘉丽开心不已，禁不住哈哈大笑起来。她不假思索地伸出双手，开始跟着汤匙的节奏敲打桌子。

"我们该过去了，"杰米笑道，"我去拿小提琴。"

"我们带椅子过去。"玛丽·凯特说。

"马特和凯蒂家只有两把椅子，"丹尼尔向斯嘉丽解释说，"他们是刚刚搬来萨凡纳的奥哈拉家人。"

马特和凯蒂·奥哈拉的双客厅里几乎没有家具，不过这无关紧要，他们有壁炉可以取暖，有天花板上的球形煤气灯可以照明，还有宽敞而光滑的木地板可以跳舞。这个星期六斯嘉丽在这几间空荡荡的房间里度过的几个小时是她记忆中最快乐的时光之一。

在家中,奥哈拉人自由而不知不觉地分享着爱和幸福,就像分享他们呼吸的空气一样。斯嘉丽觉得自己身上有一种东西开始滋长,那是她很久以前就已经失去了的东西:她开始变得像他们一样,自然真诚、无忧无虑。在南方的社会中,一个美人必须为征服和统治而战斗,她为此学会了骗人的伎俩和算计,而在这里她可以扔掉那些。

在这里,她不需要什么魅力或征服,她受到了大家的欢迎,成了这个大家庭的一分子。有生以来她第一次甘愿放弃受人瞩目的地位,而让别人成为大家关注的焦点。她对其他所有人也很着迷,这主要是因为他们是她刚刚找到的家人,同时也因为她这辈子还从来没有见过像他们这样的人。

或者说几乎从来没有见过。斯嘉丽看着打响板的莫琳,她身后站着正在演奏音乐的布莱恩和丹尼尔,旁边是跟着她响板的节奏拍手的海伦和玛丽·凯特。一瞬间,她觉得眼前这生动的红头发仿佛是年轻的塔尔顿家人又活过来了。在那一家人中,双胞胎兄弟长得又高又帅,女孩子们则春心萌动,急于走进展现在她们面前的崭新的冒险生活。斯嘉丽从来都很羡慕塔尔顿家的姑娘们同她们母亲的那种无拘无束的关系,现在她又在这里看到了莫琳和她的孩子们之间同样的轻松关系,并且她知道她也可以和莫琳一起肆无忌惮地欢笑,可以逗弄他人同时也被他人逗弄,可以分享杰米的妻子对她周围每个人所展现出的无私的爱。

就在这一刻,斯嘉丽对安详而沉默寡言的母亲近乎崇拜的感情突然动摇了。她的身体微微颤抖了一下,她以前一直因为不能达到母亲的要求而感到内疚,现在却开始从这种内疚中解脱出来。就算母亲并不是一个完美的女人,那也许并不是什么大不了的事情。这个问题太丰富也太复杂了,她还是以后再去仔细思考为好。她现在什么也不愿意想,不想昨天,也不想明天,唯一重要的事情就是眼下和眼下带给她的快乐,还有音乐、唱歌、拍手和跳舞。

在刚刚经历了查尔斯顿舞会的那些古板、拘谨的仪式之后,这里家人之间自发的欢乐实在令人陶醉,斯嘉丽完全沉浸在一片喜悦和欢声笑语之中,甚至因此感到有些眩晕。

马特的女儿佩吉向她展示了几个最简单的里尔舞步。让人觉得奇怪的是,斯嘉丽竟然没有感到向一个七岁的孩子学跳舞有什么不妥。这里的人无论大人还是孩子都彼此坦诚、鼓励甚至相互戏弄,同样也没觉得有什么不妥,因为他们对佩吉和对她都一视同仁。她尽情地跳啊跳啊,直到膝盖酸软进而哈哈大笑着瘫倒在老詹姆斯脚边的地板上。他拍了拍她的头,好像拍了拍一条小狗,这更加让她傻笑不止。最后,她气喘吁吁地喊了一声:"我开心死了!"

斯嘉丽的生活中有趣的事并不多,所以她很希望这种单纯而简单的快乐能够永远持续下去。她看着这些快乐的大个子堂亲,心中不禁为他们的力量、活力和在音乐及生活方面的天赋感到骄傲。"我们是一帮好人,是奥哈拉家的人,没有人能伤害我们。"斯嘉丽好像听见了父亲的声音,他又在自吹自擂,又在重复他经常对她说过的这句话,但是今天她才真正懂得了这句话的意思。

"啊,杰米,这一晚真是太美好了。"当他送她回家时,她说。她已经累得步履蹒跚了,但还是像只喜鹊似的叽叽喳喳地说个没完。她太兴奋了,无法接受城市沉睡时的宁静。"我们是一帮好人,是奥哈拉家的人。"

杰米忍不住笑了。他用强壮的双手抓住她的腰,把她举起来,再旋转一圈,让她感到头晕目眩。"没有人能伤害我们。"他放下她时说。

"斯嘉丽小姐……斯嘉丽小姐!"早上七点,潘西带着斯嘉丽外公的口信叫醒了她,"他现在就要见你。"

那位拿破仑的老兵身穿正装,胡子刮得干干净净,威严地坐在餐桌首席的一张大扶手椅上,颇为不满地看了看斯嘉丽匆匆梳理的头发和身上的晨衣。"我对我的早餐很不满意。"他说。

斯嘉丽张着嘴瞪大眼睛看着他。他的早餐跟她有什么关系?他难道认为是她做的吗?他大概失去理智了,像爸一样。不对,他不像爸,爸是因为遭遇了他无法忍受的打击,所以他退回到了那个没有发生可怕事情的时代和世界里去,就像一个深感困惑的孩子。但是,外公没有任何困惑或孩子气可言,他清楚地知道他在哪里、他是谁以及他在做什么。我只睡了一两个小时他就把我叫醒,向我抱怨他的早餐让他不满意,到底是什么意思?

于是,她谨慎而平静地问道:"外公,你的早餐怎么了?"

"淡而无味,还很凉。"

"那你为什么不把它送回厨房去呢?告诉他们把你想吃的东西送来,并要确保它们是热的。"

"你来做,厨房是女人的事情。"

斯嘉丽把双手叉到腰上,用和外公一样坚定的目光望着他,问道:"你是说,一大早把我从床上叫起来就是为了让我给你的厨师传个话?你把我当成什么了,仆人吗?你的早饭你自己去下命令,要不就饿着,反正对我都一样。我要回去睡觉了。"斯嘉丽说罢怒不可遏地转过身去。

"那张床是我的,小姑娘,是我的仁慈和好心才让你睡在它上面的。只要你在我的家里,我要求你服从我的命令。"

她现在真是气坏了,再去睡觉的希望也没有了。她想:我现在就去收拾东西,我不想再忍受下去了。

话还没有出口她就闻到了一股新鲜咖啡的诱人香味,立刻把已到嘴边的话咽了回去。她要先喝杯咖啡,然后再去斥责那个老头……她最好再想一想。她还不准备离开萨凡纳,瑞特现在肯定已经知道她在这里了,并且她还随时可能得到院长对出让塔拉所有权的回复。

斯嘉丽走到门边拉了拉拉铃绳,然后在外公右边的椅子上坐了下来。当杰罗姆走进来后,她怒视着他说道:"给我一杯咖啡,然后把这个盘子拿走。这是什么,玉米浓粥吗?不管它是什么,杰罗姆,告诉厨师她自己拿去吃。让她弄一些炒鸡蛋、火腿、培根、玉米碴子粥和饼干,多加黄油。再来一罐浓稠的奶油,我喝咖啡要用。马上去办！"

杰罗姆看着挺直了身板的老人，默默地催促他约束斯嘉丽的大胆行为，但是皮埃尔·罗比拉德的眼睛直视着前方，没有理睬管家的目光。

"不要像雕像一样站在这里，"斯嘉丽厉声说道，"照我的话做。"她已经饿了。

她的外公也饿了。虽然这顿饭也像他的生日晚餐一样悄无声息，但是这一次他把送来的东西都吃光了。斯嘉丽怀疑地从眼角瞥了他一眼：这只老狐狸到底想干什么？她相信外公装模作样的背后一定有什么企图。根据她的经验，如果你想要什么东西，最简单的做法就是吩咐仆人去拿，因为你只需要冲他们叫喊几句就完事了。上帝作证，外公最擅长的事情不就是恐吓吗，看看宝琳姨妈和尤拉莉姨妈就明白了。

再看看我，也一样。他一叫我，我就忙不迭地从床上跳了起来。我以后再也不能那么俯首帖耳了。

老人把餐巾扔到空盘子旁边，然后对斯嘉丽说道："我希望你今后吃饭的时候要穿上得体的衣服。我们将在一小时七分钟后准时出发去教堂，留给你梳洗的时间应该足够了。"

斯嘉丽根本就没有去教堂的计划。现在姨妈们不在，没人要她陪着去，而且她已经从女修道院的院长那里得到了她想要的东西，但是她必须制止外公的高压和专横行径。据她的姨妈们说，他是强烈反对天主教的。

"我不知道你也参加弥撒，外公。"她说，话语间似乎流露出一种亲密感。

皮埃尔·罗比拉德的两道粗大的白眉毛紧紧地拧到了一起："我希望你不会像你的两个姨妈那样轻信天主教的蠢话。"

"我确实是个虔诚的天主教徒，如果你指的是这个意思的话。我要和我的堂亲们也就是奥哈拉家的人一起去做弥撒。顺便说一句，他们已经邀请我去他们家住，只要我愿意随时可以去。"斯嘉丽站起身来，得意扬扬地大步走出了房间。她刚刚走到楼梯的一半，突然想起来做弥撒前是不该吃东西的。算了吧，如果她不愿意就不必领圣餐，反正她刚才已经明确地向外公表示过她是虔诚的天主教徒了。当她回到自己的房间时，她得意地跳了几步昨天晚上刚学到的里尔舞的舞步。

其实她心里很清楚，老头子不会戳穿她要去堂亲家住的谎言。尽管她很喜欢到奥哈拉家听音乐和跳舞，但是那里孩子太多，她不可能住到那里去。再说，他们家也没有仆人，而斯嘉丽要是没有潘西帮她系好胸衣和梳理头发，她连衣服都穿不上。

她又一次在心里想，我不知道他到底想干什么。然后，她耸了耸肩，也许过一会儿就会知道的。这其实无所谓，反正在他表明他的真实意图之前，瑞特肯定早就来这里把她接走了。

第四十章

就在斯嘉丽回到楼上她的房间一小时四分钟之后,拿破仑的士兵皮埃尔·奥古斯特·罗比拉德离开他漂亮的圣殿似的家去教堂了。他穿着一件厚重的大衣,围着一条羊毛围巾,长着稀疏白发的头上戴着一顶貂皮高礼帽,那顶帽子原来属于一位在博罗季诺会战[1]中牺牲的俄国军官。虽然阳光明媚,空气中已经洋溢着春天的气息,老人瘦弱的身体还是感到很冷。尽管如此,他仍然挺直了腰板往前走,很少使用他手里拿着的马六甲手杖[2]。一路上许多人跟他打招呼,他都十分得体地向对方微微鞠躬作答。他在萨凡纳可是个名人。

---

[1] 博罗季诺会战(Battle of Borodino)拿破仑入侵俄罗斯期间最大的一场战役。1812年9月7日,拿破仑率十三万法军向驻守在博罗季诺村以南、库图佐夫元帅率领的十二万余俄军发起进攻,遭到俄军顽强抵抗。双方展开拉锯战直至天黑,两军都战斗得筋疲力尽。这场战斗涉及约二十五万名士兵,造成至少七万人伤亡,是拿破仑战争中伤亡最惨重的一天。博罗季诺之战是俄国为阻止法国进攻莫斯科而做的最后一次努力,法国在一周后攻陷莫斯科。然而,法国人并未能迫使沙皇亚历山大投降,俄国军队也并没有被彻底击败。同年10月,法军从莫斯科撤退,拿破仑对俄国的入侵最终失败。

[2] 马六甲手杖(Malacca cane)是一种亚洲藤本植物(尤指菖蒲)的茎,通常有斑纹,常用于手杖和伞柄。

在齐佩瓦广场边的独立长老会教堂，他坐在前面第五排的座位上，这也是教堂落成近六十年来他一直坐的位置。当时的美国总统詹姆斯·门罗也参加了这座教堂的落成典礼，并让人把那位从奥斯特里茨战役到滑铁卢战役一直跟着拿破仑的人介绍给他。尽管一个总统对于一个曾经与皇帝并肩作战的人来说没什么了不起，但是皮埃尔·罗比拉德还是彬彬有礼地见了那位总统。

礼拜结束后，他用手势同几个人打招呼，他们都立刻作出了回应，急忙跑到教堂的台阶上和他见面。他同他们说了几句话、问了几个问题，并耐心地听了他们你一言我一语的回答。然后他回到家里，一向严肃的脸上几乎露出了微笑。接下来，他小睡了一会儿，直到晚餐端到他的床上才坐起来。现在，每周去教堂参加礼拜，已经让他越来越感到劳累了。

同其他老人一样，他睡觉轻，在杰罗姆端着托盘进来之前他已经醒了。他一面等待自己的晚餐，一面想着斯嘉丽的事。

他对她的生活和她的天性并没有兴趣。这么多年以来，他就从来没有一次想到过她，而当她和他的两个女儿出现在他房间里的时候，他对见到这个外孙女既没有感到高兴也没有感到不高兴。她之所以引起了他的注意，是因为杰罗姆向他抱怨，说她提出的要求扰乱了厨房的正常工作。如果她继续坚持在罗比拉德先生的饭菜中加入黄油、肉汁和糖，她会害死罗比拉德先生的。

她就是老人一直以来的祈祷终于得到的答复。就他的生命而言，只剩下几个月或几年的时间，每天的生活一成不变，就是吃饭和每周去教堂做一次礼拜，所以他已经没有更多可期待的东西。平淡无奇的生活并没有使他感到不安，因为他深爱的妻子的肖像就在眼前，他相信在适当的时候他就会离开人世去同她团聚。他日日夜夜都想着她，睡觉时梦到她，醒着的时候则一遍又一遍回忆她的往事。这对他已经足够了，或者几乎足够了。他确实怀念过去有好东西吃的日子，最近几年来他总感到食不甘味，饭菜不是太凉就是烧煳了，而且还单调得要命，他想要斯嘉丽来改变这个现状。

她对老人动机的怀疑其实毫无必要。皮埃尔·罗比拉德一眼就看出了她的霸道性格，希望它能够为己所用，因为他自己再也没有力气去争取他想得到的东西了。仆人们对此都心知肚明，他不仅太老而且也太疲惫了，已经不能随意支配他们。但是，斯嘉丽年轻气盛。他并不需要她的陪伴或爱，而是希望她能够像他以前那样管理他的这所房子，即按照他的标准行事，服从他的支配。他需要找到一种方法来实现这一目的，所以他想到了她。

所以，杰罗姆一走进来他就对他说："叫我外孙女到这里来。"

"她还没回家呢。"老管家微笑着说。他心里早就料到老人会因此生气。杰罗姆讨厌斯嘉丽。

这时，斯嘉丽和奥哈拉家的人正在城里的大市场里。在同外公发生冲突之后，她穿好衣服，打发走了潘西，独自穿过花园，匆匆走过两个街区来到了杰米家里。"我是来搭伴参加弥撒的。"她告诉莫琳,但她真正的目的是要待在一个人们彼此友善相待的地方。

弥撒结束之后,男人们往一个方向走,妇女和儿童往另一个方向走。莫琳告诉斯嘉丽说:"他们要去普拉斯基酒店的理发店里理理发、聊聊天,很可能还要在酒吧里喝上一两品脱[1]啤酒。那里能听到各种消息,比报纸还管用。我要买一些牡蛎做一个好吃的馅饼,所以我们到市场去,一边买东西一边也能得到我们想听的消息。"

萨凡纳的市场和查尔斯顿的市场有着同样的功能和同样令人兴奋之处。查尔斯顿的社交季到来后,参加社交活动便替代了市场购物成为女士们每天最重要的事情,所以斯嘉丽重新回到熟悉的讨价还价、买东西和朋友们相互问候的吵闹声中之后,她才突然意识到眼前的这一切真的让她十分怀念。

她现在有些后悔没有带上潘西,要不然她就买下满满一篮子从萨凡纳繁忙的海港运进来的异国水果,让女仆拎着就好了。现在,玛丽·凯特和海伦为奥哈拉家的女人们承担了这项任务。斯嘉丽也买了些橘子让她们替自己拿着,但是她坚持要为她们在一个摊位上喝的咖啡和吃的焦糖卷付钱。

但是,当莫琳邀请斯嘉丽到他们家吃饭时,她婉拒了。因为她没有告诉外公的厨师她不在家吃饭,并且她还想补上昨晚缺

---

[1] 1美制湿量品脱约等于473毫升。

少的睡眠，否则一旦瑞特坐下午的火车到来时，她那张脸就会像死人的脸一样难看。

她在罗比拉德家门口的台阶上和莫琳吻别，然后再远远地向其他人喊了声"再见"。她们几乎落在了她身后的一个街区之外，因为小孩子摇摇晃晃走得慢，帕特丽夏怀有身孕也走不快，所以大大拖慢了她们的速度。这时，海伦拿着一个鼓鼓囊囊的纸袋赶了上来："别忘了你的橘子，斯嘉丽姑姑。"

"我来拿，斯嘉丽小姐。"杰罗姆出现在她身后。

"噢，好的，拿着吧。你不能这么悄无声息地出现，吓了我一跳，我都没听见你开门的声音。"

"我一直在等你回来，罗比拉德先生要见你。"

杰罗姆看着散乱的奥哈拉家的人，毫不掩饰地露出了轻蔑的目光。

斯嘉丽绷紧了下巴，对这个男管家的无礼行为必须采取措施了。她怒气冲冲地走进外公的房间，愤怒地噘着嘴准备一吐为快。

然而，皮埃尔·罗比拉德并没有给她说话的机会。"你衣冠不整，"他冷淡地说道，"还打乱了我家的日程安排。当你和那些爱尔兰农民厮混的时候，午餐的时间已经过去了。"

斯嘉丽立刻就上钩了："谢谢你提到我堂亲的时候还能使用文明的语言。"

老人耷拉着的眼皮半遮住了眼睛里的光芒。"你怎么称呼一个做生意的人？"他平静地问道。

"如果你指的是杰米·奥哈拉,我称他为一个成功而勤奋的商人,因为我尊重他取得的成就。"

她外公设下了圈套:"毫无疑问,你也很欣赏他那个花里胡哨的妻子。"

"正是,我就是喜欢她!她是个善良而又慷慨的女人。"

"我相信这正是她的职业必须给人留下的印象。你知道她过去是一家爱尔兰酒吧里的吧女,对吧?"

斯嘉丽像一条被人扔在岸上的鱼似的喘着粗气。这怎么可能!但是,随即许多不雅的画面就出现在了她的脑海里——莫琳端起酒杯要人给她斟满威士忌……手里打着响板、亢奋地唱着淫荡的歌曲……随手把她那乱蓬蓬的红发从她兴奋的红脸蛋上拂去却并不用发卡把它别在脑后……把裙子撩到膝盖以上跳着苏格兰里尔舞……

粗俗,莫琳确实粗俗。

他们都带有一股俗气。

斯嘉丽想哭,她和奥哈拉一家在一起时一直感到那么开心,她不想失去他们。但是,在她母亲长大的房子里,罗比拉德和奥哈拉之间却横着一条巨大的鸿沟,她躲不开。难怪外公会以我为耻。如果母亲看到我刚才回家时和那样一群人走在大街上,她也肯定会感到伤心的。一个女人挺着个大肚子,连一条披巾也不戴就在公共场合随意走动,一大帮像野蛮的印第安人一样的孩子四处乱跑,甚至购物之后也没有一个帮着拎东西的女仆。我肯定看起来也和他们一样邋遢。妈妈一直苦口婆心地教导我成为淑女，如果她知道她女儿和一个吧女交上了朋友，她会恨不能一死了之。

斯嘉丽焦急地看着老人，他是不是有可能知道她在亚特兰大有一所房子并把它租给了别人做酒吧？

皮埃尔·罗比拉德闭着眼睛，似乎突然陷入老年人的嗜睡状态，斯嘉丽踮着脚尖走出了房间。当她随手把门关上时，躺在床上的拿破仑老兵偷偷地微微一笑，随即进入了梦乡。

杰罗姆用银托盘给她送来了邮件，他的双手戴着白手套。斯嘉丽从托盘里拿起那几封信，轻轻点了点头算是谢谢。如果她要约束杰罗姆，让他谨守做仆人的规矩，她就不能随便表示她的谢意。前一天晚上，她在客厅里等着瑞特到来，可是等了那么久他还是没有出现，于是她把所有仆人召集到一起狠狠地训斥了他们一顿，尤其是训斥了杰罗姆。这个管家肆无忌惮的无礼行为成了她的天赐良机，她正好需要一个发泄愤怒和失望的倒霉蛋。

亨利·汉密尔顿叔叔对她把钱转到萨凡纳的银行一事非常生气。真是糟透了！斯嘉丽把他那封简短的信揉成一团，扔到了地板上。

厚厚的那封信是宝琳姨妈寄来的，她的信肯定又是一通漫无边际的抱怨，可以等一等再看。接着，斯嘉丽拆开了那个硬邦邦的方信封，她认不出信封上的字是谁的笔迹。

结果那是一封请柬，邀请人的名字并不熟悉，她使劲想了半天才终于想起来了。当然是她，霍奇森是两个特尔菲尔老太太之一婚后的姓。霍奇森大厅即将举行落成典礼,典礼之后还要举行一个招待会。"佐治亚州历史学会的新家",听起来比姐妹俩那次可怕的音乐会还要糟糕。斯嘉丽做了个鬼脸,把请柬放到了一旁,她得找一张信纸,把她的歉意送回去。姨妈们就喜欢无聊透顶的事情,但是她不喜欢。

姨妈们的信。那就先看看姨妈的信吧。她撕开了宝琳的来信。

……对你的无礼行为深感羞耻。要是我们知道你和我们一起去萨凡纳的时候,居然对埃莉诺·巴特勒不辞而别,我们会要求你立即下车回去的。

宝琳姨妈究竟在说什么?难道埃莉诺小姐没有告诉她们我给她留了便条吗?还是她根本没有收到那张便条?不,不可能。宝琳姨妈总是无事生非。

斯嘉丽快速地继续往下看,宝琳姨妈还说斯嘉丽在翻船事故发生后还去旅行是非常愚蠢的行为,还指责她对自己的姨妈隐瞒事故是"不近人情的沉默"。

为什么宝琳姨妈就不能说一些我想听的事情呢?信里只字没有提到瑞特。她一页一页地翻看着写满宝琳姨妈尖细笔迹的信纸,只想找到他的名字。上帝啊!她这个姨妈说教起来比一个严厉的教士还能唠叨。啊,这里,终于看到了。

……瑞特认为他必须去波士顿开一个会,把肥料运输的问题解决好,可想而知亲爱的埃莉诺对此很担心。翻船后他在冰冷的海水中浸泡了很长的时间，不应该马上又去气候寒冷的北方……

斯嘉丽一松手，几页信纸纷纷落到了她的腿上。难怪！噢，感谢上帝。瑞特之所以没来找她原来是这个原因。亨利叔叔为什么不告诉我瑞特的电报是从波士顿发出来的呢？那样我就不至于时刻焦急地等待着他的出现，几乎把自己给逼疯了。宝琳姨妈说没说他什么时候回来？

斯嘉丽在腿上杂乱的信纸中翻来找去。她刚才看到哪儿了？找到那页信纸后，她急切地一口气把信全部读完。但是，信里再也没有提到她想知道的任何事情。现在，我该怎么办呢？瑞特这一去可能需要好几个星期的时间，但是也有可能他现在已经在回来的路上了。

斯嘉丽再次拿起了霍奇森太太的请柬，至少这里还有一个可去的地方，要不然每天待在这所房子里，她一定会发疯的。

要是她能随时跑到杰米家去就好了，哪怕仅仅是去喝一杯茶。但是不行，那是不可想象的。

然而，她又不能不去想奥哈拉一家人。第二天早上，她带着外公的那个闷闷不乐的厨师一起来到市场，她要亲自监督厨师买了什么、花了多少钱。因为无事可做，所以斯嘉丽决定把外公的家好好打理一下。当她正喝咖啡的时候，突然听到了一个孩子般羞怯的声音在喊她，原来是年轻、可爱又害羞的凯瑟琳。"我不熟悉美国的这些鱼。"她说,"你能帮我挑选几只最好的虾吗?"斯嘉丽一时没听明白,那姑娘用手指了指虾她才恍然大悟。

"你肯定是天使派来的,斯嘉丽。"买好虾后凯瑟琳说道,"要是没有你,我真不知道该怎么办了。莫琳只要最好的虾。你知道的,科勒姆就要回来了。"

科勒姆——我应该认识他吗?莫琳或别的人有一次提到过这个名字。"为什么科勒姆如此重要?"

凯瑟琳惊讶地瞪大了她那双蓝色的眼睛,不明白斯嘉丽怎么会提出这个问题。"为什么?嗯……因为科勒姆就是科勒姆,仅此而已。他是……"她找不到合适的话来表达,"他就是科勒姆,仅此而已。是他把我带到这里来的,你不知道吗?他是我的哥哥,就像斯蒂芬一样。"

斯蒂芬,那个沉默寡言的黑头发男人,斯嘉丽一直没有意识到他是凯瑟琳的哥哥。也许这就是他那么安静的原因,也许他们家的人都像老鼠一样害羞。"你父亲是詹姆斯伯伯的哪个兄弟?"她问凯瑟琳。

"啊,我父亲已经去世了,愿上帝让他的灵魂安息。"

这姑娘是不是有些迟钝啊?"他叫什么名字,凯瑟琳?"

"噢,原来你想知道他的名字啊!他的名字是帕特里克,帕特里克·奥哈拉。杰米的第一个孩子帕特丽夏就用了他父亲帕特里克的名字来命名。"

斯嘉丽皱起眉头仔细想了想,原来杰米还是凯瑟琳的哥哥,我还以为她一家人都很害羞。"你还有其他兄弟吗?"她问。

"噢，有啊，"凯瑟琳开心地笑着说道，"还有其他兄弟姐妹。现在还活着的一共有十四个人。"她在自己身上画了个十字。

斯嘉丽赶紧躲开了那姑娘。噢，天哪，那个厨师很可能一直在偷听，这些话很快就会传到外公的耳朵里。我现在都能听见他会说的话，说我们天主教徒就像兔子一样繁殖力强。

但实际上，皮埃尔·罗比拉德根本没有提到斯嘉丽堂兄家的事情。晚饭前他把她叫来，只是告诉她说今天的饭菜他很满意，然后就打发她离开了。

她叫住杰罗姆，想检查一下晚餐的托盘是否有了改进。她仔细看了看托盘里的银盘，看它是否闪闪发亮，上面是不是没有指纹。当她把咖啡匙放回盘子里的时候，咖啡匙碰到了汤匙。不知道莫琳会不会教我玩勺子？这个念头让她自己也感到突然。

那天晚上，她梦见了自己的父亲。早上一觉醒来，她的嘴角上还挂着微笑，但是脸颊上留下了明显的泪痕。

在市场上，斯嘉丽突然听到了莫琳·奥哈拉独特的大笑声，她立刻躲到了一个厚厚的砖柱后面，怕被莫琳看见。但是，她能看见莫琳和帕特丽夏，两人高大的个子十分显眼，身后还跟着一群乱哄哄的孩子。她听见莫琳说："你父亲是我们几个当中唯一一个不急于见到科勒姆的人，因为他一直享受着我每天特别为你叔叔的到来准备的晚餐。"

斯嘉丽忍不住想，我也想要特别待遇。我实在是吃腻了厨师专门为外公准备的软食。她转向厨师说："再买点鸡肉，午餐给我炸几块吃。"

然而,她的坏心情在午餐时间之前就已经烟消云散了。因为当她回到家的时候,看到了来自女修道院的院长的一张便条,上面写着主教打算考虑斯嘉丽要把卡琳的"嫁妆"买回去的请求。

塔拉。我就要得到塔拉了!从看到那张便条的那一刻开始,她心里就一直在盘算如何让塔拉获得重生,既没有注意到时间过去了多久,也没有意识到吃饭时盘子里有什么食物。

她在脑海里已经可以清楚地看到获得重生后的塔拉:坐落在小山顶上的房子洁白闪亮,精心修剪的草坪青翠欲滴,长满了三叶草;山坡上长满绿油油的青草,在微风的吹拂下弯着腰,像一条展开的地毯从山顶一直铺到山脚,直抵那片遮住了小河的神秘的墨绿色松林;春天里山茱萸花团锦簇,紫藤芳香袭人,夏日里一阵阵清风不时将浆洗过的白色窗帘掀起,让它飘浮在敞开的窗户之外,金银花浓郁的甜蜜香味从窗户飘进每一个房间里。一切都恢复了其梦幻般的宁静和完美。是啊,夏天最好。佐治亚州的夏季漫长而慵懒,黄昏可以持续几个小时,萤火虫在慢慢加深的黑暗中发出星星点点的信号,接着天鹅绒般的天空中开始布满明亮的星星,抑或出现一轮浑圆而洁白的月亮,月光下沉睡的塔拉明晃晃地矗立在那座缓缓隆起的山坡顶上。

夏天……斯嘉丽突然睁大了眼睛,这正是她想要的!为什么她以前完全没有意识到呢?毫无疑问。夏天——她最喜欢夏天的塔拉,而在炽热的夏天里瑞特正好不能去丹漠兰丁种植园。这个计划太完美了:每年十月到下一年六月他们将在查尔斯顿度过,当一个接一个的茶会开始变得沉闷乏味的时候,社交季就到了，单调的生活随之会充满了生机；而当社交季之后的生活开始变得乏味的时候，塔拉的夏天又到了，又会再次赶走单调的生活。她知道只要塔拉还有漫长的夏天，她就能忍受这样的生活。

噢，但愿主教能快快作出决断！

第四十一章

皮埃尔·罗比拉德带着斯嘉丽去参加在霍奇森大厅举行的落成典礼。他穿着一套老式礼服——一条缎子马裤和一件天鹅绒燕尾服,纽扣孔上挂着一枚红玫瑰形状的小荣誉勋章,胸前斜挎着一条宽大的红饰带,真是威风凛凛。斯嘉丽还从来没有见过谁像她外公这样高贵。

她想,他也可以为我感到骄傲。她戴的珍珠和钻石都是上等货,礼服相当华丽,镶着闪亮的金丝锦缎饰边,金色的锦缎裙摆足足有四英尺长。自从她去查尔斯顿之后就不得不穿得很邋遢,所以在这之前她还一直没有机会把这套礼服穿出来。不管怎么说,她还是很幸运,在去查尔斯顿之前就把那些衣服都做好了,到现在还没有穿过的也还有六七套。即使被瑞特嘲笑,迫使她去掉了衣服上的许多饰物,但是这些衣服也比她在萨凡纳任何人身上看到的衣服要漂亮得多。当杰罗姆把斯嘉丽扶上租来的马车,让她坐在外公对面的时候,她就一直为自己的打扮洋洋得意。

在去城南的路上,马车里一片沉寂。皮埃尔·罗比拉德满头白发的脑袋半睡半醒地耷拉着。突然,斯嘉丽发出了一声惊叫:"噢,看哪!"在铁栅栏围起来的古典式建筑外的大街上,成群结队的人们正在围观萨凡纳精英人物的到来,此情此景就如同圣塞西莉亚舞会外的情景一样。斯嘉丽高傲地昂起头,由一个穿着制服的侍从扶着从马车上下到人行道上,她清楚地听到了人群中发出的低声赞美。当外公慢慢走下来站到她身旁之后,她特意摇摇头,让钻石耳坠在灯光下闪烁发亮,接着用胳膊揽起裙摆并在身后摊开,然后才走上铺着红地毯的台阶,向大厅门口走去。

"哇!"她听到人群里有人发出惊叹,"啊!""漂亮!""她是谁?"当她伸出戴着白手套的手放在外公的天鹅绒衣袖上时,一个熟悉的声音清晰地喊道:"凯蒂·斯嘉丽,亲爱的,你像示巴女王一样光彩夺目!"她惊慌失措地迅速向左边看去,然后又更快地转身避开了杰米和他的孩子们的目光,仿佛她根本不认识他们似的,跟着皮埃尔·罗比拉德缓慢而庄重的步伐走上了楼梯。但是,她刚才看到的那一幕已经深深地印在了她的脑子里。杰米的左臂搂着哈哈大笑、满头红发的邋遢妻子的肩膀,一顶圆顶礼帽随意地歪戴在长满卷发的后脑上。杰米的右边有一个男人,也站在明晃晃的街灯下。他的个子只有杰米的肩膀那么高,全身裹在厚实的衣服里,整个身躯显得又粗壮又结实,就像一块黑木头。他长着一张圆脸,脸色红润,一双蓝眼睛闪闪发光,没戴帽子的头上覆盖着一圈银亮的卷发。他简直就是斯嘉丽的父亲杰拉尔德·奥哈拉的化身。

霍奇森大厅的内部被装饰得美观而庄重，很符合它的学术目的。墙壁覆盖着色彩丰富的抛光木镶板，上面挂着许多镜框，里面陈列着历史协会收集的旧地图和草图。高高的天花板上悬挂着巨大的黄铜枝形吊灯，上面装有白色的玻璃球煤气灯，它们发出的明亮、泛白的刺眼灯光照射在那些面色苍白、满脸皱纹的贵族的脸上。斯嘉丽本能地想躲进某个阴影里，他们看起来都那么老，一派老气横秋。

她突然感到一阵恐慌，好像她自己也开始迅速变老，仿佛衰老也会传染。她的三十岁生日在查尔斯顿悄无声息地过去了，但是现在她才深切地意识到了这正是问题所在。世人皆知，女人到了三十岁就等于死了。三十岁无疑是很老了，她从来不相信这种事也会降临到她的头上，这是不可能的。

"斯嘉丽。"外公对她说道。他把她的胳膊举过肘部，推着她向迎宾的队列走去。他的手指像死人一样阴冷，斯嘉丽尽管戴着几乎长及肩膀的薄皮长手套，但是仍然能清楚地感觉到那种阴冷。

她看到前方站着一排历史学会老态龙钟的理事，他们正在迎接一个又一个老态龙钟的来宾。斯嘉丽的心里已经感到了恐慌，我不能参加这种活动！我不能走到那些人面前，握住他们阴冷的手并且微笑着说我很高兴来到这里，我得立刻离开这里。

她一下子瘫软地靠在外公僵硬的肩膀上，说道："外公，我突然感到不舒服。"

"不许你感到不舒服,"他说,"挺直腰板,按要求去做。落成典礼结束之后你就可以离开,但是结束之前不行。"

斯嘉丽不得不挺直身体,继续往前走。她的外公真是个怪物!难怪她从来没听母亲提起过他,因为说起他就没有任何好事情。"晚上好,霍奇森太太,"她说,"我很高兴来到这里。"

在长长的迎宾队列里,皮埃尔·罗比拉德的行进速度比斯嘉丽慢得多。当斯嘉丽走到尽头的时候,他才走了一半,正握着一位女士的手僵硬地俯下身去。于是,斯嘉丽立刻从一群人中间挤过,匆匆向门口走去。

来到门外,她迫不及待地吸了一口新鲜空气,然后拔腿就跑。她的裙摆在身后伸展开来,仿佛自由地飘浮在空气中,在楼梯和节日红地毯旁灯光的照耀下闪闪发亮。"罗比拉德的马车,快!"她对侍者喊道。侍者见她紧急的样子,立刻朝一个角落跑去。斯嘉丽紧随其后,任由裙摆在人行道粗糙的砖块上拖着走,她必须在有人阻止她之前离开这里。

她刚一安全地坐进马车里,就喘着粗气对车夫说:"送我去南布劳德街,我会告诉你是哪幢房子。"她心里想,母亲当初也离开了这些人,嫁给了爸。所以,我现在逃跑她也不能怪我。

来到莫琳的厨房门前,她就听见从门后传来的音乐和笑声。她用双拳敲打着门,直到杰米把门打开。

"斯嘉丽!"他惊喜地说,"进来吧,亲爱的斯嘉丽,来见见科勒姆,他终于来了。除了你之外,他就是奥哈拉家族中最好的人了。"

现在科勒姆就站在斯嘉丽面前,她看得出来他比杰米要小好几岁,同他那些高个子的堂兄和侄子比较起来,只有他那张圆圆的脸和矮小的身材像她的父亲。科勒姆的蓝眼睛比父亲的眼睛颜色更深,也更严肃,浑圆的下巴也流露出一种坚毅的性格,那正是父亲在骑马时脸上常有的神情,尤其是当他喝多了酒、策马跳过清醒时不敢跳的障碍物的时候。

当杰米介绍他们认识时,科勒姆立刻笑脸相迎,脸上的皱纹几乎把眼睛遮住了。但是他眼睛里散发出的温暖使斯嘉丽产生了一种感觉,能够认识她是他一生中最幸福的经历。"奥哈拉家族中竟然有如此尤物,我们难道不是地球上最幸运的家族吗?"他说,"如果你再戴上一个王冠头饰,斯嘉丽宝贝,你迷人的美就完美无缺了。要是精灵皇后[1]看见了你,会不会心生嫉妒,把自己闪闪发光的翅膀撕成碎片呢?莫琳,让小女孩们都看看她,让她们知道该渴望什么,长大后也要像她们的姑姑一样美丽动人。"

斯嘉丽开心地笑起来。她说:"我想我听到了著名的爱尔兰式奉承。"

"没有丝毫奉承的意思。只可惜我没有诗人的天赋,难以表达我心中的感受。"

杰米在弟弟肩膀上拍了一下:"不过,你的表达已经很不错

---

[1] 精灵皇后又译精灵女王(Fairy Queen)、仙女王后(Queen of the Fairies),是一个来自爱尔兰和英国民间传说中的人物,她统治着所有精灵或仙女。

了，你这个流氓。躲开，给斯嘉丽让个座，我去给她拿一杯……科勒姆在旅途中为我们搞到了一桶真正的爱尔兰啤酒，斯嘉丽宝贝，你一定要尝尝。"杰米也采用了科勒姆对斯嘉丽的称呼，就好像她的名字和昵语构成了一个新词：斯嘉丽宝贝。

"哦，不用，谢谢。"她本能地回答说，但是紧接着她又说，"干吗不喝呢？我还从来没有喝过啤酒。"要是香槟酒，她会毫不犹豫地喝一杯。她尝了一口杯子里黑乎乎漂着气泡的液体。好苦！她立即做了个鬼脸。

科勒姆从她手里接过杯子，说道："你们看看，每过一秒钟，她都变得更加完美，她甚至还要把好酒统统留给更口渴的人喝。"他一边喝着啤酒，一边越过杯沿微笑着看着她。

斯嘉丽也报以微笑，她觉得不笑都是不可能的。随着时间的过去，她发现所有人都对科勒姆不停地微笑，似乎是在回应他的欢乐。他显然玩得很开心，身体靠在椅背上，椅背斜靠在壁炉旁的墙上，不停地挥手指挥和鼓励着拉小提琴的杰米和打响板的莫琳。他脱掉了靴子，穿着袜子的脚在椅子的横木上轻轻地拍打，好一副悠然自得的形象。他甚至摘掉了硬领，敞开了衬衣的领口，让笑声在喉咙里自由地震荡。

"科勒姆，给我们讲讲你旅行中的事情。"有人一次又一次地催促，但是科勒姆总是拖延。他一会儿说他需要音乐，还需要一杯茶提提精神并让干渴的喉咙得到滋润，一会儿又说明天有足够的时间讲给他们听。

音乐也使斯嘉丽的精神为之一振，但是她不能在这里待太长时间，她必须赶在外公回家之前回家睡觉。我希望那个马车夫信守诺言，不要告诉外公我来了这里。我只想离开那个墓地一样死气沉沉的地方，给自己找点乐子，可是外公对此却毫不在乎。

她差一点儿就没能及时赶回去。杰米刚刚走到视线之外，外公乘坐的马车就驶到了门口。她手里拿着便鞋、胳膊下夹着裙摆一溜烟跑进了楼上的卧室里。她紧闭双唇，不让自己笑出声来，看来她既逃避了落成典礼又逃脱了惩罚，这无疑让人感到很开心。

但是，她并没有逃脱惩罚。虽然她的外公一直都不知道她那天到底干什么去了，但是她自己知道，也正因此在她内心里挣扎了一辈子的情感才再一次被激发起来。斯嘉丽的天性就像她的姓氏一样，都是从父亲那里继承来的。她性情冲动、意志坚强，有着同父亲一样粗犷、直率的活力和勇气，正是这种活力和勇气当初激励着杰拉尔德渡过波涛汹涌的大西洋，最终达到了他梦想的顶峰——成为一个大种植园的主人和一位贵妇人的丈夫。

母亲的血液赋予了斯嘉丽精巧的骨骼和奶油色的皮肤，那是她的家族几个世纪以来所形成的特质。同时，埃伦·罗比拉德还向女儿灌输了许多贵族的规则和信条。

现在，她的本能和受到的训练处在战斗状态之中。奥哈拉家人对于她就像磁石一样具有巨大的吸引力，他们纯朴的活力和旺盛的快乐正好迎合了她天性中最深沉和最美好的那一部分。但是，她不能自由地作出响应，因为她崇敬的母亲教给她的一切都不允许她获得那样的自由。

她左右为难，无法理解是什么使她如此痛苦。她焦躁不安地在外公寂静的房子里从一个房间走到另一个房间，对眼前简朴的美视而不见，心里却只想着奥哈拉家的音乐和跳舞，全身心地希望此时此刻自己能同他们在一起，同时又不时想起母亲的教诲，觉得如此喧嚣的狂欢只能是粗俗的下层阶级的行为。

外公看不起斯嘉丽的堂亲们，她对此并不在乎。她的观点确实没错，他就是一个自私的老人，看不起所有人，其中也包括他自己的两个女儿。但是，母亲的谆谆教诲在她的心灵上留下了永恒的印记。母亲要是看到斯嘉丽在查尔斯顿的表现，肯定会为自己的女儿感到骄傲。尽管瑞特曾经嘲笑过她并且预言说她会出丑，但是她还是被那里的人公认为淑女并被接受了，对此她也感到欣喜。难道她没有感到欣喜吗？当然感到欣喜了，因为这也是她想要的结果，而且也是母亲真心希望她达到的目标。既然如此，为什么她又偏偏对她那些爱尔兰亲戚的生活感到羡慕不已呢？

最后，她不得不决定现在不再去想这些问题，我以后再去考虑，现在还是考虑塔拉的问题吧。于是，她又退缩到塔拉种植园的田园生活中去了，那是过去处于巅峰时期的塔拉，也是将来经她重振后的塔拉。

接着，她就收到了主教的秘书送来的一张便条，她的田园牧歌美梦立刻就在她的眼前破灭了。他不同意她的请求。斯嘉丽脑子里一片空白，她把那张便条抓在胸前，帽子也不戴便不顾一切地独自向杰米·奥哈拉家那扇从不上锁的门跑去。他们会理解她的感受,奥哈拉家的人都能理解。爸早就一遍又一遍地告诉过我:"对任何一个人来说,只要他的血管里有着一滴爱尔兰人的血,他们生活的土地就像母亲一样重要;它是唯一永恒的东西,值得你为它工作、为它战斗……"

砰的一声推开门,她的耳朵里仍然回响着杰拉尔德·奥哈拉的声音,眼前看到的却是十分像她父亲的科勒姆·奥哈拉矮小而结实的身体。他似乎就是那个她可以向其倾诉的人,他肯定能够体会到她的感受。

科勒姆正站在门道里,眼睛望着餐厅里面。当外面的门砰的一声打开、斯嘉丽跌跌撞撞地走进厨房时,他立刻转过身来。

他穿着一套深色西装,斯嘉丽的眼睛痛苦地看着他。她的目光停在了他脖子上那条意想不到的硬白领上,他是一位神父!没有人告诉过她科勒姆是个神父。感谢上帝!你可以告诉神父任何事情,甚至是你内心最深处的秘密。

"救救我,神父,"她叫道,"我需要得到帮助。"

第四十二章

"情况已经清楚了。"科勒姆总结道,"现在的问题在于,我们该做什么来进行补救呢?这就是我们必须找到的答案。"他坐在杰米餐厅里那张长餐桌的首座上,来自三个奥哈拉家庭的所有成年人都围坐在餐桌旁的椅子上。从关着的厨房门后面隐约传来玛丽·凯特和海伦的声音,她们正在厨房里给孩子们喂食。斯嘉丽坐在科勒姆身边,因为刚刚大哭了一场,所以脸有些浮肿并且还带着泪痕。

"科勒姆,你的意思是说,在美国这个种植园就不可能完全归第一个孩子所有?"马特问道。

"那么,杰拉尔德叔叔没有留下遗嘱就太傻了。"

斯嘉丽生气地瞪了他一眼。但是,她还来不及说话科勒姆就插了进来:"这个可怜人过早去世,他还没有想过他的死和死后的问题。上帝让他的灵魂安息吧。"

"上帝让他的灵魂安息吧。"其他人附和着并在胸前画了个十字。斯嘉丽绝望地看着他们一个个严肃的脸,他们能做什么?

他们不过是一些爱尔兰移民罢了。

但是,她很快就发现自己错了。随着谈话的继续,斯嘉丽越来越感到了希望,因为这些爱尔兰移民能做的事情显然比她想象的多得多。

帕特丽夏的丈夫比利·卡莫迪是在建大教堂的所有砌砖工人的工头,他对主教非常了解。"他让我头疼,"他抱怨说,"他每天都会三次打断我的工作,一再说我们的工作进度太慢了。"比利接着解释说,情况确实有些紧急,因为一位来自罗马的红衣主教将在秋天访问美国,他很可能要来萨凡纳参加大教堂的落成典礼。

前提是大教堂必须在他访美之前竣工。

杰米点点头:"你们说,我们这位格罗斯主教是不是个有野心的人,唯恐教廷没有注意到他?"

他看着杰拉尔德。比利、马特、布莱恩、丹尼尔和老詹姆斯,还有那些女人——莫琳、帕特丽夏和凯蒂,也都把目光落到了杰拉尔德的身上。斯嘉丽当然也看着他,但是心里不明白为什么大家都要看着他。

杰拉尔德拉起他那位年轻新娘的手,说道:"别害羞,亲爱的波莉,你现在跟我们所有人一样,是奥哈拉家的人了。告诉我们,你会选择我们中的哪一个去跟你爸说这件事。"

"汤姆·麦克马洪是大教堂建筑工程的承包商。"莫琳低声告诉斯嘉丽说,"只要汤姆说工程进度可能会慢下来,格罗斯主教就会答应任何条件。毫无疑问,他会被麦克马洪吓到发抖的。

世界上的其他人不也会如此吗？"

斯嘉丽立刻说："科勒姆去说吧。"她坚信无论需要做什么事情，他都是最佳人选。别看科勒姆·奥哈拉身材矮小、笑容可掬，他身上却蕴藏着巨大的能量和影响力。

所有奥哈拉家的人都齐声表示同意，科勒姆就是做这件事最合适的人选。

他微笑着环顾一下四周，然后看着斯嘉丽一个人："那么，我们会帮助你的。你看，有这样一个家是不是很棒啊，斯嘉丽·奥哈拉？尤其是家里还有那么多姻亲都能帮上忙。你会得到你的塔拉的，等着瞧吧。"

"塔拉？塔拉怎么了？"老詹姆斯问道。

"塔拉是杰拉尔德给他的种植园起的名字，詹姆斯伯伯。"

听到这话老人笑得直咳嗽。"那个杰拉尔德，"他缓过气后说道，"别看他长得就是个小不点儿，却自视很高！"

斯嘉丽立即挺起了身子，她不允许任何人取笑她的父亲，即使是他的哥哥也不行。

科勒姆马上十分温柔地对她说："别激动，他并没有侮辱你父亲的意思，我另外找时间解释给你听。"

在护送她回外公家的路上，他确实为她作出了解释。

"塔拉对我们爱尔兰人来说是个很神奇的字眼，斯嘉丽，也是一个神奇的地方。它是整个爱尔兰的中心，是至高王[1]的故乡。很久很久以前，当我们这个世界还十分年轻且充满希望的时候，在罗马或雅典出现之前，像太阳一样公正而美丽的伟大国王们就统治着爱尔兰了。他们颁布了充满大智慧的律法，为诗人提供庇护和财富。他们是勇敢的巨人，用可怕的愤怒惩治邪恶，用带血的剑、纯洁的心灵和真善美与爱尔兰的敌人战斗。千百年来，他们统治着那个可爱的绿色岛屿，让那里到处充满了音乐。从全国各个角落汇集起来的五条路都通向塔拉山，每隔三年全国的所有人都要齐聚塔拉山的宴会厅，共享盛宴，聆听诗人们的歌唱。这不仅仅是一个故事，也是一段伟大的历史，因为其他所有国家的历史文献中都记载着塔拉的辉煌，保存在各大修道院的鸿篇巨制中都留下了描述其结局的悲伤文字：'在我主纪元五五四年，塔拉举办了最后一次盛宴。'"

说到最后一个字，科勒姆的声音渐渐消失了，斯嘉丽眼睛一酸，也被他的故事和声音深深地打动。

他们默默地走了一会儿，科勒姆又说："你父亲要在美国这个新世界里建立一个新的塔拉，这是一个非常崇高的梦想，他一定是个好人。"

---

[1] 至高王（the High Kings）又译高王、高地之王，既是历史上的人物又是传说中的人物，据传他们曾经统治整个爱尔兰长达几个世纪。在中世纪和早期现代爱尔兰文学中，"至高王"是一个几乎未曾间断的高级国王系列，在塔拉山上统治着其他所有低级国王，其渊源甚至可以追溯到数千年前。现代历史学家认为，所谓至高王并非真实历史，是在公元8世纪根据势力强大的政治群体的各种家谱编造出来的，其目的是通过赋予这些政治群体悠久的历史，来证明其目前地位的至尊和合法性。

"噢,他确实是一个好人,科勒姆,我非常爱他。"

"下次我去塔拉山的时候,一定会想起他和他的女儿。"

"下次你什么时候去?你是说塔拉还在那儿?那是一个真实的地方?"

"就像我们脚下的这条路一样真实。那是一座碧绿而富有魔力的小山,羊群在山上吃草,你可以站在山顶极目远眺,看到至高王当年所看到的同一个美丽的世界。那里离我住的村庄不远,也就是你的父亲和我的父亲出生的地方。那里属于米斯郡。"

斯嘉丽猛然意识到,爸肯定也去过那儿,肯定也曾经站在至高王站立过的地方极目远望。她甚至能想象出他站在塔拉山上的模样。每当他自鸣得意的时候,总会挺起胸膛,昂首阔步地往前走。想到这里,她轻轻地笑了。

当他们到达罗比拉德家时,她不情愿地停了下来。她很想再走上几个小时,继续听着科勒姆轻快的讲述。"真不知该如何感谢你为我做的一切,"她告诉他说,"我现在感觉好多了。我相信你能让主教改变主意。"

科勒姆微笑道:"一次做一件事,堂妹,首先是那个暴躁的麦克马洪。可是,我该告诉他哪个名字呢,斯嘉丽?我看你手上戴着戒指,对主教而言你已经不是奥哈拉家的人了。"

"是啊,当然不是了,我婚后的姓是巴特勒。"

科勒姆的笑容没了,接着又出现了:"这是一个强有力的名字。"

"在南卡罗来纳是这样,但是我看不出这对我有多大的好处。我丈夫是查尔斯顿人,他叫瑞特·巴特勒。"

"我很惊讶他为什么不帮你解决这些麻烦事。"

斯嘉丽爽朗地笑道:"如果能帮,他自然会帮的,只是他必须去北方办事。他是个非常成功的商人。"

"我明白了。好吧,我很乐意替他帮助你,我会尽力的。"

她很想上前给他一个拥抱,就像过去父亲给了她想要的东西时她拥抱他那样。但是,她心里又觉得有点儿别扭,神父好像是不能随便拥抱的,即使他是你的堂兄也不行。于是她简单地道了声晚安,转身走进屋去。

科勒姆也回去了,一路上用口哨吹着《身穿绿衣》。

"你去哪儿了?"皮埃尔·罗比拉德问道,"今天的晚餐让我很不满意。"

"我去我堂兄杰米家了。我让他们重新给你做。"

"你一直都在同那帮人鬼混吗?"老人气得发抖。

斯嘉丽顿时怒火中烧,回敬道:"是的,我一直都和他们在一起,而且我还会再去看望他们,我非常喜欢他们。"她昂首阔步地走出了外公的卧室。不过,回到楼上她的卧室之前,她还是吩咐仆人为外公重新准备了一顿晚餐。

"你的晚餐怎么办,斯嘉丽小姐?"潘西问她,"要不要我用托盘给你送到楼上去?"

"不用。你马上上楼,帮我脱掉这些衣服,我不想吃晚饭了。"

有意思，我只喝了一杯茶，怎么一点儿也不觉得饿，而只想睡觉。肯定是因为大哭了一场，害得我筋疲力尽了。我当时哭得太厉害了，在科勒姆面前把有关主教的事说得语无伦次。我觉得我能睡上一个星期，我还从来没有感到如此疲惫过。

她感到头重脚轻，整个身体沉重而瘫软，于是倒在软软的床上，立刻进入了让她恢复精气神儿的酣睡状态。

在斯嘉丽的一生中，她一直是独自一人面对危机，有时候她甚至拒绝承认自己需要帮助，而更多的时候却是无人能够帮助她。但是现在不同了，在她的脑子还没有意识到这一点之前，她的身体已经感受到情况发生了变化：有人帮助她了，她的家人心甘情愿地为她卸下了肩上的重担；她不再孤单，可以让自己放手了。

那天晚上，皮埃尔·罗比拉德睡得很少，斯嘉丽的挑衅使他深感不安。多年前，她的母亲也是这样违抗了他的意志，使他永远失去了她。埃伦是他最喜欢的孩子，也最像她的母亲，因此他的心早已经碎了。他不爱斯嘉丽，他所有的爱都同他的妻子一起埋进了坟墓里，但是他不能轻易放走斯嘉丽，他希望自己最后的日子能过得很舒服，而她有能力做到这一点。他笔直地坐在床上，灯油燃尽了，最后终于熄灭了。他像一个面对敌强我弱不利局面的将军一样，周密地制定好了自己的战略计划。

拂晓前，他断断续续睡了一小时，醒来时已作出了决定。杰罗姆送来早餐时，老人正在他刚写好的一封信上签名。他把信折起来，放进信封里封好，然后拿起信让杰罗姆把托盘放到他的膝盖上。

"把这个送去，"他说着，把信交给了他的管家，"得到回复之后再回来。"

斯嘉丽把门推开一条缝，伸进头去："你叫我吗，外公？"

"进来，斯嘉丽。"

她惊讶地发现房间里还有另外一个人，而外公家里从来都是没有客人的。那人朝她鞠了一躬，她低下头还了礼。

"这位是琼斯先生，我的律师。斯嘉丽，拉铃叫杰罗姆来。琼斯，杰罗姆会带你去客厅，你在那儿等着，一会儿我派人去叫你。"

斯嘉丽还没来得及拉铃，杰罗姆就开门进来了。

"把椅子拉近点儿，斯嘉丽，我有很多话要对你说，我不想因为大声说话而弄得嗓子嘶哑。"

斯嘉丽感到很迷惑，老人几乎就要说出"请"字来了。她从他的话中能听得出来，他确实有些虚弱。上帝啊，他不会死在我面前吧，我可不想在他的葬礼上和尤拉莉和宝琳打交道。她把一把椅子移到靠近床头的地方。皮埃尔·罗比拉德用低垂的眼帘下的那双眼睛打量着她。

"斯嘉丽，"等她坐下后，他平静地说道，"我已经快九十四岁了。考虑到我的年龄，我现在的健康状况还算好，但是我显然已经不久于人世了，这只是个简单的数学题。我现在请求你，我的外孙女，留下来陪我度过我余下的人生。"

斯嘉丽刚要开口说话，老人却举起一只瘦骨嶙峋的手阻止了她。"我还没有说完，"他说，"虽然我知道你多年来一直对你的两个姨妈非常尽责，但是我并不是要你来承担给我养老送终的义务。

"我准备给你开出一个很公平的条件，这个条件甚至可以说是很慷慨的。如果你以女主人的身份继续住在这所房子里，确保我生活舒适，满足我的所有愿望，我死后就由你继承我的全部财产。这可不是什么不值得一提的事情。"

斯嘉丽震惊得目瞪口呆，他这是要给她一大笔钱！她想起了银行经理的谄媚态度，不知道她这个外公到底值多少钱。

就在斯嘉丽拼命思考的时候，皮埃尔·罗比拉德却误解了斯嘉丽犹豫的原因，以为她已经感激得说不出话来了。他收集到的情报中并没有他那家银行的经理提供的报告，所以他根本不知道她有大量黄金存在银行的保险库里，他暗淡的眼睛里散发出得意的目光。于是，他继续说道："我不知道也不想知道是什么原因促使你考虑终止你的婚姻。"他的姿势和声音都变得更加有力了，因为他相信自己已经胜券在握。"但是你必须放弃离婚的一切想法——"

"你一直在偷看我的信！"

"在这个屋檐下出现的任何东西都是我的事情。"

斯嘉丽气得说不出话来。她外公却还在继续说，还是那么严谨、那么冷酷无情，他的话就像一根根冰冷刺骨的针扎在斯嘉丽的心上。

"我讨厌鲁莽和愚蠢的行为,而你是既愚蠢又鲁莽,竟然毫不考虑你自己的处境就离开了你的丈夫。你要是有智慧,就应该像我一样先咨询一下律师,那你就会知道南卡罗来纳州的法律并不支持任何理由的离婚。在这个问题上,它在美国是独一无二的。没错,你已经逃到佐治亚州来了,但是你丈夫还是南卡罗来纳州的合法居民,所以离婚是不可能的。"

斯嘉丽的脑子里还在想他人偷看她的私人信件带给她的奇耻大辱,这无疑是鬼鬼祟祟的杰罗姆所为。他把手伸向了我的所有东西,翻遍了我的衣柜。而我的血亲——我的外公,竟然怂恿他做出这等事情来。想到这里,她从椅子上站起来,身体前倾,握紧双拳按在皮埃尔·罗比拉德骨瘦如柴的手旁边的床上。

"你怎么敢派那个家伙到我房间里胡作非为?"她对着他大喊大叫,同时用拳头敲打着厚厚的被子。

这时,她外公的手像发起攻击的蛇一样迅速抬起,用干枯而细长的手指抓住了她的两个手腕:"在这所房子里,你不许提高嗓门,小姐。身为我的外孙女,你就必须举止端庄,行为得体,我可不是你的某个俗气的爱尔兰亲戚。"

斯嘉丽对他的力气感到吃惊,也有点儿害怕。那个虚弱无力的老人,那个她几乎为他感到悲哀的老人,突然变成什么了?他的手指像铁箍一样。

她挣脱了他双手的钳制,往后退到椅子前。"难怪我母亲会离开这所房子,并且再也没有回来。"她说。她恨自己说话的声音竟然在颤抖。

"别那么大惊小怪的，姑娘，你这样让我感到很累。你母亲之所以会离开这所房子，是因为她太任性，年纪太小不明事理。她失恋了，所以她就答应了第一个向她求婚的男人。她虽然一辈子都因此而后悔，可是木已成舟。你跟她不一样，你已经不是一个女孩子了，你已经成年，懂得动脑子了。合同已经起草好了。把琼斯带进来，我们马上签字，就当你根本没有发过这一通脾气好了。"

斯嘉丽转过身背对着他。我不相信他，也不想听他说的那些话。她抬起椅子，端着它走到它原来所在的地方，然后小心翼翼地把它放下来，让椅子腿不偏不倚地放到多年来它们在地毯上留下的凹痕上。她现在已经不再怕他，也不再同情他，甚至不再生他的气。当她再次转过身来面对着他的时候，仿佛她以前就从来没有见过眼前这个人：这是个陌生人，一个她根本不认识，也不屑于认识的专横跋扈、鬼鬼祟祟、让人厌烦的老头。

她对他说道："这个世界上根本就没有足够的钱能让我留下来。"这话与其是对外公说的还不如说是对她自己说的。"金钱并不能使坟墓里的生活变成一种享受。"她用那双明亮的绿眼睛望着皮埃尔·罗比拉德死人般苍白的面孔说："只有你属于这里——你就是一个死人，只是你不肯承认罢了。我明天一早就走。"她快步走到门口，一把拉开门。

"我早就料到你在这里偷听，杰罗姆，进去吧。"

第四十三章

"潘西,别哭哭啼啼的像个婴儿似的,你不会有事的。这是直达亚特兰大的火车,中途不停,只要你不在它到站之前下车就好了。我把一些钱包在一张手帕里,塞进你的上衣口袋里了。售票员已经拿到了你的票,他也答应关照你。我的天哪!你不是一直哭着嚷着说你多么想回家吗?现在不就回家了吗?所以别闹了。"

"可是斯嘉丽小姐,我从来没有一个人坐过火车。"

"荒唐!你根本就不是一个人,这辆火车上有好多人。你只需要看着窗外,把奥哈拉太太给你准备的满满一篮子食物吃掉,不知不觉就到家了。我已经发电报告诉他们到车站去接你。"

"可是斯嘉丽小姐,没有你我该做什么呢?我是夫人的贴身侍女啊,你什么时候回家呢?"

"等我到那儿,看事情办得怎么样而定。现在上车吧,火车就要开了。"

斯嘉丽心想,这一切都要取决于瑞特,而且瑞特最好快点儿来，我不知道自己能不能适应同堂亲们住在一起的生活。她转过身，对杰米的妻子微笑道："我真不知该怎样感谢你收留我，莫琳。一想到住到你那里我就激动得要命，但是这样又给你带来了许多的麻烦。"她又用上了明快的、少女般的、适合社交的声音。

莫琳挽起斯嘉丽的胳膊，带着她离开了火车和满是灰迹的车窗后潘西那张凄凉的脸。"一切都令人满意，斯嘉丽，"她说，"丹尼尔巴不得把他的房间让给你，因为他就可以搬到帕特丽夏家去同布莱恩住在一起。他一直想搬过去，就是不敢说出来而已。凯瑟琳因为能够做你的贴身侍女，也兴奋得飘飘然了，她一直希望把自己训练成一个侍女，又对你崇拜得五体投地。自从来到这里之后，这个傻姑娘还是第一次如此开心。你就应该和我们在一起，而不是给那个老僵瓜当听差。他真是厚颜无耻，想让你留在那里为他操持家务。我们需要你，完全是因为我们爱你。"

斯嘉丽觉得好多了，莫琳的热情是无法抗拒的。不过，她还是希望不会在她家住得太久，那里有那么多的孩子！

莫琳看着她心想，她就像一匹胆怯的小马，从轻轻挽着的斯嘉丽的手臂上莫琳能够感觉到她的紧张。莫琳知道，斯嘉丽现在需要敞开心扉，好好地大哭一场。女人不谈论自己是很不正常的事情，而这一位竟然从来没有提起过她的丈夫，这不禁让人感到好奇……但是莫琳没有浪费时间去胡思乱想。当她还是个小女孩儿、在父亲的酒吧里洗杯子的时候，她就发现只要给人们足够的时间，所有人迟早会倾诉出自己的烦恼，她想象不出斯嘉丽会有什么不同。

奥哈拉家的三幢高大的砖房并排在一起，前后都有窗户，内墙共用，内部的布局也完全一样。每层都有两个房间：底楼为厨房和餐厅，一楼是双客厅，上面两层各有两间卧室。每幢房子都有一个楼梯间，一个狭长的漂亮楼梯把楼上楼下连接在一起。房子后面也各有一个宽敞的院子和一间马车房。

斯嘉丽的卧室在杰米家的三楼。房间里有两张单人床——布莱恩搬到帕特丽夏家去住之前，丹尼尔和他两人一直合住在这里。房间很简朴，除了床以外，只有一个衣柜、一张写字台和一把椅子，适合两个年轻人居住。不过，床上的拼布被子的颜色却很鲜艳，光滑的地板上铺着一块红白相间的大地毯。莫琳在写字台上方挂了一面镜子，又在写字台上铺了一块花边桌布，这样斯嘉丽就有了一个梳妆台。让人感到意外的是，凯瑟琳把斯嘉丽的头发梳理得非常好，她是真心想学到服侍人的方法，而且随叫随到。她和玛丽·凯特、海伦三个人睡在三楼的另一间卧室里。

杰米家唯一的小孩儿是四岁的杰基，不过他经常都在其他两所房子里的某个地方同与他年龄相仿的堂兄弟们玩耍。

白天，男人们上班去了，大一点儿的孩子们上学去了，这排房子就成了女人的天下。斯嘉丽以为自己会讨厌这种状况，因为在她过往的生活中从未碰到过奥哈拉家的女人们。

她们之间既没有秘密也没有沉默不语，而是心直口快、推心置腹，经常说出一些涉及隐私的话来，斯嘉丽听了都会感到脸红。意见发生分歧时，她们就大吵大闹，一会儿和好了又拥抱在一起，哭得泪流满面。在她们眼里这三幢房子就是一个家，任何一幢房子的厨房都可以随心所欲地进进出出,哪里都可以喝一杯茶,大家共同分担家务,无论是购物、烤面包、照料院子里以及由马车房改造成的棚屋里的动物等等。

而最重要的是她们活得都很开心,这里时刻都有笑声和闲言碎语,也有信任和针对她们自己的男人的无伤大雅的阴谋诡计。斯嘉丽一来到这里,她们就接纳了她,把她视为她们中的一员。不出数日,她也有了同感。每天她都和莫琳或凯蒂一起去市场寻找最价廉物美的食物,和年轻的波莉和凯瑟琳咯咯笑着谈论使用卷发棒和丝带的技巧。当莫琳和凯蒂对帕特丽夏购物时过分挑剔的做法感到不耐烦的时候,斯嘉丽会陪着帕特丽夏一起饶有兴趣地翻看布料的样品。她每天都要喝无数杯茶,倾听她们的胜利和烦恼。虽然她从来没有同她们分享过自己的秘密,但是既没有人因此强迫她说出秘密,也没有人从此对她三缄其口。"我以前根本不知道在人们身上竟会发生这么多有趣的事情。"斯嘉丽坦诚而惊讶地对莫琳说。

夜晚的模式又截然不同。男人们工作很努力,所以每天回到家时都很累。他们需要饱餐一顿,还要抽根烟斗和喝杯酒。他们的需要也总会得到满足。等大家都吃饱喝足之后,夜晚的活动就自然而然地展开了。通常全家人都会来到马特家里,因为他家楼上睡着五个年幼的孩子。莫琳和杰米可以把杰基和海伦交给玛丽·凯特照顾,帕特丽夏可以把她两岁和三岁的两个睡着的孩子一起带过来,而不用吵醒他们。很快,音乐就开始了。之后,科勒姆就会走进来担当起领导者的角色。

当斯嘉丽第一次看见宝思兰鼓[1]时,她还以为那是一只大号的手鼓。用金属条箍起来的紧绷绷的羊皮鼓面有两英尺多宽,但是鼓身像手鼓一样短浅。杰拉尔德像拿手鼓一样拿着它,然后坐下来把它立在膝盖上,右手拿起一根小木棍,手指握住木棍中间,然后左右摆动木棍,用它的两端交替敲打鼓面。看到这里,她才相信那确实是一面鼓。

但是她心里在想,这面鼓同一般的鼓可不太像。科勒姆走过来拿起了宝思兰鼓,伸开左手五指放到紧绷的鼓面背面,就像在抚摸它一样,右手腕突然行云流水般灵活地抖动起来。他的手臂在鼓面后忽上忽下、忽上忽中地移动,而拿着木棍的右手则以一种奇怪而漫不经心的动作,稳稳地在鼓面上敲打出激动人心的节奏。虽然他敲打出的音调和音量各不相同,但是他敲打的节拍始终具有催眠一般摄人心魄的效果。很快,小提琴、口哨和六角手风琴一一加了进来。莫琳沉醉在音乐之中,一只手举着响板却忘了敲打。

斯嘉丽也被鼓声迷住。她一会儿笑,一会儿哭,一会儿又以前所未有的疯狂劲跳起舞来。最后,当科勒姆把宝思兰鼓放到身边的地板上,要求喝一杯水,并说"我已经敲打得口渴死了"时,她才看到其他人也都像她一样早已忘乎所以。

她看着那个个子矮小、面带微笑、长着狮子鼻的人,惊诧而敬畏地打了一个寒战。这个人确实与众不同。

---

[1] 宝思兰鼓(bodhran)是爱尔兰的一种山羊皮鼓。

"斯嘉丽宝贝,你比我更了解牡蛎,"当她们走进市场时,莫琳对她说,"你能帮我们挑一些最好的吗?我想做一锅营养丰富的奶油炖牡蛎给科勒姆当茶喝。"

"当茶喝吗?奶油炖牡蛎太营养了,足以当一顿饭了。"

"不就是因为这个吗?他今晚要在一个会议上发表演讲,奶油炖牡蛎能提供能量啊。"

"什么样的会议啊,莫琳?我们都去吗?"

"是爱尔兰贾斯珀绿营[1]的会议,也就是美国爱尔兰志愿军人组织,所以那里不会有女人。我们不受欢迎。"

"科勒姆讲什么?"

"啊,这个嘛,首先他会提醒那些人无论他们做了多久的美国人,他们都是爱尔兰人,然后他会激发起他们对故国的思念和热爱,让他们泪流满面。之后,他会让他们把口袋里的钱都掏出来,去帮助爱尔兰的穷人。按杰米的话说,他是个很有说服力的演说家。"

"我可以想象,科勒姆身上是有某种魔力。"

"那么,你一定要给我们找到一些有魔力的牡蛎。"

斯嘉丽笑了。"它们身上可没有珍珠,"她模仿着莫琳的爱尔兰土腔说道,"不过用它们炖汤却很棒。"

---

[1] 爱尔兰贾斯珀绿营(Irish Jasper Greens)是美国佐治亚州萨凡纳的一个民兵组织,成立于1842年。

科勒姆低头看着面前那满满一碗热气腾腾的奶油炖牡蛎,扬起眉毛说道:"莫琳,你的茶可太丰盛了。"

"今天市场上的牡蛎看起来特别肥硕。"她笑着说。

"美利坚合众国不印刷日历吗?"

"别闹,科勒姆,赶快吃你的炖牡蛎,不然要凉了。"

"现在是大斋节啊,莫琳,你是知道斋戒的规矩的。一天只吃一顿,而且是中午吃。"

这么说,她的姨妈们说的是对的!斯嘉丽把汤匙轻轻放回到桌上。她用同情的目光看着莫琳,这顿美餐算是浪费了。她还必须好好地忏悔一下,还要感到深深的内疚。科勒姆为什么偏偏是一位神父呢?

然而就在这时,她惊讶地看到莫琳微笑着用勺子舀起一只牡蛎。"我不担心下地狱,科勒姆,"她说,"我有奥哈拉豁免权。你也是奥哈拉家的人,所以吃你的牡蛎吧,好好享用。"

斯嘉丽感到迷惑不解。"什么是奥哈拉豁免权?"她问莫琳。

科勒姆回答了她的问题,只是没有莫琳那么幽默。"大约三十年前,"他说,"爱尔兰遭遇了一场大饥荒[1],年复一年,人们食不果腹。没有食物的人们只能吃草,后来甚至连草也没有了。

---

1 爱尔兰大饥荒(Irish Great Famine),俗称爱尔兰马铃薯饥荒(Irish Potato Famine),是一场发生于1845年至1852年间的饥荒。在这七年的时间内,英国统治下的爱尔兰人口锐减了将近四分之一,其中包括饿死、病死约一百万人和因饥荒而移居海外的一百多万人。造成饥荒的主要原因是一种称为致病疫(Phytophthora infestans)的卵菌所带来的晚疫病,造成马铃薯腐烂继而失收。马铃薯是当时爱尔兰人的主要粮食来源,这次灾害加上许多社会与经济因素,严重地打击了贫苦农民的生计。

那时的情景很可怕,非常可怕。很多人饿死了,却没有人能够帮助他们。因此,一些教区的神父向大饥荒的幸存者授予了从此以后免于饥饿的权利。奥哈拉一家就住在这样的一个教区里,所以他们不需要斋戒,只是不能吃肉。"他低头凝视着碗里黏稠的、漂浮着片片黄油的牡蛎汤。

过了好一会儿,科勒姆才拿起勺子,敷衍地嘟囔了一声谢谢,埋头吃起鲜美多汁的牡蛎来。然后他去了帕特丽夏家,他和斯蒂芬合住在那里的一个房间里。

斯嘉丽好奇地看着莫琳。"大饥荒时你在那里吗?"她小心翼翼地问。

莫琳点点头:"我在那里。因为我父亲有一家酒吧,所以我们的日子过得不像其他一些人那么糟。人就是这样,再穷也有钱买酒喝。我们还能买到面包和牛奶,贫穷农民受到的打击最严重,那真是太可怕了。"她双手抱在胸前,浑身发抖,眼睛里充满了泪水。当她继续讲述时,她的声音哽咽了:"他们只有土豆吃,这你就明白当时发生什么了。他们虽然也种玉米,也养牛,有牛奶和黄油,但是那些东西都要拿去卖,用卖得的钱支付农场的租金。他们自己只能吃一点点黄油和脱脂牛奶。如果养得有几只鸡,偶尔可以在周日吃一个鸡蛋。但是大多数时候他们都吃土豆,只吃土豆,因为只有土豆才够吃。后来,土豆开始在地里腐烂,他们就什么也没有了。"她一声不响,身体前后摇晃,嘴唇不停地颤抖。在痛苦的回忆中,她颤抖的嘴突然张开,发出一声刺耳的惨痛呼号。

斯嘉丽跳起来,用胳膊搂住莫琳起伏的肩膀。

莫琳靠在斯嘉丽的胸口上失声痛哭:"你都无法想象没有食物是什么滋味。"

斯嘉丽望着壁炉里冒着青烟的煤块。"我知道那是什么滋味。"她说。她紧紧地搂着莫琳,向她讲述了她从燃烧的亚特兰大回到塔拉的往事。当斯嘉丽谈起那时凄凉的生活以及在那漫长的几个月里她遭受到饥饿的痛苦折磨和濒临饿死时,她的眼睛里却并没有泪水,声音也没有哽咽。但是,当她谈到她回到塔拉,发现母亲已经去世、父亲伤心欲绝时,她就再也忍不住了。

于是,她又靠在莫琳的怀里哭了起来。

第四十四章

似乎就在一夜之间，山茱萸树[1]开满了花。一天早晨，斯嘉丽和莫琳准备去市场购物，刚一出门就发现屋外林荫道中间绿草茵茵的隔离带上方已是花团锦簇。

"啊，多美的景色啊！"莫琳突然发出一声感叹。"晨光洒在娇嫩的花瓣上，几乎把它们变成了美丽的粉红色，等到正午它们的颜色就会变得像天鹅的胸脯一样洁白。这个城市为全体市民种下了如此美丽的植物，真是一件了不起的事情！"她深深地吸了一口气，"我们应该到公园里搞一次野餐，斯嘉丽，去饱览一下天空中春天绽放的绿色。快走，我们要买好多东西。今天下午我烤一些面包，明天做完弥撒后我们就去公园玩一天。"

今天又是星期六了吗？斯嘉丽在脑子里飞快地盘算着，回忆着。是啊，她来到萨凡纳已经差不多一个月了！她心里一紧，瑞特为什么还没来？他现在在哪里？他在波士顿的生意也不可

---

[1] 原文"Dogwood Trees"，是山茱萸属中的品种之一。

能需要这么长的时间。

"……波士顿。"斯嘉丽突然听到莫琳说到了波士顿这个名字,不由得怔住了。她抓住莫琳的胳膊,带着猜疑的目光瞪着她,莫琳怎么会知道瑞特在波士顿?她怎么可能知道有关他的任何事情?我可一句话也没跟她说过。

"怎么了,斯嘉丽宝贝?你是不是扭伤了脚踝?"

"你刚才说波士顿怎么啦?"

"我说斯蒂芬不能和我们一起去野餐太可惜了,他今天出发去波士顿。我敢说,那里根本没有开花的树。不过,他又有机会见到托马斯和他的家人,并为我们带回他们的消息,这会让老詹姆斯高兴的。想一想,所有的兄弟分散在美国各地,这真是一件很美妙的事情……"

斯嘉丽默默地走在莫琳身边,心中不免为自己感到羞愧。我怎么变得这么可怕了呢?莫琳是我的朋友,最亲密的朋友,她不会监视我,不会窥探我的私生活。这显然是因为时间过得太快,我自己都完全没有意识到这一点,所以才会这么疑神疑鬼,对莫琳那样吼叫。都是瑞特的错,这么长时间过去了,他还是迟迟不来。

对于莫琳提出的各种有关野餐食物的建议,她都不假思索地低声表示同意,但是有一些问题像困在笼子里的小鸟一样在她的大脑中乱撞。她没有和姨妈们回查尔斯顿是不是犯了个错误?她当初离开查尔斯顿会不会就是一个错误?

这简直要把我逼疯了。我不能想它,否则我会尖叫的!

但是,她脑子里的这些疑虑仍然不停地冒出来。

也许她应该找莫琳谈一谈。莫琳是那么善解人意,而且她处理各种事情都那么精明强干。她能理解,她也许还能提供帮助。

不,我要找科勒姆谈!明天野餐的时候就是绝好的机会。我会告诉他我想和他谈谈,请他去散散步。他肯定知道我该怎么做。科勒姆很像瑞特,只不过行为方式不同而已。他像瑞特一样是一个相当完美的人,有他在其他人就会显得无足轻重,就好像瑞特一走进一个房间,里面的其他男人就都变成了少不更事的孩子,只有他是一个成熟的男人。科勒姆也像瑞特那样,什么事都难不住他,而且也像瑞特那样对自己的杰作一笑了之。

斯嘉丽想起了科勒姆谈起波莉父亲的那些话,心里暗自发笑:"是啊,麦克马洪可是个了不起的人,一个胆大包天、力大无穷的建筑师。他的胳膊就像大锤,把身上那件昂贵上衣的线缝都撑开了,而那件衣服肯定是麦克马洪太太为了与她客厅的豪华家具相配而特意挑选的,要不然怎么会那么华而不实?他也是一个很虔诚的人,上帝的光芒照耀到了他的灵魂,让他在美国的萨凡纳建造一所上帝自己的房子,他对此一直怀有应有的敬畏。我也以我谦卑的方式祝福他。'信仰!'我对他说,'我相信你是一个虔诚的教徒,你从这个教区赚到的利润如果超过百分之四十,哪怕只多一美分你也不会要的。'然后他的眼睛开始忽闪忽闪,肌肉像公牛一样膨胀起来,那件华而不实的上衣沿着衣袖的线缝发出了一连串非常微小的噼啪声响。'建筑大师,'我又说,'要是换了别人,只要发现主教不是爱尔兰人,肯定会赚到

百分之五十以上吧？'

"然后这个善良的人显示出了他的优点。'格罗斯！'[1]他大吼一声，我简直担心窗玻璃会被他的吼声震碎，飞到大街上去。'一个天主教徒，怎么起了这么个名字？'然后，他给我讲了很多这个邪恶主教的故事。作为一个神父，我是不能相信那些故事的。我对他的伤心事深表同情，又和他一起喝了一两杯酒，然后把我可怜的小堂妹遭受的痛苦告诉了他。他立刻表现出了正义的愤怒，真是个好人哪。我赶紧安抚他，免得他一怒之下用他那双强壮的手把教堂的尖塔给拆了。我相信他不会召集所有的工人举行罢工，不过我也不能完全肯定。他对我说，他要向主教表明他对斯嘉丽的关心，要让那个神经质的小个子男人清楚地意识到问题的严重性。"

莫琳说："我想知道，你为什么一直对着卷心菜笑？"

斯嘉丽微笑着转向她的朋友。"因为春天到了，我们要去野餐，所以我很高兴。"她说。还因为她现在确信，她很快就要得到塔拉了。

斯嘉丽以前没有去过福赛斯公园。其实霍奇森大厅就在公园对面，只是她那天去参加落成典礼时天已经黑了，所以并没有看见它。这个公园的壮观景色让她震惊得喘不过气来。入口两侧立着一对狮身人面像石雕，孩子们眼巴巴地望着不许他们攀爬

---

[1] 原文"Gross"（格罗斯），在这里是一语双关，做名词时是主教的名字"格罗斯"，作形容词时是"恶心""可恶"之意。

的两头石兽,然后沿着公园中心的小路全速奔跑起来。他们围着斯嘉丽跑来跑去,她却在路中间停了下来,眼睛直愣愣地看着前方。

在离入口两个街区远的地方有一座喷泉,因为这个喷泉很大,所以看上去离他们很近。弧形和直立的水柱形成无数钻石般的水滴,从四面八方不断升起和洒落。斯嘉丽被迷住了,她还从来没有见过如此壮观的景象。

"来吧,"杰米说,"靠得越近越好看。"

他说的不假。明媚的阳光在舞动的喷泉上映照出一道艳丽的彩虹,斯嘉丽每往前走一步,彩虹就闪动一次,消失一次,接着又重新出现。路两旁那些被刷白了的树干,在树叶斑驳的阴影下闪着淡淡的光,一直延伸到喷泉耀眼的光影之中。当她到达围着喷泉底座的铁篱笆时,她就只能仰着脑袋眩晕地看着矗立在喷泉第三层上的仙女雕像。这个雕像比她的身体还大,一只手臂高高举起,手里握着的一根管状物,把一股高高的水柱喷向灿烂的蓝天。

"我很喜欢水池里那些蛇人,"莫琳说,"在我看来,他们总是乐在其中。"斯嘉丽朝莫琳手指的方向望去,铜铸的男性人鱼优雅地卷起长满鳞片的尾巴,蹲在大水池里,一只手叉在腰间,另一只手举着一只号角放在嘴唇上。

男人们在莫琳挑选的橡树下铺好地毯,女人们放下篮子。玛丽·凯特和凯瑟琳把帕特丽夏的小女儿和凯蒂最小的儿子放在草地上让他们爬,大一点儿的孩子们则又跑又跳地开始自己玩耍。

"我要歇一歇脚。"帕特丽夏说。比利扶着她背靠着树干坐到草地上。"去吧,"她故意生气地说,"你没必要整天待在我身边。"他吻了吻她的面颊,从肩上取下六角手风琴的背带,把手风琴放在她身旁。

"一会儿我给你弹一首好听的曲子。"他保证说,然后他朝远处一群打棒球的人走去。

"跟他一起去惹事吧,马特。"凯蒂对丈夫建议说。

"去吧,你们都去。"莫琳说,她用双手做了个射击的动作。杰米和他的几个高大的儿子立刻跑走了,科勒姆、杰拉尔德和马特、比利一起紧随其后。

"他们回来时会很饿的,"莫琳说,声音里充满了愉悦,"还好我们带来的食物足够一支部队吃。"

一开始,斯嘉丽惊讶地发现他们带来的食物竟然堆得像一座小山,但是很快她就意识到可能用不了一个小时这些东西就会被消灭干净。大家庭就是这样。她以真挚的感情望着她家族里的这些女人。当男人拎着他们的外衣和帽子,敞开衣领、卷起袖子回来时,她也会同样喜欢他们。不知不觉之中,她已经把她原有的阶级虚荣心扔到了一边。当她第一次听说她的这些堂亲在爱尔兰时曾给大户人家当过仆人时,心里感到很不安,但是现在她已经完全忘记了那种感觉。马特原来是那里的一个木匠,杰拉尔德是他手下的一个工人,他们负责几十栋建筑和几英里长的围栏的维修工作;凯蒂是一个挤奶女工,而帕特丽夏曾是客厅女仆。这一切再也不重要了,斯嘉丽很高兴自己能成为奥哈拉家族中的一员。

她跪在莫琳身边,开始帮助她摆放食物。"但愿男人们不要磨磨蹭蹭的,"她说,"新鲜空气已经让我食欲大开了。"

* * *

当小山似的食物只剩下两块蛋糕和一个苹果时,莫琳开始在酒精灯上烧水泡茶。比利·卡莫迪拿起他的六角手风琴,向帕特丽夏眨眨眼问道:"想听什么曲子,帕齐?我刚才答应给你拉一曲的。"

"嘘,现在不行,比利,"凯蒂说,"小家伙们就快睡着了。"在最浓密树荫下的一张地毯上,五个孩子躺成一排。于是,比利温柔地吹起口哨来,然后轻轻地拉起了六角手风琴。帕特丽夏冲他微微一笑,用手抚去蒂莫西前额上的头发,开始唱起一首摇篮曲。

乘着风之翼,越过黑色波涛的大海,
天使们要来守护你安睡;
来守护你安睡,
乘着风,越过海。
听那风声,亲爱的,听那风声,
低下头,听那风声。

小船正在驶向蓝色的大海,

追逐着银色的鲱鱼。

银色的鱼和银色的海,

它们为我的宝贝和我发出银光。

听那风声,亲爱的,听那风声,

低下头,听那风声。

沉默片刻之后,蒂莫西睁开眼睛迷迷糊糊地说:"请再唱一遍。"

"噢,是啊,小姐,请你再唱一遍。"

所有人都惊讶地抬起头来,看着站在旁边的一个陌生年轻人。他粗糙而肮脏的双手拿着一顶破烂的帽子,放在身上那件打着补丁的夹克前面。他看上去大约十二岁,不过下巴上却长着一撮黑胡子。

"对不起,女士们,先生们,"他恳切地说,"我知道我太鲁莽了,闯进你们的聚会。但是,我妈妈过去经常给我和我的姐妹们唱这首歌,所以只要一听到它,我就会很激动。"

"坐下,孩子,"莫琳说,"这里还有蛋糕,没人吃了,篮子里也还有一些奶酪和面包。你叫什么名字,从哪里来?"

男孩儿在她身旁跪下来:"我叫丹尼·默里,夫人。"他扯了扯挂在前额上的那一缕又细又黑的头发,用袖子擦了擦手,伸手从莫琳手里接过她从篮子里拿出来的面包。"我家住在康尼马拉[1]。"他咬了一大口面包。比利又开始拉起那首摇篮曲。

"乘着风之翼……"凯蒂唱道。那个饥饿的男孩儿咽下嘴里的面包,和她一起唱起来。

"……听那风声。"他们整整唱了三遍才停下来。丹尼·默里的黑眼睛像黑色的宝石一样闪闪发光。

"接着吃吧,丹尼·默里,"莫琳说,她的声音因同情而变得有些嘶哑,"你一会儿需要体力。我马上泡一壶茶,然后我们再听你唱几首歌,你天使般的嗓音就像是一份来自天堂的礼物。"此话不假,这个爱尔兰男孩儿的男高音就像杰拉尔德的歌声一样纯正。

奥哈拉一家人立刻低头摆放起茶杯来,这样男孩儿就可以在没人看着他的情况下安心吃东西。

"我刚学了一首新歌,你们可能会喜欢。"莫琳开始倒茶时他说,"我在一艘船上干活,到这里之前我们还在费城停过。我唱给你听好吗?"

"歌名叫什么,丹尼?我也许知道。"比利说。

"《我要带你回家》,听过吗?"

比利摇了摇头,说:"我很想跟你学一学。"

丹尼·默里咧嘴一笑:"我很愿意唱给你们听。"他一扬头甩开脸上的头发,深吸一口气。然后,他张嘴唱起来,美妙的歌声像闪亮的银丝从他嘴里喷洒而出。

---

[1] 康尼马拉(Connemara),是爱尔兰戈尔韦郡的一个文化区域。

我要带你回家，凯瑟琳，

跨越浩瀚无垠的海洋。

自从你成为我漂亮的新娘，

那里就是你心灵永驻的地方。

玫瑰曾绽放在你的脸颊，

我眼看着它枯萎凋谢。

你的声音充满了悲伤，

眼泪模糊了你爱的双眼。

我要带你回去，凯瑟琳，

回到不再让你心痛的地方。

待到山峦青葱翠绿之时，

我就带你回家，凯瑟琳。

斯嘉丽同大家一起鼓掌叫好。这真是一首可爱的歌。

"太棒了，我只顾听，都忘了跟你学了。"比利遗憾地说，"再唱一遍吧，丹尼，让我记住这个曲子。"

"不！"凯瑟琳·奥哈拉跳了起来，脸上布满了泪痕，"我不能再听了，决不能！"她用手掌擦了擦眼睛。"请原谅，"她抽泣道，"我得走了。"她小心地跨过草地上熟睡的孩子们，跑开了。

"对不起。"男孩儿说。

"嘘，这不是你的错，孩子。"科勒姆说，"你给我们带来了真正的快乐。其实是那个可怜的女孩儿太思念爱尔兰了，而她的名字碰巧又叫凯瑟琳。告诉我，你知道《基尔代尔的卡勒平原》[1]吗？这首歌是比利的拿手好戏，就是手上拿着音乐盒子的那个人。如果你来唱，他来伴奏，那不仅会是一次难得的享受，也会让他听起来更像一个音乐家。"

音乐持续不断，直到太阳落到了树林之后、微风渐渐变冷时，他们才回家去。丹尼·默里没有接受杰米要他共进晚餐的邀请，因为他必须在天黑前回到船上。

"杰米，我想我走的时候应该把凯瑟琳一起带走，"科勒姆说，"她来这里这么长时间了，本来不该再想家了，但是她还是对故乡念念不忘。"

斯嘉丽差一点儿就把开水倒在了自己手上，而不是倒进茶壶里："你要去哪儿，科勒姆？"

"回爱尔兰，亲爱的，我只是来美国看一看。"

"但是主教还没有改变他对塔拉一事的决定，我也还有另外一件事想跟你谈。"

"我眼下还不走，斯嘉丽宝贝，我们还有时间把所有事情都办好。从一个女人的角度看，你认为凯瑟琳该回去吗？"

"我不知道，你该问莫琳。从我们回来以后，她就一直和莫琳待在楼上。"凯瑟琳怎么办又有什么关系呢？重要的是科勒

---

[1] 基尔代尔（Kildare）是爱尔兰的一个郡。卡勒平原（the Curragh）是位于该郡新桥（Newbridge）附近的一片开阔的平原，面积约21平方公里。这个地区以繁育和训练优良的爱尔兰比赛用马而闻名。早在公元1世纪这里就开始举行赛马会，区内有数个著名的驯马场，每年举办爱尔兰大赛马会。

姆。他怎么能在斯嘉丽需要他的时候收拾东西走人呢？噢，我刚才为什么只是坐在那里和那个肮脏的男孩儿一起唱歌呢？我应该按计划拉着科勒姆去散步的。

斯嘉丽晚饭时只吃了一点点奶酪土司和土豆汤。她想哭。

"哇，"当厨房重新收拾得十分整洁之后，莫琳呻吟了一声，"我这把老骨头今晚要早点儿睡了，在地上坐了好几个小时，全身都变得像犁耙一样僵硬。你们也累了，玛丽·凯特和海伦。明天又是孩子们上学的日子。"

斯嘉丽也觉得浑身僵硬。她在炉火前伸了个懒腰，说："晚安。"

"等一会儿，"科勒姆马上说，"等我把烟斗抽完。杰米已经哈欠不断，我知道他马上就要抛下我去睡了。"

斯嘉丽从科勒姆对面拉过来一把椅子，杰米拍了拍她的头上楼去了。

科勒姆拿着烟斗吸了一口，一股甜丝丝的辛辣烟草味从空中飘过。"燃烧的壁炉前是最适合谈话的地方。"过了一会儿他说，"你有什么心事，斯嘉丽？"

她深深叹了一口气："我不知道该拿瑞特怎么办，科勒姆，我害怕自己已经把一切都毁了。"厨房里温暖而昏暗，正是让她打开心扉的最佳场所。此外，斯嘉丽还模模糊糊地认为，既然科勒姆是个神父，那么他对她告诉他的所有事情都会保密，不会告诉家里的其他人，这同她在教堂里那个狭小的封闭小房间里做忏悔是一样的。

她从头讲起了她的婚姻，讲的都是事实："我当时并不爱他，至少我不知道我爱他，我那时爱着另外一个人。后来，当我意识到我确实爱瑞特的时候，他已经不再爱我了，反正他是这么说的。但是我不相信这是他的真心话，科勒姆，这是不可能的。"

"他离开你了吗？"

"是的，但是后来我又离开了他。我就想知道，我离开他是不是一个错误。"

"让我把这件事捋一捋……"科勒姆用极大的耐心终于弄明白了斯嘉丽婚姻故事的来龙去脉。当他把已经冰凉的烟斗里的烟渣敲掉，然后把烟斗放进口袋的时候，早已过了午夜。

"你做的都是你该做的事情，亲爱的。"他说，"因为我们的衣领是反着戴的，所以有些人认为神父不是人。他们错了，我不仅能理解你的丈夫，甚至也对他面临的问题感到同情。斯嘉丽，他的痛苦比你的更深，伤害也更大。他现在正在同自己战斗，即使对于一个意志坚强的人而言，这场战斗也是很艰难的。他会来找你的。当他找来的时候，你必须十分宽容地对待他，因为他已经因为战斗而精疲力竭了。"

"但那是什么时候啊，科勒姆？"

"这个我就无法告诉你了，但是我知道他会来找你。他必须自己去寻找答案，你是无法代替他做的。他必须独自战斗，最终他会直面他需要你的事实，并且承认这是一件好事。"

"你肯定他一定会来吗？"

"我很肯定。现在我要上床睡觉了，你也一样。"

斯嘉丽依偎在枕头里,竭力不让自己沉重的眼皮闭上。她想让这一刻延续下去,让她好好享受科勒姆自信的判断给她带来的满足感。瑞特会找到这里来的——也许不会像她希望的那么快,但是她可以等。

第四十五章

第二天上午,斯嘉丽照例被凯瑟琳叫醒,心里很不高兴,因为昨晚跟科勒姆谈到很晚,她很想多睡一会儿。

"我把茶给你端来了。"凯瑟琳轻声说,"莫琳问你今天上午是否愿意和她一起去市场。"

斯嘉丽扭过头去,又闭上了眼睛:"不去,我想继续睡觉。"她能感觉到凯瑟琳还在床边徘徊不去。这个傻姑娘为什么还不走开,让我好好睡觉呢?"你想要什么,凯瑟琳?"

"对不起,斯嘉丽,我不知道你自己能不能把衣服穿上?如果你不去,莫琳要我代替你去,我也不知道什么时候能回来。"

"玛丽·凯特可以帮助我。"斯嘉丽脸埋在枕头里嘟囔道。

"哦,不行的,她早就出发去学校了。现在已经九点了。"

斯嘉丽不得不强迫自己睁开眼睛。她觉得,如果没人打搅她的话,她可以一直睡下去。"那好吧,"她叹了一口气,"把我的衣服拿出来。我要穿那件红蓝格子花呢的衣服。"

"喔,你穿那件衣服真好看。"凯瑟琳高兴地说。其实,不管斯嘉丽选哪件衣服,她都会这么说。在凯瑟琳眼里,斯嘉丽就是这个世界上最优雅、最美丽的女人。

斯嘉丽喝着茶,凯瑟琳把她的头发在颈后梳成了一个粗大的"8"字形。斯嘉丽看着镜子里的那张脸,觉得自己看起来就像遭到了天谴一样,眼睛下面明显有一大片淡淡的阴影。也许我应该穿那件粉红色的裙子,那样同我的皮肤更相配。但是,如果那样的话凯瑟琳又得重新系一遍束腰的带子,而粉红色裙子的腰更小,她唠唠叨叨地说个没完肯定会把我逼疯的。"行了,"最后一个发夹别好后她说,"现在你去吧。"

"你想再来一杯茶吗?"

"不用了,你走吧。"斯嘉丽很想喝一杯咖啡。也许我还是该去市场,毕竟……不行,我太累了,没办法在市场里走来走去并仔细挑选每一样东西。她在眼睛下面扑上一些粉,对着镜子做了个鬼脸,然后下楼去翻找可作为早餐吃的东西。

"我的天哪!"当她看到科勒姆在厨房里看报纸时,不禁叹道。她以为房子里已经没有任何人了。

"我是来请你帮个忙的,"他说他准备为在爱尔兰的亲朋买一些礼物,需要一些女人的建议,"给男孩子和他们父亲们的东西,我自己就能应付,但是给姑娘们的东西就搞不懂了。我对自己说,斯嘉丽肯定知道美国最近流行什么。"

看着他困惑的表情,她笑了:"我很乐意帮忙,不过你得给我报酬——在布劳顿街的面包店给我买一杯咖啡和一个甜面包卷。"她现在一点儿也不觉得累了。

"我不知道你为什么叫我跟你一起来,科勒姆!我建议的每一件东西你都不满意。"斯嘉丽有些恼火地望着一堆堆小山羊皮手套、花边手绢、织花丝袜、串珠手包、彩扇,以及各种丝绸、天鹅绒和色丁。在萨凡纳最时髦的一家商店里,尽管店员们拿出了最精美的商品,但是科勒姆还是摇摇头,表示并不满意。

"我为给你们带来的麻烦道歉。"他对脸上带着尴尬微笑的店员们说。他向斯嘉丽伸出一只手臂:"我也请你原谅,斯嘉丽,看来是我没有说清楚我想要什么东西。来吧,我得把欠你的人情了结了,然后我们重新再试一次。来一杯咖啡应该不错。"

要让她原谅他这种毫无目的的搜寻,仅仅一杯咖啡是不够的!斯嘉丽故意不理睬科勒姆伸给她的那只手臂,径直走出了店门。

后来,当科勒姆建议他们去普拉斯基酒店喝咖啡时,她的脾气立刻就好了起来。这家大酒店非常时尚,斯嘉丽还从来没有进去过。在一间装饰华丽、有着大理石柱子的接待室里,他们在一把天鹅绒面的长椅上坐下来,她非常满足地环顾四周。很快,一个戴着白手套的侍者把一个装满咖啡用具的银托盘端到他们面前的大理石桌面上。她高兴地说:"太好了。"

"在这些宏伟的大理石柱和盆栽棕榈树之间,你这身华丽的衣服真是相得益彰。"他微笑着说,"这就是为什么我们不会一路同行,只能偶尔相遇的原因所在。"他解释说,爱尔兰人的生活远比斯嘉丽知道的要简单得多,也许甚至比她想象的还要简单。他们住在乡下的农场里,附近根本没有城市,那里只有村庄。村庄里有一座教堂、一个铁匠铺和一个小酒馆,邮车来了就停在小酒馆的前面。小酒馆的某个角落里会有一个小房间,你可以在那里寄信、买烟草和一些食物。那就是村里唯一的商店,经过此地的旅行马车会带来一些缎带、小饰物和别针纸板等小物件。人们娱乐的方式就是去别人家串门。

"不过,这很像种植园里的生活,"斯嘉丽说道,"塔拉离琼斯博罗有五英里远,你到那儿就会发现,那里除了一个火车站和一个小食品店外,什么都没有。"

"啊,不对,斯嘉丽,种植园里有大宅第,而不是简单的刷白了的农舍。"

"你根本不知道你在说什么,科勒姆·奥哈拉!在我们克莱顿县,只有威尔克斯家的十二橡树算得上是大宅第,其他大多数人的房子一开始都只有一两个房间和一个厨房,然后再根据需要不断地扩大。"

科勒姆微笑着认错。但是他说,送给他家人的礼物不能是城里人的东西,一匹棉布比一匹缎子对女孩们更有用,如果你给她们一把彩扇,她们简直就不知道该拿它做什么用了。

斯嘉丽当的一声把杯子放回到杯碟里。"买印花布呀!"她说,"我敢打赌她们肯定会喜欢印花布的。这种布印有各种鲜艳的图案,可以做成漂亮的连衣裙,我们每天在家穿的衣服都是印花布做的。"

"还有靴子。"科勒姆说。他从口袋里掏出厚厚一包纸片,打开来:"我这里有名字和尺寸。"

斯嘉丽对那些纸片感到好笑:"他们肯定早就看到你来了[1],科勒姆。"

"你说什么?"

"没什么,一句美国谚语而已。"她想,米斯郡的每个男人、女人和孩子肯定都把自己的名字写在科勒姆的名单上了。就像尤拉莉姨妈一样,她常说:"既然你要去购物,就顺便帮我带点儿东西好吗?"到头来,她总会忘记把钱付给你。斯嘉丽敢打赌,科勒姆的那些爱尔兰亲朋也会像姨妈那样健忘。

"再给我讲讲爱尔兰吧。"她说。咖啡壶里还有很多咖啡。

"啊,那是一个罕见的美丽岛屿。"科勒姆轻声说道。他用饱含着爱和抑扬顿挫的声音讲起了爱尔兰葱翠的山岭和山头上皇冠似的古堡,两岸鲜花盛开、有鱼儿跳跃的湍急溪流,在朦胧的雨天走在芳香的灌木篱墙之间的惬意,无处不在的音乐,比其他任何地方都更加辽阔、高远的天空,以及天空中像母亲的吻那样温柔和温暖的太阳……

"看来,你和凯瑟琳一样想家。"

---

1 这里的"看到你来了"(Saw you coming)是一个美国谚语。从字面上看只是"看到你来了",但是其隐含的意思是"你被敲诈了""你被欺骗了"之意。这个谚语通常用在朋友之间,如,朋友甲:"看看我刚买的名牌手表,只花了100英镑!"朋友乙:"他们早就看到你来了,是假货!"这里朋友乙想说的其实是:卖家知道这只手表只值25英镑,其他人很可能也只会出这个价钱,但是朋友甲很天真,或者出于其他原因,卖家根据经验作出了预先判断(和准备),蒙骗他付出了冤枉钱,也就是他被玩弄、欺骗或敲诈了。

科勒姆自嘲地笑了笑："船起航的时候,我是不会哭的,这是真的。没有人比我更钦佩美国,我一直对访问美国充满期待,但是当船返回爱尔兰的时候我也不会流下一滴眼泪。"

"也许我会哭的。凯瑟琳走了,我该怎么办呢?"

"那就别离开她。跟我们一起走,去看看你在爱尔兰的家人吧。"

"我不能去。"

"对你来说,这可是一次伟大的冒险。爱尔兰一年四季都很美丽,不过春天里它的柔情会伤透你的心。"

"我可不需要一颗破碎的心。谢谢你,科勒姆,我只需要一个女佣。"

"我把布丽吉德给你送来吧,她很想来。我想她才一直是那个该来美国的人,而不是凯瑟琳。我们当初只是想让凯瑟琳离开爱尔兰。"

斯嘉丽感觉到这后面一定有什么流言蜚语:"你们为什么非要把那个可爱的女孩儿送走不可?"

科勒姆笑了。"典型的女人和她们爱提的问题,"他回答说,"大西洋两岸的女人都一样。我们不赞成那个向她求爱的人,因为他是个当兵的,而且还是一个异教徒。"

"你说的是新教徒。她爱他吗?"

"她被他的制服迷住了,仅此而已。"

"可怜的女孩儿,我希望她回家时他还等着她。"

"感谢上帝,他的部队已经回到英格兰去了,所以他再也不会打扰她了。"

科勒姆的表情像花岗岩一样冰冷、坚定,斯嘉丽也不再说下去了。

"那个购物清单怎么办?"见科勒姆不再说话,她又问道,"我们还是继续为你爱尔兰的亲朋买礼物吧。你应该知道,科勒姆,你想要的所有东西杰米的店里都有,我们为什么不直接去他那里呢?"

"我不能让他为难,他一定会忍痛给我一个非常低廉的价格。"

"说实话,科勒姆,你对做生意的事情简直一窍不通!即使杰米按成本价卖给你,这也会让他的供应商对他另眼相看,下一个订单他就会得到更大的折扣。"看到科勒姆一脸困惑的表情,她感到很可笑,"我自己就开着一家杂货店,说的都是大实话。让我解释一下……"

在他们前往杰米的店的路上,斯嘉丽的解释让科勒姆大开眼界,他不停地向她提出了一个又一个经商的问题。

"科勒姆!"他们走进商店时,杰米开心地喊道,"我们刚才正在为你祝福呢。詹姆斯伯伯,科勒姆来了。"老人从储藏室里出来,怀里抱着一大捆平纹旗布。

"我的祈祷应验了,小伙子。"他说,"我们该选哪种颜色?"他把布料放到一个柜台上。那些布料全是绿色的,但是共有四种相近的色调。

"那一种最漂亮。"斯嘉丽说。

杰米和詹姆斯伯伯却要科勒姆作出选择。

斯嘉丽心里有些不高兴,她已经明确告诉他们哪种最好了,男人懂什么?就算是科勒姆也照样一无所知。

"准备用在什么地方?"他问道。

"挂在窗户里面和外面。"杰米回答道。

"那我们就到那儿看看,因为那儿光线强。"科勒姆说。他一脸严肃认真的样子,好像在挑选印钞票需要的颜色。斯嘉丽生气地想,这有什么值得大惊小怪的?

杰米注意到她噘着嘴:"斯嘉丽宝贝,这是为圣帕特里克节[1]挑选的装饰物,科勒姆是最清楚哪个颜色最接近三叶草绿色的人。我们都已经很多年没有见到过三叶草了,詹姆斯伯伯和我都一样。"

自从她认识奥哈拉家人那天起,她就不断听到他们谈起圣帕特里克节。"这个节日是什么时候?"斯嘉丽问道,与其说她对此感兴趣,不如说是出于礼貌。

三个男人都目瞪口呆地看着她。

"你不知道吗?"老詹姆斯不敢相信她的话。

"我要是知道就不会问,对吗?"

"就是明天,"杰米说,"明天。还有,斯嘉丽宝贝,明天将是

---

[1] 每年的3月17日是圣帕特里克节(St. Patrick's Day,别名St. Paddy's Day),这个节日是为了纪念爱尔兰守护神圣帕特里克。这个节日在公元5世纪末期起源于爱尔兰,如今已成为爱尔兰的国庆节。随着爱尔兰后裔遍布世界各地,现在圣帕特里克节已经渐渐在一些国家成为节日。美国从1737年3月17日开始庆祝这个节日。圣帕特里克节的传统颜色为绿色。

你这一生中最美好的一天！"

萨凡纳的爱尔兰人也像世界各地的爱尔兰人一样，总是在每年三月十七日庆祝圣帕特里克节。圣帕特里克是爱尔兰的守护神，这一天既是世俗节日又是宗教节日。尽管它在大斋节期间到来，但是在圣帕特里克节这一天不仅无须斋戒，反而可以大吃大喝，享受音乐和跳舞的乐趣。这一天天主教学校都要停课，天主教企业也要歇业，只有酒吧必须营业，因为那是他们期待已久的一年中生意最好的几天之一。

萨凡纳从其诞生之初就有爱尔兰人——贾斯珀绿营早在美国独立战争期间就第一次参加了战斗，圣帕特里克节一直是他们的主要节日。但是在南方战败后十分萧条的十年里，整个城市都开始加入到了这个节日的庆祝活动之中。三月十七日就是萨凡纳的"春节"，在这一天里萨凡纳的所有居民都变成了爱尔兰人。

每个广场上的货摊都装饰得漂漂亮亮，人们可以在这些货摊上买到食品、柠檬水、葡萄酒、咖啡和啤酒。杂耍艺人和带着狗表演把戏的人在街角卖艺，吸引了一群又一群看客。在市政厅和城市各处令人骄傲却墙漆剥落的房屋的台阶上，有人在拉小提琴。开满鲜花的树枝上挂满绿色的飘带，看准了商机的男人、女人和孩子们带着纸或丝绸做成的三叶草，从一个广场到另一个广场四处叫卖。布劳顿街的商店橱窗里挂满绿色的旗子，街道两侧的灯柱之间扯着一串串新鲜的绿色藤蔓，为整个游行路线罩上了一层碧绿的华盖。

"游行？！"当斯嘉丽听说游行的消息时,不禁惊叫起来。她摸了摸凯瑟琳别在她头上的绿色丝带花饰:"我们准备完了吗？我看起来怎么样？是不是该出发了？"

出发的时间确实到了。首先他们要参加一个早弥撒,然后就是一整天的庆祝活动,一直要持续到晚上才会结束。"杰米告诉我,公园上空会被炫丽的烟火照亮,你会看得头晕目眩的。"凯瑟琳说,她的脸上和眼睛里都闪烁着兴奋的光芒。

这时,斯嘉丽那双碧绿的眼睛突然露出了狡黠的神情:"凯瑟琳,我敢打赌在你的村子里是不会有游行和烟火的,一旦你离开萨凡纳,你肯定会后悔的。"

女孩容光焕发地笑笑:"我会把它永远记在心里,无论到哪一家做客,我都会在壁炉前讲述这里的故事。一旦回到家里,到过美国就会成为一件了不起的大事。我都等不及了。"

斯嘉丽只好放弃,这个傻姑娘竟然丝毫不为所动。

布劳顿街上站满了人,他们都穿着鲜艳的绿衣服。斯嘉丽突然看到一个黑人家庭,他们也像奥哈拉家的人一样,孩子们都被收拾得干干净净,不是戴着绿色的蝴蝶结就是戴着绿色的围巾,或者帽子上插着绿色的羽毛,这一幕让她开心地放声大笑。"我不是告诉过你吗,今天这里的所有人都变成了爱尔兰人?"杰米笑着说。

莫琳用手肘捅了捅她:"连僵瓜们都穿着绿衣服。"她朝不远处的两个人歪了歪头说道。斯嘉丽伸长脖子望去。天哪!那不是她外公的那个古板的律师吗?他身旁那个男孩儿肯定是他的儿子,两人都戴着绿色的领带。她好奇地打量着街上微笑的人们,寻找其他熟悉的面孔。玛丽·特尔菲尔和一群女士站在一起,她们的帽子上都系着绿丝带。还有杰罗姆!看在上帝的分上,他从哪里找来那么一件绿色的外套?她的外公肯定不在这儿。求你了,上帝,别让他出现在这里,他要是来了就会把这个欢乐的场面搞得暗无天日。不会吧,杰罗姆居然和一个戴绿色腰带的黑女人在一起。真想不到,傻乎乎的杰罗姆也有女朋友!而且还是个至少比他年轻二十岁的女人。

一个街头小贩正依次向奥哈拉家的每个人分发柠檬水和椰子糖蛋糕。他首先从急不可待的孩子们发起。当他来到斯嘉丽面前时,她微笑着接过蛋糕,并立刻咬了一大口。她居然在大街上吃起东西来了!没有哪个淑女会在大街上吃东西,即使饿死也不会吃。她突然在心里说:看看我这个样子吧,外公!她禁不住为自己的邪恶想法感到开心。椰子很新鲜,水分充足,味道甘甜。不过,当她看见特尔菲尔小姐也用戴着儿童手套的拇指和食指捏着什么东西吃的时候,令她激动不已的罪恶感就立刻消失了,但是她还是很享受。

"我还是觉得那个戴绿色帽子的牛仔最棒,"玛丽·凯特坚持说,"他用一根绳子就玩出了那么多的花样,人又长得英俊。"

"你这么说只是因为他对着我们笑了笑,"海伦轻蔑地说,一个十岁的小姑娘还太年轻,还不能理解一个十五岁少女心中的浪漫情怀,"还是有矮妖精在上面跳舞的那辆花车最好。"

"那些不是矮妖精,傻瓜,美国没有矮妖精。"

"他们一直围着一大袋金子跳舞,只有矮妖精才会有一大袋金子。"

"你真是个孩子,海伦。他们只是一些穿着戏服的男孩子,难道你看不出他们的耳朵都是假的吗?其中一只耳朵还掉下来了。"

为了防止争论失控,莫琳及时进行了干预:"那是一场盛大的游行,所有表演都很棒。走吧,姑娘们,抓住杰基的手。"

人们在前一天彼此还是陌生人,后一天又会成为陌生人,只有在圣帕特里克节这一天彼此不会陌生,大家手拉手一起跳舞,一起欢呼,一起唱歌,一起共享阳光、空气、音乐和街道。

斯嘉丽从一个小吃摊上买了一个鸡腿,刚吃了一口她就叫道:"太棒了!"在查塔姆广场用砖铺成的路上,她看到有人用绿色的粉笔在路面上画出来的三叶草,又开心地说道:"太棒了!"在普拉斯基堡纪念碑上,她看到了那尊脖子上缠着绿色丝带的巨大花岗岩雄鹰雕像,再次激动地说道:"太棒了!"

"这是多么、多么、多么美妙的一天啊!"她一边叫喊一边站在原地不停地旋转身体,最后终于筋疲力尽地瘫倒在科勒姆旁边一张刚刚空出来的长凳上,"你看,科勒姆,我的靴子底部已经被磨出了一个洞。在我的老家,人们都说一个聚会是否成功,就看你是否因为尽情跳舞而磨穿了鞋底。我今天穿的可不是便鞋而是靴子,所以今天的聚会肯定是最棒的了!"

"这确实是一个盛大的日子,毫无疑问。再说,晚上还没到呢,那时你还会看到罗马烟火筒释放出的美丽焰火。不过,如果你现在不休息一下,你会像你的靴子一样挺不住的,斯嘉丽宝贝。快四点钟了,我们现在就回家休息一会儿吧。"

"我不想回去。我还想继续跳舞,还想继续吃烤猪肉,而且还要吃一个绿色的冰激凌,尝一尝马特和杰米喝的那种可怕的绿颜色的啤酒。"

"这些东西你晚上都能吃到。你没发现吗,马特和杰米早在一个多小时前就回家去了?"

"真是娘娘腔!"斯嘉丽说道,"但你不是。你是奥哈拉家族里最出色的人物,科勒姆。杰米就是这么说的,他说得对。"

科勒姆看着她红扑扑的脸颊和闪闪发光的眼睛微微一笑。"你把自己也排除在外了。"他说,"斯嘉丽,我要把你的靴子脱下来,抬起鞋底有洞的那只脚。"他解开那只小巧的黑色小山羊皮女靴上的鞋带,把它脱下来,倒过来抖掉里面的沙子和贝壳碎片。然后,他捡起一个被人丢弃的冰激凌锥形纸袋,把它折叠起来塞进靴子里:"这样应该能让你走回家了。我想你肯定还有其他靴子放在家里的。"

"我当然有啦。噢,这下确实感觉好多了。谢谢你,科勒姆,你好像无所不能。"

"现在,我想我们该回家喝杯茶,休息一下。"

斯嘉丽不愿意承认她已经累了,甚至对自己也不愿意承认。她慢吞吞地走在科勒姆身边,沿着德雷顿街一路走去,不时对街上微笑的人们点头微笑。"为什么圣帕特里克是爱尔兰的守护神?"她问他,"他也是别的地方的圣人吗?"

科勒姆眨了眨眼睛,对她的无知感到惊讶:"圣人是世界上所有人和所有地方的圣人。圣帕特里克之所以对爱尔兰人很特殊,是因为他早在我们还被祭司蒙骗的时代就给我们带来了基督教,他还把爱尔兰所有的蛇都赶了出去,使爱尔兰成了一个没有蛇的伊甸园。"

斯嘉丽笑道:"你在瞎编。"

"我确实没有瞎编,爱尔兰全境就是没有一条蛇。"

"那太棒了,我就讨厌蛇。"

"等我回家的时候,你真的应该跟我一起走,斯嘉丽,你会喜欢那个古老的国家的。乘船到爱尔兰的戈尔韦市只需要两周零一天的时间。"

"真快啊!"

"是很快。海风一路吹向爱尔兰,像掠过天空的浮云一般把思乡的游子们迅速带回故乡。所有的船帆都鼓起来了,大船在海浪中微微颠簸着前行,那景象真的十分壮观。白色的海鸥尾随着大船飞向海洋,直到陆地几乎消失在视野中的时候,它们才会鸣叫着掉头飞回陆地。它们毕竟不能一路飞去爱尔兰。接下来,海豚接管了护送的任务。有时还会出现一条巨大的鲸鱼,头顶喷出喷泉状的水雾,美丽的背鳍划过海面,让人惊叹不已。航海真的是一件美好的事情,你会感到无比的自由,会以为你也可以飞起来。"

"我知道,"斯嘉丽说,"就是这种感觉,一种自由自在的感觉。"

第四十六章

那天晚上,为参加在福赛斯公园举行的庆祝活动,斯嘉丽穿上了她那件水波纹的绿色丝绸礼服,这让凯瑟琳感到很兴奋。但是她同时又坚持要穿她那双绿色的摩洛哥皮便鞋而不穿靴子,这又让凯瑟琳感到很可怕:"可是,路面上的沙子和砖头都很粗糙,斯嘉丽,它们会把你那双漂亮便鞋的鞋底给磨穿的!"

"我就想把它们磨穿,我就想这辈子能有这么一次,让我在一个聚会上跳舞时先后磨穿两双鞋。凯瑟琳,帮我梳头发,再系上绿色的丝绒带。我要在跳舞的时候感受到头发的自由飞舞。"她只睡了二十分钟,但是她却觉得自己可以一直跳舞跳到天亮。

跳舞的"舞池"就设在中间有一个喷泉的宽阔的花岗石广场上,喷涌的泉水一边像宝石一样闪闪发光,一边在里尔舞曲和爱尔兰民谣欢快而富于节奏感的音乐声中喃喃低语。她和丹尼尔跳了一曲里尔舞,那双穿着精致便鞋的小脚就像绿色的小火苗一样在令人眼花缭乱的舞步中不停地闪烁。"你真了不起,斯嘉丽宝贝。"他一边喊一边用双手捧住了她的腰,把她举过头顶,然后开始不停地旋转,一圈、两圈、三圈……两只脚同时跟随着宝思兰鼓敲打出的持续不断的节拍不停地踢打着地面。斯嘉丽伸开双臂,仰望着月亮,任由自己的身体在喷泉的银色水雾中不停地旋转。

"那就是我今晚的感受!"当第一支罗马烟火筒喷出火焰、在夜空中绽放出阵雨般的光芒、让月亮也显得苍白无力时,她指着焰火对堂亲们说道。

星期三早上,斯嘉丽一下床就一瘸一拐——她的双脚已经又青又肿。当凯瑟琳大惊失色地说起斯嘉丽那双脚的惨状时,斯嘉丽立刻说:"别犯傻,我昨晚玩得多开心啊。"她的胸衣刚刚系好,她就把凯瑟琳打发到楼下去了。她现在不想与他人谈论圣帕特里克节带给了她多少乐趣,她要独自一人慢慢地回味,即使早餐迟到一会儿也没有什么关系,因为她今天反正也不会去市场买东西了。她要脱下长袜,穿上毛毡拖鞋,安静地待在家里。

从三楼到厨房肯定有很多级台阶,斯嘉丽平时跑下楼去的时候,从来也没有数过到底有多少级。但是,现在只要她下脚不慎,每下一级台阶就会感到钻心的刺痛。不管它了。昨晚尽情地跳了那么久的舞,在家里待上一天——甚至两天——也是值得的。也许她可以叫凯蒂把院子里的奶牛关进棚屋里,斯嘉丽害怕奶牛,从小就怕。如果凯蒂把奶牛关起来,她就可以坐在露天院子里。春天的空气从开着的窗户吹进来,闻起来是那么清新和甜美,她渴望走出去,融入春色之中。

快了……就要到客厅的那一层了,我已经下了一半的台阶。真希望我能走得快一点儿,肚子已经饿了。

斯嘉丽来到了通向厨房的最后一段楼梯前,当她小心翼翼地把右脚放到第一级台阶上的时候,一股煎鱼的味道扑面而来。她心想,真是倒霉,又到了不能吃肉的时间了,我现在只想吃几片鲜美而厚实的培根。

就在这时,她的胃里突然毫无预兆地爆发出一阵剧烈的痉挛,胃里的东西立刻涌到了喉咙口。斯嘉丽惊慌转过身,踉跄几步冲到窗前,疯狂地抓住拉开的窗帘把头探出窗外,把胃里不多的残留物吐到了院子里那棵小木兰树厚厚的绿叶里。她接连呕吐了几次,直到全身瘫软,脸颊上挂满泪水。然后,她无助地瘫倒在客厅那一层的地板上,身体蜷缩成一团。

她用手背擦了擦嘴,却抹不掉嘴里又酸又苦的味道。她想,要是能喝点儿水就好了。可是,刚想到喝水她的胃就又开始痉挛,嘴里一阵干呕。

斯嘉丽双手捂着肚子哭起来。昨天气温高,我一定是吃了腐败的东西,就要像一条狗一样死在这里了。她不停地喘着粗气,要是能解开胸衣就好了,它紧紧地挤压着她疼痛的胃,阻碍了她的呼吸,僵硬的衬骨像一个冷酷的铁笼子束缚着她的身体。

她一生中还从来没有像今天这样剧烈呕吐过。

她能听到家人们在楼下说话的声音,莫琳在问她在哪里,凯瑟琳说她随时都会下楼来。接着又传来一扇门砰地关上的声音,接着就听到了科勒姆的声音,他也在问她在哪里。斯嘉丽咬紧牙关,她必须要站起来,必须下到楼下去。她不能让人看见她因为无节制地狂欢带来的恶果,现在像个婴儿似的躺在地上号啕大哭的样子。她用裙边擦去脸上的泪水,勉强站了起来。

"她来了,"一看到斯嘉丽出现在饭厅门口,科勒姆就一边说一边急忙向她迎了上去,"可怜的斯嘉丽小宝贝,你看上去就像是踩在碎玻璃上走路一样。快来,让我帮你坐下来。"她还没来得及开口,他就把她抱了起来,然后轻轻把她放到莫琳迅速拉到壁炉旁的一把椅子上。

一时间众人一阵忙乱,早饭也都忘了。不过几秒钟的时间,斯嘉丽就感觉到自己的脚下塞进了一个柔软的垫子,手里也端上了一杯茶。她眨了眨眼睛,止住了即将涌出的软弱和幸福的泪水。有人照顾和疼爱竟然如此美好,她立刻就感觉到好多了。她小心翼翼地喝了一小口茶,味道不错。

她接着喝下了第二杯、第三杯,还吃了一片吐司,但是她一直尽量不让自己的目光触及桌上的炸鱼和炸土豆。其他人看来都没有注意到这一点,因为屋里实在是太吵了,大家手忙脚乱地整理好孩子们的书本,准备好午餐袋,然后急匆匆地把他们送到学校去。

当孩子们终于离开、门在他们身后关上时,杰米吻了吻莫琳的嘴唇,又吻了吻斯嘉丽的头顶,凯瑟琳则吻了吻她的脸颊。"我现在要去商店了,"他说,"我得把彩旗都收起来,然后把头痛药放到柜台上显眼的地方,让所有头痛的人都能一眼看到。过节是好事,但是节后的第二天很多人都可能有罪受。"

斯嘉丽低下了头,想把她那涨红了的脸掩藏起来。

"斯嘉丽,你就这样待着别动。"莫琳命令道,"凯瑟琳和我马上把厨房收拾干净,之后我们去市场买东西,你就可以稍事休息了。科勒姆·奥哈拉,你也待着别动,我可不想让你那双大靴子挡住我的路。我要你也一直待在我的眼皮底下,因为我能见到你的时间也不多了。如果不是为了老凯蒂·斯嘉丽的生日,我就会恳求你不要这么快就赶回爱尔兰去。"

"凯蒂·斯嘉丽吗?"斯嘉丽问道。

莫琳把手里满是肥皂泡的抹布扔到桌上。"难道没有人想到过要告诉你吗?"她说,"你的祖母下个月就一百岁了,你父亲给你取了自己母亲的名字。"

"并且她现在还是像年轻的时候那样,说起话来依然尖酸刻薄。"科勒姆咯咯笑着道,"这是奥哈拉家族的所有人都引以为傲的事情。"

"我要赶回去吃生日大餐。"凯瑟琳说起这事就兴奋得容光焕发。

"噢,真希望我也能去,"斯嘉丽说,"爸曾经给我讲过很多关于她的故事。"

"但你完全可以去啊,斯嘉丽宝贝,想想这会让老太太多么高兴。"

凯瑟琳和莫琳都立刻冲到斯嘉丽身边,劝她,鼓励她,说服她，最后斯嘉丽不由得动心了。她问自己：干吗不去呢？

等到瑞特来找她的时候，她就得跟着他回到查尔斯顿去了，为什么不把这个时间往后推迟一下呢？她讨厌查尔斯顿，单调的衣着、没完没了的拜访和数不清的委员会，还有那些把她拒之门外的用礼貌筑成的藩篱，以及那些把她困在其中的颓败房屋和破烂花园的围墙。她还讨厌查尔斯顿人说话的方式：元音的发音不仅单调而且拉得很长，亲戚们和祖先们使用的那些隐晦的语言，混杂在英语里的法语和拉丁语单词、短语，还有天知道的其他什么语言。他们都知道那些她从未去过的地方、从未听说过的人以及她从未读过的书。她讨厌他们的社交方式——跳舞卡、迎宾队列，讨厌她应该知道却并不知道的那些潜规则、他们所接受的那些不道德的东西，以及以莫须有的罪名来谴责她的虚伪本性。

我不想穿没有色彩的衣服，也不想装模作样地对那些老太婆说"我很荣幸，夫人"，不管她们母系那边的祖上是查尔斯顿的什么著名英雄还是别的什么了不起的人物；我更不想每个星期天上午都要听两个姨妈互相找茬；我不想把圣塞西莉亚舞会当成我生活的全部意义所在。我更喜欢圣帕特里克节！

于是，斯嘉丽放声大笑起来。"我决定去了！"她叫道。就在这转瞬之间，她觉得她的身体已经完全恢复了正常，就连她的胃也感到舒服了。她站起来拥抱莫琳，脚上的疼痛几乎也消失了。

查尔斯顿先等一等，她回来后再去。瑞特也可以等等。上帝知道她已经等待他很长时间了，为什么她就不能去看望一下奥哈拉家族的其他亲人呢？坐上一艘大帆船到另一个塔拉老家去看看，只需要两个星期零一天的时间。在她安下心来按照查尔斯顿的规矩生活之前，她要先做一阵子爱尔兰人，过一阵子无拘无束的生活。

她情不自禁地用那双柔弱且受伤的脚踏出了里尔舞的节奏。

仅仅过了两天，在庆祝斯蒂芬从波士顿回来的聚会上，她又能一气儿跳上几个小时的舞了。在那之后不久的一天，她就同科勒姆和凯瑟琳一起坐上了一辆敞篷马车，沿着萨凡纳河岸向码头驶去。

准备工作毫不费事就完成了。美国人进入不列颠群岛不需要护照，甚至不需要信用证，但是在科勒姆的坚持下她还是到银行开了一张带在身上。科勒姆说只是为了"以防万一"，可他并没有说明以防什么万一。斯嘉丽其实并不在乎，她已经完全陶醉在这次冒险带给她的极度兴奋之中。

"你肯定我们不会赶不上船吗，科勒姆？"凯瑟琳烦躁不安地问道，"你来接我们的时候就已经晚了，杰米他们一小时之前就走路去码头了。"

"我肯定，我肯定。"科勒姆安慰道，一边说一边向斯嘉丽眨了眨眼睛，"我是迟到了一会儿，可那并不是我的错，因为大块头汤姆·麦克马洪非要和我喝一两杯酒才肯承诺为那件事去说服主教，所以我不能不给这个面子。"

"要是我们赶不上船，我就死定了。"凯瑟琳嘟囔道。

"嘘,凯瑟琳宝贝,别再担心了。我们没上船船长是不会起航的。谢莫斯·奥布莱恩是我多年的老朋友。但是,如果你把他的'布莱恩·博茹[1]号'叫作小船,他就不会做你的朋友了。那不只是一艘船,而是一艘闪闪发亮的好船。你马上就能亲眼看见它的风采了。"

这时,马车在一个拱门下转了个弯,向下跑着、颠簸着冲向一条昏暗、光滑、铺着鹅卵石的坡道。凯瑟琳发出了尖叫,科勒姆哈哈大笑起来,斯嘉丽则激动得喘不过气来。

紧接着他们来到了河边。这里的喧嚣声不绝于耳,各种色彩混杂其中,一片混乱的景象,比起刚才马车驶下陡坡的惊险更加令人兴奋。在河岸上突出的无数木墩上,拴着各种大小和种类的船只,其数量远远超过了斯嘉丽在查尔斯顿见过的那些船。沉重的货运马车都满载着各种货物,它们的木制或铁制车轮在宽阔的鹅卵石街道上发出嘎嘎的声响;男人们大声叫喊着,推动木桶沿着木制的滑道滚落到船的木甲板上,发出震耳欲聋的撞击声。河面上不时传来某艘汽船发出的刺耳的汽笛声或另一艘船敲响的清脆钟声。一长串赤着脚的搬运工肩上扛着一捆捆棉花、嘴里唱着歌从跳板上走过。色彩鲜艳的旗子和装饰华丽的三角旗在风中啪啪作响。海鸥来回俯冲,发出尖利的嘎嘎叫声。

这时,他们的车夫站起身来,抽了一个响鞭,马车猛地向前

---

1 布莱恩·博茹(Brian Boru),又译"布赖恩·博鲁",是爱尔兰的至高王。布莱恩·博茹一生都在四处征战,公元978年统一芒斯特全境,成为芒斯特国王。1002年推翻马拉基二世,自立为爱尔兰"至高王"。1014年在与丹麦人的决战中被杀,但这场决战也使爱尔兰摆脱了丹麦人的奴役。

一冲,把一群行人吓得四散奔逃。斯嘉丽迎着河风哈哈大笑,马车歪斜着从一堆等着装船的木桶旁疾驰而过,咔嗒咔嗒地超过另一辆缓慢行驶的马车,接着便猛地停了下来。

科勒姆对车夫说道:"我想,你不会以为刚才吓得我头发都白了还能得到额外的报酬吧!"他跳下马车,伸出手把凯瑟琳扶下来。

"你没有忘记我的箱子吧,科勒姆?"她说。

"所有行李都在这儿呢,亲爱的。现在过去吧,吻一下你的堂亲们,跟他们道别。"他还用手指了指莫琳说,"你该不会找不到那个像灯塔一样闪闪发光的红头发吧?"

凯瑟琳跑开后,他悄悄地对斯嘉丽说道:"你不会忘记我跟你说过的关于你名字的那件事吧,斯嘉丽宝贝?"

"我不会忘记的。"她微笑道,心里还津津有味地想着这个无害的阴谋。

"在这次航行途中和在爱尔兰期间,你只用斯嘉丽·奥哈拉这个名字,而不再提及其他的名字。"他当时对她眨了眨眼睛说道,"这件事与你无关,斯嘉丽宝贝,只是因为巴特勒在爱尔兰是一个无人不知的强大名字,而它的强大都来自于一桩桩十恶不赦的罪行。"

斯嘉丽毫不在乎她的称呼问题,她只想尽可能长时间地享受一下做一个奥哈拉人的感觉。

科勒姆说的不假,"布莱恩·博茹号"的确是一艘闪闪发亮的好船。镶着金边的船身闪着白光,左右两个巨大明轮的翡翠色外壳也镶着金边,上面用两英尺高的镀金字母写着船名,整个船名置于一个巨大的空心镀金箭头之中。旗杆上飘扬着英国国旗,但是在前桅上赫然飘扬着一面饰有金色竖琴的绿色丝绸旗。这是一艘豪华客轮,迎合了富有的美国人的奢侈品味。他们千里迢迢跑到爱尔兰,要么是去看看他们移民到美国的祖父们出生的村庄,缅怀先辈的艰辛;要么是到他们自己当年出生的村庄去,享受衣锦还乡的虚荣。船上的共用舱室和包房都过分宽大且装饰过度,船员们接受的训练是要满足每一位客人的任何突发奇想。与通常的客轮相比,这艘船的载货甲板大得惊人,因为美籍爱尔兰人总会给他们爱尔兰的所有亲戚带去礼物,回国的时候又会带上很多当地的旅游纪念品。行李搬运工对待每一个木箱和板条箱都像对待装满玻璃器皿的箱子一样谨慎小心,而通常情况下它们也确实装着不少玻璃制品。因为众所周知,第三代富裕的美籍爱尔兰人的妻子们,都喜欢用爱尔兰东南部城市沃特福德生产的水晶吊灯点亮她们新房的每个房间。

在明轮上方有一个带栏杆的平台,斯嘉丽和科勒姆及几个爱冒险的旅客就站在这个平台上。向她的堂亲们挥手告别。因为"布莱恩·博茹号"必须赶退潮驶入大海,所以他们在码头上只能匆匆辞别。她兴奋地向奥哈拉夫妇送去飞吻。今天上午孩子们不上学,杰米甚至把商店临时关闭了一个小时,这样他和丹尼尔就可以到码头来为他们送行。

斯蒂芬静静地站在其他人身后的一旁,他仅仅抬了一下手,向科勒姆做了个手势。

这个手势是要告诉科勒姆，斯嘉丽的那些箱子在送到船上的途中已经被打开并重新装好。他在波士顿买的那些裹得严严实实、涂了油的步枪和整箱弹药，已经塞进了一层又一层的手纸、衬裙、连衣裙和礼服之间。

就像他们的父辈、祖辈以及更早的数代人一样，斯蒂芬、杰米、马特、科勒姆，甚至詹姆斯叔叔，都坚决反对英国对爱尔兰的统治。两百多年来，奥哈拉家的人一直冒着生命危险与敌人作战，有时甚至企图通过一些小规模的行动杀死一两个敌人，但是这些行动通常都失败了。然而，在过去的十年里，有一个组织却迅速成长壮大起来，那就是芬尼兄弟会[1]。这个纪律严明而又十分危险的组织得到了美国人的资助，影响已经扩大到爱尔兰全境。他们是爱尔兰农民心目中的英雄，是英国地主们的眼中钉，是英国军队格杀勿论的反叛者。

科勒姆·奥哈拉正是芬尼兄弟会最秘密的领袖之一，也是这个组织最成功的募捐人。

---

1 芬尼兄弟会（the Fenian Brotherhood）是19世纪爱尔兰争取民族独立的反英运动组织。